한문학의 이해와 연구

한문학의 이해와 연구

윤인현 지음

21세기는 4차 산업혁명의 시대라 하여, 인공지능AI의 시대니, 딥러 닝Deep Learning의 시대니 하여, 정보통신기술의 정보기기나 모바일기기 등이 중시되는 시대일 것이다. 한편으로는 인간만이 행하거나 누릴 수 있는 인성과 감성 또한 중시될 것이라고 전문가들이 주장하기도 한다. 그 예로 첨단 기능으로 무장된 자동화 시스템에 사람의 감성을 입혀 인간다움을 더하는 기술이 개발되어 실전에 적용되기도 하였다. 음성 비서인 '지니'에게 가장 많이 걸은 말이 "지니야 사랑해"라고 하니, 인간적 공감과 스킨십을 갈망하고 있음을 단적으로 보여준다. 또 인간다움을 위한 것으로 구성원들의 각종 기념일을 챙기기도 하고 친목을 위한 동호회를 조직하기도 하였다. 그리고 정부는 '인성교육 진흥법'을 만들어, 자라나는 미래 세대를 위해 건전하고 올바른 인성 을 갖출 수 있도록 하였다.

이런 시대적 조류로 미루어 보면, 4차 산업혁명시대라 해도 영원히 변하지 않고 중시해야 할 것은 인성과 감성이다. 그래서 시대의 대세 속에 자꾸만 위축되는 인문학이 왜 필요한가를 다시금 생각해 보면 좋을 것이다. 가짜 뉴스가 판을 치고 모든 것이 확률적으로 높은 것만 선호할 때, 우리들에게 진정으로 필요한 것은 무엇일까? 인성과 감성을 갖춘 인간상일 것이다. 이런 인성과 감성을 갖추는 데에 일조를 하는 책이 되었으면 하는 소망을 담아 본다.

여기 실린 논문은 2016년부터 2020년까지 학술지에 실린 논문들이다. 1부는 한문학 이론에 관한 내용으로, 「『논어』에 나타난 문학론」이 있다. 공자께서 특별히 문학론이라고 말씀하지는 않았지만, 후대의 문학가들이나 학자들이 문학론으로 사용하였기에 대체적으로 문학론으로 보아도 손색이 없는 경우이다. 문학론으로 삼아도 손색이 없는 용어들 중에도 자칫 잘못 인식하거나 사용되는 용어들을 선택하여 살펴본 것이다. 그리고 漢詩論한시론의 작법평어론 중 用事용사와 點化점화에 대한 선대의 견해와 그 시론들이 어떻게 작품에 활용되었는지를 살펴본 논문도 있다.

2부는 개별 논문을 시대 순으로 구성하여 제시한 부분이다. 『논어』에서 공자가 제자들을 가르칠 때 因人施敎인인시교의 방법, 곧 제자들의 능력에 맞게 가르침을 베풀었는데, 이 방법을 한국어를 배우고자 하는 외국인이나 유학생들에게 적용하여 단계별로 가르치면 더 효율적이고 효과적일 것이라고 한 논문도 있고, 동양 고전의 영원한 충절가 굴원을 중국과 한국에서는 시대에 따라 어떻게 수용하고 변용하였는지를 연구한 논문도 있다. 또한 고려시대 儒者유자인 백운 이규보의 문학을 포스트휴머니즘의 관점에서 쓴 논문도 있으며, 16세기 초 회재 이언적을 통해 그 당시의 사상적 특징이 한쪽으로 경도된 것이 아니라 유연성이 있었다는 점과 유자로서의 자연관을 살핀 논문도 있다. 그리고 16세기 중반의 유자들의 문학을 통해 그 당시 그들의 세계관은 앞 시대와 어떻게 관계를 맺고 있으며 계승하고 있는지 등을 살핀 논문도 있다. 남존여비의 조선시대에 여성으로서 시대를 앞서 간 허난설헌의 문학을 통해 왜 그녀가 선구자적 인물이 될 수 있었는가를 논한 논문도 있다.

『論語논어』「學而학이」篇 ‘時習시습’章에서 “人不知而不慍인부지이불온이면 不亦君子乎불역군자호아”라고 한 구절이 있다. 풀이해 보자면, “남이 알아 주지 않아도 안타까워하지 않으면, 또한 군자답지 아니겠는가?”로 읽혀진다. 君子군자는 만인이 우러러 보는 존재이다. 그래서 동양의 지식인들은 누구나 군자의 삶의 태도를 지향하고 그와 같아지기를 삶의 목표로 정해 노력하였다. 선망의 대상인 군자가 남들이 알아주지 않아도 화를 내거나 노여워하지 않는 것이 진정으로 군자다운 처신이라고 일러주고 있다. 이 말 뜻에는 오히려 자기 자신을 돌아보라는 의미로도 읽혀진다. 노력하였지만 대개 남들이 알아 줄 만큼 내가 훌륭하지 못한 점이 있기 때문이다. 또는 내가 훌륭한 점이 있는데도 남들의 이해가 부족할 수도 있고, 나를 알아줄 만한 세상이 되지 못하기에 알아주지 않는 경우도 있을 수 있다. 따라서 진정으로 군자의 도를 추구해 나가는 사람이라면, 다른 사람이 알아주지 않는다고 하더라도 알아주기만을 바랄 것이 아니라, 남이 알아줄 만한 실력을 갖추도록 노력해야 할 것이다. 이런 저런 생각으로 한 편 한 편 쓴 논문이 책 한 권의 분량이 되었다. 아무튼 지난 몇 년간의 노력의 결과물을 한 권의 책으로 엮어 내니 기쁨 또한 배가 된다.

끝으로 코로나19로 인해 어려운 여건일 텐데, 이 책을 흔쾌히 출판할 수 있게 해 준 경진출판 양정섭 사장님께 고마운 마음을 전한다. 한편으로는 한문학의 시 비평과 문학 연구 분야에 관심을 가지고 계시는 분들의 질정叱正이 있기를 기대한다.

2021. 1. 15.
저자 윤인현

차례

제2부

제1부

『논어』에 나타난 문학론

1. 문제를 제기하면서

이 글은 『論語논어』의 공자 말씀 중 문학론과 관계된 내용을 고찰하고자 한 것이다. 여기서 공자의 말씀은 처음부터 이론을 내세우려고 한 것은 아니지만, 공자의 말씀 중에는 뜻이 문학론이라고 이름 붙여도 좋을 만한 구절이 있기 때문이다. 가령 "君子군자는 不器불기니라"[1]와 같은 구절은 문학론과 관계없이 한 말씀이나 문학·철학·역사학 등에 통하는 것과 같다. 『논어』에서 공자가 말한 문학의 의미는 협의 차원인 문예의 의미가 아니라 더 넓은 광의 뜻으로 사용되었다. 참된 내용을 통해 개인의 성찰과 인격 수양은 물론 세상을 바로잡은 일까지

---

1) 『論語』「爲政」篇 '不器'章.

포함하기 때문이다. 그것은 개인이 자신의 삶을 제대로 영위할 수 있도록 문서를 잘 기록할 뿐만 아니라 문장에 능하며, 세상을 밝히는 데에도 쓸모가 있기에 문학 공부는 필요하다는 당위론과도 연결된다. 따라서 『논어』에서의 문학은 바른 삶의 이치를 드러내는 모든 것으로 命名명명할 수 있다.

『논어』의 명칭은 漢한나라 景帝경제 末말에서 武帝무제 사이에 사용되었다. 그 이전은 傳전·記기·孔子曰공자왈·論론·語어 등으로 일컬어져 왔다. 그리고 편저자는 명확하지 않지만, 공자의 제자 또는 제자의 제자들과 그 문인들이 편찬한 것으로 인식되고 있다. 특히 有若유약과 曾參증삼 계통의 제자들이 참여한 것2)으로 알려져 있다.

『논어』는 「學而학이」篇으로부터 「堯曰요왈」篇에 이르기까지, 모두 20篇 499章 12,700字로 구성된 책이다. 『논어』 20편의 篇名편명들은, 대개 각 편 첫 구절의 말씀이나 첫 구절의 글귀가 시작되는 부분에 있는 글자들 또는 人名인명 등을 따서 정한 것이다. 그리고 章장의 명칭은 淸청나라 때 학자 張岱장대의 저술 『四書遇사서우』에서 시작되었다. 그 章의 명칭을 따른다.

『논어』는 공자의 言行언행을 중심으로 하여 그 가르침과 사상을 계승한 제자들과의 언행 등을 기록한 책으로, 예로부터 오늘날까지 중국과 한국 등 동양에서, 그리고 근래에는 동서양에서 두루 글공부하며 道를 추구하는 사람들에 의해 많이 읽히고 사상적으로 많은 영향을 끼쳤다. 그 내용은 배움의 즐거움, 가르침의 도, 인간 관계의 중요성, 자기 성찰과 선비정신 등 우리가 삶을 살아가면서 이웃과 더불어 소통하고 이해하면서 배려하는 것들의 내용이다. 그래서 『논어』는 시공

---

2) 「論語集註序說」. "程子曰, 論語之書 成於有子曾子之門人."

을 초월해서 사람들이 올바르게 행동하고 사고하는 데 기준이 되었기에 2,500여 년이 지난 오늘날에도 사람들로부터 사랑받고 있다.

예로부터 글공부하는 사람들은 누구나, 『논어』를 읽고 그 배운 것을 몸소 실천할 경우, 삶의 참된 도리를 터득하여 자기 자신의 심성을 수양할 뿐만 아니라, 인격을 높일 수 있을 것으로 여겨 왔다. 그리고 나라를 바르게 다스리거나 세상을 바로잡아, 마침내 나라를 도덕이 빛나게 하고 세상도 밝은 세상이 되도록 변화시킬 수 있을 것으로 여겨 왔다. 따라서 『논어』의 구절구절에 담긴 말씀과 기록된 글의 뜻이 모두 의미심장하기에, 古今고금의 글공부하는 사람들이 모두 실천의 道로 여겨 온 것이다. 이런 이유로 동양 고전의 精髓정수인 『논어』에 담긴 문학론을 살펴보고자 한다.

중국, 한국 유자들은 문학사상이나 문학론에서 지대한 영향을 『논어』에서 많이 받았다. 『논어』에서 제기된 이론들이 중국뿐만 아니라 조선 유자들의 문학론에 많이 등장하기 때문이다. 단순히 사상으로서의 소개만 하는 것이 아니라 그들의 문학론에도 반영되어 지금까지 동양의 문학적 사고에 영향력을 발휘하고 있다. 유자들이 전통적으로 계승하여 온 이론 중에 '玩物喪志완물상지'[3)가 있는데, '기물을 가지고 희롱거리로 삼으면 선비 본래의 참된 뜻을 잃게 된다.'는 뜻으로, 글 짓는 일을 경계하였다. 뿐만 아니라 '小技소기'[4) '末技말기'[5)라 하여, 문예만을 잘하는 것을 경계하였다. 이는 문장의 겉꾸밈보다는 알찬 내용을 실어야 참된 문장이 되기 때문이다. 성리학의 원조격인 周濂溪주염계는 「文辭문사」에서 '文以載道문이재도'[6)라 하여, '글은 도를 실어야 함'을

---

3) 『書經』周書「旅獒」篇.
4) 仇兆鰲 輯註, 『杜詩詳註』卷15 참조.
5) 李滉, 『退溪先生文集內集』卷35「與鄭子精琢」참조.

역설하였다. 다시 말하자면 문장을 이루는 요소를 내용과 문예로 파악하였다. 따라서 진정으로 좋은 문장은 참된 내용이 실리면서도 문장 표현 또한 좋아야 함으로, "文質彬彬문질빈빈"[7)인 것이다. 다만, 내용과 문예가 本末본말의 관계로 경중의 차이는 있어, 내용에 더욱 방점을 두기는 해도 표현력인 문장을 도외시하지는 않았다. 아무리 좋은 내용이라도 그것을 표현해 주는 문장이 없다면, 무용지물이 되기 때문이다. 하지만 문장을 도구로만 인식한 연구 논문[8)도 있었다. '문이재도'와 '문질빈빈'의 관점에서 공자가 논한 『논어』에 나타난 문학론도 性情醇化성정순화와 風敎풍교를 위해 필요했던 것이다. 옛사람들은 스스로 문장을 짓는 이유를 성정을 잘 기르고 순화하여 人倫인륜의 道를 참되게 하기 위해서였다. 따라서 선대의 문학론을 살펴 지금의 우리도 성정순화와 풍속의 교화에 도움이 되도록 하는 데 있다.

    지금까지 『논어』에 대한 연구는 공자의 교육관에 대한 연구[9)가 많

---

6) 周敦頤, 『周子全書』卷10, 進呈本 『通書』4 「文辭」 참조.

7) 『論語』「雍也」篇 '文質' 章.

8) 河正玉, 「孔子의 文學思想: 論語의 記錄을 중심으로」, 『論文集』5(1), 국민대학교, 1973, 118쪽.

9) 金東龍, 「孔子의 實踐 敎育思想의 現代的 意義」, 인천대학교 석사논문, 2001; 金昌煥, 「論語를 통해 살핀 孔子의 敎授法」, 『中國文學』39, 韓國中國語文學會, 2003; 이재권, 「孔子의 學習觀: 전통적 해석을 중심으로」, 『大同哲學』24, 大同哲學會, 2004; 李載崗, 「孔子의 敎育思想 硏究」, 고려대학교 석사논문, 2005; 朴鍾赫, 「孔子의 學問·敎育觀」, 『중국학논총』22, 국민대학교 출판부, 2006; 성영이, 「공자의 교육관을 통해 본 중학교 전통윤리교육의 개선방안」, 부산대학교 석사논문, 2006; 이광소, 「孔子의 敎育思想과 方法論」, 고려대학교 석사논문, 2007; 閔智煐, 「공자의 교육사상을 통해 본 우리마라 학교 교육의 문제점과 그 개선 방안 연구」, 울산대학교 석사논문, 2009; 李美英, 「孔子의 敎育思想에 나타난 人性敎育 硏究」, 경희대학교 석사논문, 2009; 申珏均, 「孔子思想을 통한 人性敎育 指導方案」, 군산대학교 석사논문, 2013; 심승환, 「茶山 사상에 나타난 孔子 교육관의 창조적 계승」, 『한국교육학연구』21(3), 안암교육학회, 2015; 장용수, 「한국어교육이 공자의 교육관에서 취할 수 있는 시사점: 문학과 음악을 중심으로」, 『아세아연구』59(2), 고려대학교 아세아문제연구소, 2016.

았으며, 문학론에 대한 연구는 문인의 영향 관계[10]와 시와 문학사상을 살피는 연구[11]였다. 이 글에서는 『논어』에 나타난 몇 가지 문학론을 통해, 중국과 한국에 미친 이론을 통해서 어떤 문학이 성정순화와 풍교에 이바지하였는지를 살펴보면서 앞으로의 연구에서 제대로 활용할 수 있도록 하자는 데 그 목적을 두었다. 엄선한 문학론은 일부 선행 연구에서 공자가 주장한 이론을 제대로 파악하지 못해 잘못 연구되고 인식된 것과 儒家유가의 문학론으로 중시되어 온 것 등을 살피면서, 아울러 가치 있는 문학이란 어떤 것인가도 살펴보게 될 것이다.

2. 『논어』에 나타난 문학론의 예

1) 思無邪

'思無邪사무사'는 『論語논어』「爲政위정」篇 '無邪무사'章에 "子曰자왈, 詩三百시삼백에 一言以蔽之일언이폐지하니 曰왈 思無邪사무사니라"에 나오는 용어이다. 곧 "공자께서 말씀하시기를, '시 300편에 대하여 한마디 말로써 가려 말하자니, 생각함에 간사함이 없었다고 할 것이니라'고 하셨다."로 해석된다. 이는 시를 짓는 작시자의 태도가 정성되고 공명정대해서 그 생각함에 간사함과 숨기는 마음이 없었다는 것이다. 율곡도

---

10) 池信昊, 「退溪와 南冥의 文學論에 끼친 論語의 영향」, 서강대학교 석사논문, 2004; 尹寅鉉, 『韓國漢詩와 漢詩批評에 관한 研究』, 아세아문화사, 2007.

11) 河正玉, 「孔子의 文學思想: 論語의 記錄을 중심으로」, 『論文集』 5(1), 국민대학교, 1973; 김원중, 「孔子 文學理論의 思想的 檢討」, 『建陽論叢』 4, 건양대학교, 1996; 鄭羽洛, 「논어에 나타난 공자의 예술정신과 문학사상」, 『大東漢文學』 18, 大東漢文學會, 2003; 주영아, 「論語의 詩에 대한 고찰」, 『東方學』 35, 한서대학교 부설 동양고전연구소, 2016.

"『詩經시경』 300편은 人情인정을 곡진하게 나타내고 사물의 이치에 널리 통하였으며, 優柔忠厚우유충후하여 요체가 바른 데로 돌아갔으니, 이는 시의 근원이다."[12]라고 하여, 『시경』 시의 가치를 논하였다.

'사무사'는 원래 『詩經시경』 「魯頌노송」의 시편 중 '駉경'章에 있는 말이다. '말을 기르는 사람은 생각함에 나쁜 생각이 없으니, 말이 이에 잘 간다'라는 의미이다. 다시 말하자면, 말을 기르는 사람의 정성이 지극하며 생각이 치우치거나 사악함이 없기에 그 말이 잘 자라고 또 일도 잘한다는 것이다. 이는 목민관의 지극한 자세를 일깨워주기 위해 비유된 표현이다. 마치 말 기르는 사람이 말을 위하는 마음으로 말을 아끼고 사랑스럽게 돌본다면 그 말도 주인의 정성과 사랑을 알고 잘 따르고 일도 잘한다는 것이다. 이처럼 목민관도 백성들의 마음을 헤아리고 그들의 입장에서 정책을 펼친다면 백성들도 그 목민관을 위하고 그의 정책을 잘 따를 것이라는 논리이다.

한편으로 '사무사'에 대한 다양한 의미를 소개하여 '단장취의론'과 '본의론', '활용론' 등으로 해석하기[13]도 하고, '시 창작자가 사특함이 없어야 하는 것도 옳은 것이고, 시를 읽는 독자의 마음에 사특함이 없어야 하는 것도 옳다고 하면서도 비록 창작자가 사특함을 가지고 있더라도 독자가 사특한 마음이 없이 읽을 수 있다는 것도 옳으며, 창작자의 사특함 여부와 상관없이 독자가 시를 감상하고 읊조리면서 자신의 사특함을 없애는 것도 옳은 것이다'[14]라고 소개한 연구도 있었다. 하지만 이는 공자께서 하신 말씀 곧 『시경』 시 300편을 한마디

---

12) 李珥, 「精言妙選序」. "三百篇, 曲盡人情, 旁通物理, 優柔忠厚, 要歸於正, 此詩之本源也."
13) 남상호, 『孔子의 詩學』, 강원대학교 출판부, 2011, 164~171쪽.
14) 주영아, 「論語의 詩에 대한 고찰」, 『東方學』 35, 한서대학교 부설 동양고전연구소, 2016, 16쪽.

말씀으로써, 평한 이유를 제대로 반영하지 못한 논의이다. 주자가『논어』「위정」편 '무사'장의 주에서 "무릇『시경』시에 쓰인 말이, 착한 것을 말한 것은 가히 사람의 마음을 감발시킬 수 있고, 악한 것을 말한 것은 사람의 상도를 벗어난(안일한) 뜻을 징계할 수 있으니, 그 쓰임이 사람으로 하여금 그 성정의 바름을 얻도록 하는 데 귀결될 따름이다"[15]라고 한 것처럼,『시경』시와 같은 바른 시를 통해서 바른 성정을 얻을 수 있어야 한다. 율곡이「정언묘선총서」에서『원자집』에 대한 평으로 '沖澹蕭散충담소산'이라 하였다. 그러면서 뜻이 깊고 조탁의 꾸밈이 없는 자연스런 시들을 중히 여겼다. 이에 율곡은 이와 같은 특징을 지닌 시들이 사무사 곧 생각함에 사벽함이 없는『시경』시 300편이 끼친 뜻에도 부합된다는 관점에서 높이 평가하였다. 율곡의 이와 같은 관점도 공자가『시경』시를 한마디 말로 평단한 사무사의 시관의 영향이다. 그러므로 사무사의 개념은 여러 갈래로 인식하기보다는 공자가『논어』에서『시경』시 300편을 평단한 말씀 그대로 작시자의 생각함에 사특함이 없는 상태를 존중하여야 한다.

'사무사' 곧 '생각함에 사벽함이 없다'는, 순수한 마음의 표현일 것이다. 그런데 근래에 일부 문학인들의 공부와 그 모임의 글 등에서 '사무사'야말로 참여시나 사회시의 반대 개념으로서의 순수시나 서정시로 보아,[16] 암울한 시대에 현실도피적인 시가 순수의 개념이 되어

---

15)『論語』「爲政」篇 '無邪'章. "凡詩之言, 善者, 可以感發人之善心, 惡者, 可以懲創人之逸志, 其用, 歸於使人得其情性之正而已."

16) http://cafe.daum.net/mamvision/4LHF/1549 〈마음빛 누리에〉. "결국 공자의 思無邪 식의 순수시도 중요한 전통이지만, 사회성이 강한 시도 역사적으로 우리 시의 뚜렷한 전통이라는 이야기입니다."

http://club.missyusa.com/poemnstory 〈글향기사랑방〉. "흔히 '思無邪'를 교훈적인 입장의 표명으로 보고, 동양 시관의 본질을 여기에 한정시키는 경향이 있다. 그러나 공자가 편찬한『시경』이 서정시로만 이루어져 있는 점이라든지, 주회가 시를 '좋은 소리와 마디

이 '사무사'를 『시경』 시의 사회시와는 거리를 둔 채, 일명 순수시를 정의하는 개념으로 인식한 경우도 있었다. 하지만 암울한 시대 곧 일제치하나 군사독재 시절에서의 순수의 가치는 그들에 대한 저항을 통해 나쁜 세상이 나쁘다고 말하는 것이 진정한 순수의 의미일 것이다. 다시 말하자면, 순수란 현실의 사실적 반영 없이 내용적으로 무의미한 것을 참된 순수와 혼동하면 안 된다는 것이다. 지금 전해지는 『시경』 시 305편은 대부분이 사회시이다. 朱子주자가 「詩集傳序시집전서」에서 "雅아가 변한 것에 있어서도 또한 모두(『시경』 시 300편) 한때의 賢人君子현인군자가 시대를 민망히 여기고 풍속을 가슴 아파하여 지은 것을 聖人성인(공자)께서 취하신 것"[17]이라고 하여, 풍속을 교화하고 권선징악 할 수 있는 풍자의 실속이 있어야 참된 시라고 하였다. 따라서 治者치자의 도리를 밝히거나 백성들의 생활상을 노래하여 찬미하거나 비판하였기에 사회시라고 할 수 있는 것이다. 이런 시를 공자는 '사무사'하다고 평하였다.

따라서 일부 연구자나 문인들이 생각한 '思無邪사무사'의 개념과는 다른 의미인 것이다. 30~40년대 순수시파라 하여 '돌담에 속삭이는 햇발같이' '구름에 달 가듯이 가는 나그네' 등의 시를 노래한 경우가 있다. 이를 공자가 『시경』 시를 평한 '사무사'에 견주어 순수시의 최고의 작품으로 칭하면 안 될 일이다. 또한 천상병의 「귀천」도 사무사의

가 있는 말에 의한 성정의 자연스런 발로'라고 본 점을 고려할 때, 서정적인 면이 결코 부차적인 사항이 아님을 알 수 있다."

　　http://kyoposhinmun.com 〈4월의 문학 산책 - 20주기를 맞는 시인 천상병〉 2013년 04월 23일. "그의 시는 공자님이 말씀한 '사무사(思無邪, 사악함이 없는)' 바로 그 길목 가운데에 놓인다. "저승 가는 데도 여비가 든다면 나는 돈이 없어 저승도 못 가겠네"라고 노래했던 천상병 시인, 그의 시에는 정녕 꾸밈이 없다. 그의 마음(혹은 詩心) 또한 꾸밈이 없다. 그의 시는 그가 사는 것만큼, 생각하는 대로만큼 그대로 써졌을 뿐이다."

17) 朱子, 「詩集傳序」. "至於雅之變者, 亦皆一時賢人君子, 閔時病俗之所爲, 而聖人取之."

개념으로 이해하면 더더구나 안 될 말이다. 공자가 말한 '사무사'란 암울한 현실일 때는 그 암울한 현실을 타계하기 위해 노력하는 것이 더 순수한 정신인 것이다. 그러므로 일제치하에서 공자가 '사무사'로 평할 수 있는 진정한 순수는 오히려 이육사의 시나 윤동주의 참여시일 것이다. 사무사의 관점에서 보면, 시를 짓는 작시자의 자세가 공명정대하거나 지어진 시가 공명정대한 마음의 소산인가의 여부에 따라서 순수시의 개념이 정립되어야 하기 때문이다.

공자가 『논어』에서 『시경』 시 305편을 '思無邪사무사'라고 한 것을 기준으로 해서 보았을 때, 진정한 순수시는 현실 도피적이면서 자연의 아름다움만 추구하는 그런 시가 아니라 민중을 위하고 더 나아가서 우리 사회를 위하는 참여시가 오히려 공자가 제시한 사무사적 순수시의 개념에 맞다. 예를 들면, "큰 쥐야 큰 쥐야, 우리 기장 먹지 마라. 3년 너를 섬겼는데, 나를 돌보지 않는구나. 이제는 너를 떠나 저 즐거운 땅으로 가련다. 즐거운 땅 즐거운 땅이여! 거기 가면 내 편히 살수 있겠지."[18]라고 하여, 사회의 모순을 풍자하였다. '큰 쥐'는 탐관오리에 비유되었으며, 3년이나 섬겼는데도 나를 돌보지 않았다는 것이다. 그래서 '樂土낙토'를 찾아 떠날 작정이다. 일반 대중들이 생활 속에서 겪는 사회적 고통이나 모순을 고발하는 사회시로, 위정자를 풍자하였다. 그런데 은근히 풍자하기 때문에 "말하는 사람은 죄가 없고듣는 사람은 족히 警戒경계가 되니"[19] 자연히 시로써 미풍양속을 선도할 수 있는 것이다.

栗谷율곡 李珥이이도 「文策문책」에서 "선비로서 가장 높은 자는 도덕에

---

18) 『詩經』「魏風」「碩鼠」. "碩鼠碩鼠, 無食我黍. 三歲貫女, 莫我肯顧. 逝將去女, 適彼樂土. 樂土樂土, 爰得我所."
19) 「毛詩序」. "言之者, 無罪, 聞之者, 足以戒."

뜻을 두는 자이며, 그 다음은 사업에 뜻을 두는 자이고, 그 다음은 문장에 뜻을 두는 자이며, 가장 낮은 자는 부귀에 뜻을 두는 자이니, 과거에 매달리는 무리가 바로 부귀에 뜻을 두는 자입니다. 요즘 세상에는 도덕에 뜻을 둔 자들을 등용하고자 하면서도 도리어 부귀에 뜻을 둔 자들을 구하는 방법으로써 선비들을 대접하니, 심히 그릇된 일입니다."[20]라고 하여, 부귀에 뜻을 둔 선비를 가장 하위에 두었다. 이는 사회와 민족을 생각하지 않고 개인의 영달만 생각하는 곧 '鄕原_{향원}' 같은 자를 등한시한 경우이다. '향원'은 『논어』「양화」편 '향원'장에 나오는 말로, 혼자 착한 척하여 세류에 영합하는 시골뜨기 같은 사람을 지칭한다. 우리 사회가 어디로 흘러가는지 위정자는 제대로 정책을 수립하는지 등에는 관심 없이 자신과 그 주변인들의 부귀영화에만 관심을 가지는 소시민적 사고를 하는 인물이다. 곧 그 시대 그 사람이 속한 사회가 바른 방향으로 나갈 수 있도록 행동하지 못해서 우리 사회의 덕을 해치는 사람이다. 촌스러운 착한 사람으로 세상 물정도 모르는 덮어놓고 착한 척하는 사람이다. 이는 사무사의 관점에서 바라보면 정당한 삶의 방식이 아니다. 공자가 사무사라 평하여 공명정대한 마음을 가지게 한 것과 향원이라고 비난한 것, 모두 율곡이 최하위의 삶을 평가한 경우와 궤적을 같이 한다. 공명정대한 마음 곧 도덕에 뜻을 두고 문장을 짓고 덕행을 앞세운다면, 율곡이 말한 "士之上者_{사지상자}"로 생각함에 간사함이 없는 글을 지을 수 있을 것이다.

다산의 「애절양」이야말로 사무사의 의미를 잘 드러낸 시라 할 것이다. 다산이 강진으로 유배 간 지 3년 차 되던 해에 듣고 보고 한 내용을

20) 李珥, 『栗谷先生全書拾遺』卷之六 雜著 「文策」. "士之上者, 有志於道德, 其次, 志乎事業, 其次, 志乎文章, 最下者, 志乎富貴而已, 科擧之徒則志乎富貴者也. 今玆欲得志乎道德者, 而反以志乎富貴者待士, 則甚非."

시로 형상화하였는데, "갈밭마을 젊은 여인 울음도 서러워라, 縣門현문 향해 울부짖다 하늘 보고 호소하네. 군인 남편 못 돌아옴은 있을 법도 한 일이나, 예부터 男絶陽남절양은 들어보지 못했노라."[21]로 시작되는 「애절양」이야말로, 가장 순수한 마음에서 소외된 계층을 보듬는 시로 사무사하다고 할 수 있다. "세상을 걱정하고 백성을 불쌍히 여기는"[22] 마음을 지니고 "시대를 아파하거나 풍속을 분히 여기지 않는 것은 시가 아니다"[23]라고 한 것처럼, 당대의 버림받은 계층에 대한 애민 정신이 반영되었을 때 참된 시가 될 수 있다. 19세기 초 군정의 문란으로 갓난아이가 태어난 지 3일밖에 안 되어 아직 배냇물도 안 말랐는데, 군정에 이름이 올라 집안의 대들보인 農牛농우를 끌고 가니, 그 억울함을 하소연할 길이 없어 남편은 자신의 양기를 자르고, 아내는 그 양기를 들고 관에 호소하러 갔다는 내용이다. 이런 소외된 계층의 아픔을 함께 하는 것이야말로 공자가 말한 사무사의 경지이다. 작시자의 태도가 생각함에 간사함이 없는 공명정대한 것이기 때문이다. 따라서 『시경』 시 같은 작시자의 태도가 사무사한 것이라야 溫柔敦厚온유돈후할 수 있는 실속이 있다. 시의 내용이 진실하여 사람의 마음을 감동하게 하여 바른 데로 이끄는 실속이 있기 때문이다. 그러므로 시가 성정을 순화함으로써 사람을 온유돈후 곧 성품이 따스하고 부드러워지며 인정이 두텁고 두터워지게 하는 것이다.

---

21) 丁若鏞, 『茶山詩文集』 卷4 「哀絶陽」. "蘆田少婦哭聲長, 哭向縣門號穹蒼. 夫征不復尙可有, 自古未聞男絶陽."

22) 丁若鏞, 『與猶堂全書』 文集 卷二十一 書 「示兩兒」. "憂世恤民."

23) 丁若鏞, 『與猶堂全書』 文集 卷二十一 書 「寄淵兒 [戊辰冬」. "不傷時憤俗非詩也."

▲ 다산 정약용 선생은 1801년 신유사옥으로 경상도 포항 장기로 유배되었다가 황사영 백서사건으로 다시 강진에 유배되었다. 강진 유배시 동문 밖 주막과 사의재의 모습이다.

▲ 1808년 봄 다산은 만덕산 초당으로 거처를 옮겨 1818년 9월까지 10년 동안 생활하였다. 초가집이 기와집으로 복원되었다.

2) 樂而不淫, 哀而不傷

『論語논어』「八佾팔일」篇 '關雎관저'章에 "子曰자왈, 關雎관저는 樂而不淫낙이불음하고 哀而不傷애이불상이니라."라는 구절이 있다. 곧 "공자께서 말씀하시기를, '(『시경』 시의) 관저는 즐거워하면서도 넘치지 않고, 슬퍼하면서도 마음을 상하지는 않는 것이니라'라고 하셨다."로, '관저'장에 대한 평이기는 하지만 『시경』 시 전체를 논평한 구절이다. 『시경』 시는 즐거워하면서도 그 즐거워하는 마음이 도리에 넘치지 않고 슬퍼하면서도 몸과 마음을 심히 상하게 하지 않는 것으로 『시경』 시의 中正중정한 道를 나타낸 것이다. '관저'장은 『시경』의 첫 부분에 실린 '周南주남'의 國風국풍의 시로, 周주나라 문왕과 문왕비인 태사와의 사랑을 노래한 것이다. 이처럼 '관저'장은 젊은 남녀의 사랑을 노래한 것으로, 군자에게는 마땅히 요조숙녀가 짝이 되어야 하고, 요조숙녀는 군자의 좋은 배필이 될 수 있어야 한다는 것이다. 이는 인륜의 시작이라 할 부부간의 사랑의 과정을 노래한 것이면서 남녀 간의 애정을 노래한 것이다.

관관히 우는 저구새는,	關關雎鳩,
물가에서 즐거이 노니네.	在河之洲.
아리땁고 고운 여자는,	窈窕淑女,
군자의 좋은 짝이라네.	君子好逑.
들쭉날쭉한 마름나물을,	參差荇菜,
이리저리 물길 따라 취하네.	左右流之.
아리땁고 고운 여자는,	窈窕淑女,
자나 깨나 구해 보네.	寤寐求之.
아무리 찾아도 만나지 못하여,	求之不得,
자나 깨나 그리워하네.	寤寐思服.
아득하고 아득해라,	悠哉悠哉,
몸을 뒤척이며 잠을 설치네.	輾轉反側.
들쭉날쭉한 마름나물을,	參差荇菜,
이리저리 취하여 가리네.	左右采之.
아리땁고 고운 여자는,	窈窕淑女,
거문고와 비파로 즐기네.	琴瑟友之.

들쭉날쭉한 마름나물을,	參差荇菜,
좌우로 삶아 올리네.	左右芼之.
아리땁고 고운 여자는,	窈窕淑女,
종과 북으로 즐기네.	琴瑟友之.[24]

위의 '관저'장은 아름다운 사랑의 성취 과정을 노래한 것이다. 태사가 시집올 때 궁중 사람들이 부른 노래로 시작하여, 요조숙녀의 간절한 그리움과 그 그리움으로 인한 번민을 거쳐 사랑의 성취와 즐거움을 노래한 내용이다. 그런데 공자가 "낙이불음, 애이불상"이라고 한 말씀은 『시경』시의 '관저'장만에 해당하는 평이 아니라 『시경』시 전반에 대한 논평이다. '관저'장에는 '애이불상'의 의미가 없기 때문이다. 따라서 공자는 『시경』시 전반에 대한 정서를 "낙이불음"과 함께 논평하였다. 『시경』시의 전반적인 내용과 정서는 즐거워하면서도 그 즐거움이 도리에 넘치지 않고, 슬퍼하더라도 마음 상할 정도로 심하지 않게 해야 한다는 의미일 것이다. 그런데 그 표면적인 의미만 이해하여, 인정을 곡진하게 드러내는 참된 내용의 실속도 없이 모든 감정을 억제하여 즐거워도 제대로 즐거워할 줄도 모르고 슬퍼도 슬퍼할 줄도 모르며 어떠한 상황에 처하든지 자기의 솔직한 감정을 모두 드러내지 말라는 뜻으로 인식하면 안 되는 것이다.

毛萇모장이 지었을 것으로 추정되는 「毛詩序모시서」에 "관저는 후비의 덕을 노래한 것이니, 風(國風)의 시작이요, 천하를 바람 불 듯 教化교화시켜 부부의 도리를 바로잡자는 것이다. 그러므로 고을 사람들에게 쓰여지고 천자국과 제후국에 쓰여진다. '風풍'은 '바람'이라는 말이요,

---

24) 宋刊本十三經注疏附校勘記 『詩經』, 藝文印書舘, 1981(『시경』 '관저'장).

'가르침'이라는 말이니, 바람이 불 듯 불어서 감동시키고, 가르쳐서 감화해 나간다는 뜻이다."25)라고 하여, 『시경』 시가 인륜의 도를 밝히고 바로잡자는 뜻에서 시작되었으며 民風민풍을 살려 風敎풍교의 효과를 거두기 위한 시였다. 그래서 "윗사람이 風으로써 아랫사람을 교화해 나가고, 아랫사람은 風으로써 윗사람을 풍자해 나가되 문(글)을 위주로 하여 넌지시 간하니, 말하는 사람은 죄가 없고 듣는 사람은 족히 경계가 되니, 그러므로 이르기를 '風'이라고 한다."26)라고 하여, '風'이 윗사람(위정자)이 교화해 나가고 아랫사람(백성)이 풍자해 나가는 데서 이루어지는 것임을 밝혔다. 「모시서」 마지막 부분에서 "그러므로 「관저」는 淑女숙녀(어질고 얌전한 여자)를 얻어서 君子군자의 짝이 되게 하는 것을 즐거워하고, 사랑함(근심함)이 어진이를 나아가게 하는 데 있어 그 美色미색으로 인하여 넘치지 않으며, 그 '아리땁고 고움[窈窕요조]'을 애틋해하고 어진 才量재량을 사모하되 선善한 마음을 傷상하게 함이 없으니, 이는 「관저」에 나타난 시의 이치이다."27)라고 한 것은 "낙이불음, 애이불상"의 뜻을 드러낸 것이다.

"樂而不淫낙이불음, 哀而不傷애이불상"을, "즐거워하면서도 넘치지 않고, 슬퍼하면서도 마음을 상하지는 않는다."라고 평할 의미를 "시에 감정이 지나치게 노골적으로 나타나는 것을 좋아하지 않고, 또 감정이 극단적으로 흐르는 것을 경계한 것이다"로 논하여28) 공자가 논한 본

---

25) 「毛詩序」. "關雎, 后妃之德也, 風之始也, 所以風天下而正夫婦也. 故用之鄕人焉, 用之邦國焉. 風, 風也, 敎也, 風以動之, 敎以化之."

26) 「毛詩序」. "上以風化下, 下以風刺上, 主文而譎諫, 言之者, 無罪, 聞之者, 足以戒, 故曰風."

27) 「毛詩序」. "是以關雎樂得淑女, 以配君子, 愛[憂]在進賢, 不淫其色, 哀窈窕, 思賢才, 而無傷善之心焉, 是關雎之義也."

28) 河正玉, 「孔子의 文學思想: 論語의 記錄을 중심으로」, 『論文集』 5(1), 국민대학교, 1973, 116쪽.

래의 의미를 제대로 드러내지 못하였다. 이는 '즐거워하되 마음이 도리에 넘치지 않고 슬퍼하되 몸과 마음을 심히 상하게 하지 않는다.'는 것으로, 『시경』 시의 中正_{중정}한 道, 곧 저울추처럼 융통성 있게 행하는 權道_{권도} 곧 時中_{시중}이 되기 때문이다.

현대시 김소월의 「진달래꽃」 중 "죽어도 아니 눈물 흘리오리다"가 애이불상의 의미를 지닌 구절이다. 임은 떠나갔지만 나는 그 슬픔 때문에 내 몸과 마음이 다칠 정도의 아픔으로 무너지지는 않겠다는 말이다. 그리고 그 슬픈 마음을 속으로 삭이면서 슬픈 감정을 겉으로 드러내지 않겠다는 의지의 의미도 있다. 따라서 '애이불상'은 슬픈 감정을 마음속에 숨기면서 혼자만 끙끙대는 것이 아니라, 슬퍼하기는 하지만 그 슬픔으로 마음과 몸이 傷_상하게 할 정도는 아니라는 것이다. 슬픔이 너무 커서 그것이 마음의 병 곧 恨_한이 되어 떠난 임을 원망하거나 나무라는 상태의 정서가 아니라, 떠난 임으로 인한 슬픈 감정을 심히 드러내기는 하지만 몸과 마음까지 상하게 하지는 않겠다는 정서이다. 이는 애이불상이 사람들의 정서 순화에 이바지할 수 있음을 확인하게 한다.

3) 有德者, 必有言. 有言者, 不必有德

문학 연구에 있어 작가와 관계없이 작품만 놓고 연구하자는 견해도 일부 있다. 하지만 보다 바람직한 연구는 좋은 작품만 떼어놓고 좋은 작품만 평하는 일보다는 그 작가의 삶도 함께 바라보아야 한다는 것이다. 작품에는 작가의 삶이 반영되기에, 그 작가의 행적 또한 도외시할 수 없다.

『論語_{논어}』 「憲問_{헌문}」 篇 '有德_{유덕}' 章에 "子曰_{자왈}, 有德者_{유덕자}는 必有言_필

유언이어니와 有言者유언자는 不必有德불필유덕이니라." 하여, 덕행의 중요
성을 강조한 구절이 있다. "공자께서 말씀하시기를, '덕이 있는 자는
반드시 말이 있거니와, 말이 있는 자가 반드시 덕이 있는 것은 아니니
라'라고 하셨다."로, 풀이 된다. 덕이 있는 사람은 말 잘하는 것을 목표
로 삼지 않아도 반드시 말다운 말, 글다운 글을 후세에 남기지만 말과
글을 잘하는 사람이라 해서, 반드시 덕이 있는 것은 아니라는 말이다.
말만 잘하는 자는 말재주에 익숙하여 구변만 좋기 때문이다.

　덕이 있는 사람은 좋은 말이나 글을 후세에 남기는 '立言垂後입언수후'
할 수 있다. 중국 전국시대 굴원, 삼국시대 촉나라 제갈량, 당나라
이백과 두보, 송나라 소동파 같은 이는 좋은 글을 짓는 것을 인생의
목표로 삼은 것은 아닐 것이다. 굴원의 「이소」·「어보사」와 제갈공명
의 「출사표」 같은 명문을 남기는 것을 목표로 삼지 않아도 그들의
행적만으로도 충절은 만고에 빛나고 있기 때문이다. 따라서 덕행이
있는 사람은 말다운 말 글 다운 글을 남기기 이전에 이미 덕으로써
사람을 감화시킬 수 있다. 진시황 시절 중국의 법제를 완성한 李斯이사
도 「上秦皇逐客書상진황축객서」라는 명문을 남겼다. 그리고 가까이는 친일
파 작가들의 글도 있다. 이들은 德이 없기에 비난받는다. 『論語논어』
「衛靈公위령공」篇 '言擧언거'章에 "군자는 말로써 사람을 천거하지 않으
며, 사람으로서 말을 버리지는 않느니라."29)고 하여, 말만 들어보고
그 사람을 믿거나 천거하지도 않고 인정하지 않으며 사람의 행실이
나쁘다고 해서 그 사람됨을 가지고서 그 사람의 좋은 말이나 글까지
도 버리지 않는 것이 군자의 도리라고 하였다. 이사李斯나 친일파 작가
들의 행적과 글을 살펴 나쁜 행위를 한 사람도 좋은 글을 남기기는

---

29) 『論語』, 「衛靈公」篇 '言擧'章. "君子, 不以言擧人, 不以人廢言."

하였지만, 행적을 소개하여 후세인들로 거울삼게 하여야 한다. 참된 말은 본보기로 삼고 나쁜 말은 경계의 대상이 될 수 있기 때문이다.

退溪퇴계 李滉이황이 「陶山十二曲跋도산십이곡발」 뒷부분에서 "돌아보건대, 스스로 생각하기로는 자취가 자못 어긋난지라, 이 같은 한가한 일로 해서 혹시 말썽을 일으키지나 않을는지 알 수 없으며, 또 그것이 노래 곡조에 들 수 있는지 음절에 맞을는지 아닌지도 알 수 없어서, 짐짓 한 벌을 베껴서 상자에 넣어 두고 때때로 내어 보고 스스로 살피기도 하며, 또 뒷날 보는 이가 버리고 취함을 기다리노라 할 따름이다."[30] 라고 하였는데, 그 글 구절 가운데에는 특히 노래를 짓는 작자로서의 신중한 태도와 선비로서의 謙讓之德겸양지덕이 나타나 있다. 그중에 특히 "스스로의 자취가 자못 어긋난지라, 이 같은 한가한 일로 해서 혹시 말썽을 일으키지나 않을는지 알 수 없다."라고 한 것은, 아마도 어려운 때에 벼슬을 사양하고 귀향하여 아이들을 모아서 가르치거나 한가히 노래나 지어서 학동들에게 부르게 하는 것이 스스로 생각하기에 가장 바람직한 참된 선비의 자세가 된다고는 여기지 않았던 데서 나온 말일 것이다.

그러나 적극적인 자세로 벼슬길에 임하여 현실을 바로잡는 데 참여하지는 못한다고 하더라도, 후학들을 가르치면서 말다운 말, 글다운 글을 남겨 立言垂後입언수후하는 것도 세상을 바로잡고 밝은 내일을 기약하고자 하는 선비 본래의 뜻에 결코 어긋나는 일은 아닐 것이다. 그리고 스스로 짓는 노래가 '곡조에 들고 음절에 맞을는지 알 수 없다'고 한 것 또한, 퇴계와 같은 참된 선비들이 노래 한 편을 짓는 데서도

---

30) 李滉, 『退溪全書』, 『退溪先生文集』 卷之四十三. "顧自以蹤跡頗乖, 若此等閑事, 或因以惹起鬧端未可知也, 又未信其可以入腔調諧音節與未也, 姑寫一件, 藏之篋笥, 時取玩以自省, 又以待他日覽者之去取云爾."

▲ 도산서원 들어가는 입구에 세워져 있는 도산 12곡의 시비(詩碑)이다. 퇴계 선생 탄신 500주년이 되던 2001년 1월에 건립되었다. 전6곡은 언지(言志)로 자연에 대한 감흥을 노래한 것이고, 후6곡은 언학(言學)으로 학문 수양의 자세를 노래한 것이다.

▲ 경기도 파주시 법원읍 동문리 밤나무골(율곡)에 위치한 자운서원의 모습이다. 광해군 7(1615)년에 지방 유림들이
율곡 이이 선생의 덕행을 추모하기 위해 세운 서원이다.

얼마나 신중한 자세를 지니고 겸손한 마음을 잃지 않았던가를 생각하
게 하는 대목이다.31) 율곡도 「精言妙選序정언묘선서」에서 "시가 비록 학
자의 능사가 아니지만, 이 또한 성정을 읊으며 청화한 마음에 통하고
사무치게 하여 흉중의 더러운 찌꺼기를 씻어냄은 存心省察존심성찰에
한 가지 도움이 되는 것이다"32)라고 하여, 시의 효용성을 언급하였다.
그러면서 "어찌 아로새기고 그려내고 수놓고 꾸미고 하여 방탕한 마
음에 정을 옮겨서 지을 것이겠는가?"33)라고 하여, 내용이 부실하면서
겉꾸밈만 일삼는 시 짓기는 비판하였다. 모두가 『논어』에서 말한 공
자의 문학론과 관련이 있다.

　"有德者유덕자, 必有言필유언"은 내용과 도덕을 중시한 것으로 간주하여

---

31) 鄭堯一, 『漢文學의 硏究와 解釋』, 一潮閣, 2000, 245쪽 참조.

32) 李珥, 「精言妙選序」. "詩雖非學者能事, 亦所以吟詠性情, 宣暢淸和, 以滌胸中之滓穢, 則亦存省
　　之一助."

33) 李珥, 「精言妙選序」. "豈爲雕繪繡藻, 移情蕩心而設哉."

후대의 貫道論관도론과 載道論재도론을 가져오게 하였다고 한 연구[34]도 있었다. 그러면서 唐당나라 고문가인 韓愈한유의 관도론을 후대의 성리학자가 재도론으로 수정한 것이라고 하면서 문사는 枝藝가예에 불과하며, 북송 때 程頤정이와 같은 문장해도론으로 극단화되었으며, 관도론과 재도론이 文에 대한 경중에서도 서로 다른 태도를 보였다[35]고 하였다. 그러나 관도론과 재도론은 다른 의미가 아니며, 문장이 末技말기이기는 하나, 道에 비해서 덜 중시하기는 해도 불필요의 의미는 아니다. 이는 문장을 지을 때 문장의 표현력보다 문장의 알맹이인 道를 더욱 중시해야 한다는 것으로, 참된 내용을 실어서 표현하는 데 의의가 있다는 것이다. 또한 程子정자의 作文害道論작문해도론을 표면적으로 드러난 뜻인 '문장을 짓는 것은 道를 추구하는 데에 害해가 된다'로만 인식하여 부정적으로 보면 안 되는 것이다. 그 이면적인 뜻은 문장을 짓는데 道를 해치지는 않는지 그 뜻을 잘 살펴보고 바른 뜻의 문장을 짓는 데 힘쓰라는 의미이기 때문이다. 아직도 일부 연구자들이 오해하고 있는 것처럼, 문장을 짓는 것이 道에 害가 되니까 문장을 짓지 말라는 뜻은 아닌 것이다. 『孟子맹자』의 '萬章만장'章의 "以意逆志이의역지"처럼 독자의 마음속의 뜻으로 글쓴이의 본뜻을 미루어보는 지혜도 필요하다. 이처럼 일부 잘못된 연구를 바로잡기 위해서도 『논어』에 나타난 문학론의 개념을 제대로 살필 필요가 있다.

---

34) 鄭羽洛, 「논어에 나타난 공자의 예술정신과 문학사상」, 『大東漢文學』 18, 大東漢文學會, 2003, 217쪽.
35) 위의 논문, 218쪽.

4) 詩可以興

『論語논어』「泰伯태백」篇 '興詩흥시'章에 "공자께서 말씀하시기를, '詩시에서 정서가 흥기되며, 禮예에서 세상에 우뚝 서며, 音樂음악에서 인격이 완성되느니라.'라고 하셨다."36)라는 말씀이 있다. "시에서 정서가 흥기된다."는 말은 '시를 통하여 정서가 일어난다.'는 의미이다. 참된 시는 바른 성정에 바탕을 두고 짓기 때문에 시를 배우는 자는 처음 공부할 때에 『시경』시와 같은 좋은 시를 접해야 된다는 논리이다. 그래야 그 시를 노래하는 과정에서 착함을 좋아하고 악을 미워하는 마음이 생겨 능히 사람으로서의 참된 도리를 행하는 도리를 그만둘 수 없는 점이 터득된다는 것이다. 예를 들면, "외뿔소도 아니고 호랑이도 아닌데, 넓은 들판 헤매고 있네. 슬프다 우리 나그네여, 아침이고 저녁이고 쉴 겨를 없네."37)라고 하여, 위정자의 잘못된 정치로 살기가 힘들어 들판을 헤매고 어느 때인들 쉴 틈도 없다는 것이다. 이런 시를 통해 위정자의 잘못을 깨우쳐 주고, 노래하는 자는 바른 정서를 흥기할 수 있다. 시로써 풍자하니 노래하는 사람은 죄가 없고 듣는 위정자는 깨우침이 있게 된다.

"禮예에서 세상에 우뚝 서다"는, 예의로써 근본 삼는다는 말이다. 예는 마음으로 공순히 함과 외모로 공경함과 사양함과 겸손히 함을 추구하는 것이다. 배우는 자가 살아가는 동안 자기가 처한 상황에 맞게 예를 갖추면서 몸과 마음이 건강해지고 건전해져서 부귀영화나 권력욕에 마음이 흔들리거나 빠지지 않게 된다는 것이다. 따라서 예

---

36) 『論語』「泰伯」篇 '興詩'章. "子曰, 興於詩 立於禮 成於樂."
37) 『詩經』「小雅」'何草不黃'. "匪兕匪虎, 率彼曠野. 哀我征夫, 朝夕不暇."이 글에서 『시경』 해석은 주자의 『시집전』과 「모시서」를 참조했음.

에 서게 되면 외물에 의해 마음이 흔들리거나 빼앗김이 없게 된다. 이는 공자가 예를 통해, '봉건 정치의 멍에를 직접 타파하려는 시도였다.'[38] 신분제도와 혈연으로 정해진 君子군자와 小人소인의 관계를 공자는 『논어』에서 "君子는 周而不比주이불비하고 小人은 比而不周비이부주니라."[39]라고 하여, 의리와 이익으로 구분지어 봉건적 신분제도의 타파를 시도했기 때문이다.

"음악에서 인격이 완성된다"는 말은, 음악을 통해 인격과 학문이 완성된다는 말이다. 주자는 집주에서 음악으로써 "사람의 성정을 기르고 마음속의 그 간사하고 더러움을 씻어내며 그 찌꺼기를 녹게 할 수 있다"[40]고 하였다. 그러면서 주자는 배우는 자의 종당 공부에 義의가 정성스럽고 仁인이 익숙한 데에 이르러 스스로 도덕에 화합되고 순종하는 바가 반드시 음악에서 터득되니, 음악을 배워 터득하는 경지가 배움이 완성되는 단계라고 하였다.

위의 자료에서 공자는 詩시·禮예·樂악의 공부를 통해 정서가 흥기되고 세상에 우뚝 존립할 수 있는 삶의 자세가 확립되어 마침내 인격이 완성된다고 하였다. 다시 말하자면 시로써 올바른 성정을 다스려 착한 것을 좋아하게 되고 악한 것을 미워하게 되며, 예 공부를 통해 사람이 군자다운 모습으로 우뚝 설 수 있고, 음악으로써 인격과 학문이 완성된다는 것이다. 퇴계 이황 선생도 「도산십이곡발」의 시를 짓게 된 동기를 말하는 부분에서 시를 노래하게 되면, "행여 비루한 마음을 씻어내어 감발되고 녹아 소통되게 한다면, 노래하는 자와 듣

---

38) 김원중, 「孔子 文學理論의 思想的 檢討」, 『建陽論叢』 4, 건양대학교, 1996, 53쪽 참조.
39) 『논어』 「爲政」篇 '周比'章. "군자는 의리로 두루 친하기는 해도 이익으로 나란히 편을 가르지 않고, 소인은 이익으로 나란히 따르기는 해도 의리로 두루 친하지는 못하느니라."
40) 『論語』 「泰伯」篇 '興詩'章 朱子集註. "可以養人之性情, 而蕩滌其邪穢, 消融其査滓."

는 자가 서로 유익하게 될 것"41)이라고 하였다. 그러면서 우리 동방의 노래가 대체로 음란하여 족히 말할 것이 못 된다고 하면서 그 예로, 「翰林別曲한림별곡」類류와 李鼈이별의 「六歌육가」를 들었다. "「한림별곡」류는 문인의 입에서 나왔으나, 호걸스러움을 자랑하여 방탕하며 아울러 무례하고 거만하고 희롱하고 친압한 것으로, 군자가 숭상할 바는 못 된다고 하였다. 그러면서 이별의 「육가」는 「한림별곡」보다는 좋다고는 하나, 세상을 놀리는 불공스런 뜻이 있고 溫柔敦厚온유돈후한 실속이 적다."42)고 하였다.

李鼈이별의 「藏六堂장육당 六歌육가」는 李鼈의 증손자인 李光胤이광윤(1564 ~1637)에 의해, 한역시 4수로 번역되어 전한다.

내 이미 백구 잊고, 백구도 나를 잊어.	我已忘白鷗, 白鷗亦忘我.
둘이 서로 잊었으니, 누군지 모르리라.	二者皆相忘, 不知誰某也.
언제나 해옹을 만나, 이 둘을 가려낼꼬.	何時遇海翁, 分辨斯二者.

붉은잎 산에 가득, 빈강에 떨어질 때.	赤葉滿山椒, 空江零落時.
가랑비 낚시터에, 낚시질 제 맛이라.	細雨漁磯邊, 一竿眞味滋.
세상에 이득 찾는 무리, 서로 알아 무엇하리.	
	世間求利輩, 何必要相知.

내 귀가 시끄러우니, 네 표주박 팽개치고.　　吾耳若喧亂, 爾瓢當棄擲.

---

41) 李滉, 『退溪先生文集』 卷43 「陶山十二曲跋」. "庶幾可以蕩滌鄙吝, 感發融通, 而歌者與聽者, 不能無交有益焉."

42) 李滉, 『退溪先生文集』 卷43 「陶山十二曲跋」. "如翰林別曲之類, 出於文人之口, 而矜豪放蕩, 兼以褻慢戲狎, 尤非君子所宜尙, 惟近世有李鼈六歌者, 世所盛傳, 猶爲彼善於此, 亦惜乎其有玩世不恭之意, 而少溫柔敦厚之實也."

네 귀를 씻은 샘에, 내 소는 먹일 수 없다.　爾耳所洗泉, 不宜飮吾犢.

공명은 해진 신짝이니, 벗어나 즐겨보자.　功名作弊屨, 脫出遊自適.

옥계산 흐르는 물, 연못 되어 달 가두고.　玉溪山下水, 成潭是貯月.

맑으면 갓을 씻고, 흐리면 발을 씻네.　淸斯濯我纓, 濁斯濯我足.

어찌하여 세상 사람들, 청탁을 모르는고.　如何世上子, 不知有淸濁.43)

　작가 이별은, 형님인 이원이 김종직의 伸冤신원 운동을 하다가 甲子士禍갑자사화(1504)에 연루되어 죽임을 당하자, 이후 세상 부귀를 단념하고 황해도 평산 옥계서원으로 들어가 평생을 은거하였다. 이별은 이곳 옥계서원에 은거하면서 「장육당 육가」를 지었다. 그래서 이 노래의 주제가 세속적인 삶에 대한 초월로 다분히 현실도피적이면서 비분강개의 젊은 혈기가 느껴진다. 그래서 퇴계는 '玩世不恭완세불공'하고 '溫柔敦厚온유돈후'의 실속이 적다고 도덕적 측면에서 평가하였다. 첫 번째 연은 忘機故事망기고사를 통해 세상일에 초연함을 노래하였으며, 제2연은 낚시를 즐기며 살아가는 삶의 모습이다. 제3연은 세속의 부귀영화로부터 벗어났음을, 요순시절 기산에 은거한 許由허유와 巢父소보의 고사를 통해 노래하였다. 제4연은 세상 사람들이 청탁의 구별을 못하는데, 시적 화자만이 굴원의 「漁父辭어보사」의 굴원처럼, 청탁을 구별하여 옥계산 아래에서 은둔하고 있다. 현실 세계는 혼탁한 세상이고 자연은 친화적 공간으로, 그 속에서 삶을 즐기려는 태도이다.

　현전하는 이별의 한역시 「장육당 육가」 4수는, 모두 세상일과 무관하게 홀로 지내는 은둔자의 모습을 그렸다. 그러나 퇴계가 생각하는

---

43) 최재남, 「장육당 육가와 육가계 시조」, 『어문교육논집』 7, 부산대학교 국어교육과, 1983.

유자의 상은, 세상의 일로부터 초연한 채 자기만의 은둔의 삶을 사는 것이 아닌 것이다. 유자는 어디에 처해도 세상일을 잊지 않기 때문이다. 이런 점에서 퇴계는 이별의 「육가」가 세상을 희롱하고 불경스러운 내용이 있다고 하였다. 따라서 참된 유자는 은둔의 삶을 살면 안 되고, 성품은 따스하고 부드러우며 인정은 두텁고 두터워야 한다. 퇴계가 온유돈후의 실속을 강조한 것은 선비정신의 일환으로 『禮記예기』 「經解경해」篇의 공자 말씀인 "그 나라에 들어가 보면 그 교화된 정도를 가히 알 만하니, 그 사람됨이 온유돈후한 것은 시로써 교화된 까닭이다"44)라고 한 문학론을 따른 예이다.

　詩歌시가는 작자 또는 노래하는 사람의 性情성정을 노래하거나 그 성정에서 우러나는 것이다. 그러므로 시가는 성정의 바른 데서 나와서 讀者독자나 聽者청자에게 감동을 줌으로써 그 성정을 바른 데로 나아가게 하고 바른 성정을 지니게 하자는 것이다. 그리하여 독자 또는 청자나 가창자는 시가를 통해 우리 마음 가운데 비루하고 인색한 마음을 씻어내고 感發融通감발융통하게 하려는 데 그 목적이 있는 것이다. 퇴계가 「도산십이곡발」에서 "아이들로 하여금 아침저녁으로 익혀 노래하게 하고 의자에 기대어 듣게 하며, 또한 아이들로 하여금 스스로 노래하며 스스로 춤추고 뛰게 하고자 함이거늘, 행여 비루하고 인색한 마음을 씻어내어 감발되고 (맺힌 마음을) 녹여 통하게 한다면, 노래하는 자와 듣는 자가 서로 유익함이 없지 않을 것이다."45)라고 하여, 시가의 효용성을 논하였다. 따라서 공자가 『논어』에서 '시에서 정서가 흥기되고 음악에서 인격이 완성된다'고 한 이론이 퇴계의 시가론

---

44) 『禮記』 「經解」篇. "孔子曰, 入其國, 其教可知也, 其爲人也, 溫柔敦厚, 詩教也."

45) 李滉, 『退溪先生文集』 卷43 「陶山十二曲跋」. "欲使兒輩朝夕習而歌之, 憑几而聽之, 亦令兒輩自歌而自舞蹈之, 庶幾可以蕩滌鄙吝, 感發融通, 而歌者與聽者, 不能無交有益焉."

에 잘 드러났다. 퇴계 역시 유가의 문학관인 성정순화와 풍교론을
중시하여, 시론을 전개하였다.

5) 興觀群怨事

『論語논어』「陽貨양화」篇 '學詩학시'章에 참된 시의 효용성을 일깨워준
내용이 있다.

> 공자께서 말씀하시기를, "애들아, 어째서 그 시(『시경』 시)를 배우지 않
> 느냐? 시는 가히 (그로써 의지와 정서를) 흥기시킬 수 있으며, 가히 (그로
> 써 정치의 득실과 풍속의 순후함을) 살펴볼 수 있으며, 가히 (그로써) 무리
> 지어 살 수 있으며, 가히 (그로써) 원망할 수 있으며, 가까이로는 부모를
> 섬길 수 있으며, 멀리는 임금을 섬길 수 있고, 새와 짐승, 풀과 나무의
> 이름을 많이 알 수 있느니라."고 하셨다.[46]

공자는 제자들에게 참된 시인 『시경』 시를 어째서 배우지 않느냐고
하면서 시의 좋은 점 몇 가지를 제시하였다. 그 첫 번째로 "可以興가이흥"
은, 『시경』 시 같은 좋은 시를 읊조리고 노래하면 나도 모르게 착한
일을 행하게 되며, 나아가서는 仁을 행할 수 있는 의지와 정서를 일어
나게 할 수 있다는 말이다. 따라서 시를 통해 인성을 함양하고 발전
및 완성에 도달할 수 있다는 주장이다. 두 번째 "可以觀가이관"은, 참된
시를 읊조리고 노래함으로써 정치의 잘잘못을 따지고 풍속이 순박하

---

46) 『論語』「陽貨」篇 '學詩'章. "子曰, 小子, 何莫學夫詩. 詩 可以興 可以觀 可以群 可以怨 邇之事父
遠之事君 多識於鳥獸草木之名."

면서도 인정이 두터우며 꾸밈이나 거짓이 없이 순수함을 살펴볼 수 있는 안목과 역량을 지니게 된다는 것이다. 일부 연구자가 '觀관'은 '일정한 사회, 인간의 도덕 감정과 심리 상태 곧 시가 표현하는 인간의 도덕 정신의 심리 상태로부터 나온 觀관'[47]이라고 하였지만, 심리인 정감만 가지는 것이 아니라 실천할 수 있는 역량까지 지닐 수 있게 하는 것이다. 그리고 세 번째인 "可以群가이군"은, 참된 시를 노래함으로써 집단생활을 하며 군중들 속에서 무리 지어 평화롭게 사는 인정을 터득할 수 있다는 것이다. 농경시대 때 사람들은 노동요를 부르며 서로 어울리면서 지친 삶의 노고를 잊고 조금은 여유로운 삶을 살게 되었을 것이다. 그런 가운데 화평한 마음도 일어나면서 부모 형제는 물론 이웃들에 대한 배려와 인류의 애환을 느낄 수 있었을 것이다. 따라서 좋은 시는 남들과 잘 어울릴 수 있게 하는 것으로, 사회적 기능을 의미한다. 네 번째인 "可以怨가이원"은, 참된 시의 원망하는 부분을 노래하고 읊조리게 되면 자기 마음속에 맺혀 있던 원망의 정을 조금 부드럽게 표현할 수 있다는 것이다. 시나 노래로써 원망하는 마음을 드러내거나 진실한 마음으로 바른말을 하되 은근히 충간함으로써, 노래하거나 말하는 자는 죄가 없고 듣는 사람도 족히 경계할 만한 점이 있다는 것이다. 그래서 공자는 시나 글로 원망하는 마음을 드러낼 수 있다고 하였다. 이는 시 또는 문학이 가지는 비판적 기능인 것이다. 따라서 공자는 개인의 사리사욕에 의한 불만족으로 생기는 원망이나 자신이 노력하지 않고 하늘과 남을 탓하는 원망은 반대하였다. 원망에도 진실성이 전제되기 때문이다. 다섯 번째 "邇之事父이지사부, 遠之事君원지사군"은, 『시경』시 같은 참된 시는 부모를 섬기는 일과 임금

---

47) 李澤厚·劉綱紀 主編, 權德周·金勝心 共譯, 『中國美學史』, 대한교과서주식회사, 1992, 143쪽.

을 섬기는 일 등을 읊고 노래하는 가운데 도리를 알게 함으로써, 사람들이 살아가면서 지켜야 할 삶의 도리를 알게 된다는 것이다. 시의 역할에 대한 공자의 종합적 분석이다.

"可以怨"과 "邇之事父, 遠之事君"의 예로, 茶山다산 丁若鏞정약용의 「原怨원원」을 살펴보자.

아버지가 자식을 사랑하지 않는다 하여 원망하면 되겠는가. 그것은 안 될 일이다. 그러나 자식이 효도를 다 하고 있는데도 아버지가 사랑하지 않기를 마치 瞽瞍고수가 虞舜우순을 대하듯이 한다면 원망하는 것이 옳은 일이다. 임금이 신하를 돌보지 않는다 하여 원망하면 되겠는가. 그것은 안 될 일이다. 그러나 신하로서 충성을 다 했는데도 임금이 돌보지 않기를 마치 懷王회왕(전국시대의 초나라 왕)이 屈平굴평(굴원)을 대하듯이 한다면 원망하는 것이 옳을 것이다.[48]

茶山다산은 「原怨」에서 원망은 "天理천리"라고 정의하였다. 순임금이나 초나라 충신 굴원의 예를 통해 자식이 부모 섬기기를 최선을 다하고, 신하는 임금 섬기기를 자기 본분에 충실하였을 때 그 부모나 임금이 그들을 사랑하고 돌보지 않았다면 원망할 수 있다는 논리이다. 굴원도 「離騷이소」에서 자기 자신은 충성을 다 했으나 간신들의 말만 믿고 잘못된 길로 간 회왕을 원망하였다. 그러면서 지금의 세태를 원망하고 자신의 고결한 뜻을 지키고자 하면서 자신이 버림받은 이유와 혼탁한 세상과 어울리지 않으려는 마음을 읊조렸다. 이는 茶山이

---

48) 丁若鏞, 『茶山詩文集』卷10 '原' 「原怨」. "父不慈, 子怨之可乎. 曰未可也. 子盡其孝, 而父不慈, 如瞽瞍之於虞舜, 怨之可也. 君不恤臣, 怨之可乎. 曰未可也. 臣盡其忠, 而君不恤, 如懷王之於屈平, 怨之可也."

「原怨」에서 충언을 간하다 오히려 참소되어 유배객이 된 굴원이 유배지에서 지은 「이소」작품의 일부 내용을 비유하여 표현한 것이다. 따라서 다산이 「원원」에서 밝힌 "원망이란 상대의 입장을 이해한 나머지 성인으로서도 인정한 사실이고, 忠臣충신·孝子효자의 입장에서는 자기 충정을 나타내는 길이다. 그러므로 원망을 설명할 수 있는 자라야 비로소 시를 말할 수 있고, 원망에 대한 의의를 아는 자라야 비로소 충효에 대한 감정을 설명할 수 있다."[49]라고 한 것처럼, 굴원이나 다산 모두 『논어』에서 孔子공자가 주장한 "可以怨"과 "邇之事父, 遠之事君"의 문학론이 반영한 경우이다.

　茶山은 할 말이 있으면 원망까지도 할 수 있다고 하면서, 다만 덕행이 전제되어야 한다고 하였다.

　　司馬遷사마천은, "「小雅소아」는 怨誹원비하면서도 질서를 어지럽히지 않고 있다."라고 하였고, 孟子맹자는, "어버이의 허물이 지나친 데도 원망하지 않는다면 그것은 지나치게 간격을 둔 것이다."라고 하였다. 결국 원망이란, 상대의 입장을 이해한 나머지 성인으로서도 인정한 사실이고, 忠臣충신·孝子효자의 입장에서는 자기 충정을 나타내는 길이다. 그러므로 원망을 설명할 수 있는 자라야 비로소 시를 말할 수 있고, 원망에 대한 의의를 아는 자라야 비로소 충효에 대한 감정을 설명할 수 있다. 가령 돈과 재물을 좋아하고 제 처자만 사랑하여 閨房규방 안에서 비난을 일삼는 자이거나, 또는 재능도 없고 덕도 없어서 淸明청명한 세상에 버림받고 조잘조잘 윗사람 헐뜯기나 좋아하는 자이면 그것은 悖亂패란을 일삼는 일이니 거론할

---

49) 丁若鏞, 『茶山詩文集』卷10 '原'「原怨」. "怨者聖人之所矜許, 而忠臣孝子之所以自達其衷者也. 知怨之說者, 始可與言詩也, 知怨之義者, 始可與語忠孝之情也."

필요나 있겠는가?50)

　덕행을 지닌 충신이나 효자는 진정한 마음을 담아 충간하기에 원망의 말을 해도 무방하다는 것이다. 특히 사마천은 『詩經시경』「小雅소아」를 예를 들면서 원망뿐만 아니라 비방까지도 가능하다고 하였다. "어느 풀인들 마르지 않는가? 어느 누군들 홀아비가 되지 않는가? 불쌍한 우리 부역자들은 홀로 백성이 아니란 말인가?"51) 이는 『詩經』「小雅」의 '何草不黃하초불황'의 두 번째 수이다. 부역에 끌려 나와 집에 돌아가지 못한 정부征夫의 원망과 비방이 담겨 있다. 東周동주 幽王유왕 시절에 사방의 오랑캐가 침범하자 백성들은 전쟁터로 끌려가고 위정자는 백성들을 짐승처럼 대하니, 군자가 현실을 걱정하여 풍자시를 지은 것이다. 하지만 덕행도 없으면서 자신의 부귀영화만 노리는 사람은 원망의 말을 한다든지 겉꾸밈을 일삼는 글을 지을 수도 없을 뿐만 아니라 남겨서도 안 된다는 논리이다. 덕행을 지닌 자만이 원망과 비난의 노래를 부를 수 있다는 말이다. 이렇듯 조선 후기 실학자도 공자의 문학론을 계승하였다.

---

50) 丁若鏞, 『茶山詩文集』卷10 '原'「原怨」. "司馬遷曰, 小雅怨誹而不亂, 孟子曰, 親之過大而不怨, 是愈疏也. 怨者聖人之所矜許, 而忠臣孝子之所以自達其衷者也. 知怨之說者, 始可與言詩也, 知怨之義者, 始可與語忠孝之情也. 若夫好貨財私妻子, 竊訕於閨房之內者, 與夫無才無德, 遭棄捐於淸明之世, 而喁喁然好謗其上者, 悖亂之行也, 何數焉."

51) 『詩經』「小雅」'何草不黃'. "何草不玄, 何人不矜. 哀我征夫, 獨爲匪民."

3. 동양 문학론의 근원 고찰 의의와 전망

동양 문학의 정수라 할 『論語』에 나타난 문학론은 중국뿐 아니라 우리나라와 일본 등 동아시아 문학관이나 문학론에 지대한 영향을 미쳤다. 이에 『논어』에 나타난 문학론을 살피는 것은 아직까지 문학론으로 묶어서 살펴본 연구도 없을 뿐만 아니라, 또한 동양 문학론의 근원을 고찰하는 것이기에 그 의의가 있다 할 것이다. 그리고 선대의 문학론의 원류라 할 공자가 『논어』에서 언급한 용어를 살펴봄으로써 선대의 문학사 또는 문학론을 이해하는 데 필요한 것이라 생각되어 시도한 것이다. 본론에서 논한 구절들은 고전 문학을 이해하는 데 중요시될 뿐만 아니라 지금의 문학 이해에도 도움이 되기에, 용어의 개념이 오해되기 쉬운 측면을 살피면서 개념의 바른 이해에 도달해 보려는 것이다. 따라서 이 글에서는 『논어』에 나타난 문학론 모두를 한 번에 다 논할 수는 없었다. 후대의 문인들이 중요시하여 문학의 개념으로 살펴보았지만 그 개념이 오해된 문학론과 선대의 문인들이 중시했던 문학론 위주로 살폈다. 그 결과 『논어』에 나타난 문학론은 성정순화와 풍교론에 영향을 미쳤다. 성정순화와 풍교론을 통해 사람이 세상을 살아가면서 갖추어야 할 품성과 지식, 그리고 우리 사회에 대한 책무까지도 알게 하였다. 개인은 인격 수양이나 다른 사람들과 어떻게 어울리면서 살아갈 것인가와 같은 인간 관계의 고민인 개인적 삶의 문제와 위정자가 잘못된 정책을 펼치면 그 잘못을 노래로써 풍자하여 위정자의 잘잘못을 바로잡으려는 사회적 차원의 문제 등이 주 내용이었다. 따라서 개인의 인격 수양과 성정순화를 강조하였으며, 사회가 잘못되면 그 잘못된 정사를 바로잡기 위해 원망의 노래로 가혹한 정치를 비판한 노래를 높게 평하였다.

선대의 문인들이 이론화한 문학론은 대체로 우리가 세상을 살아가면서 필요한 영역을 논하였는데, 풍교와 관련이 있다. 가령 위정자가 잘못하면 풍자하여 그 잘못을 바로잡을 수 있어야 참된 문인이거나 유학자라고 정의하였다. 마치 「모시서」에 "풍은 바람이라는 말이요, 가르침이라는 말이니, 바람이 불 듯 불어서 감동시키고 가르쳐서 감화해 나간다는 뜻이다."라고 한 것처럼, 문학은 인륜의 도를 밝히고 바로잡자는 뜻에서 시작되었다. 이는 茶山대산이 「原怨원원」에서 "고수가 날마다 순을 죽이는 것을 일삼았는데도 순은 태연한 자세로 아무런 근심도 없이 '나는 힘을 다해 밭을 갈아서 자식의 직분을 다할 뿐, 부모가 나를 사랑하고 사랑하지 않는가가 나에게 무슨 상관인가.'라고 말한다면, 그 순이야말로 冷心硬腸냉심경장의 인물로서 자기 부모를 길가는 사람 보듯 하는 사람일 것이다. 그러므로 하늘을 우러러 길게 울고 원망하고 애모하였으니 그것이 天理천리이다. 또 회왕이 아양 떠는 첩과 아첨하는 신하에게 매혹되어 굴평(굴원)을 쫓아냈을 때 굴평이 태연한 자세로 아무 근심도 없이 '나는 하고 싶은 말을 숨김없이 다하여 신하로서의 직분을 충실히 이행할 뿐, 임금이 깨닫지 못한 것이야 나에게 무슨 상관인가?'라고 했다면, 굴평은 냉심경장의 인물로서 자기 임금을 길가는 사람 보듯 하고 자기 나라 망하는 것을 마치 한판의 바둑에 지듯이 여기는 사람이 되고 말았을 것이다. 그러기에 근심과 슬픔을 안고 맴돌고 또 돌아보고, 「離騷이소」니 「九歌구가」니 「遠遊원유」니 하는 글들을 쓰고 또 썼던 그것이 天理천리이다. 그러므로 공자가, '시는 원망을 나타내고도 있다.'라고 하여, 꼭 원망해야 할 자리에 원망 못하는 것을 聖人으로서도 근심하였다. 그러므로 시의 궁극적인 뜻을 살핀 나머지 원망을 나타내고도 있음을 좋게 여겼던 것이다."[52)]라고 한 것처럼, 시는 원망의 기능이 있으므로 해서 풍교의 기능도 행할 수 있는 것이다. 그렇기 때문에 바람이 불 듯 불어서 감동시키고 가르쳐서 모두를 감화시켜 나갈 수 있다. 이런 것이 문학의 현실지향적 성격이면서 효용성이라고 할 것이다. 공자의 문학론도 여기서 벗어나지 않았다.

思無邪사무사 또한 풍교의 의미가 있다. 작시자의 태도가 사특함이 없는 순수한 태도로 지어진 시가 『시경』 시이다. 『시경』 시는 공자가 305편으로 찬술한 것으로, 찬미와 풍자를 겸한 詩集시집이다. 그러므로 사무사의 개념에서 참된 순수의 의미는, 우리의 1930~1940년대 순수시파의 계열이나 전원파 계열의 시, 그리고 서정시를 논평할 때 사용할 문학적 개념은 아니다. 오히려 공자가 말한 사무사의 개념에서의 순수시는 1930~1940년대 시 중 현실참여의 시이다. 작시자의 태도가 생각함에 사벽함이 없기 때문이다. 朱子주자가 『論語集註논어집주』에서 '참된 시는 사람의 착한 마음을 일으키게 하고 나쁜 시는 경계의 대상으로 삼을 만하다'고 한 것처럼, 착한 것을 노래한 경우는 착한 마음을 감발시키고, 악한 것을 노래한 경우는 그 내용을 他山之石타산지석으로 삼아 마음에 경계 삼도록 하자는 것이다. 따라서 시를 통해 나타난 원망이나 풍자도 개인의 영욕을 위한 사사로운 것이 아니라 공명정대한 마음에서 우러러나는 것이어야 한다. 이처럼 작시자의 태도가 공명정대하였기에 그 시를 읽는 독자는 그에 감화되어 바른 성정을 되찾을 수 있다. 이것이 『논어』에 나타난 문학론의 의미인 것이다.

---

52) 丁若鏞, 『茶山詩文集』 卷10 '原' 「原怨」. "瞽瞍日以殺舜爲事, 舜且翹然而莫之愁曰, 我竭力耕田, 恭爲子職而已矣, 父母之不我愛, 於我何哉, 則舜冷心硬腸, 視父母如路人者也. 故號泣于旻天, 怨之慕之, 天理也. (…中略…) 懷王惑於嬖倖, 放逐屈平, 平且翹然而莫之愁曰, 我盡言不諱, 恭爲臣職而已矣, 君之不悟, 於我何哉, 則平冷心硬腸, 視其君如路人, 視其國之亡, 如奕棋之偶輸者也. 故憂傷惻怛, 彷徨眷顧, 爲離騷九歌遠游之賦, 而莫之知止者, 天理也. 故孔子曰詩可以怨, 當怨而不得怨, 聖人方且憂之. 故察乎詩道而樂詩之可以怨也."

『論語』에 나타난 문학론을 살펴본 이유는 『논어』가 동양문학에 미친 영향이 크기 때문이다. 이 『논어』에 나타난 문학론은 후대 문인들에게 문학 작품의 창작시와 비평시의 참고의 근원이 된다. 이처럼 동양 문학의 정수인 『논어』의 문학론이 후대의 문인들에게 어떻게 수용되고 변용되는지를 살펴보기 이전에 문학론의 의미를 먼저 밝혀보자는데 그 의의를 두었다. 그러면 잘못 인식되고 행해졌던 일부 연구뿐만 아니라, 잘못 인식되어 온 개념도 바로잡힐 수 있기 때문이다. 이를 바탕으로 차후 연구는 후대의 문인들이 어떻게 수용하고 변용하면서 계승하고 있는지를 명확하게 드러낼 수 있을 것이다.

『동인시화』를 통해 본
서거정의 용사와 점화에 대한 인식

1. 『동인시화』에서 서거정은 용사와 점화를 어떻게 바라보았을까?

이 글에서는 『東人詩話동인시화』에 나타난 徐居正서거정(1420~1488)의 用事용사와 點化점화를 통해 조선 전기 한시의 작법과 시평을 살펴보고자 하는 것이다. 用事는 故事고사와 古語고어·古人名고인명·官職名관직명 등을 인용하는 것이고, 點化는 점을 찍어 그 부분으로부터 어느 정도 발전적 의미를 더하는 것으로 作法評語類작법평어류 용어이다. 그런데 기존 연구에서 용사와 점화의 개념을 혼동하여 유사한 의미로 인식하기도 하였으며,1) 경우에 따라서 用事와 新意신의를 대척 지점에 두고 상반된

---

1) 윤인현, 「韓國漢詩理論에 있어서의 用事論과 點化論 硏究」, 서강대학교 박사논문, 2001,

개념으로 이해하기도 하였다.

用事는 글을 짓거나 말을 할 때 이해에 한층 도움이 될 만한 근거를 제시함으로써 설득력을 얻기 위해서 필요한 作法작법으로, 聖賢성현의 말씀이나 역사적 사실 또는 前人전인의 詩시·文문에 나타난 말과 뜻이 관련된 故事고사와 古語고어, 經書경서의 구절 등을 이끌어다 씀으로써 자신의 논리적 근거를 보완하여 이치를 알차고도 견고하게 하기 위한 것이다. 그리고 용사의 필요성을 蔡啓채계는 "만약 스스로 자기 뜻을 내고 故事를 빌려서 서로 發明발명해 내서 변화하는 모양이 뒤섞여 나타난다면, 용사가 비록 많을지라도 또한 무엇이 害해될 것이 있겠는가?"2)라고 하여, 詩·文 속에 새로운 뜻을 나타내기 위해서 용사를 행하게 된다고 하였다.

用事의 개념을 소개한 魏慶之위경지는 『詩人玉屑시인옥설』에서 "고사에서 뜻[意]을 인용하는 경우도 있고 말[語]을 인용하는 경우도 있다."3)라고 하여, 용사의 대상으로서 고사 속의 말과 뜻을 인용할 수 있다고 하였다. 그리고 "선배들이 시를 짓는 데 있어 옛 사람들의 성명을 많이 인용한 것을 기록하여 點鬼簿점귀부라고 하는데, 그 말이 비록 그러한 것이 이와 같으나 또한 어떻게 인용했느냐에 달려 있기 때문에 고집하여 정론으로 삼을 수는 없다."4)라고 하여, 사람의 이름을 용사의 대상으로 하는 용사 방법에 대한 논의도 있다. 그러면서 "무릇 고사를 인용하는 것은 흔히 얕은 말을 고사로 쓰되 익숙할 만큼 다시

연구사 참조.

2) 魏慶之, 『詩人玉屑』 「用事」, 中華民國 八十一, 世界書局, 147쪽. "若能自出己意借事以相發明, 變態錯出, 則用事雖多, 亦何所妨."

3) 위의 책, 150쪽. "有意用事, 有語用事."

4) 위의 책, 153쪽. "前輩譏作詩多用古人名姓, 謂之點鬼簿, 其語雖然如此, 亦在用之如何耳, 不可執以爲定論也."

생각하고 궁구하지 않고서 경솔하게 인용하면 종종 잘못이 생기게 된다."5)라고 하여, 신중하게 용사를 하면 아무리 천한 말을 쓰더라도 오류를 범하지 않게 된다고 하였다.

'點化점화'는 '先人선인의 시문학에 나타난 뜻을 쓰되 그 뜻의 어느 지점으로부터 변화를 加하여 자기의 작품에 발전적으로 쓰는 것'6)이다. '점화'는 원래 '모방'에서 출발하기에 뜻을 발전적으로 변화시키지 못하면 蹈襲도습(先人의 시구에 나타난 뜻을 그대로 되밟아 쓰고 따르는 것)에 그치게 되고, 발전적으로 변화시키면 點化가 된다. 지금 우리가 좋아하는 노래 중에도 점화된 것들이 있다. 강산에 가수가 부른 「라구요」는 노랫말에 "두만강 푸른 물에 노 젓는 뱃사공을 볼 수는 없었지만"과 "눈보라 휘날리는 바람찬 흥남 부두 가보지는 못했지만" 등은 원로 가수 김정구 씨의 「눈물 젖은 두만강」과 현인 씨의 「굳세어라 금순아」를 모방한 것이다. 하지만 우리는 그것을 표절이라고 하지도 않을 뿐만 아니라 도습이라고도 하지 않고 즐겨 부르거나 듣는 노래로 인식하고 있다. 강산에의 「라구요」라는 노래가 이미 대중들에게 잘 알려진 노랫말을 이용해서 실향민의 아픔을 절절히 드러내서 새로운 의미를 더했기 때문이다. 이런 것을 후대의 독자들이나 비평가들은 점화 또는 환골탈태가 되었다고 하는 것이다.

점화의 개념으로는 魏慶之가 『詩人玉屑시인옥설』에 소개한 山谷산곡 黃庭堅황정견(1045~1105)의 「換骨奪胎환골탈태」가 있다. "山谷이 말하기를 '詩意시의'는 끝이 없고 사람의 재주는 한계가 있으니, 한계가 있는 재주로 끝이 없는 뜻을 따라가려면 비록 淵明연명(陶潛도잠)과 少陵소릉(杜甫두보)의

---

5) 위의 책, 159쪽. "凡用故事, 多以事淺語熟, 更不思究, 率爾用之, 往往有誤."
6) 鄭堯一 外, 『고전비평 용어 연구』, 태학사, 1998, 154쪽 참조.

재주라도 교묘하게 만들 수는 없다. 그 뜻은 바꾸지 않고 그 말만을 만드는 것을 '換骨法환골법'이라 하고, 그 뜻을 본받아서 형용하는 것을 일러 '奪胎法탈태법'이라 한다."[7]라고 하였으며, 臺靜農대정농이 편찬한 『百種詩話類編백종시화유편』에도 "시인들에게는 환골법이 있으니, 고인의 뜻을 써서 점화하여 하여금 더욱 더 공교롭게 하는 것을 이르는 말이다."[8]라고 하여, 점화와 같은 개념으로서의 환골법을 소개한 내용이 있다. 황정견은 점화의 필요성을 "옛 사람들 중에 문장을 잘 지었던 분은 참으로 능히 만물을 도야해 낼 수 있었으니, 비록 고인의 진부한 말을 취하다가 글 속에 써 넣더라도 마치 영단 한 톨로 鐵철을 점찍어 金금을 이루어내는 듯이 하였다."[9]라고 하여, 고금의 뛰어난 문장가들도 陶冶도야를 거친 후 前代전대의 묵은 말을 활용하여 새로운 의미를 만들어 내는 것이라 하였다. 따라서 '換骨奪胎환골탈태'는 점화의 작법을 구체적인 문자로 표현한 작법류 용어로서, '점화'라는 말과 크게 다를 것이 없다.

지금까지 『동인시화』 연구[10]에서 용사와 점화의 차이점을 본격적

---

7) 魏慶之, 『詩人玉屑』「換骨奪胎」, 中華民國 八十一, 世界書局, 190쪽. "山谷言, 詩意無窮, 而人才有限, 以有限之才, 追無窮之意. 雖淵明少陵 不得工也, 不易其意而造其語, 謂之換骨法 規摹其意而形容之, 謂之奪胎法."

8) 臺靜農 編, 『百種詩話類編』(下)「詩論類」, 藝文印書館, 中華民國 63, 1367쪽. "詩家有換骨法, 謂用古人意而點化之, 使加工也."

9) 黃庭堅, 『黃山谷文集』卷十六「答洪駒父書」. "古人能爲文章者, 眞能陶冶萬物, 雖取古人之陳言入於翰墨, 如靈丹一粒, 點鐵成金也."

10) 尹元鎬, 「東人詩話에 나타난 徐居正의 詩歌觀」, 서울대학교 석사논문, 1958; 趙鍾業, 「東人詩話研究」, 『대동문화연구』 2, 1966; 崔信浩, 「초기시화에 나타난 용사이론의 양상」, 『고전문학연구』 1, 1971; 李家源, 『한국한문학사』, 민중서관, 1972; 許敬震, 「동인시화연구」, 『논문집』 8(육군3사), 1978; 全鎣大, 「東人詩話研究」, 『한국고전산문연구』(장덕순 선생 화갑기념 논문집), 동화문화사, 1981; 李鍾建, 「서거정 시문학 연구」, 동국대학교 박사논문, 1984; 朴成淳, 「사가 서거정의 시문학 연구」, 충남대학교 박사논문, 1989; 韓仁錫, 「徐居正文學 研究: 東人詩話를 中心으로」, 단국대학교 박사논문, 1989; 안병학, 「서거정의 문학관과 동인시화」, 『한국한문학연구』, 1993; 宋熹準, 「徐居正 文學 硏究」, 고려대학교 박사논문,

으로 다룬 논문은 없었다. 다만 『동인시화』를 연구하는 과정에서 단편적으로 다룬 논문은 있었지만, 그것도 용사와 점화의 개념을 정확히 분류하여 서술하지 않은 상태였다. 따라서 이 글에서는, 선행 연구를 바탕으로 『동인시화』에서 서거정은 용사와 점화를 어떻게 바라보고 작품의 예를 들었는지를 살펴, 조선 전기 한시 비평에서의 용사와 점화의 작법 특징과 그 차이점을 살펴보고자 하는 것이다.

2. 『동인시화』에 나타난 용사론

用事용사란 古語와 故事를 이끌어다가 자신의 논리적 근거를 보완하는 방법의 작법평어류이다. 서거정은 이 한시 작법평어류를 어떻게 인식하고 활용하였는지 『東人詩話동인시화』의 내용을 통해서 구체화시켜 보고자 한다. 먼저 용사의 대상을 소개한 부분을 살펴보자.

半山반산(王安石)의 시에, "한줄기 물은 밭을 에워 푸른 띠를 두르고, 두 산은 문을 밀쳐내듯 푸른빛을 보내오네."라고 하였는데, 선배들이 '護田호전(밭을 호위하듯)'과 '排闥배달(문을 밀쳐내듯)'은 모두 『漢書한서』에 나오는 말로서 용사가 정밀하고 절실하다고 하였다.[11]

1996; 박신옥, 「동인시화에 나타난 서거정의 시론 연구」, 공주대학교 석사논문, 2001; 백연태, 「서거정의 도습, 점화 구분에 있어 숨은 기준」, 『어문학』 85, 한국어문학회, 2004; 백연태, 「동인시화에 보이는 중국 시화 변용의 묘미와 의미」, 『東方學志』 129, 연세대학교 국학연구원, 2005; 윤인현, 「東人詩話로 살펴본 徐居正의 格律論的 漢詩批評」, 『민족문화논총』, 영남대학교 민족문화연구소, 2008.

11) 徐居正, 『東人詩話』 卷上 第三八. "半山詩, 一水護田將錄繞, 兩山排闥送靑來. 前輩以謂, 護田排闥出漢書, 用事精切."

용사의 대상으로 典籍전적에 나오는 古語의 예를 들었다. 『漢書한서』는 前漢전한의 역사서인데 '護田호전'12)과 '排闥배달'13)은 이 『한서』에서 인용한 古語이다. 인용된 시는 왕안석의 「書胡陰先生壁서호음선생벽」이라는 시14)이다. 호음 선생은, 왕안석이 금릉 紫金山자금산에 살 때 이웃하여 숨어 살던 선비였다. 왕안석이 호음 楊德逢양덕봉을 찾아갔는데, 집에 없었다. 그래서 벽에 시를 쓰기를 '초가집 처마 오래 쓸어 고요해도 이끼 없고, 꽃나무로 이랑을 만들고 손수 가지를 치네(茅簷長掃靜無苔묘첨장소정무태, 花木成畦手自栽화목성휴수자재).'라고 하여, 호음 선생의 정갈한 성품을 소개한 후, 위의 3~4구로 초여름의 경치를 묘사한 것이다. '호전'과 '배달'이 『한서』에 나오는 고어로, 半山반산이 인용하여 그 시적 의미가 한층 돋보였다는 것이다. 만약 『한서』의 '호전'이나 '배달'을 인용하지 않고 평범한 시어를 사용하였다면 그 시적 의미도 평범하게 끝났을 것이라는 것이다.

위경지가 편찬한 『시인옥설』 「용사」편 '皆用古語개용고어'를 보면, "荊公형공의 梅花賦매화부에 이르기를, '얼음같이 피부가 玉眞옥진이로구나'라고 하였으며, 莊子장자가 말하기를, '藐姑射山막고야산에는 神신이 살고 있는데, 피부가 마치 얼음과 눈 같아서 작약함이 마치 處子처자와 같도다.'라 하였으며, 樂天낙천이 「長恨歌장한가」에서 이르기를 '그 가운데 있는 한 사람의 字자는 玉眞옥진이니, 눈과 같은 피부 꽃 같은 모습의 어긋나

---

12) 『漢書』 「西域傳序」. "自敦煌西至鹽澤, 往往起亭, 而輪台·渠犁, 皆有田卒數百人, 置使者校尉領護."

13) 『漢書』 「樊噲傳」. "高帝嘗病甚, 惡見人, 臥禁中, 詔戶者无得入群臣. 噲乃排闥直入, 大臣隨之."

14) 王安石, 『臨川詩抄』 「書胡陰先生壁」. "茅簷長掃靜無苔, 花木成畦手自栽. 一水護田將綠繞, 兩山排闥送靑來(초가집 처마 오래 쓸어 고요해도 이끼 없고, 꽃나무로 이랑을 만들고 손수 가지를 치네. 한줄기 물은 밭을 에워 푸른 띠를 두르고, 두 산은 문을 밀쳐내듯 푸른빛을 보내오네)."

고 어긋난 사람이 바로 그 사람이다.'라고 하였는데, 두 구절 모두 고어를 사용하였다. 다만 한결같이 '쉬운 字일 뿐이다.'15)라는 내용이 있다. 이처럼 『시인옥설』에서도 용사의 대상으로는 '玉眞'의 고어가 된 것처럼, 서거정도 고어가 인용된 시를 용사의 예로 들었다. 이어서 서거정은 목은 이색의 시와 양촌 권근의 시도 평하였다.

목은 시에, '전원은 바로 유연히 돌아가기 좋건마는, 동리에 언제나 현달한 사람 찾아오려나.'라고 하였는데, 양촌 권근 선생이 말하기를, '유연히 돌아감'과 '현달한 사람 찾아오길'이라는 말은 『맹자』에 나오는데, 고사를 인용한 것이 반산 왕안석이 지은 시에 뒤떨어지지 않는다."라고 하였다. 나는 朱新仲주신중(宋, 文人)이 지은 시에, '어떻게 청옥의 書案서안에 보답할까? 나는 우선 저 황금 잔에 술을 부으리'라고 한 것과, 李師中이사중(宋, 文人)이 지은 시에, '시를 짓고야 이백은 대적할 수 없음을 알겠고, 꽃이 지니 우미인이여 그대를 어찌할거나.'라고 한 구절을 좋아하니, 대구를 절묘하게 엮었다. 雪谷설곡 鄭誧정포(高麗, 文人)가 지은 시에, '평소에 번쾌와 같은 隊伍대오됨을 부끄러워했으니, 후세에 필경 양웅처럼 알아주는 이 있으리라.' 하고 하였는데, 대구를 역시 절묘하게 놓았으니, 주신중과 이사중 두 노인에 양보하지 않는다.16)

---

15) 魏慶之, 『詩人玉屑』 「用事」 '皆用古語', 中華民國 八十一, 世界書局, 154쪽. "荊公賦梅花云, 肌冰綽約如姑射, 膚雪參差是玉眞, 莊子曰, 藐姑射之山, 有神人居焉, 肌膚若冰雪, 綽約若處子, 樂天長恨歌曰, 中有一人字玉眞, 雪膚花貌參差是, 兩句皆用古語, 但易一如字爾. (東平雜錄)."

16) 徐居正, 『東人詩話』 卷上 第三八. "牧隱詩. 田園未得悠然逝, 門巷何曾顯者來. 陽村權先生曰, 悠然逝, 顯者來. 皆出鄒書. 用事不減半山. 予嘗愛朱新仲詩, 何以報之靑玉案, 我姑酌彼黃金罍. 李師中詩, 詩成白也知無敵, 花落虞兮可奈何. 屬對妙絶. 鄭雪谷誧詩, 平生恥與噲等伍, 後世必有楊雄知. 屬對亦妙, 不讓二老."

위의 자료문에서 서거정은 용사의 대상으로 古人名고인명과 經書경서 구절, 곧 『맹자』와 『논어』, 심지어는 『시경』 구절까지도 그 대상으로 삼을 수 있다고 하였다. 그뿐만 아니라 고사의 내용도 인용되었음을 알 수 있게 중국 송나라 때의 시와 고려 정포의 시를 대비하였다. 서거정은 경서 구절을 인용한 것과 고사를 인용한 송나라와 고려의 시를 소개하면서도 고려 정포의 시가 송나라 문인들의 시와 견주어도 그 표현적 기교가 손색이 없다고 하였다.

양촌이 극찬한 목은 시는 『맹자』 구절을 인용한 것이다. "悠然逝유연서"는 『孟子맹자』 「萬章만장」章(上) "연못을 관리하는 교인이 (물고기를) 삶아 먹고 復命복명하기를 처음에는 어릿어릿하더니 금세 힘이 생겨 유유히 가더라."[17]라고 하였는데, 주석에 "悠然而逝유연이서"는 '만족하여 멀리가다.'라고 풀이하였다. 이는 校人교인이 물고기를 삶아 먹고는 놓아 주었다고 말해, 물고기를 준 子産자산을 속인 것이다. 그런데 자산은 처음부터 교인의 말을 믿었기에 교인을 의심하지 않았다는 내용이다. "顯者來현자래"는 『孟子』 「離婁이루」章(下) "남편이 외출하면 반드시 술과 고기를 배불리 드신 후에 돌아오기에 내 누구와 더불어 음식을 먹었는가를 여쭈어보니, 모두 부귀한 사람이었다. 그런데도 일찍이 현달한 사람이 찾아오는 일이 없으니, 내 장차 남편이 가는 곳을 엿보겠다."[18]라고 하여, 고귀하거나 어진 사람이 찾아오지 않음을 말한 것이다. 아내가 의심스러워 남편의 뒤를 밟으니, 어느 무덤가에서 제사 지낸 음식을 얻어먹고 있는 것이 아닌가? 이는 부귀영화를 구하는 이들이 마치 밤에는 비굴하게 재물을 모으고 낮에는 여러 사람에게

---

17) 『孟子』 「萬章」章(上). "校人烹之 反命曰, 始舍之, 圉圉焉, 少則洋洋焉, 悠然而逝."
18) 『孟子』 「離婁」章(下). "良人出則, 必饜酒肉而反問其與飮食者, 則盡富貴也. 而未嘗顯者來, 吾將瞯良人之所之也."

거드름을 피우는 꼴과 같다는 것이다. 부귀영화를 탐하는 자들이 비굴한 방법으로 사는 삶의 태도를 비판하였다. 목은은 「憶梅花역매화」[19] 에서 '유유히 돌아가기 좋은 전원이지만 현인은 찾아오지 않음'을 피지 않는 매화에 비유하였다.

서거정은 『한서』에 나온 고어를 인용한 왕안석의 시에 『맹자』구절을 인용한 목은 시를 견주더라도 손색이 없다고 하였다. 그러면서 송나라 주신중의 시는 『論語』「憲問현문」篇 '報怨보원'章 "무엇으로써 덕을 갚겠는가? 곧은 마음으로써 원수를 갚고, 덕으로써 덕을 갚느니라."[20]와 『詩經시경』「周南주남」篇 '卷耳권이'章 "내 우선 저 금술잔에 술을 부어 길이 그리워하지 않으니라."[21]를 인용한 것이다. 『논어』의 내용은 덕을 덕으로 갚는 것을 먼저 행해야 한다는 것이다. 덕을 덕으로 갚는 것도 제대로 못하면서 원수를 덕으로 갚는다는 것은 마땅히 행해야 할 명제가 될 수 없는 일이기 때문이다. 『시경』의 내용은 后妃후비가 군자인 文王문왕을 그리워한다는 것이다. 그리고 이사중은 두보의 시와 우미인의 고사로 「해하가」의 내용을 인용하여 용사와 점화를 동시에 행한 경우이다. 고사를 인용한 것은 용사이지만, 남의 시 구절을 모방한 것은 용사가 아니기 때문이다. 이사중이 본뜬 "시를 짓고야 이백은 대적할 수 없음을 알겠고"는, 두보가 이백을 그리며 지은 시 「春日憶李白춘일억이백」의 첫 구절 "白也詩無敵백야시무적"을 모방한 것이고, "꽃이 지니 우미인이여 그대를 어찌할거나"는 항우가 불렀다는 「해하가」로 "虞兮虞兮奈若何우혜우혜내약하"를 모방한 것이다. 서거정은 모방한

19) 李穡, 『牧隱集』卷8「憶梅花」. "彭殤虛誕任傾培, 江水東流不復回. 素節丹心天地闊, 白雲靑嶂畵圖開. 田園政好悠然逝, 門巷何曾顯者來. 怪底眼昏春更甚, 只綠不見一枝梅."

20) 『論語』「憲問」篇 '報怨'章. "何以報德, 以直報怨, 以德報德."

21) 『詩經』「周南」篇 '卷耳'章. "我姑酌彼金罍, 維以不永懷."

이 구절들이 대구가 절묘하게 되었다고 하였다. 그런데 이는 용사이면서 點化점화된 경우이다. 古人名고인명을 인용한 것은 용사이고 남의 작품을 모방한 것은 점화이기 때문이다. 서거정은 송나라 두 시인이 용사하여 절묘한 대구를 이루었다고 선평하면서, 고려의 정포도 한신의 일과 양웅의 일을 인용하여 시적 표현을 절묘하게 하였다고 극찬하였다.

서거정은 용사의 대상으로 經書경서라고 밝힌 곳도 있다. 이는 중국 『漫齋語錄만재어록』에 있는 "대개 시어는 경사를 출입하게 되는 데에서 자연히 힘을 갖게 된다."[22]라는 이론과 같은 논리로, 경서의 내용을 인용할 때 완전한 말을 얻을 수 있다는 것이다.

古人고인의 시는 經書경서의 내용을 많이 인용하였다. 이사중의 시에, '날이 새려는지 북두성 지려하고, 한 해도 저무는데 하늘이 개지 않네.'라고 하였고, 목은의 시에, '달빛만 유독 정을 품은 듯 나를 좇아 蔡채로 향하고, 산은 더욱 속되지 않아 나를 일깨울 자하로다.'라고 하였고, '목탁 같은 스승 두셋이라면 어찌 그대 근심케 하리오? 무에서 바람 쐬고 예닐곱 동자와 노래하며 돌아오네.'라고 하였고, '왕풍(『시경』 중 魯노나라 「국풍」)이 다행히도 魯노나라에서 일어나려 하는데, 여악은 어찌하여 齊제나라에서 왔는지.'라고 하였으니, 경서의 말을 인용한 것이 군색하지 않아 공교롭고 치밀한 것을 가히 높이 살 만하다.[23]

---

22) 魏慶之, 『詩人玉屑』「用事」 '用經史中語', 中華民國 八十一, 世界書局, 154쪽. "大率詩語出入 經史, 自然有力."

23) 徐居正, 『東人詩話』 卷上 第五十二. "古人詩多用經書語. 李師中云, 夜如何其斗欲落, 歲云暮矣 天無晴. 牧隱云, 月獨有情從我蔡, 山多不俗起予商. 木鐸二三何患子, 舞雩六七詠歸童. 王風幸 矣興於魯, 女樂胡然至自齊. 用辭不窘工緻可尙."

위의 이사중의 시 "날이 새려는지"는 『詩經』「小雅소아」‘庭燎정료’篇 "밤이 얼마나 되었냐? 밤이 아직 한밤중이 못되었으나."[24]을 인용하였고, "한 해도 저무는데"는 『詩經』「唐風당풍」‘蟋蟀실솔’篇 "귀뚜라미가 당에 있으니, 이 해가 드디어 저물었도다."[25]를 인용한 것이다. 그리고 목은의 시 "나를 좇아 蔡채로 향하고"는 『論語』「先進선진」篇 ‘陳蔡진채’章 "진·채에서 나를 따르던 자들이, 모두 이 문하에는 미치지 못했도다."[26]를 인용한 것이고, "나를 일깨울 자하로다."는 『論語』「八佾팔일」篇 ‘繪事회사’章 "나를 흥기시키는 자는, 너 상이로다."[27]를 인용한 것이다. 그리고 "목탁 같은 스승 두셋이라면"은 『論語』「八佾팔일」篇 ‘木鐸목탁’章 "여러분께서는, 공자님께서 지위를 잃으신 것에 대하여 무엇을 근심하리오? 천하가 무도한 지가 오랜지라, 하늘이 장차 공부자로 목탁을 삼으시리라."[28]를 인용한 것이며, "무에서 바람 쐬고 예 닐곱 동자와 노래하며 돌아오네."는 『論語』「先進선진」篇 ‘言志언지’章 "늦은 봄에 봄옷이 이미 이루어지거든 관례를 행한 자 5·6인과 동자 6·7인으로 기수에서 몸을 씻고 기우제 터에서 바람을 쐬고서 읊조리면서 돌아오겠습니다."[29]를 인용한 것이다. 또한 "여악은 어찌하여 齊나라에서 왔는지."는 『論語』「微子미자」篇 ‘女樂여악’章 "제나라 사람들이 여자와 풍악을 보냈거늘, 계환자가 받고는 3일 동안을 조회에 나가지 않았는데, 공자께서 떠나셨다."[30]를 인용한 것이다.

---

24) 『詩經』「小雅」‘庭燎’篇. "夜如何其, 夜未央."
25) 『詩經』「唐風」‘蟋蟀’篇. "蟋蟀在堂, 歲聿其暮."
26) 『論語』「先進」篇 ‘陳蔡’章. "從我於陳蔡者, 皆不及門也."
27) 『論語』「八佾」篇 ‘繪事’章. "起予者 商也."
28) 『論語』「八佾」篇 ‘木鐸’章. "二三子, 何患於喪乎, 天下之無道也, 久矣. 天將以夫子爲木鐸."
29) 『論語』「先進」篇 ‘言志’章. "莫春者 春服旣成 冠者五六人 童子六七人 浴乎沂 風乎舞雩 詠而歸."

송나라 이사중이 경서 구절을 인용하여 시적 의미를 풍부하게 한 것처럼 고려 목은 이색도 이사중 못지않게 경서 구절을 활용하여 그 시적 의미를 더욱 치밀하게 형상화하였다는 것이다. 일반적인 말만 억지로 지어내서 되풀이하기보다는 경서 구절의 내용을 인용하여, 새로운 의미를 더했을 때 시적 의미도 풍부해지고 논리력과 설득력을 가질 수 있다는 논리이다. 서거정이 善評선평한 이유를 이색의 시 작품을 통해 구체적으로 살펴보자.

「雀噪작조(참새가 지저귀다)」

해질 무렵 처마 끝에 참새가 지저귀니,	雀噪茅簷日欲西,
안자가 泥谿니계를 아끼던 일이 가련하구나.	遙憐晏子惜泥谿.
왕풍이 다행히도 魯나라에서 일어나려 하는데,	王風幸矣興於魯,
여악은 어찌하여 齊나라에서 왔는지.	女樂胡然至自齊.
시든 풀과 자욱한 안개는 사방에 가득하고,	衰草淡烟迷遠近,
흰 구름과 푸른 뫼는 번갈아 높고 낮네.	白雲青嶂互高低.
봉황을 노래하며 문득 문 앞을 지나가니,	鳳歌忽向門前過,
늙은 몸 지금 붓을 들어 골계전을 지으려네.	老我方將傳滑稽.

서거정이 『논어』의 구절을 인용하여 내용이 치밀하다고 한 작품 중 하나인 「雀噪작조」이다. 해질 무렵 참새가 지저귀니, 공자의 일 곧 제나라 景公경공이 孔子공자를 泥谿에 봉하려고 했으나 안영이 막은 일이 새삼 떠오른다는 것이다. 그러면서 『논어』「미자」편의 '노나라에서 공자가 왕도 정치를 이루려고 하니, 제나라에서 노나라가 강성해짐을

---

30) 『論語』「微子」篇 '女樂'章. "齊人, 歸女樂 季桓子 受之 三日 不朝, 孔子 行."

두려워하여 미녀 악사를 보내어 훼방을 놓으니, 季桓子계환자가 미녀를 받아들이고 3일 동안 조회를 보지 않음으로써 공자가 노나라를 떠난 일을 인용하였다. 이런 망국의 상황을 공자의 이야기를 통해 드러내면서 지금 상황도 망국의 상황임을 암시하였다. 그리고『논어』「미자」편의 接與접여가 노래한 내용을 말하면서 지금 늙은 자신은 옳은 것은 틀리게, 틀린 것은 옳게 여기게 할 정도의 말솜씨가 좋은 사람들의 傳記전기를 기록한 골계전을 짓고 싶다는 것이다. 망국의 상황 앞에서 참새 같은 자신의 초라한 모습을 공자의 일과『논어』의 구절을 통해 잘 형상화했다고 할 수 있다. 그래서 서거정이 용사가 치밀하다고 평한 것이다.

'용사'를 풀이하면 '故事를 인용한다'는 뜻이다. 이 고사의 인용을 잘 한 작품을 극찬한 부분도 있다.

목은이 도착하자마자 즉석에서 입으로 12수의 절구를 불러주었는데 필력이 바람이 이는 듯하였다. 시를 읊는 대로 환암(고려 말 승려)에게 쓰게 하였는데,「등왕각」시의 '그날의 江神강신은 나를 알았던가, 언제 다시 돛단배에 바람을 빌려줄까?'라는 부분에 이르러서, 환암이 붓을 던지고 크게 소리치기를, '정녕 왕발의 본래의 일을 용사하여 쓴 것이다. 이것은 가장 뛰어난 것이니, 목은 같은 이는 진실로 시성이다.'라고 하였다.[31]

목은 이색이 「滕王閣圖등왕각도」[32]의 3구와 4구인 "江神강신은 나를 알

---

31) 徐居正, 『東人詩話』卷上 第五十七. "牧老旣至, 卽帶口號賦十二絶, 筆勢生風, 隨賦輒令菴書之. 至藤王閣末句曰, 當日江神知我否, 何時更借半帆風. 庵投筆大叫曰, 政用王勃本色事. 此最警絶, 如牧老直詩聖也."
32) 李穡, 「滕王閣圖」. "落霞孤鶩水浮空, 畵棟飛爊雲雨中. 當日江神知我否, 何時更借半帆風."

왔던가, 언제 다시 돛단배에 바람을 빌려줄까?”는 王勃왕발(647~675, 당나라 문인)의 이야기를 인용한 것이다. 왕발이 당나라 조정에서 쫓겨난 후 아버지 왕복치가 있는 검남(베트남)으로 가다가 꿈에 江神을 만나 ‘내일 9월 9일 중양절에 남창의 등왕각을 중수한 낙성식에 참여하여 이름을 세상에 남겨라’는 현몽을 받고, 700리를 하룻밤에 달려왔다는 이야기이다. 그리고 1구 “저녁노을 외로운 따오기 물은 허공에 떴는데(落霞孤鶖水浮空낙하고겹수부공)”는, 왕발이 등왕각 낙성식에 참석한 후의 이야기를 인용한 것이다. 등왕각 중수를 마친 홍주 태수 염백서는 자신의 글재주를 자랑하기 위해 사위인 오자장에게 작문을 부탁한 상태였다. 그러나 그 사실을 모른 왕발은 자신이 등왕각 서문을 짓겠다고 자청하고 나선 것이다. 할 수 없이 태수 염백서는 시를 짓는 것을 바라 볼 수밖에 없었다. 마음이 상한 염백서가 왕발의 시짓는 것을 보니, “저녁노을은 짝 잃은 따오기와 나란히 떠 있고, 가을 강물은 넓은 하늘과 한색이다(落霞與孤鶩齊飛낙하여고목제비, 秋水共長天一色추수공장천일색)”라는 구절을 보고 탄복했다는 고사의 내용이다. 그리고 2구 “채색한 기둥과 나는 주렴은 구름과 빗속일세(畫棟飛簾雲雨中화동비렴운우중).”는, 왕발의 「등왕각」 시 3구와 4구인 “채색한 지붕의 용마루 위에 아침에는 남포의 구름 날고, 붉은 주렴 저녁때 걷어 올리면 서산에 비 내리네.”[33]를 모방한 것이다. 목은이 등왕각의 그림을 보고 지은 시이기에 왕발의 시를 자연스럽게 모방하였지만 표절이나 도습에 그친 것은 아니다. 나름의 새로운 의미를 더했기에 점화되었다고 할 수 있기 때문이다. 용사와 점화의 작법이 모두 사용된 시이다.

---

33) 王勃, 『古文眞寶』 「滕王閣」. “畫棟朝飛南浦雲, 朱簾暮捲西山雨.”

▲ 중국 강서성 남창시 연강로 공강(장강)변에 위치한 등왕각의 모습이다. 당나라 고조 이연의 아들 등왕 이원이
건립하여 등왕각이라 한다.

　　시중 이장용이 삼각산의 문수사를 두고 지은 시에, '양주의 학을 타는
일은 이제 그만두고, 화산의 나귀타는 명부에 이름 올리려네.'라고 하였다.
대체로 삼각산이 양주에 있고 또 화봉이 있으니, 고사를 인용한 것이 정밀
하고 친절하다.[34]

　　이장용(1201~1272)은 고려시대 문신으로 諡號시호가 文眞문진이다. 위
의 자료문에 인용된 시는 30연으로 된 「三角山삼각산 文殊寺문수사」로 "성
남의 십리는 흰 모래사장 펼쳐 있고, 성북엔 두어 떨기 푸른 뫼가
겹겹이 있네. 늙은 태수 게을러 일찍 공무를 끝내고, 거침없이 나다니

---

34) 徐居正, 『東人詩話』 卷下 第二十六. "李侍中藏用, 三角山文殊寺詩, 還他駕鶴楊州天, 添却騎驢
華山籍. 盖三角山在楊州, 亦有華峰, 用事精切."

며 좋은 경치 찾아가네. 양주의 학을 타는 일은 이제 그만 두고, 화산의 나귀타는 명부에 이름 올리려네. 관사를 마치려하나 어리석어 어찌할 수 없고, 구경에 제철 잃을까 더욱 애석하게 여긴다네."35)는, 세 번째 연이다. "양주의 학을 타는 일"은 宋나라 때의 백과사전 격인 『事文類聚사문유취』에 나오는 이야기로, 여러 가지 소망을 다 채우길 바란다는 뜻이다. 손님들이 모여서 서로 원하는 일을 말했다. 첫 번째 사람은 "난 楊洲양주의 刺史자사가 되고 싶어." 두 번째 사람은 "난 부자가 되고 싶어." 세 번째 사람은 "난 학을 타고 하늘로 날아가고 싶어." 그러자 다른 한 사람이 "나는 십만 관의 황금을 옆구리에 차고, 학을 타고 楊洲刺史양주자사에 부임하고 싶다."라고 하였다. 예부터 중국 양주 땅은 물산이 풍부하고 경치가 아름답기로 소문이 난 곳이라서 사람들이 소원을 빌기를 양주자사가 되었으면, 돈이 많았으면, 신선이 되었으면 등으로 소원을 빌었다는 것이다. 그러다가 어떤 한 사람이 이 소원들을 합해서 '황금 십만 냥을 허리에 차고 학을 타고 날아가 양주의 자사가 되겠다.'고 한 것이다. 사람의 끝없는 욕심을 비유하였다. 이 시를 지은 이장용이 이때 고려 양주 고을의 수령이기에 楊州之鶴양주지학의 고사를 잘 인용하여 시를 지은 것으로, 장차 양주 고을의 수령을 그만두고 陳摶진단처럼 은둔자가 되려 한 것이다. "화산의 나귀 타는 명부"는 陳摶의 고사이다. 중국 5대 10국(907~960)의 혼란기에 진단이 나귀를 타고 가다가 송나라 태조 趙匡胤조광윤이 천하를 통일하고 새 황제에 등극했다는 소식을 접하고 나귀 위에서 손뼉을 치다가 그 나귀에 떨어졌다는 이야기이다. 이장용이 지금 머물고 있는 곳이 삼각

---

35) 李藏用, 「三角山 文殊寺」, 권경상 역주, 『東人詩話』 부록 원본대조, 130~131쪽 참조. "城南十里平沙白, 城北數朶重岑碧. 老守疎慵放早衙, 出遊浩蕩尋幽跡. 還他駕鶴楊州天, 添却騎驢華山籍. 官事欲了無奈癡, 賞心易失尤堪惜."

산이고 그 삼각산이 화산인 것이다. 따라서 이장용도 진단이 '천하가 이제야 안정되었구나.'라고 한 것처럼 세상이 안정되었으니, 자신도 이제는 삼각산 곧 화산에서 은거할 속셈을 드러낸 것이다. 서거정은 삼각산이 양주에 있고 화산도 있으니, 그 고사를 인용한 것이 정밀하다고 평한 것이다. 뿐만 아니라 『동인시화』하, 제74에도 고사를 이용한 서거정 자신의 시를 소개하였다.[36)]

古人名고인명을 용사의 대상으로 삼은 예도 있다.

고려 최충헌(1149~1219)이 문객 40여 명을 모아놓고 겨울에 핀 모란을 감상하면서 여러 성씨를 가지고 압운하여 시를 짓게 하였다. 문순공 이규보도 시 한 편을 지었는데, 황후조·장경윤·자대송·미하채·조야거·삼담로 등으로 압운한 부분이 더욱 아름다웠다. 그러나 성씨를 압운한 것은 詩家시가의 희극이지 正體정체는 아니다.[37)]

위의 자료문에서 소개한 고인명은 이규보 시 「晉陽侯集其日上番門客之姓爲韻命門下詩人輩賻冬日牡丹 予亦和進一首傍韻自押(진양후가 그날그날 당번 든 문객들의 성씨를 모아 운을 만들고 문하의 시인들에게 명하여 겨울철 모란을 賻(부)하게 하므로, 나도 따라 한 수를 지어서 바쳤는데, 성자 옆에 있는 운자는 자압하였다)」에서 예를 든 것이다. 전체가 74구로, 관련 있는 시구만 살펴보면 다음과 같다.

36) 徐居正, 『東人詩話』 卷下 第七十四. 서거정이 고려 金仁鏡의 고사를 이용하여 시를 지었기 때문이다.
37) 徐居正, 『東人詩話』 卷上 第六十一. "高麗崔忠獻集, 門客四十餘人, 賞冬日牧丹, 以諸姓押韻賦詩. 李文順亦賦一篇, 有皇后趙,張京尹,紫大宋,迷下蔡,照夜車,森湛盧, 等, 押韻處尤佳. 亦一詩家俳優, 非正體也."

저기 있는 저 모란 누가 심었나,　　　　　聞有名花誰所種,

희 것은 풍산이요, 붉은 것은 대송일세.　　白則豊山紫大宋.

곱고 깔끔한 옥안엔 미소까지 띠었는데,　　玉顔倩瘦微含笑,

바람을 무서워하긴 조황후를 닮았구려.　　正似畏風皇后趙

천연의 고운 자태 연지도 분도 아니 발라,　天然姿色不脂粉,

눈썹 그리려 장경윤 기다리나.　　　　　　畵眉肯待張京尹.

(…중략…)

꽃이 절로 찾아오니 귀엽기도 하여라,　　　花之自至眞可愛,

아리따운 그 모양 하채에 미혹하리.　　　　嫣然尙可迷下蔡.

(…중략…)

그 옛날 침향정에서 이 꽃을 사랑하여,　　憶昔沈香愛此花,

밤놀이 즐기느라 소야거 탔더라네.　　　　遊賞多乘炤夜車."

(…중략…)

공의 문하에서는 훌륭한 선비도 많아,　　我公門下富麗儒,

늠름한 필봉 잠로보다 삼엄하리.　　　　　詞鋒凜凜森湛盧.[38]

(…후략…)

　겨울철에 모란이 핀 것을 예찬하면서 지은 시로, 그 모란을 미인에
비유하였다. 서거정이 압운 한 것 중 고인명을 인용한 것은 "황후조·
장경윤" 둘이고, "자대송"은 붉은 모란을 지칭하는 말이며, "미하채"
는 호색가 등도자의 고사를 인용한 것이다. 하채라는 고을에 사는
등도자가 부인을 두고 미색에 빠져 헤어날 줄 몰랐다는 일로, 호색하

---

38) 李奎報, 『東國李相國集』 卷十八 '古律詩', 「晉陽侯集其日上番門客之姓爲韻命門下詩人輩賦冬
　日牡丹 予亦和進一首傍韻自押」.

는 사람을 하채에 미혹되었다고 한다. 당 현종과 양귀비가 밤 나들이에 타고 다녔다는 "照夜車조야거"는 이규보의 시에는 "炤夜車소야거"로 되어 있고, "삼담로"의 '담로'는 춘추시대 오나라 왕, 합려의 보검 이름이다. 이렇듯 이규보는 古人名뿐만 아니라 꽃이름과 수레명·보검명, 그리고 고사의 내용까지 용사의 대상으로 삼았다.

그리고 새의 명칭을 용사의 대상으로 삼은 것을 비평한 곳이 있다. 이인로의 「書天壽僧院壁(천수승원 벽에 쓰다)」에 "손님을 기다려도 손님은 오지 않고, 스님을 찾네만 스님마저 없구려. 숲 너머의 새들만이 남아서, 술 들기를 간절히 권하네(待客客未到대객객미도, 尋僧僧亦無심승승역무. 唯餘林外鳥유여임외조, 款曲勸提壺관곡권제호)."라는 시에서 '提壺제호'는, 사다새의 울음소리인 '제호'도 되지만, '술잔을 들라'는 뜻도 된다. 중의적 표현을 통해 시적 표현을 절묘하게 하였다. 이어서 이인로는 한유의 「贈同遊(동무에게 주다)」를 "동창이 밝았다고 일어나라 깨우고, 해도 지지 않았는데 돌아가길 재촉하네. 무심한 꽃 속의 새는 다시 어우러져 정을 다해 우네(喚起窓全曙환기창전서, 催歸日未西최귀일미서. 無心花裏鳥무심화리조, 更與盡情啼갱여진정제)."로 소개하면서, '催歸최귀'와 '喚起환기'는 모두 새 이름이고 이인로의 시에서 말한 '제호'도 새 이름임을 밝히면서, '이인로의 시법이 절로 한유의 시법에 가깝다.'[39]고 하였다. 서거정은, 새의 이름을 이용한 중의적 표현을 통해 시어의 무궁한 의미를 함축할 수 있는 작법이 용사 작법임을 밝혔다.

용사의 방법에 대해서 언급한 부분도 있다. 고사를 그대로 인용하면 直用法직용법이고 그 뜻을 반대로 인용하면 反用法반용법이 된다.

---

39) 徐居正, 『東人詩話』卷上 第六十三. "盖催歸喚起皆鳥名, 提壺亦鳥名, 李詩自然有韓法(최귀와 환기는 모두 새의 명칭이며, 제호도 새의 이름이다. 이인로의 시는 자연스럽게 한창려의 시법이 있다)."

古人고인이 시를 짓는 가운데 고사를 인용함에 있어서 그 사실을 바로 인용하는 경우도 있고, 오히려 뜻을 뒤집어서 인용하는 경우도 있다. 사실 그대로 쓰는 경우는 대부분의 사람들이 할 수 있지만, 뜻을 뒤집어서 인용하는 것은 재능이 탁월한 사람이 아니라면 이를 수 없다. 졸옹 최해의 「太公 釣周(강태공이 주나라를 낚다)」 시에, '당년에 낚싯대 드리웠으나 낚기에 미늘 없었으니, 고기 낚을 뜻도 없었는데 하물며 周주나라일까? 마침내 문왕을 만난 것은 참으로 우연일 따름이니, 이러한 말은 고인을 위해 부끄럽게 여기네.'라고 하였으니, 주나라를 낚은 것은 태공의 본심이 아니었음을 밝힌 것이다. 고인의 뜻을 뒤집어서 스스로 축이 될 만한 중요한 생각을 표현했는데, 격이 높고 운율도 참신하다.[40]

위의 자료문은 反用法반용법에 관한 것이다. 강태공이 위수 가에서 낚싯대를 드리우고 물고기를 낚은 사실을 인용한 것으로, 세상 사람들은 강태공이 그때 고기를 낚은 것이 아니고 周 文王을 낚기 위해 그렇게 하였다는 것이다. 그런데 고려 말기 최해는 그 뜻을 반대로 인용하여, 낚시 바늘에 미늘도 없이 드리웠기에 물고기 낚을 뜻도 없었는데, 주나라 문왕을 낚았다는 것은 말도 안 된다는 것이다. 강태공이 문왕을 위수 가에서 만난 것은 우연한 일이지 그를 만나기 위해 80년의 세월을 기다렸다는 세상 사람들의 말은 맞지 않으며, 소위 사람들이 말하는 '주나라를 낚았다'고 말하는 자체가 부끄럽다는 것이다. 따라서 서거정은 최해가 지금까지 알고 있던 강태공의 이야기

---

40) 徐居正, 『東人詩話』卷下 第五十二. "古人用事, 有直用其事, 有反其意而用之者. 直用其事, 人皆能之, 反其意而用之, 非材料卓越者, 自不能到. 崔拙翁太公釣周詩, 當年把釣釣無鉤, 意不求魚況釣周. 終遇文王眞偶爾, 此言吾爲古人羞. 盖發明釣周非太公之本心, 能反古人意, 自出機軸, 格高律新."

를 뒤집어 사용하였지만, 그 뜻이 참신하여 격이 높고 운율도 신선하다고 평하였다. 서거정이 극찬한 反用法은 朱任生주임생이 『詩論分類纂要시론분류찬요』에서 "문인들이 고사를 인용하는 데는 바로 그 고사를 인용하는 경우도 있고 그 뜻을 뒤집어서 인용하는 경우도 있다."[41)라고 한 이론 중 "有反其意而用之者유반기의이용지자"와 동일하다.

서거정이 용사라고 평한 곳도 따져 보면, 점화가 된 곳이다.

고려 예종 때에 어전의 누각 앞에 모란이 활짝 피니, 예종이 궁중의 각 부서에 있는 여러 儒臣유신에게 명하여 시를 짓게 하였다. 강일용 선생은 단지 "백발의 취한 노인 대전 뒤에서 바라보고, 눈 밝은 늙은 유신 난간에 기대어 있네."라는 구절을 얻었는데, 선배들이 故事고사를 인용한 것이 정밀하고 절실하다고 말하였다. 내가 처음에 이 시를 곱씹어 음미하여 보았으나 맛을 알지 못하였는데, 나중에 창려(한유)가 모란을 읊은 시를 보니, "오늘에야 난간에서 눈이 밝아옴을 알았네."라고 하였고, 구양공(구양수)이 모란을 읊은 시에, "지금 백발의 노인이 되니 절로 웃음이 나네."라는 시구를 본 후에야 비로소 강 선생이 지은 시에 출처가 있어 고사를 인용함에 정밀하고 절실한 것을 알게 되었다. 다만 시어가 매우 편벽되고 운치는 높으나 재주가 부족하니, 선생과 같은 사람은 아마도 옛 사람이 말하는 궁중의 법주를 만드는 솜씨는 있지만 재료가 없는 것과 같은 것이 아니겠는가?[42)

---

41) 朱任生 編著, 『詩論分類纂要』「用事」, 臺灣商務印書館, 中華民國 60, 341쪽. "文人用故事, 有直用其事者, 有反其意而用之者."
42) 徐居正, 『東人詩話』卷上 第四十. "高麗睿王朝. 御樓前 木芍藥盛開, 命禁署諸儒賦詩. 康先生日用, 只得頭白醉翁看殿後, 眼明儒老倚闌邊一句, 先輩以謂, 用事精切. 予初咀嚼, 不識其味, 後閱昌黎詠木芍藥, 有今日欄邊覺眼明, 歐陽公, 詠牧丹, 有自笑今爲白髮翁之句, 然後始知出處用事精切. 但恨詞語深僻, 韻高才短, 如先生者, 豈非古人所謂, 有造內法酒手, 而無材料者乎."

위의 자료문은, '用事精切용사정절'이라고 평한 자료이지만, 용사에 관한 내용보다 점화에 대한 것이 오히려 많다. 고려 강일용의 시가 고사를 정밀하게 인용한 것이 아니고 先人선인들의 시 구절을 모방했기 때문이다. "백발의 취한 노인 대전 뒤에서 바라보고(頭白醉翁看殿後두백취옹간전후)"는 송나라 구양수의 "지금 백발의 노인이 되니 절로 웃음이 나네(自笑今爲白髮翁자소금위백발옹)."가 그 출처이고, "눈 밝은 늙은 유신 난간에 기대어 있네(眼明儒老倚闌邊안명유로의란변)."는 그 유래처가 한유「戲題牧丹희제목단」의 "오늘에야 난간에서 눈이 밝아옴을 알았네(今日欄邊覺眼明금일란변각안명)."이다. 따라서 서거정은 그 유래처가 있어 그 뜻이 더욱 정밀하고 알차게 되었다고 하였다. 이는 무궁한 뜻을 지어내야만 하는 문인들의 제한된 사고의 한계 극복의 방법을 제시한 이론으로 점화의 작법에 해당된다. 강일용 선생이 평한 대로 그 말을 부리는 재주는 매우 높다. 하지만 이 작법은 용사가 아니라 점화의 작법이었다. 전인의 시구가 유래처이기 때문이다. 그러나 '白醉翁백취옹'과 "白髮翁백발옹", "眼明안명" 같은 古語고어를 인용한 것은 용사일 수 있다. 따라서 이 부분은 점화이면서 용사가 된 곳이다.

용사와 점화의 개념을 혼용하여 서술한 곳이 또 있다.

무릇 시에서 용사할 때는, 유래처가 있어야 한다. 만일 자신의 생각으로 지어내면 시어가 비록 교묘해도 비평하는 사람들의 비판을 면치 못하게 된다. 고려 忠宣王충선왕이 元원나라에 들어가 만권당을 여니, 學士학사 閻復염복·姚燧요수·趙子昻조자앙 등이 모두 왕의 집안과 다 함께 지냈다. 어느 날 왕이 시 한 구절을 지었는데, '닭의 울음소리 마치 문 앞의 버들 같네.'라고 하니, 모든 학사들이 用事용사의 유래를 물었는데, 왕은 묵묵히 말을 하지 않았다. 文忠公문충공 益齋익재 李齊賢이제현이 곁에 있다가 즉시 해명하기를,

'우리나라 사람의 시에, '지붕 끝에 아침 해 오르니 金鷄금계가 우는데, 흡사 늘어진 수양버들이 하늘거리듯 하네.'라고 하는 구절이 있으니, 닭 울음소리가 부드러운 것을 가지고 버들가지가 가볍고 가는 모양에 비유한 것입니다. 우리 전하는 이 시의 뜻을 인용한 것입니다. 또한 한퇴지가 거문고를 두고 지은 시에, '뜬 구름인양 날아가는 버들개지인가 뿌리도 꼭지도 없네.'라고 하였으니, 옛 사람의 시에서 악기 소리에 대하여 역시 버들개지로 비유한 것이 있습니다.'라고 하니, 온 좌중이 칭찬하여 감탄하였다. 충선왕이 지은 시를 만일 익재 노인이 구원하지 않았다면 거의 비평하는 사람들의 예봉을 면치 못했을 것이다.[43]

고려 말기 문풍을 알게 하는 자료문이다. 시의 유래처가 없을 경우는 그 시어의 깊이가 깊지 않아 비평가의 혹평을 받을 수 있다는 것이다. 다행이도 충선왕이 지은 시가 고려 어느 문인의 시와 한퇴지의 시에서 그 유래처를 찾을 수 있었기에 혹평을 면할 수 있었던 것이다. 그런데 시어의 유래처는 점화의 작법이다. 중국 위경지는 『시인옥설』에서 '용사'편과 '점화'편으로 분류하여 책을 편찬함으로써 그 차이점을 구별하였다. 하지만 조선 전기 서거정은 위의 자료문 내용처럼 일부는 혼돈하였지만, 대체로 두 작법용어를 구별하여 평하였다.

---

43) 徐居正, 『東人詩話』 卷上 第六十九. "凡詩用事當有來處. 苟出己意, 語雖工未免砭者之譏. 高麗忠宣王入元朝, 開萬卷堂, 學士閣復姚燧趙子昂皆遊王門. 一日王占一聯云, 雞聲恰似門前柳. 諸學士問用事來處, 王默然. 益齋李文忠公, 從傍卽解曰, 吾東人詩, 屋頭初日金鷄唱, 恰似垂楊嫋嫋長. 以雞聲之軟, 比柳條之輕纖, 我殿下之句用是意也. 且韓退之琴詩曰, 浮雲柳絮無根蒂, 則古人之於聲音. 亦有以柳絮比之者矣. 滿座稱嘆. 忠宣詩, 苟無益老之救, 則幾窘於砭者之鋒矣."

3. 『동인시화』에 나타난 점화론

徐居正서거정(1420~1488)은 作法評語類작법평어류인 點化점화를 어떻게 인식하면서 작품을 평하였는지, 『동인시화』의 구체적 내용을 통해 살펴보고자 한다.

『동인시화』에는 서거정이 점화 작법이 쉽지 않음을 토로한 곳이 있다.

> 내가 泰齋태재 柳方善류방선 선생에게 시구를 모으는 일의 어려운 점에 대해 질문한 적이 있었다. 태재 선생이 말하기를, '어려우면서도 쉽고, 쉬우면서도 어려운 일이네.'라고 하였다. 내가 다시 '어떤 말씀입니까?' 하니, 대답하시기를, '시구를 모으는 일은 형공 왕안석도 어렵게 여긴 일이네. 근래에 祭酒좨주(교육감) 林惟正임유정과 崔執均최집균 선생이 모두 시구를 잘 모은다고 하는데, 시구를 모은 것을 살펴보면 아마도 평소의 韻운에 의거하여 시를 모은 듯한데, 諸子百家제자백가의 글을 모두 섭렵하고 종류별로 구분하여 사용에 필요할 때를 대비한 것뿐이네. 우리나라는 詩家시가의 文籍문적이 많지 않으며 제자백가의 간행은 정해진 수효가 있는데, 임유정과 최집균이 모은 것은 보지도 못하고 듣지도 못한 사람의 시구가 많이 있으니, 이 점이 매우 의심스럽네. 또한 임유정과 최집균이 이미 시구를 잘 모은다고 하였는데, 어찌하여 자신들이 지은 시는 한 편도 세상에 전해져서 사람들에게 膾炙회자되는 것이 없는가? 이 점이 더욱 의문스럽네. 이러하니 시구를 모으는 일이 어려운 듯하면서 쉽고, 쉬운 듯하면서 어렵지 않겠는가?' 라고 하였다. 내가 지난 번에 최집균 선생이 지은 古律詩고율시 수십 편을 보았는데, 한 구절도 후세에 전할 만한 것이 없으니, 이른바 얼굴(시)을 직접 보니 명성을 들은 것만 못하다는 것이다.[44]

위의 자료문은 훌륭한 점화의 대상을 접하기도 어렵고, 또 그 선택한 내용의 시 구절을 자기 작품에 모방하여, 새로운 의미로 化화하기는 더 어려움이 있음을 밝힌 곳이다.

점화의 방법을 구체적으로 소개한 곳도 있다.

> 조 선생이 일찍이 가을에 추수하는 것을 읊은 시에 "낫을 갈아 놓으니 초승달과 같네."라는 구절이 있었는데, 나에게 말씀하기를 "한퇴지가 지은 시구에 '초승달은 갈아놓은 낫과 같네.'라고 하였는데, 내가 이 말을 인용하되 뜻을 반대로 하였다."라고 하였다. 이렇게 하는 것을 飜案法번안법이라고 하니, 시를 배우는 사람은 몰라서는 안 된다.[45]

위의 자료문은 점화 작법의 방법 중 하나인 번안법으로, 先人선인이 지은 시구의 뜻을 뒤집어 새로운 뜻으로 만드는 작법이다. 趙須조수(조선 초 문인)가 「詠秋穫詩영추확시」에서 "磨鎌似新月마겸사신월"이라고 한 것은 한퇴지의 시 「挽寄만기 張十八助敎장십팔조교 周郎博士주랑박사」의 "新月似磨鎌신월사마겸"의 뜻을 반대로 하였다는 것이다. 그런데 번안법은 용사의 작법인 反用法반용법과 유사하다.

서거정이 點化점화를 善評선평한 부분을 살펴보자.

---

44) 徐居正, 『東人詩話』 卷下 第三十九. "予嘗問泰齋先生集句難易, 先生曰, 難而易易而難. 曰, 何謂也. 曰, 集句荊公所難. 近世林祭酒惟正, 崔先生執釣皆能之, 觀其集, 似是平日依韻撫詩, 諸子百家靡不蒐獵, 區分類別以待其用耳. 我國家文籍鮮少, 百家諸子之行有數, 而林崔所集, 多有不見不聞之人, 此甚可疑, 且林崔旣能集句, 何無自作一篇, 流傳於世, 膾炙人口乎. 是又可疑, 此不亦難而易而難乎. 予頃見崔先生所著, 古律數十篇, 無一句可傳於後, 所謂見面不如聞聲者也."
45) 徐居正, 『東人詩話』 卷下 第六十四. "趙先生嘗詠秋穫詩, 有磨鎌似新月之句, 語予曰, 韓退之詩云, 新月似磨鎌. 吾用此語, 而反其意, 此謂翻案法. 學詩者不可不知已."

대사간 이인로가 지은 「瀟湘八景소상팔경」 시에, '구름 사이 달빛 황금빛으로 물결에 일렁대고, 서리 내린 뒤에 벽옥 같은 물결이 넘실거리네. 한밤중에 바람 이슬 많이 내린지 알고 싶은데, 뱃전에 기댄 어부 한쪽 어깨 높아라.'라고 하였다. 이 시어는 蘇舜欽소순흠(宋, 1008~1048)의 '구름 끝에 일렁이듯 황금빛 달덩이 떠오르고, 물 위에 잔잔하게 고운 무지개 걸려 있네.'라는 구절을 본뜬 것으로, 점화한 것이 절로 아름답다.46)

서거정이 소개한 이인로의 시는 원제목이 「洞庭秋月(동정호의 가을 달)」이다. 소상팔경은 宋송나라 화가 宋迪송적이 瀟水소수(호남성에서 발원하여 상수로 흘러가는 강)와 湘水상수(광서성 홍안현에서 발원하여 동정호 흘러가는 강)의 아름다운 풍경을 8가지로 그린 데서 연유한 것이다. 그 중에 동정호와 가을 달을 노래한 것이 「동정추월」이다. 이인로가 송나라 송순흠의 「中秋중추 松江新橋對月송강신교대월 和柳令之作화류령지작」을 모방하였는데, 그것이 '點化自佳점화자가'라는 것이다. 달빛에 비친 호수의 모습이 훨씬 생동감이 있기 때문이다. 서거정은 『동인시화』(상), 48장에서도 兪升旦유승단(兪元淳, 고려 문인, 1168~1232)의 「穴口寺혈구사」 "초하루 그믐은 潮水조수를 책력으로 삼고, 추위와 더위는 풀[草]이 시절을 알리네."를 평하는 과정에서, 중국 晋진나라 陶元亮도원량(陶淵明, 372~427)의 시 「桃花園詩도화원시」 "역수를 기록한 冊曆책력은 없어도, 사계절이 저절로 歲數세수를 이루네."와 唐당나라 사람의 시 "산의 스님 六甲육갑을 헤아릴 줄 모르지만, 나뭇잎 하나 떨어지면 가을이 온줄 아네." 등을 통해, 고인들의 이러한 생각을 유승단이 자신의 시에 다듬

---

46) 徐居正, 『東人詩話』 卷上 第十一. "大諫仁老瀟湘八景詩, 雲間灧灧黃金餅, 霜後溶溶碧玉濤. 欲識夜深露重, 倚船漁父一肩高. 語本蘇舜欽, 雲頭灧灧開金餅, 水面沉沉臥綵之句. 點化自佳."

어 단장하기를 절묘하게 하였다는 '粧點自妙장점자묘'로 평하였다.[47]

그리고 서거정은 고려 왕백의 시를 예를 들어 "시골집 지난밤에 비가 부슬부슬 내리더니, 대숲 밖의 복숭아꽃 홀연 붉은 꽃망울 터트렸네. 술에 취해 두 귀밑머리 하얗게 센 줄 모르고서 꽃송이 꺾어 머리에 꽂고 봄바람 맞네."의 마지막 구는, 소동파의 시「吉祥寺賞牧丹길상사상목단」의 "사람은 늙어도 꽃을 머리에 꽂고 부끄러워 않네."를 '粧點亦妙장점역묘'라고 평하였다.[48] 그러면서 서거정은 고인의 말을 인용하여, "계술하여 짓는 것이 창작보다 못한 것은 아니다."[49]라고 하여, 점화에 대한 긍정적 태도를 보였다.

점화가 잘 된 것을 靑出於藍청출어람으로 평한 곳이 있다.

奉使봉사 金若水김약수(고려 말 문인)가 임실 공관을 두고 쓴 시에, '고목과 거친 덤불은 옛 길을 덮었으니, 집집마다 오히려 나물죽도 배불리 먹지 못하네. 산새들은 백성을 걱정하는 마음을 몰라주고, 그저 숲 속에서 마음대로 울어대고 있네.'라고 하였다. 密直밀직 鄭允宜정윤의(고려 말 문인)가 강성현(경남 산청군 단성)의 객사에 쓴 시에, '이른 새벽 말을 달려 고성에 들어가니, 울타리 가에 인적은 없고 살구만 열려 있네. 뻐꾸기는 나라 일의 급한 행차 모르고서, 숲 너머로 종일토록 봄갈이 재촉하네.'라고 하였다. 정윤의가 지은 시는 비록 김약수의 시에 근원하였지만 단련한 것이 더욱 오묘하니, 가히 靑出於藍청출어람이라 할 만하다.[50]

---

47) 徐居正, 『東人詩話』 卷上 第四十八. "前輩以兪泰政穴口寺詩, 晦朔潮爲曆, 寒暄草記辰. 爲工. 予嘗讀陶元亮詩, 雖無紀曆誌, 四時自成歲. 唐人詩, 山僧不解數甲子, 一葉落知天地秋. 古人有此等意思, 但兪之粧點自妙."

48) 徐居正, 『東人詩話』 卷下 第五十四. "王密直伯詩, 村家昨夜雨濛濛, 竹外桃花忽放紅. 醉裏不知雙鬢雪, 折簪繁萼立東風. 詞語玲瓏, 氣象舒閑. 東坡詩曰, 人老簪花不自羞, 此老粧點亦妙."

49) 徐居正, 『東人詩話』 卷上 第五十八. "古人以謂逃者, 未必不賢於作者."

김약수가 지은 「題任實郡公館제임실군공관」은 봄철이 돌아왔지만 백성들은 먹을 것이 없어 굶주리는데, 이런 백성들을 근심하는 위정자의 마음도 알지 못하고 산새들은 그저 울어댈 뿐이다. 그러나 이 시를 모방한 정윤의 「書江城縣舍서강성현사」는 왕사가 급한 일로 마을을 달리니, 인적은 고요한데 살구가 탐스럽게 익어 있고, 뻐꾸기는 나라 일의 중함도 모른 채 봄갈이를 재촉하고 있다. 김약수의 시는 백성들의 굶주림만을 노래했기에 시어가 빈약한 데 반하여, 정윤의의 시어는 풍성하면서도 백성들의 근면함을 불러일으킨다. 그래서 김약수의 시보다 모방한 정윤의의 시가 절묘하면서도 단련되어 靑出於藍청출어람이라고 평한 것이다.

점화가 잘 된 것을 無斧鑿痕무부착흔으로 평한 곳도 있다.

원외랑 김극기가 지은 「醉時歌취시가」에 "낚시를 하면 반드시 바다의 여섯 자라 낚을 것이며, 활을 쏘면 반드시 태양 속 아홉 까마귀 떨어뜨리지. 여섯 자라 움직이면 어룡이 떨고, 아홉 까마귀 나오면 초목이 타버리네. 남아는 스스로 우뚝한 절개를 세워야 하니, 섬약한 짐승들을 죽일 수 있으리요?"라고 하였다. 詩語시어가 매우 호탕하고 빼어났다. 이 詩意시의는 두소릉(두보)의 '사람을 쏘려면 먼저 말을 쏘고, 적을 사로잡으려면 먼저 왕을 생포하면 되지.'에서 근본하였고, 詩詞시사는 부옹(황정견)의 '그대의 잔에 포성의 상락주를 따르고, 그대의 술에 상루의 국화잎을 띄우리라. 술로 가슴 속 불평이랑 씻어내고, 국화로 짧은 세상의 노쇠한 인생을 다스리는

---

50) 徐居正, 『東人詩話』卷上 第三十六. "金奉使若水, 題任實公館詩曰, 老木荒榛夾古蹊, 家家猶未飽蔬藜. 山禽不識憂民意, 唯向林間自在啼. 鄭密直允宜, 題江城縣舍詩曰, 凌晨走馬入孤城, 籬落無人杏子成. 布穀不知王事急, 隔林終日勸春耕. 鄭詩雖源於金, 煆鍊尤妙, 可謂靑出於藍者矣."

구나.'라고 한 것에 근본한 것이다. 비록 두 사람(두보와 황정견)의 시에서 사어와 뜻을 따와 사용한 것이지만, 혼연히 도끼로 찍고 끌로 찍은 흔적이 없으니, 참으로 호백구(여우의 겨드랑이에 나 있는 털로 만든 갖옷)를 훔쳐 낸 감쪽같은 솜씨로다.[51)]

위의 자료문에서, 서거정은 김극기의 「취시가」가 비록 두보의 「前 出塞전출새」에서 詩意시의를 본뜨고, 詩詞시사는 황정견의 「送王郎송왕랑」에 서 본뜬 것이지만, 도끼로 찍고 끌로 찍은 흔적 없이 '호백구'를 훔쳐 낸 솜씨 같다고 善評선평하였다. 이처럼 다른 사람의 작품 중 어느 부분 을 본떠 자기 작품에 사용하여 그 뜻을 발전적으로 다시 빌려 쓰는 것은 점화의 작법인 것이다. 호백구는 감쪽같이 남의 물건을 훔쳐낸 다는 고사이다. 齊제나라 孟嘗君맹상군이 秦진나라 昭襄王소양왕의 재상 자 리의 부름을 받고, 진나라로 갔을 때, 그에게 바쳤던 최고 상품의 갖옷 이다. 그런데 중신들의 반대로 재상 자리에 오르지 못하고, 오히려 감옥에 갇히는 신세가 되었다. 그때 그를 도와 줄 소왕의 애첩이 그 '호백구'를 원했던 것이다. 그래서 그의 식객 중 한 사람이 그 호백구 를 다시 훔쳐 소왕의 애첩에게 받쳐 맹상군이 무사히 풀려나게 되었 다는 이야기이다. 이처럼 남의 물건을 훔쳤는데, 그것이 훔친 것인지 아닌지를 모를 정도의 수법이 점화의 작법으로 '무부착흔'으로 평한 것이다. 김극기의 「취시가」가 그런 경지의 시라는 것이다.

목은이 쌍계루의 기문을 짓기를, "나는 늙었도다. 밝은 달이 누각에

---

51) 徐居正, 『東人詩話』 卷上 第八. "金員外克己醉時謌, 釣必連海上之六鰲, 射必落日中之九烏. 六鰲動兮魚龍震盪, 九烏出兮草木焦枯. 男兒要自立奇節, 弱羽纖鱗安足誅. 語甚豪壯挺傑. 其意 本少陵, 射人先射馬, 擒賊先擒王. 其詞本涪翁, 酌君以蒲城桑落之酒, 泛君以湘纍秋菊之英. 酒 洗胸中之磊塊, 菊制短世之頹齡. 雖用二家詞意, 渾然無斧鑿痕, 眞竊狐白裘手."

가득히 비출 때, 그 속에서 잠을 잘 길이 없구나. 소년 시절에 나그네 되지 못한 것이 한스러울 뿐이네."52)라고 하였는데, 그 내용을 幻庵환암 (고려 말기 승려)이 살펴보니 어느 唐나라 사람이 지은 시에 있는 내용 이었다. "'밝은 달은 쌍계의 냇물을 비추고, 봄바람은 팔영루에 부네. 소년 시절 나그네로 왔던 곳에, 오늘은 그대를 전송하며 거니네.'라는 시 구절이 있는데, 목은 노인은 바로 이 구절을 인용하였지만 도끼로 찍고 끌로 찍은 흔적이 없으니 참으로 절묘한 솜씨로다."53)라고 평하 였다.

점화의 有來處유래처를 언급한 곳도 있다.

고인이 지은 시는 한 구절이라도 유래처가 없는 곳이 없다. 政丞정승 李混 이혼(고려 문인, 1252~1312)의 「浮碧樓부벽루」 시에 "영명사 안에 스님은 보이지 않고, 영명사 앞의 강물만 절로 흐르네. 산은 텅 비워 외로운 탑만이 뜰 가에 서 있고, 인적 끊기니 작은 배만 나루에 비껴 있네. 먼 하늘을 나는 새는 어디로 향하는지, 넓은 들판에 봄바람은 쉼 없이 불어오네. 지난 일 아득하여 물을 곳 없노니, 엷은 안개 사이로 비치는 햇살이 사람으로 하여금 시름하게 하네."라고 하였다. 1, 2구는 본래 이백의 "봉황대 위에 봉황이 노닐었는데, 봉황이 가니 대는 텅 비고 강물만 절로 흐르네."이고, 4구는 본래 韋蘇州위수주(당나라 문인 韋應物, 735~835)의 "들녘 나루에 사람 없고 배만 절로 비껴 있네."이고, 5, 6구는 본래 陳后山진후산(宋송나라 문인 陳師道진사도, 1052~1101)의 "하늘을 나는 새 어디로 향하는고, 내닫던 구름도 절로 한가로워지네."이고, 7, 8구는 또 본래 이백의 "온통 뜬구름이

---

52) 徐居正, 『東人詩話』 卷上 第五十七. "予老矣. 明月滿樓, 無由宿其中, 恨不少年爲客耳."
53) 徐居正, 『東人詩話』 卷上 第五十七. "明月雙溪水, 春風八詠樓. 少年爲客處, 今日送君遊. 之句, 此老政用此語, 而無斧鑿痕, 眞妙手也."

해를 가리니, 장안은 보이지 않아 사람으로 하여금 시름하게 하네."라고 한 구절이니, 구절마다 다 유래처가 있다. 粧點장점이 절로 묘하여, 격률도 자연스럽고 삼엄하다.54)

서거정은, 고려 충선왕 때 문인인 이혼이 「부벽루」를 지었는데, 그 구절마다 유래처가 있다고 하였다. 그런데 그 유래처가 있기는 하지만 그 작법이 구절마다 아름답게 다듬어져서 절묘할 뿐만 아니라 율격까지도 엄격하면서도 자연스럽다고 극찬하였다.

前人전인들은 시를 짓다보면 우연히 先人선인의 시구와 같아질 수 있다고 하였다. 그럴 경우 偶同우동·偶合우합 또는 暗合암합이라고 평하였다.

나는 일찍이 졸옹 최해의 「四皓사호」 시를 좋아하였는데, "한 고조 기이한 계책으로 제왕의 공업 세우니, 호걸 부리기를 어린아이 다루 듯하네. 가련하구나, 흰머리 상산의 늙은이들, 역시나 유후(장량)의 술책에 빠져 버렸네."라고 하였다. 學士학사 趙子昻조자앙의 「四皓사호」 시에, "상산의 흰머리 네 늙은이, 紫芝歌자지가 멈추고 솔바람 소리 들었네. 반평생 인간사에 관심 두지 않다가, 역시나 유후의 술책에 빠졌네."라고 하였다. 비록 詩詞시사의 뜻은 다르지만 마지막 구는 마치 한 사람의 손에서 나온 것 같다. 졸옹이 元원나라에 들어가 製述科제술과에 급제한 것이 조자앙과 같은 시기였으니, 혹 모방한 것이 있을 듯하다. 다만 졸옹의 굽히지 않는 강인한 성품으로써 어찌 동시대에 함께 했던 사람의 시를 무턱대고 따라했겠는가?55)

---

54) 徐居正, 『東人詩話』 卷上 第十六. "古人作詩, 無一句無來處. 李政丞混浮碧樓詩, 永明寺中僧不見, 永明寺前江自流. 山空孤塔立庭際, 人斷小舟橫渡頭. 長天去鳥欲何向, 大野東風吹不休. 往事微茫問無處, 淡烟斜日使人愁. 一句二句本李白, 鳳凰臺上鳳凰遊, 鳳去臺空江自流. 四句本韋蘇州, 野渡無人舟自橫. 五六句本陳后山, 度鳥欲何向, 奔雲亦自閑. 七八句又本李白, 摠爲浮雲蔽白日, 長安不見使人愁. 之句. 句句皆有來處, 粧點自妙, 格律自然森嚴."

고려 말 졸옹 최해가 지은 「四皓사호」 시에 보면, 동시대 元원나라 조자앙이 지은 시 구절이 모방되었다는 것이다. 그런데 이것은 우연히 같아진 것이지 일부러 가져다 쓸려고 한 것은 아니라는 것이다. 그 이유는 졸옹의 평상시 성품으로 보아, 남의 시 구절을 몰래 훔쳐다 쓸 정도의 인품이 아니기 때문이다. 그러면서 서거정은 시적 경지가 옛 사람과 우연히 같아질 수 있다고 하였다. 이처럼 우연히 다른 시인의 시적 경지나 아니면 옛 사람의 시적 경지에 도달하는 경우를 우동 또는 암합이라고 한다. 서거정이 『동인시화』에서 우동·암합에 관한 시평56)을 몇 군데 더 언급하였다. 그러면서 우동·우합·암합 등은 점화의 한 범주이지 표절은 아니라고도 하였다. 표절은 처음부터 남의 작품을 훔칠 목적으로 사용한 것이기 때문이다. 우동은 말 그대로 우연히 같아진 것이다. 고인들의 훌륭한 문학 작품을 본받기 위해 부단의 노력을 도야陶冶한 후 우연히 고인들이 본 정경과 유사한 경치를 보면 자신도 모르게 그 구절의 내용이 연상되면서 자기 작품에 사용한다는 것이다. 이렇듯 처음부터 남의 작품을 훔칠 목적으로 한 것이 아니기에 엄연히 표절과 우동은 구별되어야 한다.

자하 신위도 그의 시 「會寧嶺회령령」 후기에서 "고금인들의 시에는 뜻밖에 같아진 것이 있다."57)라고 하면서 44세 때 지은 시구 중 "하늘

---

55) 徐居正, 『東人詩話』 卷上 第二十三. "予嘗愛拙翁四皓詩, 漢用奇謀立帝功, 指揮豪傑似兒童. 可憐皓首商山老, 亦墮留侯計術中. 趙學士子昂四皓詩, 白髮商君四老翁, 紫芝謌寵聽松風. 半生不與人間事, 亦墮留侯計術中. 雖詞意不同, 而末句如出一手, 拙老入元朝中制科 與趙同時, 其或有所摸擬. 但以拙老之崛强, 豈效顰一時儕輩之所作乎."

56) 徐居正은 『東人詩話』 卷上 第四十二에서, 고려 왕조가 망한 후 왕씨가 피난 가는 도중 지은 시에, 송나라 승려 道潛이 지은 「秋江」에 있는 시 구절이 있다는 것이다. 그러면서 서거정은 왕씨가 위기에 닥쳐서 진정을 다한 것이 절로 고인의 시어와 서로 맞아떨어졌다고 하였다. 그리고 『東人詩話』 卷下 第十三에서, 최해의 우동을 예를 들었으며, 卷下, 第四十二에는, 이규보의 암합에 대해서 예를 들었다.

57) 申緯, 『申紫霞詩集』 卷之一 「會寧嶺」. "古今詩人, 有不謀而同者."

은 흰 구름 두른 산수 밖에 드리웠고, 가을은 붉고 검은 열매 속에 들었구나(天垂繚白縈靑外천수료백영청외, 秋入丹砂點漆中추입단사점칠중)."가 나중에 보니 『陸放翁集육방옹집』58)에 있더라는 것이다. 그래서 59세 되던 해에 후기를 남기면서 이것은 표절이 아니고 우연히 같아진 경우라고 하였다. 고인의 시를 본받기 위해 뛰어난 시 작품들을 섭렵하는 가운데 우연히 그 시 구절과 같아진 경우라는 것이다. 따라서 표절과는 엄연히 차이가 난다.

한편으로 작가가 남의 훌륭한 작품을 본받아 새로운 의미를 부여하고자 하였으나, 후대의 독자나 비평가가 보았을 경우에 발전적으로 새로운 의미를 부여하지 못했을 경우가 있다. 이를 蹈襲도습이라고 평한다. 서거정도 "시를 도습하지 않는 것은 고인도 어렵게 여긴다."59)고 하였다.

시는 도습을 꺼린다. 고인이 말하기를, '문장은 마땅히 자기의 솜씨로 일가의 풍모와 골격을 이루어야 한다. 어찌 남과 같은 표현으로 살아갈 수 있겠는가?'라고 하였다. 唐人·宋人은 이러한 병폐가 많았다. 근래의 中令중령 洪子藩홍자번(고려 문인, 1237~1306)의 시에, "부끄럽도다 초야에서 經書경서 뒤적이던 손으로, 석양을 기리며 서울로 향하니."라고 하였고, 復齋복제 韓宗愈한종유(고려 문인, 1287~1354)의 시에 "은나라 솥에 국을 끓이던 손으로, 되려 낚싯대 잡고 해질녘 모래벌로 내려가네."라고 하였고, 文忠公문충공 陽村양촌 權近권근(여말선초 문인, 1352~1409)의 시에 "단지 임금의 조서를 꾸미던 손으로, 산촌에서 보리술 잘도 마시네."라고 하였고, 陶隱도은

---

58) 陸游, 『陸放翁集』. "天垂繚白縈靑外, 人在駮紅衫綠中."
59) 徐居正, 『東人詩話』卷上 第二十. "詩不蹈襲, 古人所難."

李崇仁이숭인(고려 말 문인, 1347~1392)의 시에 "어찌하여 낚시하던 손으로, 말을 재촉하여 경도로 향하는가?"라고 하였다. 모두 서로 도습하는 병폐를 면하지 못하였다. 杜牧두목(唐 문인, 803~852)의 시에 "서글퍼라 강호에서 낚시하던 손으로, 도리어 지는 해 가리고 장안으로 향하네." 하고 하였는데, 후대의 사람들이 그 말을 할아비 삼았지만 이 屋下架屋옥하가옥에 이르게 되었다.60)

위의 자료문은 후대의 문인들이 당나라 두목의 시「途中一絶도중일절」을 도습했다는 비평문이다. 두목은 강호에 은둔하던 사람이 다 기울어가는 왕조를 위해 벼슬길로 나아감을 비난하였다. 문인들이 마땅히 자기의 개성을 발휘하여 자기만의 일가를 이루어야 하는데, 그러지 못했다는 것이다. 고려시대 홍자번이나 한종유, 권근과 이숭인 모두 두목의 시를 모방하여 독창적인 뜻을 드러내고자 하였으나, 새로운 뜻을 드러내지 못했다는 것이다. 오히려 屋下架屋옥하가옥, 곧 집 안에 집을 지은 꼴이 되어 부질없는 일을 하였다는 것이다.

서거정은 또 "두보의 시에 '모시는 신하는 두 명의 宋玉송옥(전국시대 초나라 시인, 굴원의 제자)이요, 전쟁하는 계책은 두 명의 양저(사마양저, 춘추시대 제나라 장수)일세.'라고 한 것은 대개 여섯 명의 五帝오제이며 네 명의 三王삼왕이라는 말을 인용하여 지은 것이다. 金九冏김구경의「送僧송승」시에 '도는 이미 두 사람의 지둔(晉나라 스님, 314~366)이요, 시를 잘 지어 두 명의 선권(宋나라 스님, 1102~?)일세.'라고 하였는데, 본뜨고

---

60) 徐居正,『東人詩話』卷上 第四十五. "詩忌蹈襲, 古人曰, 文章當出機杼成一家, 風骨何能共人生活耶. 唐宋人多有此病. 近代洪中令子藩詩, 愧將林下轉經手, 遮却斜陽向帝京. 韓復齋宗愈詩, 却將殷鼎調羹手, 還把漁竿下晚沙. 陽村權文忠公詩, 却將潤色絲綸手, 能倒山林麥酒盃. 李陶隱詩, 如何釣竿手, 策馬向京都. 皆不免相襲之病. 杜牧詩曰, 惆悵江湖釣竿手, 却遮西日向長安. 後人祖其語, 致此屋下架屋也."

모방한 것이 매우 지나쳐서 참으로 집 위에 다시 집을 지은 것과 같은 것이다."61)라고 하였다. '屋下架屋옥하가옥'이나 '屋上架屋옥상가옥' 모두 남을 작품을 모방하여 새로운 뜻을 부여하고자 하였으나, 실제로는 새로운 의미를 부여하지 못하고 집 위에 집을 더 지은 꼴이 되었다는 말이다.

서거정은 정지상의 시를 통해서 도습62)한 경우를 상세화하였다. "壯元장원 鄭知常정지상(고려 문인, 1068~1135)의 시에 '세 자루 초가 타고나니 새벽이 되려하는데, 팔각의 문장을 이루니 월계화 향기롭네. 지는 달 반나마 비춘 뜨락에 사람들 웅성거리니, 누가 장원한 사람인지 알지 못하겠네.'라고 하였다. (…중략…) 일찍이 韋永貽위영이의 「試罷시파(과거 시험을 끝내고 소감을 읊음)」 시를 본 적이 있는데, '세 자루 초가 타고나니 파루의 종 처음 울리고, 9번 제련한 丹砂단사의 솥은 아직 열지 않았네. 밝은 달 차츰 기울고 사람들 떠들썩하니, 누가 謫仙적선(이백) 같은 재주를 지녔는지 알지 못하겠네.'라고 하였다. 정지상의 시 또한 크게 도습한 것이다."63)라고 혹평하였다. 서거정은 정지상의 시에는 자신의 문장을 자부하는 기상이 들어 있다고 하면서도 남의 글 곧 위영이의 시를 그저 되밟아 따른 경우라고 하였다.

도습이 지나칠 경우는 표절 수준이라 할 수 있다.

雪谷설곡 鄭誧정포의 「聞普濟寺鐘문보제사종(보제사의 종소리 듣고)」의 시에

---

61) 徐居正, 『東人詩話』卷下 第二十四. "老杜詩, 侍臣雙宋玉, 戰策兩穰苴. 盖用六五帝四三王之語. 金久冏送僧詩, 道已雙支遁, 詩能兩善權. 摹擬大過, 眞所謂屋上架屋也."

62) 『東人詩話』卷上 第二十八에도 황보탁이 진사도의 시를 도습한 경우를 예로 들었다.

63) 徐居正, 『東人詩話』卷上 第九. "鄭壯元知常詩, 三丁燭盡天將曉, 八角章成桂已香. 落月半庭人擾擾, 不知誰是壯元郎. (…中略…) 嘗見韋永貽試罷詩, 三條燭盡鍾初動, 九轉丹成鼎未開. 明月漸低人擾擾, 不知誰是謫仙才. 鄭詩亦大踏襲."

"금은으로 치장한 절이 성문 곁에 있어, 날마다 천고의 종소리 울리네. 누가 듣고서 사람들을 깊이 반성케 한다 말했나, 단지 명리를 좇는 마음 환기할 수 있을 뿐이네."라고 하였는데, 세상에서 佳作가작이라 이른다. 그러나 『中州集중주집』에 실려 있는 太常태상 祝簡축간(金금나라 문인, 1120년 전후 생존)의 시에 "추위에 목을 움츠린 닭은 새벽에도 울지 않고, 종소리 들은 뒤에도 자주 꿈속으로 젖어드네. 종소리가 불자를 깨우친다고 할 수 없으니, 단지 명리를 좇는 마음 환기할 수 있을 뿐이네."라고 하였으니, 정포의 시는 베끼고 모방한 것이 큰 허물이다.[64]

정포의 시, 마지막 구는 축간의 시 제4구를 그대로 훔쳐다 사용했다는 것이다. "사간 진화가 시를 지었는데, '비온 뒤에 정원은 이끼만 무성하고, 인적 고요하여 사립문은 한낮에도 닫힌 채네. 푸른 이끼 낀 섬돌에는 낙화가 한 치 높이나 쌓였고, 봄바람은 이리저리 날려갔다 또 날려오네.'라고 하였다. (…중략…) 근래에 『甘露集감로집』을 구하였는데, 바로 宋송나라 승려의 시집이었다. 그 시집에 "긴긴 봄날 푸른 버들이 우거진 정원에, 푸른 이끼 낀 섬돌에는 낙화가 한 치 높이나 쌓였네."라고 하였으니, 진화의 시구와 한 자도 다르지 않으니, 고인 또한 이러한 시어가 있었다."[65]라고 하여, 진화가 남의 시 구절을 그대로 훔쳐다 쓴 표절의 경우를 소개한 것이다.

표절로 오해한 경우도 있다.

---

64) 徐居正, 『東人詩話』 卷上 第六十八. "鄭雪谷聞普濟寺鍾詩, 金銀佛寺側城闉, 夜夜鳴鍾不失晨. 誰道領人發深省, 秖能喚起利名人. 世以謂佳作, 然中州集祝太常簡詩, 寒鷄縮頭未鳴晨, 已聽春容入夢頻. 未必佛徒能警悟, 秖能喚起利名人. 鄭詩摹擬大過."

65) 徐居正, 『東人詩話』 卷上 第七. "陳司諫澕, 雨餘庭院簇莓笞, 人靜柴扉晝不開. 碧砌落花深一寸, 東風吹去又吹來. (…中略…) 近得甘露集, 乃宋僧詩也. 其詩云, 綠楊深院春晝永, 碧砌落花深一寸. 與陳句無一字異, 古之人亦有是語矣."

객이 泰齋태재 柳方善류방선의 시를 논하면서 말하기를, 陶隱도은 李崇仁이숭인이 惕若齋척약재 金九容김구용에게 보낸 시에 "북쪽을 바라보니 산천이 막혀 있고, 남으로 내려오니 세월도 빠르구나."라고 하였는데, 태재가 敎授교수 金久冏김구경에게 보낸 시에 "남쪽으로 오니 세월이 봄꿈같이 쉬 흐르고, 북쪽을 바라보니 산천은 저녁연기에 막혀 있네."라고 하였으니, '도은의 시를 침범(표절)하고도 꺼려하는 기색이 없으니 어찌된 일입니까?'라고 하였다. 내가 말하길, "태재를 왕유에 비교해 볼 때 누가 더 낫다고 생각하오? 왕유는 당나라 시인들 중 결출한 사람이지만 고인의 詩語를 사용하기 좋아 하였네. 이를테면, '논 위로 백로가 날아가고, 여름 나무에 꾀꼬리 지저귀네.'라는 구절은 본래 이가우(唐 문인)가 지은 시인데, 왕유가 漠漠막막과 陰陰음음이라는 넉자를 덧붙인 것이다. 평자들은 왕유가 이가우의 시를 점화한 것이 백 배나 정채롭다고 여겼으니, 지금 태재 시가 꼭 도은의 시를 점화한 것이 아니라고 할 수 있겠는가?"라고 하니. 객이 크게 웃었다.66)

위의 자료문은 표절과 점화의 경계가 모호할 수 있음을 보여주는 것이다. 어떤 객이 서거정에게 와서 여쭈기를, 유방선의 시는 김구경의 시를 거의 훔쳐다 쓴 것이 아니가 의심하면서 물으니, 서거정이 점화된 것임을 왕유의 시를 들어 설명하고 있는 부분이다. 당나라 시인 중 결출한 시인인 왕유는 이가우의 시에 '漠漠막막'과 '陰陰음음' 네 자만 더했는데 평자들은 이가우의 시보다 백 배나 정미하고 이채

---

66) 徐居正, 『東人詩話』卷下 第五十三. "客遊評泰齋詩者曰, 陶隱寄若霽金九容詩, 北望山川阻, 南來日月多. 泰齋寄金敎授久冏詩, 南來日月同春夢, 北望山川隔暮烟. 全犯陶隱詩, 不諱何耶. 予曰, 子以謂泰齋之於王維孰優, 王維唐賢之傑然者也, 然喜用古語, 如 水田飛白鷺, 夏木囀黃鸝. 本李嘉祐詩也, 維加漠漠陰陰四字, 評者以謂王維爲嘉祐點化, 精彩百倍, 今泰齋詩未必不爲陶隱點化也. 客大笑."

롭다고 하였다. 그렇게 뛰어난 시인도 고인의 시어를 활용하여 새로
운 의미를 더하는 점화의 작법을 취했다는 것이다. 그래서 유방선도
충분히 점화할 수 있다는 논리를 세웠다.

　왕유의 시평은 중국 시 비평에도 나오는 내용이다. "李嘉祐이가우의
시에 "무논에는 백로가 날고, 여름 나무에는 꾀꼬리 지저귀네."라고
하였는데, 王摩詰왕마힐(王維왕유)이 단지 '漠漠막막'·'陰陰음음' 네 자를 더하
였지만 기상이 뻗쳐 났으며, 江爲강위의 시에 "대나무 그림자 옆으로
비낀 데에 맑은 물이 얕고, 계수나무 향기 떠도는데 달은 어스레하네."
라 하였는데 林君復임군복이 두 자를 고쳐 '疏소'影영·'暗암'香향으로 매화
를 읊어 마침내 千古천고의 絶調절조를 이루었으니, 두 說설은 이른바 點
鐵成金점철성금을 말한 것이다."[67]라고 하여, 주임생도 點化점화의 評평인
點鐵成金점철성금이라고 하였다. 서거정도 이 논리를 빌어 유방선의 시
를 평하였던 것이다.

　유방선이 김구경에 보낸 시 전체를 감상해 보자.

「奉酬北靑敎授金同年久囧봉수북청교수김동년구경

(북청 교수 동년 김구경의 시에 화답하다)」

소년 시절 한강 가에서 함께 놀았는데,	少年同戱漢江邊,
이별하니 소식과 모습이 모두 아련해라.	一別音容兩渺然.
우환에 일찍 안회의 머리 세듯 상하였고,	憂患早傷顔髮白,
공명은 의례 董卓의 배꼽 탐을 거울삼네.	功名宜鑑卓臍燃.
남쪽으로 오니 세월이 봄꿈같이 쉬 흐르고,	南來日月同春夢,

---

67) 朱任生 編著, 『詩論分類纂要』「造句」, 臺灣商務印書館, 中華民國 60, 263쪽. "李嘉祐詩, 水田
飛白鷺, 夏木轉黃鸝, 王摩詰但加 '漠漠' '陰陰' 四字, 而氣象橫生. 江爲詩 竹影橫斜水淸淺, 桂
香浮動月黃昏, 林君復改二字爲 '疏影' '暗'香以詠梅, 遂成千古絶調, 二說所謂點鐵成金也."

북쪽을 바라보니 산천은 저녁연기에 막혀 있네.　　　　北望山川隔暮烟.

즐거이 청주의 교수로 왔다고 하니,　　　　　　　　好向靑州爲敎授,

아마도 문하의 제자는 삼천에 가까우리.　　　　　　似聞門弟近三千.

　유방선(1388~1443)이 동년배인 김구경에게 화답한 시이다. 김구경은 출가한 경력도 있으며, 1410년 成均注簿성균주부로서 明나라 進賀聖節使진하성절사의 서장관으로 差定차정되었으나, 병이 있다고 箋전을 올려 사면해 주기를 간청하자, 사간원의 탄핵으로 槐州괴주에 유배되었다.[68] 시에서 '우환으로 머리가 하얗게 세다'고 한 것은 아마도 유배의 사실을 말한 것 같다. 그러면서 부귀영화에 탐하지 말 것을 당부하였다. 태재의 아버지가 민무구·민무질 형제의 옥사(1409)에 관련됨으로써 연좌되어 유방선도 유배되었는데, 그 기간이 19년이다. 유배기간에 인근 지역의 문하생을 길러내기도 하였다. 1415년 유배가 잠시 풀렸을 때, 서거정·한명회·권람 등을 가르치기도 하였다. '남쪽으로 오니 세월이 봄꿈같이 쉬 흐르고'는 아마도 청주로 유배 왔을 때를 연상시킨다. 그리고 임금이 계시는 북쪽을 바라보아도 저녁연기만 자욱하여, 해배의 길이 멀었음을 암시하였다. 그런데 자신이 유배되어 있는 청주로, 어릴 때 친구 김구경이 청주 교수로 왔다고 하니, 자신의 처지가 한스러워지면서도 친구의 교수 부임에 기대하는 마음이 담겨 있다. 그러면 유방선이 모방했다는 이숭인의 시를 보자.

「寄若齋기약재(약재에게 부친다)」

북쪽을 바라보니 산천이 막혀 있고,　　　　北望山川阻,

---

68) Daum백과, 김구경, 『한국민족문화대백과사전』 참조.

남으로 내려오니 세월도 빠르구나.	南來日月多.
곤궁과 현달은 천명이 있음을 알고,	窮通知有命,
영고성쇠도 구할 곳 달리 없네.	消息要無他.
풀빛은 시의 흥취를 이끌어내고,	草色牽詩興,
경치는 술취한 노래에 젖어드네.	風光入醉謌,
어느 때나 서로 해후를 이루어,	何時成邂逅,
두 손을 부여잡고 함께 배회하려나.	握手共婆娑.

1구와 2구가 점화의 대상이 된 시구이다. 1375년은 우왕 즉위년으로, 정책이 親元친원으로 전환 되던 시기이다. 이 시기 이숭인도 親明派친명파로 낙인되어 대구현으로 4년 동안 유배되었다. 그해 三司左尹삼사좌윤 金九容김구용도 鄭道傳정도전과 함께 北元북원에서 온 사신 영접을 반대하여 竹州죽주로 귀양 갔던 해이다. 같은 해 같은 사건으로 인해 서로 귀양을 가게 된 것이다. 남쪽으로 유배 온 이숭인이 죽주(안성)로 유배온 김구용에게 부친 시이다. 이색의 문하로 동문 수학하던 知友지우가 같은 처지가 되었음을 서로 위로하면서 시국은 막혀 있고 부귀공명은 천명에 달려 있으니, 술이나 마시면서 다시 만날 날을 기대해 보자는 것이다. 이숭인과 유방선 모두 유배의 공간과 시국의 어려움을 노래했지만, 그래도 유방선의 시가 이숭인의 시보다 의미적으로 化화했다고 할 수 있다. 자신의 불운한 모습을 운명적으로 돌리는 이숭인의 시보다 유방선의 시는 세상 일로 머리가 셀 정도이고 부귀영화는 동탁의 일을 거울삼아 경계해야 하는 난세이기는 하지만, 후진들을 양성하여 미래를 기약하기 때문이다. 이런 내용이 더했기 때문에 서거정은 스승인 유방선의 시가 점화되었다고 평한 것이다.

4. 용사와 점화로 표절 극복

徐居正서거정의 『東人詩話동인시화』의 구성은 上卷상권이 71章장이고, 下卷하권은 77章장이다. 그 중 用事용사를 다룬 장이 대략 17번이고 點化점화는 25번이다. 강서시론의 계승자인 서거정은 용사와 점화의 작법이 그의 주요 시론인 것을 보여주었다. 한편으로는 용사와 점화 이론이 조선 전기에 일반화되었음을 반영한 예이다. 고려시대는 점화론이 일반화되지 않은 시기로, 李仁老이인로는 점화, 곧 換骨奪胎환골탈태를 도습의 한 범주로 인식하여, 표절에 대한 부정적 견해를 표하는데 인용하기도 하였으며, 점화라는 용어는 고려 말 李齊賢이제현의 『櫟翁稗說력옹패설』에서 처음으로 언급된 작법 용어였다. 그런 용어가 조선 전기 서거정의 『동인시화』에는 용사의 예보다 더 많이 언급된 사실을 보면 점화 이론의 일반화를 짐작할 수 있게 한다.

用事용사는 故事고사·古語고어·古人名고인명·經書경서 구절 등을 인용하여 시적 의미를 더하거나 논리력을 획득하여 설득력을 높이는 作法작법이다. 시문에서 자신의 말만 되풀이 하다 보면, 그저 평범한 의미에 그칠 수 있기에, 고금의 전범이 될 수 있는 글의 용어나 이야기를 잘 습득하여 자기의 시문에 인용하여 新意신의를 부여하는 것이다. 點化점화는 남의 시문 어느 한 부분을 모방하여 자기 작품에서 새로운 의미를 부여하는 작법이다. 그런데 남의 시문을 모방하는 과정에서 우연히 선인들의 훌륭한 시구와 같아질 수도 있는데, 偶同우동, 偶合우합이라고 하였다. 그리고 문인 자신은 新意신의를 드러내기 위해 모방하였지만, 후대의 독자나 비평가가 보았을 때 새로운 의미를 드러내지 못했을 경우, 蹈襲도습으로 혹평하기도 하였다. 도습보다 더 심한 것을 剽竊표절이라고 하였는데, 표절은 처음부터 훔치고자 하는 의도에서 시작되기 때문에 경계의 대상으로 삼아야 한다고 하였다. 서거정이 『동인시화』에서 밝힌 용사와 점화의 목적은 모두 신의를 드러내는 데 있었다. 그 신의를 드러내기 위해서는 용사의 방법으로 反用法반용법도 있었고 점화의 방법으로는 飜案法번안법도 있었다. 그리고 새로운 뜻을 드러내지 못하면, 도습 또는 표절로 혹평하였다.

한편으로는 용사와 점화를 혼돈하여 비평한 곳이 있기는 해도, 대체로 용사와 점화를 구별하였다. 중국의 문인들의 시와 고려 및 조선 전기 문인들의 시와 대비를 통해 우리 문인들의 시도 중국 역대의 시인들 작품에 뒤지지 않음을 강조하여, 우리 시문학에 대한 자부심을 드러내기도 하였다. 우리나라에서 처음으로 詩話시화라는 명칭으로 출간된 『東人詩話동인시화』는 용사와 점화의 이론을 통해, 앞으로 문인들이 작품을 어떻게 창작하여야 할 것인가를 제시해 준 문학 창작의 길잡이 역할을 한 시화집이었다. 서거정의 『동인시화』 창작 목적에 맞게 용사와 점화의 작법은 지금의 창작 과정에서도 활용될 수 있는 작법 이론이다. 유한할 수 있는 작가의 생각을 무한히 펼쳐 나갈 수 있는 작법 이론이기 때문이다. 用事論용사론과 點化論점화론을 잘 계승한다면 지금의 우리 문학도 표절의 함정에서 벗어날 수 있을 뿐만 아니라, 무궁한 문학적 내용을 표현해야 하는 유한한 사고를 지닌 작가적 한계도 극복될 수 있을 것이다.

송강 정철의 한시에 나타난 용사와 점화

1. 송강의 한시를 통해 본 용사와 점화 그리고 도습

이 글은 송강 정철의 문학 작품을 통해 용사와 점화의 구체적 실례를 살펴보고자 한 것이다. 用事용사는 故事고사나 經書경서 구절의 내용을 인용하여, 참신한 뜻을 드러내는 것을 이르는 한시 작법의 作法類작법류 용어이다. 그리고 點化점화는 前人전인의 시에 나타난 뜻을 쓰되, 그 뜻의 어느 지점으로부터 변화를 加가하여 자기의 시 작품에 다시 빌려 쓰는 작법류이다.[1] 지금까지 송강의 한시 연구에서 용사와 점화를 분명히 구별하여 밝힌 논문이 없을 뿐만 아니라 용사와 점화 그리고 踏襲도습

---

1) 鄭堯一, 「漢詩批評 用語의 概念 規定」, 『漢文學의 硏究와 解釋』, 一潮閣, 2000, 188~218쪽; 윤인현, 「韓國 漢詩 理論으로서의 用事論과 點化論 硏究」, 서강대학교 박사논문, 2001 참조.

등을 혼동하여 연구한 논문이 대부분이기에, 이 글을 준비하게 된 것이다. 따라서 분석 대상이 된 작품은 송강의 특징을 잘 드러낸 작품 이라기보다는 용사와 점화가 된 작품만을 주 대상으로 하였음을 밝혀 둔다. 그리고 용사와 점화 등의 작법이 松江송강 鄭澈정철의 한시에서는 어떻게 활용되어 새로운 意境의경을 드러내고 있는지, 아니면 前人전인 의 작품 내용을 모방하는 수준에 그쳤는지 등을 아울러 살펴보고자 하는 것이다.

송강의 한시에는 經書경서 구절뿐만 아니라 前人의 작품을 인용하거 나 모방한 작품들도 많다. 경서 구절과 전인의 작품을 인용하거나 모방한 작품이 많다는 것은 송강이 경서와 전인의 작품을 널리 읽고 깊이 체득한 문인이라는 의미이기도 하다. 따라서 그 경서 구절을 인용하여 새로운 의미를 부여하면 용사의 작법이 되고, 전인의 시구 를 모방하여 새로운 의미를 더하면 그것은 점화가 되는 것이다. 송강 은 이런 용사와 점화의 방법으로 한시를 창작하였기에 자기의 작품이 더욱 독자들에게 친숙하게 느껴지게 하고, 시적 의미도 깊이 있게 표현될 수 있었던 것이다. 어느 시대에나 독자들이 알고 있는 역사적 사실들이나 향유했던 작품들이 인용되기 때문이다. 그리고 어느 작가 든지 新語신어로 새로운 의미를 창작하기는 매우 어려운 일이다. 그래 서 경서 구절을 인용하기도 하고 남의 작품을 모방하기도 하는 것이 다. 이런 영향 없이 온전히 자기의 생각만 가지고 창작하기란 쉽지 않을 뿐만 아니라, 작품을 지었을 때 평범한 말만 나열할 수도 있기 때문이다. 이런 현실적 이유로 인해 용사와 점화 작법은 예부터 행해 오던 한시 작법이었다.

前代전대의 중국과 고려 및 조선의 시화집이나 비평집에는 '어떤 작 품은 어느 경서에 나오는 구절을 인용하였고, 또 어떤 작품은 어느 작가의 작품을 모방하였다.' 등의 비평문이 많다. 뿐만 아니라 작품을 지은 후에는 그 구절의 유래는 어디에 있는가를 따지기도 하였으며, 그 유래처가 있는 경우를 더 우대하는 풍조가 있기도 했다. 이런 비평문이 비평서나 시화집에 많다는 것은 전대의 문인들이 전통적으로 용사와 점화에 대해서 긍정적 인식을 지니고 있었음을 보여주는 예이다.

그런데 인용하거나 모방하여 새로운 뜻을 드러내지 못하면 剽竊표절이 되거나 蹈襲도습이 된다. 작시자가 前人의 시구를 모방하여 새로운 의미를 드러내고자 하였으나, 후대의 독자나 비평가가 새로운 의미를 드러내지 못했다고 판단되었을 때 도습이라는 한시 평어류 용어를 사용하여, 평하게 된다. 일부 연구자들 중에 踏襲답습이라고 풀이하는 경우도 있는데, 이는 잘못된 것이다. 처음부터 '옛 사람의 글을 뒤따르고자 한' 것이 아니기 때문에 답습이라고 번역하거나 비평하면 안 되는 것이다. 작가가 작품을 창작할 때 누구나 기존 작품의 모방을 통해 새로운 의미를 드러내고자 하였을 것이다. 그러나 작가의 의도와는 다르게 전인의 문학 작품을 그저 되밟은 수준에 그치는 경우가 있을 수 있다. 이런 경우에 역대의 비평가들은 '도습'되었다고 평했던 것이다. 剽竊은 처음부터 작시자가 남의 것을 훔치고자 하는 나쁜 뜻에서 출발한 것으로, 남의 시구나 그 시구에 쓰인 뜻을 몰래 훔쳐다가 자기의 것으로 삼는 것을 의미하는 평어류 용어이다.

이 글에서는 송강의 한시에서 용사와 점화의 작법을 어떻게 활용하여 새로운 의미를 획득할 수 있었는지 아니면 용사와 점화의 작법을 행하는 과정에서 도습과 표절 등은 없었는지를 살펴보고자 한 것이다. 그러면 선행 연구에서 용사와 점화를 구별하지 못하고 혼동한 채 연구2)한 사실들이 저절로 밝혀질 것이다. 필자가 의도한 연구 방향에 따라 이 글의 논의를 진행하는 동안 기존 연구3)에서 이루어진 연구 성과는 필요에 따라 적절히 이 글의 논의에 반영될 것이다.

2. 경서 구절 인용과 창신

用事용사는 '故事고사를 인용한다.'는 말이다. 그러나 고사만 인용하는 것이 아니라, 經書경서의 구절도 인용하는 것이 용사이기도 하다.4) 그럼 먼저 『시경』 구절을 인용한 작품을 살펴보자.

「성절사 홍군서의 行을 보내다, 이름이 履祥
(送聖節使洪君瑞之行, 名履祥)」

이별이 느닷없어 맑은 술동이를 대했는데,	離懷忽忽對淸樽,
용만의 비바람에 풀과 나무 어둡구려.	風雨龍灣草樹昏.
높고 큰 축수로 경절에 조회하니,	萬壽岡陵會慶節,
2년의 난리에 재생시킨 은혜로세.	二年兵甲再生恩.
세월은 덧없이 물과 함께 흘러가고,	光陰荏苒隨流水,
기러기는 어지럽게 해문을 지나가네.	鴻雁差池過海門.

---

2) 金甲起, 「松江 鄭澈의 漢詩 硏究」, 동국대학교 박사논문, 1984; 董達, 「朝鮮詩歌에 나타난 中國詩文學의 受容樣相 硏究」, 한남대학교 박사논문, 1994; 문철호, 「松江文學 硏究: 漢詩를 중심으로」, 중부대학교 박사논문, 2011; 崔台鎬, 「鄭松江 文學 硏究」, 인하대학교 박사논문, 1987.

3) 金甲起, 앞의 논문; 金善子, 「松江 鄭澈의 詩歌 硏究: 漢詩와의 關係를 중심으로」, 원광대학교 박사논문, 1993; 董達, 앞의 논문; 金廷珉, 「松江文學의 思想的 背景과 自然觀 硏究」, 중앙대학교 박사논문, 2007; 문철호, 앞의 논문; 兪睿根, 「松江 鄭澈 文學 硏究: 漢詩文을 中心으로」, 경희대학교 박사논문, 1985; 崔台鎬, 위의 논문.

4) 尹寅鉉, 「한시 이론인 用事와 點化의 주체적 수용」, 『한국문학이론과 비평』 47, 한국문학이론과비평학회, 2010, 83~86쪽 참조.

연시의 슬픈 노래 지금도 있는지,   燕市悲歌今在否,

나를 위해 맨 먼저 망저군을 조문하게.   爲余先弔望諸君.[5]

위의 시는 홍이상이 明명나라 성절사로 떠나기 전에 보낸 시이다. 詩 구절 중 "萬壽岡陵만수강릉"은 『詩經시경』 「小雅소아」 篇 '天保천보' 章의 "하늘이 그대를 보정하사, 홍성하지 않음이 없는지라. 산과 같고 언덕과 같으며, 산마루와 같고 구릉과 같으며, 냇물이 막 이르는 것과 같아, 불어나지 않음이 없도다."[6]의 의미를 용사한 것으로, 하늘이 보호해 준다면 그 복록이 마치 큰 언덕과 같다는 것이다. 『시경』 시를 인용했기에, 명나라 황제의 은혜가 이번 난리에 더 크게 느껴졌다는 것을 강조할 수 있었다. 또한 『시경』 시를 인용하여 표현했기에 평범한 이치를 벗어나 내용도 알차게 할 수 있었던 것이다.

"鴻雁差池過海門홍안차지과해문"은 『詩經』 「邶風패풍」 篇 '燕燕연연' 章의 "제비와 제비의 날음이여, 가지런하지 않은 그 깃털이로다. 이 사람(대규)이 돌아감에, 멀리 들에서 전송하노라. 멀리 바라보아도 미치지 못하여, 눈물 흘리기를 비 오듯이 하노라."[7]의 시적 의미를, 용사한 것이다. '연연'장은 齊제나라 제후의 딸이면서 衛위나라 제후 莊公장공의 부인인 莊姜장강이 陳진나라에서 시집 온 之子지자, 곧 戴嬀대규를 전송하면서 부른 노래이다. 장강은 아들이 없어, 陳진나라에서 시집온 姜첩 대규의 아들 完완을 양자로 삼았는데, 장공이 죽자 완이 제후의 자리를 물려받았다. 그런데 嬖人폐인의 아들인 州吁주우가 완을 시해하고 제후가 되었다. 그러므로 대규가 자기 조국 진나라로 영영 돌아감에 장강이

---

5) 鄭澈, 『松江集』 「原集」 卷1 「送聖節使洪君瑞之行」.

6) 『詩經』 「小雅」 篇 '天保' 章. "天保定爾, 以莫不興. 如山如阜, 如岡如陵, 如川之方至, 以莫不增."

7) 『詩經』 「邶風」 篇 '燕燕' 章. "燕燕于飛, 差池其羽. 之子于歸, 遠送于野. 瞻望弗及, 泣涕如雨."

그를 전송하면서 부른 노래이다. 대규가 자식을 잃고 친정이 있는 진나라로 돌아가면서도 오히려 장강을 위로하기에 더욱 마음이 아프고 그의 순하고 어진 마음8)에 감복 받을 뿐이라고 했다. 송강은 『시경』 시에 담긴 장강의 이런 슬픈 마음을 담아, 성절사로 떠나는 西人서인인 홍군서를 배웅하였다.

송강이 이 시를 쓴 때는 1593년으로 아직도 임진왜란이 지속되던 시점이다. 송강은 1593년 5월부터 11월까지 성절사로 명나라를 먼저 다녀왔다. '그때 명나라 조정에서 왜노가 이미 다 물러갔다 하여 군사를 다시 출동할 뜻이 없다.'9)라고 해서, 조선 조정의 분위기가 어수선하던 때이기도 하다. 그래서 조정의 일부 대신들이 성절사로 간 송강 일행이 명나라에서 외교를 잘못했다고 논척하여, 송강이 '강화도에 물러나 있'10)던 시기이기도 하다.

위의 시에서 송강은 홍이상에게 오해를 받고 있는 자기를 위해 그리고 累卵之危누란지위의 조선을 위해 성절사 임무도 잘 할 것을 당부하는 마음을 담으면서, 망저군 고사까지 인용하였다. '망저군(악의)'은 연나라에 충성하다가 제나라 전단의 모함으로 연나라 장수 자리에서 쫓겨난 인물이다. 쫓겨난 후 고향 조나라 땅으로 물러났지만, 자신의 모함이 풀릴 때까지 조용히 기다린 인물이다. 송강도 망저군 고사를 통해 자신의 억울함이 풀리기를 기다리겠다는 것이다. 연나라의 망저군(악의)은 억울한 점이 있어도 군주의 잘못이 세상에 알려지면 오히

---

8) 『詩經』「北風」篇 '燕燕'章. "仲氏任只, 其心塞淵. 終溫且惠, 淑愼其身, 先君之思, 以勗寡人(중씨[대규]가 은혜로써 서로 믿었더니, 그 마음 진실하고 깊도다. 끝내 온순하고 또 순하여, 그 몸을 잘 삼갔고, 선군[장공]을 생각하라는 말로써, 과인[장강, 덕이 적은 사람]을 권면하도다)."

9) 鄭澈, 『松江集』「別集」 卷3 '年譜'下 十一月. "天朝以爲倭奴已退無意出師."

10) 鄭澈, 『松江集』「別集」 卷3 '年譜'下 十一月. "退居于江華松亭村."

려 군주가 세상 사람들로부터 비난받을 것을 우려하여 때를 기다린 충신이었다. 송강도 망저군이 행한 것처럼 자신의 오해가 풀리기를 바라면서 충신 악의를 조문해 달라고 하였던 것이다. 송강은 이 고사를 통해 자신도 망저군 못지않은 충절과 인내심을 가졌음을 은근히 드러내고자 하였던 것이다. 그러나 선행 연구 논문에는 위의 시를 분석하면서 어느 누구도 망저군 고사에 대해 서술하지 않았다. 작시자가 함축적 의미로 행한 用事용사의 작시법을 읽어내지 못한 것이다.

『논어』 구절을 인용한 예를 보자.

「만일사를 다시 찾다(重尋萬日寺)」

법당의 등불이라 석루의 구름,	一龕燈火石樓雲,
지난 일 아득아득 넋이 끊기네.	往事茫茫只斷魂.
오직 찬 겨울 두 그루 백송만이,	惟有歲寒雙柏樹,
눈 속에 새파랗게 山門을 비추네.	雪中蒼翠暎山門.[11]

위의 시는 『論語』「子罕자한」篇 '歲寒세한'章의 공자 말씀인 "그 해의 절기가 차가워진 연후에야, 소나무와 백송이 뒤늦게 시드는 줄을 아느니라."[12]를 인용한 것이다. 무슨 일 때문인지 만일사를 다시 찾게 된 송강은 지난 일이 아득하여 넋이 끊어지는 괴로움을 당하고 있다. 그러나 자신은 한 겨울 눈보라 속에 시련을 견디는 소나무와 백송처럼 그 시련을 잘 견디고 있다는 것이다. 공자는 『논어』에서 고난과 시련을 겪어 본 연후에야 그 사람이 정말로 君子인가 小人인가의 여부를 알

---

11) 鄭澈, 『松江集』「原集」卷1「重尋萬日寺」.
12) 『論語』「子罕」篇 '歲寒'章. "歲寒然後, 知松柏之後彫也."

수 있다는 뜻에서 하신 말씀이다. 잘 다스려지는 세상에서나 좋은 시절에는 군자와 소인은 구별이 잘 되지 않는다. 그러나 어지러운 시절이나 시련을 겪어 본 후에는 군자인가 소인인가가 누구인지 구별이 된다는 것이다. 짧은 7언 절구에서 함축적으로 자신의 지조를 드러낼 수 있는 방법은 용사의 시작법이 최고이다. 聖人이신 孔子의 말씀을 斷章取義단장취의하여, 儒者유자로서의 절의를 잘 드러냈기 때문이다.

「율곡에게 보이다(示栗谷)」

君子는 황각을 하직하였고,	君子辭黃閣,
小人이 동전을 쥐었네 그려.	小人秉東銓.
어진이 물러가고 간사한 무리 진출할 제,	賢邪進退際,
부제학은 마음이 태평하구려.	副學心恬然.13)

위의 시는 송강이 40세에 쓴 시이다. 군자로 비유된 이는 盧守愼노수신이고 소인의 무리로 비유된 이는 당시 세력가인 金孝元김효원의 계파인 鄭宗榮정종영이다. 당시의 정세가 어떠했으며, 율곡은 어떻게 처신했는지를 잘 보여주고 있다. 군자인 노수신은 議政府의정부의 직책에서 물러났는데, 소인인 정종영은 吏曹이조의 吏判이판이 되었다는 것이다. 당시 부제학의 관직에 있던 율곡 이이는 아무런 대책도 내놓지 않은 채, 소인으로 보이는 사람을 그냥 두고 보는 원만한 태도를 보였다는 것이다.

위의 시도 『論語』「里仁이인」篇 '喩義유의'章을 용사한 것이다. 「里仁이인」篇 '喩義유의'章의 공자 말씀에는 "군자는 매사를 의리에 견주어서

---

13) 鄭澈, 『松江集』「續集」卷1「示栗谷」.

깨닫고, 소인은 매사를 이익에 견주어서 깨닫느니라."[14]고 한 구절이 있다. 군자는 매사를 의리에 견주어 깨닫는 데 반해, 소인은 매사를 이익으로 판단한다는 것이다. 송강이 김효원을 따르는 사람들을 소인배로 규정하고, 그 김효원을 두둔하는 율곡을 『논어』 구절을 용사하여 심하게 비난하였다. 송강이 "정종영은 본래 인망이 없고 또 효원에게 아부한다는 평이 있는 사람이다."[15]라고 말하면서, 위의 시를 율곡에 전했지만 "율곡은 미소만 지을 뿐"[16]이라고 하였다. 그리고 송강이 심의겸과 김효원 두 사람을 외방으로 내보고자 한 뜻이 율곡에 의해 좌절되자[17] 송강은 결국 그해 10월에 율곡에게 "임의 뜻은 산 같아 움직이지 아니하는데, 내 걸음은 물 같아 어느 때에 돌아오려나. 물 같고 산 같은 것 모두 다 운명인가? 이리 생각 저리 생각 계량하기 어렵구나."[18]라는 贈別詩중별시를 남기고 낙향하기에 이른다. 自註자주에는 "이때 율곡과 더불어 시사를 말하다 서로 합의를 못보고 이 시를 지었다."[19]라고 밝혀 놓았다. 이는 다른 의견을 용인하지 못하는 송강의 비타협적인 일면을 읽을 수 있는 부분이기도 하다. 인사권이 있는 정5품 이조정랑을 전임자인 오건이 추천하여 김효원이 되자, 외척인 심의겸이 반대하고 이에 송강이 동조하여, 결국 당파의 시초를 만드는 계기가 되었기 때문이다. 그 후 정철은 정여립의 사건 때, 반대파인

---

14) 『論語』 「里仁」篇 '喩義'章. "君子 喩於義, 小人 喩於利."

15) 鄭澈, 『松江集』 「別集」 卷2 年譜上 乙亥年. "宗榮素非人望, 且有附托孝元之誚."

16) 鄭澈, 『松江集』 「別集」 卷2 年譜上 乙亥年. "栗谷但微笑而已."

17) 鄭澈, 『松江集』 「別集」 卷2 年譜上 乙亥年. 임금께서 김효원은 부령부사, 심의겸은 개성유수로 각각 제수하였는데, 율곡이 상소하여 김효원은 삼척으로 옮기게 하였다(上特除孝元富寧府使, 義謙除開城留守, 栗谷以孝元有病白, 上改授三陟).

18) 鄭澈, 『松江集』 「原集」 卷1 「贈別栗谷」. "君意似山終不動, 我行如水幾時廻. 如水似山皆是命, 白頭秋日思難裁."

19) 鄭澈, 『松江集』 「原集」 卷1 「贈別栗谷」. "時與栗谷言事未契有此作."

동인 세력의 선비를 1천여 명을 죽이는 데 앞장서기도 하였다.

송강의 시중 칠언고시에도 용사한 작품이 있다. "강가의 향초를 캐고 또 캐며, 누각에 기대어 아침저녁 보내노라. 미인에게 바치려도 구름 끝에 아득하니, 두 눈엔 언제나 눈물이 달렸다오. 뗏목 타려는 공자의 뜻 생각해 보면, 말만 하고 못 행한 것 응당 까닭이 있으리."20) 긴 시작품인데, 마지막 부분만 인용한 것이다. 임에게 보낼 향초를 캐고 또 캐지만 임은 구름 끝에 가려져 보이지 않는다. 간신배들에게 둘러싸인 임을 생각하니 눈물이 절로 흐른다. 그리고 "뗏목 타려는 공자의 뜻"은 道가 행해지거나 道를 행할 수 있는 세상을 찾아서, 어디든지 가고 싶다는 뜻의 말씀이다. 이는 『論語』「公冶長공야장」篇 '浮海부해章에 나오는 공자의 말씀21)으로, 천하에 어진 임금이 없는 것을 마음 아파하신 말씀으로 진정으로 현실을 떠난다는 말은 아닌 것이다. 道가 없는 현실이기에 현실을 떠날 수 없어, 공자가 탄식하신 말씀이다.

또 다른 시 「江村醉後戲作강촌취후희작」을 보면, "오늘은 선생이 술에 취해서, 황혼녘에 미친 듯이 물가로 닫네. 바다로 떠갈 뜻과 같을 지어니, 소상강에 원객을 닮자는 건 아냐."22)라고 하였다. 이 작품은 용사와 점화의 방법으로 시적 의미를 더했다. "바다로 떠갈 뜻과 같을 지어니"는 『論語』 구절인 「公冶長공야장」篇 '浮海부해'章을 용사한 것이고, "소상강의 원객을 닮자는 건 아냐"는 굴원의 「어보사」의 내용을

20) 鄭澈, 『松江集』 「別集」 卷1 「老病有孤舟」. "江邊芳杜聊采采, 延佇日夕憑柁樓. 美人持贈杳雲端, 衰涕一任懸雙眸. 乘桴緬懷魯聖志, 有言不行應有由."

21) 『論語』 「公冶長」篇 '浮海'章. "子曰, 道不行 乘桴 浮于海, 從我者 其由與."

22) 鄭澈, 『松江集』 「原集」 卷1 「江村醉後戲作」. "此日先生醉, 狂奔暮水濱. 應同浮海志, 不比赴湘人."

점화한 것이다. 전인의 문학작품을 인용하여 새로운 의미를 가하면 점화로 평할 수 있기 때문이다. 송강은 「어보사」의 내용을 취하기는 했지만, 굴원처럼 죽고 싶다는 것은 아니다. 오히려 공자와 같이 현실에 참여하고 싶은 마음인 것이다. 다시 말하자면, 송강은 용사와 점화의 방법을 통해 굴원처럼 물에 빠져 죽는 것보다는 공자가 행한 바와 같이 천하에 아직 道가 행해지고 있지 않아 슬프기는 하지만, 그래도 이 세상을 버리고 먼 바다로 떠날 수는 없는 것이다. 유자는 현실을 외면한 채 떠날 수가 없기 때문이다. 이것이 유자들의 현실인식인 것이다. 그러나 그 현실인식이 만백성을 위한 것인지 아니면 자기 편당, 아니면 사사로운 감정에서 나온 것인지는 송강의 일대기와 함께 점검해 볼 필요가 있다.

『孟子_{맹자}』 구절을 용사한 작품도 살펴보자.

「소암의 만시(挽笑菴)」

암자 이름에 웃음 소자 무슨 일이 우습던가,	笑以名菴笑何事,
우습게도 인생살이 어찌 그리 허둥대는지.	笑殺浮生何草草.
세상길이 위태롭다 머리 돌려 다시 웃고,	回頭更笑世道危,
쉬지 않고 웃다보니 검은머리 다 세었네.	一笑不休頭盡皓.
머리가 다 희고 눈마저 흐리더니,	頭盡皓眼亦枯,
죽을 병이 들어서 편작도 달아났네.	二竪忽乘扁鵲走.
하늘 뜻 아득하여 어디다 물어보지,	茫茫天意不可問,
덕 많이 주고서 수명은 어찌 아꼈는고.	旣豊以德還嗇壽.
구성 서쪽 한 켠에는 소나무가 질푸르니,	駒城西頭松檜蒼,
혼령이시여 이곳으로 잘도 가셨겠지요.	魂兮於此歸徘徊.
우스워라.	笑矣乎.

천지 만사가 이젠 길이 쉬게 되었으니,   天地萬事一長休,

죽은 이는 몰라도 산 사람은 슬프다오.   死者不知生者哀.[23]

위의 시 마지막 "우스워라. 천지 만사가 이젠 길이 쉬게 되었으니, 죽은 이는 몰라도 산 사람은 슬프다오"는 『孟子』「盡心진심」章(下) "행동하고 용모를 갖추고 잘 돌아가게 해 주는 것이 禮예에 맞는 것은 盛德성덕이 지극한 것이니, 죽은 자를 哭곡하여 슬퍼함이 산 자를 위해서가 아니며, 떳떳한 德덕이 굽히지 않음이 祿녹을 요구해서가 아니며, 언어를 반드시 미덥게 하는 것이 행실을 바로잡자는 것은 아니다."를 인용한 것이다. 행동하고 용모를 갖추고 잘 돌아가게 해 주는 것이 禮에 맞지 않음이 없는 것은 바로 그 盛德의 지극함 때문이라고 하였다. 號호가 笑菴소암인 사람이기에 죽으면서까지 웃고 있는데, 그 웃음이 지극히 자연스러운 것이지 억지로 웃으려고 한 것은 아니라는 뜻이다. 죽은 자는 자연스럽게 웃고 있지만, 그래도 산 자는 슬프다는 것이다. 『孟子』 구절을 용사하여 죽은 사람의 평소 행동이 禮에 맞지 않음이 없음을 함축적으로 드러낼 수 있었다.

「통군정(統軍亭)」

더디도다 내 걸음이여,   遲矣吾行也,

종남산이 눈앞에 역력히 있네.   終南在眼前.

화악의 달을 장차 바라보고서,   將瞻華嶽月,

취한 후에 다시 배를 옮기네.   醉後更移船.[24]

---

23) 鄭澈, 『松江集』 「原集」 卷1 「挽笑菴」.

24) 鄭澈, 『松江集』 「續集」 卷1 「統軍亭」.

위의 시에서 종남산은 임금이 계신 곳이고, 달은 임금에 비유된 사물이다. 그래서 임금 곁을 떠나는 내 걸음이 더딘 것이다. "더디도다 내 걸음이여, 종남산이 눈앞에 역력히 있네."는 『孟子』 「萬章만장」章 (下)과 「盡心진심」章(下)을 용사한 것이다. 『孟子』 「萬章」章(下)에 "공자께서 齊제나라를 떠날 적에 '밥을 지으려고' 쌀을 담갔다가 건져 가지고 떠나셨고, 魯노나라를 떠날 적에는 말씀하시기를 '더디고 더디다. 내 걸음이여!' 하셨으니, 父母國부모국을 떠나는 도리가 이러했다. 속히 떠날 만하면 속히 떠나고, 오래 머무를 만하면 오래 머물며, 은둔할 만하면 은둔하고, 벼슬할 만하면 벼슬한 것은 공자이시다."25)와, 『孟子』 「盡心」章(下)의 "맹자께서 말씀하시기를, '공자께서 魯노나라를 떠나실 적에는 더디고 더디다. '내 걸음이여!'라고 하셨으니, 이는 부모의 나라를 떠나는 도리요, 齊제나라를 떠나실 적에는 밥을 지으려고 담갔던 쌀을 건져가지고 떠나가셨으니, 이는 他國타국을 떠나는 도리이다.'라고 하셨다."를 인용한 것이다.

이 시는 임진왜란 시 송강(57세)이 의주로 몽진한 선조로부터 兩湖體察使양호체찰사를 제수받고 남하하기 직전에 쓴 시이다. 통군정은 의주에 있는 정자이다. 송강은 몽진한 선조를 두고 발길이 떠나지 않는 자신의 모습을, 『맹자』 구절을 인용하여 표현하였다. 『맹자』에서 聖人성인인 공자는, 떠날 만하면 속히 떠나고, 오래 머무를 만하면 오래 머물며, 은둔할 만하면 은둔하고, 벼슬할 만하면 벼슬하는 中庸중용적 삶을 미덕으로 삼는 인물이다. 한 마디로 말하자면, 자신의 능력이 미치지 못하는 일은 하지 않았으며 반드시 그렇게 해야 한다는 기필함이 없

---

25) 『孟子』 「萬章」章(下). "孔子之去齊, 接淅而行, 去魯曰, 遲遲 吾行也, 去父母國之道也. 可以速而速, 可以久而久, 可以處而處, 可以仕而仕, 孔子也."

어 어디에 얽매임 없이 자신의 뜻에 따라 살아가는 인물이다. 그런데 송강은 몽진 한 임금 곁을 떠나는 심정을 표현하는 것으로 인용하여, 연군지정의 의미로 사용하였다. 『맹자』에서 공자의 말씀은, 중용적 삶의 태도를 드러내기 위해서 행하신 말인데, 송강은 개인의 연군지정의 의미로 인용한 것이다. 내용적 의미로 보면, 그 의미가 퇴보한 것이다. 그때의 일을 기록한 연보에는 7월에 양호체찰사를 命명 받았는데, 대신들이 머물게 할 것을 청하여 윤허를 얻어 머물다가 9월에 명을 받들어 남쪽으로 내려간 것으로 되어 있다.[26] 우국을 위한 남행인지 의심케 하는 내용이다.

그 무렵 체찰사 임무를 수행하는 과정에서 쓴 시에는 "삼천리 밖에 미인이 계신데, 열 두간 누각 안에 가을 달이 밝아라. 어찌하면 이 몸이 학이 되어 통군정 아래서 한 번 울부짖어 볼거나."[27]라고 한, 작품도 있다. 절박한 상황에서 학으로 化화하여 삼천리라는 단절의 거리를 극복[28]하고 임과의 재회를 이루고자 한 것이다. 따라서 송강은 임 계신 통군정 아래로 날아가 비통한 절규로써 이 처절한 심정을 전해 보고자 하였다.

이처럼 송강은 어려운 상황 속에서도 한결같이 憂國衷情우국충정과 戀君之情연군지정을 노래하여 신하로서의 도리를 다 하고자 하였으며, 得意득의하였을 때나 失意실의에 빠졌을 때나 한결같이 우국지정을 보여 변함없는 모습을 보여주었다. 그러나 이와 같은 사실이 진정으로 우국과 애민을 위한 것인지 세심하게 살필 필요가 있다. 사사로운 욕심

---

26) 鄭澈, 『松江集』「別集」 卷3. "七月受體察兩湖之命, 大臣請留依允. 九月逐奉命南下."
27) 鄭澈, 『松江集』「續集」 卷1「詠懷」. "三千里外美人在, 十二樓中秋月明. 安得此身化爲鶴, 統軍亭下一悲鳴."
28) 崔台鎬, 앞의 논문, 61쪽.

과 계파 정치라는 현실적 욕구가 개입되지 않았는지 등을 고려해 볼 필요는 있다. 그리고 다소 지나칠 정도의 연군지정을 보인 점도 그의 진정성을 의심케 한다.

「정창낭 암수에게 주다(贈丁滄浪巖壽)」

갓끈 씻고 발 씻는 건 그 누구더냐?	濯纓濯足是誰子,
물 흐리고 물 맑은 건 바로 그댈세.	水濁水淸君是君.
주인으로서 헤아려 거처하기 어려운 곳,	料得主人難狀處,
一輪의 밝은 달이 가시문을 가렸구나.	一輪明月掩荊門.29)

위의 시 "갓끈 씻고 발 씻는 건 그 누구더냐? 물 흐리고 물 맑은 건 바로 그댈세."는 『孟子』「離婁이루」章(上)의 "유자가 노래하기를 '창랑의 물이 맑거든 나의 갓끈을 빨 것이요, 창랑의 물이 흐리거든 나의 발을 씻겠다.'를 용사한 것이다."30) 또 다른 시에도 『맹자』「이루」장(上)의 구절을 인용한 곳이 있다. "竹綠亭죽록정을 조그맣게 새로 짓고서, 松江송강이라 물이 맑아 내 갓끈을 씻노라. 속세의 車馬거마들일랑 물리쳐 버리고, 강산의 풍월을 너와 함께 평하련다."31)에서 承句승구는 『맹자』「이루」장 구절을 用事한 것이고, 轉句전구는 도연명의 「飮酒음주」제5수의 "초가집을 짓고 사람들이 사는 경내에 있지만, 수레나 말이 드나드는 시끄러움은 없네."32)의 의미를 가져다 쓴 換骨奪胎환골탈태33)

---

29) 鄭澈, 『松江集』「續集」卷1「贈丁滄浪巖壽」.

30) 『孟子』「離婁」章(上). "有孺子歌曰 滄浪之水淸兮 可以濯我纓, 滄浪之水濁兮 可以濯我足."

31) 鄭澈, 『松江集』「續集」卷1「贈道文師」. "小築新營竹綠亭, 松江水潔濯吾纓. 世間車馬都揮絶, 山月江風與爾評."

32) 陶淵明, 「飮酒」. "結廬在人境, 而無車馬喧."

33) 李仁老, 『破閑集』卷下. "昔山谷論詩, 以謂不易古人之意而造其語, 謂之換骨, 規模古人之意而

의 모습이다. 송강은『맹자』구절을 용사하여, 맑고 흐리게 하는 것은 자기 자신에게 달려 있다고 하면서도 임금의 은총이 미치지 못하는 현실은 감당하기 어렵다고 하였다. '밝은 달이 가시문을 가렸다'는 비유적 표현으로 임금의 은총이 미치지 못함을 안타까워한 것이다.

「길에서 걸인을 만나다(道逢丐者)」

부부가 애를 업고 피리 불며 노래하며,	夫簫婦歌兒在背,
남의 문을 두들기다 나무람을 당하누나.	叩人門戶被人嗔.
소 묻던 일 생각나서 묻지는 않지마는,	昔有問牛今不問,
길손이 견디다 못해 눈물을 흘리노라.	不堪行路一沾巾.[34]

송강의 애민정신이 묻어나는 시이다. "남의 문을 두들기다 나무람을 당하누나."는『孟子』「盡心」章(上) "백성들이 물과 불이 아니면 생활할 수가 없으나, 어두운 저녁에 남의 문호를 두드리면서 물과 불을 구하면 주지 않는 자가 없는 것은 지극히 풍족하기 때문이다. 성인이 천하를 다스림에 백성들로 하여금 콩과 곡식을 물과 불처럼 흔하게 소유하게 하니, 콩과 곡식이 물과 불처럼 흔하다면 백성들이 어찌 어질지 못한 자가 있겠는가?"[35]를 용사한 것이다. 다시 말하자면, 물건이 풍족하면 마음도 풍족해져서 사람들에게 베풂이 있는데, 생업이 풍족하지 못하니 걸인에게도 박대하게 된다는 것을『맹자』구절을 통해 상징적으로 드러냈다.『孟子』註주 尹氏윤씨 曰왈에 "예의는

形容之, 謂之奪胎."

34) 鄭澈, 『松江集』「原集」卷1「道逢丐者」.

35)『孟子』「盡心」章句(上). "民非水火 不生活, 昏暮 叩人之門戶 求水火 無弗與者 至足矣. 聖人 治天下 使有菽粟 如水火 菽粟 如水火 而民 焉有不仁者乎."

부하고 족한데서 나오는 것이니, 백성이 떳떳한 생업이 없으면 떳떳한 마음이 없게 된다."36)고 한 것처럼, 물질이 풍족하지 못한 상황으로 인해 소외된 사람들이 더 궁핍함을 당한다는 것이다.

그리고 轉句전구는 중국 漢한나라 때, 정승 丙吉병길의 이야기를 용사한 것이다. 병길은 사상자가 길에 가득한 것을 보고서도 묻지 않다가, 사람이 숨을 헐떡이는 소를 끌고 가는 것을 보자 "이 소를 몇 리나 몰고 왔느냐?"고 물었다는 고사이다. 죽어가는 사람은 모른 척하고 소가 힘들어 하는 상황만 걱정하는 병길의 본말이 전도된 모습을 떠올린 송강도, 혹시 병길 같은 사람이 되지 않을까 하여 걸인 부부에게 차마 말을 건네지도 못하였다는 것이다. 송강은 朱子주자의 「詩集傳序시집전서」의 내용인 "시대를 민망히 여기고 풍속을 가슴 아프게 여긴다."37)와 같이, 백성들의 근심을 잊지 않는 마음을 지녔던 것이다. 이처럼 유자는 『禮記예기』 「儒行유행」篇의 내용처럼 "백성의 근심을 잊지 않는 것이"38) 유자들이 지녀야 할 자세로 인식하였다. 조선의 유자인 송강도 유자가 지녔던 애민정신을 지니고 있었음을 위의 시에서 확인되고 있다. 하지만 걸인의 부부를 구할 대책을 제시하지 못하는 소극적 자세의 일면을 보여준 시이기도 하다.

송강은 그의 한시에서 『시경』·『논어』·『맹자』 등 경서 구절과 고사를 인용하여 유자로서의 모습을 드러내는 데 주로 활용하였다. 송강은 用事의 방법을 통하여 함축적이면서도 상징적으로 표현하여 '은혜에 대한 감사'·'연군지정'·'애민 정신' 등을 효과적으로 형상화할 수 있었다. 그러나 진정한 우국과 애민 정신의 발로에서 그 같은 사실들

---

36) 『孟子』 「盡心」章句(上) 註. "尹氏 曰. '言禮義, 生於富足, 民無恒産, 則無常心矣.'"
37) 朱子, 「詩集傳序」. "閔時病俗."
38) 『禮記』 「儒行」篇. "不忘百姓之病".

이 시작되었는지 아니면 개인의 사욕과 계파 정치의 소산의 결과물인
지는 그의 행적과 관련지어 자세히 검토할 필요가 있다. 그리고 시작
품에서 보여준 지나친 戀君之情연군지정은 후대의 독자들로부터 비난의
평을 들을 수도 있는 소지를 남겼다.

3. 전인의 문학 작품 모방과 창신

點化점화는 前人전인의 작품 어느 부분을 빌려다가 변화를 가하여 새
로운 뜻을 加가하는 한시 작법이다. 점화도 모방에서 출발하였기에
참신한 뜻을 드러내면 환골탈태[점화]가 되는 것이고 그렇지 못하면
蹈襲도습이 된다. 먼저 굴원의 「漁父辭어보사」39)를 모방한 작품을 살펴
보자.

「강마을에서 취한 후 짓다(江村醉後戲作)」

오늘은 선생이 술에 취해서,	此日先生醉,
황혼녘에 미친 듯이 물가로 닫네.	狂奔暮水濱.
바다로 떠갈 뜻과 같을 지어니,	應同浮海志,
소상강에 원객을 닮자는 건 아냐.	不比赴湘人.
아내는 옷을 당기며 울고,	箒妾攀衣泣,
사공은 노를 잡고 성을 내네.	篙師倚棹嗔.

---

39) 굴원의 「어보사」에 나오는 漁父(어보)는 고기잡이를 취미로 하는 노인이다. 그래서 고기잡
이를 직업적으로 하는 사내인 漁夫(어부)가 아니라, 어보로 읽어야 한다. 이때 '父(보)'는
노인 '보'이다. 접미사로 사물의 특징을 나타내는 '보'이다. 먹보·울보·떡보 등에 나타나는
'보'와 같다. 尹寅鉉, 「잘못 읽고 있는 한자어 漁父」, 『國漢混用의 國語生活』, (社)韓國語文會
編, 2009, 345~350쪽 참조.

| 유연히 긴 휘파람을 뽑아 올리니, | 悠然發長嘯, |
| 만 리라 창공에 소리 떨친다. | 萬里振蒼旻.40) |

위의 시는 굴원의 「어보사」를 점화하였으며, 『논어』 구절도 용사
한 작품이다. "소상강에 원객을 닮자는 건 아냐."는 굴원이 지은 「어
보사」의 구절인 "차라리 소상강의 흐르는 물에 내달려가서 강물고기
의 뱃속에 내 몸을 묻을지언정"41)을 점화한 것이다.42) 그리고 "아내
는 옷을 당기며 울고, 사공은 노를 잡고 성을 내네."는 마치 「공무도
하가」의 내용을 연상시킨다. "바다로 떠갈 뜻과 같을 지어니"는 『論
語』「公冶長공야장」篇 '浮海부해'章의 "도가 행해지지 않는지라, 뗏목을
타고서 바다에 떠 갈 것이다."43)라고 한 공자의 말씀을 용사한 것이
다. 송강은 자포자기하여 물에 빠져 죽은 굴원의 행동보다는 공자가
행하고자 한, 세상을 교화시키는 일이 더 급선무임을 알았다는 것이
다. 그런데 현실의 전망은 밝지만은 않다. 그래서 송강도 크게 소리
질러 본 것이다.

「어보사」를 모방한 곳이 몇 군데 더 있다. "유령은 왜 취했고 굴원은
왜 깼는가?"44)와 "공연히 홀로 깬 사람 되었네."45) 등에서 송강 자신
을 청렴결백한 굴원에 비유하였다. 모든 세상 사람이 다 흐리고 취해

---

40) 鄭澈, 『松江集』「原集」 卷1 「江村醉後戲作」.
41) 『楚辭』「漁父辭」. "寧赴湘流, 葬於江魚之腹中."
42) "김갑기는 「어보사」를 用事한 것이라 하였다. 그러나 전인의 문학 작품인 「어보사」를
    모방하여 새로운 의미를 더했기에 用事가 아니고 點化가 된 것이다."(金甲起, 앞의 논문,
    180쪽) "동달은 점화를 典故라 하였다. 역시 용사와 점화를 구별하지 못한 경우이다."(董
    達, 앞의 논문, 19쪽)
43) 각주 21 참조.
44) 鄭澈, 『松江集』「原集」 卷1 「無題」. "劉何沈醉屈何醒."
45) 鄭澈, 『松江集』「原集」 卷1 「送安君昌國歸龍城」 五首. "空作獨醒人."

있을 때, 굴원 자신만 깨끗하고 깨어 있었기 때문이다. "머뭇거리며 서울을 떠나던 일 웃었더니, 이 걸음 마침내 춘성을 그리네. 강남이라 곳곳마다 대나무가 없지 않지만, 굴삼려의 연못가란 이름 얻을까 걱정일세."46) 막상 서울을 떠날 때, 발걸음이 잘 떨어지지 않는 것을 비웃으며 떠나왔는데, 진작 강남땅에 와보니 그렇게 떠난 서울이 그립다는 것이다. 그렇다고 굴원이 못가를 거닐면서 조국 초나라가 망하는 것을 차마 볼 수 없어 강과 연못가를 이리저리 거닐면서 안색이 초췌하고 형용이 메마르고 메마른 것처럼,47) 송강 자신도 대나무의 절개를 통해 임에 대한 그리움과 우국지정은 변함이 없음을 보여주었다. 「어보사」의 내용을 모방은 했지만, 그 내용이 蹈襲도습이나 剽竊표절에 그치지 않고 새로운 의미를 부여했기 때문에 점화라 평할 수 있다.

東晋동진시대의 陶淵明도연명의 작품을 모방한 시도 살펴보자.

「돌아오다(歸來)」

돌아왔다고 반드시 세상과 등진 것이 아니라.	歸來不必世相違,
우연히 도연명처럼 어제의 잘못 깨달았네.	偶似陶公悟昨非.
황국화 따다가 술을 빚어 취하도록 마시어,	采采黃菊聊取醉,
두건 벗겨진 채 남하 하는 기러기를 높이 읊조린다.	倒巾高詠雁南歸.48)

위의 「歸來귀래」는 도연명의 「歸去來辭귀거래사」와 「飮酒음주」, 그리고 漢한나라 武帝무제의 「秋風辭추풍사」를 빌려다가 쓴 작품이다. 起句기구와 承

46) 鄭澈, 『松江集』 「續集」 卷1 「高陽山齋有吟寄景魯」 十首. "去國遲廻笑此行, 此行終是戀春城. 江南處處非無竹, 恐得三閭澤畔名."
47) 『楚辭』 「漁父辭」. "屈原, 旣放 游於江潭 行吟澤畔, 顏色 憔悴, 形容 枯槁."
48) 鄭澈, 『松江集』 「續集」 卷1 「歸來」.

句승구인 "돌아왔다고 반드시 세상과 등진 것이 아니라, 우연히 도연명처럼 어제의 잘못 깨달았네."는 「귀거래사」의 첫 부분인 "돌아가자! 전원이 황폐해져 가는데 어찌 돌아가지 않겠는가? 이미 스스로 마음을 육신의 노예로 만들어 버렸다. 어찌 상심하여 슬퍼하기만 할 것인가? 이미 지난 일은 돌이킬 수 없고, 앞으로 다가올 일은 추구할 수 있음을 알았다네. 사실 길을 잘못 들긴 했으나 아직 멀리 벗어나지 않았고, 지금이 옳고 어제는 잘못이었음을 깨달았다네."49)를 모방한 것이다. 송강은 도연명처럼 세상을 등진 것은 아니라고 하면서도 도연명처럼 지난 날의 잘못을 깨달았다고 하였다. 그러나 완전히 돌아온 것은 아니라는 그의 말에서 세상사에 대한 염려를 놓지 않았음을 읽을 수 있다.

轉句전구는 「음주」 20수 중 제7수를 모방한 것이다. "가을 국화가 아름다운 빛을 띠었는데, 이슬에 젖으면서 그 꽃봉오리를 따도다. 그 꽃봉오리를 이 근심을 잊는다는 술에 띄우니, 나에게 속세를 멀리하는 정을 갖게 하네."50)를 모방한 것이다. 結句결구는 「음주」 마지막 수인 20번째의 "만약 다시 내가 쾌음하지 않는다면, 머리 위의 수건을 공연히 저버리는 것이네."51)를 모방한 것이다. 황국화를 따다가 술을 빚어 취하도록 마시지만 도연명처럼 세상을 잊기 위한 것은 아니다. "그러나 어째서 성인의 세상과 멀다고 해서 六經육경에 대하여 한 사람도 친한 자가 없는가? 종일 수레를 몰고 달려도 나루를 묻는 자를 발견할 수 없네."52)처럼, 세상 사람들이 六經을 공부하는 사람도 없고

---

49) 陶潛, 「歸去來辭」. "歸去來兮, 田園將蕪胡不歸. 旣自以心爲形役, 奚惆悵而獨悲. 悟已往之不諫, 知來者之可追. 實迷塗其未遠, 覺今是而昨非."

50) 陶潛, 「飮酒」 七. "秋菊有佳色, 裛露掇其英. 泛此忘憂物, 遠我遺世情."

51) 陶潛, 「飮酒」 二十. "若復不快飮, 空負頭上巾."

진리를 탐구하는 사람도 없기 때문에 술을 마신다는 도연명의 자조는 아니다. 오히려 송강은 남하 하는 기러기를 보고 현실로의 복귀를 소리 높이 읊조린 것이다. 남쪽으로 온 기러기는 다시 북쪽으로 돌아가야 하기 때문이다. 이는 한 무제의 「추풍사」 "草木黃落雁南歸초목황락안남귀"[53]를 점화한 내용이다. 「추풍사」는 가을을 맞는 인생의 쓸쓸한 심정을 나타낸 작품이기 때문이다.

위의 「귀래」는 송강이 40세 때 창평에 잠시 낙향한 뒤에 지은 시로, 남하한 기러기는 송강 자신인 것이다. 송강은 이 「귀래」에서 세상을 등진 채 살아가겠다는 것이 아니라, 남쪽으로 온 기러기를 보고 나도 기회가 주어지면 현실 정치로 복귀하겠다는 의지를 보였다. 그래서 인지 송강은 2년 후인 43세(1578)에 다시 出仕출사하였다. 『論語』 「憲問헌문」篇 '擊磬격경'章에 대한 주자의 주석에서 "성인의 마음이 일찍이 천하를 잊으신 적이 없으셨다."[54]라고 한 것처럼, 聖人성인인 공자나 그 학문의 道를 추구하는 선비는 어디에 처해도 현실을 잊지 않기 때문이다. 그러나 송강이 현실 정치에 복귀하여, 유자들이 추구했던 '공자의 도'를 배우고 실천했는지는 따져봐야 할 것이다. 「귀래」는 모든 구절이 전인의 작품을 인용하여 시적 의미를 형상화하였지만, 전인의 작품과 유사한 의미는 없다. 그래서 점화[55]가 되었다고 평할 수 있다.

송강은 당나라 시대 詩仙시선인 李白이백 시도 많이 모방하여 시를 지었다. 예를 들어 살펴보자.

---

52) 陶潛, 「飮酒」 二十. "如何絶世下, 六籍無一親. 終日馳車走, 不見所問津."

53) 金學主 譯著, 『古文眞寶』, 明文堂, 1994, 38쪽.

54) 『論語』 「憲問」 '擊磬'章. "聖人之心, 未嘗忘天下."

55) 문철호, 앞의 논문, 78쪽. 문철호는 점화한 경우를 典故라 하여, 용사의 의미로 파악하였다.

「운주헌에서 취하여 짓다(運籌軒醉題)」

삼월이라 꽃철에 강타로 떠내려가니,　　煙花三月下江沱,

사람들은 박망사가 떠온다고 말을 하네.　人道浮來博望槎.

오늘은 軍門에서 칼을 보며 술 마시니,　今日轅門看釰飮,

늙은 몸 가는 곳마다 恩波에 젖는구나.　白頭隨處沐恩波.56)

송강이 45세에 강원도 관찰사로 부임했다가 다음해 46세 되는 辛巳年신사년 2월에 임무가 갑자기 바뀌어 서울로 돌아오게 되었으나, 그해 12월에 특명으로 전라도 관찰사에 제수되었다. 위의 시는 그때 지은 시이다. 시의 내용이 삼월이니, 부임한 지 3개월 정도 된 시점이다. 『松江集송강집』「原集원집」卷1에도 동일 제목의 또 다른 시가 있다. "형님은 절도사요, 아우는 관찰사라. 남방의 안위가 한 집안에 매였구려. 어서어서 난리 막아 바다를 안정시키고, 운주헌 아래서 술판을 벌여 봅시다."57)라고 한 작품이다. 아마도 이 시도 이때 쓴 시로, 봄날의 흥취와 관찰사로서의 기백과 연군의 정을 드러냈다.

그런데 송강은 이백의 시 「黃鶴樓送孟浩然之廣陵황학루송맹호연지광릉」의 기구와 승구인 "내 친구 서쪽으로 황학루를 떠나고, 안개 끼고 꽃이 만발한 3월 달에 양주로 내려간다. 외로운 돛단배의 먼 그림자가 하늘가에서 다하는데, 오직 長江장강만이 하늘가로 흐르더라."58)를, 위의 시 「운주헌취제」에서 "삼월이라 꽃철에 강타로 떠내려가니"로 모방

---

56) 鄭澈, 『松江集』「續集」卷1 「運籌軒醉題」.

57) 鄭澈, 『松江集』「原集」卷1 「運籌軒醉題」. "兄爲節度弟觀察, 南服安危屬一家. 坐使妖氣淸海徼, 運籌軒下酌流霞."

58) 李白, 「黃鶴樓送孟浩然之廣陵」. "故人西辭黃鶴樓, 煙花三月下揚州. 孤帆遠影碧空盡, 惟見長江天際流."

하였다. 이백의 시는 송별시이다. 그러나 송별시에서 보이는 슬픈 장면은 없다. 당나라 때, 황학루는 시인묵객들이 모여 담소하고 시도 짓던 곳이다. 이백은 12살 연장자인 맹호연을 존경하였으며, 이곳 황학루에서 양주로 떠나는 맹호연과 이별하고 있는 것이다. 그런데 송별시에 보이는 이별의 장소인 남포와 이별의 소재인 버드나무 등은 보이지 않고 오히려 꽃이 만발한 3월의 모습이다. 이는 이별의 슬픔보다는 양주로 떠나는 맹호연을 부러워하는 이백의 마음이 담겨 있는 것이다. 나도 언젠가는 꽃이 만발한 그곳 양주에 가봤으면 하는 바람이 실려 있다. 그래서 끝없이 장강만 바라보고 있는 것이다. 이런 배경의 이미지를 송강도 살려 취흥으로 사용한 것이다. 뿐만 아니라 한나라 무제 때, 장건의 승선고사를 인용하여 자신도 은하수 가에 있는 직녀를 만나고 온 장건에 비유하여 홍취의 화려함을 더하였다. 이런 모든 풍류는 곧 임금의 은혜라는 江湖歌道강호가도의 의미로 끝맺었다. 이백 시의 점화와 장건의 이야기를 용사하여, 강호가도라는 풍류의 멋을 드러냈기에 創出新意창출신의라고 할 수 있는 것이다.

詩聖시성인 杜甫두보의 시를 인용한 작품도 살펴보자.

「관동에서 밤에 술을 들다(關東夜酌)」二首 중 第2首

밤을 가려 술자리를 성히 베풀고,	卜夜開深酌,
외론 등은 마주 앉아 이야기하네.	論懷對獨燈.
강남이라 일천리 먼 내 고향,	江南一千里,
소식조차 아득아득 듣기 어려워.	消息杳難承.[59]

59) 鄭澈, 『松江集』「續集」卷1「關東夜酌」.

위의 시는 杜甫_{두보}의 「夢李白_{몽이백}」 二首 중 제1수인 "강남땅은 장기가 올라오고 병이 생기는 그곳에, 쫓겨난 나그네는 소식이 없다."[60]를 모방한 것이다. 두보와 이백은 11살 나이 차이가 난다. 두보는 천재시인 이백을 흠모해 오다가 744년 이백이 고력사의 모함으로 장안 궁중에서 쫓겨나 산동성을 향해 가고 있던 그를 낙양에서 처음으로 만나게 되었고, 약 1년 동안 함께 생활하였다. 그러나 그 해 겨울에 이별한 후 두보는 이백을 다시 만날 수도 없게 되었고 흉흉한 소문만 듣게 되었다. 그 소문 중에는 이백이 야량으로 귀양 가는 도중, 달을 따러 강물에 뛰어 들었다가 물에 빠져 죽었다는 것이다. 그를 사모한 까닭인지 두보는 사흘 동안 이백의 꿈을 꾼 후 「몽이백」 2수를 지었다. 따라서 이 시에서의 의미는 귀양간 이백에 대한 안부와 걱정의 내용이다. 그런데 송강은 이 구절을 모방하여 고향인 전라도 창평을 그리워하는 것으로 표현하였다. 단순히 모방하여 두보의 시적 의미에 머문 것이 아니라, 송강만의 의미를 드러냈기에 점화라고 할 수 있다.

「눈 온 뒤에 산에 오르다(雪後登嶺)」

눈을 헤치며 홀로 푸른 산봉우리에 오르니,	掃雪獨登蒼玉屛,
눈앞의 펼쳐진 은바다 아득도 하네.	眼前銀海極茫茫.
멀리 보려는데 삼각산이 장애가 될까봐서,	猶嫌遐眺礙三角,
한 봉우리 다시 오르니 천지가 확 트이네.	更上一峯天地長.[61]

눈이 갠 후 설산에 올라 천지가 백설로 뒤덮인 풍경을 그렸다. 마지

---

60) 杜甫, 「夢李白二首」. "江南瘴癘地, 逐客無消息."
61) 鄭澈, 『松江集』「續集」 卷1 「雪後登嶺」.

막 구 "更上一峯天地長갱상일봉천지장"은 당나라 王之渙왕지환의 시 「登鸛雀樓등관작루」를 모방한 것이다. 「등관작루」는 說理詩설리시로 풍경을 통해서 철학을 표현한 시이다. "흰 해는 산 너머로 지고, 황하는 바다로 흘러드네. 천리를 다 보려고, 다시 한 층 더 올라간다."[62]로, 천리를 보기 위해 한 층 더 오른다는 것이다. 관작루는 산서성에 있기 때문에 바다와는 수천km 떨어져 있다. 그런데 한 층 더 올라 가서 바다를 본다고는 하였지만, 바다가 보이지는 않는다. 꼭 바다를 본다는 의미보다는 미래를 위한 진취적 태도를 지녀야 함을 말한 것이다. 송강도 막힘이 없는 천지를 보고자 한 봉우리를 다시 오른 것이다. 왕지환의 시를 점화하였기에 시적 의미를 함축적으로 드러냈을 뿐만 아니라 송강 자신의 진취적 기상도 드러냈다.

역시 당나라 시대의 시인 왕지환의 「登鸛雀樓등관작루」를 인용한 작품을 살펴보자. "천리를 다 보자고 누에 다시 올라가니, 구름과 바다 아득아득 두 귀밑 쓸쓸한 가을이라. 봉래가 어디인가 언제나 오색이라. 여기서 돌아가면 강한과 함께 흐르리."[63]의 첫 구는, 왕지환의 「등관작루」를 모방한 것이다. 왕지환의 「등관작루」는 광명인 해가 서산 너머로 지고 있으며, 황하는 바다로 흘러들고 있다. 천리까지 바라보는 눈은 다하고 싶어서 다시 한층 더 올라간다. 다시 말하자면, 더 먼 곳, 더 넓은 곳, 더 나아가서 높은 이상을 가지기 위해 한 층 더 올라간다는 것이다. 그런데 송강은 다소 내용이 후퇴하여, 임에 대한 그리움, 곧 임금을 그리는 정으로 표현하였다. 인생과 사상의 진취적 기상을 노래한 왕지환에 비해, 송강은 개인적인 소망에 머문

---

62) 王之渙, 「登鸛雀樓」, "白日依山盡, 黃河入海流. 欲窮千里目, 更上一層樓."
63) 鄭澈, 『松江集』 「續集」 卷1 「次竹西樓韻」 二首 중 第2首 "欲窮千里更登樓, 雲海茫茫兩鬢秋. 何處蓬萊常五色, 此歸江漢定同流."

내용이기 때문이다. 후대의 독자나 비평가들은 새로운 의미를 부여했다기보다는 내용적 의미가 퇴보한 듯한 인상을 받을 수 있다. 이처럼 새로운 의경에 이르지 못하면 蹈襲도습[64)]이라는 평을 들을 수도 있는 것이다. 작시자는 처음부터 前人전인이 쓴 구절의 의미를 그저 되밟고 싶은 것은 아닐 것이다. 그래서 작시자는 새로운 뜻을 부여하려고 하였지만, 새롭고도 알찬 뜻을 드러내지 못했기 때문에 후대의 독자들은 도습이라고 평하는 것이다. 일부 연구자는 踏襲답습이라 하는데, 일부로 前人의 작품을 되밟고자 한 것은 아니기에 답습이라는 용어는 한시 비평 용어로 적당하지 않다.

松江송강은 앞에서 예를 들은 작가의 작품 외에도 당나라의 王維왕유·王昌齡왕창령·韓愈한유·崔顥최호·韋應物위응물·柳宗元유종원·白居易백거이뿐만 아니라 李賀이하와 杜牧두목 등의 작품도 그의 한시에 반영하였다. 그리고 宋송나라의 蘇東坡소동파와 林逋임포·王安石왕안석·陸游육유·朱熹주희 등의 작품까지 수용하였다. 송나라 주희의 작품을 모방한 시작품 하나만 더 살펴보자.

「문생에게 이별하면서 주다(贈別門生)」

잘 있게 여러 군자들이여,	好在諸君子,
詩書는 때를 잃지 말아야 하느니.	詩書貴及時.
꽃다운 젊은 오래 머물지 않는지라,	芳年不長住,
학업은 한 번 놓치면 기약하기 어렵다.	墜緒杳難期.[65)]

---

64) 鄭堯一, 앞의 책, 203~204쪽 참조. "도습은 前人의 시구에 나타난 뜻을 변화시켜 點化하려다가 발전적으로 변화시키지 못하고 그 뜻을 그저 되밟아 따르는 수준에 머무는 것을 의미한다."

65) 鄭澈, 『松江集』 「續集」 卷1 「贈別門生」.

위의 시는 주자의 「偶成우성」 "소년은 늙기 쉽고 학문은 이루기 어려우니, 짧은 시간도 가볍게 여겨서는 안 된다."[66]를 환골탈태(점화)한 것이다. 송강은 주자의 시를 점화하여 헤어지는 문생들에게 학업에 정진할 것을 당부하였다. 성리학을 집대성한 주자의 시를 인용하여 학문을 勸戒권계하였기에 그 울림은 더욱 크게 들린다. 이런 것이 점화의 묘미라 할 것이다. 자신의 평범한 말을 나열하기보다 전인의 작품을 인용하여 참신한 뜻을 드러내는 점화가 되었을 때는, 그 설득력이 배가 되기 때문이다. 이렇듯 송강은 前代 문학 작품을 시의 본보기로 삼아 새로운 의경을 창출하였다. 그러나 작시자가 새롭고도 알찬 뜻을 창출하기 위해 전대의 훌륭한 작품을 인용하였지만, 참신한 뜻을 창출하지 못했을 경우에는 후대의 비평가나 문인들은 도습이라고 혹평했던 것이다. 송강의 일부 작품도 도습으로 평할 작품이 있었다.

4. 지나친 연군에 담긴 송강의 의도

문학 작품을 창작할 때 자기의 말만 하다 보면, 평범하거나 동일한 의미를 중언부언하는 경우가 있을 수 있다. 前代전대의 문인들이 이런 폐단을 극복하기 위해 사용했던 한시 작시법이 用事용사와 點化점화였다. 고전 비평서와 시화집 중에도 어느 작가는 누구의 어느 작품을 몇 번씩 읽고, 『論語논어』와 『孟子맹자』 등과 같은 經書경서는 몇 백, 몇 천 번을 읽었다는 내용들이 심심찮게 서술되어 있다. 前人들의 이런 독서법은 시창작시 자신도 모르게 그의 작품에 전인들의 말씀이나

---

66) 朱熹, 「偶成」. "少年易老學難成, 一寸光陰不可輕."

고사 그리고 작품의 내용들이 녹아 있어, 자연스럽게 용사나 점화의 방법으로 표현되었던 것이다. 이 글에서는 용사와 점화의 구별을 위해, 송강의 작품을 선별하여 살펴보았다. 선행 연구 논문에서 이들을 구별하지 못했기 때문이다.

기존 송강의 한시 연구는 용사와 점화를 구별하지 못하고 모두 환골탈태(점화)로 간주하여 연구한 논문도 있었으며, 典故전고와 점화, 점화와 도습 등을 구별하지 못한 경우와 심지어는 蹈襲도습을 踏襲답습으로 인식한 경우도 있었다. 답습은 옛사람들이 걸었던 길을 일부러 따른다는 의미가 있기 때문에, 그렇게 번역하면 안 될 용어이다. 도습도 새롭고도 알찬 뜻을 나타내고자 한 점화의 소산물이기에 답습과 구별되어야 할 폄어류 용어인 것이다. 따라서 이 글에서는, 선행연구에서 잘못 연구된 용사와 점화 그리고 도습과 답습 등을 구별하지 못하는 기존의 잘못을 바로 잡는데 그 일차적 목표가 있었다.

송강의 한시에는 중국 역사와 고사·경서 구절뿐만 아니라, 전국시대 굴원의 작품과 동진의 도연명, 당나라의 이백·두보 그리고 백거이 등과 송나라의 소동파와 육유·주희 등 당대 최고의 문장가들의 글을 인용한 작품들이 많았다. 이런 훌륭한 작가의 문학 작품이 표절이나 모방에만 그치지 않고 創出新意창출신의가 되었다는 것은 그의 문학적 재능을 가늠할 수 있게 하는 척도가 될 것이다. 그리고 이런 한시를 짓기 위한 배경지식과 그런 배경지식으로 창작된 한시는 송강의 국문시가를 낳게 되는 근원이 되기도 하였다. 그리고 일부 도습이라고 비난받는 작품도 송강이 처음부터 남의 작품을 훔칠 목적의 불순한 생각에서 시작된 것이 아니기에 표절이라고 할 수도 없다. 송강도 처음 작품을 지을 때는 남의 작품을 모방하여, 새로운 뜻을 부여하고자 하였기 때문이다. 그러나 후대의 독자와 비평가가 보았을 때, 참신한 뜻을 드러내지 못하면 도습이라고 혹평했던 것이다. 도습도 모방에서 시작되기에 새롭고도 알찬 뜻의 有無유무에 따라 점화도 될 수 있고 도습으로 절락할 수도 있는 것이다.

송강이 그의 한시에서 인용한 經書경서 구절과 前人전인의 작품을 模倣모방한 작품들의 내용을 살펴본 결과, 대부분 은혜에 대한 감사와 유자의 삶의 태도 중시 그리고 戀君之情연군지정·憂國之情우국지정 또는 忠節충절의 뜻을 드러내는 데 이용된 것이다. 송강의 이런 시작법을 통해 알 수 있는 것은 그가 어디에 처해도 세상을 잊지 않고 있었다는 점이다. 이런 사고는 孔子공자 이래로 儒者유자들이 지니고 있던 현실관이었다. 하지만 지나친 연군지정은 그의 삶의 족적과 함께 다시 살필 필요가 있을 듯하다. 송강이 지닌 儒者유자로서의 안목과 처세는 유자의 관점에서 정당했는지 아니면 지나친 면은 없었는지 등을 다시 그의 문학 작품과 전기적 고찰을 통해 상세히 살필 필요가 있다. 東西동서의 分黨분당이 그로부터 시작된 점이 있기 때문이다. 그리고 출사하여 임금이 허물이 있을 때 그 허물을 은근히 들어 밝게 간하고, 백성들의 근심을 잊지 않았는지 그리고 어진이를 사모하고 대중을 포용할 줄 알았는지 등을 유자의 관점에서 논할 필요성이 있다. 그는 유자의 자세를 일관되게 강조했기 때문이다.

고전문학을 통해 본 점화평과 점화 작법의 실재

1. 점화와 표절의 차이

지금도 剽竊표절 문제로 인해, 인기 작가가 하루아침에 나락으로 떨어지는 경우가 종종 발생하고 있다. 그러면서도 그 해당 구절과 문장이 표절인지 아닌지 논란이 일기도 한다. 그러면 前人전인들은 이 표절 문제를 어떻게 극복하였을까? 前人들의 표절 극복 방법을 알면, 지금의 우리들도 표절의 함정에서 벗어날 수 있을 것이다. 이 글에서는, 前人들의 표절 극복 방법을 살펴 앞으로 우리 문학이 나아갈 방향을 가늠해 보고자 하는 데 그 의의가 있다.

點化점화란 점을 찍어 變化변화된 의미를 이끌어낸다는 의미이다. 變化변화의 '變변'과 '化화'는 모두 '변한다'는 의미의 한자들이다. 그런데 '化'는 '變'보다 훨씬 많은 변화를 꾀했을 때 쓰는 한자이다. 마치 올챙

이가 개구리로 변하듯이 완전히 다른 형태로 化할 때 사용되는 한자이다. 따라서 點化도 점을 찍어 어느 부분으로부터 변화를 주어 新意_{신의}가 되었다는 것을 내포한다. 李仁老_{이인로}가 『破閑集_{파한집}』에서 "옛날에 黃山谷_{황산곡}이 시를 논하여 이르기를, 古人_{고인}의 뜻을 바꾸지 않고 그 말을 지어내는 것을 換骨_{환골}이라 하고, 古人의 뜻을 본받아서 형용하는 것을 奪胎_{탈태}라 한다."[1]라고 한 것처럼, 환골탈태가 점화의 또 다른 명칭이다. 당나라 詩聖_{시성} 李白_{이백}(701~762)은 「春夜宴桃李園序_{춘야연도리원서}」에서 짧은 인생을 아쉬워하면서 밤을 낮 삼아 즐기는 장면에서 "옛 사람들이 촛불을 잡고 밤에 노는 것은 진실로 이유가 있다."[2]라고 하였다. 이 구절 표현은 『文選_{문선}』 29卷 「古詩十九首_{고시십구수}」 중 제15수 "낮 짧고 밤 긴 것 괴로우니, 어찌 촛불 잡고 놀지 않는가?"[3]를 모방한 것이다. 古詩 제15수는 '사람이 젊어서부터 늙을 죽을 때까지 쉴 줄 모름'을 읊은 시이다. 그런데 이백은 어느 봄날 꽃피는 동산에서 종친들과 모여 잔치를 벌일 때, '이 덧없는 인생길에 후회가 없을 만큼 마음껏 즐기자'고 노래하였다. 비록 古詩_{고시}의 시적 의미를 빌려왔지만, 그 의미는 왜 고인들이 촛불을 잡고 밤을 낮 삼아 놀아야 하는지 그 이유를 밝히는 과정에서 절묘하게 인용되어, 낭만적인 느낌마저 들게 하였다.

그리고 현대 시인 李相和_{이상화}(1901~1943)도 「빼앗긴 들에도 봄은 오는가」에서 李白_{이백}의 「춘야연도리원서」를 점화하였다. 「춘야연도리원서」의 "하물며 볕 나는 봄이 나를 부르기를 안개나 아지랑이 뜬

1) 李仁老, 『破閑集』 卷下. "昔山谷論詩, 以謂不易古人之意而造其語, 謂之換骨, 規模古人之意而形容之, 謂之奪胎."
2) 李白, 「春夜宴桃李園序」. "古人秉燭夜遊, 良有以也."
3) 『文選』 29卷 「古詩十九首」 중 第15首. "晝短苦夜長, 何不秉燭遊."

경치로써 하고 큰 흙덩어리(자연)가 나에게 빌려주기를 문장으로써 하느니라"4)를 이상화는 "내 맘에는 나 혼자 온 것 같지가 않구나! 네가 끌었느냐, 누가 부르더냐. 답답워라. 말을 해다오"로 환골탈태하였다.5) 이백은 우리 짧은 인생이 다 가기 전에 桃李도리가 피는 동산에서 일가친척이 모여 잔치를 행하는데, 봄 들판이 나를 불러 아름다운 문장을 짓게 한다고 하였다. 하지만 이상화는, 봄 들판의 아지랑이 피어나는 아름다움이 나를 불러냈지만, 그것은 빼앗긴 들판과 봄경치일 뿐이라는 식민지 지식인의 자조 섞인 말로 化화하였다. 「춘야연도리원서」는 봄의 아름다움이 나를 꽃동산으로 불러냈지만, 「빼앗긴 들에도 봄은 오는가」는 빼앗긴 들판으로 인하여 아름다운 자연이 오히려 답답한 심정을 불러일으킬 뿐이다. 따라서 이백과 이상화가 모방한 각각의 구절은 비록 고시와 옛 작품에서 몇 구절을 빌려와 사용하였지만, 그 의미는 새롭다. 따라서 각각 작품에서 新意신의를 부여하였기에 후대의 독자들은 點化점화로 善評선평하는 것이다.

이백과 이상화의 예에서 알 수 있는 바와 같이 先代선대의 문인들도 창작의 과정에서 동반할 수밖에 없는 유한한 사고를 무한한 의미로 활용할 수 있는 방법을 찾은 것이 점화의 작법이었다. 예를 통해 살펴본 점화는 새로운 의미를 부여할 수 있는 작법으로 표절과는 다른 의미의 作法評語類작법평어류인 것이다. 따라서 이 글에서는, 역대 중국과 한국에서 문인들이 점화를 어떻게 인식하고 있었으며, 또한 조선시대 문인들이 실재 작품에서 어떻게 활용하였는가를 구체적으로 살펴보

---

4) 李白, 「春夜宴桃李園序」. "況陽春 召我以煙景, 大塊 假我以文章."

5) 이 밖에도 현대시 시 중 김상용의 「남으로 창을 내겠소」는 이백의 「산중문답」을, 정지용의 「향수」는 두보의 「강촌」을, 이수복의 「봄비」는 정지상의 「송인」을 점화한 대표적인 예들이다. 근대의 문인들은 선인들의 훌륭한 작품들을 숙독하였기에 언제든 자기의 작품에 녹아낼 수 있었던 것이다.

고자 하는 것이다. 그러면 기존 연구 중 用事용사와 點化점화의 구별 없이 연구된 것6)도 자연스럽게 점화의 개념이 정리될 뿐만 아니라 점화와 蹈襲도습의 관계도 분명해지고, 剽竊표절의 문제도 어떻게 해결할 수 있는가의 실마리를 제공할 수 있을 것이다.

2. 점화론과 점화평

點化論점화론과 點化評점화평 자료를 살피면서, 點化점화의 개념을 고구해 보고자 한다. 魏慶之위경지가 편찬한 『詩人玉屑시인옥설』에는 점화, 곧 換骨奪胎환골탈태가 왜 필요하며, 그 개념적 의미는 어떠한가를 밝힌 부분이 있다.

　　山谷(黃庭堅)이 말하기를 '詩意'는 끝이 없고 사람의 재주는 한계가 있

---

6) 趙鍾業, 「東人詩話研究」, 『大東文化研究』 2, 성균관대학교 대동문화연구원, 1966 및 『漢文學研究』, 정음문화사, 1990년 重版.
　　李丙疇, 「韓國漢文學上의 杜詩研究」, 『漢文學研究』, 정음문화사, 1990(重版); 崔信浩, 「初期 詩話에 나타난 用事理論의 樣相」, 『古典文學研究』 1, 韓國古典文學研究會, 1971; 李炳漢, 『漢詩批評의 體例研究』, 通文館, 1974; 崔雲植, 「李奎報의 詩論: 白雲小說을 中心으로」, 『韓國漢文學研究』 2, 韓國漢文學研究會, 1977; 崔雄, 「朝鮮 中期의 詩學」, 『한국고전시학사』, 弘盛社, 1979; 申用浩, 「李奎報 研究: 意識世界와 文學論을 中心으로」, 고려대학교 박사논문, 1985; 朴成淳, 「四佳 徐居正의 詩文學 研究」, 충남대학교 박사논문, 1989; 卞鍾鉉, 『高麗朝漢詩 研究』(唐宋詩 受容樣相과 韓國的 變容), 太學社, 1994; 宋熹準, 「徐居正 文學 研究: 形成背景·文學觀·詩世界의 연계를 中心으로」, 고려대학교 박사논문, 1996; 백연태, 「서거정의 도습, 점화 구분에 있어 숨은 기준」, 『語文學』 85, 한국어문학회, 2004.
　　點化를 用事의 하위 범주로 간주한 연구 논문도 있다. 李鍾默, 「고전시가에서 用事와 點化의 미적 특질」, 『韓國詩歌研究』 3, 韓國詩歌學會, 1998; 박명옥, 「정지용의 산수시 연구」, 고려대학교 박사논문, 2011; 손대현, 「陋巷詞의 用事 활용과 그 함의」, 『語文學』 125, 한국어문학회, 2014.
　　하지만 중국의 시화집인 『詩人玉屑』의 편찬자 楊家駱은 '用事'章과 '點化'章으로 나누어, 둘의 관계를 구분지어 분류해 놓았다.

으니, 한계가 있는 재주로 끝이 없는 뜻을 따라가려면 비록 淵明(陶潛)과 少陵(杜甫)의 재주라도 교묘하게 만들 수는 없다. 그 뜻은 바꾸지 않고 그 말만을 만드는 것을 '換骨法환골법'이라 하고, 그 뜻을 본받아서 형용하는 것을 일러 '奪胎法탈태법'이라 한다.[7]

작가의 생각은 유한할 수 있으며 그 재주로 끝도 없는 뜻을 만들어 나가려고 하면 도연명과 두보 같은 재주 있는 작가라도 교묘한 뜻을 만드는 데는 한계가 있다고 하면서, 옛 사람의 작품 속의 있는 의미 중 그 뜻을 바꾸지 않고 글자만 바꾸어 내는 작법을 환골법이라 하고, 그 의미를 본받는 것을 탈태법이라 한다고 하였다. 이는 점화와 같은 개념으로서의 환골법과 탈태법을 설명한 것이다.

宋송나라 葛立方갈입방은 『韻語陽秋운어양추』에서 "시인들에게는 환골법이라는 것이 있으니, 古人의 뜻을 써서 點化하여 (자기의 시로) 하여금 더욱 더 공교롭게 하는 것이다."[8]라고 하여, 점화의 목적이 문학 작품 내에서 자기의 뜻을 더욱 알차게 하기 위한 것임을 밝혔다. 한편 우리나라에서 '점화'의 용어는 高麗고려 末期말기 益齋익재 李齊賢이제현이 『櫟翁稗說륵옹패설』에서 "月庵寺월암사 주지(長老) 山立산립은 詩시를 짓는데 고인의 말을 많이 점화했다."[9]라고 하여, 처음 사용되었다. 용어는 익재가 처음 사용하였지만, 이미 이인로가 『파한집』에서 '고인의 뜻을 도습한 환골탈태는 표절을 면할 수 없는 것'[10]이라고 하여, 부정

---

7) 魏慶之, 『詩人玉屑』 「換骨奪胎」, 臺灣商務印書館, 民國 61, 190쪽. "山谷言, 詩意無窮, 而人才有限, 以有限之才, 追無窮之意. 雖淵明少陵 不得工也, 不易其意而造其語, 謂之換骨法 規摹其意而形容之, 謂之奪胎法."

8) 臺靜農 編, 『百種詩話類編』(下) 「詩論類」, 藝文印書館, 中華民國 63, 1367쪽. 葛立方, 『韻語陽秋』. "詩家有換骨法, 用古人意而點化之, 使加工也."

9) 李齊賢, 『櫟翁稗說』 後集二. "月庵長老山立爲詩, 多點化古人語."(櫟은 상수리나무 륵)

적으로 논하기도 하였다. 이는 이인로가 환골탈태를 부정적으로 본 것은 아니고 도습이 될 경우 표절까지 될 수 있다고 한 것으로, 표절 은 절대해서는 안 된다는 인식 하에서 그렇게 말한 것이다. 이규보도 「答全履之論文書답전이지논문서」에서 "무릇 고인의 體체를 본받는 자는 반 드시 먼저 그 시를 익숙하게 읽은 뒤에라야 본받아서 능히 이르러 갈 수 있으니, 그렇지 않으면 표절약탈하기도 오히려 어려워질 것이 다."[11]라고 하였다. 따라서 점화 작법은 前人전인들의 훌륭한 작품을 완전히 숙지한 후 자기 작품에 활용될 수 있다는 것이다. 이런 사실 로 미루어 보자면, 前人들은 문학작품의 창작 과정에서 점화의 작법 을 활용하였다.

점화평도 살펴보자.

시인들에게는 환골법이라는 것이 있으니, 고인의 뜻을 써서 點化하여 하여금 더욱 더 공교롭게 하는 것이다. 李白의 시에 '白髮백발 三千丈삼천장이 니, 근심이 이같이 늘어졌네.'라고 하였는데, 荊公형공(王安石)은 점화하여 이르기를 '通絹통견은 白髮 三千丈을 이루었네.'라고 하였다. 유우석은 이르 기를 '멀리 동정호수의 수면 바라보니, 흰 은쟁반 속의 한 마리 푸른 소라 같네.'라고 하였는데, 山谷(황정견)이 점화하여 이르기를 '아쉽게도 호수 의 수면에 어울리지 않게, 물결치는 은산 더미 속에 청산이 보이네.'라고 하였다. 孔稚圭공치규는 「白苧歌백저가」에서 이르기를 '빈산에 종소리 울려 퍼 지네.'라고 하였는데, 山谷산곡은 점화하여 이르기를 '빈산에 管絃관현 소리

---

10) 李仁老, 『破閑集』卷下. "此(換骨奪胎)雖與夫活剝生呑者, 相去如天淵, 然未免剽掠潛竊以爲之 工, 豈所謂出新意於古人所不到者之爲妙哉."

11) 李奎報, 『東國李相國集』卷26「答全履之論文書」. "凡效古人之體者, 必先習讀其詩, 然後效而 能至也, 否則剽掠猶難."

(피리·거문고 소리) 울리네.'라고 하였다. 盧仝노동의 시에 이르기를 '풀과
돌멩이마저 친한 정을 느끼게 하네.'라고 하였는데, 山谷산곡은 점화하여
이르기를 '자그만 산 친구하니, 향기로운 풀은 귀여운 첩이 되네.'라고 하
였다. 시를 배우는 사람은 이를 몰라선 안 된다.[12]

위의 자료문은 宋송나라 葛立方갈입방의 『韻語陽秋운어양추』에 실려 있는
것으로 환골법 곧 점화가 잘 된 예를 든 것이다. 이백은 白髮백발 三千丈
삼천장을 근심이 많음에 비유했으나, 왕안석은 白髮 三千丈을 點化점화하
여 넓은 비단[通絹]으로 묘사하였다. 유우석은 동정호수 수면 위에
솟아 있는 섬 君山군산을 흰 은쟁반 속의 푸른 소라로 표현하였는데,
황정견은 유우석의 시를 점화하여 '아쉽게도 호수의 수면에는 어울리
지 않게, 은산 같은 큰 파도 속에 푸른 산이 보이네.'라고 하였다. 이는
동정호수 안에 있는 君山을 형상화한 것으로, 유우석은 달빛 비친
동정호수는 은쟁반에, 그 위에 떠 있는 君山은 푸른 소라에 비유하여,
白백과 靑청의 대조로 표현하였다. 그런데 황정견은 단순한 색채 대조
로만 표현한 것이 아니라, 물결치는 은산 더미 속에 우뚝 선 군산의
모습을 역동적이면서도 웅장한 산의 이미지로 그려 군산의 위용을
나타내었다. 따라서 원 시의 작가인 유우석이 표현한 푸른 소라보다
는 靑山이 훨씬 생동감 있다.

孔稚圭공치규의 「白苧歌백저가」는 '빈산에 종소리가 울려 퍼진다.'라고
하였고, 황정견은 '빈산에 管絃관현 소리 울리네.'라고 하였는데, 둘 다

---

12) 臺靜農 編, 『百種詩話類編』(下) 「詩論類」, 藝文印書館, 中華民國 63, 1367쪽. "詩家有換骨法,
謂用古人意而點化之使加工也. 李白詩云, '白髮三千丈, 綠愁似箇長.', 荊公點化之則云, '繰成
白髮三千丈.' 劉禹錫云, '遙望洞庭湖水面, 白銀盤裏一靑螺.' 山谷點化之則云, '可惜不當湖水
面, 銀山堆裏看靑山.' 孔稚圭白苧歌云, '山虛鐘磬徹.' 山谷點化之則云, '山空響管弦.' 盧仝詩
云, '草石是親情' 山谷點化之則云, '小山作朋友, 香草當姬妾.' 學詩者不可不知此."

산의 메아리가 울려 퍼짐을 형상화한 것이다. 이 두 시를 대비해 보면 그 의미는 바꾸지 않고 글자만 바꾼 환골법의 예로, 황정견이 더욱 감각적으로 표현하였다. 그리고 '풀과 돌멩이마저 친한 정을 느끼게 하네.'라고 한, 노동의 시구는 자연에 대한 친화감을 상투적인 표현으로 드러낸 데 비하여, '자그만 산 친구하니, 향기로운 풀은 귀여운 첩이 되네.'라고 한, 황정견은 자연을 의인화하여 친밀감을 주었다. 이처럼 點化의 한 방법으로의 환골법도 모방에서 시작하였지만, 그 모방 자체에 그치지 않고 새로운 의미를 만들어낸다는 것이다.

우리나라의 본격적인 시화집이라고 할 수 있는 것으로, 조선 전기 서거정이 지은 『동인시화』가 있다. 그 『동인시화』에도 점화평에 대한 예가 있다.

원외랑 김극기가 지은 「醉時歌취시가」에, '낚시하면 바다의 여섯 자라 낚을 것이며, 활을 쏘면 반드시 해 속의 아홉 까마귀 떨어뜨리네. 여섯 자라 움직이니 어룡이 요동치고, 아홉 까마귀 나오면 초목이 타버리네. 남아는 스스로 뛰어난 기상을 세워야 하니, 약한 짐승들 어찌 죽일 수 있으랴.'라고 하였다. 시어가 호탕하면서도 빼어나다. 그 뜻은 소릉(두보)의 '사람을 쏘려면 먼저 말을 쏘아야 하고, 적을 생포하려면 먼저 왕을 사로잡아야 한다.'를 근본하였고, 그 시의 말은 부옹(황정견) 시의 '그대에게 포성의 상락주를 따르고, 그대에게 상루 국화 봉우리를 띄우리라. 술로 가슴 속 불만을 씻어내고, 국화로 짧은 인생 노쇠함을 막아주지.'라고 한 것을 근본한 것이다. 비록 두 사람(두보와 황정견)의 시에서 詞語사어와 詩意시의를 따와 사용한 것이지만, 혼연히 도끼로 찍고 끌로 찍은 흔적이 없으니[無斧鑿痕무부착흔], 참으로 狐白裘호백구(여우의 겨드랑이에 나 있는 털로 만든 갖옷)를 훔쳐낸 감쪽같은 솜씨로다.13)

위의 자료문은, 서거정이 점화가 잘 된 것을 '無斧鑿痕무부착흔'과 '狐白裘호백구'로 善評선평한 것이다. 김극기는 먼저 두보의 시 「前出塞전출새」14)의 詩意시의를 근본하였고, 詞語사어는 황정견의 「送王郎송왕랑」15)을 모방하여 남아의 기상을 노래하였다. 두 사람의 시를 통해 뜻과 말을 따와 사용하였지만, 그 흔적이 없으니 마치 齊제나라 맹상군이 秦진나라 昭王소왕에게 '호백구'를 선물한 후 자신의 구명을 위해 다시 그 '호백구'를 훔쳐 소왕의 애첩에게 준 것처럼, 남의 글을 모방하였지만 그 자취가 남아 있지 않아 귀신같은 솜씨를 발휘하였다는 것이다. 고려 말 李仁老이인로도 『破閑集파한집』에서 점화가 잘 된 경우를 "근래에 와서 蘇東坡소동파와 黃山谷황산곡(黃庭堅)이 우뚝 솟아서 비록 그 법을 따르고 숭상하면서도 造語조어한 것이 더욱 공교로워 도끼로 찍고 끌로 찍은 흔적이 없으니 정말 靑出於藍청출어람이라 할 만하다."16)라고 하였다. 고려 후기나 조선 초기에 이미 점화에 대한 작법이 널리 사용되고 있었음을 알게 해 주는 자료문이다.

옛 사람들이 종종 시를 짓다보면, 본의 아니게 옛 사람의 시와 같아진 경우가 있을 수 있다고 하였다. 서거정도 『동인시화』에서 여러 군데 그 예를 들었다.

예산 최해의 시에 '엷은 구름 사이로 새어나오는 빛에 가랑비 내리네.'라

---

13) 徐居正, 『東人詩話』 卷上. "金員外克己醉時詞, '釣必連海上之六鰲, 射必落日中之九鳥. 六鰲動兮魚龍震盪, 九鳥出兮草木焦枯. 男兒要自立奇節, 弱羽纖鱗安足誅.' 語甚豪壯挺傑. 其意本少陵 '射人先射馬, 擒賊先擒王.' 其詞本洛翁 '酌君以蒲城桑洛之酒, 泛君以湘纍秋菊之英. 酒洗胸中之磊塊, 菊制短世之頹嶺.' 雖用二家詞意, 渾然無斧鑿痕, 眞竊狐白裘手."

14) 『杜少陵集』 卷6 「前出塞」.

15) 『山谷集』 卷44 「送王郎」.

16) 李仁老, 『破閑集』 卷下. "近者蘇黃崛起, 雖追尙其法, 而造語益工, 了無斧鑿之痕, 可謂靑於藍矣."

고 하였는데, 목은(이색)이 깊이 음미하여 세상 사람들에게 膾炙_{회자}된 최
예산의 네 구절 중 하나이다. 근래에 대간 이인로의 시를 보았는데,[17] 그
시에 '엷은 구름 사이로 새어나오는 햇빛은 빗속에도 밝아라.'라고 하였으
니, 예산의 시가 반드시 點化하지 않았다고는 못할 것이다. 그러나 옛 사람
들의 시는 우연히 같은 것(偶同)도 있고 점화로 말미암아 더욱 공교롭게
된 것도 있다. 혹은 옛 사람의 시를 읽는 것이 이미 익숙해져서 왕왕 자기
것인 양 여기는 경우도 있다. 이것은 시를 짓는 사람들에게 늘 있는 일이니,
예산이 어찌 남의 시를 도적질(표절)했겠는가?[18]

偶同_{우동}과 點化_{점화}에 대한 비평문이다. 내가 지은 시가 우연히 옛
사람의 시 구절과 같을 수 있다는 말이다. 남의 시문을 자기 작품에
인용하여 참신한 의미를 부여하기 위해서는 옛 사람들의 시를 숙독하
여 자기화하였을 경우, 어느 순간 마치 자신이 새롭게 말한 것처럼
여겨진다는 것이다. 그래서 이와 같은 경우는 우동일 수도 있고 점화
된 것일 수도 있다는 것이다. 점화하기 위해서는 어떻게 해야 함을
단적으로 보여준 예이다. 그러므로 우동은 표절과는 다르다.

　　나는 일찍이 문순공 이규보의 시를 좋아하였는데, '옷깃을 헤치니 시원
한 바람이 북쪽에서 불어오고, 안석에 기댄 몸이니 해가 서쪽으로 지든
말든'이라고 한 것은, 말이 부드럽고 글자가 온당하여 훌륭한 대구라고

17) 이 시는 이인로의 시가 아니고 이규보의 시이다. 『東國李相國集』 卷2에 실린 「夏日卽事」의
　　두 번째 수이다. 또 『東國李相國集』에는 "漏雲"이 아니고 "薄雲"으로 되어 있다. 서거정이
　　인용하는 과정에서 오류가 있었다.
18) 徐居正, 『東人詩話』 卷下. "崔猊山詩曰, '漏雲殘照雨絲絲.' 牧隱深味之, 有膾炙猊山四句詩之
　　句. 頃見李大諫仁老詩曰, '薄雲漏日雨中明.' 猊山詩未必非點化也. 然古人詩有偶同者, 有因點
　　化, 而尤工者, 或讀古人詩已熟, 往往恰得認爲己有者. 此詩家常事, 猊山豈竊人詩者哉."

생각하였다. 그 뒤에 한자창이 지은 시에 보니, '아침에 기나라를 떠남에 북풍이 살짝 불고, 밤에 영릉에 머무니 달빛이 정남쪽을 비추네.'라고 하였으니, 이문순의 시에 있어 글자를 부린 것이 한자창과 매우 비슷하다. 이것은 비록 은연중에 일치된 것이라고 할 수도 있지만, 점화한 것이라고 해도 옳다.19)

위의 자료문도 '暗合암합' 곧 偶同우동에 관한 평이다. 시를 짓다 보면 우연히 옛 사람들이 터득했던 시의 경지에 도달하여, 시적 의미가 비슷할 수 있다는 것이다. 그래서 우합, 우동이 아니라 점화한 구절이라고 해도 이상할 것이 없다는 것이다. 前人전인들의 우동과 점화에 관한 시평을 보면, 옛 사람들이 지은 작품의 뜻을 본받는 것은 자연스러운 현상이라는 것이다. 그래서 점화를 잘한 경우는 "옛 사람들 중에 문장을 잘 지었던 분은 참으로 능히 만물을 도야해 낼 수 있었으니, 비록 고인의 묵은 말을 취하다가 글 속에 써 넣더라도 마치 靈丹영단 한 톨로 鐵철을 점찍어 金을 이루어내는 듯이 하였다."20)라고 하였으며, "시구는 한 글자로써 공교로움을 이루어내서 자연스레 빼어나고 특이하며 평범하지 않으니, 마치 靈丹 한 톨이 철을 점찍어 금을 이루어내는 것과 같은 것이다."21)라고 하여, 점화가 잘된 경우는 點鐵成金 점철성금으로 평하였다. 반대로 점화가 잘못된 경우는 "誠齋성재(楊萬里)의

---

19) 徐居正, 『東人詩話』 卷下. "余嘗愛李文順詩, '披襟快得風來北, 隱几從敎日向西.' 言順字穩, 以爲佳對. 後見韓子蒼詩曰, '朝辭杞國風微北, 夜泊寧陵月正南.' 李詩使字與子蒼甚相似, 雖謂 之暗合可也, 謂之點化亦可也."

20) 『黃山谷文集』 卷十九. "古人能爲文章者, 眞能陶冶萬物, 雖取古人之陳言入於翰墨, 如靈丹一粒, 點鐵成金也."

21) 朱任生 編著, 『詩論分類纂要』 「鍊字」, 臺灣商務印書館, 中華民國 60, 279쪽. "詩句以一字爲工, 自然穎異不凡, 如靈丹一粒, 點鐵成金也."

「寄題儋耳東坡故居기제담이동파고거」 시에 이르기를 '自古以來자고이래로 聖賢성현은 다 이와 같나니, 死後사후의 功名공명은 누구에게 맡기리?'라고 하였는데, 이러한 투는 蘇軾소식의 시구인 '自古以來자고이래로 重陽節중양절은 다 이와 같나니, 離別이별 뒤의 西湖서호는 누구에게 부탁하리'를 사용한 것이니, 금을 점찍어 쇠로 만든(點金成鐵) 경우라 할 수 있다."[22]라고 하여, 거의 표절 수준이라는 것이다.

宋송나라 魏泰위태는 『臨漢隱居詩話임한은거시화』에서 "시에 있어서는 古人고인의 뜻을 蹈襲도습하는 것을 꺼린다."[23]라고 하였는데, 崔滋최자도 『補閑集보한집』에서 도습을 혹평하였다.

河直江하직강 千旦천단이 白雲子백운자 吳廷碩오정석의 八巓山팔전산을 유람한 시에 "물이 길게 흐르니 산 그림자가 멀리 보이고, 수목이 무성하니 새 우는 소리 깊숙이 들리네. 게으른 마부야, 더욱 말을 몰지 마라, 천천히 가면서 오래도록 읊고 싶다."라고 한 것을 외어보고는, 이윽고 말하기를 "수목이 무성하여 새 우는 소리가 깊숙이 들린다[林茂鳥啼深]고 한 구절이 제일 絕唱절창이다."라고 하였다. 나는 말하기를 "이 시의 뜻을 얻은 데가 한가롭고 광활하여 네 句구를 모두 읊어 본 후에야 그 아름다운 맛을 알 수 있을 것이니, 어찌 유독 그 한 句만이 絕唱절창이리요. '林茂鳥啼深임무조제심' 같은 句는 바로 杜子美두자미[24]의 시 '대숲에 막혀 새소리가 깊숙하네[隔竹鳥聲深]'를 벗긴 것[剝]이다. '林茂임무'라고 한 語句어구와 '隔竹격죽'이라고 한 語句를 대비하여 보면 涇水경수와 渭水위수같이 淸濁청탁이 분명하다.[25]

---

22) 臺靜農 編, 『百種詩話類編』(中)「作家類」, 藝文印書館, 中華民國 63, 899쪽. "誠齋寄題儋耳東坡故居詩云, 古來賢聖皆如此, 身後工名屬阿誰, 此套用蘇詩, '古來重九皆如此'別後西湖付與誰' 也. 可謂點金成鐵."

23) 魏泰, 『臨漢隱居詩話』. "詩惡蹈襲古人之意.."

24) 실제는 백거이의 시임.

위의 자료문은 절창이라 평하는 시 구절도 따지고 보면 표절에 가깝다는 것이다. 점화와 도습은 모두 모방에서 출발하기에, 새로운 의미를 부여하지 못하고 그 표현이 지나치면 도습으로만 끝나는 것이 아니라 표절로 혹평 받을 수도 있다. 李仁老이인로가 『破閑集파한집』에서 "活剝生呑활박생탄"26)이라 평한 것처럼, 남의 시가·문장 등의 글귀를 그대로 모방하고 조금도 독창적인 것이 없이 산 채로 박제하듯 두들겨서 털도 안 뽑고 산 채로 삼키는 꼴이 되었다는 것이다. 따라서 최자가 '剝박'이라고 평한 것은 淸濁청탁이 분명하여 거의 표절 수준이다.

魏慶之위경지가 『詩人玉屑시인옥설』에서 "문장은 반드시 스스로 一家일가로서 유명해진 연후에야 가히 영구히 전해질 수 있다. 만약 그림쇠(컴퍼스)를 본떠서 동그라미를 그리고 曲尺곡척을 본떠서 네모를 만들 듯이 한다면, 마침내 다른 사람의 臣僕신복이 될 것이다. 古人고인은 '屋下架屋옥하가옥'이라고 비판한 말이 참으로 믿을 만하도다."27)라고 한 것은, 점화가 되지 못하고 蹈襲도습에 머문 평어류 용어 屋下架屋을 소개한 것이다. 서거정도 『동인시화』에서 "시에서는 도습을 꺼린다. 고인이 이르기를, 문장에 있어서는 마땅히 자기 나름의 틀과 북[杼저]에서 지어내어 일가의 風骨풍골을 이룬다고 하였으니, 어찌 능히 (문장 속에서) 남과 더불어 생활할 수 있겠는가? 唐당·宋人송인 중에 이와 같은

---

25) 崔滋, 『補閑集』 卷上. "河直江千旦, 誦白雲子吳廷碩遊八巓山詩, 水長山影遠, 林茂鳥啼深, 倦僕莫鞭馬, 徐行得久吟, 因曰林茂鳥啼深之句最爲絶唱, 予曰此詩遣意閑遠, 連吟四句而後得嘉味, 何獨一句爲絶, 如林茂鳥啼深之句, 是剝杜子美隔竹鳥聲深也, 以林茂之言, 比隔竹之語, 若涇渭然, 淸濁自分."

26) 李仁老, 『破閑集』 卷下. "昔山谷論詩, 以謂不易古人之意而造其語, 謂之換骨, 規模古人之意而形容之, 謂之奪胎, 此雖與夫活剝生呑者, 相去如天淵, 然未免剽掠潛竊以爲之工, 豈所謂出新意於古人所不到者之爲妙哉."

27) 魏慶之, 『詩人玉屑』, 臺灣商務印書館, 民國 61, 117쪽. "文章必自名一家, 然後可以傳不朽, 若體規畫圓, 準方作矩, 終爲人之臣僕, 古人譏屋下架屋, 信然."

병통이 많이 있었다."28)라고 한 것처럼, 도습은 거렸다.

『동인시화』에는 고려시대 대문장가 이규보도 蹈襲도습에서 자유롭지 못했음을 보여주는 내용이 있다.

시를 도습하지 않는 것을 옛 사람들이 어렵게 여겼다. 문순공 이규보가 평소 말하기를, '진부한 말들을 떨쳐 버리고 자기 나름의 솜씨를 내놓아야 한다. 마치 古語를 범하는 것(도습)과 같은 것은 죽어도 피해야 한다.'라고 하였다. 그러나 그의 시구에, '누런 벼 날로 영그니 닭과 오리 좋아해도, 벽오동에 가을 깊어가니 봉황은 근심하네.'라고 하였는데, 이것은 두소릉의 '붉은 나무 쪼은 나머지를 앵무새는 제 낱알로 알고, 벽오동에 오래 깃든 봉황은 제 가지로 아네.'라는 시구를 습용(도습)한 것이다. 또 '동부(신선이 사는 곳)에서 가수 불러 가얏고 타게 하고, 교방에서 기녀 뽑아 선도악仙桃樂 (唐樂의 하나인 獻仙桃를 말함)에 취하네.'라고 한 시구는, 이태백의 시 '뽑힌 창기는 천자의 수레를 따르게 하고, 가수를 불러 동방을 나서네.'라는 시구를 습용(도습)한 것이다. 또 '따스한 봄날이라 새소리도 아름답고, 해 기우니 사람 그림자 길어지네.'라고 했는데, 이것은 唐나라 시인 杜荀牧두순목 (846~904)의 '바람 따스하니 새소리 재잘대고, 해 높이 솟으니 꽃 그림자 짙어지네.'라는 시구를 습용(도습)한 것이다. 이규보의 뛰어난 재주로도 오히려 이와 같거늘, 하물며 그만 못한 사람에 있어서랴?29)

---

28) 徐居正, 『東人詩話』 卷上. "詩忌蹈襲. 古人曰, 文章, 當出機杼, 成一家風骨, 何能共人生活耶. 唐宋人, 多有此病."

29) 徐居正, 『東人詩話』 卷上. "詩不蹈襲, 古人所難. 李文順平生自謂, '擺落陳腐, 自出機杼. 如犯古語, 死且避之. 然有句云, '黃稻日肥鷄鶩喜, 碧梧秋老鳳凰愁.' 用少陵, '紅稻啄餘鸚鵡粒, 碧梧棲老鳳凰枝.'之句. 又云, '洞府徵謌調玉案, 敎坊選妓醉仙桃.'用太白, '選妓隨雕輦, 徵謌出洞房.'之句. 又云, '春暖鳥聲碎, 日斜人影長,' 用唐人 '風暖鳥聲碎, 日高花影重.'之句. 以李高才, 尙如是, 況不及李者乎."

위의 자료문에서 이규보는 평소 진부한 말은 버리고 新語신어로써 新意신의를 드러내야 한다고 말하면서 옛 말을 도습하는 것은 죽기보다도 싫어한다고 하였다. 실제로 이규보는 「答全履之論文書답전이지논문서」에서도 자신이 왜 新語신어로써 新意신의를 드러내고자 했는지를 全履之전이지에게 밝혔다. 요즘 세태가 남의 작품을 가져다 표절약탈하기에 그렇게 하지 않기 위해서는 먼저 '고인의 시를 먼저 익숙하게 읽은 뒤에 본받아서 능히 이르러 갈 수 있는데 그렇지 않으면 표절약탈하기도 오히려 어렵다'[30]고 하였다. 그런데 이규보가 실제 시창작의 과정에서는 두보와 이백 그리고 당나라 시인의 시를 도습하였다고, 서거정은 혹평하였다.

서거정이 도습이라고 혹평한 예문을 하나 더 살펴보자.

宋송나라 진종이 어구에 있는 버드나무를 두고 시를 지어서 재상과 두省(문하성과 중서성)의 대신들에게 보이고, 화답시를 올리라고 하였다. 執中집중 陳師道진사도가 화답시를 지어 올리기를, '한 번 봄이 도래하니 또 한 번 새로워, 푸른 빛 언제나 궁중을 비추리라. 군왕은 자연의 빛 사랑하시어, 소양궁의 춤 배운 사람들 원망하게 하네.'라고 하였다. 고려 의종이 상림원에서 놀다가 「작약」시를 지으니, 賢良현량 黃甫倬황보탁이 화답한 시를 올렸다. '누가 말하였던가? 꽃에는 주인이 없다고, 임금께서 날마다 가까이 하는 것을. 궁녀들은 질투하지 말라, 비록 꽃 같다 한들 끝내 진품이 아닌 것을.' 임금이 이 시를 가상히 여겨 탄복하고는 마침내 관직에 임명하였다. 황보탁은 이 일로 세상에 이름이 알려졌다. 내가 황보탁의 시어를

---

30) 李奎報, 『東國李相國集』 卷26 「答全履之論文書」. "古人之體者, 必先習讀其詩, 然後效而能至也, 否則剽竊掠奪猶難."

살펴보니, 참으로 진사도의 시를 蹈襲_{도습}한 것이다. 진사도의 시에는 은연 중에 고운 미색에 대한 경계가 들어 있었지만, 황보탁의 시는 궁녀들이 총애를 질투할 단서를 열어 놓았으니, 그 시의 득실이 너무 가지런하지 않다.[31]

위의 자료문은, 서거정이 황보탁의 詩語_{시어}를 살펴보니 진사도의 시를 되밟아 따라서 그 의미가 진사도의 시적 의미에 미치지 못했다 는 것이다. 진사도의 시는 봄이 와서 버드나무가 궁중 어구를 비출 때, 宋_송나라 眞宗_{진종}은 賞自然_{상자연}하느라 후궁들에게 정을 주지 않아, 후궁들이 원망하는 기색을 보였다는 것이다. 그런데 황보탁의 시는 고려 毅宗_{의종}이 궁녀에 탐닉함을 그려, 궁녀들 간의 질투심마저 유발 시켰다는 것이다. 따라서 진사도의 시에는 여색을 경계하라는 뜻이 담겨 있지만, 황보탁의 시에는 궁녀들이 총애를 투기할 단서를 열어 놓았다는 것이다. 따라서 황보탁은 남의 작품을 모방했지만, 그 의미 는 퇴색되어, 도습의 평을 면할 수 없다는 것이다.

역대의 문인들은 누구나 문학 작품을 창작할 때, 새로운 의미를 드러내려고 했을 것이다. 그래서 前人들의 문학 작품을 모방하면서까 지 본받고자 했던 것이다. 그러나 새로운 의미는 언제나 드러낼 수 있는 것도 아닐 것이며, 경우에 따라서는 개인의 능력에 의해, 아니면 시적 흥취가 미치지 못해 도습에 머물 수도 있는 것이다. 이수광의 『芝峯類說_{지봉유설}』에도 점화하고자 했으나 도습에 머문 경우를 평한

---

31) 徐居正, 『東人詩話』卷上. "宋眞宗賦御溝柳詩, 示宰相兩省和進, 陳執中獻詩曰, '一度春來一度 新, 翠光長得照龍津. 君王自愛天然色, 恨殺昭陽學舞人.' 高麗毅宗遊上林, 賦芍藥詩, 賢良皇甫 倬和進云, '誰道花無主, 龍顔日賜親. 宮娥莫相妬, 誰似竟非眞.' 上嘉嘆, 遂補館職, 倬以是知名 於世. 予觀倬之詞語, 實襲陳詩, 而陳則隱然有艷色之戒, 倬則自啓宮娥妬寵之端, 其得失迥然不 侔矣."

곳이 있다.

　　정사룡의 시에 이르기를, '변방의 풀빛은 끝이 없고, 변방의 해는 지려하는데, 집 떠난 마음은 이러나저러나 괴롭기만 하구나. 요새 와서 눈물 참는 버릇 꽤 익숙해졌으나, 오늘 이 자리에는 자연히 금할 수 없구나.'라고 하였다. 대개 의산 李商隱이상은의 시에, '3년 동안 고향 생각하는 눈물을 억지로 참았으나, 다시 봄바람 맞이하면 아마도 금하지 못하리.'의 뜻을 인용하였으니, 이 시가 아름답지 않은 것은 아니지만, 슬쩍 보아도 당장 唐詩당시의 운치가 아님을 알 수 있으니, 옛 사람이 말하기를 '唐詩는 특별한 운치가 있다'고 한 것이 믿을 만하다.[32]

　　정사룡이 이상은의 시를 인용하여 고향에 대한 그리움을 노래하였지만, 이상은의 시에 미치지 못할 뿐만 아니라 唐詩의 낭만적이고 감성적인 운치가 없다고 하였다. 정사룡도 이상은의 시적 의미를 가져다 새로운 뜻을 부여하고자 하였지만, 후대의 비평가인 이수광은 그 운치가 이상은의 시에 미치지 못하다고 평한 것이다. 이상은의 시보다 감성이 무절제로 흘렀기 때문이다. 이런 것을 일러 점화하고자 하였으나 도습에 그친 경우인 것이다.

　　도습보다 지나칠 경우는 剽竊표절이라고 비난받았다. 金금나라 王若虛왕약허는 『滹南詩話호남시화』에서 "魯直노직(黃庭堅)이 시를 논한 데에 換骨奪胎환골탈태라는 것이 있어 點鐵成金점철성금에 비유하였으니, 세상 사람들이 名言명언이라고 생각하였으나 내가 살펴보기로는 다만 剽竊표절이

32) 李晬光, 『芝峯類說』 卷9 文章部2 「詩評」. "鄭士龍詩曰, 塞草茫茫塞日沉, 離家均惱去留心. 尚來
　　制淚吾差熟, 今日當筵自不禁. 蓋用義山詩, 三年己制思鄉淚, 更入東風恐不禁. 之意. 此詩, 非不
　　佳, 而乍看, 便知非唐矣, 古人謂唐有別調者, 信矣."

교활한 경우일 뿐이다.”33)라고 하였다. 이는 점화하고자 하였으나, 그 새로운 의미를 부여하지 못하고 남의 뜻을 훔친 경우를 두고 이른 말이다. 朱任生주임생이 편찬한 『詩論分類纂要시론분류찬요』에도 점화가 잘 못된 경우를 표절로 평한 곳이 있다. “古今의 사람들에게 때때로 詩句가 서로 같아지는 경우가 있다. 興흥에 따라서 우연히 前人의 시 한두 구절을 끌어들이는 것은 병통이 되지 않는다. 오직 한 聯련이나 한 首수를 통째로 사용하고 대략 몇 자를 바꾼다면, 이런 경우는 剽竊표절이 라는 비난을 면치 못한다.”34)라고 하여, 한 首에서 시어 몇 자를 대충 바꾸는 경우도 표절로 취급하였다.

임사문(林亨秀임형수)은 이르기를, “나는 일찍이 1연을 짓기를, ‘천하에 어찌 천리마가 없겠는가? 인간에 구방고(秦의 목공 때, 말[馬]의 相을 잘 보아, 천리마를 알아보던 사람)를 만나기가 어렵다.’ 하고, 『황산곡집』을 읽어 보니, 써 있기를, ‘세상에 어찌 천리마가 없겠는가? 사람 가운데서 구방고를 만나기가 어렵다.’라고 했으니, 산곡의 ‘世上세상’은 나의 ‘天下천하’ 만 못하고. 산곡의 ‘人中인중’은 나의 ‘人間인간’보다 낫게 되었다’라고 하였 다. 나는 생각하기를 산곡의 이 시구는 고금에 뛰어난 말로써 후세에 어찌 이를 대적할 만한 사람이 있겠는가? 아마도 임사문이 우연히 산곡의 시를 슬쩍 보아 넘기고 까맣게 잊은 다음, 생각이 떠올라 이렇게 짓고서 자기의 작품으로 생각한 것이 아닌가 한다. 그렇지 않고 자연으로 이렇게 합치게 되었다면 천 년 뒤에 산곡의 시와 자웅을 겨룰 만하다고 할 수 있다.35)

---

33) 王若虛, 『滹南詩話』 卷三. “魯直論詩, 有奪胎換骨, 點鐵成金之喩, 世以爲名言, 以予觀之, 特剽 竊之點耳.”

34) 朱任生 編著, 『詩論分類纂要』 「造句」, 臺灣商務印書館, 中華民國 60, 267쪽. “古今人往往有詩 句相同者, 興之所至, 偶拉以前人詩一二句, 不足爲病. 惟全用一聯一首, 略換數字, 此則不免剽 竊之誚.”

위의 자료문은 임사문이 황정견의 시를 표절한 것이라고 권응인이 혹평한 것이다. 시의 내용은 세상에는 천리마 같은 인재는 존재하는데, 그 천리마를 알아보는 구방고 같은 사람이 없다는 것이다. 그런데 임사문이 자신의 시를 지은 후 산곡의 시집을 보았는데, 그곳에 자신이 지은 시 구절과 의미가 유사한 구절이 있었다는 것이다. 그러면서 평하기를 산곡이 시 구절에서 사용한 '世上'은 자신이 사용한 '天下천하'만 못하고, 반대로 산곡이 쓴 '人中'은 자신이 쓴 '人間인간'보다 낫다고 자평하였다. 결론적으로 우연히 같아진 偶同우동으로 몰아갔다. 그런데 후대의 비평가인 권응인은 절대로 우동일 수 없을 뿐 아니라, 임사문이 예전에 산곡의 시를 슬쩍 본 후 그 사실을 잊고 있다가 자기의 작품에 인용하였다는 것이다. 그리고 정말 임사문이 독창적으로 지었다면, 천 년 뒤 황정견과 자웅을 겨룰 수 있어야 한다고 하였다. 따라서 권응인은 표절이지 우동은 아니라고 하였다. 앞에서 주임생이 평한 것처럼, 대략 몇 자만 바꾼 예인 것이다. 北宋북송 때 山谷 黃庭堅황정견 (1045~1105)도 唐당나라 韓愈한유(768~824)의 「雜說잡설」의 내용을 모방하여 시를 지은 것이다.

　살펴본 바와 같이 고인의 말과 體체에 후대 문인들이 뜻을 더하여 新意신의를 부여한 점화와 점화하고자 하였으나 도습에 그친 경우, 심하게는 후대의 비평가로부터 표절로 비난받는 작품의 예도 있었다. 한편으로는 시작의 수련 과정에 익힌 내용들이 우연히 합치된 경우도 있을 수 있다고 하였다. 이처럼 前人들은 유한할 수 있는 문인들의

---

35) 權應仁, 『松溪漫錄』第五十六. "林斯文云, 余曾得一聯曰, 天下豈無千里馬, 人間難得九方皐. 披之山谷集有云, 世上豈無千里馬, 人中難得九方皐. 彼之世上, 劣於吾之天下, 彼之人中, 優於吾之人間矣, 以馬料之, 山谷此語, 冠絶古今, 後豈有敵此者乎. 得無偶一闖眼, 認爲己有者乎. 不然而暗合則可與山谷詩, 頡頑於千載之下矣."

사고 확장을 위해 前人들의 문학 작품을 자기화하여, 새로운 의미를 부여하는 방법을 통해 표절이라는 굴레를 벗어나고자 했을 뿐만 아니라, 사고와 뜻의 확장이라는 의미까지 획득하고자 하였다. 따라서 전인들의 점화론을 통해 지금의 우리들이 알 수 있는 바는 남의 작품을 무비판적이고 무조건적으로 수용할 것이 아니라, 자기화하는 내면의 성숙 과정 곧 전인의 훌륭한 글을 익숙하게 읽은 후 자기 작품에 인용하는 과정을 거쳐야 한다는 것이다. 그럴 경우 새로운 의미를 드러낼 수 있어서 도습이라는 평도 받지 않을 뿐 아니라 표절의 시비에서도 벗어 날 수 있기 때문이다.

3. 모방을 통한 신의

唐당나라 李白이백은 「子夜吳歌자야오가」의 春歌춘가에서 악부시 「陌上桑맥상상」을, 秋歌추가에서는 당시 유행하던 민요를 모방하여 새로운 의미를 부여하였으며, 高麗時代고려시대 金富軾김부식은 陶淵明도연명의 자서전격인 「五柳先生傳오류선생전」을 모방하여 『三國史記삼국사기』의 「百結先生백결선생」을 지어 새로운 내용으로 승화시켰다. 이처럼 이백과 김부식은 點化점화의 작법을 통해 유한할 수 있는 사고를 다양하게 펼쳐나갈 수 있었다. 따라서 유한할 수 있는 사고를 다양하게 펼칠 수 있는 점화의 구체적 실례를 살피면서 표절의 극복 방안도 생각해 보고자 한다.

1) 屈原의 「漁父辭」를 模倣한 경우

전국시대 楚초나라 屈原굴원(B.C.343~B.C.277)은 「漁父辭어보사」를 지어

'어떻게 살 것인가?' 하는 삶의 문제를 노래함으로써 꿋꿋한 선비정신의 일면을 보여주었다. 그리고 宋송나라 蘇東坡소동파(1036~1101)는 「前赤壁賦전적벽부」를 지어 生死의 문제를 초월한 호방한 기상을 보여주었다. 이 두 작품은 동양 역대 최고의 문학적 경지를 보여주는 작품이다. 이런 동양 최고의 문학을 典範전범으로 삼는 것은 당연한 귀결이다.

屈原굴원이 말하기를, "나는 들으니, '새로 머리감은 사람은 반드시 갓의 먼지를 털고, 새로 몃 감은 사람은 반드시 옷의 먼지를 턴다.'고 합니다. 어찌 능히 내 몸의 밝고 밝음으로써(맑고 밝은 내 몸으로써) 物(外物, 부귀영화)의 때 끼고 더러운 것을 받아들일 수 있겠습니까? 차라리 湘江의 흐르는 물에 내달려 가서 강 물고기의 뱃속에 (내 몸을) 묻을지언정, 어찌 능히 희고 흰 깨끗한 몸으로써 세속의 티끌과 먼지를 무릅쓸(뒤집어쓸) 수 있단 말입니까?"라고 하였다. 漁父어보가 빙그레 웃고는 뱃전을 두드리고 가면서 마침내 노래하여 이르기를, "滄浪의 물이 맑거든 가히 내 갓끈을 씻고, 창랑의 물이 흐리거든 가히 내 발을 씻으리로다."라고 하고는, 마침내 떠나가면서 다시는 더불어 말을 하지 않았다.[36]

굴원의 「어보사」는 청렴결백한 삶을 구현하고자 하는 굴원이 세상과 타협하여 살아가는 漁父어보와 문답식으로 된 글이다. 한편으로 어보는 굴원의 생각을 뚜렷하게 나타내기 위해서 내세운 허구적인 인물일 수 있다. 송나라 소동파는 당쟁의 결과 황주로 유배간 후「前赤壁賦전적벽부」를 창작했는데, 그 體체는 전국시대 초나라 굴원의 「어보사」

---

36) 屈原, 「漁父辭」. "屈原曰, 吾聞之, 新沐者, 必彈冠, 新浴者, 必振衣, 安能以身之察察, 受物之汶汶者乎. 寧赴湘流, 葬於江魚之腹中, 安能以皓皓之白, 而蒙世俗之塵埃乎. 漁父, 莞爾而笑, 鼓枻而去, 乃歌曰, 滄浪之水淸兮, 可以濯吾纓, 滄浪之水濁兮, 可以濯吾足, 遂去不復與言."

의 체를 본뜬 작품이다. 비록 내용적 의미는 지조의 문제와 생사 초월의 문제로 차원이 다르기는 하지만, 그 體는 두 사람의 대화체로 이루어져 주제를 형상화했다는 점에서 유사하다. 고려시대 이규보도 「鏡說경설」에서 앞의 두 작품의 體를 모방하여 주제를 펼쳤다. 그러나 내용적인 면은 두 작품처럼 인생의 문제를 다루지는 못했다. 「경설」은 무신정권 하에서 살아남기 위한 처세론의 일부를 보여주었기 때문이다. 못생긴 사람들이 판을 치는 세상에 공연히 바른 소리를 하다가는 못생긴 사람들이 자기의 흉물을 비추는 맑은 거울을 깨뜨리듯, 자신의 신변도 위험할 수 있다는 것이다. 그래서 잘 생긴 사람들이 많아졌을 때 흐린 거울을 닦아도 되듯이, 세상이 맑아진 뒤에 바른 소리를 하겠다는 뜻을 보인 작품이다. 이규보가 「답전이지논문서」에서 古人의 體를 잘 본받을 수 있게 숙독한 후 점화의 대상으로 삼아야 한다고 하였지만, 「경설」은 고인의 체를 잘 본받은 작품 같지 않다. 따라서 「경설」은 격조 높은 지조를 지키고자 하는 삶의 태도와 누구나 두려워하는 생사의 문제를 다룬 「어보사」와 「전적벽부」의 주제보다 후퇴한 작품으로, 후대의 독자나 비평가들은 도습으로 혹평할 수 있다. 고인의 말과 체를 다시 발전적으로 변화시키지 못했기 때문이다.

그리고 조선시대 陽村양촌 權近권근은 「舟翁說주옹설」을 지어 인간사의 문제를 바라보았다. 여기서도 글의 형식은 「어보사」가 취한 두 사람의 대화체이다. 「주옹설」의 客은 상식과 통념에 사로잡힌 인물이고, 舟翁주옹은 새로운 관점으로 사물의 이치를 통달한 사람으로 형상화되었다. 두 사람의 대화를 통해 험난한 세상을 어떻게 살아가야 하는가에 대한 처세의 방법을 제시하였다. 客이 먼저 주옹에게 묻기를, '왜 일부러 위험한 곳에 거처하는가?'라고 하니, 주옹이 '사람의 마음은 일정하지 않아서 늘 경계하고 조심해야 하고, 인간세상과 사람의 마음은 변하기 쉽기 때문에 자기중심을 잡고 살아야 한다.'고 대답한다. 그리고 마지막으로 '인간 세상이 풍랑이 치는 배 위보다 더 위험하다.' 고 말한다.

　또 '무릇 인간 세상이란 하나의 거대한 물결이요, 인심이란 하나의 거대한 바람이다. 그런데 내 일신의 나약한 몸으로 아득히 그 가운데 빠져 표류하는 것이 마치 한 잎 조각배가 만 리의 아득한 창파 위에 떠 있는 것과 같은 것이다. 대개 내가 배에서 살고 있으면서 한 세상 사람을 보니, 그 편한 것을 믿고 그 환란을 생각하지 않으며, 그 하고자 하는 바를 마음껏 하고서 그 종말을 생각하지 않다가 서로 빠지고 엎어지는 자가 많다. 객은 어찌 이를 두려워하지 않고 도리어 나를 위태하다 하는가?' 하고 주옹은 뱃전을 두들기며 노래하기를, '아득한 강바다 유유한데, 빈 배를 물 한가운데 띄웠도다. 밝은 달 싣고 홀로 가니, 또 한가로이 한해를 마치리로다.' 하고는 객과 작별하고 떠나 다시 더불어 말하지 않았다.[37]

　客객은 「어보사」의 어보처럼 작가가 자신의 생각을 분명하게 드러내기 위해 내세운 허구적 대리인일 수 있다. 객이 왜 위험한 배 위에 사느냐고 물으니, 주옹은 위태로운 지경에서 살면 더욱 주의하게 되므로 보다 안전한 삶을 누릴 수 있다는 대답을 한다. 그러면서 주옹은 마지막 노래를 통해 평생 동안 거센 강과 바다 위에 빈 배를 띄워 배의 균형을 잡는 것처럼 조심하면서 한가롭게 살겠다고 하였다. 굴

---

37) 權近, 『東文選』 卷98 「舟翁說」. "且夫人世, 一巨浸也. 人心, 一大風也. 而吾 一身之微, 渺然漂溺於其中, 猶一葉之扁舟, 泛萬里之空濛. 盖自吾之居于舟也, 秖見一世之人, 恃其安而不思其患, 肆其欲而不圖其終, 以至胥淪 而覆沒者多矣. 客何不是之爲懼, 而反以危吾也耶, 翁扣舷而歌之日, 渺江海兮悠悠, 泛虛舟兮中流. 載明月兮獨往, 聊卒歲以優游. 謝客而去, 不復與言."

원의 「어보사」는 마지막에 어보가 창랑가를 부르면서, 세상이 흐리면 흐린 대로 살고 맑으면 맑은 대로 살겠다고 하여, 마치 세류에 영합하는 자세를 보이는 것으로 마무리되었다. 그런데 권근의 「주옹설」은 글의 주체인 주옹이 편안한 곳에 처하여 위험한 삶을 살기보다는 위험한 곳에 처하면서 늘 경계하는 삶을 살겠다는 뜻을 보이면서 마무리되었다. 따라서 「주옹설」은 「어보사」의 체를 취하기는 했지만 그 마무리와 주제가 다르고 새로운 뜻으로 마무리 되었다.

조선 후기 茶山다산 丁若鏞정약용(1762~1836)도 굴원의 「어보사」를 모방[38]하여 지은 「烏鰂魚行오즉어행」이 있다. 오징어 한 마리가 물가에 노닐다가 희기가 눈결 같은 백로와 부딪치자 하는 말이, '백로 자네는 늘 고고하게 서 있어 언제나 배를 주리게 되지 그러니 나처럼 적당히 검게 하여 남을 속이면서 편안하게 살아보자'라고 제안한다. 그에 백로가 대답하기를,

자네 말도 일리가 없지 않으나.	汝言亦有理,
하늘이 나에게 결백함을 내리셨고,	天旣賦予以潔白,
스스로 살펴봐도 더러운 곳 없으니.	予亦自視無塵滓.
내 어찌 조그마한 이 배를 채우려고,	豈爲充玆一寸嗉,
모양까지 바꾸면서 그같이 하겠는가?	變易形貌乃如是.
고기 오면 잡아먹고 달아나면 좇지 않고,	魚來則食去不追,
꼿꼿이 서 있다가 天命을 기다릴 뿐.	我惟直立天命俟.[39]

38) 윤인현, 「茶山의 儒家 문학관과 詩文學」, 『漢文學 硏究』, 지성인, 2015, 313쪽.
39) 丁若鏞, 『茶山詩文集』 卷4 「烏鰂魚行」.

이라고 하여, 굶주리더라도 남을 속이면서까지 해서 배를 채우지는 않겠다는 타고난 깨끗한 본성을 내보였다. 이에, "오징어 화를 내며 먹물을 뿜으면서 '어리석다 백로여, 굶어죽어 마땅하리'."[40]라고 화를 내는 장면으로 마무리된다. 굴원의 「어보사」를 연상시키기에는 어려움이 없다. 마치 굴원이 바른 말하다가 상강 가 멱라수로 추방된 후 조국 초나라가 위태로움에 빠지자 충절가 「어보사」를 지은 것처럼, 노론 벽파의 견제 속에 장기로 유배 온 茶山도 시를 지어 세류에 영합하지 않고 타고난 天命대로 꿋꿋하게 자신의 삶을 살겠다고 다짐하였다.

'어보'와 '오징어'는 모두 '鄕原향원'에 해당하는 인물이다. '향원'은 『論語』「陽貨양화」篇에 "鄕原향원은 德之賊也덕지적야라"라는 구절에 나오는 사람이다. 곧 이래도 좋고 저래도 좋은 인물이다. 물에 물 탄 듯 술에 술 탄 듯한 속물로, 세류에 영합하여 자신의 이익만 추구하고 사회의 문제에는 관심을 두지 않는 기회주의자의 속성을 지녔다. 마치 우리 주변의 소시민적 삶을 사는 '법 없이도 살 사람'으로 평을 들을 법한 부류일 수도 있다. 이들은 개인의 부귀영화에 관심이 있지 우리 사회의 근원적인 문제에는 관심이 없기 때문이다. 그러나 굴원과 백로는 개인의 영달보다는 그들이 살고 있는 사회적 공간과 타고난 깨끗한 본성을 더 중시하는 인물들이다. 사회적 가치를 위해서는 개인의 부귀영달도 버릴 수 있다는 것이다.

한편으로 추방된 굴원과 처지가 비슷한 茶山다산이 그의 청렴결백한 심정을 백로에 비유하여 깨끗한 삶을 살겠다고 다짐한 부분에 대해서는, 新意신의를 부여한 것이다. 따라서 이 「오즉어행」도 점화된 작품으

---

40) 丁若鏞, 『茶山詩文集』 卷4 「烏鰂舍墨嘆且嗔」. "愚哉汝鷺當餓死."

로 靑出於藍청출어람이라 할 만하다.

2) 點鐵成金으로서의 點化

梁慶遇양경우의 『霽湖詩話제호시화』에는 "옛날 사람의 글귀를 송두리째
가져다가 두어 글자만을 고쳐서 한 때에 사람들을 놀래려 했으나,
그것은 공공연히 가져온 것뿐이 아니고, 남의 무덤을 파헤치고 古器고
기를 꺼내는 솜씨(發塚手, 발총수)이다."41)라고 한, 비평문이 있다. 이는
남의 작품을 인용하여 新意신의를 드러내고자 하였으나, 오히려 남의
무덤을 파헤쳐 옛날 기물을 송두리째 파내어 훔친 꼴이라는 것이다.
다시 말하자면, '發塚手발총수'는 蹈襲도습은 물론이거니와 剽竊표절로까지
비난받을 수 있는 평이다. 따라서 '발총수'는 前述전술한 '點金成鐵점금성
철'과 같은 의미의 평어류이다. 이와는 반대로, 점화가 잘 된 경우의
평어류는 '點鐵成金점철성금'이다. 朱任生주임생이 編著편저한 『詩論分類纂
要시론분류찬요』에 "시구는 한 글자로써 공교로움을 이루어내서 자연스레
빼어나고 특이하며 평범하지 않으니, 마치 靈丹영단 한 톨이 철을 점찍
어 금을 이루어내는 것과 같은 것이다(點鐵成金)."42)라고 하였다. 점화
가 잘 된 경우의 시론이다. 이처럼 우리의 고전문학 작품 중에 '점철성
금'이라 할 몇 작품을 살펴보고자 한다. 고전에서의 운문과 산문의
개념은 지금 서구식 장르 개념과는 차이가 있다. 동양의 전통적인
문학관에는 운문이면서 산문적 요소도 있고, 산문이면서 운문적 요소

---

41) 梁慶遇, 『霽湖詩話』第十二. "全謄古句, 略加數字, 要以一時驚人, 而非止公取, 竊取, 蓋發塚手
也."
42) 朱任生 編著, 『詩論分類纂要』「鍊字」, 臺灣商務印書館, 中華民國 60, 279쪽. "詩句以一字爲工,
自然穎異不凡, 如靈丹一粒, 點鐵成金也."

가 50% 내지 70%의 특징이 있는 장르도 있다. 이런 점을 감안하고 작품을 대하면 좋을 것이다.

조선시대 宋純송순(1493~1583)이 지은 「俛仰亭歌부앙정가, 면앙정가」에 점철성금된 곳이 있다. 「부앙정가(면앙정가)」는 송순이 낙향한 후 俛仰亭부앙정(면앙정)을 짓고 江湖歌道강호가도를 노래한 것이다. 그 가사의 첫 부분은 제월봉의 위치와 형세 그리고 부앙정(면앙정)의 모습을 묘사한 것인데, 이는 宋나라 歐陽脩구양수(1007~1072)가 지은 「醉翁亭記취옹정기」의 뜻을 발전적으로 변화시킨 것이다.

저주를 둘러싸고 있는 것은 온통 산이다. 그 서남쪽의 여러 산봉우리에는 숲과 골짜기가 더욱 아름다운데, 바라볼 때 초목이 우거지고 깊고 높게 솟은 산이 바로 낭야산이다. 산으로 6~7리쯤 들어가면 차츰 물소리가 졸졸 들리는데 산의 양쪽 봉우리에서 흘러나오는 소리이다. 이것이 양천이라는 샘물이다. 산봉우리를 돌아 산길을 따라 오르면 정자가 우뚝이 새 날개를 펼친 듯 양천가에 서 있는데, 이것이 취옹정이다.[43)]

위의 자료문은 「취옹정기」 첫 부분이다. 취옹정이 위치한 곳은 낭야산이고, 그 낭야산으로 2~3km 들어가면 양천의 샘물이 있고 산길을 따라 조금 오르면 취옹정이 있다고 소개한 부분이다.

그러면 「俛仰亭歌부앙정가」의 첫 부분도 살펴보자.

---

43) 歐陽脩, 「醉翁亭記」. "環滁皆山也. 其西南諸峰, 林壑尤美, 望之蔚然而深秀者, 瑯琊也. 山行六七里, 漸聞水聲潺潺, 而瀉出于兩峰之間者, 釀泉也. 峰回路轉, 有亭翼然, 臨于泉上者, 醉翁亭也."

▲ 중국 안휘성 저주 낭야산에 위치한 취옹정 앞 양천과 취옹정의 모습이다.

無等山 흔 활기 뫼히 동다히로 버더이셔, 멀리 쎄쳐 와 霽月峯이 되어거늘. 無邊大野의 므슴 짐쟉 ᄒ노라, 일곱 구비 ᄒ디 움쳐 믄득믄득 버러ᄂᆞᆫ둣. 가온대 구비ᄂᆞᆫ 굼긔든 늘근뇽이, 선ᄌᆞᆷ을 ᄀᆞᆺ씨야 머리ᄅᆞᆯ 안쳐시니. 너ᄅᆞᆸ바회 우희 松竹을 헤혀고, 亭子ᄅᆞᆯ 안쳐시니 구름 탄 쳥학이, 千里를 가리라 두 나릭 버럿ᄂᆞᆫ둣.[44]

위의 「부앙정가(면앙정가)」는 무등산 한 줄기가 동쪽으로 뻗어 있어 멀리 떨치고 와 제월봉이 되었다는 것이다. 그러면서 그 제일 높은 봉우리는 마치 용이 선잠을 깬 듯 머리를 쳐들고 있는 모습이다. 그리고 부앙정(면앙정)의 모습은 구름 탄 청학이 천 리를 갈 기세로 두 날개를 벌리고 있다. 구양수의 「취옹정기」에 묘사된 취옹정은 낭야산 골짜기 산길에 새의 날개처럼 펼쳐진 정자가 양천 가에 서 있다. 宋나라 황정견이 환골탈태라고 한 것처럼, 송순은 구양수의 「취옹정기」의 뜻을 본받았지만, 그 뜻을 본받았는지 보는 사람들이 모를 정도로 그 제월봉의 위치와 형세, 부앙정(면앙정)의 모습은 더욱 생동감 있다.

그리고 부앙정(면앙정) 앞의 시냇물 묘사는 「취옹정기」의 양천 소개보다 훨씬 구체적이다. "玉泉山 龍泉山 ᄂᆞ린 믈히 亭子 압 너븐 들히 兀兀히 펴진 드시 넙거든 기노라 프로거든 희지마니 雙龍이 뒤트ᄂᆞᆫ 둣 긴 깁을 치폇ᄂᆞᆫ 둣 어드러로 가노라 므슴 일 빗얏바 닷ᄂᆞᆫ 둣 ᄯᅩ로ᄂᆞᆫ 둣 밤낫즈로 흐르ᄂᆞᆫ 둣"하다고 하여, 「취옹정기」에서 물소리만 소개한 양천보다 역동적이다. 시냇물이 넓으면서도 길게 뻗쳐 있는 듯하고 푸르면서도 흰 듯하여, 마치 옥천산과 용천산에서 흘려 내리는 물이 두 마리 용이 몸을 뒤트는 듯 밤낮으로 흘러내리는 모습을, 열거

---

44) 宋純, 「俛仰亭歌」.

와 대구, 대조의 기법을 통해 대상을 실감나게 묘사하였다. 참으로 '호백구'를 훔쳐낸 솜씨로 鐵철을 점찍어 金금으로 化화한 모습이라 할 만하다. 「취옹정기」는 취옹정이라는 정자에 그 표현이 집중되었다면, 그를 모방한 「부앙정가(면앙정가)」는 주변 묘사로 생동감이 드러난다.

點化점화가 잘 된 작품으로 松江송강 鄭澈정철의 「전후미인곡」을 들 수 있다. 이 작품은 전국시대 중국 남쪽 지방의 노래를 대표하는 「楚辭초사」를 모방하였지만, 뜻이 발전적으로 수용되었다. 송강은 「초사」 중 특히 「思美人사미인」과 「離騷이소」·「抽思추사」 등을 환골탈태의 대상으로 삼았다. 송강의 「전후미인곡」은 굴원의 「사미인」의 정서적 측면을 주제로 삼은 점이 유사하다. 임의 곁을 떠났지만 영원히 임을 그리워한다는 戀君之情연군지정이 동일하기 때문이다. 하지만 부정한 현실에 직언을 하고 떠난 굴원에 비해, 송강은 유교적 관점에서 임이 자신을 다시 찾아주기를 바라고 있다는 점에서 두 사람의 차이점이 드러났다.

송강은 50세 되던 해(1585)에 사간원과 사헌부의 논척을 받아 창평에 낙향해 있던 52~53세 때에 戀君연군으로 「사미인곡」과 속편인 「속미인곡」을 지었다. 「사미인곡」의 "鴛鴦錦 버혀 노코 五色線 플텨내여, 금자히 견화이셔 님의 옷 지어내니, 手品은ᄏ니와 制度도 ᄀ줄시고. 珊瑚樹 지게 우희 白玉函의 다마 두고, 님의게 보내오려 님 겨신 ᄃᆡ ᄇᆞ라보니, 山인가 구롬인가 머흐도 머흘시고."는 屈原굴원의 「이소」 "마름과 연꽃을 재단하여 옷을 지음이여. 부용꽃을 모아다가 치마를 만들도다. 세상이 나를 알아주지 않으니 그 또한 그만둠이여. 진실로 내 뜻은 참되고 꽃답도다."[45)를 點化점화한 것이다.[46) 「이소」의 굴원은

---

45) 屈原, 「離騷」. "製芰荷以爲衣兮, 集芙蓉以爲裳. 不吾知其亦已兮, 苟余情其信芳."

46) 盧建煥, 「松江歌辭에 나타난 用事의 特性 硏究」, 동국대학교 석사논문, 1995, 44쪽. 노건환은 點化된 것을 用事라고 하였다.

마름과 연꽃을 말려서 저고리를 만들고 부용꽃을 모아다가 치마를 만들어 임이야 알아주든 말든 그 옷을 임에게 바치고 싶다는 뜻을 보였다. 한 걸음 더 나아간 송강은 자신이 만든 옷을 보내고자 하나, 그 옷을 임이 반겨줄 것 같지 않아 조바심이 난다.

뿐만 아니라 굴원의 「사미인」을 모방한 곳도 있다. 「사미인곡」의 "陽春을 부쳐내여 님 겨신 딕 쏘이고져. 茅簷 비췬 힌를 玉樓의 올리고져. 紅裳을 니믜츠고 翠袖를 半만 거더 日暮 脩竹의 혬가림도 하도할샤."는, 「사미인」의 "아침부터 마음을 풀어서 전하려 해도 뜻은 침울하고 닿을 길이 없구나. 뜬 구름에게 말을 부치고자 해도 雷聲뇌성을 만나 가질 못하는구나. 돌아가는 새에게 말을 전하려 해도 아! 빠르게 높이 날아 감당하기 어렵구나."[47)]를 본뜬 것이다. 임을 미인에 비유한 것은 두 작품 모두 동일하다. 그러면서 연군지정을 드러내고픈 심정도 유사하다. 하지만 그 구체적 표현은 차이점이 있다. 「사미인」은 자기 마음을 '뜬 구름'과 '집으로 돌아가는 새'에게 전하고자 하지만 구름은 우레 소리에 막히고, 새는 빠르게 높이 날아 감당하기 어렵다고 하였다. 그러나 「사미인곡」은 내가 사는 남쪽도 겨울 추위가 와서 몹시 추운데 임이 계시는 옥루고처는 말할 것도 없이 추울 것이라고 하였다. 그래서 초가집 처마에 비친 햇살을 임에게 보내드리고 싶다고도 하였다. 그 시적 표현이 굴원보다 더 섬세하고 간절하다.

「속미인곡」은 대체로 굴원의 「추사」의 내용을 모방하였다. 「속미인곡」은 두 사람의 대화를 통해 자신의 억울함을 호소하는 내용이다. 「추사」도 자신의 충정을 군주가 알아주지 못하는 현실에 대한 불만과

---

47) 屈原, 「思美人」. "申旦以舒中情兮, 志沈菀而莫達. 願寄言於浮雲兮, 遇豊隆而不將. 因歸鳥而致辭兮, 羌迅高而難當."

답답함을 하소연한 작품이다. 「추사」는 중매인을 통해 임과 소통하고자 한다. 「속미인곡」에서도 「추사」의 중매인처럼 작중 화자의 속마음을 한껏 풀어내는 甲女가 등장한다. 갑녀는 보조적 인물로 '어째서 천상의 임을 이별하고 해 다 저문 날에 누구를 보려고 가느냐?'고 묻고 있다. 이에 乙女가 "어와 네여이고 내 스셜 드러 보오. 내 얼굴이 거동이 님 괴얌즉 흔가마는 엇딘디 날 보시고 네로다 녀기실시 나도 님을 미더 군쁘디 전혀 업서 이릭야 교틱야 어즈러이 구돗썬디 반기시는 낫비치 녜와 엇디 다른신고. 누어 싱각ㅎ고 니러 안자 혜여ㅎ니 내 몸의 지은 죄 뫼フ티 싸혀시니 하늘히라 원망ㅎ며 사름이라 허믈ㅎ랴. 셜워 플뎌 혜니 造物의 타시로다."로 자책한다.

이는 「추사」의 "나의 보잘것없는 마음을 노래로 풀어 올려서 저 미인께 남기고 싶구나. 옛날 군주께서 나와 언약하셨지 '황혼으로 기약하자'라고. 아, 도중에 배반하셨는가? 도리어 여기에 딴 뜻을 두셨구나. 나를 아름답고 좋은 것으로 사랑하셨는데 나를 지나치다고 보셨는가? 나와의 언약은 지키지 않으시고 어찌 나 때문에 화를 내시는가? 한가한 틈을 타서 스스로 살피려니 마음이 울렁거려서 감히 할 수 없도다. 슬픔 가라앉으면 참된 말 하고 싶지만 마음이 너무 슬프기만 하구나."[48]의 내용을, 본뜬 경우이다. 「추사」는 자신의 슬픈 마음을 저 미인에게 하소연한 내용이다. '옛 임이 나에게 맹세하기를 늙을 때까지 헤어지지 말자고 해 놓고 도중에 배신을 하여, 나를 아름답다고 하실 때는 언제고 이제는 화까지 내시니 마음이 너무 아프다.'라고 하였다. 이를 송강은 두 사람의 대화체로 풀어, 임이 나를 사랑해 주시

---

48) 屈原, 「抽思」. "結微情以陳詞兮, 矯以遺夫美人. 昔君與我誠言兮, 曰黃昏以爲期. 羌中道而回畔兮, 反旣有此他志. 憍吾以其美好兮, 覽余以其脩姱. 與余言而不信兮, 蓋爲余而造怒. 願承閒而自察兮, 心震悼而不敢. 悲夷猶而冀進兮, 心怛傷之憺憺."

기에 의심 없이 아양도 떨고 애교도 부리며 지나치게 굴었더니, 어찌 반기는 얼굴빛이 예전과 다르신가? 스스로 뉘우쳐 보니 임에게 잘못한 죄가 산같이 쌓였으니 하늘을 원망하고 누구를 탓하랴? 모든 것이 조물주의 탓이로다. 이처럼 자책과 체념을 통해 변함없이 임을 그리워하고 있다. 따라서 송강은 원망조의「추사」내용보다, 임의 탓이 아닌 운명론으로 돌리면서 그 뜻마저 새롭게 하였다. 그래서 換骨奪胎환골탈태 곧 點化점화라고 할 수 있다.

燕巖연암 朴趾源박지원(1737~1805)의「一夜九渡河記일야구도하기」에도 歐陽脩구양수(1007~1072)의「秋聲賦추성부」를 모방한 부분이 있다.「일야구도하기」는 1780년 연암 44세 때, 청나라를 여행하고 지은 책『열하일기』에 실려 있는 글이다.「추성부」는 송나라 구양수가 52세 때 지은 작품으로, 가을밤에 책을 읽다가 처량한 가을 소리를 듣고 일어나는 감흥을 동자와의 대화 형식으로 쓴 賦부이다. 가을바람의 쓸쓸함과 만물이 조락하는 경치를 보고 자연 현상의 변화하는 모습과 인간 생활을 연관시켜 인생의 덧없음을 탄식한 작품이다.

歐陽子구양자(작가 자신)가 바야흐로 밤중에 책을 읽고 있다가, 西南쪽으로부터 들려오는 소리를 듣고 오싹해져서 귀 기울이며 말하기를, '이상하구나. 처음에는 바스락바스락 낙엽지고 쓸쓸한 바람 부는 소리더니, 갑자기 물이 거세게 일어 부딪혀 올라 마치 바다의 물결이 밤중에 놀라 폭풍우로 쏟아지는 듯하다가, 그 물결이 무슨 물건에 부딪히는지 텅텅, 쩔그렁쩔그렁 쇠붙이들이 한꺼번에 울리는 소리가 났다. 혹은 마치 적지에 다다른 군마가 입에 재갈을 물고 질주하는 듯 호령 소리는 들리지 않고 사람과 말이 내달리는 소리만 들리는 것 같았다'라고 하였다. 내가 동자에게 '이게 무슨 소리냐? 네 좀 나가 보아라'라고 물었더니, 동자가 '별과 달이 밝게 빛나고 하늘엔 은하수가 걸려 있으며 사방에는 인적이 없으니 그 소리는 나무 사이에서 나고 있습니다.'라고 대답하였다.[49]

구양자가 밤중에 책을 읽다가 서남쪽에서 나는 이상한 소리에 귀를 기울이다가, 들을수록 이상해서 두려운 생각까지 들게 되었다. 처음에는 낙엽지고 쓸쓸히 바람 부는 소리더니 갑자기 물결이 거세게 일어나는 듯하다가 무엇에 부딪치는지 쇠붙이들이 한꺼번에 울리고 또 사람과 군마가 질주하는 듯한 소리가 들렸다. 그래서 동자에게 나가 밖의 상황을 알아보라고 하니, '오직 하늘에는 별만 빛날 뿐이고 삶의 인기척이라고는 없으며 그 소리는 오직 나무 사이에서 나는 소리입니다.'라고 알려주었다. 동자가 알려 준 소리는 두려움의 대상이 아니라 가을의 소리로 쇠락의 의미임을 깨닫게 되었다는 것이다.

이에 비해 박지원의 「일야구도하기」는 강물 소리를 통하여 인간의 감각기관과 마음과의 상관 관계를 설명한 글로써, 보고 듣는 것에 얽매이지 않는 인생이 되도록 늘 경계하며 살아야 함을 강조한 것이다. 강물 소리를 묘사한 부분을 살펴보자.

혹은 말하기를, '여기는 옛 전쟁터이므로 강물이 저같이 우는 거야' 하지만 이는 그런 것이 아니니, 강물 소리는 듣기 여하에 달렸을 것이다. 산중의 내집 문 앞에는 큰 시내가 있어 매양 여름철이 되어 큰비가 한 번 지나가면, 시냇물이 갑자기 불어서 항상 수레 소리, 말 달리는 소리, 대포소리, 북소리

---

49) 歐陽修, 「秋聲賦」. "歐陽子, 方夜讀書, 聞有聲自西南來者, 悚然而聽之, 曰異哉. 初淅瀝以蕭颯, 忽奔騰而澎湃, 如波濤夜驚, 風雨驟至, 其觸於物也, 鏦鏦錚錚, 金鐵皆鳴, 又如赴敵之兵, 銜枚疾走, 不聞號令, 但聞人馬之行聲. 予謂童子, 此何聲也. 汝出視之, 童子曰 星月皎潔, 明河在天, 四無人聲, 聲在樹間."

를 듣게 되어 마침내는 아주 귀에 탈이 생길 지경이었다. 내가 일찍이 문을 닫고 누워서 소리 종류를 비유해 보니, 깊은 소나무가 퉁소 소리를 내는 것은 듣는 이가 청아한 탓이요, 산이 찢어지고 언덕이 무너지는 듯한 것은 듣는 이가 분노한 탓이요, 뭇 개구리가 다투어 우는 듯한 것은 듣는 이가 교만한 탓이요, 대피리가 수없이 우는 듯한 것은 듣는 이가 노한 탓이요, 천둥과 우레가 급한 듯한 것은 듣는 이가 놀란 탓이요, 찻물이 끓는 듯이 文武가 겸한 듯한 것은 듣는 이가 취미로운 탓이요, 거문고가 宮과 羽에 맞는 듯한 것은 듣는 이가 슬픈 탓이요, 종이창에 바람이 우는 듯한 것은 듣는 이가 의심나는 탓이니, 모두 바르게 듣지 못하고 특히 흉중에 품은 뜻을 가지고 귀에 들리는 대로 소리를 만든 것이다.[50]

구양수의 가을 밤바람 소리처럼, 물소리도 듣는 사람의 생각에 따라 다르게 들릴 수 있다는 것이다. 그러면서 "소리와 빛은 外物(외물)이니 외물이 항상 耳目(이목)에 累(누)가 되어 사람으로 하여금 똑바로 보고 듣는 것을 잃게 하는 것이 이 같거늘, 하물며 인생이 세상을 건너는데 그 험하고 위태로운 것이 강물보다 심하고, 보고 듣는 것이 문득 병이 되는 것임에 있어서랴."[51]라고 하여, 강물을 건너는 것에 그치지 않고 우리 인생을 살아가면서 어디에 주안점을 두어야 할지를 설파하였다. 비록 연암은 구양수의 낙엽 지는 소리 곧 인생의 유한함을 애석해한

---

50) 朴趾源, 『燕巖集』卷之十四 別集, 『熱河日記』「山莊雜記」'一夜九渡河記'. "或曰, 此古戰場, 故河鳴然也, 此非爲其然也, 河聲在聽之如何爾. 余家山中, 門前有大溪, 每夏月急雨一過, 溪水暴漲, 常聞車騎砲鼓之聲, 遂爲耳崇焉. 余嘗閉戶而臥, 比類而聽之, 深松發嘯, 此聽雅也, 裂山崩崖, 此聽奮也, 群蛙爭吹, 此聽驕也, 萬筑迭響, 此聽怒也, 飛霆急雷, 此聽驚也, 茶沸文武, 此聽趣也, 琴諧宮羽, 此聽哀也, 紙牕風鳴, 此聽疑也, 皆聽不得其正, 特胷中所意設而耳爲之聲焉爾."
51) 위의 책(朴趾源, 『燕巖集』卷之十四 別集). "聲與色外物也, 外物常爲累於耳目, 令人失其視聽之正如此, 而況人生涉世, 其險且危, 有甚於河, 而視與聽, 輒爲之病乎."

다는 내용을 모방하여 그 체를 본받기는 하였지만, 우리가 인생의 강을 건널 때 보고 듣는 것 곧 외물에 현혹되어 사물의 본질을 제대로 보지 못할까 염려하였다. 이처럼 고인의 體체를 통해 더 나은 의미로 형상화될 때, 點鐵成金점철성금으로 善評선평하는 것이다.

4. 성숙한 작가는 훔친다.

문학 작품 중에 인용된 작품의 原典원전의 출처를 따져보는 것은 그 영향 관계를 밝혀 작품을 한층 더 깊게 이해하는 데에 그 목적이 있다. 그래서 작가들은 그 先代선대의 작품들 중 前人전인들의 훌륭한 작품을 典範전범으로 삼기도 하였다. 전범이 될 수 있는 작품 중 그 본뜬 작품이 새로운 의미를 드러내기도 하고 경우에 따라서는 그 원전의 의미에 미치지 못할 수도 있다. 그것은 작가의 능력과 시적 흥취에 따라 차이가 날 것이다. 경우에 따라서는 지나친 욕심으로 남의 시구를 몰래 훔쳐다 자기의 시구나 문학 작품에 이용하여 剽竊표절이 되기도 한다.

그러면 왜 古今고금의 작가들은 이런 부정적인 측면이 있는 데도 남의 작품을 모방하고자 했을까? 그 이유는 유한할 수 있는 사고로 문학의 다양한 뜻을 표현해야 하는 작가들의 숙명 때문이다. 그래서 宋송나라 황정견도 그 뜻을 바꾸지 않고 말을 만드는 것을 換骨환골이라 하고, 그 뜻 속으로 몰래 들어가 그 말의 뜻을 묘사하는 것을 奪胎탈태라고 하여, 남의 문학 작품을 모방하거나 인용하는 것을 도외시하거나 꺼려하지 않았다. 고려시대 이규보도 「답전이지논문서」에서 왜 고인의 體체를 본받아야 하는지를 주장하는 과정에서 그 고인의 체를 본받기 또한 쉽지 않음을 말하였다. 조선시대 퇴계 이황 선생도 「陶山十二曲

跋도산십이곡발」에서 李鼈이별의 六歌육가를 모방하여 「도산 6곡」 둘을 지었다고 하였다. 그리고 20세기 서양의 시인 T. S. 엘리어트는 「The Sacred Wood: Essays on Poetry and Criticism」(1920)에서 "미성숙한 시인은 흉내만 내고, 성숙한 시인들은 훔친다. 나쁜 시인은 가져온 것을 망치고, 훌륭한 시인은 뭔가 더 낫거나 다르게라도 한다(Immature poets imitate; mature poets steal; bad poets deface what they take, and good poets make it into something better, or at least something different)."라고 하였다. 여기서 '훔친다'는 것은 無斧鑿痕무부착흔처럼, 狐白裘호백구의 솜씨를 말한 것이다. 이처럼 동서양의 작가들은 前人들의 훌륭한 작품을 제대로 모방하는 것을 당연시하였다.

前述전술한 點化論점화론을 통해 알 수 있는 바와 같이 전인의 작품을 인용하고 모방할 경우에는 반드시 자기화하는 내면의 과정을 거쳐야 한다는 것이다. 남의 시를 통째로 가져와 몇 글자만 바꾼다고 해서 그것이 換骨奪胎환골탈태 곧 點化점화가 되는 것은 아니다. 그렇다고 해서 유한한 사고를 지닌 우리들이 새로운 단어로써 새로운 의미를 계속해서 지어낸다는 것도 유한할 수 있다. 이런 유한한 표현법을 극복할 수 있는 방안은 전대의 문인들이 사용했던 문학작품의 창작 방법론의 하나였던 點化점화 作法작법이다.

고려시대 백운 이규보나 조선 중기 퇴계 이황도 남의 문학작품을 모방하여 문학 작품을 창작하였다. 뿐만 아니라 조선 후기 다산 정약용도 그의 한시 「烏鰂魚行오즉어행」에서 굴원의 「어보사」를 점화하였으며, 송순은 구양수의 「취옹정기」를 모방하여 부앙정(면앙정)을 생동감 있는 모습으로 化화했으며, 정철은 『초사』의 작품을 이용하여 「전후미인곡」의 변함없는 憂國衷情우국충정을 노래하였다. 그래서 西浦서포 金萬重 김만중(1637~1692)은 「西浦漫筆서포만필」에서 송강의 三曲삼곡을 굴원의 「이소」에 견주기도 하였다. 연암 박지원은, 구양수가 「추성부」에서 읊었던 가을 소리가 지닌 쇠락의 의미를 물소리로 化화하면서, 그 물을 건너는 과정을 인생의 행로에 비유하여 '어떻게 살 것인가'로 新意신의를 부여하였다.

　前人전인들의 이와 같은 창작 방법은 현대시에도 적용되어 유한한 사고의 한계점을 극복할 수 있게 해 주었다. 예를 들자면 李壽福이수복(1924~1986)의 「봄비」는 고려시대 鄭知常정지상(?~1135)의 「送人송인」을 점화한 작품이다. 「봄비」의 "이 비 그치면 내 마음 강나루 긴 언덕에 서러운 풀빛이 짙어 오것다."는, 「송인」의 "비 갠 긴 둑에는 풀빛이 고운데(雨歇長堤草色多우헐장제초색다)."를 모방한 것이다. 이 두 시는 시적 화자의 정서를 자연과 대조시켜 강조한 것이다. 정지상은 「송인」에서 이별의 배경인 대동강변의 비 온 뒤의 정경을 고운 풀빛으로 표현했다면, 이수복은 「봄비」에서 봄의 애상적 정서를 통해 임의 復活부활을 노래하였다. 이처럼 前人의 시구를 모방하였지만 그것이 모방 그 자체나 표절에 그치지 않고 작품 속에서 새로운 의미를 부여하였기에 점화되었다고 하는 것이다.

　한편으로 시인은 점화한다고 하였지만, 후대의 비평가나 독자가 보았을 때 다만 前人의 시구나 문장에 쓰인 뜻을 새로운 意境의경의 개척 없이 그대로 되밟아 따르는 수준에 머문다면 蹈襲도습이 된다. 점화도 '도습'으로부터 출발하지 않을 수 없기에 新意신의를 나타내기는커녕 자칫 잘못하면 도습의 단계에 그칠 뿐 아니라 심지어 '剽竊표절'을 면하기 어려운 지경에 이를 수 있다. 그러므로 전인의 작품을 모방하여 자기의 작품에 사용했다고 해서 다 점화가 되는 것은 아니다. 어떻게 신의를 드러내는가에 따라서 점화로 승화될 수 있고, 그렇지 않을 수도 있는 것이다. 그리고 남의 글을 처음부터 훔칠 의도로 인용했다면 표절이 된다.

詩의 뜻은 무궁하고 문인의 표현법은 유한할 수 있다. 한계 있는 재주로 무궁한 의미를 좇는다는 것은 중국과 한국의 역대 문인들도 잘해 내기가 쉽지 않았을 것이다. 이런 한계점을 극복하기 위해 작가는 무한한 노력을 한다. 그 노력의 일환으로 점화의 대상이 될 시 구절을 의도적으로 수집하였다. 그러나 수집만 한다고 다 되는 것도 아니다. 고인들의 훌륭한 작품이나 體체를 숙독한 후 자기의 문장으로 만들어야 했다. 마치 누에가 비단 실을 뽑기 위해 몇 번의 탈태를 하듯이 생각이 완숙될 때까지 사고하여야 한다. 이런 노력이 유한할 수 있는 사고를 극복할 수 있는 방법이고, 그 방법의 하나가 點化점화의 작법이었던 것이다. 그 점화의 방법으로 최고의 문학 작품을 생산해 낸 작품이, 송순의 「부앙정가(면앙정가)」와 송강의 「전후미인곡」 그리고 연암의 「일야구도하기」와 다산의 「오즉어행」이었다. 따라서 현대의 표절 문제도 점화의 작법으로 극복될 수 있다.

고전 작법의 하나인 點化 작법을 군이 前人들의 작품에 적용한 이유는 지금 사회적으로 문제가 되는 표절의 함정을 극복해 볼 수 있는 방안을 제시하면서 전통적인 문학론을 계승하자는 측면에서 시도되었다. 문학론도 발전해야 하기에 현대 문학에도 계승 발전시킬 필요가 있다. 지금 우리 시대에 표절 시비가 빈번하다. 그래서 우리 전통 문학 이론 중의 하나인 점화 작법이 더욱 절실해지는 것이다.

제2부

『논어』를 통해 본 공자의 교육관과 활용 방안

: 외국인의 한국어 교육 시 시사할 교육방안 제시

1. 공자의 교육관에 따른 외국인의 한국어 학습법

이 글은 孔子_{공자}가 『論語_{논어}』에서 말씀한 교육관을 통해 외국인이 한국어 학습 시 취할 학습 방법을 알아본 것이다. 『論語』는 孔子의 언행을 비롯하여 그 가르침을 계승한 제자들의 언행까지 기록한 책이다. 편집자는 공자 제자의 제자들로 「學而_{학이}」篇부터 「堯曰_{요왈}」篇까지 20篇 499章 12,700字로 구성되었다. 『논어』는 동양의 思想書_{사상서} 중에서도 동양인은 물론 서양인까지도 애독하는 책으로 道를 추구하는 사람들의 사상에 많은 영향을 끼쳤다. 따라서 『논어』를 읽고 이해하는 사람들은 그 배운 것을 실천하고 경우에 따라 삶의 참된 도리를 터득하여 자신의 심성 수양은 물론 인격 도야까지 행할 수 있다고 믿어왔다. 또한 修身_{수신}과 齊家_{제가}가 이루어지면 세상에 나아가 배운 바를 밝혀, 세상을 빨리 좋은 세상이 될 수 있도록 그 실천을 중시하기도 하였다. 여기서는 『논어』의 내용 중에서도 공자의 교육관과 관련 있는 내용을 살피면서, 현재 활용할 수 있는 방법을 고구해 보고자 한 것이다.

孔子는 이름이 丘이고 字가 仲尼중니이다. 공자의 부친이 尼丘山니구산에 빌어 공자를 낳았으므로, 이름을 산의 이름과 같이 丘라 하고 字를 仲尼라 하였다. 공자의 6대조이신 孔父嘉공보가가 宋송나라에서 살해되어 그 증손자이며 공자의 3대조 곧 증조부 防叔방숙의 代에 魯노나라로 피신해 왔다. 공자의 부친은 叔梁紇숙량흘로, 字가 叔梁숙량이고 이름이 紇흘이며, 모친은 顔徵在안징재이다. 공자는 B.C.551년에 魯나라 昌平鄕창평향 陬邑추읍에서 출생하였다. 유년 시절 노실 때는 항상 제사 지내는 흉내를 냈으며, 장성해서는 곡식 창고를 맡은 관리인 委吏위리와 가축을 맡은 관인인 司職吏사직리가 되었으며, 저울질은 공평하였고 가축은 번성하였다. 한편으로 천자의 國인 周주나라로 가서 주나라 藏書室장서실의 벼슬 柱下史주하사를 지낸 老子노자께 예를 물으셨으며, 노나라로 돌아올 때는 따르는 제자들이 더욱 많았다. 35세 되던 해 齊제나라로 가서 景公경공을 도우려고 하였지만 재상인 안영이 거절하여 다시 노나라로 돌아왔다. 魯나라 定公정공 원년은, 공자가 43세 되던 해이다. 이때 魯나라 桓公환공의 세 서자 계통의 자손이 있었는데, 孟孫氏맹손씨·叔孫氏숙손씨·季孫氏계손씨 등이 그들이다. 이 중에 가장 권력이 센 집안이 계손씨였다. 그 계손씨 집안의 陽虎양호가 노나라 정권을 멋대로 행하니 공자는 벼슬에 나아가지 않고 물러나서 『詩經시경』과 『書經서경』 그리고 禮예와 樂악 등을 편찬하였다. 제자들은 더욱 늘어나고 먼 곳에서까지 찾아와 글을 배우지 않은 자가 없었다.

정공 9년 庚子年경자년에 공자가 51세 되던 해로, 公山不狃공산불뉴가

계씨에게 뜻을 얻지 못하자 양호에게 의탁하여 함께 費비 땅에서 반란을 일으켜, 공자를 부르거늘 가시고자 하시다가 자로가 기뻐하는 기색이 없자 마침내 가시지 않으셨다. 그 후 정공이 공자를 中都중도 고을의 長장으로 삼으니, 1년 만에 사방이 모두 공자의 통치방법을 따랐다. 공자가 중도의 장에서 사공司空(공조판서)이 되었고, 또 大司寇대사구(대사헌)가 되었다. 정공 10년 辛丑年신축년에 정공을 도우셔서 齊제나라 임금(景公경공)과 협곡(산동성 무래현)에서 회동하시니, 제나라 사람들이 노나라에 침략한 땅(운·민양·구음)을 되돌려주었다. 정공 12년 癸卯年계묘년에 공자의 제자 仲由중유 곧 子路자로로 하여금 계손씨의 가신이 되게 하여 계손씨·숙손씨·맹손씨의 성벽을 허물고 그 갑옷과 병장기를 거두도록 하였는데, 맹손씨가 성읍의 성을 허물기를 좋아하지 않아 포위하였으나, 이기지 못하고 물러났다. 정공 14년 乙巳年을사년은 공자께서 56세가 되는 해로, 대사구로서 재상의 일을 대신 맡아 행하였으며 노나라 정사를 문란케 한 대부 少正卯소정묘를 주살하였다. 공자가 정치를 맡은 지 3개월 만에 물건을 파는 사람들은 속이지 않았으며, 남녀가 길을 갈 때 따로 걷고 길에 떨어진 물건을 주워가는 사람도 없었다. 사방에서 찾아오는 여행객도 관리의 허가를 받을 필요가 없었고 모두 잘 대접해서 만족해하며 돌아갔다.

제나라 사람들이 이 소문을 듣고 여자와 음악을 보내서 노나라가 잘 되는 것을 방해하고자 하였거늘, 노나라 계손씨가 80명의 무녀와 康樂舞강락무라는 춤곡을 받고서 사흘 동안 정사를 돌보지 않았으며, 남쪽 교외에서 하늘에 제사 지내는 郊祭교제를 지내되 대부들에게 희생제물을 나누어주지 않으니, 마침내 공자께서 노나라를 떠나서 衛위나라로 가서 子路자로의 처 오빠 顏濁鄒안탁추의 집에 머물렀다. 그때 위령공이 노나라에 있을 때 봉록으로 조 6만 斗두를 주면서 머물게 하였으나, 누군가가 참소하여 10달 정도 머물다가 陳진나라로 가려고 匡광 땅을 지나갈 때, 광 땅 사람들이 공자를 양호로 잘못 알고 5일 간 포위당해 있었다. 그러나 풀려나 다시 위나라로 가서 蘧伯玉거백옥의 집에 머물렀다. 위나라 영공의 부인인 南子남자를 만나보시고 떠나서 宋나라로 가시니, 권력자 사마환퇴가 죽이고자 하였거늘, 또 떠나 진나라로 가서 司城貞子사성정자의 집을 주인집으로 정하고 머물렀다. 그런 지 3년 만에 위나라로 돌아왔는데, 영공이 공자를 선뜻 거용하지 않았다. 이처럼 공자는 말년에 여러 나라를 周遊주유하시다가 68세 되던 해 스스로 벼슬을 구하지 않으시고 『書經서경』의 傳전과 『禮記예기』를 서술하시고 『詩經시경』을 刪述산술하셨으며 음악을 바로잡으셨다. 노나라 애공이 庚申年경신년(14년, 71세)에 노나라 서쪽으로 순수하여 麒麟기린(상상의 동물)을 포획하니, 공자께서 『春秋춘추』를 지으셨다. 공자께서 72세 되던 辛酉年신유년에 제자 자로가 위나라에서 죽고, 애공 16년 壬戌年임술년 4월 乙丑日을축일(11일)에 공자께서 돌아가시니, 연세가 73세였다.[1]

  聖人성인으로 추앙받는 孔子의 언행을 모아놓은 『論語』의 여러 내용 중에서도, 여기서는 공자의 말씀 중 性情醇化성정순화와 풍교의 기능 그리고 因人施敎인인시교의 교육관을 먼저 살핀 후 외국인의 한국어 교육에 활용할 수 있는지를 살펴보고자 하는 것이다. 지금까지 연구는 『논어』를 통해 본 공자의 교육관에 대한 연구[2]가 주였다. 그리고 구체

  1) 朱子, 『論語集註序說』. 司馬遷, 『史記』 「孔子世家」 참조.
  2) 金昌煥, 「論語를 통해 살핀 孔子의 敎授法」, 『中國文學』 39, 韓國中國語文學會, 2003; 이재권, 「孔子의 學習觀: 전통적 해석을 중심으로」, 『大同哲學』 24, 大同哲學會, 2004; 李載皓, 「孔子의 敎育思想 硏究」, 고려대학교 석사논문, 2005; 朴鍾赫 「孔子의 學問·敎育觀」, 『중국학논총』 22, 국민대학교 출판부, 2006; 이광소, 「孔子의 敎育思想과 方法論」, 고려대학교 석사논문, 2007; 李美英, 「孔子의 敎育思想에 나타난 人性敎育 硏究」, 경희대학교 석사논문, 2009;

적 활용 방안으로는 공자의 교육적 관점을 활용한 외국인의 의사소통 능력 신장[3])과 선인들이 공자의 교육관을 활용한 예[4]) 그리고 공자의 교육관을 이용한 현대적 활용 방안[5]) 및 교육관의 현대적 개선안[6]) 등이었다. 선행 연구 중 '유가의 궁극적 목적이 治國平天下치국평천하에 있다'[7])고 하거나, 有子유자 곧 有若유약이 '孝弟효제'라 한 말을 공자가 한 말씀으로 간주[8])하여 논리의 허점을 드러내기도 하였다. 유학의 근본은 '誠意正心성의정심'과 '修身齊家수신제가'에 있기 때문이다. 여기서는 외국인 중 한국어 학습을 하고자 할 때 그 수준에 따른 교육적 방법을 공자의 교육관을 활용하여 한국어 학습 방법에 적용하고자 한 것이다. 공자는 문학의 기능 중 성정의 순화와 풍교의 기능을 중시하였으며, 교육의 방법은 수준별 학습에 따른 因人施敎인인시교의 방법을 택하였다. 이 글에서는 공자의 교육관 중 이 부분에 착안하여, 공자의 문학적 기능을 살피는 동시에 인인시교의 교육법을 탐구한 후 외국인의 한국어 학습시 성정순화와 풍교의 기능을 습득하면서 인인시교에 따른 한국어 습득 방법에 따른 수준별 학습법을 제시해 보고자 한다.

申珏均, 「孔子思想을 통한 人性敎育 指導方案」, 군산대학교 석사논문, 2013.

3) 장용수, 「한국어교육이 공자의 교육관에서 취할 수 있는 시사점: 문학과 음악을 중심으로」, 『아세아연구』 59(2), 고려대학교 아세아문제연구소, 2016.

4) 심승환, 「茶山 사상에 나타난 孔子 교육관의 창조적 계승」, 『한국교육학연구』 21(3), 안암교육학회, 2015.

5) 金東龍, 「孔子의 實踐 敎育思想의 現代的 意義」, 인천대학교 석사논문, 2001.

6) 성영이, 「공자의 교육관을 통해 본 중학교 전통윤리교육의 개선방안」, 부산대학교 석사논문, 2006; 閔智煐, 「공자의 교육사상을 통해 본 우리나라 학교 교육의 문제점과 그 개선 방안 연구」, 울산대학교 석사논문, 2009.

7) 장용수, 앞의 논문, 65쪽.

8) 심승환, 앞의 논문, 36쪽; 閔智煐, 앞의 논문, 9쪽.

2. 시문학을 통한 성정순화와 풍속의 교화

性情醇化성정순화란 타고난 바른 성품을 지닐 수 있도록 사람을 변화시킨다는 말이다. 『論語논어』 「爲政위정」篇 '無邪무사'章에 보면 공자가 68세 되던 해 魯노나라 季康子계강자가 불렀으나 선뜻 벼슬자리를 주지 않자, 이에 벼슬을 구하지 않고 『詩經시경』을 산술하시고 음악을 바로잡았는데, 그 『시경』 시를 한 마디로 評斷평단한 구절이 있다.

공자께서 말씀하시기를 "시(『시경』 시) 300편에 대하여 한마디 말로써 가려 말하자니, '생각함에 간사함이 없었다'고 할 것이니라." 하셨다.9)

위의 공자 말씀은 『시경』 시 311편 전체를 한 마디로 평단을 한다면 '思無邪사무사'라는 말로 평할 수 있다는 것이다. '思無邪'란, 『詩經시경』 「魯頌노송」의 시편 중 '駉경'章에 나오는데, '말을 기르는 사람의 정성이 지극하며 생각이 치우치거나 간사함이 없기에, 그 말이 잘 자라고 또 잘 간다.'라는 구절에서 온 것이다. 지금은 작시자의 정성스럽고도 공명정대한 자세를 이르는 말로 '생각함에 사벽함이 없다'는 뜻으로 쓰인다. 『시경』 시가 대중들이 부른 노래라 해도 그 작시자의 생각이 한결같이 정성되고 순수하며 조금도 간사함이 없었다는 것이다. 우리 인간사의 애정과 감정이 자유롭게 표현된 것이면서도 모든 노래가 개인적인 이해 관계에 얽매이지 않은 감정을 노래한 것이기에 그 305편10)에 나타난 작시자의 자세가 생각함에 간사함이 없는 공명정대한

---

9) 『論語』 「爲政」篇 '無邪'章. "子曰, 詩三百에 一言以蔽之하니 曰 思無邪니라."
10) 현전하는 『시경』 시 311편 중 6편은 제목만 전하고 있다. 실제로 내용이 전하는 작품은 305편이다.

것이었음을 밝히고자 한 것이 위의 공자의 말씀에 담긴 뜻일 것이다.

위의 '無邪무사'章에 근거하여, 순수시의 개념을 한 번 짚고 가야 할 것 같다. 보통 순수시라 하면, 현실 인식을 배제한 채 언어의 조탁미와 운율감을 살린 시를 순수시라 한다. 그러나 진정한 순수시는 작시자의 태도가 생각함에 간사함이 없고 공명정대하여 언제 어디서나 당당한 마음이 진정한 순수의 마음인 것이다. 이런 의미에서 '사무사'는 진정한 순수시의 개념을 드러낼 수 있는 말이다. 공자가 평단한 『시경』 시 300여 편은 모두 사회시로, 생각함에 사악함이 없는 노래들이기 때문이다. 따라서 암울한 현실 상황에 그 현실을 외면한 채 신변잡기에 가까운 감정을 드러낸다든지 자연의 아름다움만을 노래한 시는 참된 순수시라고 할 수 없을 것이다. 진정한 순수시는 작시자의 태도나 자세가 공명정대하여 사악함이 없을 뿐만 아니라, 참된 생각의 결과물이어야 하기 때문이다. 고려 무신 시대 때, 신흥사대부들이 모여 노래했다는 「翰林別曲한림별곡」도 이런 이유에서 배척되어야 할 시이다. 그래서 퇴계 이황은 「陶山十二曲跋도산십이곡발」에서 어린 학동들이 감히 불러서는 안 될 노래라고 하였다. 작시자의 태도가 공명정대하지 못했을 뿐만 아니라 그 내용도 향락적이고 퇴폐적이기 때문이다.

지금의 우리가 일반적으로 생각하는 참여시의 대척 지점에 있는 순수시에서의 純粹순수라는 말은, 『시경』 시를 평단한 思無邪사무사의 개념으로서의 순수라는 의미는 아니다. 『시경』 시를 평단한 사무사의 순수는, 시인들이 마땅히 현실의 문제에 외면하지 않고 그 현실의 문제를 제기하고 비판해야 하는 것이다. 현실이 암담하여 비판해야 할 처지에서 자연의 아름다움만 노래하고 진정으로 관심을 가져야 할 삶의 현실은 외면한 채, 賞自然상자연만 노래한다면, 그것은 『시경』을 평단한 사무사의 개념과는 거리가 멀다. 따라서 사무사를 소재적 영역만 중시하고 개인의 감성적인 면을 노래한 일부 순수시파의 서정시에 비유하면 안 될 것이다. 이처럼 일부 연구자가 바라본 순수와 사무사와의 관계는 왜곡된 순수의 개념에서 비롯된 허구성을 지닌 말이라고 할 것이다. 일제치하에서의 사무사는 부정한 현실을 비판하는 참여시로, 곧 이육사와 윤동주 같은 시인의 시일 것이다. 그들의 자세가 공명정대하고 사악하지 않았기 때문에 '사무사'의 평을 들을 수 있기 때문이다. 주자도 "무릇 『시경』 시에서 쓰인 말이, 착한 것을 말한 것은 가히 남의 참한 마음을 감발시킬 수 있고, 악한 것을 말한 것은 가히 남의 안일한 뜻을 징계할 수 있으니, 그 쓰임이 사람으로 하여금 성정의 바름을 얻도록 하는 데 귀결될 따름이다."11)라고 하여, 『시경』 시가 선을 권장하고 악을 징계하는 의의를 보여주었다고 하였다. 이렇듯 『시경』 시는 공자가 평단한 '사무사'처럼, 시를 짓는 작시자의 자세가 공명정대한 것이기에 사무사에 따른 순수시를 정의할 때 소재나 감정의 표현으로 논할 성질의 성격은 아닌 것이다.12) 공자가 정리

---

11) 『論語』「爲政」篇 '無邪'章 朱子의 註. "凡詩之言, 善者, 可以感發人之善心, 惡者, 可以懲創人之逸志, 其用, 歸於使人得其情性之正而已."

12) http://book.interpark.com/product/BookDisplay.do?_method=detail&sc.prdNo=237357359. 출판사의 서평, 〈사무사(思無邪)의 표상성과 자명(自明)성 [짧아지는 연필처럼]〉에서도 사무사의 개념을 잘못된 순수의 개념으로 정의하였다. '시경(詩經)'에서의 '사무사'의 '사(思)'는 '맑은 마음', '마음의 숨구멍', '마음의 세밀함', '마음의 연민'으로 그 의미의 쓰임새를 압축하여 볼 수가 있다. 그리고 사(思)를 사(辭: 목소리)로 볼 때에는 시경에서의 '사무사(思無邪)'를 "말소리에 사(邪)가 없다."(윤재근의 『시론』 53쪽)로 풀이한다고 할 때, 노래에 삿됨이 없다고 말할 수 있다. 마음의 맑음에 삿됨이 없다는 말은 순수하다는 것과 다르지 않다. '마음의 숨구멍'은 시에 있어서의 생명과도 같은 호흡, 운율을 의미한다. 그것에 삿됨이 없다는 말은 내재율이 있어 시의 생동감이 있음을 의미한다. 그리고 '마음의 세밀함'은 디테일한 정서를 의미한다. 그것이 삿됨이 없다는 것은 영혼의 맑음을 의미한다. 마지막으로 '마음의 연민'에 삿됨이 없다는 말은 진정성 혹은 따뜻한 사랑의 마음이 있다는 것과 다르지 않다." 이 밖에도 현대시 공부방의 카페에서도 사무사를 단지 소재로서의 순수와 정서적 순수의 개념으로 보아, 『시경』 시를 평단한 참여적 개념으로서의

한 『시경』 시는 참여적 성격의 시이기 때문이다.

  공자께서 말씀하시기를 "관저(『시경』의 관저 장의 내용)는 즐거워하
면서도 넘치지 않고, 슬퍼하면서도 마음을 상하지는 않는 것이니라." 하
셨다.13)

  위의 공자 말씀은 『시경』의 첫 편인 '관저'장을 논평함으로써 『시경』
시의 전반적인 내용과 정서를 '樂而不淫 哀而不傷'으로 논평한 것이
다. '관저'장의 첫 부분은 "관관히 우는 저구새는 하수의 모래섬에
있도다. 요조숙녀는 군자의 좋은 짝이로다(關關雎鳩 在河之洲. 窈窕淑女
君子好逑)."라는 노래인데, 周나라 文王과 문왕비 太姒태사와의 사랑을
비유한 것이다. 이는 군자와 요조숙녀의 사랑 곧 인류 탄생의 시작이
라고 할 부부지간의 사랑으로, 지극한 사랑을 노래한 것이다. 부부의
사랑이 없다면 인류는 멸종하기 때문이다. 그 남녀의 사랑이 즐거워
하면서도 넘치지 않고 슬퍼하더라도 마음과 몸이 상하지 않게 그 슬
픔을 극복하여 마침내 화평한 마음을 잃지 않도록 하자는 것이다.
따라서 『시경』 시를 통해 그 노래에 나타난 성정의 바름을 알 수 있게
되기를 바란 것이다. 공자는 『論語』 「陽貨양화」篇 '性近성근'章에서 "사람
의 성은 서로 가까우나, 후천적인 성이라고 할 습성이 사람에 따라
서로 멀다"14)고 하였다. 사람이 타고난 性성을 성정이라고 하는데, 이
는 본래 착하다라는 말이다. 그런데 세상을 살아가면서 노출된 환경
과 습성에 따라 제2의 性이라 할 습성이 사람들의 성품을 다르게 할

  사무사의 의미는 아니었다. 모두 '사무사'의 개념을 잘못 알고 적용한 예들이다.
13) 『論語』 「八佾」篇 '關雎'章. "子曰, 關雎는 樂而不淫하고 哀而不傷이니라."
14) 『論語』 「陽貨」篇 '性近'章. "子曰, 性相近也나 習相遠也니라."

수도 있다는 것이다. 다시 말하자면 선한 일에 익숙해지면 선하게 되고 악한 일에 익숙해지면 악하게 된다는 말이다. 따라서 시문학과 노래 등에서 우리가 어떤 내용을 가까이해야 할 것인지를 시사해 주고 있다.

> 공자께서 말씀하시기를 "얘들아, 어째서 그 시(『시경』 시)를 배우지 않느냐? 시는 가히 (그로써) (의지와 정서를) 흥기시킬 수 있으며, 가히 (그로써) (정치의 득실과 풍속의 순후함을) 살펴볼 수 있으며, 가히 (그로써) 무리 지어 살 수 있으며, 가히 (그로써) 원망할 수 있으며, 가까이로는 부모를 섬길 수 있으며, 멀리로는 임금을 섬길 수 있고, 날짐승과 길짐승, 풀과 나무의 이름을 많이 알 수 있느니라." 하셨다.15)

위의 글은 공자가 제자들에게 '왜 『시경』 시와 같은 참된 시를 배우지 않느냐?'고 묻는 내용으로, 참된 시의 효용성 몇 가지를 일깨워주고자 한 말씀이다. 시로써 의지와 정서를 흥기시킬 수 있으며, 정치의 득실과 풍속의 순후함을 살펴볼 수 있으며, 집단을 이루며 살 수 있고 또한 시로써 위정자를 원망할 수도 있다는 것이다. 특히 '事父사부'와 '事君사군'을 예로 들어 부모님을 섬기는 것과 나라를 위하는 일에 이르기까지 모두를 통해 삶의 도리를 알게 된다는 것이다. 곧, 『시경』 시 같은 좋은 시를 노래하거나 읊조리게 되면 나도 모르게 착한 일을 행하게 되며, 나아가서는 仁을 행할 수 있는 의지와 정서를 감발시키고 흥기시킬 수 있다는 것이다. 이는 가사가 마음에 와 닿은 대중가요

---

15) 『論語』「陽貨」篇 '學詩'章. "子曰, 小子아, 何莫學夫詩오. 詩는 可以興이며 可以觀이며 可以羣이며 可以怨이며 邇之事父이며 遠之事君이요 多識於鳥獸草木之名이니라."

도 듣는 사람의 정서를 순화시킬 수 있다는 논리이다. 그래서 대중가요를 작사하거나 작곡하는 음악인들은 음악이 대중의 성정 순화에 미치는 영향력을 생각해서 노랫말 또는 곡을 짓되 정서를 순화시킬 수 있게 정제된 언어와 가락으로 창작하여야 할 것이다.

또한『시경』시 같은 좋은 시를 습득하게 되면 정치의 잘잘못이나 풍속의 두텁고 소박함 등을 살펴볼 수 있는 안목과 역량을 지닐 수 있으며, 집단생활을 하며 뭇사람들 속에서 무리 지어 평화롭게 사는 인정을 터득할 수도 있다. 농경 사회에서 농사꾼은 노동요를 불러 지친 삶의 노고를 잊게 하여, 평화롭게 어울려 살아갈 수 있었다. 그런 가운데 화평한 마음도 일어나 이웃과 형제자매들을 생각하고 인륜의 애환을 느꼈다. 그리고 시로써 위정자와 윗사람을 시로써 원망하거나 진실된 속마음으로 바른말을 하되 은근히 충간함으로써, "말하는 자에게는 죄가 없고, 듣는 자에게는 족히 경계할 만한 말이 될 수 있다."[16]는 것이다. 그뿐만 아니라『시경』시를 배우고 노래하는 동안 그 시에서 노래된 감정을 불러일으키는 기분이나 분위기를 체득하게 됨은 물론, 초목과 날짐승·길짐승 등 많은 사물의 이름도 알 수 있게 된다고 하였다.『시경』시에서 제시된 '초목'의 이름만 알게 되더라도, 초목의 성질을 구별할 뿐만 아니라, 식용의 구분도 할 수 있고 유용한 약재의 구별이 가능하다는 것이다. 날짐승과 길짐승도 수목과 만찬 가지일 것이다. 이렇듯『시경』시는 자연과 더불어 살아가는 방법을 터득하게 해 주었다. 따라서 오늘날 노랫말이 어떤 내용을 지녀야 함을 넌지시 알려준다.

---

16)『詩經』國風「周南」篇 '關雎'章 序. "言之者, 無罪, 聞之者, 足以戒."

공자께서 '백어'에게 일러 말씀하시기를, "네가 '周南'·'召南'을 배웠느냐? 사람으로서 '주남'·'소남'도 배우지 않으면, (그) 똑바로 담장에 낯(얼굴)을 향하고서 서 있는 것과 같다고나 할까." 하셨다.[17]

위의 '伯魚백어'章 공자 말씀은, 아들 백어가 평소에 『시경』 시를 잘 공부하는가를 물은 것이다. 심지어 인류의 근본에 해당되는 '수신·제가'의 도리를 밝힌 『시경』 시의 머리편 「주남」편·「소남」편도 제대로 배워 알지 못하면, 세상을 살아갈 만한 소견이 전혀 없게 된다는 것으로, 눈앞에 있는 담장을 마주하듯이 소견이 좁아 세상을 바라볼 수 있는 넓은 시각을 지닐 수 없게 된다고 하였다. "알아야 '面牆면장'을 하지"라는 격언도 이 『시경』 시의 '牆面장면'에서 온 말이다. 이처럼 공자는 시로써 깨우치고 교화시켜 나가는 詩敎시교를 중히 여겼다. 이는 시에 담긴 뜻을 터득하고 그 시의 내용과 가까워지는 것을 정치의 목표로 삼았다. 좋은 노래는 우리의 성정을 순화시킬 뿐만 아니라 풍속을 교화시켜 나갈 수도 있기 때문이다.

공자가 살았던 춘추시대 말기는, 제후국의 지방마다 시를 채집하던 풍속, 곧 '採詩之風채시지풍'이 이미 사라진 시대였다. '채시지풍'이 있던 시대에는 '採詩之官채시지관'을 두어 민요로써 정치의 득실을 살펴보아 善선을 권장하고 惡악은 징계할 수 있었는데, '채시지풍'이 끊겨서 '시'가 亡하게 되자, 마침내 천하의 풍속이 어지러워지게 되었다. 이런 풍속의 교화를 위해서도 참된 詩인 『시경』 시를 공부할 것을 아들 백어에게 당부하였다. 『시경』 시는 인류의 도리를 밝히고 바로잡자는

---

17) 『論語』 「陽貨」篇 '伯魚'章. "子가 謂伯魚曰, 女가 爲周南召南矣乎아. 人而不爲周南召南이면 其猶正牆面而立也與인저."

뜻에서 참된 시만을 모아 둔 것이다. 어떤 내용을 공부해야 할 것인가를 분명히 알려준다.

한편 공자는 "禮예니 '禮예'니 이르지만(하지만), (고작) 백옥을 이르는 말이겠는가? 樂악이니 '악'이니 이르지만(하지만), (고작) 鐘鼓종고를 이르는 말이겠는가?"18)라고 하여, '옥이나 비단[玉帛옥백]'만을 교환한다고 해서 '예'가 될 수 있는 것이 아니며, '종이나 북[鐘鼓종고]'만을 친다고 해서 '악(음악)'이 될 수 있는 것은 아니라고 하여, '예'를 행하는 데에는 공경심(敬경)이 위주가 되어야 하며, '음악'을 행하는 데에는 화락함(和화)이 위주가 되어야 한다고 하였다. 이는 예악의 근본은 공경심과 화락함이라는 것이다.

'진항'이 '백어'에게 물어서 이르기를 "그대가 또한 (무엇인가) 특이한 말씀을 들은 것이 있는가?" 하였다. ('백어'가) 대답하여 말하기를 "아직 없습니다." 일찍이 (아버님께서) 홀로 서 계시거늘, (저) '리'가 종종걸음 쳐서 뜰을 지나고 있었더니, 말씀하시기를 "시[『시경』 시]를 배웠느냐?" 하시기에, 대답해서 말씀드리기를 "아직 배우지 못했습니다." 하였더니, "시를 배우지 않으면, (써) 말을 할 수가 없느니라." 하시거늘, (저) '리'가 물러가서 시를 배웠습니다. 뒷날[다른 날]에 또 홀로 서 계시거늘, '리'가 종종걸음 쳐서 뜰을 지나고 있었더니, 말씀하시기를 "예를 배웠느냐?" 하시기에, 대답해서 말씀드리기를 "아직 배우지 못했습니다." 하였더니, "예를 배우지 않으면, (써) 존립할 수가 없느니라." 하시거늘, '리'가 물러가서 "예를 배웠습니다. 이 두 가지를[시와 예를 배워야 한다는 말씀을] 들었습니다." 하였다.19)

---

18) 『論語』 「陽貨」 篇 '禮樂'章. "子曰, 禮云禮云이나 玉帛云乎哉아. 樂云樂云이나 鐘鼓云乎哉아."

위의 내용은『論語논어』「季氏계씨」篇 '異聞이문'章에 나오는 것으로, 공자의 제자 진항이 공자의 아들 鯉리가 선생님 공자로부터 뭔가 특별한 것을 배우는가에 대한 호기심에 묻고 싶은 것을 물은 내용이다. 그에 대한 伯魚백어의 대답은 남달리 특이하고 특별한 가르침은 없었고 시와 예를 공부할 것을 강조했다는 것이다.『시경』시 같은 참된 시를 배우지 않으면 소견이 없는 사람이 되어 남과 더불어 어떤 말도 할 수 없으며 그런 소견 없는 사람과 대화를 나누기도 어렵다는 뜻이다. 또한 예를 배우지 않으며 사람들이 우러러보는 존재로 세상에 우뚝 설 수 없으며 행세할 수도 없을 것이라고 하였다. 또한 '자기 몸과 언행을 단속하기를 예'로써[20] 하지 않으면 자기의 발전을 이루기 어렵다는 것이다.

예에 대해서 공자는 "공순하면서도 예에 맞지 않으면(예의가 없으면) 수고롭기만 하고, 신중하면서도 예에 맞지 않으면(예의가 없으면) 무서운 기운만 풍기고, 용기가 있으면서도 예에 맞지 않으면 어지럽게 만들고, 곧으면서도 예에 맞지 않으면 (융통성이 없이 배배) 꼬이기만 하느니라."[21]라고 하여, 사람의 도리에서 먼저 하고 나중에 할 바 곧, 예의를 알게 되면 백성들이 교화되어 덕이 두터워진다고 하였다.

공자께서 말씀하시기를, "詩에서[시를 통하여] 정서가 흥기되며, 禮에서

---

19)『論語』「季氏」篇 '異聞'章. "陳亢이 問於伯魚曰, 子(가)亦有異聞乎아. 對曰, 未也로다. 嘗獨立이어시늘 鯉가 趨而過庭일러니 曰, 學詩乎아 하실새 對曰 未也이로이다 호니 不學詩면 無以言이라 하여시늘 鯉가 退而學詩호라. 他日에 又獨立이어시늘 鯉가 趨而過庭일러니 曰, 學禮乎아 하실새 對曰未也이로이다 호니 不學禮면 無以立이라 하여시늘 鯉가 退而學禮호라. 聞斯二者로다."

20)『論語』「顏淵」篇 '博學'章. "約之以禮".

21)『論語』「泰伯」篇 '無禮'章. "恭而無禮則勞하고 愼而無禮則葸하고 勇而無禮則亂하고 直而無禮則絞니라."

세상에 우뚝 서며, 음악[樂악]에서 인격이 완성되느니라." 하셨다.22)

위의 공자 말씀은 『시경』 시 같은 참된 시를 읊고 노래하게 되면
착함을 좋아하게 되고 악함을 미워하게 되어 사람으로서 참된 도리를
행할 수 있게 된다는 말이다. 그리고 예는 외모와 마음속으로 공경하
며 사양하고 겸손하게 행동하는 것을 근본으로 삼는데, 살아가는 동
안 이 예를 갖추는 마음을 잃지 않으면 몸이 건강해지고 마음이 건전
해져서 부귀공명이나 이익에 의해 마음이 흔들리지 않게 된다는 것이
다. 그리고 음악은 사람의 성정을 기르고 마음속의 그 간사하고 더러
움을 씻어내며 그 찌꺼기를 없앨 수 있기에 배움의 완성 단계에서
이 음악을 배우지 않으면 안 된다는 것이다. 시와 예와 음악의 효용성
을 강조한 내용이다. 오늘날 대중들이 애호하는 대중가요가 나갈 길
을 제시하고 있다. 노랫말의 중요성과 몸가짐의 태도 그리고 곡조의
현란함보다는 단아한 곡조가 왜 필요한가를 잘 말해 주기 때문이다.

공자께서 말씀하시기를 "『시경』 시 300편을 외웠으되, 정사를 맡겨 주어
도 잘 해 내지 못하며, 사방의 나라에 사신으로 가서 능히 '專對전대'할 줄
모른다면, 비록 많이 외운들 또한 무엇으로써[어떻게] (제 구실을) 하리
오?" 하셨다.23)

위의 공자 말씀은 『시경』 시 300편을 외우기만 하고 현실의 실생활
에서 적용하지 못하면, 아무 소용이 없음을 지적한 말이다. 적어도

---

22) 『論語』「泰伯」篇 '興詩'章. "子曰, 興於詩하며 立於禮하며 成於樂이니라."
23) 『論語』「子路」篇 '誦詩'章. "子曰, 誦詩三百호대 授之以政에 不達하며 使於四方에 不能專對하
면 雖多나 亦奚以爲리오."

『시경』시 300편을 외우고 나서 사신으로 나가면 전대할 줄 알아서 사신으로서의 소기의 목적을 달성할 수 있어야 한다는 말이다. '專對전대'란 일의 순서를 알아서 오로지 제 마음대로 잘 대처하여 말할 줄 안다는 뜻이다. 『시경』시 300편의 내용을 알기에 제대로 전대하면 충분히 자기 일을 해 낼 수 있다는 의미이다. 『시경』시 300편은 인정을 바탕으로 한 것이며 사물의 이치를 다 갖춘 것이니 그로써 풍속이 성하고 쇠하였음을 증험할 수 있고 정치의 잘잘못을 살펴볼 수 있으며, 그 말이 성품이 따뜻하고 인정이 두터우며 화락하고 평탄하여 풍자해 깨우침에 장점이 있는지라 외우는 자가 반드시 정사에 통달하게 되면 능히 말할 수 있게 되는 것이다. 이는 『시경』시를 알게 되면 經世致用경세치용할 뿐만 아니라 세상일에 융통성 있게 대처할 수 있다는 것이다.

공자는 『論語논어』 「述而술이」篇 '雅言아언'章에서 "평소에 늘 말씀하시는 바는 시와 서와 예를 집행하는 일이 모두 늘 하시는 말씀이시더라."[24]와 같이, 시로써 가르치는 詩教시교를 중시하였다. 주자도 주석에서 "詩'는 (그로써) 性情성정을 다스리게 하고, '書'는 정사를 말해 주고(진술해 주고), '禮'는 절도[節]와 문채[文]를 삼가게 하니, 모두가 매일 살아나가는 데 있어서의 실속에 절실하다"[25]고 하여, 시는 성정을 다스릴 수 있는 것이기에 매일 매일의 실제 생활에 절실한 것으로 인식되었던 것이다. 『시경』시의 효용성으로 공통적인 관심사를 주제로 하여, 대화를 나누다 보면 상대방의 마음을 얻을 수 있다는 것이다. 오늘날 외교에서도 친화적인 방법으로 공감하는 漢詩의 내용

---

24) 『論語』 「述而」篇 '雅言'章. "子所雅言은 詩·書·執禮가 皆雅言也러시다."
25) 위의 책(『論語』 「述而」篇 '雅言'章), 朱子의 註. "詩以理情性, 書以道政事, 禮以謹節文, 皆切於 日用之實."

을 말한다든지 K팝의 노래를 화제로 올려 분위기를 잡아나갈 수 있는 것과 상통하는 면이 있다. 2013년 한국과 중국 정상이 만나서 정상 회담을 하기 전 오찬 자리에서 중국 측은, 당나라 때 시인 왕지환의 「登鸛雀樓등관작루」를 소개하여 두 나라의 관계가 한층 더 발전되기를 희망하였다. 시를 소개하면 다음과 같다.

「등관작루登鸛雀樓」

흰 해는 산 너머로 지고,	白日依山盡,
황하는 바다로 흘러드네.	黃河入海流.
천리를 다 보려고,	欲窮千里目,
다시 한 층 더 올라간다.	更上一層樓.

보통 석양은 일몰이기에 비통한 느낌을 준다. 그런데 이 시에서는 황혼을 '白日백일'이라 하여, 밝고 활발한 느낌을 부여하였다. '白日'은 태평성대이고 善이며 광명이면서 기쁨을 상징한다. 그래서 진취적 기상이 있다. 이런 태양이 지는 것이 아쉬워 2층에서 다시 한 층 더 오른다. 학문도 인생도 모두 이와 같이 미지의 세계, 장차의 미래를 위한 진취적 태도를 지녀야 함을 말하고 있다. 따라서 중국 측에서 말하고자 한 것은 두 나라의 관계가 앞으로 진취적인 관계로 나아갈 것을 희망한다는 메시지를 본격적인 회담을 하기 전에 먼저 전한 것이다.

朱子주자도 「詩經前序시경전서」에서 시로써 교화가 되는 까닭을 묻는 말에 "시는 사람의 마음이 物에 느껴져서 말로 나타난 나머지(결과)이다. 마음이 느끼는 바가 간사하고 바름[邪正]이 있는지라, 그러므로 말로 나타나는 바가 옳고 그름[是非]이 있으니, 오직 聖人이 윗자리에 계시면, 그 (아랫사람이나 백성들이) 느끼는 바가 바르지 않음이 없어서 그 말이 모두 족히 교화가 될 수 있고, 그 간혹 느끼는 것이 雜되어[다양하고 복잡하여] 표현되는 바가 능히 가릴 만한 것이 없을 수 없을진댄 윗자리에 계시는 분이 반드시 스스로 (바른 데에) 돌이킬 것을 생각하여 그로 인하여 (善을) 권장하고 (惡을) 징계할 것이 있었으니, 이 또한 교화가 되는 것이다."26)라고 하였다. 이는『시경』시 같은 시가 착한 것을 말한 것은 사람의 착한 마음을 펼쳐 나아가게 하고 악한 것을 말한 것은 사람의 안일한 뜻을 징계할 수 있으니, 그 쓰임이 사람들로 하여금 바른 성정을 얻게 하거나 풍속을 교화시키는 데 도움이 된다는 것이다. 좋은 노랫말은 당대의 잘잘못을 풍자할 수도 있고 부부와 부모 자식 간의 의리와 우애를 가질 수 있게 하여 인륜의 정을 두텁게 하고 교화를 아름답게 하여 풍속을 미풍양속으로 옮겨가게 할 수도 있는 것이다. 왜 노랫말이 중요한가를 알 수 있게 한다.

3. 인인시교의 교육관

전통적인 유가의 교육관 중 공자의 교육적 특징을 잘 드러낼 수 있는 것이 因人施敎인인시교의 교육관이다. 因人施敎란 배우는 사람의 능력과 그가 처한 환경에 따라 가르침을 베푸는 교육 방법을 이르는 말이다.

『論語』「爲政위정」篇 '無違무위'章에 맹의자(노나라 대부 중손씨로 이름

---

26) 朱子,「詩經前序」. "詩者, 人心之感物而形於言之餘也. 心之所感, 有邪正, 故言之所形, 有是非, 惟聖人在上, 則其所感者, 無不正, 而其言皆足以爲敎, 其或感之之雜, 而所發, 不能無可擇者, 則上之人, 必思所以自反, 而因有以勸懲之, 是亦所以爲敎也."

이 何忌)가 孝에 대해서 여쭈는 부분이 있다.

> 맹의자가 '효'에 대하여 여쭈었는데, 공자께서 말씀하시기를, "(예에) 어김이 없는 것이니라." 하셨다. 번지가 수레를 몰며 모셨더니, 공자께서 일러주시면서 말씀하시기를, "孟孫이 나에게 효를 묻거늘, 내가 대답해서 말하기를 '(예에) 어김이 없는 것이다'라고 했노라." 하셨다. 번지가 말씀드리기를, "무엇을 이르신 말씀입니까?" 하였다. 공자께서 말씀하시기를, "살아 계실 때에 섬기기를 예로써 하며, 돌아가셨을 때에 장례 지내기를 예로써 하고 제사 지내기를 예로써 하는 것이니라." 하셨다.27)

맹의자는 魯노나라 맹씨 집안인 孟孫氏맹손씨·叔孫氏숙손씨·季孫氏계손씨의 세 집안 중 맹손씨 집안이다. 이들은 춘추시대 초기의 魯나라 임금 桓公환공의 세 庶子서자 계통의 자손들이었는데, 처음에는 嫡子적자 계통의 莊公장공과 외람되게도 같은 位階위계로 생각하여 자기네 집안들을 '중손씨·숙손씨·계손씨'라고 自稱자칭하다가, 나중에 다시 자기네 집안들끼리만 순서대로 따로 일컬어 '맹손씨·숙손씨·계손씨'라고 하였다. 따라서 맹의자가 참람하게도 노나라 임금을 업신여기고 도리에 어긋난 짓을 하였기 때문에, 공자께서 질문한 사람의 사람됨에 따라 '예의 어긋남이 없어야 한다.'라고 가르침을 내린 것이다. 그런데 이와 같은 잘못이 반복될까 봐 제자 번지에게 한 번 더 일러 주어 이 말의 뜻이 맹의자에게 제대로 다시 전달되기를 바랐던 것이다.

맹의자의 아들 맹무백(이름이 彘체)이 효에 대해서 여쭈니 "부모는

---

27) 『論語』「爲政」篇 '無違'章. "孟懿子가 問孝한대 子曰, 無違니라. 樊遲가 御러니 子가 告之曰, 孟孫이 問孝於我어늘 我가 對曰無違라 호라. 樊遲가 曰, 何謂也니잇고. 子曰, 生에 事之以禮하며 死에 葬之以禮하며 祭之以禮니라."

오직 그 병을 근심하시느니라."[28]라고 하였다. 노나라 대부 맹의자의 어린 아들 맹무백이 육체가 건강하지 못하고 잔병치레를 하였다. 세상의 모든 부모는 어린아이가 건강하게 자라주기를 바랄 것이다. 그런데 맹무백은 건강 체질은 아니었다. 그래서 공자는 맹의자가 걱정할 것을 염려하여, 모든 부모는 자식의 질병을 근심하니, 약골인 맹무백에게 평상시 잘 먹고 체력 관리를 잘하여, 부모의 마음을 편안하게 해드리는 것이 효도라고 하였다.

문학에 능한 공자의 제자 자유(성이 言이고, 이름이 偃언임)가 효에 대해서 여쭈니, "오늘날의 '효'는['효'라는 것은] 그 바로 (그저) 잘 奉養봉양하는 것을 이르는 말이니, 犬馬견마에 이르러서도[있어서도] 모두 능히 길러 줌이 있으니, 공경하지 않는다면 (개나 말을 기르는 것과 부모 봉양하는 것을) 무엇으로써 구별하리오?"[29]라고 하여, 평소의 자유가 부모님에 대한 공경심이 부족한 것을 깊이 깨우쳐 주신 말씀이다. 어버이를 봉양하기를 공경심으로 행하지 못하면 견마를 기르는 것과 무엇이 다른가로 질책함으로써 설혹 공경심에서 벗어나는 일이 없도록 경계하신 말씀이다. 『맹자』[30]에 증점과 증자, 그리고 증원의 3대에 걸친 효 이야기가 나온다. 증자가 아버지 증점을 봉양할 때 늘 고기반찬을 올렸다. 그러면 아버지 증점은 밥상을 물리면서 '남은 반찬이 있느냐?'고 물으면, 증자는 '있습니다'라고 대답하였다. 증자가 연로하여 아들 증원으로부터 봉양을 받을 때, 증원에게 '남은 반찬이 있느냐?'고 물으면, 증원은 남은 고기반찬이 '없습니다'라고 대답하였다. 고기

---

28) 『論語』 「爲政」篇 '憂疾'章. "子曰, 父母는 唯其疾之憂시니라."

29) 『論語』 「爲政」篇 '能養'章. "子曰, 今之孝者는 是謂能養이니 至於犬馬하여도 皆能有養이니 不敬이면 何以別乎리오."

30) 『孟子』 「離婁」章(上).

반찬이 귀하기 때문에 남겨두었다가 다음 식사 공양 때 올리려는 마음이었다. 그런데 이는 입과 몸만 섬기는 '養口體者양구체자'에 불과한 물질적인 효인 것이다. 하지만 증자가 행한 효는 아버지 증점의 뜻을 알아차린 '養志者양지자'이기에, 차원 높은 정신적 효라고 할 것이다. 아버지 증점이 남은 고기반찬을 자손들과 나누어 먹고 싶었기 때문이다. 이처럼 효에 공경심과 차원 높은 養志者의 뜻이 더해지면 錦上添花금상첨화일 것이다.

역시 문학에 능한 제자 자하도 효에 대해 여쭈었는데, "얼굴빛이[얼굴빛을 가지기가] 어려우니, 일이 있거든 '아우나 자식된 사람[젊은이]'이 그 수고로움을 맡아서 행하며, 술과 밥이 있거든 먼저 나신 분께 대접해 드리는 것, 일찍이 이로써 '효'를 삼겠는가?"31)라고 하여, 어버이를 모실 때 얼굴빛을 온화하게 가져야 할 것을 이르신 말씀이다. 대개 효자는 깊은 사랑을 지닌 자로 온화한 기색을 지니게 되고 온화한 기색이 있는 자는 반드시 기쁜 안색이 있기 마련이며, 기쁜 안색이 있는 자는 반드시 고운 얼굴을 지니기 마련인 것이다. 그런데 요즘 젊은이들은 대개 효를 행한다고 하면서 술이나 밥 등의 음식을 어른들에게 대접해 드리는데, 이는 기본적인 것으로 차원 높은 효는 아닐 것이다. 진정한 효도는 얼굴빛을 온화하게 가지면서 어버이나 웃어른을 편안한 안색으로 섬기면서 뜻을 받들어야 하기 때문이다.

공자께서 효에 대해 맹의자에게 일러주신 말씀은 일반 대중에게 일러주신 경우요, 맹무백에게 일러주신 말씀은 그 사람이 근심하게 할 만한 점이 많은 까닭에서였다. 자유는 능히 봉양하기는 하되 간혹

---

31) 『論語』「爲政」篇 '色難'章. "子曰, 色(이) 難이니 有事어든 弟子가 服其勞하고, 有酒食어든 先生饌이 曾是以爲孝乎아."

공경심이 부족했고, 자하는 능히 곧게 모시고 의롭게 모시기는 하되 간혹 온화한 기색이 적었으니, 각각 그 재목의 높고 낮음에 말미암아서 그 모자라는 점을 인정하시어 일러주셨으니, 그 질문에 대한 가르침의 말씀이 한결같지 않았다.

공자는 안연이 仁에 대해서 여쭈니 "克己復禮극기복례"32)라고 하였으며, 중궁이 仁에 대해서 여쭈니 "門을 나섬에 (마치) 큰 손님을 만나듯이[접견하듯이] 하며, 백성을 부림에 (마치) 큰 제사를 받들 듯이 하고, 자기 몸에 바라지 않는 것을 남에게 베풀지 말 것이니, (그런 사람은) 나라에 있더라도 (그를) 원망하는 일이 없으며 집안에 있더라도 원망하는 일이 없느니라."33)라고 하였다. 또 사마우가 仁에 대해 여쭈니, "仁한 자는, 그 말하는 것이[그 하는 말이] (말을) 참아서 하느니라."34)라고 하여, 할 말이 있더라도 그 말을 참아서 하라고 하였다. 그리고 번지가 仁에 대해서 3번 여쭈었는데, 먼저 「雍也용야」篇에서는 "어려운 일은 내가 먼저 하고, 얻는 일은 나를 뒤로 돌린다."35)라고 하였으며, 「顔淵안연」篇에서는 "愛人애인"36)이라고 하였다. 그리고 「子路자로」篇에서는 "거처함에 공순하게 하며, 일을 집행함에 공경스럽게 하며, 남과 더불어 사심에 진실되게 하는 사람을, 비록 이적의 땅에 가더라도 결코 버려지게 할 수 없을 것이니라."37)고 공자는 대답하였다. 또한

---

32) 『論語』「顔淵」篇 '克己'章. "顔淵이 問仁한대 子曰, 克己復禮가 爲仁이니 一日(을) 克己復禮면 天下가 歸仁焉하나니 爲仁이 由己니 而由人乎哉아."

33) 『論語』「顔淵」篇 '仲弓'章. "出門(에) 如見大賓하며 使民(에) 如承大祭하고 己所不欲을 勿施於人이니 在邦(에) 無怨하며 在家(에) 無怨이니라."

34) 『論語』「顔淵」篇 '訒言'章. "仁者는 其言也가 訒이니라."

35) 『論語』「雍也」篇 '樊遲'章. "仁者는 先難而後獲이면 可謂仁矣니라."

36) 『論語』「顔淵」篇 '仁知'章. "樊遲가 問仁한대 子曰, 愛人이니라."

37) 『論語』「子路」篇 '樊遲'章. "樊遲가 問仁한대 子曰, 居處에 恭하며 執事에 敬하며 與人에 忠을 雖之夷狄이라도 不可棄也이니라."

「陽貨양화」篇 '問仁문인'章에도 자장이 仁에 대해서 여쭈는 장면이 나오는데, '천하에 다섯 가지 곧 恭공·寬관·信신·敏민·惠혜 등을 행할 수 있으면 仁이 될 것이니라.'[38]라고 하였다.

위의 내용처럼 仁에 대한 물음에 공자는 사람과 그 사람이 처한 처지에 따라 각기 달리 말씀을 하였다. 이는 등급을 뛰어넘어 躐等엽등하지 않고 배우는 사람의 수준이나 처지 등에 따라 가르침을 베푼 因人施敎인인시교인 것이다. 안연에게 베푼 극기복례 곧 개인의 사사로운 욕심을 이겨 예로 돌아간다고 한 것은 지고지순한 仁의 경지로 지극한 군자의 경지인 것이다. 중궁에게 仁에 대한 물음은 사람을 대하거나 만날 때 공경심을 위주로 하라는 말씀으로 이는 敬에 대한 말씀이다. 그러면서 자기 싫어하는 바를 남에게 시키지 말 것을 당부하였다. 그러면 조정에 출사하거나 집안에 있더라도 원망을 사는 일이 없을 것이라고 하였다. 사마우는 평소에 말이 많고 조급한 사람이었기에, 말을 썩썩 내지 않으며, 할 말이 있더라도 그 말을 쉽사리 다 하려 하지 않고 가능하면 참아서 하라는 가르침을 내린 것이다. 그리고 번지에게는 愛人이라는 가르침을 내렸다. 이는 번지가 아직 학문적 경지가 안연이나 사마우의 경지까지 도달하지 못했기에 쉽게 가르침을 베풀어 '사람을 사랑하라'고 한 것으로, 일반인 누구나 마땅히 행할 수 있는 仁의 포괄적인 의미를 깨우쳐 준 것이다. 이렇듯 공자는 배우는 사람의 학문적 지식이나 경험이 깊은 경지에 이른 정도와 수준에 따라 가르침을 달리 내렸다. 이런 교육 방식이 因人施敎의 방식인 것이다.

---

38) 『論語』「陽貨」篇 '問仁'章. "子張이 問仁於孔子한대 孔子曰, 能行五者於天下면 爲仁矣니라. 請問之하노이다 한대 曰, 恭·寬·信·敏·惠이니 恭則不侮하고 寬則得衆하고 信則人(이) 任焉하고 敏則有功하고 惠則足以使人이니라."

공자는 "굳세고 씩씩하고 질박하고 말을 참는 것이 仁에 가깝다"[39] 고 하였다. 자신의 뜻이 굳세고 욕심이 없으며 주관이 뚜렷하면서도 참된 뜻을 단단히 잡고 나가면서 과단성이 있으면서 엄격하고 씩씩한 자세를 견지하고 꾸민 데가 없이 순수하고 실천할 수 없는 말은 썩썩 내지 않는 행동의 소유자가 仁함에 가깝다는 것이다. 이는 「학이」편 '선인'장의 "巧言令色교언영색"의 자세와 상반되며 「양화」편에 나오는 "鄕原향원"과도 그 자질이 상반된다고 할 수 있다. "巧言令色"은 "말씀 을 공교롭게 하고 얼굴빛을 곱게 가지는 사람"이라는 뜻으로, 겉모습 만 가꾸고 남을 기쁘게 하는 것만 힘쓰게 되면 사람의 욕심이 방자해 져서 진실되고 미더운 마음 곧 仁을 행할 수 없게 된다는 것이다. 그리고 "鄕原"은 "우리 사회의 덕을 해치는 자이다"로 풀이 되는 말로, 이는 한없이 착학 척만 하여 우리 사회가 어디로 가는지 어떤 방향으 로 가야 하는지 등에 전혀 관심 없이 단지 자신의 사리사욕과 부귀영 화에 관심이 있는 사람이다. 다시 말하자면 시골뜨기처럼 분별없이 착한 듯 행세하여 世流세류에 영합하고 아첨하는 자는 그가 속한 사회 의 德을 어지럽히고 해치는 자라는 말이다. 이를테면 좋은 게 좋다는 식으로, 물에 물 탄 듯 술에 술 탄 듯 이래도 좋고 저래도 좋은 사람으 로, 어찌 보면 덕이 있는 것 같으면서도 그렇지 않은 사람이다. 마치 우리 주변에서 '법 없이도 살 사람'으로 평을 듣는 부류이다. 이런 무리가 많으면 많을수록 우리 사회는 나쁜 쪽으로 흘러가기 때문이 다. 나쁘면 나쁘다고, 잘하면 잘한다고 목소리를 내주어야 그 사회는 바른 곳으로 나아갈 수 있다.

有子유자[40]는 "효제는 인을 행하는 근본이라고나 할까?"[41]라고 하

---

39) 『論語』 「子路」篇 '近仁'章. "子曰, 剛毅木訥이 近仁이니라."

여, 인의 근본은 효도와 공경스러움에 있다고 하였다. 仁의 구체적 내용을 밝혔다. 시나 대중가요의 내용도 우리 주변의 사람 사는 모습으로 무엇을 중시해야 하는가를 넌지시 일러주고 있다.

자로가 여쭙기를, "(도의를) 들으면, 곧[이에] 행합니까?" 하였다. 공자께서 말씀하시기를, "父兄이 계시니, 어떻게 (그) 듣는다고 곧[바로] 행하리오?" 하셨다. 염유가 여쭙기를, "들으면 곧[이에] 행합니까?" 하였다. 공자께서 말씀하시기를, "들으면 곧 행하느니라." 하셨다. 공서화가 말씀드리기를, "由[仲由]가 여쭙기를, 들으면 곧 행합니까? 하였거늘, 선생님께서 말씀하시기를, '부형이 계신다' 하시고, 求[冉求]가 여쭙기를, 들으면 곧 행합니까? 하였거늘, 선생님께서 말씀하시기를, '들으면 곧 행하느니라' 하셨으니, (저) 赤[公西赤]이 의혹되어 감히 여쭙습니다." 하였다. 공자께서 말씀하시기를, "求는 후퇴하는지라 그러므로 전진하게 하였으며, 由는 여러 사람의 몫을 아우르는지라[아울러 행하는지라] 그러므로 후퇴하게 하였노라." 하셨다.42)

사람이 도의를 행하면서 학문을 해 나가자면, 도의를 들어서 아는 것과 그것을 실천적으로 행하는 것을 모두 잘 닦아 나가야 하는 것이다. 그런 점에서, 아는 것을 제대로 아는가 알지 못하는가의 '知愚지우'

---

40) 『論語』「學而」篇 '務本'章은 有子 곧 공자의 제자 有若의 말씀인데, 일부 논문에서는 공자의 말씀으로 논한 논문도 있었다.

41) 『論語』「學而」篇 '務本'章. "孝弟也者는 其爲仁之本與인저."

42) 『論語』「先進」篇 '兼人'章. "子路가 問, 聞斯行諸잇가. 子曰, 有父兄이 在하니 如之何其聞斯行之리오. 冉有가 問, 聞斯行諸잇가. 子曰, 聞斯行之니라. 公西華가 曰, 由也가 問聞斯行諸어늘 子曰, 有父兄(이)-在라 하시고 求也가 問聞斯行諸어늘 子曰, 聞斯行之라 하시니 赤也가 惑하여 敢問하노이다. 子曰, 求也는 退라 故로 進之하고 由也는 兼人이라 故로 退之호라."

와, 행하는 것을 제대로 행하는가 그렇지 못한가의 '賢不肖_{현불초}'가 나눠지는 것이다. 그런데 위의 글에서도 알 수 있듯이, '자로'는 행하는 측면에서 매우 적극적이어서 다소 지나치는 점이 있었으며, '염유'는 그런 측면에서 다소 부족한 점이 있었다. 그래서 공자는, 행하는 데 적극적이었던 '자로'에 대해서는 "부형께서 살아 계시니, 제 마음대로 할 수 없는 점이 있다."라는 뜻으로 다소 억눌러 주었으며, 행하는 데 적극성이 부족했던 '염구'에 대해서는 적극성을 북돋우어 주었다. 공자의 말씀과 가르침은, '(그) 사람을 말미암아 가르침을 베푼다'는 '因人施敎'의 교육 방법에 의해, 위와 같이 제자의 타고난 자질과 품성에 따라 달리 행해졌던 것이다.

　자장이 공자께 仁에 대하여 여쭈었는데, 공자께서 말씀하시기를, "능히 천하에 다섯 가지를 행할 수 있으면, '인'이 될 것이니라." 하셨다. (자장이 말씀 드리기를) "청컨대, (그 구체적인 세목을) 여쭙고 싶습니다." 하였는데, (공자께서) 말씀하시기를, "공순함과 관용을 베풂과 신의를 지킴과 (일에) 민첩함과 은혜로움이니, 공순하면 (남이) 업신여기지 않고, 관용을 베풀면 대중[대중의 민심]을 얻고, 신의를 지키면 남이 맡겨 주고, 민첩하면 功이 있게 되고, 은혜로우면 족히 그로써 사람[남]을 부릴 수 있느니라." 하셨다.[43]

　자장이 仁을 여쭌 데 대하여 답한 공자의 말씀에서 거론된 공·관·신·민·혜 등의 다섯 가지로써도 공자의 말씀대로 인을 행함이 되지

---

43) 『論語』「先進」篇 '問仁'章. "子張이 問仁於孔子한대 孔子曰, 能行五者於天下면 爲仁矣니라. 請問之하노이다 한대 曰, 恭·寬·信·敏·惠이니 恭則不侮하고 寬則得衆하고 信則人(이) 任焉하고 敏則有功하고 惠則足以使人이니라."

못할 것은 물론 아니다. 그러므로 인의 도가 비록 크다는 것을 고려한다 하더라도, 공자의 대답은 자장에게 부족한 점을 말미암아 행한 因人施教 곧 사람에 따라 가르침을 베풀었던 것이다. 사람에 따라 그 배우는 사람에게 부족한 점부터 가르치면서도 그 사람의 능력에 맞으면서 세상의 누구에게나 이치에 맞는 가르침을 내리는 것이, 바로 공자 같은 성인의 교육 방법이었던 것이다.

4. 현대적 활용 방안

공자가 행한 문학의 기능과 교육 방법을 외국인이 한국어를 습득하는 과정에 적용해 보면 어떨까? 이왕 배우는 한국어를 통해 공자가 『논어』에서 강조한 정서를 순화시키고 더 나아가 풍속의 교화와 유용성까지 가져올 수 있다면 一石二鳥_{일석이조}의 효과를 거둘 수 있다. 그리고 공부 방법 중에서도 능력에 따라 그 가르치는 방법이 일률적이 아니라 그들의 한국어 수준에 따라, 그 가르치는 방법과 내용을 달리 한다면 그 결과도 달라질 것이다. 이미 확인한 바와 같이 공자가 능력의 차이와 처지에 따라 제자들에게 가르침을 달리 한 것처럼, 그 방법을 외국인의 한국어 습득 과정에 적용해 보려는 것이다.

K팝의 인기는 싸이의 〈강남스타일〉로 열기를 더했다. 노래가 인기를 얻으면 외국인들은 가사의 의미에 대해 궁금해 한다고 한다. 그래서 〈강남스타일〉이 상종가를 칠 때 영국 BBC 라디오는 청취자의 요청에 따라, 그 가사를 영어로 번역하여 낭송했다고 한다. "밤이 오면 심장이 뜨거워지는 여자, 커피 식기도 전에 원샷 때리는 사나이. 지금부터 갈 데까지 가볼까, 정숙해 보이지만 놀 땐 노는 여자. 때가 되면

완전 미쳐 버리는 사나이, 근육보다 사상이 울퉁불퉁한 사나이."〈강남스타일〉의 노랫말이다. 인기의 비결이 '한국의 빈부 격차라는 사회상을 풍자해서'라는 영국 일간지 가디언지의 논평도 있었다고 한다. 이 노랫말 가사에 대한 영국 일간지의 평은, 공자가 말한 성정순화와 풍교의 기능을 염두에 두고 한 말 같다. 그런데 〈강남스타일〉은 이런 바람을 크게 담지 못했다. 한때 우리도 영어 공부를 위해 당시 유행하던 팝송 가사를 유용하게 활용하였다. 지금 한국 문화에 관심 있는 세계의 젊은이도 한국 노랫말 가사에 관심을 가져, 그것을 대상으로 한국어를 배우려고 할 것이다. 이런 시점에 우리 노래에 세계인의 정서를 순화하고 쾌락적이고 향락적 놀이 문화를 바로잡을 의미 있는 가사를 담아 메시지를 전한다면, 2,500년 전 공자가 행한 성정 순화와 풍교의 기능을 통해, 세계인의 마음을 사로잡을 수 있을 것이다.

최근 가장 인기 있는 한 그룹으로, 방탄소년단의 노랫말을 보자. 방탄소년단의 2013년 2번째 앨범 중 '학교 3부작'〈Oh! Are you late, too?〉에 꿈을 잃어버린 어린 시절을 회고하는 장면이 있다.

왜 당연한 게 당연하지 않게 됐고 당연하지 않은 게 당연하게 됐어. 왜 나의 인생에서 나는 없고 그저 남의 인생들을 살게 됐어. 이건 진짜야 이건 도박도 게임도 아냐 딱 한 번뿐인 인생 넌 대체 누굴 위해 사냐? 9살 아니면 10살 때쯤에 내 심장은 멈췄지 가슴에 손을 얹고 말해 봐 내 꿈은 뭐였지? 어⋯ 진짜 뭐였지.

위의 가사는 초등학교 저학년 때부터 자기를 위한 삶이 아닌 남의 시선을 의식하는 삶을 살게 된 후로, 나의 꿈은 사라지고 가슴의 심장까지도 멈췄다는 것이다. 이는 방탄소년단이 유엔연설에서 "밤하늘과 별을 바라보는 것을 멈췄고 꿈꾸는 것을 멈췄다. 대신에 다른 사람들이 만드는 시선에 저 스스로를 가뒀다"라고 한 것과 일맥상통한다. 많은 이들이 그 가사에 공감했기에, 개인의 정서를 순화시킬 뿐만 아니라 대중의 욕구를 대신 채워주는 역할도 하면서 민풍의 교화까지도 이룰 수 있다. 세계의 젊은이들이 한국어를 공부할 때 이런 가사로 한국어를 공부할 수 있다면 정서순화는 물론 타인의 시선을 의식해서 자신의 꿈을 접고 사는 많은 세계의 젊은이들에게 힘이 될 것이다. 그리고 2015년 앨범 화양연화pt.2에 수록된 〈Ma City〉에 "나 전라남도 광주 baby 내 발걸음이 산으로 간대도 무등산 정상에 매일매일 내 삶은 뜨겁지, 남쪽의 열기. 날 볼라면 시간은 7시 모여 집합, 모두 다 눌러라 062-518"이라고 하여, 광주민주화운동의 의미를 노래하였다. 1980년 5월 18일 광주민주화운동의 의미를 되새겨, 그날의 의미를 소환시키고 있다. 062는 광주의 지역번호이고 518은 그날의 날짜이다. 이런 민주화의 열망이 담긴 방탄소년단의 노랫말은 세계인에게 울림이 있는 노랫말 가사가 될 수 있다. 민주화는 그냥 주어진 것이 아니기 때문이다. 외국인의 한국어 학습이 흥미 위주와 실용성이 경도되어 학문적인 깊이가 없다는 지적처럼,44) 광주민주화운동의 실상을 이야기하면서 한국민들이 민주화에 대한 열망이 얼마나 강했던가를 설명한다면, 많은 외국인들에게 감동을 줄 것은 말한 것도 없고 민주화는 말이 아니라 행동이라는 큰 울림을 줄 것이기 때문이다. 이는 공자가 『시경』 시를 통해 주장한 성정순화 및 풍교론과 관련이 있는 것이다.

한편으로 노랫말의 가사는 우리말의 아름다움과 우리나라에 대한

---

44) 장용수, 앞의 논문, 73쪽.

인상까지 세계인에 알릴 수 있는 창구이기도 하다. 그러니 앞으로의 뮤지션은 어떤 노랫말로 세계의 팬을 만나고 대화할 것인지는 자명해졌다. 미국의 가수 케이티 페리Katy Perry가 부른 〈파이어워크Fire work〉의 노랫말은 소외된 이들에게 희망을 주는 내용이다. 이 내용을 번역하여 한국어를 가르치면 더 효과적일 것이다. "그대 자신이 비닐봉투라고 느낀 적 있나요? 바람에 휩쓸려 다니면서 처음부터 다시 시작하고 싶었나요? 자신을 종잇장 같다고 생각한 적 있나요? 한 번 불면 무너지고 마는 카드로 만들어진 집처럼, 6피트(약 180센티) 깊이의 땅에 묻혀 있는 것 같다고 느낀 적 있나요? 비명 지르는 데도 아무도 못 듣는다고 느낀 적 있나요? 아직 그대에게 기회가 있다는 건 알아요. 그대 안에 작은 불꽃이 있다는 것은 불만 붙이면 돼요. 그리고 그냥 빛나게 내 두면, 7월 4일(미국 독립기념일)의 밤처럼 즐겨요. 그대는 폭죽이에요. 이리 와서 얼마나 가치 있는지 보여줘요. 그대가 하늘을 가로질러 날아갈 때 아, 아, 아, 하고 소리치게 만들어요. 그대는 폭죽이에요. 이리 와서 그대의 색을 불타오르게 해요. 그들이 그대의 굉장함에 놀라 아, 아, 아, 하고 소리치게 만들어요." 이는 절망에 빠진 사람들을 일으키는 가사로, 희망의 메시지를 불어넣고 있다. 이처럼 소외된 계층을 위한 노랫말은 감정의 순화뿐만 아니라 우리 사회에 대한 책임감마저 들게 하는 풍교의 기능까지 더한다. 또한 영어권 학생들에게는 잘 알려진 노래였기에 한국어도 쉽게 이해될 것이다.

　「도산십이곡발」에서 성정 순화를 강조한 퇴계 이황도, 도산서원의 학동들의 정서 순화를 위해 「도산십이곡」을 만들었다고 하였다. 우리 교과서에 실려 있는 퇴폐적 내용의 노래인 경기체가의 「한림별곡」이라든지 현실도피적인 작품은 비판하였다. 공자나 퇴계의 관점처럼, 무의미한 노래를 하거나 친일 행각을 한 작가의 작품을 아무런 비판적 시각도 없이 작품 자체만 가르치는 앵무새 같은 것이 아니라, 작가의 잘못됨을 지적할 수 있도록 비판적 사고력을 기르는 데 한국 노래나 작품들이 활용되어야 한다. 뿐만 아니라 공자나 에디슨 등의 위인전 활용, 한국드라마 줄거리 요약하기 등으로 한층 더 한국문화에 다가 설 수 있도록 해야 할 것이다. 실제로 많은 학습자들이 한류라는 한국 드라마와 K팝으로 불리는 음악에 매료되어 한국어를 학습하기 원했다[45]고 한다. 이러한 매체를 활용한 한국어 교육 방안은 적극적으로 모색될 필요가 있다. 다만 그 내용의 선정에서 공자가 『논어』에서 강조한 내용을 염두 해두고 선별하는 것이 필요하다. 따라서 좋은 내용을 선정하고 인문학적 가치를 높이기 위해서는 감정을 어루만져 줄 수 있는 동요와 대중가요 그리고 시 활용도 필요할 것이다. 이들 작품들 중에는 우리의 정서를 순화시키는 것들이 다수 있기 때문이다.

그러면 수준별 한국어 학습은 어떻게 할 수 있을까? 공자가 因人施敎로 제자들을 교육시킨 것처럼, 외국인들에게도 이 방법에 따라 한국어를 교육하면 그 효과가 클 것으로 예상된다. 인인시교의 교육 방법으로의 맞춤식 교육은 수강생의 지적 수준에 맞게 가르치는 것을 이르는 말이다. 초급·중급·고급으로 나누어 그들에 맞는 한국어 교육이 필요할 것이다. 가령 초급일 경우는, 우리말 표현이 예쁜 동요와 동화책을 가르치고 중급일 경우는 인기 있는 우리 노랫말을 이용하거나 문학 작품 중 널리 애독되는 작품을 선정하여 가르치는 방법도 가능할 것이다. 그리고 대중가요 중 노랫말이 개인의 성정을 순화시키고 감동까지 줄 수 있는 방탄소년단의 노랫말이라든지 널리 알려진 팝송을 우리말로 번역된 가사를 이용하는 방법도 있다.

---

45) 위의 논문, 68쪽.

고급 단계에서는 국역된 위인전을 그 대상으로 삼을 수 있다. 『공자』·『맹자』·『에디슨』 등 사상이나 문화적 혜택을 인류에 베푼 인물을 그 대상으로 삼으면 될 것이다. 그리고 『피노키오』나 『백설공주와 일곱 난쟁이』 등 많이 알려진 내용을 통해 우리말과 글을 익히게 하면 훨씬 효과적이고 효율적인 결과를 얻어내게 될 것이다. 외국인이 잘 아는 내용의 동화책이고 그 내용도 권선징악의 전형으로 계도와 관련이 있기 때문이다. 문학적인 면에서도 우리말이 뛰어나면서 사회적 기능을 한 현실 참여적인 시와 소설을 선택하여 가르치는 것이 배우는 사람들의 풍교와도 관련이 있을 것이다. 조선 후기 다산 정약용의 현실 참여적인 시와 당나라 때 두보가 안녹산의 난으로 인해 민중들이 겪은 고난의 삶을 문학으로 형상화한 번역시를 함께 다루면서, 더불어 사는 삶의 중요성과 참된 삶의 방향을 알 수 있게 한다면 일석이조의 효과를 낳을 수 있을 것이다.

민풍의 교화와 관련이 있으면서 중급 정도의 피교육자라면, 팝송의 번역 가사를 소개할 수 있다. 영국의 록 밴드 퀸의 대표곡 중 하나이며 1975년 발표한 네 번째 정규 앨범 〈A Night at the Opera〉의 수록곡이면서, 영화의 제목이기도 한 〈보헤미안 랩소디Bohemian Rhapsody〉(집시의 광시곡, 또는 자유로운 영혼들의 광시곡)를 예를 들어보자.

"엄마, 난 지금 사람을 죽였어요.
그의 머리에 총을 들이대고 그는 이제 죽었어요.
어머니, 내 삶은 이제 막 시작한 것 같은데,
난 내 삶을 내팽개쳐 버린 거예요.
어머니, 당신을 울게 하고 싶지는 않았어요.
내가 이번에 돌아오지 못하더라도,

앞으로도 꿋꿋이 살아가세요. 꿋꿋이 살아가세요.
마치 아무 문제도 없는 것처럼요."

가정폭력에 시달리던 아이가 권총으로 사람을 죽였다[46]는 내용이다. 우리나라에서는 "엄마, 난 지금 사람을 죽였어요."라는 가사 때문에 1989년까지 금지곡으로 지정되어 있었던 노래이기도 하다. 가정폭력의 현실을 고발하여 사회적 이슈로 만든 것도 풍교의 의미가 있다.

보헤미안 랩소디(집시의 광시곡)의 '보헤미안'은 집시의 의미로, 자유로움을 뜻하기도 한다. 체코 일대인 보헤미아의 집시들이 15세기 프랑스에 대거 몰려와 살게 되면서, 보헤미안이 자유로운 생활을 즐기는 집시의 유래가 되었다. 바다를 건너 영국에서의 보헤미안은 사회의 관습에 구애받지 않고 방랑적이며 자유분방한 생활을 하는 사람을 뜻한다. 외국인이 아는 '보헤미안'이라는 단어 설명과 함께 노랫말로 한국어를 배우면 조금 더 친근하게 배울 수가 있을 것이다.

성정순화와 풍교에 관련되면서 상급 한국어 배움에 활용될 수 있는 것은 퇴계 이황의 「도산십이곡」 같은 고시조를 예로 들 수 있다. 퇴계도 「도산십이곡발」에서 학동들에게 노래를 가르치는 이유를 "아이들로 하여금 아침저녁으로 익혀 노래하게 하고 의자에 기대어 듣게 하며, 또한 아이들로 하여금 스스로 노래하며 스스로 춤추고 뛰게 하고자 함이거늘, 행여 비루하고 인색한 마음을 씻어내어 감동된 것이 있다면 시로 표현해 내고 맺힌 마음을 녹여 통하게 한다면, 노래하는 자와 듣는 자가 서로 유익함이 없지 않을 것이다."[47]라고 하여, 성정

---

46) 프레디가 양성애자의 갈등을 표현한 것으로 보는 설도 있다.
47) 李滉, 「陶山十二曲跋」. "欲使兒輩朝夕習而歌之, 憑几而聽之, 亦令兒輩自歌而自舞蹈之, 庶幾可以蕩滌鄙吝, 感發融通, 而歌者與聽者, 不能無交有益焉."

순화뿐 아니라 노래하는 자와 듣는 자 모두에게 유익함이 있을 것이라고 하였다. 따라서 퇴계의 「도산십이곡」 같은 격조 높은 고시조를 통해 우리 문화도 알게 하면서 마음의 안정도 가져올 수 있게 할 것이다. 12곡 중 한 편을 감상해 보자.

"고인도 날 몯 보고 나도 고인 몯 뵈.
고인을 몯 뵈도 녀던 길 알픠 잇니.
녀던 길 알픠 잇거든 아니 녀고 엇덜고."

「도산십이곡」 중 제9곡으로, 옛 성인의 행적을 따라 학문 수양에 정진하겠다는 내용이다. '옛 성현도 나를 보지 못하고, 나 역시 옛 성현을 뵙지 못했네. 옛 성현을 뵙지 못했지만 그 분들이 행했던 길(학

▲ 경상북도 안동시 도산면에 위치한 도산서원의 모습이다.

문의 길)은 앞에 있네. 그 행하신 길이 앞에 있는데 아니 행하고 어찌할 것인가?'로, 풀이 된다. 퇴계 이황이 벼슬을 사직하고 고향 안동 도산서원으로 돌아와 후학을 가르치면서 지은 작품이라는 배경 설명과 도산서원을 통해 조선시대 서원의 역할, 그리고 유학의 정신 등을 함께 알려주면 한국문화에 대한 이해도 깊어질 것이다.

5. 노랫말과 정서순화

대중가요는 그 시대를 관통하는 대중의 욕구와 불만을 해소해 주는 역할도 한다. 시나 노래로써 위정자를 원망하거나 진실된 속마음으로 은근히 드러냄으로써 노래하는 사람은 죄가 없고 듣는 사람도 족히 경계가 된다. 지금의 대중가요도 대중들의 욕구와 소망을 담아 부르기에, 한편으로는 듣는 대중들도 이 노래를 듣고 성정의 순화와 더 나아가서 풍속의 교화까지 이르게 하면 더욱 좋을 것이다. 따라서 대중가요라 해서 "웃기고 앉았네, 아주 놀고 자빠졌네."(싸이, 〈리잇 나우〉)라든지 "너무나 뜨거워 만질 수가 없어 사랑에 타버려 후끈한 Girl"(소녀시대, 〈지〉) 등의 가사처럼, 성정순화는 고사하고 외국인들의 한국어 공부에 있어서, 한국어의 아름다움을 알게 한다든지 우리 문화의 우수성을 알리는 데 크게 도움이 되지 못할 수도 있다. 가능하면 세계인들이 K팝을 듣고 좋아해서 한국어 가사에 관심을 가질 때 당혹스럽지 않게 그 가사의 의미도 시대를 아우르는 정서와 메시지를 담으면 좋을 것이다. 그렇게 할 경우에 세계인의 정서 순화와 세계적인 풍교에도 한 몫 할 수 있기 때문이다. 2,500년 전 공자도 풍교에 도움주고자 『시경』 시를 찬술하였던 것이다.

공자께서 『시경』 시를 한 마디로 평단한 말씀이 '思無邪사무사'이다. 현대인들에게도 사무사한 시와 노래가 필요한 시대이다. 『시경』 시를 평단한 사무사란, 순수하고 불의에 굴하지 않은 마음일 것이다. 조금 더 구체적으로 표현한다면, 1930년대 일제치하에서 우리 민족 현실의 문제를 노래한 시들이 진정으로 사무사한 시이다. 소재만 보고 순수한 것을 말하는 소위 순수시파 계열의 시는 진정 사무사한 순수시라고 할 수 없다. 적어도 일제 강점기의 순수한 마음은 일제에 대한 저항의 마음을 담는 것이 작시자의 태도에 사악한 마음이 없는 것이기 때문이다. 30년대 순수시파의 대명사인 김영랑 시인의 「돌담에 속삭이는 햇발같이」·「내 마음을 아실이」·「모란이 피기까지는」 등의 시보다는 이육사의 「광야」·「절정」·「청포도」 그리고 윤동주의 「서시」·「십자가」·「쉽게 씌어진 시」 등이 더 사무사한 의미를 지녔다. 이들 작품은 시로써 외국인 교육에 활용할 수 있는 것들로, 그들이 잘 알고 있는 노랫말과 함께 사용할 수 있다. 이들의 시는 정서순화와 풍교의 기능이 있기 때문이다. 그리고 정서 순화에 이바지하면서 풍교의 기능까지 있는 팝송의 가사와 방탄소년단의 노랫말 가사 등도 활용할 수 있을 것이다. 그러면 내용의 빈약이라는 철학적인 부분도 해소될 것이다. 또한 因人施敎라는 공자의 교육관에 따라 교육자를 초급·중급·고급으로 나누어, 그들의 한국어 수준에 맞게 대상 작품을 선정하여 가르치면 더 효율적이다.

공자의 교육관은 외국인의 한국어 교육뿐만 아니라 현대의 한국어 교육에도 활용할 수 있다. 『論語논어』 「八佾팔일」篇 '禮樂예악'章에 "공자께서 말씀하시기를, '사람으로서 어질지 못하면 예가 있은들 무슨 소용이 있겠으며, 사람으로서 어질지 못하면 음악이 있은들 무슨 소용이 있겠는가?' 하셨다."[48]라고 한 표현이 있다. 이는 사람이 어질지 못하면 사람의 참마음이 없어지게 되니, 예악이 있다 하더라도 그 예악이 참된 예와 음악으로 제대로 쓰일 수 없다는 뜻을 밝힌 것이다. 예악을 행하되 본질을 모르고 도리에 어긋나게 행한다면, 그런 예악은 진정한 예악이 될 수 없기 때문이다. 따라서 음악을 행하기 전에 천하가 바른 이치를 되찾아야 하고, 그러면 사람의 마음도 참마음이 회복되며 저절로 음악도 화평해질 수 있다는 것이다. 그러나 천하의 바른 이치를 잃으면 음악도 화평을 잃을 수 있다. 따라서 공자는 예와 음악에 앞서 풍속의 순후함을 먼저 강조하였다. 풍속이 선해야 사람들의 마음도 선해지고, 그로 인해 그들에게 순한 풍속이 반영되어 그들이 부르는 노래도 선하게 된다는 논리이다. 그러기 위해서는 어진 사람을 길러내면 사회는 자연히 선한 풍속이 퍼지고, 그들이 부르는 노래도 선할 수 있다는 것이다. 선한 풍속이 그들의 마음에 반영되어 자연히 노랫말도 선해질 수 있다는 논리이다. 풍교의 기능이 왜 중요한가를 단적으로 보여준 말씀이다. 자꾸만 거칠어지는 요즘 현실에서 우리 사회의 선한 풍속을 위해 노랫말의 중요성을 다시 한 번 더 인식했으면 한다. 좋은 노랫말은 우리 사회를 정화할 수 있는 힘이 있기 때문이다.

---

48) 『論語』「八佾」篇 '禮樂'章. "子曰, 人而不仁이면 如禮에 何하며 人而不仁이면 如樂에 何오."

중국과 한국의 굴원론

: 몇 가지 사례를 중심으로

1. 한·중 지성인들이 생각하는 굴원은?

이 글에서는, 中國중국의 굴원론을 통해 굴원의 원형을 고찰한 후 中國과 韓國한국의 문인들은 굴원을 어떻게 인식하고 수용하였으며, 屈原굴원(B.C.339~B.C.277)에 대한 평은 시대와 학자에 따라 어떤 변화가 있었는가를 고찰하고자 하는 것이다. 그러면 시대에 따라 軌궤를 같이 하는 경우와 그렇지 않음을 논의함으로써 중국과 한국 역대의 학자들에게 屈原이 어떤 존재인지가 드러날 것이다. 굴원은 한·중 지성인의 흠모의 대상이기에 존재 가치를 살피는 일도 의의가 있을 것이다.

屈原은 이름이 平평이고, 字는 原원이며, 楚초 威王위왕 元年 正月 14일에 출생하였다.[1] 楚나라의 宗室종실과 同姓동성이며 三閭大夫삼려대부로서 楚懷王회왕의 左徒좌도(左拾遺와 같은 벼슬) 노릇을 하였다. 博覽强記박람강기하고 역대의 治亂치란에 밝으며 辭令사령(문장·글)에 익숙하여, 들어와서는 왕과 더불어 國事를 도모하고 의논하여 號令호령(임금의 명령)을 내고, 나가서는 賓客빈객을 접견하고 諸侯제후들을 應對응대하니, 회왕이 신임하였다. 上官大夫상관대부가 더불어 班列반열을 같이하였는데, 총애를 다투어 마음속으로 그 재주를 해롭게 여겼다. 회왕이 굴원으로 하여금 憲令헌령(헌법·호령)을 만들게 하였더니 굴원이 草稿초고를 작성하여 다 이루지 못하였을 때에, 상관대부 靳尙근상이 먼저 보고자 했으나 보여주지 않았다. 근상이 그로 인해 헐뜯어 말하기를 "왕께서 屈平으로 하여금 憲令을 짓게 하신 것은 누구든 알지 못하는 사람이 없습니다마는, 매양 한 번 헌령을 지어낼 때마다 平이 그 功을 자랑하여 '내가 아니면 능히 할 사람이 없다'고 합니다." 하니 회왕이 노하여 굴원을 멀리하였다. 굴원이 왕의 聽政청정이 총명하지 못해 참소하고 아첨하는 무리만 좋아하는지라, 근심하고 깊이 생각하여 「離騷이소」를 지어[2] 회왕이 깨달아 바른길로 돌아가서 자기에게 돌아오기를 바랐다.

그 후에 秦진나라가 張儀장의로 하여금 회왕을 속여서 더불어 武關무관 땅에서 會盟회맹하자고 꾀어내거늘, 굴원이 왕에게 가지 말기를 諫간하였으나 회왕이 듣지 않고 子蘭자란의 권고로 갔다가[3] 협박당하여 끌려

---

1) 蒲江淸, 「屈原生年月日的推算問題」, 『楚辭硏究論集』, 台北: 學海出版社, 民國74年, 31~40쪽.
2) 「離騷」의 창작시기는 명확하지 않다. 劉向은 「新序」의 「節士」篇에서는 懷王 때 작품이라고 하였으며, 「九歎」의 「思古」篇에서는 頃襄王 때 작품이라 하였다. 王逸은 『楚辭章句』「離騷序」에서는 懷王 때 굴원이 추방되었을 때 지었다고 했으며, 「世溷濁而嫉賢兮, 好蔽美而稱惡」의 註에서는 頃襄王 때 지어졌다고 하였다. 劉向과 王逸 모두 굴원이 추방되었을 때 「離騷」가 창작되었다고 하였다.
  유성준 교수는 「『楚辭』란 무엇인가」에서 「離騷」의 창작 시기는 楚나라 회왕과 경양왕 두 시기의 설이 있지만 그 어느 설도 정설이 못된다고 했다(『楚辭』, 문이재, 2002, 141쪽). 그리고 범선균은 굴원이 「離騷」를 지을 때는 60세 이상 70세 미만으로, 경양왕 시절이라고 하였다(「屈賦硏究」, 연세대학교 박사논문, 1988, 62쪽). 司馬遷은 『史記』「屈原賈生列傳」에서 「離騷」를 회왕 때 지었다고 하였다. 어쨌든 굴원의 「離騷」는 유배시기에 지은 작품이라는 것에, 의견이 일치한다.

가는 바가 되어 마침내 秦진나라에서 객사하고, 頃襄王경양왕이 즉위하자 다시 令尹영윤 子蘭의 참소하는 말을 받아들여 原을 江南 땅에 귀양 보내니, 原이 다시 「九歌구가」·「天問천문」·「九章구장」·「遠游원유」·「卜居복거」·「漁父어보」 등의 글을 지어 자기의 뜻을 펴서 임금의 마음을 깨닫게 하기를 바랐는데 끝내 반성하는 것을 보지 못했으니, 조국[宗國]이 장차 망하는 것을 차마 볼 수 없어 마침내 汨羅淵멱라수(湖南省의 湘江물)에 빠져 63세의 일생4)을 마쳤다.5)

남방 문학의 대표작은 『楚辭초사』이다. 『초사』는 굴원의 작품을 비롯하여 몇 명의 초나라 작가의 작품까지 총칭하여 이르는 말이다. 『초사』는 戰國時代전국시대 후기 남쪽 지방인 楚나라의 고유한 언어와 음악을 이용해 지은 새로운 시체로, 북방 문학의 진수인 『詩經시경』 시의 영향을 받았다. 그러나 내용적으로 『초사』는, 『시경』의 현실적 내용의 시들과 달리 개인의 고뇌와 번민을 비유와 대구로 표현하여 중국 고대 문학에 환상성과 낭만성을 더했다. 형식적으로는 매구의 중간 혹은 끝에 "兮혜" "些사" "只지" 같은 어조사를 두어 운율미를 갖게 하였으며 문장 끝에 "亂曰난왈"이 있어, 작품 전체를 요약하는 역할이면서 가창의 형식이었다. 전하는 『초사』는 굴원의 작품이 25편으로 다른 작가에 비해 압도적으로 많이 실려 있다.6) 그래서 일부 연구자들은 굴원의

---

3) 『史記』 「楚世家」. "…… 懷王子子蘭勸王行, 曰…… '秦何絶秦之驩心'."

4) 范善均은 「屈賦研究」에서 繆天華의 「離騷淺釋」과 王宗樂의 「屈原與屈賦」의 내용을 근거로 하여 굴원이 B.C.343년에 출생하여 B.C.277년 5월 5일에 67세의 나이로 죽어 단오절이 생겼다고 하였다(范善均, 「屈賦研究」, 연세대학교 박사논문, 1988, 27쪽).

5) 司馬遷, 『史記』 卷八十四 「屈原賈生列傳」과 「楚世家」, 朱熹, 「離騷經」의 朱子 序 참조.

6) 班固의 『漢書』 「藝文志」 '詩賦略'에는 "屈原賦二十五篇"으로, 기록되어 있다. 후대의 연구자에 따라 작품명의 차이를 보이지만, 范善均은 「屈賦研究」(연세대학교 박사논문, 1988)에서 굴원의 초사 작품 수는 九歌 10편, 九章 9편, 離騷·天問·遠遊·卜居·漁父·招魂 등 25편이라고 했다.

작품만 떼어 '屈賦굴부' 또는 '屈騷굴소'라고 칭하기도 한다.

『초사』는 굴원이 활동할 당시에는 새로운 시체였지만 '초사'라는 말이 처음으로 등장한 것은 漢한나라 때였다. 前漢전한 成帝성제 때 劉向유향(B.C.77~B.C.6)이 옛문헌을 정리하면서 초나라의 굴원과 宋玉송옥의 작품을 비롯한 漢나라의 賈誼가의·淮南小山회남소산·東方朔동방삭·劉向유향·王褒왕포·嚴忌엄기 등의 작품들을 한 곳에 엮어 『초사』라고 命名명명한 것에서 시작되었다.

後漢후한 安帝안제 때 王逸왕일은 유향이 엮은 『초사』에 주석을 달고 자신이 직접 쓴 「九思구사」를 넣어 『楚辭章句초사장구』라는 책을 펴냈다. 후대로 오면서 유향이 엮은 『초사』는 失傳실전되고, 왕일의 주석서인 『초사장구』만 전해졌다. 지금 우리가 『초사』의 작품을 볼 수 있게 된 것도 왕일의 『초사장구』가 전해지기 때문이다.

지금까지 굴원에 대한 연구는 중국 및 한국에서의 굴원 작품과의 영향 관계를 주로 연구한 단편적인 논문7)과 굴원의 사상과 전기적

7) 서수생, 「송강의 전후 사미인곡의 연구: 특히 굴원의 초사와 비교해 가면서」, 『경북대학교 논문집』6, 경북대학교 인문사회과학 편, 1962; 윤주필, 「楚辭收容의 문학적 전개와 비판적 역사의식」, 『한국한문학연구』9, 한국한문학회, 1987; 范紫均, 「한국고전시가에 끼친 굴원의 영향」, 『중어중문학』10, 한국중어중문학회, 1988; 金蓮洙, 「梅月堂詩에 나타난 屈原 思想의 受容 樣相」, 『개신어문연구』9, 개신어문연구회, 1992; 유창교, 「왕국유의 굴원예찬론」, 『한국중국어문학회』, 중국문학, 1997; 고진아, 「굴원과 두보의 유사성」, 『중국인문과학』27, 중국인문학회, 2003; 김은아, 「유우석과 굴원: 유우석의 굴원 수용양상을 중심으로」, 『중국문학연구』27, 한국중문학회, 2003; 김진욱, 「굴원이 정철 문학에 끼친 영향 연구」, 『고시가 연구』11, 한국고시가문학회, 2003; 정일남, 「徐居正 詩의 楚辭 受容 樣相」, 『漢文學報』21, 우리한문학회, 2009; 정일남, 「圃隱 鄭夢周 詩의 楚辭 수용 一考」, 『韓國漢文學研究』44, 韓國漢文學會, 2009; 신두환, 「茶山의 유배 漢詩에 나타난 屈騷의 美의식」, 『한문학논집』28, 근역한문학회, 2009; 신두환, 「朝鮮士人들의 楚辭 수용과 그 미의식」, 『한문학논집』30, 근역한문학회, 2010; 정일남, 「茶山 丁若鏞의 屈騷 수용 양상」, 『한국한문학연구』46, 한국한문학회, 2010; 김보경, 「容齋 李荇의 굴원 수용과 문학적 변용: 동일화와 거리두기 그 긴장과 공존」, 『東方漢文學』56, 동방한문학회, 2013; 이황진, 「사마천의 苟活과 굴원의 死節에 대한 고찰」, 『인문논총』34, 경남대학교 언론출판국, 2014; 金保京, 「김시습과 남효온, 추방된 비전과 굴원·초사 수용: 조선전기 정신사의 한

배경을 바탕으로 한 연구8) 그리고 대비 문학적 차원에서의 연구9) 등이 있었다. 학위논문으로는 굴원 문학이 한국시가에 끼친 영향 관계10)와 굴원의 작품 연구11) 그리고 곽말약의 희곡인 굴원 연구12) 등이 있다. 여기서는 중국의 경우 司馬遷사마천의 『史記사기』「屈原列傳굴원열전」, 班固반고의 『漢書한서』「揚雄傳양웅전」과 朱熹주희가 지은 「離騷經이소경」의 朱子序주자서 및 朱子集註주자집주 등에서 굴원의 원형을 고찰하고, 후대의 몇몇 작가가 그린 굴원상을 연구의 대상으로 삼고자 한다. 그리고 한국의 경우는 『三國史記삼국사기』의 기록과 최치원, 고려시대 李奎報이규보의 「屈原不宜死論굴원불의사론」과 정몽주의 시, 조선시대 儒學者유학자이면서 문장가들이 문학작품에서 굴원을 형상화한 것을 살펴보고자 한다.

조망대로서」, 『동방한문학』 67, 동방한문학회, 2016; 김보경, 「조선전기 초기사림과 문인의 굴원·초사 수용 연구: 세계와의 대결과 고독의 형상화를 중심으로」, 『韓國漢文學研究』 69, 韓國漢文學會, 2018.

8) 金忠烈, 「굴원의 생애와 사상: 비세의 선비상」, 『啓明』 2, 계명대학교, 1968; 박영환, 「굴원 사상의 현대적 의의」, 『교타나』 7, 동국대학교 교육대학원, 1999; 선정규, 「애국주의 시인 굴원론에 대한 소고」, 『중국학 논총』 13, 고려대학교 중국학연구회, 1999; 송재소, 「"온 세상이 혼탁한데 나만 홀로 맑아서" 고결한 선비의 자세, 굴원 '어부사'」, 『Chindia Plus』 120, 포스코경영연구원, 2016.

9) 샤오리화(蕭麗華), 「唐代 漁父詞와 한국 어부사의 비교」, 『수행인문학』 40(1), 한양대학교 수행인문학연구소, 2010; 이희현, 「중국 현대시로 만나는 굴원: 離騷를 중심으로」, 『시민 인문학』 25, 경기대학교 인문과학연구소, 2013; 조희정, 「어부 형상을 통해 본 고독의 서사와 문학 치료: 굴원의 「어부사」와 이별의 「장육당육가」를 중심으로」, 『한국문학치료 연구』 30, 한국문학치료학회, 2014.

10) 金正範, 「송강가사와 굴원의 이소 사미인의 비교 연구」, 인하대학교 석사논문, 1993; 유선 원, 「굴원 문학이 한국시가에 끼친 영향」, 서강대학교 석사논문, 2012; 호아남, 「송강가사와 굴원 九章의 비교 연구」, 부산대학교 석사논문, 2013; 馮智, 「鄭澈의 전후미인곡과 굴원의 이소의 비교연구」, 서울대학교 석사논문, 2018.

11) 梁承根, 「離騷 研究」, 명지대학교 석사논문, 1987; 范善均, 「屈賦 研究」, 연세대학교 박사논문, 1988; 선정규, 「楚辭研究在韓國」, 『중국어문논총』 30, 중국어문연구회, 2006.

12) 郭樹競, 「郭沫若의 굴원 연구」, 성균관대학교 석사논문, 1991; 孫僖珠, 「郭沫若의 굴원 연구」, 고려대학교 석사논문, 1995; 金兒洪, 「郭沫若의 歷史劇 屈原 연구」, 경상대학교 석사논문, 2014.

지면 관계로 유학자 모두를 논할 수는 없어 문학사적 혹은 시대적으로 중요 유학자이면서 굴원의 삶 또는 사상과 문학적 특징의 수용이 불가피했던 문인의 작품을 그 대상으로 삼고자 한다. 또한 작가 개인별 굴원의 수용 양상을 연구한 기존의 연구 논문의 성과는 필요시 반영할 것이다.

2. 중국과 한국의 굴원론

1) 중국의 경우

(1) 屈原의 원형과 屈原像

먼저 司馬遷사마천의 「屈原列傳굴원열전」에서 굴원에 대해 평한 내용을 살펴보고자 한다.

> 屈平이 道를 바르게 가지고 행실을 곧게 가져서 충성을 다하고 지혜를 다해서 그 임금을 섬겼으되 참소하는 사람들이 이간질을 하였으니, 가히 '곤궁했다'고 이를 만할 것이다. 信義를 다했으나 의심을 받았고, 충성을 다했으나 비방을 들었으니, 어찌 원망함이 없겠는가?[13]

위의 자료는 굴원의 인물평으로, 충신이었다는 것이다. 上官大夫

---

13) 司馬遷, 『史記』 卷八十四 「屈原賈生列傳」. "屈平正道直行, 竭忠盡智以事其君, 讒人閒之, 可謂窮矣. 信而見疑, 忠而被謗, 能無怨乎."

근상의 시기와 참소로 굴원이 추방당함에 대해 사마천은 어찌 원망하는 마음이 없겠는가 하면서 그의 심정을 헤아렸다. 사람이 극한적인 고통을 받을 때는 하늘을 찾고 아프고 슬플 때는 부모를 부르듯이 곤궁해지면 먼저 하늘과 부모를 찾기 마련이다. 굴원도 충심을 다하여 왕을 섬기려 하였는데, 간신들이 참소하여 왕으로부터 의심을 받아 비방을 들었으니, 참으로 곤궁하다는 것이다. 그러면서도 굴원에 대한 사마천의 평가는 "더러운 진흙 속에 씻기고 씻겼으되 혼탁하고 더러운 데서 허물을 벗어서 티끌세상 밖으로 浮游부유하여 세상의 더러운 땟국을 얻지 않아, 깨끗하게도 진흙 속에서 더럽혀지지 않은 자라고 하겠으니, 이 뜻을 미루어 나갈진댄 비록 日月과 더불어 빛을 다투더라도 좋을 것이다."[14]라고 하여, 굴원이 불의에 타협하지 않은 태도는 마치 진흙 속에 핀 연꽃 같은 존재로 일월과 함께 빛난다고 하였다.

後漢후한 초 인물인 班固반고가 『漢書한서』 「揚雄傳양웅전」에서 굴원에 대해 평을 한 부분이 있다.

앞 시대 촉나라 사마상여가 있었는데, 賦를 넓고 아름답고 따뜻하며 맑게 심히 잘 지었다. 양웅은 마음이 굳세어 매양 賦를 짓는데, 항상 본받기를 좋아하였다. 또 굴원의 글이 사마상여보다 나았지만, (조정에서) 용납되지 않자, 『이소』를 짓고 스스로 강에 몸을 던져 죽은 것을 괴이하게 여겼다. 그 글은 슬퍼 읽는데 일찍이 눈물을 흘리지 않은 적이 없었다. 군자는 때를 얻으면 큰일을 행하고, 때를 얻지 못하면 제 몸을 보존하는 것이다. 때를 만나고 만나지 못하는 것은 운명인데, 어째서 반드시 물에 빠져 죽어

---

14) 위의 책(司馬遷, 『史記』 卷八十四 「屈原賈生列傳」). "濯淖汙泥之中, 蟬蛻於濁穢, 以浮游塵埃之外, 不獲世之滋垢, 皭然泥而不滓者也, 推此志也, 雖與日月爭光可也."

야 하는가? 그리하여 글을 짓는데, 때때로 『이소』의 글을 주워 모아, 글의
뜻이 반대되게 하여, 嶇山민산으로부터 강의 흐르는 물에 굴원을 조상하는
글을 던져 이름 曰, 『반이소』라고 했다. 또 『이소』를 모방하여 다시 1편을
짓고 이름하여 『광소』라고 하였으며, 또 『석송』 이하 『회사』까지의 1권을
모방한 것을 이르기를 『반뢰수』하고 하였다.15)

반고는 「양웅전」에서 군자는 때를 얻으면 나아가 벼슬하고 얻지
못하면 물러나 제 몸을 닦고 보존하면 되는데, 왜 굴원이 투신까지
해야 하는지 그의 죽음을 의아해하였다. 그리고 때때로 『이소』의 글
을 주워 모아 그것에 반대되는 내용을 펴고 굴원을 조상하기도 했다
고 하였다. 하지만 반고가 굴원을 조상한 것이나 굴원의 작품을 모방
한 것을 보면, 굴원의 죽음을 안타까워한 것 같다.

반고보다 후대 사람인 後漢후한의 王逸왕일도 「초사장구」에서 굴원의
인물됨을 소개하였다. 「遠遊序원유서」 한 편만 살펴보자.

「원유」는 굴원이 지었다. 굴원은 바야흐로 바르고 곧은 행동을 실천하
였지만, 세상에 용납되지 못하고 위로는 헐뜯고 아첨하는 사람들에게 참
소당하고, 아래로는 속인들에게 심히 시달려 산천과 못가를 방황하였는데,

---

15) 班固, 『漢書』 卷87上 「揚雄傳」 第五十七(上).
   (네이버통합검색, https://ko.wikisource.org/wiki 참조)
   "先是時, 蜀有司馬相如, 作賦甚弘麗溫雅, 雄心壯之, 每作賦, 常擬之以爲式. 又怪屈原文過相
   如, 至不容, 作離騷, 自投江而死, 悲其文, 讀之未嘗不流涕也. 以爲君子得時則大行, 不得則龍
   蛇, (應劭曰:「易曰『龍蛇之蟄, 以存身也』」 師古曰:「大行, 安步徐行.」) 遇不遇命也, 何必湛身
   哉! (師古曰:「湛讀曰沈, 謂投水而死.」) 酒作書, 往往撫『離騷』文而反之, (師古曰:「撫, 拾取也,
   音之亦反.」) 自嶇山投諸江流以弔屈原, 名曰『反離騷』; 又旁『離騷』作重一篇, (師古曰:「旁, 依
   也, 音步浪反. 其下類此. 重音直用反.」) 名曰『廣騷』; 又旁『惜誦』以下至『懷沙』一卷, 名曰『畔牢
   愁』."

호소할 곳도 없었다. 마침내 만물의 근본을 깊이 생각하고 편안함과 고요함을 가다듬어 세상을 구제하고자 생각하나, 곧 마음속에 분한 마음이 들어 아름다운 문장으로 표현하였다. 마침내 묘한 생각을 말했는데, 선인과 짝이 되어 함께 즐겁게 놀고 천지를 함께 두루 다니지 않은 곳이 없었다. 그러나 여전히 초나라를 생각하고 예부터 잘 아는 사람을 그리워한 것은 충신의 마음이 독실하고 인의의 마음이 두텁기 때문이다.[16)

굴원이 조정에 출사하였지만, 참소하는 무리들 때문에 정사를 펼치지 못하고 추방당한 후 그 울적한 마음을 달래기 위해 산천을 유람하기도 하였지만, 허전한 마음은 어쩔 수 없다는 것이다. 그러면서도 굴원이 왕에 대한 충성의 마음은 변함이 없다고 왕일은 평하였다.

서한의 賈誼가의는 상강 가를 지나면서 굴원을 조상하는 부를 남겼는데, 그중에서 "소문을 들건대, 굴원이 멱라수에 몸을 던졌다 하니, 나는 가서 상강에 기탁하여, 삼가 선생을 애도하노라."[17)라고 하여, 자신과 굴원을 동일시하면서 굴원을 애도하였다. 젊은 나이에 출세한 賈誼가의는 權臣권신들의 비방으로 좌천되어, 마침 굴원이 몸을 던진 상수 가를 지나게 되었고 그의 억울한 죽음을 생각하고 자신의 불우하고 억울한 심정을 가탁하여 굴원을 애도하는 글을 짓게 된 것이다. 가의는 굴원의 「이소」 작품에서 보이는 악과 선의 대비를 통해 감정의 선명함을 드러냈다. 이는 굴원이 어지러운 현실에 타협하지 않은 것처럼 가의 자신도 부패한 현실과 타협하지 않겠다는 의지를 표명하였

---

16) 王逸, 『楚辭章句』 「遠遊序」, 台北: 黎明文化事業公司, 1973. "遠遊者, 屈原之所作也. 屈原履方直之行, 不容於世, 上爲讒佞所讚毁, 下爲俗人所困極, 章徨山澤, 無所告訴. 乃深惟元一, 修執恬漠, 思欲濟世, 則意中憤然, 文采鋪發. 遂叙妙思, 託配仙人, 與俱遊戲, 周歷天地, 無所不到, 然猶懷念楚國, 思慕舊故, 忠信之篤, 仁義之厚也."

17) 賈誼, 「弔屈原賦」. "仄聞屈原兮여 自湛汨羅로다. 造托湘流兮여 敬弔先生이라."

다. 청렴결백함의 굴원상이다.

　주자는 「이소」를 經경으로 칭했다. 「離騷經이소경」의 「朱子 序주자 서」도 살펴보자.

　　原이 다시 「九歌」·「天問」·「九章」·「遠游」·「卜居」·「漁父어보」 등의 글을 지어 자기의 뜻을 펴서 군주의 마음을 깨닫게 하기를 바랐는데 끝내 반성하는 것을 보지 못했으니, 조국[宗國]이 장차 망하는 것을 차마 볼 수 없어 마침내 멱라수에 빠져 죽었다. 淮南王 劉安이 말하기를, "國風은 色을 좋아하되 넘치지 않았으며, 小雅는 원망하고 비방하되 어지럽지 않았으니, 이를테면 「이소」와 같은 작품은 이[風·雅]를 兼하였다고 이를 만하다. 매미가 탁하고 더러운 데서 허물을 벗고 나와 티끌세상의 밖에 떠서 노니, 이 뜻을 미루어 나간다면 비록 日月과 더불어 빛을 다투더라도 좋을 것이니라." 하였다.18)

　위의 글에서 주자는 군주에게 충간한 굴원의 충절을 높이 평가하였다. 충간의 글을 지어도 끝내 깨닫지 못하고 간신배들의 아부성 말만 듣는 초나라 왕 때문에, 결국 조국이 망하게 되자 그 망국의 모습을 차마 볼 수 없어 멱라수에 몸을 던졌다는 것이다. 그리고 회남왕 유안은 「이소경」을 평하기를 "不淫怨誹불음원비", 곧 '즐기되 음란하게 넘치지 않고 원망은 하되 비방은 하지 않았다'고 평하면서 그 경지는 일월과 더불어 빛을 다툴 수 있다고 하였다.

---

18) 「離騷經」의 朱子 序. "原이 復作九歌·天問·九章·遠游·卜居·漁父等篇하여 冀伸己志하여 以悟君心이로되 終不見省하니 不忍見宗國이 將亡하여 遂自沈汨羅淵死하니라. 淮南王安이 曰, 國風은 好色而不淫하고 小雅는 怨誹而不亂하니 若離騷者는 可謂兼之矣라 蟬蛻於濁穢之中하여 以浮游塵埃之外하니 推此志也인댄 雖與日月爭光이라도 可也니라."

「離騷經이소경」의 朱子 集註에서도 "(朱子가 말하기를) 屈原의 사람됨은 그 뜻과 행실이 비록 혹은 中庸의 道에 지나쳐서 法이 될 수 없으나, (그의 「離騷經」에 나타난 생각이) 모두 군주에게 충성하고 나라를 사랑하는 정성에서 나왔다."[19]라고 하여, 굴원의 충절을 높이 평가하였다. 그러면서도 굴원의 행위는 中庸의 道에 미치지 못한다고 하였다. 그러나 '중용의 도'는 지극한 것이라서 누구나 행할 수 있는 것은 아니다. '언제나 도리에 딱 들어맞는 도'가 중용의 도이기 때문이다. 이런 도를 '時中시중' 또는 '權道권도'라고 하는데, 일을 처리하고 행동하는 것이 그때그때마다 옳은 길이 되는 것으로 저울추처럼 융통성 있게 행한다는 말이다. 그래서 공자와 같은 성인께서도 중용의 도를 행하는 데 어렵게 여겼다. 朱子가 『中庸』의 章句를 集註하면서 이르기를, "中은 치우치지도 않고 기울지도 않으며 불과급이 없는 것을 가리키는 이름이요, 庸은 평상이라는 뜻"[20]이라고 하였다. 그러면서 "치우치지 않는 것을 일러 중이라 하고, 바꾸지 않는 것을 일러 용이라 한다."[21]라고 하였다. 그리고 朱子는 『朱子大全』·『朱子語類』 등에서 韓退之한퇴지·歐陽脩구양수·蘇東坡소동파 등을 다소 부정적으로 논평한 구절과 관련지어, 至高至純지고지순을 추구해 온 유학자들의 선비정신에서 굴원을 바라보면 굴원의 삶의 태도 역시 중용의 도에서 지나치다는 것이다. 하지만 굴원의 청렴결백하고 지조 있는 삶은 해와 달같이 빛날 것이라고 칭송하였다.

오늘날 단오 명절은 굴원의 죽음에서 시작되었다. 다소 원울함을

---

19) 「離騷經」의 朱子 集註. "(朱子曰,) 原之爲人, 其志行, 雖或過於中庸, 而不可以爲法, 然皆出於忠君愛國之誠."

20) 朱子, 『中庸』의 章句를 集註. "中庸, 不偏不倚無過不及之名, 庸, 平常也."

21) 위의 책(朱子, 『中庸』의 章句를 集註), "不偏之謂中, 不易之謂庸."

품고 죽은 굴원을 추모하기 위해 초나라 사람들이 굴원의 원혼을 달래기 위한 일에서 비롯되었기 때문이다. 이 단오와 관련 있는 후대의 시 1편을 살펴보자.

唐나라 劉禹錫유우석(772~842)은 덕종 때 監察御史감찰어사가 되어 왕숙문과 개혁정치를 실시하였다. 그러나 덕종이 崩붕하고 순종이 등극하자 개혁정치는 실패로 돌아가 왕숙문과 함께 개혁정치에 몸담았던 대표적인 관료 8명이 실각 또는 좌천되었는데, 유우석도 호남성 낭주로 좌천되어 그곳에서 단오를 맞이하였다. "오월 원강 물 불어 제방과 맞닿아 흐르고, 마을 사람들 서로 아름다운 비단배를 띄운다. 굴원의 한 서린 노랫가락은 언제 그쳤던가? 슬픈 노래와 노 젓기는 이때부터 시작되었네."22)라고 하여, 경도 곧 용선경주가 당나라 유우석 시대에 시작되었음을 알려준다. 노 젓는 사람들은 물에 빠진 굴원의 시신이 '어디에 있는가?'를 외치면서 굴원의 혼백을 부른다고 하였다. 이는 애국자 굴원이 초나라가 망했다는 소식을 듣고 멱라수에 투신하여 생을 마감하니, 이를 슬퍼한 백성들이 굴원의 시신을 찾고자 앞 다투어 배를 저은 데서 競渡경도의 풍속이 생겨났다는 것이다. 그래서 이날은 굴원의 시신을 찾기 위해 마을 주민들이 배를 빠르게 나아갔고, 굴원의 시신을 물고기들이 훼손하지 못하도록 강물에 물고기 밥을 던져주기도 하였다. 이처럼 굴원의 충절을 기념하는 날이 단오이다. 그래서 지금도 단옷날이 되면 용선 경기도 하고 쫑즈를 강물에 던지기도 한다.

위의 시에서 유우석은 당나라 당시의 단옷날 모습을 잘 묘사하였

---

22) 劉禹錫, 『劉賓客文集』 卷26 「競渡曲」 自註: 競渡始於武陵, 至今擧楫而相和之. 其音咸呼云何在. 斯招屈之義(경도는 무릉에서 시작되었고, 지금 노를 들고 서로 화답하면서 '어디 있는가?'라고 모두 외친다. 이는 굴원을 부르는 뜻이다). "沅江五月平隄流, 邑人相將浮綵舟. 靈均何年歌已矣, 哀謠振楫從此起."

다. 5월 단옷날을 맞이하여 배를 띄우면서 굴원을 애도한 후 북을 치고 환호성을 지르면서 강가로 모여든다. 무지갯빛이 날 정도의 화려한 비단으로 장식한 용선은 강물에 비치어 배와 강물이 맞닿은 듯하다. 승부는 정해지고 구경꾼들은 마음껏 즐긴다. 그런데 좌천되어 온 유우석은 마치 굴원과 같은 처지가 되어 고독감을 느낀다. 충언을 간하다 쫓겨난 굴원은, 개혁정치를 실행하다가 좌천된 유우석 자신의 처지와 동질감이다.

宋나라 蘇軾소식도 "초나라 사람들 굴원 죽음 슬퍼해서, 천년이 지나도 그 마음 식지 않네. 깨끗한 영혼 어디에 떠도는지, 어른신들 공연히 목이 메네. (…중략…) 굴원은 옛날 당당한 선비였고, 죽음에 임해서도 뜻이 매우 장렬하였네. (…중략…) 이런 이치 안 대부 굴원이, 죽음으로 절개를 지켜낸 것이다."23)라고 하여, 단오를 맞이하여 굴원의 충절을 노래하였다. 굴원의 절개는 천년이 지나도 식지 않아 지금도 부로들은 굴원을 생각만 해도 목이 메고, 그의 넋을 위로하기 위해 창랑강에 쫑즈를 던져준다고 하였다. 그러면서 굴원은 '壯士장사'이기에 한순간의 부귀영화는 헛되다는 것을 알고 영원히 죽지 않는 영생의 길을 택했다고 칭송하였다. 당나라 유우석은 단옷날의 모습을 생동감 있게 표현했다면 송나라 소동파는 단옷날의 유래와 굴원의 절개까지 형상화하여 후대인들이 영원히 따를 壯士의 모습으로 그렸다.

위의 인용된 시의 유우석과 소동파는 모두 굴원처럼 유배를 당한 사람들이다. 그 행적 면에서 굴원과 유사한 점 곧 억울하게 유배를 당하거나 좌천된 경우이다. 대체로 굴원을 소환하는 경우는 억울한

---

23) 蘇軾, 「屈原塔」, "楚人悲屈原, 千載意未歇. 精魂飄何處, 父老空哽咽. (…中略…) 屈原古壯士, 就死意甚烈. 大夫知此理, 所以持死節."
네이버 통합 검색 https://blog.naver.com/tursa/ 참조.

심정이 있다고 판단될 때 시적 소재와 경모의 존재 혹은 동일화된 대상으로 소환되어 자기의 심적 고통을 달래는 대상으로 활용되었다. 그들에 의해 형상화된 굴원상은 충언을 고하다 억울한 일을 당한 인물이다.

근래의 인물인 梁啓超양계초(1873~1929)는 굴원을 극단적 모순을 지닌 인물로 평가하였다.

굴원 자신은 정반대로 모순되는 사상을 함께 포함하였다. 그는 당시 사회를 극단적 사랑과 또 극단적 혐오로 대하였다. 그는 냉철한 두뇌로 능히 철리를 분석하고 또 열정적 감정이 있어 종일토록 마음을 졸이고 번민하였으며, 그는 절대적으로 악한 사회에 동화되지 않았고 그 힘이 또한 악한 사회를 감화시킬 수도 없었다. 그러므로 그 몸이 종신토록 악한 사회와 싸웠으나, 최후에는 힘이 다하여 자살하였다. 그의 두 가지 모순성은 매일 가슴 안에서 싸웠으나 그 결과 생겨난 번민을 감당할 수 없어 자살하였다. 그의 자살은 실질적으로 가장 맹렬하고 가장 순결한 개성의 총체적 표현이었다. 이 같은 기이하고 특별한 개성이 없었다면 이 같은 문학이 나올 수 없었을 것이다. 또한 최후의 죽음이 있음으로써 그의 인격과 문학이 영원히 죽지 않고 살아남았다고 생각할 수 있다.[24]

양계초는 굴원 자신이 머무는 사회에 대해서 애착을 지니고 있었지

---

24) 梁啓超, 『中國文學發展史』 上卷, 台北: 中華書局, 1958, 81~82쪽. "屈原一身, 同時含有矛盾兩極之思想, 彼對於現社會極端之戀愛, 又極端厭惡. 他有氷冷的頭腦, 能剖析哲理, 又有滾熱的感情, 終日自煎自焚. 彼絶不肯同化於惡社會, 其力又不能感化惡社會, 故終其身與惡社會鬪, 最後力竭而自殺. 彼兩種矛盾日日交戰於胸中, 結果所産煩悶爲自身所不能担荷而自殺, 彼之自殺, 實其個性最猛烈最純潔之全部表現. 非有此奇特之個性不能産此文學, 亦惟以最後一死能使其人格與文學永不死也."

만, 그 사회가 이미 타락한 뒤에 굴원 자신이 그 타락한 사회를 개혁할 힘이 없음을 알고 매일같이 번민하다가 죽음을 택했다는 것이다. 자기가 속한 사회에 대한 애착과 타락한 사회상에 대한 번민, 그래서 그 사회를 위한 그의 죽음은 순결하면서도 개성적인 죽음이라 하였다. 그런 순간에 남긴 문학도 불멸의 문학이 되었다는 것이다.

중국의 항일시대 때 애국 시인 굴원을 모델로 한 郭沫若곽말약(1892~1978)은 40년대 역사극 「굴원」에서 어떻게 묘사했는지 살펴보자.

> 굴원: 왕 (…중략…) 당신께서는 나라의 백성들을 위해서 생각하시고, 중국의 백성들을 위해서 생각하셔야 합니다. 백성들은 모두 사람의 생활을 하고 싶어 하고, 중국이 분열의 시대를 끝내고 통일된 산하가 되기를 바라고 있습니다. 대왕께서 소신의 말로 백성을 사랑하시고, 관동제국과 화친하신다면 조금도 잘못되실 것이 없습니다. 만일 이렇게 하신다면 중국의 대통일은 대왕의 두 손에서 이루어지실 것입니다.[25]

「굴원」의 5막 중 제2막의 한 부분이다. 굴원이 간신인 南后남후와 鄭袖정수에 의해 모함 받은 후 회왕에게 충언을 고하는 장면이다. 간신배에 휘둘리는 회왕에 대한 원망은 없고 오로지 애민정신과 중국통일을 염원하는 모습으로 그렸다. 곽말약이 「굴원」을 창작하게 된 이유를 밝힌 부분에서 "내가 이 극본을 쓴 것은 1942년 1월이었는데, 이때는 국민당 통치가 가장 암울했던 시기였다. 특히 그들의 통치 중심지

---

25) 郭沫若, 『郭沫若劇作全集』 卷1 「屈原」 제2막, 中國戲劇出版社, 1982, 412~413쪽. "屈原:大王 (…中略…) 你要多替楚國的老百姓設想, 多替中國的老百姓設想. 老百姓都想過人的生活, 老百姓都希望中國結束分裂的局面, 形成大一統的山河. 你聽信了我的話, 愛護老百姓, 和關東諸國和親, 你是一點也沒有着. 你如果照着這樣繼續下去, 中國的大一統是在你的手裏完成的."

(가장 부패해 있던 重慶)에서 더욱 그러하였다. 중국 사회는 또 다른 변화의 시기에 있었는데, 나의 눈에는 크고 작은 수많은 시대의 비극이 보였다. 무수한 애국 청년들과 혁명 인사들이 실종되고 수용소에 감금되었다. 인민들의 힘을 대표하는 중국공산당은 陝北에서 봉쇄를 당하였고, 또 강남에서는 일본 제국주의의 침략에 저항하여 큰 공로를 세우고 중국을 이끈 八路軍팔로군 외의 또 다른 형제부대(新四軍)가 국민당의 포위를 받아 큰 손실을 당했다. 전국으로 진보적 성향을 가졌던 사람들은 모두 분노를 느꼈고, 이로 인해 나는 이 시대의 분노를 굴원 시대 속에서 부활시키고자 했다. 다시 말해 나는 굴원의 시대를 빌려 우리 앞의 시대를 상징하고자 하였다"[26]라고 하여, 굴원의 충절을 빌려 중국인의 각성을 촉구하고자 하였다.

곽말약은 국민당이 애국 청년과 혁명 인사를 탄압하는 시기에 애국 시인이면서 충절가인「굴원」을 창작하였다. 격변기이면서 혼란기를 살았던 곽말약이기에 충절가 굴원의 애국심이 필요하였다. 그래서 곽말약이 애국자 굴원을 통해 부패한 시대상과 애민정신의「굴원」을 그렸던 것이다. 곽말약의 굴원상은 5막의 굴원 독백을 보면 더 자세히 알 수 있다. 굴원은 "끝없는 분노의 불꽃을 배설하여 이 어두운 우주, 음침한 우주를 폭발시켜 버려라! 폭발시켜 버려라!"[27]라고 분노를

---

26) 藍海,『中國抗戰文藝史』, 山東文藝出版社, 山東省, 1984, 251~252쪽 참조. "我寫這個劇本是在一九四二年一月, 國民黨反動派的統治黑暗的時候, 而且是在反動派統治的中心 — 黑暗的重慶. 不儘中國社又臨到階段不同的蛻變時期, 而且在我的眼前看見了不的大大的時代悲劇. 無數的愛國青年革命同志失踪了, 關進了集中營. 代表人民力量的中國共産黨陝北遭受着鎖. 而在江南抵抗日本帝國主義的侵略崔有功勞的中共領的八路軍之外的另一支兄弟部隊 — 新四軍, 遭了反動派的圍剿而受到很大的損失. 全中國進步的人民都感着憤怒, 因而我便把這時代的憤怒復活在屈原時代里去了, 換句話說, 我是借了屈原的時代來象徵我們當前的時代."
27) 郭沫若,『郭沫若劇作全集』卷1「屈原」제5막, 中國戲劇出版社, 1982, 470쪽. "屈原: (…中略…) 發泄出無邊無際的怒火把這黑暗的宇宙, 陰慘的宇宙, 爆炸了吧! 爆炸了吧!"

드러내었다. 항일抗日시대의 투쟁가 굴원은 반대파에 대한 분노도 거침없다. 중국의 정치가 모택동은 "굴원이 그해 「楚辭」를 지었을 때, 손 안에 살인도를 쥐고 있었지. 쑥은 무성하고 산초와 난초는 적지만, 한 번 도약하여 만 리 파도를 향해 돌진하네."28)라고 하여, 혁명가로서의 굴원을 노래하였다. 여기서의 「초사」는 굴원의 대표작이라 할 수 있는 「離騷이소」를 이르는 말이다. 「이소」는 굴원이 유배지에서 쓴 작품이다. 모택동이 1958년에 정치 일선에서 물러나 있으면서 1961년에 발표된 시이다. 여기서는 굴원이 손안에 살인도 곧 정치적 이상을 품고 있듯이 모택동도 굴원과 일치하여 반대파인 쑥은 무성하고 우리 편인 난초는 적지만 그래도 미래를 위해 한 번 크게 도약할 것을 다짐하였다. 모택동이 바라본 굴원은 정치적 포부를 안고, 쑥 곧 정치적 반대편에 있는 무리들과 한 판 겨루기를 할 형세를 보였다. 변혁기인 근대의 굴원은 다소 투쟁적인 인물로 그려졌다. 이 같은 모습은 아마도 굴원이 충절의 대명사이기에 가능했던 일이다.

2) 한국에서의 屈原像

(1) 삼국시대와 고려시대

먼저 『三國史記삼국사기』를 살펴보자. 한국에서 굴원에 대한 이야기가 처음으로 언급된 책으로, 김부식의 『三國史記』 卷第48 「列傳열전」 第8 '實兮실혜'篇이 최고이기 때문이다. "옛날 굴원이 홀로 정직하다가 초나라에서 내쫓기게 되었고, 李斯이사가 충성을 다하다가 秦진나라의 극형

---

28) 毛澤東, 「屈原」. "屈子當年賦楚騷, 手中握有殺人刀. 艾蕭太盛椒蘭少, 一躍沖向萬里濤."

을 받았다."29)라는 부분이다. 이 「열전」의 '실혜'편에 나오는 인물 실혜는, 할아버지 때로부터 나라에 충성을 다하는 집안으로 그려졌다. 그런데 아랫사람인 珍堤진제가 신라의 眞平王에게 참소하여, 멀리 죽령 밖 冷林냉림 고을 원으로 강등되었다. 그때 어떤 사람이 '참소 받은 내용을 사실대로 아뢰지 않고 외직살이를 왜 하는가?'라고 묻는 말에 '굴원과 秦나라 李斯도 충성을 다하다가 배척당했는데, 무엇이 억울한가?' 하면서 아무런 말도 하지 않고 긴 노래를 지어 자기의 뜻을 표시했다는 내용이다. 이는 마치 굴원의 「漁父辭어보사」의 내용과 구성을 연상시킨다. 그리고 『三國史記』에는 『周易주역』・『尙書상서』・『毛詩모시』・『禮記예기』・『春秋左氏傳춘추좌전』・『文選문선』 등을 國學에서 가르쳤다30)는 내용도 나온다. 이런 점으로 미루어 보면, 이는 삼국시대는 중국의 五經오경과 굴원의 「어보사」를 비롯한 『초사』 등이 식자층 사이에 애독되었음을 짐작케 한다. 『文選문선』에는 굴원의 작품도 다수 수록되어 있기 때문이다.

통일신라의 崔致遠최치원(857~?)은 求官詩구관시에서 굴원의 「어보사」를 點化점화31)하였다. "중국의 누가 이방인을 예뻐하겠소만, 어느 곳이 통진인지 나루를 물었지요. 본래 목적은 식록이지 名利명리가 아니었고, 다만 어버이 영광 원할 뿐 이 몸 위함이 아니었소. 나그네 길 이별의 수심은 강변의 빗발이요, 고향으로 돌아가는 꿈은 고국의 봄날이라. 제천(재상)의 넓은 은혜 물결 다행히 만나, 십 년 묵은 갓끈의 먼지

---

29) 『三國史記』 卷48 「列傳」 第8 '實兮'. "昔, 屈原孤直, 爲楚擯黜, 李斯盡忠, 爲秦極刑."

30) 『三國史記』 卷38 「雜志」 第7 '國學'. "敎授之法, 以周易尙書毛詩禮記春秋左氏傳文選, 分而爲之業."

31) 「초사」를 주체적으로 수용한 것은 用事가 아니라 點化에 해당된다. 대부분의 연구자들이 「초사」의 수용을 용사라 하였다. 용사는 고사나 옛일들을 인용하는 것이고, 남의 시구를 주체적으로 수용하여 새로운 의미를 드러내는 것은 점화이기 때문이다.

씻고 싶소이다."32)라고 하여, 굴원의 「어보사」의 마지막 장면을 떠올리게 한다. 태위는 당나라 실권자인 고병이다. 당나라 천지에서 이방인 자신을 어느 누구 관심 가져 줄 사람 없어, 권세가 고병을 찾아갔다는 것이다. 자신이 찾아온 뜻을 고하고, 좋은 시절이기에 출사의 길로 나아가고 싶다는 뜻을 보였다. 이는 「어보사」 "창랑의 물이 맑으면 나의 갓끈을 씻고, 창랑의 물이 흐리면 나의 발을 씻으리라"33)고 한 구절을 인용한 것이다. 최치원의 이런 표현을 보면 통일신라시대는 굴원의 청렴함보다 어보의 현실 타협적인 면이 부각되었다.

고려의 무신정권 시절에 살았던 李奎報이규보(1168~1241)는 「屈原不宜死論굴원불의사론」에서 굴원이 "죽을 자리에 죽지 못하고 다만 (죽음으로써) 임금의 악함만을 드러냈을 따름이다."34)라고 하여, 殷은나라 紂王주왕에게 직언하다 살해당한 比干비간과 周주의 武王무왕에게 폭군 紂王주왕을 치는 것은 仁義인의에 위배된다고 만류하다가 수양산에서 採薇채미로 굶어 죽은 伯夷백이와 叔齊숙제는 절의를 이룬 분으로 칭송하였다. 그러면서 굴원을 평하기를 "굴원이 모나고 바르고 端雅단아하고 곧은 뜻으로써 왕의 총애와 대우를 받아서 국정을 오로지 하여 맡았으니, 같은 班列반열(同列: 벼슬을 같이하는 동료)의 질투를 받은 것이 마땅하도다. 그러므로 상관대부의 참소를 받아 왕으로부터 소외당했으니 이는 진실로 평범한 이치요, 족히 한스러워할 것이 못된다."35)라고 하여, 마치 바른 말하면 당연히 질투 받아 소외될 수 있기 때문에 한편으로는

---

32) 崔致遠, 『桂苑筆耕集』 卷20 「陳情上太尉詩」. "海內誰憐海外人, 問津何處是通津. 本求食祿非求利, 只爲榮親不爲身. 客路離愁江上雨, 故園歸夢日邊春. 濟川幸遇恩波廣, 願濯凡纓十載塵."
33) 屈原, 「漁父辭」. "滄浪之水清兮 可以濯我纓 滄浪之水濁兮 可以濯我足."
34) 李奎報, 「屈原不宜死論」. "死不得其所, 祇以顯君之惡耳."
35) 李奎報, 「屈原不宜死論」. "原以方正端直之志, 爲王寵遇, 專任國政, 宜乎見同列之妬嫉也, 故爲上官大夫所譖, 見疏於王, 此固常理, 而不足以爲恨者也."

바른 말하지 말고 적당히 세류에 영합하는 삶의 태도를 지닐 것을 암시하는 듯한 표현을 하였다. 그러면서 "굴원이 이때에 마땅히 왕이 깨닫지 못할 것을 헤아리고서 자취를 감추고 멀리 숨어서 일반의 추세[常流]에 뒤섞여 행여 그 왕의 惡으로 하여금 점차 날이 오랠수록 차츰 사라지기를 바랐어야 할 것이거늘"[36]이라고 하여, 세상이 맑아지면 그때 바른 말을 하면 된다는 논리이다. 이규보는 굴원이 「이소」를 지어 왕의 악만 드러냈을 뿐만 아니라 마침내 멱라수에 몸을 던져 후세 사람들로 "하여금 「競渡曲경도곡」을 지어 그 빠져 죽은 것을 위로하게 하고, (뒷날) 賈誼가의로 하여금 물에 던진 글을 지어 그 원통함을 슬퍼하게 하여, 더욱 왕의 악으로 하여금 萬世만세에 크게 드러나게 하였으니, 湘江상강의 물은 다할 때가 있으나 이 악이 어찌 없어지리오?"[37]라고 하여, 한나라의 가의나 당나라의 유우석 등과는 달리, 굴원은 단지 군주의 악을 세상에 드러내는 인물로 그렸다. 『孟子맹자』「萬章만장」章에 "겉으로 나타난 글로써 '글쓴이가 말하려고 한' 말을 해쳐서는 안 되고 말로써 글쓴이의 뜻을 해쳐서는 안 된다."[38]라는 구절이 있다. 이규보는 굴원이 행하지도 않은 말을 해서 글쓴이의 뜻을 해쳤다. 그리고 忠諫충간해도 듣지 않던 왕의 惡악이 저절로 없어지기를 기다렸어야 한다고 한 것도 다소 지나친 감이 있다.

그리고 나라가 혼란하던 고려 말기 충신들의 글에는 다소 굴원을 찬양한 글이 보인다. 그 대표적인 인물이 圃隱포은 鄭夢周정몽주(1337~

---

36) 李奎報, 「屈原不宜死論」. "原於此時, 宜度王之不寤, 滅迹遠逃, 混于常流, 庶史其王之惡, 漸久而積滅也."

37) 李奎報, 「屈原不宜死論」. "乃復投水而死, 使天下之人, 深咎其君, 乃至楚俗爲競渡之曲, 以慰其溺, 賈誼作投水之文, 以吊其寃, 益使王之惡, 大暴於萬世矣. 湘水有盡, 此惡何滅."

38) 『孟子』「萬章」章에 "不以文害辭, 不以辭害志".

1392)로, 공민왕 때 관직에 나간 후 공양왕 4년에 조선을 건국한 세력들에 의해 살해당한 인물이다. 그가 살았던 시기는 대외적으로는 元·明 교체기와 대내적으로는 고려와 조선의 교체기로 주변 정세가 혼란했던 시기이다. 이런 시기를 살았던 포은은, "올해는 단오를 우정에서 지내니, 창포주 한 병인들 누가 보내주겠나? 각서(쫑쯔)를 오늘 물에 던져보지 못하니, 내 도리어 깨어난 굴원인 듯하여라."[39]고 하여, 중국 사행시 단옷날을 맞이하여 쓴 시로, 깨어 있는 굴원의 모습이다.[40]

고려 말기는 국내적으로 혼돈의 시기였다. 원나라가 쇠퇴하고 명나라가 주도권을 쥐던 시기로 고려에서도 외교적으로 중요한 때였다. 친명 노선을 걷던 공민왕이 갑자기 시해된 후 고려 조정에는 친원파가 득세하기 시작하였다. 그리고 명나라 사신까지 살해되는 사건이 일어나자 고려와 명나라와의 관계는 심각한 상황까지 갔고, 마침내 명나라 태조가 고려를 침략할 뜻을 보였다. 뿐만 아니라 고려 사신의 볼기를 치고 유배 보내는 일까지 생겼다. 이런 일이 있는 상태에서 명나라 태조의 생일이 다가오자, 선뜻 사신으로 갈 신하가 없었다. 이때 친원파가 정몽주를 추천하였다.

나라의 위기 상황에 사신의 책임자로 가면서 지은 시이기에 정몽주의 결의는 굴원의 심정이었을 것이다. 초나라 회왕은 상어 땅 6백 리를 바치겠다는 秦진나라 張儀장의의 말만 믿고 齊제나라와 단절하고 秦진나라와 외교 관계를 맺었다. 결국 장의의 속임수에 빠진 것을 안 초나라 회왕은 군사를 일으켰지만 오히려 진나라 군대에 패해 漢中한중

---

39) 鄭夢周, 『圃隱鄭先生文集』 卷1, 回想社, 2007, 「端午日戱題」. "今年端午在郵亭, 誰送菖蒲酒一瓶. 此日不宜沈角黍, 自家還是屈原醒."
40) 정일남, 「圃隱 鄭夢周 詩의 楚辭 수용 一考」, 『韓國漢文學研究』 44, 韓國漢文學會, 2009, 33쪽.

의 땅까지 빼앗기게 되었다. 또 魏_위나라가 초나라를 습격하였으나 제나라는 노하여 도와주지 않아 마침내 초나라는 고립될 수밖에 없었다. 마침내 회왕은 크게 뉘우치고 굴원을 제나라에 파견하여 우호적 관계를 맺게 했던 것이다.[41] 포은도 굴원의 외교적 능력을 생각했던 것이다.

상강 가로 유배 간 굴원이 조국 초나라가 망했다는 소식을 전해 듣고 멱라수에 빠져 죽은 것을 후세인들이 기리는 단옷날, 포은은 오히려 戰國_{전국}시절의 외교적 능력이 뛰어난 초나라 굴원을 생각해 내고 자신도 百尺竿頭_{백척간두}의 위기에 처한 조국 고려를 위해 깨어 있는 굴원이 될 것을 다짐했던 것이다. 포은의 바람은 현실이 되어, 그는 명나라에 바치던 조공도 면제받게 하였고 유배되었던 사신들도 귀국시키는 공을 세웠다.

(2) 조선 전기의 굴원상

여기서는 조선 초기 훈구관료 문인과 생육신, 그리고 초기 사림파가 굴원을 어떻게 형상화했는지를 살펴보고자 한다.

鄭道傳_{정도전}(1342~1398)은 이성계를 도운 조선 건국의 일등 공신이다. 그의 굴원상은 "靈均_{영균}은 慷慨_{강개}한 선비였기 때문에 난초의 향기롭고 고결한 것을 취하였다."[42]라고 하여, 의롭지 못한 것을 보고 의기가 북받쳐 원통하고 슬픈 모습의 굴원과 난초와 같은 고결한 인품을 지닌 인물로 형상화되었다. 훈구관료의 대표적인 인물인 徐居正_{서거}

---

41) 范善均, 「屈賦 研究」, 연세대학교 박사논문, 1988, 25~26쪽 참조.
42) 鄭道傳, 『三峯集』 「君子亭記」. "靈均慷慨之士. 故取蘭之香潔."

정(1420~1488)은 6000여 수의 시를 남겼는데, 굴원과 관련 있는 시도 많다. 어떤 사람이 당나라 현종 때 금수저를 하사 받은 일과 송나라 때 구준의 일을 用事용사하여 글을 지어 와서 품평을 요하기에, 서거정은 그 글을 붓으로 뭉개버리고 뒷면에 시 3편을 지어주었다. 2번째 수에 "공명에게는 「출사표」가 있고, 굴원에게는 「이소부」가 있어. 천년에 규범이 되니, 삼가서 함부로 날뛰지 말라."[43)]고 하여, 문장의 전범으로 삼을 대상은 제갈량의 「출사표」와 굴원의 「이소」라고 하였다. 두 작품은 모두 '憂君憂國의 충정과 절실한 감정'[44)]이 잘 드러난 명작이기에 본보기의 대상으로 삼을 것을 권장하였다. 그러면서 서거정은 "강머리서 취하던 두보만 항상 생각할 뿐, 못가에서 깨었던 영균은 배우지 않노라."[45)]라고 하여, 현실에 고민하는 두보만 생각할 뿐 정신이 깨어 있지만 추방된 굴원은 되고 싶지 않다고 하였다. 이는 두보의 시 「哀江頭」와 「曲江」에 나오는 두보의 고민하는 모습과 술 취해 곡강지를 방황하는 杜甫像두보상으로, 「어보사」의 나 홀로 깨어 있는 굴원의 모습과 대비해 놓은 것이다. 그러면서 서거정은 술 취한 채 벼슬을 유지하는 두보는 생각하고 싶지만, 바른 소리하다 쫓겨난 굴원은 현실적으로 원하지 않음으로써, 훈구관료의 현실지향적 태도를 드러내었다. 서거정이 굴원상을 잘 드러낸 「沈流操침류조」가 있다. "나는 나의 베개가 없음이여, 나는 흐르는 물을 베개 삼았다. 내 머리를 감고 내 갓끈을 씻고, 감고 또 씻어 가을볕에 말리도다. 내 이미

43) 徐居正, 『四佳詩集』 卷9 詩類, 「有舉子, 將所製宋璟金筯賦. 寇準請幸澶淵表, 求題品, 僕旣批抹之, 仍書紙背」 第2首. "孔明出師表, 屈子離騷賦. 千載有規範, 愼勿浪馳鶩."

44) 정일남, 「徐居正 詩의 楚辭 受容 樣相」, 『漢文學報』 21, 우리한문학회, 2009, 212쪽.

45) 徐居正, 앞의 책(『四佳詩集』 卷9 詩類) 「日休敍昨日江樓之會, 作詩以寄, 次韻」. "常思杜甫江頭醉, 不學靈均澤畔醒."

혼탁한 세상 멀리했음이여, 몸 깨끗이 하여 내 생을 마치리로다. 이미 근원이 하늘에 근원했음이여, 이 물의 흐름이 지극히 맑도다. 나를 먹고 마시게 해줌이여, 내가 다시 무엇을 구하리요, 그대 군자에게 고하노니. 진흙탕을 휘젓지 말 것이며, 흙탕물을 일으키지 말지어다"[46]라고 하여, 서거정이 조정의 요직에 머물고자 하는 심리를 들어내었다. 자신의 요직은 하늘의 뜻이기에 주변인들에게 흙탕물을 일으키지 말 것을 당부하였다. 이미 내가 먹고 마시는 물은 충분히 깨끗하기에 조정 간신에게 다시는 물을 흐리게 하지 말라는 것이다. 주변의 그대가 물을 흐리게 하는 것처럼, "허리 가득 쑥을 찬 건 곳곳에 보이고"[47]라 하여, 자기 주변의 간신배들이 있음을 의연 중에 드러내었다. 이는 「어보사」에서 온통 흐리고 술에 취해 있어 굴원 자신만 홀로 깨어 있는 모습을, 서거정 자신에 비유하여 청렴한 굴원이고자 하였다. 그러나 유배객 굴원은 싫다. 처음부터 깨끗한 조정에서 호의호식할 것만 다짐하였다.

　成俔성현(1439~1504)은 1456년 일어난 단종 복위운동을 '丙子之亂병자지란'으로 규정한 것을 보면, 훈구파의 입장이다. 굴원을 어떻게 바라보았을까? 다음은 성현이 지은 『慵齋叢話용재총화』에 실려 있는 고려시대 광대인 영태에 대한 이야기 중에 나오는 굴원에 관한 재미있는 내용이다.

　　영태가 忠惠王충혜왕을 따라 사냥을 갔을 때도 늘 광대놀이를 하니, 왕은

---

46) 徐居正, 『四佳詩集』 卷1 操類 「枕流操」. "我無我枕兮, 我枕我流. 濯吾髮兮濯吾纓, 濯復濯兮曝陽秋. 吾已遠夫濁世兮, 庶潔身以終吾生. 夫旣源之源於天兮, 斯其流之至淸也. 飮我食我兮, 吾復求何. 告爾君子兮, 毋掘其泥. 毋揚其波."

47) 徐居正, 『四佳詩集』 卷28 詩類 「重午」. "艾帶盈腰隨處見, 菖蒲滿眼爲誰香."

그를 물속에 던져버렸다. 영태가 물을 헤치고 나오니, 왕은 크게 웃으며 "너는 어디로 갔다가 지금 어디서 오느냐." 하니, 영태는 "屈原을 보러 갔다가 옵니다." 하였다. 왕이 "굴원이 뭐라고 하드냐." 하니, "굴원이, '나는 어리석은 군주를 만나 강에 몸을 던져죽었지만, 너는 明君을 만났는데 어찌 되어 왔느냐.' 하였습니다." 하니, 왕은 기뻐서 銀甌은구 하나를 주었다.[48]

비록 고려시대 이야기를 기록하였지만, 성현이 생각하는 굴원은 어리석은 왕을 만나 죽음에 이르게 되었다는 것이다. 그리고 「절영론」에서 "그런데 무슨 까닭으로 근심스러운 생각을 하고 우울하게 지내면서 「離騷이소」와 「懷沙회사」편 등을 지어 조정을 원망하고 비방하여 자신의 왕이 간언을 거절했다는 악평을 후인의 입에 전파되게 하였단 말인가? 비록 웅장한 말과 뛰어난 필력이 하늘에 있는 해와 달과 더불어 그 빛을 다툰다 하더라도 어찌 취할 만한 것이겠는가?"[49]라고 하여, 굴원의 행위는 왕의 잘못된 행적을 드러낼 뿐이라고 비난하였다. 그리고 글의 마지막 부분에 "맹자가 말하기를 '伯夷는 도량이 좁다'라고 하였는데, 屈原이 바로 도량이 좁은 자이다. 어떤 이가 말하기를 '그렇다면 굴원은 취할 만한 점이 없었는가?'라고 하기에 '아니다. 원망한 것은 그 왕을 원망한 것이 아니요, 그 도가 쓰이지 않은 것을 원망한 것이며, 비판한 것은 그 세상을 비판한 것이 아니요, 그 나라가 장차 망하려고 하는 것을 슬퍼한 것이며, 비난한 것은 그 정치를 비난한 것이 아니요, 그 아첨하고 아부하는 사람을 비난한 것이다. 그 일신

---

48) 成俔, 『慵齋叢話』卷3. "泰又從忠惠王獵, 每呈優戱, 王投泰于水中, 泰撥裂而出, 王大笑問曰, 汝從何處去, 今從何處來, 泰對曰, 往見屈原而來.. 王曰屈原云何, 對曰原云我逢暗主投江死,, 汝遇明君底事來, 王喜賜銀甌一事."

49) 成俔, 『虛白堂文集』卷10 論「絶纓論」. "何故憂思幽鬱, 作離騷, 懷沙等篇, 怨誹詆訾於朝廷, 其使其君拒諫之惡, 播於後人之口, 雖宏詞逸筆, 與日月爭光, 何足取乎."

은 비록 당대에 용납을 받지 못하였지만 그 소리는 만대에 찬란하게 빛나 아첨을 일삼는 소인배들이 혼비백산하여 스스로 움츠러들게 하였으니, 名敎에 보탬이 된 것이 어찌 크지 않겠는가?'라고 하였다."[50] 한 것은, 굴원의 행적이 지나쳐 왕의 잘못된 행적을 세상에 드러나게 한 것을 비판적으로 보면서도, 그가 남긴 글과 소리는 후세의 소인배를 징계하고 유학의 가르침에 도움되는 면이 있다고 하였다.

生六臣생육신이 바라 본 굴원상은 어떤 모습일까? 먼저 梅月堂매월당 金時習김시습(1435~1493)의 굴원상을 살펴보자. 매월당의 시 중에는 굴원을 소재로 한 시가 의외로 많다.[51] 굴원을 소재로 한 시가 많은 이유를, 조동일 교수는 '현실적 어려움이 닥치거나 국가의 위기가 왔을 때 자신은 불가항력을 느낄 때 굴원이 강하게 소생한다'[52]라고 하였다. 생육신의 삶을 살았던 매월당도 수양대군의 왕위 찬탈이라는 불가항력적인 현실을 목도하고 자신의 신념이 달성하지 못할 것을 알고, 일찍이 충언을 고하다가 추방된 충절의 대명사 굴원을 생각했던 것이다. 반고가 「揚雄傳양웅전」에서 양웅이 「이소」를 짓고 강물에 투신한 굴원을 비난한 것에 대하여, 매월당은 "굴원은 이미 왕을 만나지 못하여 소상강 남쪽으로 추방되었으므로 스스로 그 정과 뜻을 진술할 수가 없었다. 마침내 淫祀음사의 노래에 기탁하고 충신의 밝은

---

50) 위의 책(成俔, 『虛白堂文集』 卷10 論), "孟子曰, 伯夷隘, 原是隘者也. 或曰, 然則原無可取歟, 曰非也, 其所以怨者, 非怨其君也, 怨其道之不庸也, 其所以誹者, 非誹其世也, 痛其國之將亡也, 其所以詆訾者, 非誹其政也, 詆訾其讒佞之人也. 其身雖不容於當時, 而其聲耀於萬祀. 使小人佞倖之徒褫魄而自輯. 則其有補於名敎豈不大哉." 「絶纓論」 원본에는 '孔子曰'로 되어 있다. 하지만 '백이가 도량이 좁다'는 말은 『孟子』 「公孫丑」 上에, "孟子曰, 伯夷隘, 柳下惠不恭, 隘與不恭, 君子不由也."로 되어 있다. 그래서 상고하여 '孟子曰'로 바로잡았다.
51) 金蓮洙, 「梅月堂詩에 나타난 屈原 思想의 受容 樣相」, 『개신어문연구』 9, 개신어문연구회, 1992, 100쪽.
52) 조동일, 『한국소설의 이론』, 지식산업사, 1991, 218쪽 참조.

왕을 만나지 못한 심정을 서술하여 왕의 마음을 깨우치려 했으나 끝내 반성하지 아니하였다. 그러므로 그 노래에는 '沅원에는 지초가 있고, 灃풍에는 난초가 있네. 公子를 생각함이여! 말로 감히 할 수 없네.'라고 하였는데, 가히 왕에게 충성하고 나라를 사랑하는 마음을 볼 수 있을 것이다. 어디에 淫祀음사에 빠져 그 황탄함을 돕고 부추긴 것이 있는가?"[53]라고 하여, 자기의 뜻을 나타낼 수가 없는 상태에서 「이소」와 「어보사」 등의 노래를 지어 우국충절의 뜻을 드러낼 수 있었다는 것이다.

맑은 향기는 쇠했어도 아직도 꽃답게 여기는데,　　　清香到老猶芬馥,
냉랭한 꽃 끝내는 말라 꽃가지에 붙어 있네.　　　冷蘂終枯附花枝.
삼려대부 아직도 초나라 잊지 못하는 듯,　　　還似三閭猶戀楚,
원수와 상수 못가에서 근심에 잠기네.　　　沅湘澤畔守憂思.[54]

마치 국화가 서리를 맞고 시들어도 사람이 꺾기 전에는 꽃봉우리가 떨어지지 않듯이 삼려대부 굴원도 상강가에 추방되어 왔지만, 여전히 초나라를 잊지 못하고 있다. 매월당에 있어서 굴원은 가을 서리의 시련에도 지조를 굽히지 않는 국화와 같은 절개가 있는 숭모의 대상인 것이다.

　秋江추강 南孝溫남효온(1454~1492)도 생육신의 한 사람으로, 김종직의 문인이며, 김굉필·정여창 등과 함께 수학하였다. 단옷날 굴원을 생각

---

53) 金時習, 『梅月堂詩集』 卷17 雜著 「鬼神第八」. "屈原旣不遇若主, 放逐湘南, 自不能陳其情志. 乃托淫祀之歌, 以抒忠臣不獲明主之情, 冀悟君心, 而終不省也. 故其歌有云, 沅有芷兮, 灃有蘭, 思公子兮, 未敢言可以見忠君愛國之心矣. 焉有昵於淫祀, 以助揚其荒誕乎."

54) 金時習, 『梅月堂詩集』 卷3 詩, 節序, 「十月初吉. 見殘菊寒蜂有感」.

하면서 시를 지었는데, "굴자가 추란을 허리에 찼건만, 왕은 그의 충정 알지 못했구나."55)라고 하여, 「이소」에 "강리와 벽초를 몸에 두르고, 가을 난초 엮어 허리에 찼다오(扈江離與辟芷兮 紉秋蘭以爲佩)."를 점화하여, 굴원의 변함없는 지조를 예찬하면서 무능한 왕에 대한 원망이 담겼다. 역시 추강의 충절과 마땅치 못한 왕에 대한 나무람이 보인다. 추강은 「鬼神論귀신론」에서 비명에 죽은 굴원이 여귀가 되지 않은 이유를 말하면서 "그렇다면 굴자의 근심은 바로 나라를 근심한 것이고, 굴자의 즐거움은 바로 생사를 하나로 여긴 것이다. 옛사람은 순박해서 선을 말하고 악을 말한 것이 모두 性情으로부터 나왔으니, 이러한 말이 어찌 자신을 위해 도모한 것이겠는가? 돌아보건대 어찌 여귀가 될 이치가 있겠는가?"56)라고 하였다. 굴원이 물에 빠져 죽어서 비명인데도 여귀가 되지 않은 이유가 굴원의 죽음이 초나라를 위한 근심에서 비롯되었으며, 생사의 초월관으로 인해 자신의 죽음에 한 맺힐 것이 없기 때문에 여귀가 될 수 없다는 것이다. 여전히 굴원의 충절과 예찬에 초점이 놓여 있다.

훈구 세력에 견제할 수 있는 세력이 사림파였다. 사림파이면서 성리학자였던 佔畢齋점필재 金宗直김종직(1431~1492)은 굴원을 어떻게 바라보았을까? 김종직은 정몽주와 길재의 도학사상을 이어받아 절의와 명분을 중시하였다. 또한 그의 문학세계는 명분·절의·수기에 근간을 두면서도 經을 근본으로 하는 문학관이었다. 同年동년 閔粹민수가 제주도로 유배되었다는 소식을 듣고 쓴 시에 부연하기를 '민수가 『세조실

---

55) 南孝溫, 『秋江集』 卷1 「五月五日, 浮江酣暢, 有懷屈原. 時, 妹壻崔季思從歸」. "屈子紉秋蘭, 王不知忠誠."
56) 南孝溫, 『秋江集』 卷5 論 「鬼神論」. "然則屈子之憂, 便是憂國, 屈子之樂, 便是一死生. 古人淳朴, 言善言惡, 發自性情, 此等語豈爲身謀. 顧安有爲厲之理乎."

록』을 수찬하는데, 집필자의 이름을 쓰게 하였다는 말을 듣고, 直書직
서한 것이 마음에 걸려 사초를 고치고 보충하였다. 그 일로 인하여
杖一百에 제주도 관노가 되었다'라고 하였으며, 38세의 점필재는 "역
사 짓는 건 사람의 화를 부르나니, 생명을 온전히 함은 성상의 은혜로
다. 해산의 아름다운 곳에 살면서, 초인(굴원)의 넋을 흩어버리지 말
게나."57)로 위로하였다. 1469년 일어난 閔粹史獄민수사옥 사건이다. 『세
조실록』에 실릴 내용을 직필하였다가 사초를 기록한 史官은 이름을
남겨야 한다는 말에 대신들이 혹 직서를 보고 간신들의 미움을 살까
봐 사초를 수정하였던 것이다. 이 일로 제주도 관노에 처해졌다. 이
소식을 들은 점필재가 그나마 목숨의 부지는 임금의 은혜라고 하면
서 억울하지만 굴원처럼 신하로서의 변함없는 충성심을 가지라고 하
였다. 민수는 8년 동안 관노로 있었다.

점필재가 10년 후 선산부사로 있을 때 지은 시로, "더위, 먼지는
자주 시 짓는 일 도와주고, 창랑정에 한 번 올라 푸른 물굽이 굽어보네.
새끼 먹이는 백로 소리는 붉은 여뀌꽃[냇가와 습지에 서식하는 1년생
풀] 곁이고, 배를 부르는 중(스님)의 그림자는 푸른 바위 사이네. 먼
길 가려면 발 씻어도 좋으련만, 우선 갓 벗고 먼 산을 바라보네. 포철하
여 어보의 비웃음 면하게 하였으니, 천 년 전 영균에 의지하리라."58)
가 있다. 이 시는 제목이 「滄浪亭창랑정」이다. 굴원의 「어보사」에 나오
는, 어보가 부른 '창랑가'에서 온 말이다. 어보는 '물이 맑으면 갓끈을
씻고 물이 흐리면 발을 씻겠다.'고 하였는데, 이는 세류에 적당히 영합

---

57) 金宗直, 『佔畢齋集』 卷5 詩 「駒輿驛聞閔同年粹流濟州」. "作史須人禍, 全生是聖恩. 海山佳處
住, 莫散楚人魂."

58) 金宗直, 『佔畢齋集』 卷14 詩 「滄浪亭 在草溪郡黃芚津南岸」. "炎塵故故助詩斑, 一上滄浪俯碧
灣. 哺子鷺聲紅蓼側, 喚船僧影翠巖間. 未妨濯足驪長道, 且要科頭看遠山. 餔歠免敎漁父笑, 靈
均千載可能攀."

하면서 살겠다는 뜻이다. 경상도 초계군(합천군) 황둔진 남쪽 언덕에 위치한 창랑정에 올라 주변의 풍경을 아름답게 그렸는데, 정적이면서 동적 표현이다. 이런 풍경에서 떠올린 것은 '탁족'과 '포철' 등으로 「어보사」에 나오는 말이다. 이는 '세류에 영합한다'는 것과 '술지게미와 술을 배불리 먹는다'는 의미이다. 모두 세상사에 적당히 어울린다는 뜻으로, 어보가 제안한 '與世推移여세추이'[59]의 의미가 담겨 있다.

그러나 점필재는 어보의 비웃음을 면했으니, 천 년 전 굴원의 삶에 의지하겠다고 하였다. 사림파의 시초인 김종직은 적당히 세류에 어울리기보다는 굴원이 지켜온 지조를 잃지 않고 유지하겠다는 논리이다. 훈구세력의 견제를 받던 김종직이고 보면, 그가 왜 굴원의 지조를 따르겠다고 선언했는지를 짐작할 수 있다. 따라서 김종직이 바라본 굴원상은 충절과 지조의 이미지이다.

김종직의 제자 濯纓탁영 金馹孫김일손(1464~1498)은 굴원의 「어보사」에 나오는 '탁영'을 호로 삼았다. '갓끈을 씻겠다'는 것은 고결한 정신적 자세를 보인 것이다. 그가 사관으로 있을 때 훈구 세력인 이극돈의 비리를 적나라하게 기록한 것이 빌미가 되어 권세가 유자광까지 가세하여 탁영을 사지로 몰았다. 훈구세력은 소릉의 복위 상소와 스승 김종직의 글 「弔義帝文」의 사초화 등을 문제 삼아, 戊午士禍무오사화를 일으켰던 것이다. 탁영의 시에 나타난 굴원의 모습은 「疾風知勁草賦질풍지경초부」에 "초나라에는 참소하는 자들이 많아, 도성으로 가는 길이 황폐화되었네. 향초가 띠풀이 되고, 난초 또한 겉모습만 좋을 뿐이네. 못가를 거닐며 연잎 옷 지어 입으니, 북풍에 그 서늘함을 느끼도다

---

59) 김보경, 「조선전기 초기 사림파 문인의 굴원·초사 수용 연구: 세계와의 대결과 고독의 형상화를 중심으로」, 『韓國漢文學硏究』 69, 韓國漢文學會, 2018, 151쪽 참조.

."60)라고 하여, 참언으로 쫓겨난 굴원의 모습으로 「이소」의 내용인 "연잎으로 옷을 만들고, 연꽃을 모아 치마를 만들리라"61)를 점화하여, 세상 사람들이 아무리 비방하여도 굴원 자신은 절개를 지키며 자신의 성품을 더욱 깨끗이 하겠다는 것이다. 그러나 현실은 북풍의 서늘함을 느끼게 한다. 이 시가 연산군 즉위 후 사직하고 낙향해서 쓴 시이기 때문일 것이다. 제목의 '질풍지경초'도 세찬 바람이 불어야 비로소 강한 풀을 알 수 있듯이, 사람이 역경을 겪어야만 그 의지의 강함을 알 수 있다는 것을 비유한 것이다. 굴원처럼 추방되어도 자신의 신념을 버리지 않겠다는 다짐 정도로 들린다.

容齋용재 李荇이행(1478~1534)은 김종직의 문하였던 최부에게 글을 배웠다. 연산군 1(1495)년 병과로 급제하여 출사의 길로 들어섰다. 연산군 9(1504)년 폐비윤씨의 복위를 적극 반대하였으며, 또 김일손의 「弔義帝文조의제문」의 필화 사건에 연루되어 충주로 유배되었다가 함안으로 이배되었다. 그 다음해인 1506년에는 거제도로 유배되어 위리안치 되었다. 『南遷錄남천록』은 함안에 유배되었을 때(1505) 지은 시들을 모은 책이다. 그 중 「讀離騷독이소」는 "일찍 일어나 바쁜 일 있나니, 향 사르고 『초사』를 읽는 것이지. 문장은 變風에 버금가지만, 충의는 후인들이 슬퍼하누나. 세월은 날 기다려 주지 않고, 초란은 시속 따라 바뀌었도다. 순 임금 다시 만나기 어려운데, 상수에는 맑은 물만 출렁이누나."62)라고 하여 『초사』에 대한 애착을 드러냈다. 용재는 유배

---

60) 金馹孫, 김학곤·조동영 옮김, 『탁영선생문집』「疾風知勁草賦」, (주)동국문화, 탁영선생숭모사업회, 2012, 99쪽. "楚國多讒, 郢路將荒. 荃蕙爲茅, 蘭亦容長. 澤畔製荷, 北風其涼."

61) 屈原, 「離騷」. "製芰荷以爲衣兮, 集芙蓉以爲裳."

62) 李荇, 『容齋集』卷5, 『南遷錄』「讀離騷」. "早起有忙事, 焚香讀楚辭. 文章變風亞, 忠義後人悲. 歲月莫吾與, 椒蘭從俗移. 重華難再遷, 湘水但淸漪."

지에서 일찍 일어나 먼저 하는 일이 굴원의 『초사』곧 「이소」를 읽는 일이다. 「이소」는 『시경』의 '變風변풍'과 버금가지만, 충의는 더 낫다는 것이다. 그리고 세월은 날 기다려주지 않듯이 楚초나라 大夫대부 子椒자초와 楚 懷王회왕의 동생 司馬子蘭사마자란 곧 소인배는 시속에 따라 변절하고, 순 임금 같은 성군을 만나기 어렵다는 것이다. 그리고 굴원이 빠져죽은 상수는 실속 없이 맑은 물만 출렁인다고 하였다.

용재는 매일 읽는 「이소」를 통해, 자신의 생각을 드러내었다. 3번째 연은 「이소」의 "진실로 시속에 물 흐르듯 따라감이여. 또 누군들 능히 변화가 없을손가? 申椒신초와 蘭草난초(향초들)를 살펴봐도 그 이와 같음이여. 하물며 그만 못한 게거와 강리(향초들)인들 변하지 않을손가?"63)를 점화한 것이다. 세상인심이란 본시 대세를 따르는 것이니 누가 변하지 않을 수 있겠는가? 화초와 난초를 봐도 이렇거늘 하물며 그만 못한 게거와 강리는 말할 것도 없다는 것이다. 용재가 굴원에 대해서 탁영과는 생각을 달리하고 있다.

다음은 1506년 거제도에 위리안치 되었을 때 지은 『海島錄해도록』에 있는 시로 "굴원이 강가로 쫓겨나서는, 홀로 술이 깨어 초췌했다네. 나는 굴원과 같은 재주 없고, 뜻이 굴원과는 다르다네. 쌀을 얻으면 단지 술을 사고, 술을 얻으면 단지 취할 궁리라. 취한 뒤에 머리 푼 채 잠자니, 만사가 내게 累가 되지 않네."64)라고 하여 「어보사」에 나오는 굴원의 모습으로 시작되고 있다. 바른 말 하다가 상강가로 쫓겨난 굴원이지만 끝까지 초나라에 대한 걱정으로 물에 빠져 죽지만, 이행 자신은 그런 굴원의 뜻과 다르다고 하였다. 술을 멀리한 굴원이

---

63) 屈原, 「離騷」. "固時俗之流從兮 又孰能無變化 覽椒蘭其若妓兮 又況揭車與江籬."

64) 李荇, 『容齋集』卷6, 『海島錄』「醉後」. "屈子還江潭, 獨醒自憔悴. 我無屈子才, 意與屈子異. 得米但沽酒, 得酒但謀醉. 醉後被髮眠, 萬事莫吾累."

지만 이행 자신은 오히려 여건만 되면 술을 사 마시겠다고 하였다. 이는 중종반정 이후 이행의 행적과 관련이 있다. 중종반정 후 복직한 이행은 1519년 기묘사화가 일어났을 때 조광조 제거에 참여하지는 않았지만 관망의 태도를 취했고, 1524년 권력 남용으로 유배된 외척 김안로의 석방 때도 의견을 내지 않았다. 그런 이행의 처세관은 이미 함안과 거제도 유배시 굴원을 대하는 태도에서 짐작할 수 있었다. 사화기의 인물 이행은 굴원의 삶과 다르게 행동할 것을 암시해 주었기 때문이다. 선조 때 관료인 西厓서애 柳成龍류성룡(1542~1607)도 "굴원의 「離騷經이소경」・「九歌구가」・「九章구장」 등도 시(시경)의 뜻을 물러 받았지만, 삶을 버리고 못에 뛰어들어 죽은 일은 심하였다."65)라고 하여, 굴원의 죽음에 대해 부정적 견해를 보이면서 "주자도 굴원의 잘못은 지나친 충에 있다"66)는 내용을 소개하였다.

서애의 주장처럼, 朱子주자가 굴원을 세상이 본받아야 할 가장 철저한 儒者유자로는 여기지 않았다. 그러나 대부분의 조선 전기 생육신의 경우와 마찬가지로 司馬遷사마천과 朱子주자가 굴원을 높이 평가한 것은, 때에 따라서는 언제든지 과감하게 忠諫충간할 수 있다는 선비정신에 비추어 굴원의 그 愛君憂國애군우국의 忠節충절을 고상하게 여겼기 때문이다.

(3) 조선 후기의 굴원상

조선 후기의 실용적인 학문을 중시했던 실학자와 구한말 우국지사

---

65) 柳成龍, 『西厓集』 卷15 雜著 「詩教說」. "若屈子離騷九歌九章等篇, 亦詩之遺意, 而至於捐生赴淵則甚矣."

66) 위의 책(柳成龍, 『西厓集』 卷15 雜著), "朱子謂屈子之過, 過於忠."

인 면암 최익현과 매천 황현은 굴원을 어떻게 바라보았는지를 살펴보고자 한다.

星湖성호 李瀷이익(1681~1763)은 유학에서 실용성을 현실에 적용할 수 있는 가능성을 찾아내고 실천하고자 했던 초기 실학자이다. 실학이라 하여, 이전까지 조선 사회의 유학자들의 사상을 지배하던 성리학적 가치관과 완전한 결별이 아니라, 전통적으로 계승해 오던 유학의 이념 속에서 민생을 도모하고 실용적인 실천을 중시한 당대 유학자들의 자기반성적 고뇌와 노력이 깃든 사상이었다. 남인이었던 아버지 이하진은 숙종의 남인 축출 사건인 경신대출척으로 인해 진주 목사로 좌천되었다가, 결국 평안도 운산에 유배되어 죽음을 맞는다. 성호 이익은 부친이 죽기 1년 전 유배지에서 태어났다. 그리고 성장기에는 20여 세 많은 형님 이잠에게 학문을 배웠다. 그런데 이잠도 노론 세력이 세자(훗날 경종)를 해하려 한다는 상소를 올렸으나, 오히려 노론계를 두둔하던 숙종을 진노케 하여 곤장을 맞고 죽었다. 이런 당쟁의 희생 속에 자란 성호 이익은 굴원을 과연 어떻게 바라보았을까?

屈子굴자가 추방되어 「離騷이소」를 지었다. 「이소」에는 난초·荃草전초·菌桂균계와 같은 향기로운 초목들이 다양하게 열거되어 있는데, 말하기 좋아하는 사람들은 그래도 부족한 감이 있다고 여겼다. 내가 餐英찬영과 貫薬관예의 구절을 읽고 나서, 그 향초들의 화려한 때를 놓아두고 유독 떨어지고 초췌해진 다음의 상태를 취한 것은 무엇 때문인지 의문을 가졌다. 만약 자신이 버림당한 것이라면 원망하고 비방하는 마음을 숨기기 어려웠을 것이다. 이를 통해 미루어 본다면, 그의 마음이 일찍이 당대를 걱정하지 않은 적이 없어 혹 곧은 道를 주장하여 나아가기를 바란 것이다. 그러므로 꽃이 밝고 고우면 세상에 아첨하는 것으로 오해받을 수 있고, 氣가 위로 상승하지 않는다면 향기가 멀리까지 퍼지지 못하는 법이다. 모든 것을 싣지 않았다고 해서 이것 외에 다른 것이 없는 것은 아니다.[67]

성호는 굴원을 곧은 도를 지닌 인물로 보았다. 세상에 말하기 좋아하는 사람들은 굴원이 「이소」라는 작품에서 군은 절개를 드러낼 수 있는 향초를 많이 서술하지 않아 부족한 점이 있다는 것이다. 그래서 성호는 「이소」 구절인 '찬영' "저녁에는 가을 국화에서 떨어지는 꽃잎을 먹습니다."와 '관예' "벽려의 꽃술을 이어 화환을 만듭니다."는 실로 제 마음의 고결한 모습이면서 전대의 선현들을 공경하고 본받고자 하는 마음을 드러낸 것이라고 하였다. 그러면서 굴원은 자신이 버림받은 원망의 심정을 숨기기 어려웠을 것이라고 하면서, 이는 개인적인 원망이 아니라 그 시대상을 걱정하고 나라를 사랑하는 곧은 마음의 표현이라고 하였다. 우국충정의 소유자로서의 굴원의 모습을 그렸다.

18년간 유배생활을 한 茶山^{다산} 丁若鏞^{정약용}(1762~1836)은 굴원을 "밝기는 나라의 기미를 통찰하였고, 지혜는 하늘의 뜻을 꿰뚫었네. 해와 달이 무색하였는데, 흙비는 자욱하였다. 난초로 옷 지어 입고 향초로 끈 매고, 구름 타고 바람 몰고, 온 세상을 주유하면서, 몽매한 무리를 흘겨보았다. 현묘한 그의 문장은, 노자에게서 근원하였다."[68]라고 하여, 굴원의 안목과 지조를 예찬하면서도 초월적인 세계관은 노자의

---

67) 李瀷, 『星湖全集』 卷56 題跋 「四友帖跋」. "屈子放逐離騷作. 其用物芳馨, 蘭荃菌桂之屬, 無不搜羅, 說者猶有遺憾在. 余讀餐英貫藥之句, 舍其華盛, 獨有取於摧落憔瘁之餘何哉. 抑遭罹廢棄, 怨誹難揜也, 因是推之, 其心未嘗不在當世, 或庶幾以直道進. 故花有明艷則嫌於媚世, 氣無昇霏則香不遠聞, 皆所不載, 非外此無物也."

68) 丁若鏞, 『茶山詩文集』 卷12 贊 「謫中六夫子畵像贊」, 「湘水謫客屈先生 諱平」. "明炳國幾, 知達天衷. 日月其晦, 霾雨濛濛. 被蘭紉茝, 乘雲馭風. 周流八極, 睥睨群蒙. 玄妙之文, 源出苦翁."

영향이라고 비판하였다. 인용시는 유배당한 인물들을 찬한 것으로, 「謫中적중의 六夫子육부자의 화상찬」이다. 楚의 굴원, 漢의 가의, 唐의 이백과 한유, 北宋북송의 소식, 南宋남송의 채원정 등 6명의 인물을 칭송하였는데, 그 중 첫 번째로 초나라 굴원을 찬한 부분이다. 다산이 생각하는 굴원은 나라의 정사에 밝고 지혜가 출중하여 늘 소인들의 참소에 시달려야 했지만, 그 능력은 일월과 빛을 다툴 정도라 하였다. 「이소」의 내용을 모방한 것처럼 늘 자기 수양에 게으르지 않았고, 천하를 주유하면서 현명한 군주를 찾고자 하였지만, 세속적인 부귀영화는 흘겨보았다.

그리고 다산은 "굴원이 성질이 강직하고 곧으면 몸을 망친다는 것과 뛰어난 재능은 끝내 화를 당하게 된다는 사실을 알지 못한다."[69]라고 하였다. 또한 "신하로서 충성을 다했는데도 임금이 돌보지 않기를 마치 懷王이 屈平을 대하듯이 한다면 원망하는 것이 옳을 것이다."[70]라고 하면서, "근심과 슬픔을 안고 맴돌고 또 돌아보고, 「離騷이소」·「九歌구가」·「遠游원유」 등을 짓는 일은 천리"[71]라고 하였다. 따라서 다산이 생각하는 굴원은 충신이기에 원망을 할 수 있다는 것이다. 그러면서 "애석도 하지 굴대부 그 사람, 처음 잘못 든 길 끝내 못 깨치네. 지나간 일은 별 수 없다 치고, 끝마무리 잘했던들 탈을 면했을 것이네."[72]라고 하여, 처음 벼슬길로 나아간 것이 잘못된 길이었지만 지나간 일이기에 별 도리가 없다는 것이다. 그런데 마지막에 지난 일을 깨닫고

---

69) 丁若鏞, 『茶山詩文集』 卷13 記 「醉夢齋記」. "不知悻直之必亡身, 而修能之卒致禍."

70) 丁若鏞, 『茶山詩文集』 卷10 原 「原怨」. "臣盡其忠, 而君不恤, 如懷王之於屈平, 怨之可也."

71) 丁若鏞, 『茶山詩文集』 卷10 原 「原怨」. "故憂傷惻怛, 彷徨睠顧, 爲離騷九歌遠游之賦, 而莫之知止者, 天理也."

72) 丁若鏞, 『茶山詩文集』 卷5 詩, 「五月七日, 余在寶恩山房, 藏公携酒相過, 厚意也. 拈周易坎六四韻, 與之酬酢」. "嗟嗟屈大夫, 始迷終莫牖. 已往悟不諫, 善補斯免咎."

마무리를 잘했다면 강물에 뛰어 들어 물고기 밥이 되는 비극은 자초하지 않았을 것이라고 하였다. 다산이 생각하는 굴원상은 결국 비극을 자초한 인물인 것이다.

구한말 우국지사인 최익현과 황현이 바라본 굴원상은 어떤 모습일까?

勉菴면암 崔益鉉최익현(1833~1906)은 고종의 부친인 흥선대원군의 정치참여가 실정에 맞지 않음을 들어 상소문을 올려 그를 정치 일선에서 물러나게 하였고 그 결과 제주도 유배길에 올라야 했다. 그리고 서양과의 화의를 주장하는 개화론자들에게 지부상소문을 올려 흑산도로 또 유배를 갔다. 말년인 73세에 의병을 일으켜 망국의 조선을 구하고자 하다가 뜻을 이루지 못하고 대마도에 유배되어 결국 순국의 길을 택한 인물이다. 면암이 73세의 고령에 의병을 모집하면서 「倡義檄文창의격문」을 지었는데, "멱라수의 衣冠의관을 슬퍼하니 한갓 죽기만 하는 것은 무슨 이익이 있겠는가."[73]라고 하여, 끝까지 왜적과 싸워야 한다는 의미를 드러내었다. 곧 굴원처럼 혼자 죽는 것은 아무런 도움이 되지 않는다는 뜻이다. 의병장 면암이 생각하는 굴원의 모습이다.

梅泉매천 黃玹황현(1855~1910)은 1910년 8월 29일 경술국치를 당하자 9월 8일 절명시 4수를 남기고 56세의 삶을 마감하였다. "노부처럼 그저 밤중에 휘파람만 불었고, 초신처럼 십 년 동안 술 깬 것만 부질없이 읊었네."[74]라고 하여, 매천이 생각하고 있는 굴원상은 나라가 어려울 때, 굴원처럼 자신의 신세만 한탄하는 시문을 읊었다는 것이다. '노부'는 노나라 목공 때의 부녀자로, 기둥에 기대어 휘파람을 불었는

---

73) 崔益鉉, 『勉菴集』 卷16 雜著 「倡義檄文[再檄文]」. "吊汨灑之衣冠, 徒死奚益."
74) 黃玹, 『梅泉集』 卷4 詩 「癸卯稿」 「季方又寄詩來刻燭走和」. "魯婦謾成中夜嘯, 楚臣空賦十年醒."

데, 이웃집 여자가 그 소리를 듣고 '왜 그리 슬피 휘파람을 부는가?'라고 물으니, '지금 왕이 늙었는데 태자가 어린 것이 걱정되어 그렇다'라고 답했다 한다. 이는 자신의 능력으로는 어찌할 수 없지만, 그래도 나라의 현실이 걱정된다는 의미이다. 면암이 49세 때 지은 시인데, 자신도 노부처럼 역량도 안 되면서 괜스레 나라의 현실이 걱정되어 10년 동안 나라의 운명을 근심하고 신세를 한탄하는 시문을 읊었다는 것이다. 따라서 면암이 생각하는 굴원상은 실천적인 행동은 못하고 초야에 묻혀 있으면서 나라의 안위만 걱정하고 자신의 신세만 한탄하는 글들만 지은 인물로 그려졌다.

3) 중국과 한국에서의 屈原의 변용

고대 중국에서 충절의 상징인 굴원이 중국뿐만 아니라 고려와 조선, 그리고 구한말로 이어지면서 그 모습은 어떻게 수용되고 변용되었을까? 충절의 굴원도 시대의 여건과 개인이 처한 환경에 따라 차이나는 면이 있었다.

중국 현대시 중 海子해자의 시 중에 "물이 굴원을 품네. 두 눈은 불빛처럼 수면 위 천년의 양떼를 맑게 비추네. 나는 이때 세계에서 그림 같은 아름다움을 들었네. 물이 굴원을 품은 것은 나지 이처럼 시체 거두기 어렵구나."[75]라고 하여, 굴원이 강물에 뛰어 든 것이 아니라, 물이 굴원을 품어주는 양상이다. 그 수중 세계는 그림 같은 아름다운 모습으로 부활의 이미지를 드러내었다. 이처럼 중국의 현대시에 나타

---

75) 海子, 「水抱屈原」, 西川 編, 『海子詩全集』, 北京: 作家出版社, 2009. "水抱屈原: 一雙眼晴如火光照亮 / 水面上千年羊群 / 我在這時聽見了世界上美麗如畫 // 水抱屈原是我 / 如此尸骨難收."

난 굴원은 전통적인 굴원상과는 차이가 난다. 개인적인 성향과 시대적 요구로 그럴 수 있다. 고대 중국의 굴원의 원형은 충절과 청렴의 이미지였다. 그런데 後漢후한의 班固반고는 굴원의 죽음을 괴상하게 여기기는 하였지만, 글을 지어 그를 조상하여 유배객 가의의 심정과 상통하는 면을 보였다. 그리고 사마천과 주자·유안은 굴원의 「이소」를 일월과 빛을 다툴 정도라고 극찬하였다. 이것이 굴원의 원형에 대한 평이라 할 수 있다.

이후 당송 시대 좌천되거나 유배된 문인들은 대체로 굴원의 처지와 충절의 심정에서 동질감을 느끼면서 굴원을 노래하였다. 굴원의 자기화가 이루어졌던 시기라 할 수 있다. 근대의 작가인 양계초는 굴원이 자기가 속한 사회에 대한 사랑이 컸기에 악한 사회의 모순을 극복하지 못하고 결국 순결한 죽음을 택했다고 하여, 그의 죽음에 가치를 부여하였다. 곽말약은 항일시대 투쟁가로서의 굴원의 모습을 형상화하였다. 작품 속의 굴원상은 조국에 대한 근심으로 방황하는 굴원과 무능한 왕에 대한 원망의 감정은 있지만 왕에 대한 그리움은 변함없는 굴원의 모습이었다. 또한 성품이 청렴결백하여 적당히 세속적인 것들과 어울리지 못하는 고결한 성품의 소유자로 자기 삶의 방향에 고민하는 모습을 보였다.

따라서 굴원의 원형은 충절의 뜻을 지니고 있기는 하지만 구국을 위해 투쟁적인 행동으로 옮기지 못하는 소극적 자세의 소유자였다면, 당송 시대의 불우한 삶을 살았던 유배객들에 의해 형상화된 굴원은 예찬의 대상이면서 연민의 대상이었다. 그러나 근대에 와서 굴원상은 애국충절의 뜻을 지닌 투쟁가의 모습으로 적극적 자세의 소유자였다. 이는 시대적 상황과 작가가 처한 현실에 따라 굴원의 모습이 수용된 결과인 것이다.

우리나라의 문헌 중 굴원에 대한 서술이 처음 보이는『삼국사기』의 굴원상은 고대 중국에서 인식했던 충절의 이미지였다. 통일신라시대 당나라 유학 가서 벼슬살이하고자 했던 최치원의 굴원은 어보漁父의 타협적인 모습이 그려졌다. 아마도 타국에서의 삶이 녹록하지 않았던가 보다. 그런데 고려 무신 정권하의 이규보가 생각하는 굴원은 왕의 실정만 드러내는 나쁜 신하로 그려졌다. 하지만 이규보 말년의 시76) 에, '굴원과 가의의 곧은 마음을 책망한 것이 잘못되었다'고 한 것을 보면, 그 역시 굴원을 충절의 신하로 인식하였던 것이다. 젊은 시절 作으로 생각되는「굴원불의사론」은 아마도 무신정권하의 보신용의 글로 지어졌을 것으로 예상된다. 그리고 나라가 혼란한 고려 말기는 그 어느 때보다 충절이 요구되던 시기였다. 그런 시기에 문학적 소재로 적합한 인물은 굴원 같은 충신이었을 것이다. 고려 말 만고의 충신으로 이름 난 포은 정몽주는 굴원을 찬양하는 시가 유독 많다. 포은이 밝힌 굴원상, 그의 외교적 능력을 배우고자 깨어 있는 굴원이었다. 고려 말기 국내외 정세의 혼란으로 인해 외교적 능력이 필요했던 시기이기 때문일 것이다.

조선 전기의 굴원상은 훈구관료와 생육신 그리고 사림파에 의해 차이가 났다. 이는 그들이 처한 여건과 환경에 따라 각기 수용하고 변용하였기 때문이다. 조선 초 개혁가 정도전은 강개한 굴원이었다. 고려 말 불의에 대한 의기가 조선 초 개혁가로 이어지는 굴원의 모습이었다. 그리고 훈구관료의 대표격인 서거정은, 벼슬에 쫓겨난 굴원보다는 벼슬살이를 유지하면서 술에 취한 두보이기를 원했다. 무엇보다 안정된 조정에서 청직을 두루 거치는 관료이기를 희망하였다. 그

---

76) 李奎報,『東國李相國集』卷22「辛卯正月九日記夢」.

의 바람은 현실이 되어 한 번도 좌천되지 않았다. 그리고 성현은, 굴원이 물에 빠진 것은 못난 왕을 만났기 때문이고, 그의 행위는 왕의 잘못된 행적만 드러낼 뿐이라고 하였다. 다만 그의 문학은 만대에 찬란하게 빛날 것이라고 하여 행적과 문학을 분리하는 태도를 취했다. 하지만 성현은 잘못된 정치를 두둔하는 듯한 면을 보이면서 아첨하는 무리만을 비난하였다. 잘못된 정치가 있기에 아첨하는 무리가 있는데, 마치 말로 잘못된 논리를 감추려는 듯한 인상을 주었다. 어쨌든 각자의 처세에 따라 굴원의 모습이 변용되고 수용되었다.

생육신은, 굴원의 충절과 변함없는 지조를 예찬하였다. 김시습은 국화와 같은 절개를 지닌 굴원이었고, 남효온은 굴원의 충절을 높이 샀다. 아마도 그들의 삶의 일면을 투영하고자 하는 의도 때문일 것이다. 그리고 사림파의 시초라 할 김종직과 戊午士禍무오사화(1498) 때 희생된 탁영 김일손은 굴원의 지조와 청렴함을 택했으며, 사화기를 살았던 이행은 유배의 삶을 겪은 후 깨어 있기를 원했던 굴원보다 경우에 따라 술도 마실 수 있다고 하였다. 류성룡은 출사의 길을 가면서 굴원의 마지막 행적을 따르지 않겠다는 뜻을 보였다. 시대와 개인의 행적에 따라 굴원의 소환은 달랐다.

조선 후기 당쟁에 희생된 실학자는, 굴원의 충절을 예찬하거나 그의 삶이 잘못된 길로 들어섰기 때문에 희생된 인물로 그렸다. 아버지는 유배지에서 돌아가시고 형은 참형을 당한 성호 이익도 우국충정의 소유자로 굴원을 기리기는 했지만 출사하지 않았다. 그리고 18년 동안 유배 생활을 한 다산 정약용은 선비정신에 입각하여 굴원의 현실 도피적 삶의 형태를 비난하면서도 벼슬길에 잘못 들어 비극을 자초한 인물로 규정하였다. 하지만 다산 자신은 굴원처럼 나약한 선택은 하지 않겠다는 점을 보였다. 그리고 구한말 우국지사 면암 최익현은 혼자 죽는 것보다 투쟁하다 순국하는 편이 더 나은 삶으로 규정하였으며, 매천 황현은 혼란기에 나라의 안위를 걱정하는 인물로 그렸다. 굴원이 유배지에서 조국 초나라가 망했다는 소식을 접하고 상강의 물에 투신했던 것처럼, 매천도 망국의 순간 현실의 문제점을 개선할 방법을 찾지 못해 죽음을 길을 택했다. 망국의 시대이기에 굴원과의 동질감에서 그를 소환하였다. 모두 자신의 처지와 시대적 배경과 관련시켜 굴원을 해석하고 형상화하였다.

고대 중국 굴원상의 공통점인, 충절의 모습은 시대를 막론하고 대체로 변함이 없었다. 그리고 차이점은 작가가 살던 시대적 환경과 여건에 따라 소극적 인물에서 적극적 인물로 변용되기도 하고 혹은 투쟁가로의 면모를 보이기도 하였다. 경우에 따라서는 자기의 모습을 투영하기도 하였다. 충절가 굴원은 시대상과 개인의 여건에 따라 살아 움직이고 있었다.

3. 충절가 굴원

굴원의 원형은 충절의 애국 시인이었다. 그래서 근대 중국의 곽말약도 「굴원」이라는 희곡을 통해 중국인들의 애국심을 고취하고자 하였다. 외세가 침략하여 중국 본토가 累卵之危누란지위의 위기에 처하던 시기이기에 투쟁적인 굴원이 필요했다. 소극적인 굴원이 적극적인 굴원으로 化한 것이다.

한국에서의 굴원상도 대체로 애국과 청렴결백의 충신 상으로 그려졌다. 다만, 고려 무신정권 하의 이규보는 굴원이 마땅히 죽을 자리에 죽지 못하고 죽음의 시기를 잘못 선택하여 군왕의 욕을 드러내는 꼴이 되었다고 하였다. 조선시대 훈구세력인 성현도 이규보와 비슷한 논조의 견해를 밝히기는 하였지만, 道가 실현되지 않는 현실을 묵인하는 듯한 태도를 취하면서 아첨하는 무리는 비난하였다. 생육신과 사림파인 김종직과 김일손은 굴원을 높이 평가한 사마천이나 주자의 역사의식과 상통하는 면을 보였다. 사화기의 일부 굴원 소환자는, 단지 보신용으로의 출사의 길을 택한 이도 있었다. 조선 후기는 성리학 중에서도 실용적인 학문을 중시하는 학풍으로 발전되어 후대인들이 그들의 이론이나 문학을 실학이라고 칭하는 성리학자이면서 실용적인 학자였던 일명 실학자들은, 굴원을 그리기를, 그들이 처한 여건과 환경에 따라 그들의 문학에 굴원을 소환해 내었다. 다산 정약용도 유배시기에 굴원을 소재로 한 문학 작품이 많았다. 굴원을 통해 유배지에서의 억울한 심정을 드러낸 것처럼, 자신의 억울한 감정으로 원망은 해도 비방은 하지 않는다고 하였다.

구한말 우국지사인 면암 최익현과 매천 황현은 굴원을 소재로 한 시가 많지는 않았지만, 그들의 심경을 드러내는데 굴원이라는 소재를 활용하였다. 면암 최익현은 망국의 상태에서 홀로 죽어간 굴원을 나무라는 글을 남겼다. 이는 구한말 나라가 기울어가는 상황에서 굴원처럼 홀로 죽을 것이 아니라, 항일 운동으로 이어지기를 바라는 마음에서 투신은 큰 의미가 없다고 하였다. 무장투쟁을 위해 의병을 일으키다가 체포된 면암이고 보면, 그의 주장은 이해되는 면도 있지만 유학의 가르침을 전했다는 면에서는 다소 억척스런 점도 있다. 면암보다 22살 적은 매천 황현은, 굴원이 행했던 것처럼 「절명시」를 짓고 스스로 목숨을 끊었다. 매천이 소환한 굴원은, 조국애로 죽을 수밖에 없는 굴원이었다.

중국의 반고나 고려의 이규보, 그리고 조선의 성현은 굴원이 죽을 자리에 죽지 않아서 왕의 악만 드러냈다고 하였다. 이는 我田引水아전인 수격인 평이기에 올바른 평가가 아닐 수 있다. 판단의 기준은 義의, 곧 도덕이 기준이 되어야 하기 때문이다. 이들의 평가는 自家撞着자가당착 적인 면이 있는 반면에, 곽말약과 면암의 경우는 그가 처한 상황으로 보면 당연히 투쟁을 하다가 어쩔 수 없이 죽음을 맞이해야 한다는 논리이다. 그가 처한 상황이 累卵之危누란지위의 조국이 염려되었기 때 문이다. 이렇듯 굴원에 대한 평은 시대적 환경과 개인의 성정, 처한 상황에 따라 다소의 차이를 보였다. 하지만 그 주장에는 불멸의 충신 이라는 원류의 굴원상이 중국인이나 한국인들에게 면면히 이어지면 서 그의 충절과 문장은 예찬되었다.

『동국이상국집』을 통해 본 이규보의 포스트휴머니즘

1. 포스트휴머니즘으로 본 이규보

이 글은, 白雲백운 李奎報이규보(1168~1241)의 문학을 통해 포스트휴머니즘을 고찰해 보고자 하는 것이다. 탈경계적 현상들에서 관찰되는 혼종적이고 유동적인 인간 정체성을 올바로 이해하기 위해서는 근대적 휴머니즘을 넘어서는 새로운 패러다임이 요구되는데.[1] 그 새로운 패러다임이라고 할 포스트휴머니즘은 근래 서구의 인간 중심의 세계관에서 벗어나 다른 種종뿐만 아니라 他타 階層계층과도 평등함을 주창하는 주의로, 어떻게 사는 것이 진정으로 인간답게 사는가에 대한 물음의 시작이다. 인간과 비인간 곧 인간과 동물·남성과 여성·지배자

---

1) 이수진, 『인간과 포스트 휴머니즘』, 이화여자대학교 출판부, 2013 참조.

와 피지배자 등을 구별하여, 주체를 우월적 존재로 인식하는 것이 아니라 동등하게 바라보는 시각이기도 하다. 더 나아가서 인간도 자연의 일부로서 그 질서에 역행하는 존재가 아니라 순응한다는 것이다. 백운의 문학에도 인간의 관점으로만 볼 수 있는 가치 중심의 세계가 아니라 미물과 비인간적 존재를 통해 인간과 동물 그리고 자연과의 공존을 모색할 수 있는 것들이 있을 것이다.

백운의 『東國李相國集동국이상국집』에 수록된 그의 글에서 먼저 포스트휴머니즘의 관점으로 해석될 작품을 살펴, 백운이 어떤 처지에서 그와 같은 생각을 하게 되었는지를 고찰하고자 한다. 그러면 포스트휴머니즘의 핵심인 새로운 공동체를 위한 가능성을 찾을 수 있을 것이다. 따라서 이와 같은 연구는, 점차 인간성을 상실해 가고 있는 현실에 어떻게 하면 인간성 회복을 가능케 하고, 한편으로는 모든 생명체가 공존할 수 있는 길을 찾는 한 가지 방법이 될 것이다.

백운의 『동국이상국집』은 전집 41권, 후집 12권, 총 53권 13책의 목판본이다. 아들 涵함이 1241(고종 28)년 8월에 前集전집 41권을, 12월에 後集후집 12권을 편집·간행하였고, 1251년에 칙명으로 손자 益培익배가 分司大藏都監분사대장도감에서 교정·증보하여 개간하였다. 현전하는 것은 일본에서 입수하여 다시 간행했다는 李瀷이익의 주장[2]에 따르면, 英正영정 시대의 복각본으로 추정된다.[3] 시문학은 권1부터 권18까지 古律詩고율시 919제 1,206수가 수록되어 있다. 권1에는 古賦고부 6편도 실려 있으며, 권20에는 傳이 있고, 권21에는 '說설' 12작품이, 권37에는 祭文

---

2) 李瀷, 『星湖僿說』 卷17 「人事門」 「日本忠義」. "我國之李相國集國中已失, 而復從倭來刊行于世 (우리나라 『李相國集』은 우리나라에서는 이미 산실되었으므로, 다시 왜국으로부터 와서 세상에 간행되었다)."

3) 金東旭, 「해제」, 『국역 동국이상국집』, 고려서적주식회사, 1980, 16~17쪽.

제문이 실려 있다. 그리고 후집은 12권인데, 그 중 권1부터 권10까지 고율시 525제 846수가 수록되어 있다. 전·후집에 수록된 고율시만 2,052수이다.[4] 많은 시와 글을 남긴 대문장가 백운[5]은 평생 무신 정권 아래에서 삶을 살았다. 젊은 시절에는 민족적 사명감으로 서사시「東明王篇동명왕편」을 짓기도 하였지만, 능력에 비해 관직 운은 따르지 않았다. 그래서 出仕를 위해 東都[경주]에서 民亂민란이 일어났을 때, 종군 기자를 자처하여 3년 간 참여하기도 하였다. 민란이 진압된 후 개성에 돌아온 후에는 論功行賞논공행상에 불만을 드러내는 시를 지기도 하였지만, 벼슬자리는 주어지지 않았다. 결국 出仕출사하기 위해 실권자인 최씨 정권에 벼슬을 구하는 시를 짓을 수밖에 없었다. 어쨌든 최씨 정권과 함께 한 出仕이지만, 몽골 침략 시에는 문장으로 나라의 위기를 구하[6]기도 하였다. 따라서 이 글에서는, 능력과 현실 사이에서 고민한 천재 문인 백운 이규보가 그의 문학 세계에서 다른 種과 타 계층, 그리고 자연과 비인간적인 존재에 대해서 어떤 생각을 가졌으

---

4) 『東國李相國集』에 실린 시를 정리해 보면 다음과 같다. 제1권 31제 36수, 제2권 48제 73수, 제3권 38제 62수, 제4권 43제 43수, 제5권 28제 43수, 제6권 89제 93수, 제7권 50제 58수, 제8권 41제 50수, 제9권 50제 63수, 제10권 60제 77수, 제11권 49제 68수, 제12권 51제 55수, 제13권 56제 76수, 제14권 63제 79수, 제15권 43제 64수, 제16권 70제 90수, 제17권 63제 77수, 제18권 46제 99수이며, 『東國李相國後集』에 실린 시로, 제1권 84제 105수, 제2권 57제 104수, 제3권 63제 101수, 제4권 59제 98수, 제5권 58제 89수, 제6권 45제 96수, 제7권 46제 97수, 제8권 39제 57수, 제9권 46제 58수, 제10권 28제 41수 등이다.

5) 『東國李相國集』에는 백운이 同年 兪升旦에게 보낸 편지에서 자신이 지은 시가 8,000여 수나 되었다고 하였다. 또 같은 글에서 백운 생전에 아들 함이 아버지 문집을 내기 위해 시를 수집하였으며, 1,000여 수 정도만 모였다고 하였다. 이런 사실로 미루어보면, 백운의 문집은 그가 운명하기 몇 해 전부터 준비되었다.

李奎報, 『東國李相國集』 卷27「與兪侍郎升旦手簡」. "月日, 某頓首. 予自弱齡嗜作詩, 想平生所著無慮八千餘首, 乃緣人取去不還, 或焚棄或見失, 掃箱篋無遺矣. 由是無意於成編, 近者愚息涵, 不知乃翁無似, 自謂有子而業文, 不集父詩, 大類無情者, 於是窮搜貪索, 或得於予所交遊儒家釋院, 或得於新學兒曹所蓄者, 凡集一千餘首, 猶未分卷, 但以一二三秩標之, 予不能止之, 任其所爲."

6) 『高麗史節要』16 高宗 28年 9月. "時蒙兵 壓境, 奎報 製陳情書表 帝感悟撤兵."

며, 어떤 삶의 과정에서 그와 같은 생각들을 펼치게 되었는지를 고찰하면서 포스트휴머니즘과의 관련성을 살펴보고자 하는 것이다.

2. 다른 종에 대한 애중

포스트휴머니즘은 다른 種종에 대해 인간이 지닌 우월성을 부정한다는 점에 그 가치가 있다. 고려시대 대문장가 백운은 다른 種, 특히 동물들에 대해 어떤 생각을 지녔는지를 살펴, 그의 포스트휴머니즘을 이끌어내고자 한다.

「放蟬賦방선부」에는 매미가 거미줄에 걸려 처량하게 우는 장면을 소개한 곳이 있다. 이 글에서 백운이 매미를 풀어주자, 어떤 사람이 '거미가 당신에게 아무 害해도 끼치지 않았는데, 왜 굳이 매미를 풀어주어 거미를 굶게 하느냐?'고 핀잔을 준다.

나는 이 말을 듣고 처음에는 이마를 찡그리고 대답조차 하지 않다가 얼마 후에 한 마디의 말로써 그의 의아심을 풀어주되, "거미란 놈은 성질이 욕심을 내고, 매미란 놈은 자질이 깨끗하다. 배부르기만 구하는 거미의 욕심은 채우기가 어렵지만은 이슬만 마시는 매미의 창자에서 무엇을 더 구하겠는가? 저 욕심이 많은 거미가 이 깨끗한 매미를 위협하는 것을 내가 차마 볼 수 없기 때문이었다."라고 하였다. 왜 매우 가는 실은 입으로 토해 내어 그물을 만들어 내는지 아무리 離婁이루(눈 밝은 사람) 같은 밝은 눈으로도 알아보기 어려운데, 하물며 이 지혜롭지 못한 매미로서 어떻게 자세히 엿볼 수 있겠는가? 어디로 날아가려고 하던 차에 갑자기 그 그물에 걸려서 날개를 쳐도 더욱더 얽히기만 하였다. 제 이익만 구하려는 靑蠅

청승(쉬파리로 소인에 비유)들은 온갖 냄새를 따라 비린내만 생각하고 나비도 향기를 탐내어 마치 미친 듯이 바람을 따라 오르내림을 멈추지 않는다. 그러다가 그물에 걸릴지라도 누구를 원망하랴. 본래 그 허물이 너무 탐내고 구하려는 욕심 때문인데, 너는 오직 남과 더불어 아무 다투는 일이 없었는데 어떻게 이 악독한 그물에 걸렸을까? 너의 몸에 뒤얽힌 거미줄을 풀어놓고 너에게 다음과 같은 간곡한 말로 부탁하노라. "높은 숲을 찾아가서 아름다운 그늘의 깨끗한 곳을 가려서는 자주 옮기지 말지어다. 이런 거미들이 엿보고 있다. 한 곳에만 오래 있지 말라. 螳螂(당랑)이 뒤에서 노리고 있다. 너의 去就를 조심한 다음이라야 허물없이 지낼 수 있다."라고 하였다.[7]

위의 자료문은 매미에 대한 예찬이다. 매미는 욕심이 없는 존재이기 때문이다. 그에 비해 거미는 교활하기 짝이 없다. 이슬만 먹고 사는 매미에 비해 배부름만 구하는 거미는 눈에도 잘 보이지 않는 실로 그물을 만들어 자질이 깨끗한 매미를 덫에 걸리게 했다는 것이다. 온갖 이권과 권력을 탐하는 쉬파리나 나비 등은 욕심 때문에 거미가 쳐 놓은 그물에 걸려도 누구를 원망할 수 없겠지만, 본성이 깨끗한 매미는 실수로 함정에 빠진 상태이다. 그래서 놓아 주어야 마땅하다는 것이다. 그러면서 당부하기를 다시는 이 위험한 곳에 오지 말고, 깨끗한 세상인 깊은 숲에 들어가서 거취를 조심하면서 허물없이 지내

---

7) 李奎報, 『東國李相國集』 卷1 「放蟬賦」. "予初瞠額而不答, 俄吐一言以釋疑, 蛛之性貪, 蟬之質淸, 規飽之意難盈, 吸露之腸何營, 以貪汚而逼淸, 所不忍於吾情. 何吐緖之至纖, 雖離婁猶不容晴, 矧玆蟲之不慧, 豈蛈蜺之能精, 將飛過而忽罥, 翅拍拍而愈嬰. 彼營營之靑蠅, 紛逐臭而慕腥, 蝶貪芳以輕狂, 隨風上下而不停. 雖見罥而何尤, 原厥咎本乎有求, 汝獨與物而無競, 胡爲遭此拘囚, 解爾之纏縛, 囑汝以綢繆. 遡喬林而好去, 擇美蔭之淸幽, 移不可屢兮. 有此網蟲之窺窬. 居不可久兮, 螗蜋在後, 以爾謀愼爾去就, 然後無尤."

라고 하였다. 같은 미물이라도 욕심 있는 것과 없는 것에 따라 감정의
차이를 드러내었다.

우거진 숲 시원한 그늘 즐겨 찾는 매미야,　　　　　　　喜擇深深美蔭淸,
몸은 작은데 소리는 어이 그리 우렁찬가.　　　　　　　質何微小韻何宏.
외로운 나그네 근심스레 듣는 줄 모르고,　　　　　　　不知孤客偏愁聽,
여러 숲 옮겨가며 진종일 울고 있네.　　　　　　　　　移遍千林盡日鳴.[8]

깊은 숲으로 옮겨간 매미는 소리도 우렁차게 울고 있지만, 그 소리
를 듣는 시적 화자는 근심이 가득하다. 아마도 시적 화자는 權謀術數권
모술수가 난무한 인간 세상을 떠나지 못해, 그 매미 소리가 더욱 근심스
럽게 들리는지도 모를 일이다. "가을 만난 거미들, 처마 끝에 그물
치네. 뒷걸음치면서 실을 걸어, 빠르기가 북질하는 것 같네. 아이들이
낚싯대로 거두면, 떨어진 실끝 바람에 날리지만. 순식간에 다시 이룬
그물, 섬세한 조직 말도 못할레라. 날던 매미가 잘못 걸리면, 물레
소리 내며 슬피 울고. 오가는 나비 한 번만 걸리면, 아무리 날려 해도
저만 괴롭지. 나는 본래 그물 벌레를 미워하여, 종들 불러 걸린 벌레
놓아주라지. 모든 혈기 있는 동물치고, 누구라고 안 먹고 살랴마는.
저 큰 범과 곰은, 짐승도 가려 먹고 발바닥도 핥으며. 저 작은 닭이나
오리들은, 썩은 흙에서 벌레를 쪼네. 이런 유가 하나뿐이랴만, 어찌
너만을 미워할까? 내가 미워하는 건 너의 교활함이란다, 너의 교활함
뉘라서 짝하리. 뱉는 실 잠사보다 더 가는 것을, 뱃속에서 모두 꺼내
어. 이것으로 모든 벌레 유인하니, 어리석은 벌레들 어찌 속지 않으

---

8) 李奎報, 『東國李相國後集』 卷1 「蟬」.

랴."9)라고 하여, 역시 거미의 교활함에 대해 비판적이다. 48세 전후의 作으로 보이는 이 「蛛網주망」은 여전히 신변이 불안한 상태이다. 그래서 거미줄에 걸린 미물들이 불쌍하게 보인다.

「初拜正言有作초배정언유작」에서 "팔년 동안 임금 옆에서 모시다가, 늙어서야 서원(중서성)을 맡게 되었네. 한평생 말없이 침묵만 지켰더니, 사람들이 말없는 늙은 정언이라 하네."10)라고 한 것처럼, 처음 正言 벼슬이 된 후 그 감회를 읊은 시이다. '正言'이라는 벼슬은 임금 곁에서 바른 말하는 관직이다. 그런데 아무 말도 하지 않는 정언이라고 했으니, 당시 백운의 심리 상태를 어느 정도 가늠할 수 있다. 「鏡說경설」에서 좋은 시절이 오면 흐린 거울을 닦겠다고 한 것과 같은 논리이다. 못생긴 사람들이 판을 치는 지금 괜히 깨끗한 척하다가는 죽임을 당할 수 있기 때문이다. 따라서 「주망」은 무신 정권하에서 삶을 살았던 백운 자신의 모습을 매미에 의탁한 것이 아닌가 한다. 그런 의미 때문인지 매미에 대한 동정심은 끝이 없다. 반대로 거미줄은 出仕출사에 걸려들 수 있는 함정으로 인식되었다. 그런 면에서 매미나 거미 등은 모두 자기를 성찰하게 하는 대상이다. 힘없고 나약한 존재에 대해 애정이 더 깊다. 아마도 무신 정권 시절 운신의 폭을 조심해야 하는 문인들의 모습일 수 있기 때문이다. 그래서 말없는 정언처럼, 할 말도 제대로 못하는 것이다. 이런 시대적 배경으로 인해 백운은 좋아하는

---

9) 李奎報, 『東國李相國集』 卷14 「蛛網」. "蜘蛛乘秋候, 緣霤工織網. 孱足行掛絲, 疾若梭來往. 兒童黏以竿, 遺片隨風颺. 須臾復結成, 纖細不堪望. 飛蟬誤見絓, 空作繰車響. 胡蝶亦來縈, 翻翻徒自强. 我本疾網蟲, 呼奴釋且放. 凡有血氣者, 口腹誰不養. 大則虎與熊, 擇獸行舐掌. 小則鷄與鶩, 啄蟲於糞壤. 若此非一類, 胡獨憎爾狀. 機巧吾所忌, 汝巧誰與伉. 吐絲細於賢, 不惜腹中纊. 以此引癡蟲, 焉得不見誑."

10) 李奎報, 『東國李相國集』 卷14 「初拜正言有作」. "八載花甎沐帝恩, 白頭方始直西垣. 平生口訥如囊括, 人導無言老正言."

미물도 있고 싫어하는 미물도 있었던 것이다.

싫어하는 대상이 거미만은 아니다.

닭이 우는가 착각시킴을 미워하고,	疾爾誤鳴鷄,
흰 옥에 점 남기는 것 꺼린다.	畏爾點白玉.
쫓아도 가지 않으니,	驅之又不去,
왕사의 쫓김 당하는 것 당연하다.	宜見王思逐.[11]

파리는 귀찮은 존재이다. 제1구는 『詩經시경』 「齊風제풍」 '鷄鳴계명'篇에 나오는 내용[12]을 인용한 것이다. 옛날 어진 后妃후비가 임금을 모시고 있으면서 임금이 조회에 늦어질까 염려하고 두려워해서 늘 경계하다가 파리가 나는 소리를 듣고는 닭의 울음소리로 여겨 임금을 깨웠다는 내용이다. 『시경』은 后妃의 덕을 읊은 것인데, 백운은 닭의 울음소리로 착각시킨 파리를 단순히 미워하는 차원이다. 그리고 흰 옷에 파리똥을 남김과 귀찮게 따라 다니는 파리를 魏위나라 王思왕사의 고사를 통해 함축적으로 표현하였다. 삼국시대 위나라 왕사가 글씨를 쓰려고 하는데, 파리가 붓 끝에 앉자 두세 번 쫓았으나 다시 날아오니, 왕사가 화가 나서 일어나 파리를 쫓았다. 그래도 되지 않자 붓을 땅에 던지고 밟아 망가뜨렸다는 이야기이다. 한없이 귀찮은 존재이다. "평생토록 너희들이 사람 쫓아다니는 것을 미워하지만, 특히 귓가에서 싸우는 것이 밉노라. 앓는 중에 더욱 심한 병을 만나니, 이 미물을 번식시킨 하늘이 원망스럽구나."[13]라고 하여, 병중에 귀찮게 구는 파

---

11) 李奎報, 『東國李相國後集』 卷3 「蠅」.

12) 『詩經』 「齊風」 '鷄鳴'篇. "鷄旣鳴矣, 朝旣盈矣. 匪鷄則鳴, 蒼蠅之聲."

13) 李奎報, 『東國李相國後集』 卷1 「又病中疾蠅」. "平生猒汝逐人偏, 第一深憎鬪耳邊. 病裏逢來重

리보다 그 파리를 많이 만든 하늘이 원망스러울 따름이다. "쫓고 쫓아도 되돌아오니 힘 또한 지쳐, 이불을 덮고 잠 청하지만 꿈속에 들기 어렵네. 사람의 몸을 괴롭히는 것이야 탓하여 무엇하리, 날다가 술잔에 빠져 죽는 것도 모르는데."14)라고 하여, 다소 연민의 정이 있다.

너는 참언하는 사람 같아서 내가 본디 두려워했지만,	汝似讒人吾固畏,
임시로 술잔 같이하기를 허락해도 무방하네.	不妨權許共盃卮.
떨어져서 문득 죽을 처지로 참으로 애석하지만,	墮來輒死眞堪惜,
조심스레 건져준 자애를 잊지 말아라.	莫忘殷勤拯溺慈.15)

본디 파리의 모습이 아첨하는 사람의 손모양 같아서 두려워할 정도였는데, 잠시 술잔 위에 앉는 것을 허락하여 대작하게 되었다. 하지만 금방 술잔에 빠져 허우적거리니, 조심스레 건져 자애를 베풀었다는 것이다. 파리는 마치 권력자의 주변에서 온갖 참언을 일삼는 간신배의 모습이다. 여기저기 옮겨 다니면서 추한 행동을 하다가 결국에는 그 권력의 달콤함에 젖어 자기의 목숨마저 위태롭게 된다는 것이다. 따라서 술잔에 빠진 파리는 마치 권력자에 빌붙어야만 생명을 부지할 수 있는 간신배로, 또는 그 권력자에게 죽임을 당할 수도 있는 존재로 인식되었다. 백운 자신도 젊은 날 첫 벼슬자리에서 쫓겨났을 때, 간신배를 파리에 비유하여, "일찍이 앵앵거리는 파리에게 욕봤기에"16)라

値病, 滋繁此物怨皇天."

14) 李奎報, 『東國李相國後集』 卷1 「睡次疾蠅」 第1首. "驅去還來力亦疲, 掩衾謀睡夢成遲. 干人身分何須責, 飛墮盃觴自不知."

15) 李奎報, 『東國李相國後集』 卷4 「拯墮酒蠅」.

16) 李奎報, 『東國李相國後集』 卷10 「草堂與諸友生置酒, 取王荊公詩韻各賦之」. "曾被營營來點白." 『詩經』 「小雅」 '靑蠅'篇 註에 "詩人以王好聽讒言, 故以靑蠅飛聲比之, 而戒王以勿聽也."

고 표현하였다. 백운의 이런 태도는, 미물 곧 권력자들 주변에 진을 치고 있는 간신배들에게도 연면의 정을 느꼈다는 것이다.

백운이 지녔던 미물에 대한 애정이 파리 이외에도 더 있다. 술잔에 빠진 누렁 나방에 대해서는 "가을꽃이 많이 피어 있으니, 그 향기 어찌 술만 못하겠느냐?"17)라고 하여, 안타까움을 드러냈으며, "사람은 천생의 물건을 훔치는데, 너는 사람의 훔친 것을 훔치는구나. 다 같이 먹기 위해 하는 일이니, 어찌 너만 나무라랴."18)라고 하여, 물건을 훔쳐 먹다가 붙잡힌 쥐를 놓아 주기도 하였다. 한편으로는 마구 날뛰는 쥐를 저주하기도 하는데, "너희를 제어할 것은 고양이이지만 내가 기르지 않는 것은, 성품이 본래 인자하여 차마 악독한 일을 할 수 없기 때문이다. 만약 나의 덕성을 알아주지 않고 날뛰어 저촉되는 짓을 하게 된다면 너희를 응징하여 후회하게 할 것이니, 빨리 나의 집을 피하라. 그렇지 않으면 사나운 고양이를 풀어서 하루에 너희 족속을 도륙하게 하여, 고양이의 입술에 너희 기름을 칠하게 하고, 고양이의 뱃속에 너희 살을 장사지내게 할 것이다."19)라고 하여, 자신의 인자함을 보이면서 은근히 협박하였다.

고양이 기르는 것은 너희들을 잡으려는 게 아니라,   畜猫非苟屠爾曹,
네가 고양이를 보고 스스로 겁내어 숨기를 바라서이다.

欲爾見猫深自竄.

라고 하여, 파리를 참소 잘하는 간신에 비유하였다.

17) 위의 책(李奎報, 『東國李相國後集』 卷10), 「又有黃蛾墮觴輒死」. "秋花多小發, 香豈不如酷."
18) 李奎報, 『東國李相國集』 卷16 「放鼠」. "人盜天生物, 爾盜人所盜. 均爲口腹謀, 何獨於汝討."
19) 李奎報, 『東國李相國集』 卷20 「雜著」 「呪鼠文 幷序」. "制爾者猫, 我豈不畜, 性本于慈, 不忍加毒. 略不德我, 奔突抵觸, 喩爾懲且悔, 疾走避我屋. 不然放獰猫, 一日屠爾族, 猫吻塗爾膏, 猫腹葬爾肉."

너희들은 어째서 숨지 않고,	胡爲不遁藏,
도리어 벽과 담을 뚫고 들락날락 하느냐.	穴壁穿墉來往慣.
나와서 노는 것도 교활한데,	出遊已云頑,
하물며 광란을 부린단 말인가?	矧復狂且亂.
시끄럽게 싸워 잠을 방해하고,	鬪喧妨我眠,
약삭빠르게 사람의 음식을 훔치누나.	竊巧奪人饌.
고양이가 있는 데도 너희들이 날뛰는 건,	猫在汝敢爾,
실은 고양이의 재주가 없어서이다.	實自猫才緩.
고양이가 제 구실 다 못했다 하여도,	猫職雖不供,
너희들의 죄는 역시 꿸 만큼 가득하다.	汝罪亦盈貫.
고양이는 매질로 쫓아낼 수 있지만,	猫可鞭而逐,
너희들은 잡아 묶기 어렵다.	汝難擒以絆.
쥐야, 쥐야 그 버릇 고치지 않는다면,	鼠乎鼠乎若不悛,
다시 사나운 고양이로 너희들을 다스리겠다.	更索猛猫懲爾慢.[20]

　어디까지나 미물에 대한 관대함이다. 사나운 고양이를 풀어 놓기 전에 알아서 집에서 나가 달라는 것이다. 제 구실은 못하는 고양이는, 마치 자기 할 일을 하지 않는 고려 조정의 대신들을 비유한 것 같다. 검은 새끼 고양이를 얻고는 "보송보송 푸르스름한 털, 동글동글 새파란 눈. 생김새는 범 새끼 비슷하고, 우는 소리 집사슴 겁준다. 붉은 실끈으로 목사리 매고, 참새고기를 먹이로 준다. 처음엔 발톱 세워 기어오르더니, 점차로 꼬리치며 따르는구나. 내 옛날엔 살림이 가난타 하여, 중년까지 너를 기르지 않아. 쥐 떼가 제멋대로 설치면서,

---

20) 李奎報, 『東國李相國後集』 卷1 「鼠狂, 長短句」.

날이 선 이빨로 집을 뚫었다. 장롱 속에 옷가지 물어뜯어, 너덜너덜 조각 베를 만들었구나. 대낮에 책상 위에서 싸움질하여, 나로 하여금 벼룻물 엎지르게도 했다. 내 그 행패가 몹시 미워, 장탕의 옥사를 갖추려 했지만. 빨리 달아나므로 잡지는 못하고, 공연히 벽만 안고 쫓을 뿐이다. 네가 내 집에 있고부터는, 쥐들이 이미 움츠러들었으니. 어찌 담장만 완전할 뿐이랴, 됫박 양식도 보존하겠다. 권하노니 공밥만 먹지 말고, 힘껏 노력하여 이 무리를 섬멸하라."21)라고 하여, 쥐에 대한 부정적 감정은 여전하지만, 고양이가 빨리 자라서 그 무리를 내쫓기를 바라고 있다. 이는 백운이 전주목 사록 겸 서기에서 쫓겨난 후 서울(개성)에 돌아온 34세에 지은 시이다. 이 무렵(34세) 지은 또 다른 시에 "누가 너에게 혼자 곧으라 하여, 세태 따라 처신하지 못하게 했는가? 무고함을 되풀이하면 마침내 믿게 되는 것, 바로 너무 청백한 것 때문에 좌죄되었네."22)라고 하여, 곧은 소리하다 벼슬자리에서 쫓겨났음을 보여주었다.

「得黑貓兒득흑묘아」도 이 무렵 지은 시로 집의 담장을 뚫고 장농의 옷가지를 물어뜯는 쥐떼들을 섬멸할 검은 고양이가 무럭무럭 자라고 있어 어느 정도 안심이 된다는 것이다. 마치 무인의 권력을 등에 업고 날뛰는 간신배를 앞으로 힘을 길러 물리칠 것임을 다짐하는 듯하다.

이[虱]와 개에 관해서 정서를 드러낸 곳도 있다. 『동국이상국집』의 「虱犬說슬견설」은 사물의 효용성을 배제한 채 개와 이의 죽음을 동일시

---

21) 李奎報, 『東國李相國集』 卷10 「得黑貓兒」. "細細毛淺靑, 團團眼深綠. 形甚比虎兒, 聲已懾家鹿. 承以紅絲縷, 餌之黃雀肉. 奮爪初騰踔, 搖尾漸馴服. 我昔恃家貧, 中年不汝畜. 衆鼠恣橫行, 利吻工穴屋. 齩齧箱中衣, 離離作短幅. 白日鬭几案, 使我硯池覆. 我甚疾其狂, 欲具張湯獄. 捷走不可捉, 遶壁空追逐. 自汝在吾家, 鼠輩已收縮. 豈唯垣墉完, 亦保升斗蓄. 勸爾勿素餐, 努力殲此族."

22) 李奎報, 『東國李相國集』 卷10 「自嘲 入京後作」. "誰使爾孤直, 不隨時卷舒. 誣成市有虎, 正坐水無魚."

한 글이다. 어떤 客이 몽둥이로 개를 쳐 죽이는 것을 보고 다음부터는 개고기를 먹지 않겠다고 하자, 서술자는 불에 타 죽는 이를 보니 불쌍해서 다음부터 이를 잡지 않겠다고 하였다. 그러니까 客이 '개와 이는 효용성 측면에서 그 가치가 다른데 어찌 동일시하면서 나를 놀리려고 하는가?'로 반문하니, 서술자는 생명을 지닌 것들은 모두 소중하다고 답변하였다. 다소 사물의 효용성을 망각한 논리이지만, 사물의 존재 가치를 존중한 사고이다. 하지만 자기 몸을 괴롭히는 경우에는 불편함을 하소연하기도 하였다. "재상이 노상 이를 잡는 건, 나 아니고야 또 누가 있겠는가? 어찌 타오르는 화로불이 없기야 하겠냐마는 땅에 던져 버리는 것이 나의 자비이다."23)라고 하여, 역시 자비를 베풀었다. 하지만 계속해서 사람을 물어 괴롭힌다면, "더듬어 찾아내어, 불에다 던진다. 불이 받아주지 않으면, 굶주린 개미에게 던져 준다. 개미도 받아주지 않으면, 사람의 손톱이 또한 죽인다. 이야, 이야, 너의 죽음을 재촉하지 말라."24)라고 하여, 이에게 훈계까지 한다.

개에 대해서는 짖지 말아야 할 대상과 지어야 할 대상을 구별하여 서술하면서25) 만약 내 말을 잘 들어 장차 내가 신선이 된다면 너를 하늘로 함께 데리고 갈 거라고 하였다. 그러면서 개를 타이르기까지 한다.

---

23) 李奎報, 『東國李相國後集』 卷4 「捫蝨」 三首 중 第一首. "宰相長捫蝨, 非予更有誰. 豈無爐火熾, 投地是吾慈."

24) 李奎報, 『東國李相國集』 卷19 「虱箴」. "捫之搜之, 投畀火熾. 熾火不受, 投畀饑蟻. 饑蟻不受, 爪甲亦利. 蝨兮蝨兮, 毋促乃死."

25) 李奎報, 『東國李相國集』 卷20 「命斑獒文」. 개에게 당부하기를, 직책 높은 관리와 책을 끼고 다니는 선비들에게는 짖지 말고, 도둑이나 무당, 귀신 등에게는 짖고 살쾡이나 쥐 등이 담을 뚫고 들어오면 물어 죽이라고 하였다.

우리 집이 본래 가난은 해도,	我家雖素貧,
나라에서 받는 녹이 허다하니.	食祿許多斛.
네가 더러운 오물을 먹을까 하여,	恐爾舐穢物,
날마다 밥을 먹였거늘.	亦許日飱穀.
어찌하여 스스로 만족할 줄 모르고,	胡奈不知足,
넣어 두었던 고기를 훔쳤느냐.	盜我所藏肉.
주인 따르는 네 정은 가상하지만,	戀主雖可尊,
교묘하게 도둑질한 소행은 참으로 나쁘다.	巧偸良不淑.
나는 수중에 지팡이 있으니,	我有手中杖,
너를 때려 혼내줄 수 있다마는.	鞭之足令服.
집을 지켜주는 임무가 막중하기에,	守門任莫重,
차마 참혹하게 너를 때리지 못하노라.	未忍加慘酷.[26]

녹을 먹는 집안이기에 날마다 개 너에게 밥을 주었지만, 스스로 만족할 줄 모르고 고기를 훔쳐 먹느냐? 그런 도둑질은 나쁘기 때문에 지팡이로 맞을 만하지만 그래도 집을 지켜주는 임무가 있어 차마 때리지는 못하겠다. 여전히 다른 종에 대한 동정심이 묻어 있다. 이 밖에도 "도시 말할 줄 알았기에 그물에 잡혀"[27] 온 앵무새에 대한 연민과 "먹이를 찾으면 암컷 불러 함께 먹고, 수컷임을 과시하여 적 만나면 싸운다."[28]라고 하여, 다섯 가지 덕을 지닌 닭을 예찬하기도 하고 "더러는 미인의 부채에 얻어맞기도 하고, 시인들의 주머니에 잡혀들기도 하네."[29]와 같이 개똥벌레에 대한 연민의 감정도 표현하였다.

---

26) 李奎報, 『東國李相國後集』 卷1 「諭犬」.
27) 李奎報, 『東國李相國集』 卷10 「鸚鵡」. "都爲能言見尉羅."
28) 李奎報, 『東國李相國集』 卷10 「詠鷄」. "索食呼雌共, 誇雄遇敵爭."

백운은 더 나아가서 利物이물에 대해서는 예찬을 아끼지 않았다. "무성한 뽕잎이, 네 몸을 길렀다. 흰 솜을 뽑아내니, 그 따스함이 봄과 같다. 아교가 꺾이는 추위에도, 사람을 얼게 아니한다. 아 너의 솜씨, 신기하고 신기하도다."[30]라고 하였으며, "고운 비단 수놓은 비단이 여기서 나오지 않은 것이 없고"[31]와 같이, 누에에 대한 고마움과 "꽃을 따서 만드는 꿀, 엿과 같구나. 기름과 짝을 이루니, 그 용도가 무궁하도다. 사람들은 마구 긁어내어, 바닥을 보고야 그만둔다. 네가 죽지 않은 한, 사람의 욕심이 그치겠는가."[32]라고 하여, 꿀벌의 근면함을 예찬하면서 사람들의 욕심을 경계하였다. 백운은 미물의 생명도 소중히 여겼다.

주주공(닭)은,	朱朱公,
벌레 쪼아 먹기를 좋아한다.	好啄蟲.
나는 차마 볼 수 없어서,	予不忍視,
물리치고 가까이 오지 못하게 했네.	斥勿使邇.
너는 나를 원망하지 말라,	汝莫怨我爲,
살리기 좋아하는 것이 본래의 바람이네.	好生本所期.
나는 지금 은퇴하여 한가하게 살면서,	我今退老疏散,
朝會하는 때 늦고 이름 관계없네.	不卜朝天早晏.
어찌 새벽 알리는 소리 들을 필요 있겠나,	豈要聞渠報曙聲,

---

29) 李奎報, 『東國李相國集』卷12「螢」. "時見美人羅扇撲★★K, 苦遭詩客絹囊收."

30) 李奎報, 『東國李相國集』卷19「蠶贊」. "沃若桑葉, 成爾之身. 能生白繒, 其燠如春. 折膠之寒, 不能凍人. 嗟爾之功, 神之又神."

31) 李奎報, 『東國李相國後集』卷10「見人家養蠶有作」. "絹縠與羅綺, 莫不由妓生."

32) 李奎報, 『東國李相國後集』卷10「蜜蜂贊」. "採花作蜜, 惟飴之似. 與油作對, 其用不匱. 人不廉取, 罄倒乃已. 汝若不死, 人欲奚旣."

잠을 탐내서 오히려 창 밝는 걸 피하고 싶네.　　　　貪眠尙欲避窓明.33)

　　백운은 '옛날에 주씨공이 닭으로 변했기에 닭을 주주공이라 한다.' 라고 주를 붙였다. 닭은 본래 벌레 쪼아 먹기를 좋아하는데, 벌레를 죽이는 그 모습이 싫어 나는 닭을 물리치고 가까이 오지 못하게 하였다. 백운은 미물뿐만 아니라 짐승에 대한 동정심도 있었다. "소를 매질하지 말라 그 가련한 소를, 소가 비록 네 소지만 매질해선 안 되리. 소가 너에게 무엇을 잘못 했기에, 소를 미워해 매질하는고. 무거운 짐 싣고 만 리 길을 다녀, 너의 두 어깨 피로함을 대신했고. 숨을 헐떡이며 넓은 밭을 갈아, 너의 배 불려 주었다."34)라고 하였으며, "또 무거운 짐까지 운반하여, 모자란 인력을 보충해 주네. 하지만 이름이 소라 하여, 천한 가축으로 보아서는 안 될 걸세."35)라고 하여, 소를 학대거나 천하게 대하면 안 되는 이유를 말하였다.

　　백운이 미물과 짐승들에게 보인 애증은 다분히 생명존중사상이면서 포스트휴머니즘과 관련을 맺는다. 우월한 존재라는 인간의 고정된 관념에서 벗어나, 만물은 평등하다는 사고의 유연성 차원에서 생명의 존엄성을 일깨울 수 있기 때문이다. 백운의 이런 생명존중사상은 무신정권 시대를 살면서 힘의 우위에 따라 생명의 가치와 존엄성이 무시되는 시대 아픔의 결과물일 수도 있는 것이다.

---

33) 李奎報, 『東國李相國後集』 卷4 「家有衆鷄, 匝宅啄蟲, 予惡而斥之, 因有詩」. "朱朱公, 昔朱氏公化雞, 因號朱朱. 好啄蟲, 予不忍視, 斥勿使邇. 汝莫怨我爲, 好生本所期. 我今退老疎散, 不卜朝天早晏. 豈要聞渠報曙聲, 貪眠尙欲避窓明."

34) 李奎報, 『東國李相國集』 卷2 「莫笞牛行」. "莫笞牛牛可憐, 牛雖爾牛不必笞. 牛於汝何負, 乃反嗔牛爲. 負重行萬里, 代爾兩肩疲. 喘舌耕甫田, 使汝口腹滋."

35) 李奎報, 『東國李相國後集』 卷6 「斷牛肉」. "又能馱重物, 以代人力蹙. 雖然名是牛, 不可視賤畜."

3. 타 계층에 대한 동정

계층 사회이면서 무신 정권시대를 살았던 백운이 타 계층을 대하는 태도는 어떠했을까? 지배 계층의 시각에서 피지배 계층을 어떻게 바라보았는가를 살펴보는 것은 계층의 억압을 해소하고 새로운 공동체를 형성할 단초를 만들어 줄 수 있기에 필요한 것이다.

남쪽 집은 부자요 동쪽 집은 가난한데,	南家富東家貧,
남쪽 집에선 歌舞가 흐드러지고 동쪽 집에선 哭聲만 들린다.	
	南家歌舞東家哭.
노래와 춤은 어찌 저리도 즐거운가?	歌舞何最樂,
손님이 마루를 메우고 술도 만 섬이 넘네.	賓客盈堂酒萬斛.
통곡하는 소리는 어찌 저리도 구슬픈가?	哭聲何最悲,
한기 도는 부엌 이레 동안 연기 한 점 안 오르네.	寒廚七日無煙綠.
동쪽 집 아이들 남쪽 집 바라보면서,	東家之子望南家,
마치 대 쪼개듯 한 마디 씹어 뱉는 말.	大嚼一聲如裂竹.
'너는 보지 못하는가 석장군(석숭)이 날마다	君不見石將軍日
妓女끼고 금곡원에서 취해 지냈건만,	擁紅粧醉金谷,
수양산 餓夫(아부)의 깨끗한 이름 천고에 빛남만 같지 못한 것을.'	
	若首山餓夫淸名千古獨.36)

부자와 가난한 이의 삶이 대비된 시이다. 부자 집은 연일 가무와 기름진 음식이 끊이지 않는데, 가난한 집은 굶주림에 곡성만 들릴

---

36) 李奎報, 『東國李相國集』 卷1 「望南家吟」.

뿐이다. 고금의 역사를 보아 방탕한 생활은 결국 비난의 대상이 됨을 晉진나라 甲富갑부 석숭과 殷은나라 말기 餓夫아부 곧 백이·숙제의 충절을 대비하여 교훈적으로 끝맺었다. 따라서 백운은 당대 자신의 부귀영화를 누리는 것보다는 피지배층에 대한 배려와 변하지 않는 절개의 중요함을 은연중에 보였다.

풀과 나뭇잎 아직도 파랗건만,	林葉尙靑靑,
귀뚜라미 섬돌 밑에 울어대네.	蟋蟀鳴砌底.
부녀들이 벌써 가을에 놀라,	婦女已驚秋,
정성스레 길쌈해 둔다.	殷勤理機杼.
한 늙은 과부 손 모으고,	獨有老孀嫗,
가는 여름 되돌아왔으면 하네.	拱手願復暑.
계절에는 그 한도가 있거늘,	時節固有程,
오가는 게 어찌 그대 맘대로 될까?	進退寧爲汝.
단풍나무 붉어지려 하니,	園楓行欲丹,
입던 솜옷이나 어서 챙겨 두소.	爾可尋古絮.
아니 그게 무슨 말인가?	答云是何言,
나는 본시 가난한 계집으로.	妾本最貧女.
입던 솜옷 벌써 잡혔으니,	故絮久已典,
새 옷을 누가 다시 주겠는가?	新衣誰復與.
가엾이 여긴 나는,	我聞惻然悲,
절로 동정심에 끌려.	心若掛私慮.
이처럼 어려운 때,	要趁窮愁時,
한 자의 베라도 돕고 싶네.	尺帛期可惠.37)

가을바람이 부니 겨울나기를 걱정해야 하는 어느 늙은 과부의 근심을 읊은 시이다. 추운 겨울을 나기 위해서 솜을 넣고 누빈 옷을 준비해야 하는데, 늙은 과부는 지난 해 입던 솜옷을 벌써 저당 잡혔다는 것이다. 그래서 한 자의 베라도 도와주고 싶은 심정이다. 그런데 백운 자신도 곡식이 없어 갖옷을 저당 잡혀 곤궁한 생활을 이어감을 읊었다. "삼월 십일일에, 아침거리 없어. 아내가 갖옷 잡히려 하기에, 처음엔 내 나무라며 말렸네. 추위가 아주 갔다면, 누가 이것 잡겠으며. 추위가 다시 온다면, 난 오는 겨울 어찌 하라고? 아내 대뜸 볼멘소리로, 당신은 왜 그리 미련하오. 그리 좋은 갖옷 아니지만, 제 손수 지은 것으로. 당신보다 더 아낀다오, 그러나 口腹이 보다 더 급한 걸요."38) 라고 하여, 자신의 가난도 탓하였다. 아끼던 갖옷을 저당 잡히기 위해 하인이 가져갔는데, 좁쌀 한 말 주면서 '겨울이 올 때까지 필요 없는 물건'이라고 핀잔까지 들었다는 것이다. 따라서 백운은 이 시에서 이런 가난한 생활이 오게 된 것은 자신이 술을 좋아하고 말을 가리지 않은 채 함부로 한 탓으로 돌리면서, 빨리 좋은 시절이 오기를 기대한다고 하였다. 자신의 어려움을 알기에, 어렵고 외로운 처지에 있는 늙은 과부에 대한 동정심도 사실적이다.

비 맞으며 논바닥에 엎드려 김매니.	帶雨鋤禾伏畝中,
흙투성이 험한 꼴이 어찌 사람 모습이랴.	形容醜黑豈人容.
왕손 公子들아 나를 멸시 말라,	王孫公子休輕侮,

---

37) 李奎報, 『東國李相國集』 卷12 「嫡孀嘆」.
38) 李奎報, 『東國李相國集』 卷12 「典衣有感, 示崔君宗藩」. "季春十一日, 廚竈無晨炊. 妻將典衣裘, 我初詞止之. 若言寒已退, 人亦笑此爲. 若言寒復至, 來冬我何資. 妻却恚而言, 子何一至癡. 裘雖未鮮麗, 是妾手中絲. 愛惜固倍子, 口腹急於斯."

그대들의 부귀영화 농부로부터 나온다.　　　　　　富貴豪奢出自儂.

햇곡식은 푸릇푸릇 논밭에서 자라는데,　　　　　　新穀靑靑猶在畝,
아전들 벌써부터 조세 거둔다고 성화네.　　　　　縣胥官吏已徵租.
힘써 농사 지어 부국케함 우리들 농부거늘,　　　力耕富國關吾輩,
어째서 이리도 극성스레 침탈하는가?　　　　　　何苦相侵剝及膚.[39]

　　한 여름 논바닥에서 김을 매는 농부의 모습을 통해 부귀영화를 누리는 지배 계층들의 안일한 삶을 비난하였다. 그러면서 아직 다 자라지도 않은 작물에 세금을 매기는 아전들의 苛斂誅求가렴주구 또한 놓치지 않았다. 그리고 나라 법으로 농민들에게 청주와 쌀밥을 먹지 못하게 한 것에 대해서 "나라 법이 혹 잘못된 것 아니오. 높은 벼슬아치들은, 술과 음식에 물려 썩히고. 야인들도 나누어 갖고는, 언제나 청주를 마신다오. 노는 사람들도 이와 같은데, 농부들을 어찌 못 먹게 하는가?"[40]라고 하여, 농부의 노동에서 음식도 나오고 술도 나오는데, 진작 생산자는 먹지 못하게 막는 현실이 잘못되었음을 지적하였다. 그러면서 "나는 농부를 부처처럼 존경하건만, 부처도 굶주린 사람은 살리기 어려우리."[41]라고 하여, 굶주린 사람을 살릴 수 있는 분은 부처가 아니라 농부라고 하였다. 다른 계층에 대한 신뢰감이다.

　　네 비록 士族사족의 집에 태어났으나,　　　汝雖生士族,

---

39) 李奎報, 『東國李相國後集』 卷1 「代農夫吟」 二首.

40) 李奎報, 『東國李相國後集』 卷1 「聞國令禁農餉淸酒白飯」. "國令容或謬. 可矣卿與相, 酒食厭腐朽. 野人亦有之, 每飮必醇酎. 游手尙如此, 農餉安可後."

41) 李奎報, 『東國李相國後集』 卷1 「新穀行」. "我敬農夫如敬佛, 佛猶難活已飢人."

밥을 비니 이미 비천하게 되었네.　　丐食已云卑.

더 이상 뭐가 부끄럽다고,　　更亦懷何恥,

오히려 떨어진 두건 뒤집어썼을까?　　猶蒙破幞羅.[42]

家勢가세가 기울어 이미 천한 상태가 된 선비의 딸에 대한 동정이다. 이제는 더 이상 구겨질 체면도 없는데, 무엇이 부끄럽다고 두건까지 뒤집어쓴 모습에 안타까움마저 배어난다. 반대로 하층민이라도 자기 業업에 충실한 경우는 "솜씨 익숙하여 꿰맨 자국도 안 보이니, 그대는 참으로 늙은 갓장이로다."[43]라고 하여, 그 기술을 칭찬하였다. 백운은 이들 외에도 기생에 대한 시를 남겼는데, 그 중 한 작품만 감상해 보자.

하늘에 닿은 불꽃 놀처럼 붉어,　　連天赫焰劇霞丹

연기 속에 기생 곡소리 가늘게 들리네.　　暗聽煙中哭翠鬟

무정한 화재 왜 그리도 심하나?　　回祿無情何大甚

화장대며 무관이 모두 타버렸네.　　粧臺舞館總燒殘.[44]

하층민에 속하면서도 언제나 상류층 술자리에 참여할 수 있는 대상이 기생들이다. 그런데 그런 기생의 집에 불이 났다. 그런데 그 불을 꺼줄 사람이 없어 안타깝다. 그래서 "내 만일 젊은 시절이라면, 머리카락 타는 것도 겁내지 않았으리."[45]라고 호언장담하였다. 기생에 대한

---

42) 李奎報, 『東國李相國後集』 卷8 「士人女乞食, 旣以與之, 因作詩」.

43) 李奎報, 『東國李相國集』 卷7 「戱友人製冠」.

44) 李奎報, 『東國李相國後集』 卷5 「隣妓家火」.

45) 李奎報, 『東國李相國後集』 卷5 「又戱作」. "我若少年時, 焦頭猶不懼."

나머지 시는, 아름다움에 대한 예찬과 늙은 기생에 대한 연민 등이 주 내용이지만, 그래도 다른 계층에 대한 관심을 통해서 애민의 정신을 드러냈다는 것에 의의가 있다.

다른 계층에 대한 동정심과 배려만 있는 것이 아니라, 경우에 따라서는 비난과 조롱을 하였다. 백운은 「老巫篇 幷序노무편 병서」에서 "내가 살고 있는 동쪽 이웃에 늙은 무당이 있어 날마다 많은 남녀들이 모이는데, 그 음란한 노래와 괴상한 말들이 귀에 들린다. 내가 매우 불쾌하긴 하나 몰아낼 만한 이유가 없던 차인데, 마침 나라로부터 명령이 내려 모든 무당들로 하여금 멀리 옮겨가 서울에 인접하지 못하게 하였다. 나는 한갓 동쪽 이웃에 음란하고 요괴한 것들이 쓸어버린 듯 없어진 것을 기뻐할 뿐 아니라 또한 서울(개성) 안에 아주 이런 무리들이 없어짐으로써 세상이 질박하고 백성들이 순진하여 장차 태고의 풍속이 회복될 것을 기대하며, 이런 뜻에서 시를 지어 치하하는 바이다."[46]라고 하여, 왜 무당들이 개성으로부터 쫓겨나야 하는지를 밝혔다. 그러면서 "목구멍 속의 새소리 같은 가는 말로, 늦을락 빠를락 두서없이 지껄이다가. 천 마디 만 마디 중 요행 하나만 맞으면, 어리석은 남녀가 더욱 공경히 받드니"[47]라고 하여, 무당들을 惑世誣民혹세무민의 대상으로 여겨, 그 잘못됨을 비난하였다. 그리고 병을 치료하는 의원에 대해서도 견해를 밝힌 곳이 있다. 백운 자신이 지난 해 8월부터 붉은 점이 생기는 피부병을 앓았는데, 130여 일 동안 여러 의원이 주는 약을 먹어도 차도가 없었다. 그런데 우연히 항간에서 권하는

---

46) 李奎報, 『東國李相國集』 卷2 「老巫篇 幷序」. "予所居東隣有老巫, 日會士女, 以淫歌怪舌聞于耳, 予甚不悅, 歐之無因, 會國家有勑, 使諸巫遠徒, 不接京師. 予非特喜東家之淫沃寂然如掃, 亦且賀京師之內無復淫詭, 世質民淳, 將復太古之風, 是用作詩以賀之."

47) 李奎報, 『東國李相國集』 卷2 「老巫篇 幷序」. "喉中細語如鳥聲, 喞咩無緒緩復急. 千言萬語幸一中, 駭女癡男益敬奉."

말을 따라 바닷물로 목욕을 하니 깨끗이 나았다는 것이다. "뭇 소인과 비유하건대, 처음의 달콤한 말 듣기 좋으나. 웃음 속엔 칼이 감추어 있어, 군자에게 해만 될 뿐이. 찾아본 의원마다 효험은 없고, 어쩔 수 없다고 포기하였네."[48]라고 하여, 의원을 남을 속이는 소인배에 비유하였다.

한편으로 자신의 改嫁개가를 위해 어린 아이를 버린 비정한 어머니를 비난한 시도 있다.

호랑이 사납다지만 제 새끼는 다치지 않도록 하는데,	虎狼雖虐不傷雛
어느 아낙이 아이를 길에다 버렸을까?	何嫗將兒棄道途
금년에는 풍년이라 궁핍하지 않는데,	今歲稍穰非乏食
이는 개가한 여자가 남편에게 잘 보이기 위해서라네.	也應新嫁媚於夫
금년에 흉년 들어 굶주린다 한들,	若曰今年稍歉飢
어린 자식이 먹으면 몇 술이나 먹으랴?	提孩能喫幾多匙
하루아침에 母子가 원수가 되었으니,	母兒一旦成讐敵
각박한 인심 이미 알 것 같네.	世薄民漓已可知.[49]

개가한 여인이 새 지아비에게 잘 보이기 위해, 풍년 든 해인 데도 전 남편 소생의 아이를 길가에 버렸다는 것이다. 비정한 세태에 대한 안타까움의 정서이다.

儒者유자였던 백운은 중에 대한 조롱의 시도 몇 편 남겼다. "탐내어

---

48) 李奎報, 『東國李相國後集』 卷2 「理病詩 幷序」. "比如衆小人, 初以甘言快. 笑刀藏其中, 覆爲君子害. 謁醫皆不效, 棄置無可奈."
49) 李奎報, 『東國李相國後集』 卷1 「路上棄兒」.

大道(佛道)의 술지게미를 마셨는지, 바로 수향(꿈나라)의 지경에 이르렀네. 毛鞠_{모국}(공)을 함부로 던지지 말라, 禪定_{선정}에 들었는지도 모르니."50)라고 하여, 술에 취해 잠든 스님에게는 오히려 관대하다.

머리 기른 속인이나 삭발한 중이나,	勿論髮在與頭髡,
색 좋아하는 마음은 모두 같다네.	好色人心摠一般.
만약에 석가여래 신통한 呪術 없었다면,	不有如來神呪力,
아난(부처 제자)도 하마터면 마등(음란한 여자)의 유혹에 빠졌으리.	摩登幾已誤阿難.

이 중이 옹졸한 짓 꾀하다가 잡혔으니,	此髡謀拙被人擒,
어찌 그 자들을 일일이 국법으로 다스리려 하는가?	國令何曾――尋.
아이들을 낳게 내버려 두었다가 모두 성장하거든,	任遣生雛皆壯大,
모두 논밭으로 내몰아 농사짓게 할지어다.	盡驅南畝力耕深.51)

백운이 儒者_{유자}라서 그런지 파계승에 대해서 다분히 희롱조이다. 승첩까지 받은 중이 세속인적 욕망을 이기지 못해 옹졸한 짓을 하다가 들통이 났다는 것이다. 이런 파계승의 행위를 국법으로 다스릴 것이 아니라, 어차피 부처의 경지에 도달하지 못할 것이니 그냥 두었다가 아들들을 낳아 장성하면 그들을 논밭으로 내몰아 농사꾼이 되게 하는 편이 더 나을 것이라고 하였다.

백운은, 애민의 대상에 대해서는 한없이 동정의 눈길을 보냈지만,

---

50) 李奎報, 『東國李相國集』卷17「嘲睡僧」. "貪傾大道漿, 正到睡鄕境. 毛鞠莫輕投, 安知不入定."
51) 李奎報, 『東國李相國後集』卷1「聞批職僧犯戒被刑, 以詩戲之」.

비난의 대상에 대해서는 각성과 함께 조롱의 대상으로 전락시켰다. 한편으로는 그들에 대한 동정과 비판이 다 함께 잘 살아보자는 의미도 담겨 있을 것이다. 그들에 대한 동정은 인간을 인간답게 바라보는 시각이기 때문이다. 이런 시각이 새로운 공동체를 만드는 밑거름이 될 것이다.

4. 자연과 비인간에 대한 외경심

20세기 서구의 과학적 관점은 자연을 정복의 대상으로 삼아, 인간을 자연보다 우월한 존재로 보는 것이다. 그러나 상대적으로 동양인의 자연에 대한 관점은 자연의 질서에 대해서 순응적이다. 동양인의 이런 관점은 포스트휴머니즘의 시각에도 얼마간 적용될 수 있을 것이다. 백운의 '說설'문학에도 자연에 대한 그의 순응적 관점이 드러난 작품들이 있다.

「壞土室說괴토실설」은 백운의 자연관이 잘 드러난 작품 중의 하나이다. 화자인 李子이자가 어느 날 외출해서 돌아오니, 아이들이 집안에 흙을 파다가 무덤 같은 土室토실을 만들어 놓은 것이다. 그 이유를 물으니, '토실은 겨울에 과일이나 꽃을 저장하기도 하고 길쌈하는 부인들의 손도 시리지 않게 할 수 있다'고 하였다. 이에 李子가 말하기를, "여름은 덥고 겨울이 추운 것은 사계절의 정상적인 이치이니, 만일 이와 반대가 된다면 괴이한 것이다. 옛날 성인이, 겨울에는 털옷을 입고 여름에는 베옷을 입도록 마련하였으니, 그만한 준비가 있으면 족할 것인데, 다시 토실을 만들어서 추위를 더위로 바꿔 놓는다면 이는 하늘의 명령을 거역하는 것이다. 사람은 뱀이나 두꺼비가 아닌데, 겨울에 굴속에 엎드려 있는 것은 너무 상서롭지 못한 일이다. 길쌈이란 할 시기가 있는 것인데, 하필 겨울에 할 것이냐? 또 봄에 꽃이 피었다가 겨울에 시드는 것은 초목의 본성인데, 진실로 이와 반대가 된다면 또한 괴이한 물건이다. 괴이한 물건을 길러서 때 아닌 구경거리를 삼는다는 것은 하늘의 권한을 빼앗는 것이니, 이것은 모두 내가 하고 싶은 뜻이 아니다."[52]라고 하여, 土室은 자연의 질서에 어긋나기 때문에 허물어 없애야 할 대상으로 본 것이다. 자연의 질서를 거역하는 정복자의 자세가 아니라 그 질서에 순응하는 모습을 보여 자연이 인간을 위해 존재하는 것이 아니라는 것이다.

「雷說뇌설」에서는 "나는 천둥소리를 들을 때 처음에는 덜컥 겁이 났다가, 여러 모로 잘못을 반성하여 별로 거리낄 만한 것이 없게 된 뒤에야 조금 몸을 펴게 된다."[53]라고 하여, 천둥소리를 두려워했다는 것이다. 천둥소리는 天機천기와 같은 의미이다. 천기란, 하늘의 뜻으로 天命천명이며 天意천의이다. 천둥소리가 하늘의 뜻이기에 그 소리를 듣는 순간 자신의 허물을 반성하게 된다는 것이다. '예쁜 여자를 보고 음탕한 생각을 품지 않았는지, 남이 칭찬하면 기뻐하는 안색을 보이고 비난하면 언짢은 기색을 짓지 않았는지' 등을 반성하게 된다는 것이다. 자연 현상을 통해 성찰의 계기로 삼은 것으로, 하늘의 존재를 의식하였다. 백운 말년의 작(1234, 67세)으로 「夢說몽설」이 있다.

---

52) 李奎報, 『東國李相國集』 卷21 「壞土室說」. "夏熱冬寒, 四時之常數也, 苟反是則爲怪異. 古聖人所制, 寒而炎, 暑而褐, 其備亦足矣, 又更營土室, 反寒爲燠, 是謂逆天令也. 人非蛇蟮, 冬伏窟穴, 不祥莫大焉. 紡績自有時, 何以於冬爲. 又春榮冬悴, 草木之常性, 苟反是, 亦乖物也. 養乖物爲不時之翫, 是奪天權也, 此皆非予之志."

53) 李奎報, 『東國李相國集』 卷21 「雷說」. "予之聞雷, 始焉喪膽, 及反覆省非, 未覓所嫌, 然後稍肆體矣."

내가 3~4품의 벼슬에 있을 때부터 늘 꿈을 꾸면 큰 누각 위에 앉아 있었고, 그 아래는 큰 바다였으며 물이 누각 위까지 올라와서 잠자리를 적시는데, 나는 그 속에 누워 있기도 하였다. 이렇게 하기를 6~7년 동안이나 계속하였는데 깰 적마다 이상스럽게 여겼으며, 혹은 『周公夢書주공몽서』로써 징험해 보고서 마음속으로 상서로운 꿈이라고 생각하였다. 경인(1230, 고종 17)년에 와서 내가 아무 죄도 없이 猬島위도로 귀양 가서 나이 많은 어떤 司戶사호의 집에 의탁하게 되었다. 그 집에는 높은 누각이 큰 바다를 정면으로 내려다보고 있어 마치 훨훨 날아갈 듯한 기상이었고, 물이 집의 창문까지 치밀어 올랐으니, 꼭 꿈에 보던 그 누각과 같았다. 나는 그제야 비로소 전일의 꿈을 징험하였다. 그렇다면 사람의 출세와 은퇴, 잘되고 못되는 것이 어찌 우연한 일이겠는가? 모두가 모르는 가운데 미리 정해지는 일일 것이다. 당시에는 꼭 그 땅에서 죽으려니 하고 생각했는데 얼마 안 가서 서울에 돌아와 지위가 정승에까지 올랐으니, 이도 역시 하늘의 운명이 아니겠는가?54)

「夢說몽설」은 백운이 63세(1230년) 위도에 귀양 갔던 일과 그 이전에 꿈속에서 보았던 사실을 강화도 천도 2년 후인 1234년 지은 說작품이다. 꿈속에서 현몽한 사실이 현실화되었다는 것으로, 운명론이 있어 하늘의 뜻을 거역할 수 없다는 논리이다. 「天人相勝說천인상승설」에도 운명론을 언급한 부분이 있다. 백운이 32세 때 최충헌의 집에서 千葉榴花천엽류화를 두고 시를 지은 후 全州牧전주목 司錄사록 겸 書記서기로 제수되

---

54) 李奎報, 『東國李相國集』 卷21 「夢說」. "予自四三品時, 常夢坐一大樓上, 其下皆大海也, 水到樓上, 霑濕寢席, 予臥其中. 如是者六七年, 每寤輒怪之, 或以周公夢書驗之, 心以爲瑞夢也. 及庚寅歲, 以非罪流于猬島. 請寄一老司戶之家. 則有高樓正臨大海, 翼翼翬飛, 水亦將拍于軒窓, 眞若夢所見者. 予然後方驗前夢矣. 然則人之行藏榮辱, 豈徒然哉, 皆預定於冥然者歟. 當時擬必死於其地, 未幾復京師, 至登相位, 是亦非天命歟."

어 부임하게 되었다. 그런데 그곳 通判郎將통판낭장과 사이가 좋지 않아 다음 해에 파직을 당했다. 파직을 당한 후에도 그 사람이 중요한 요직에 있어 9년 동안 出仕를 하지 못하다가 그 사람이 죽은 후 비로소 벼슬자리에 나아가게 되었다. "그 사람이 이미 죽고 난 뒤 곧 그 해에 翰林한림에 보직을 받았고 따라서 여러 요직을 거쳐서 빠르게 높은 지위에 올랐으니, 이것은 바로 하늘이 사람을 이긴 것이다."[55]라고 하여, 운명론을 강조하여, 하늘의 존재를 인식하였다.

자연물 중 비인간적 존재인 귀신에 대한 두려움과 외경심을 드러낸 작품들도 있다.

「12월 26일 猬島위도로 들어가려고 배를 띄움, 幷序병서」

이날 섬으로 들어가려고 하는데 保安縣보안현의 諸公제공이 크게 祖道筵조도연(길의 신에게 지내는 제사)을 베풀었다. 나는 술에 마구 취하여 배에 오른 줄도 몰랐다. 밤중에 중류에 다다랐는데 잠결에 뱃사공이 시끄럽게 '배 엎어진다 배 엎어진다' 하며 떠드는 소리가 어렴풋이 들렸다. 곧 놀라 일어나서 술을 떠 놓고 하늘에 빌며 크게 소리 내어 우니 얼마 안 되어 물결이 잔잔해지고 바람이 돌면서 순조로웠다. 잠깐 사이에 甲君臺갑군대에 이르니 섬과 얼마 안 되는 거리였다. 이로부터 사공들이 나를 보고 말하기를 '이 노인은 하늘이 보호하니 경시할 수 없다' 하였다(是日將入島, 以保安諸公大設祖筵. 予醉倒, 不覺乘舟. 半夜至中流, 睡中微聞舟人喧言, 舟將覆舟將覆. 卽驚起, 酌酒祈天, 因大哭一聲, 未幾, 浪息風回, 風又極順. 俄頃至甲君臺, 距島無幾里. 自此篙工等目予曰, 此翁天所扶護, 不可輕也云).

55) 李奎報, 『東國李相國集』 卷21 「天人相勝說」. "及其人已斃, 然後卽其年入補翰林, 因累涉淸要, 遄登高位, 則此乃天勝人也."

밤중에 사공이 풍랑으로 시달리어,	半夜舟人久困風,
취중에 놀라 일어나서 하늘에 빌었네.	醉中驚起訴天公.
영서(水神, 오자서)의 뜻 있음을 이제 경험하여,	靈胥有意今方驗,
외로운 신하의 한 번 통곡으로 물리쳤네.	退却孤臣一哭中.56)

　전술한 「몽설」의 내용처럼, 위도로 귀양 갈 때의 일을 묘사한 시이다. 보안현(지금의 부안군) 諸公제공들이 祖道祭조도제를 베풀어 술을 많이 마셨다는 것이다. 祖道祭는 먼 길 떠날 때에 行路神행로신에게 제사지내는 일로, 옛날 황제의 아들 累祖누조가 여행길에서 죽었으므로 후대 사람들이 행로신으로 모신 것이다. 백운도 위도로 유배를 가야 하기에 여러 공들이 조도제를 베풀어 준 것이다. 조도제에서 술을 잔뜩 마시고 배에 올라 잠든 채 얼마쯤 갔는데, 어렴풋이 '배 엎어진다'는 뱃사공의 떠드는 소리를 듣게 되었고, 그래서 외로운 신하가 통곡하면서 水神수신인 伍子胥오자서(춘추시대 吳나라 충신)에게 빌어, 무사히 바다를 건널 수 있었다는 것이다. 神의 존재를 인정하였다.

　백운은 두 번의 걸쳐 지방관으로 나간 적이 있다. 그때 남긴 祭神文제신문에는 비인간적 존재인 神에 대한 자신의 생각을 드러낸 부분이 있다. 먼저 32세(1199년) 때 전주목 사록 겸 서기로 부임했을 때 지은 글로, 全州전주의 城隍성황에 제사 지내는 致告文치고문에 '내가 이 고을로 부임해 와 보니, 주민들이 나물 끼니도 제대로 잇지 못하는 실정인지라, 어떤 사냥꾼이 관례적으로 올린 노루·토끼·꿩 등을 바치지 못하게 매질까지 하면서 꾸짖었다.'57)라는 내용이 있는데, 이는 앞으로

---

56) 李奎報, 『東國李相國集』 卷17 「十二月二十六日, 將入猬島泛舟. 幷序」.
57) 李奎報, 『東國李相國集』 卷37 「祭神文, 全州祭城隍致告文, 無韻」.

270　한문학의 이해와 연구

祭需제수로 육고기를 쓰지 않겠다는 것이다. 그러면서 "대왕은 어떻게 생각할는지 모르겠으나, 바라건대 너그럽게 나를 고집스럽게 옛 관례를 따르지 않는다 하지 마시오."[58]라고 하여, 너그럽게 봐 줄 것을 당부하였다. 역시 전주에 머물 때 가뭄이 들자 "하늘의 못[澤]은 오직 용왕의 주도하는 바라, 용왕의 간청이라면 하늘이 어찌 듣지 않으랴. 이때에 비를 얻는 것은 관리의 효험이 아니고, 바로 용왕의 공입니다."[59]라고 하여, 용왕에게 의지하였다. 그래도 비가 오지 않자, 다시 마포 대왕께 거듭 고하는 제문을 지어 올렸다. 그런데 처음 올린 내용과는 다르게 "제사의 베푼 음식에 고기를 쓰지 않고 나물만을 갖추었더니 바야흐로 사당을 떠나 말[馬]을 서서히 모는 찰나에, 어떤 사슴이 몹시 당황하여 미친 듯이 날뛰다가 피를 토하면서 죽고 말이 놀라 넘어지니 이것이 해괴한 일이라, 이리저리 생각해 보건대, 어찌 귀신이 그 제사에 내가 고기를 쓰지 아니했기 때문에 그런 것인가? 아니면 그 보답에 대한 사례의 인사가 늦었다 해서 나를 깨우쳐 주는 것인가? 어쨌든 제사 음식을 희생으로 바꾸는 것이 좋을 듯해서 사람을 사당에 보내어 잔을 드리노니, 그 흠향하여 나를 나무라지 말기를 바라는 바이오."[60]라고 하여, 처음 지녔던 생각을 바꾸어 육고기를 제사 음식으로 올렸다는 것이다. 자연 재해 앞에 약해지는 백운의 모습이다.

백운이 52세(1220년) 때, 탄핵을 받아 계양도호부부사로 부임하게

58) 李奎報, 『東國李相國集』 卷37. "未審大王諒之何如也, 伏惟寬之, 毋以予頑然不遵舊典也."

59) 李奎報, 『東國李相國集』 卷37 「全州祭龍王祈雨文」. "天之澤惟龍所導, 龍之請天豈不從. 在斯時而得雨, 非吏之效, 而乃龍之功."

60) 李奎報, 『東國李相國集』 卷37 「全州重祭保安縣馬浦大王文」. "其於祀設, 不肉而蔬, 方離祠宇, 驅馬徐徐, 有鹿蹶蹶, 似將狂觸, 吐血而斃, 馬驚且仆, 其祥可駭, 思之反覆, 神豈以予祀不饋肉, 又豈警予報謝之遲. 此可代牲, 遣獻于祠, 神其享之, 莫我敢訾."

되었다. 부임한 그 당시 계양 땅에도 가뭄이 심했다. 그래서 무능한 자신이 이 고을의 원으로 와서 지금 이 고통을 고을 주민들이 받고 있다는 것이다. "大王은 기운을 타고 허공에 달려가서 상제 궁궐에 호소하여 우레와 번개 채찍을 재촉해 사흘의 흐뭇한 비를 내려서 우리 곡식들을 적시어 가을의 수확이 있게 해 주십시오."[61]라고 하여, 하늘과 성황신에게 빌었다. 그래도 비가 내리지 않자, "대왕은 이 땅의 것을 먹은 지가 오래거늘, 그 모른 체하고 구휼해 주지 않는다면, 어디에다 목숨을 의탁할 것입니까? 만약 하늘의 못[天澤]을 잘 이용하여 조금이라도 비를 퍼부어 적셔 준다면, 이것이 바로 신의 직책이며, 따라서 원의 다행이고 백성들의 생명일 것입니다."[62]라고 하여, 재차 성황신에게 호소하였다. 또한 백운은 가뭄을 통해 자연의 위대함을 몸소 느꼈다.

아름다운 벼 크지도 못한 채 반쯤 시들었으니,　　　嘉禾未秀半焦枯
오는 구름에게 묻노라 비를 내릴 건가 안 내릴 건가.　　但問來雲作雨無
헐떡이며 물 퍼서 대는 것 참으로 우습기만 한 게,　　榾榾灌田眞可笑
천 이랑을 한 방울 물로 축이려는 것 같구나.　　　千畦一滴若爲濡.[63]

백운은 자연 앞에서 초라하고 나약한 인간이기에, 神신은 기원의 대상이다. "하늘이여 우리 백성 버리지 말고, 다행히 한 방울의 비라도

61) 李奎報, 『東國李相國集』 卷37 「桂陽祈雨城隍文」. "惟冀大王, 馭氣寥廓, 馳訴于大微紫極, 促雷鞭輿電策, 賜三日之澤, 潤我黍稷, 俾克有穫."
62) 李奎報, 『東國李相國集』 卷37 「又祈雨城隍文」. "大王之食玆土久矣, 其恬然不恤, 則安所託命耶. 若導宣天澤, 小加霧潤, 是神之職也, 吏之幸也, 民之命也."
63) 李奎報, 『東國李相國集』 卷10 「旱天見灌田」.

내려주오."[64)]라고 하여, 하늘에 매달렸다. 백운은, 젊은 시절 논리의 타당성과 愛民애민을 앞세워 神을 모시는 일보다 피지배층의 생계가 우선임을 주장하였지만, 세월의 흐름과 함께 연륜이 쌓일수록 비인간 적인 존재를 인정하면서 외경심마저 지녔다. 백운의 이와 같은 태도 는 고려 무신시대를 살았던 백운만의 생각은 아닐 것이다. 아마도 무신 정권이라는 무력적인 권력이 기존의 질서인 왕권의 권한을 무너 뜨리고 비정상적인 작동을 하는 사이, 모든 것이 나약해진 백운의 심리도 반영된 것은 아닐까? 그래서 더욱 대자연과 신의 위대함에 숙연해졌는지도 모른다. 백운은 후대의 삶으로 오면서 자신의 존재가 우주의 만물 중에 일부분임을 깨닫는 동시에, 비인간적인 존재들에 대해서는 두려움을 넘어 숭배의 대상이 되었던 것이다. "창고의 곡식 으로 빈민 구제하자 연해 비오니, 하늘이 백성 사랑함을 비로소 알겠 다."[65)]라고 하여, 하늘의 뜻을 알고 진휼을 하니 하늘이 비를 내려주 었다는 천명사상까지 보였다. 따라서 백운의 자연에 대한 경외심은 비록 무신 정권이라는 특수한 상황과 자연 재해라는 역경을 전제로 하지만, 자연의 질서 속에서 공존할 수 있는 근거를 마련했다는 점에 서 휴머니즘의 시각을 넘어 포스트휴머니즘의 시각에 접근한 것이다.

---

64) 李奎報, 『東國李相國後集』卷9「渴雨」. "天不棄我民, 庶賜膏一滴."
65) 李奎報, 『東國李相國集』卷15「書衿州倉壁上」. "發廩賑貧仍得雨, 始知天意愛民深."

5. 포스트휴머니즘의 출발점으로서의 이규보

　詩는 시인의 생각과 사상이 잘 반영된 문학 장르이기에, 그 시인의 생각이나 사상을 검토하고자 할 때는 시를 분석하는 것이 우선일 것이다. 백운의 시를 알기 위해서는 그의 생애도 알 필요가 있다. 작품 창작의 배경이 되기 때문이다. 백운의 집안은 아버지 대에 와서야 과거에 응시할 수 있을 정도의 한미한 집안이었다. 出仕출사한 부친 李允綏이윤수는 무신 난 이후 관직도 올라 명종 16(1186)년에 정5품 戸部郞中호부낭중이 되었다. 이처럼 백운의 집안은 무신 난을 계기로 중앙 정계에 진출한 집안이었다. 백운도 무신 정권 5대째인 최충헌이 정권을 잡은 후(1196년), 벼슬자리에 나아가게 되었다. 23세 때 과거에 급제하였지만 등용되지 못한 채, 약 9년을 보내다가 첫 부임지로 전주목 사록 겸 서기에 부임하게 되었다. 이는 과거제에 의한 것이 아니라 최씨 정권의 천거제로 출사한 경우이다. 백운의 나이 32세(1199년) 때, 최충헌의 집에 핀 석류꽃을 예찬한 시가 계기가 되어 전주목 사록 겸 서기로 천거되었기 때문이다. 그러나 얼마 못가 파직되었다. 이후 구관시를 지어 벼슬자리를 구했지만, 뜻을 얻지 못하고 결국 최우(최이)의 도움으로 한림원에 임시직으로 들어가게 되었다. 이는 사적인 관계에 의존한 천거제가 백운 당시의 주 등용문임을 알려주는 것이다. 그 후 52세 계양도호부부사로 좌천된 것과 63세 때에 잠시 猬島위도로 귀양 간 것을 제외하면 승승장구하여 요직을 거쳤다.

　백운의 행적을 간략히 살펴본 결과, 그 집안의 중앙정계 진출과 그의 출세는 무신의 난과 관련이 깊다. 특히 백운의 관직 생활은 최우와의 관계를 떼어 놓고 말하기 어렵다. 무신들 중 최씨 정권은 자신의 권력 기반을 확고히 다지기 위해 문신들 특히 지방의 한미한 집안의 선비인 신흥 사대부들을 등용하여 지지 기반을 다졌다. 백운 집안의 중앙정계 진출과 그의 득세도 이런 시대적 배경과 무관하지 않다. 한편으로 기존 고려의 귀족 집안이었던 인물들은 배격 당했는데, 그 대표적인 인물이 오세재였다.

백운이 남긴 『동국이상국집』에는 권1에서부터 권18까지 시가 실려 있다. 그런데 전주목 사록 겸 서기에 부임하기 전인 30세 초반까지의 시가 모여 있는 제1권부터 제9권까지는 미물에 대한 시가 거의 없다. 그래도 제10권에 처음 보이는 「得黑貓兒득흑묘아」는 전주목 사록 겸 서기에서 파직된 후에 나온 작품으로, 새끼 고양이가 빨리 자라서 집안을 어지럽게 하는 쥐들을 빨리 섬멸해 줄 것을 당부하는 내용이다. 이는 백운이 다시 세력을 회복해서 자신을 내몰았던 간신을 이 고려 조정에서 몰아내고 싶은 심정을 반영한 듯하다. 이후 작품에서 미물이나 짐승들에 대한 백운의 태도는 애증을 동반하였다. 욕심이 많은 거미와 귀찮은 존재 파리 등 미물들을 미워는 하지만, 그들을 결코 해치지는 않았다. 이는 무신 정권 시대를 살아야 했던 자신의 처지를 생각하여, 그 힘없는 존재들에 대한 애정을 보인 것은 아닌지 의문이 든다. 스스로가 나약해지면 더불어 주변 사물에 대한 관심과 애정의 표현이 남달라지기 때문이다. 과부가 홀아비 사정을 잘 아는 것처럼, 어려운 사람이 어려운 처지에 있는 사람의 심정을 잘 헤아리듯, 무신 정권의 칼날 밑에서 언제나 숨 죽여야만 했던 고려 문신의 同病相憐동병상련의 처지가 미물에 대한 애정으로 표현된 듯하다.

다른 계층에 대해서도 연민을 느끼면서 한편으로는 비난과 조롱의 대상으로 삼았다. 농부, 늙은 과부, 갓 만드는 장인, 몰락한 士人사인의 딸, 기생 등에 대해서 관심과 연민의 정을 보였다. 백운은 자기를 희생하면서 지배 계층에 대해 헌신하는 계층과 어려운 삶에도 생명을 이

▲ 인천광역시 강화군 길상면 길직리 진강산에 위치한 백운 이규보의 문학비와 무덤 정경이다.

어가고자 하는 작은 몸짓에 연민을 느꼈다. 하지만 상대적으로 다른 사람에게 피해를 주거나 인정을 저버린 사람들에게는 비난의 목소리를 감추지 않았다. 입에 발린 소리로 사람들을 현혹시키는 무당이나 자신의 또 다른 행복을 위해 자식을 길가에 버리고 개가한 부인과 음탕한 짓을 한 중, 그리고 실력 없는 의원 등에 대해서는 비난과 조롱을 가하였다. 이들에 대한 조롱과 비난은 사랑받을 사람들에 대한 관심의 표현이면서 그들의 반성을 통해 일상적 삶이 제자리로 돌아오기를 바라는 마음이었을 것이다. 권력을 유지하기 위해서는 늘 권력자의 눈치를 보고 아첨하는 시늉이라도 해야 하기에 현실에서 버림받은 나약한 존재들이 예사롭게 보이지 않았을 것이다. 백운의 소외되고 버림받은 계층들에 대한 연민의 감정은 포스트휴머니즘의 출발점이라고 해도 지나친 주장은 아닐 것이다. 타 계층에 대한 애정은 새로운 공동체를 위한 시작이기 때문이다. 더 나아가 자연 존재에 대한 순응적 태도를 보였는데, 이는 자연의 질서를 거역하지 않고 비인간적인 존재들에 대한 외경심으로 인간 중심의 세계관을 탈피할 가능성을 보인 것이다.

회재 이언적을 통해 본
16세기 전기 조선의 사상적 특징

1. 회재 이언적이 지녔던 사상이란?

이 글은, 조선에서 본격적인 주자 성리학의 이론이 정립되는 16세기 전반기를 살았던 晦齋회재 李彦迪이언적(1491~1553)을 통해 당시의 사상적 특징을 고찰하고자 하는 것이다. 16세기 초 사림파 이데올로기인 道學도학을 이론적으로 체계화시킨 회재는 후기 사림파의 학문적 토대를 마련해 주는 역할을 하였다. 이런 회재의 글을 통해, 그 당시의 도학적(성리학) 이념만 고수하고자 했는지 아니면 사상의 다양성을 인정하고 있었는지 등을 살펴보고자 한다.

조선 사회의 15세기 말과 16세기 초는 훈구파와 사림파가 대립하여, 각자의 정치적 야망과 포부를 드러냈던 시기이다. 두 세력의 대립은 士禍사화라는 사건으로 세상에 표면화되었다. 사화란 性理學성리학 기준에서 '君子군자'로 일컬어지는 뜻있는 선비들이 '小人소인'의 무리로부터 모함을 받아 겪게 된 정치적 수난을 일컫는 말이다. 따라서 사화는 사림파가 훈구파의 비리를 들추어, 그 세력을 약화시키려다가 도리어 훈구파에게 정치적 보복을 당하는 형태로 일어났던 것이다. 戊午士禍무오사화(1498년)와 甲子士禍갑자사화(1504년) 이후, 조광조가 士林사림으로 재집권한 후 훈척 세력의 비대해진 권력과 경제력을 견제하려고 중종반정의 공신들의 공적을 삭탈하였다. 그 과정에서 또 다른 사화인 己卯士禍을묘사화(1519년)가 일어나기도 하였다.

15세기 末말 이래로 정치적·경제적·사회적 상황에 대한 사림파의 대응은 두 가지 방향이었다. 하나는 향촌 사회를 안정시키는 방도를 직접 강구하는 것이고, 다른 하나는 중앙의 왕정을 바로잡도록 하는 것이었다. 이 두 가지는 시간적으로 선후의 차이는 있지만, 전자가 먼저 도모되다가 한계에 부딪치자 궁극적인 해결책으로 후자 쪽을 택하게 되었다. 먼저 전자인 향촌 사회를 안정시키려는 방안은, 成宗代성종대 김종직이 鄕射禮향사례·鄕飮酒禮향음주례 등의 보급운동을 펼쳤으나 무오사화로 실패로 돌아갔고, 中宗代중종대 조광조를 중심으로 한 鄕約향약 보급운동 또한 己卯士禍을묘사화(1519년)로 폐지되었다. 이 향약 보급 운동은 勳戚系훈척계의 지방 사회에 대한 수탈 조직으로 이용되고 있는 京在所경재소·留鄕所유향소 제도를 대신하는 의도를 가진 것이었다. 사림파의 이러한 초기의 사회질서 재확립 운동의 기본은, 『小學소학』에 근거한 실천 운동의 성격[1]을 띠고 있었다.

그러나 연산군의 폭정으로 인하여 군주의 마음을 안정시키는 곧

---

1) 李泰鎭, 「李晦齋의 聖學과 仕宦」, 『晦齋 李彦迪의 哲學과 政治思想』, 博英社, 2000, 321쪽 참조.

중앙의 왕정을 바로잡는 것이 중요함을 안 사림파는『大學대학』을 통해 통치자의 마음을 聖學성학의 세계로 이끌게 하여야만 사회가 안정될 수 있다는 생각을 하게 되었다. 회재도 出仕출사와 落鄕낙향 그리고 유배시절 동안에도 이와 같은 생각에는 변함이 없었다. 특히 그의 말년의 강계 유배시절에 보여준『大學章句補遺대학장구보유』·『續大學或問속대학혹문』등의 집필과『대학』이 帝王學제왕학으로서의 면모를 갖추기 위해서는『中庸중용』의 九經구경이 필요함을 주장한『中庸九經衍義중용구경연의』의 저술활동은 이 같은 사실을 뒷받침하고 있다. 따라서 회재는 초기 사림파 儒者유자들이 행했던『小學』중심의 실천적인 면보다는 군주의 心學심학이 무엇보다 중요함을 인식하였던 것이다. 이는 그가 살았던 시기에 일어났던 4번의 사화를 겪은 후 체득한 소신이었을 것이다. 세상의 모든 일은 君主의 마음에 근원하지 않은 것이 없는 것으로 파악했기 때문이다. 이와 같은 관점에서 회재는 생애를 걸쳐 주자 성리학인 下學하학을 통한 上達상달은『대학』에 그 요체가 담겨 있다고 보았던 것이다. 그런 관점에서 주자의『大學章句대학장구』에 편차한『大學章句補遺대학장구보유』도 나오게 되었던 것이다. 그러나 주자의 내용을 답습하지는 않았다.

지금까지 회재에 대한 연구는, 철학사상과 문학 연구로 대별된다. 철학사상의 연구는『李晦齋이회재의 思想사상과 그 世界세계』2) 그리고『晦齋회재 李彦迪이언적의 哲學철학과 政治思想정치사상』3) 두 권의 책에 잘 정리되어 있으며, 그 외의 저서4)와 박사논문5)도 있다. 철학사상에 비해

---

2) 大東文化硏究叢書Ⅺ,『李晦齋의 思想과 그 世界』, 성균관대학교 출판부, 1992. 이 책에는 7명의 철학사상에 대한 연구논문과 송재소, 이동환 두 분의 문학에 관한 연구논문이 실려 있다.

3) 默民記念事業會 編,『晦齋 李彦迪의 哲學과 政治思想』, 博英社, 2000. 이 책에는 18명의 연구논문이 실려 있다.

상대적으로 연구가 덜 된 문학 연구는 대체로 도학시에 관한 연구가 대부분이었으며,6) 회재의 산수시에 나타난 朱子와 莊子에 관한 연구 논문7)도 있었다. 따라서 기존연구는 필요에 따라 이 글에 적절히 인용될 것이며, 잘못된 선행 연구는 재검토할 것이다.

이 글은, 조선 성리학의 초석을 마련한 것으로 평가되고 있는 16세기 전반기 회재가 20대에 논쟁한 「무극태극변」 그리고 말년인 60대에 저술한 「대학장구보유」와 그와 관련된 후대의 평과 시문학에 나타난 사상적 배경을 통해 16세기 전반기 사상적 특징을 고구해 보고자 하는 것이다. 한편 후대의 비평문을 소개하는 이유는, 퇴계 이후 주자 성리학 이론을 조선 사회에 정립한 인물로 평가 받은 회재를 어떻게 바라보았는가를 사실적으로 보여주기 위해서이다.

---

4) 김교빈, 『한국 성리학을 뿌리내린 철학자 이언적』, 성균관대학교 출판부, 2010.

5) 강경림, 「회재 이언적의 철학사상 연구」, 성균관대학교 박사논문, 2008; 김진성, 「회재 이언적의 철학사상 연구: 『대학장구』개정을 중심으로」, 성균관대학교 박사논문, 2010; 손숭호, 「회재 이언적의 철학사상 연구」, 대구한의대학교 박사논문, 2006; 李志慶, 「李彦迪의 政治思想研究」, 동국대학교 박사논문, 1999; 조창열, 「회재 이언적의 경학사상 연구: 주자의 『대학』『중용』 주석과의 비교를 통하여」, 성신여자대학교 박사논문, 2003.

6) 김동협, 「이황이 지은 행장을 통해 본 그의 출처관과 인생관」, 『동방한문학』 18, 동방한문학회, 2000, 101~119쪽; 김시표, 「회재 이언적 한시 연구」, 『한문학연구』 2, 계명대학교 계명한문학회, 1984, 57~96쪽; 金洛眞, 「晦齋 李彦迪의 心性論 研究」, 고려대학교 석사논문, 1987; 金淵浩, 「晦齋 李彦迪의 詩에 나타난 自然觀」, 영남대학교 석사논문, 1991; 宋載邵, 「晦齋의 自然詩」, 『李晦齋의 思想과 그 世界』, 성균관대학교 출판부, 1992, 195~218쪽; 송재소, 「회재 이언적의 시」, 『시와 시학』 58, 시와시학사, 2005; 李東歡, 「晦齋의 道學的 詩世界」, 『李晦齋의 思想과 그 世界』, 성균관대학교 출판부, 1992, 164~193쪽; 이두원, 「회재 이언적의 도학사상과 도학시 연구」, 동국대학교 석사논문, 2014; 이영호, 「晦齊 李彦迪의 哲理詩에 대한 연구」, 성균관대학교 석사논문, 1993; 장도규, 「최재 이언적의 시세계」, 단국대학교 석사논문, 1989; 장도규, 「晦齊 李彦迪 文學 연구」, 경기대학교 박사논문, 1994; 장도규, 「이언적 시문학의 도학적 특징」, 『國際言語文學』 15, 國際言語文學會, 2007; 장도규, 「회재 이언적의 시문학적 지향 일고」, 『한국사상과 문화』 72, 수덕문화사, 2014, 33~56쪽; 최옥녀, 「晦齋 李彦迪의 出處 辭受觀」, 『유교문화연구』 16, 성균관대학교 동아시아학술원 유교문화연구소, 2010, 97~122쪽.

7) 南恩暻, 「晦齋의 山水詩에 나타난 朱子와 莊子의 이중적 영향」, 『연구논집』, 이화여자대학교 대학원, 1988, 7~29쪽.

2. 「무극태극변」·『대학장구보유』에 나타난
   회재의 사상과 후대의 평가

　회재는 마음을 바르게 하는 데서 天理천리와 통할 수 있는 능력이 생긴다고 하였다. 그 결과 얻어진 것이 「無極太極辯무극태극변」이다. 「무극태극변」의 '無極而太極무극이태극'은 주돈이의 『太極圖說태극도설』의 첫 구절로 우주 만물의 근원인 『易역』의 원리에 대한 설명이다. 그리고 주자는 이를 형상은 없지만 理리는 존재한다는 의미로 "무극이면서 태극이다."라고 해석하였다. 또 주자가 「太極圖說解태극도설해」에서 '무극이태극'에 대해 "하늘의 일은 소리도 없고 냄새도 없지만 실제로는 조화의 중심축이고 만물의 뿌리이다. 그러므로 '무극이면서 태극이다.'라고 말했으니, 태극 밖에 다시 무극이 있는 것이 아니다."[8]라고 풀이하였으며, 육구연에게 준 편지에서는 이 부분을 두고 "'하늘의 일은 소리도 없고 냄새도 없다.'라는 것은 有유 가운데서 無무를 말한 것이고, '무극이면서 태극이다.'라는 것은 無 가운데서 有를 말한 것입니다."[9]라고 하였다. 따라서 '무극이태극'은 본대상은 없지만 이치는 존재한다는 것이다. 회재는 주자의 이론을 수용하여 무극태극론의 理 철학을 깊이 이해하여 이론화하였으며, 훗날 회재의 理 철학은 퇴계의 主理說주리설로 이어졌다.

　忘機堂망기당 曺漢輔조한보가 회재의 외숙인 孫叔暾손숙돈과 '無極太極무극태극'에 대한 논변을 벌였다. 이 글을 본 회재가 1517년 「書忘齋忘機堂無

---

8) 朱熹, 「太極圖說解」. "上天之載, 無聲無臭, 而實造化之樞紐, 品彙之根柢也. 故曰無極而太極, 非太極之外復有無極也."

9) 『性理大全』 卷1, 『朱子大全』 卷36 「答陸子靜」. "上天之載, 是就有中說無; 無極而太極, 是就無中說有."

極太極說後서망재망기당무극태극설후(망재와 망기당의 무극태극설 뒤에 쓰다)」라는 글을 지어 그 주장을 비판한 것을 망기당이 보고 편지를 먼저 보내오면서, 무극태극의 논변이 시작되었다. 망기당의 편지는 남아 있지 않고 회재가 망기당에게 답한 편지 4편이 「書忘齋忘機堂無極太極說後서망재망기당무극태극설후」와 함께 『晦齋先生集회재선생집』 卷五 「雜著잡저」에 수록되어 있다. 회재는 망기당의 주장이 周敦頤주돈이의 학설에 근본하였지만 그 논리가 지나치게 高遠고원하여 佛家불가의 주장에 가깝다고 비판하였다. 이는 회재 28세 때 지은 것으로 주자의 입장에서 太極태극의 理를 주장한 것이다. 태극이란 깊고 아득하여 조짐이 없는 중에서 만상의 기상이 삼연하게 구비된 것을 이르는 말이다. 곧 만물과 만사가 생기게 됨으로써 太極(理)도 나타나게 된다는 것이다. 또 無極무극은 만물이 없었던 이전에도 있었으며, 태극과 동일한 존재로 회재는 인식하였다. 회재가 망기당의 주장을 비판한 내용을 구체적으로 살펴보자.

이제 망기당의 주장을 살피면 '태극이 곧 무극'이라고 한 것은 옳지만, '어찌 있음과 없음을 말하고 안과 밖을 나누어서 사람 수나 세는 하찮은 일에 머물겠는가?'라고 한 것은 잘못이다. 또 '큰 근본을 얻으면 날마다 쓰는 사람의 질서와 응수하고 대응하는 만 가지 변화가 일마다 통달한 道 아님이 없다'고 한 것은 옳지만, '큰 근본과 통달한 道가 뒤섞여 하나이니 어디에서 다시 無極 太極과 有中 無中이 다르다고 말하겠는가?'라고 한 것은 잘못이다. 이 극의 이치는 비록 예전과 지금을 관통하고 높은 것과 낮은 것을 꿰뚫어 뒤섞여 있기 때문에 하나라고 하지만, 정밀함과 거침, 근본과 말단, 안과 밖, 손님과 주인의 구분이 그 가운데 분명하여 털끝만큼의 차이도 있을 수 없으니, 어찌 사람 수나 세는 하찮은 일에 대해서도 말할 수 있는 것이 없겠는가?[10]

위의 자료문에서, 망기당은 만물의 본질인 태극이 우리의 일상적인 것을 넘어선 초월성의 존재로 인식하였고, 회재는 태극을 초월성과 구체성을 지닌 것으로 인식하였다. 다시 말하자면, 망기당은 만물의 본질인 태극이 자질구레한 우리의 일상생활을 넘어서서 초월적인 무엇인가에 들어 있다고 보았으며, 회재는 태극이 초월적이기는 하지만 우리가 살고 있는 구체적인 현실을 떠날 수는 없는 것으로 보았다. 그래서 망기당은 안과 밖, 있음과 없음의 구별이 없는 무차별을 강조하였고, 회재는 있음과 없음, 안과 밖, 근본과 말단의 분별이 그 속에 담겨 있음을 말하였다.

어떻게 진리를 구할 것인가에 대해서도 두 사람의 견해는 차이가 났다.

보내주신 편지에 또 이르기를 "경건함을 주로 삼아 마음을 보전하고 위로 하늘의 이치에 통달한다."라고 하였으니, 이 말은 참으로 옳습니다. 하지만, '위로 하늘의 이치에 통달한다'는 말 앞에 '아래로 사람의 일을 배운다.'는 네 글자가 빠져 있으니, 유가의 가르침과는 다름이 있습니다. 하늘의 이치가 사람의 일과 떨어진 것이 아니므로 아래로 사람의 일을 배우면 자연히 위로 하늘의 이치에 통달하게 됩니다. 만일 아래로 사람의 일을 배우는 공부 없이 바로 하늘의 이치에 통달하려 한다면 이것은 불교의 깨달음에 대한 주장이니 어찌 숨길 수 있겠습니까? 무릇 사람 일은 형이하에 속하지만 그 일의 이치는 곧 하늘의 이치이므로 형이상에 속합니

---

10) 『晦齋先生集』卷五「雜著」「書忘機堂無極太極說後」. "今詳忘機堂之說, 其曰, 太極卽無極也則是矣. 其曰, 豈有論有論無, 分內分外, 滯於名數之末則過矣. 其曰, 得其大本則人倫日用, 酬酢萬變, 事事無非達道則是矣. 其曰, 大本達道渾然爲一, 則何處更論無極太極有中無中之有間則過矣. 此極之理, 雖曰貫古今徹上下而渾然爲一致, 然其精粗本末, 內外賓主之分, 粲然於其中, 有不可以毫髮差者, 是豈漫無名數之可言乎."

다. 그 일을 배워 그 이치에 통달하는 것이 형이하에 나아가 형이상을 얻는 것이니, 곧 이것이 바로 위로 통달하는 경계입니다.[11]

수양론에서 망기당은 경건함을 주로 삼아 마음을 보전하며 하늘의 이치에 통할 수 있다고 한 것에 대해, 회재는 아래로 사람의 일을 배우면 하늘의 道에 이르게 된다는 이론을 제시하였다. '上達상달'은 『論語』「憲問헌문」篇 '上達상달'章의 "군자는 위로 천리에 통해 나가고 소인은 아래로 끝까지 인욕의 구렁텅이에 빠져 드느니라."[12]에서 나온 말로, '上達天理상달천리'이다. 곧 아래로 인사를 배워 위로 천리에 통달한다는 "下學而上達하학이상달"로, 주자는 공자의 이 말을 근거로 부단한 학습을 통해 학문의 궁극적 경지에 이를 수 있음을 주장하였다. 회재가 이 편지에서 반박한 것을 보면 망기당은 '下學하학'을 통한 수양이 아니라 고차원적인 수양을 통한 깨달음을 주장하였다. 이것은 두 번째 편지에서 회재가 비판한 망기당의 '主敬存心而上達天理주경존심이상달천리'라는 말로도 알 수 있다. 하지만 회재는 下學을 통해서 上達에 도달할 수 있다고 하였다. 이처럼 망기당과 회재가 태극과 무극을 통해 논쟁을 한 것만 보더라도 회재의 젊은 시절은 주자의 성리학이라는 하나의 사상에 얽매여 다른 주장을 펼치지 못하는 그런 시대는 아니었다.

회재는 주자의 사상을 수용하여 이론화하였다. 그러나 회재가 배우고 연구한 주자학 곧 성리학이 퇴계에 의해 하나의 학설로 정립되는 동안 사상의 다양성이 사라졌다는 단점도 아울러 지적하지 않을 수

---

11) 『晦齋先生集』卷五「書」「答忘機堂第二書」. "來教又曰, 主敬存心而上達天理, 此語固善. 然於上達天理上, 却欠下學人事四字, 與聖門之教有異. 天理不離於人事, 下學人事, 自然上達天理. 若不存下學工夫, 直欲上達則是釋氏覺之之說, 烏可諱哉. 蓋人事, 形而下者也, 其事之理則天之理也. 形而上者也, 學是事而通其理, 卽夫形而下者而得夫形而上者, 便是上達境界."

12) 『論語』「憲問」篇 '上達'章. "君子 上達, 小人 下達."

없다. 16세기에 회재와 망기당이 논쟁했던 老佛노불 계열의 太極說태극설
이 사상적으로 이어졌다면 우리 사상사(철학사) 특히 성리학사의 단조
로움을 극복할 수 있는 단초가 되었을 것이다. 아무튼 두 사람의 사상
적 논쟁으로 인해, 조선의 16세기 초는 사상의 이론적 논쟁이 가능했
던 시기였다.

주자의 太極說태극설을 옹호하던 회재도 주자의『대학장구』에 대한
견해에서 의견을 달리하였다. 주자의『대학장구』를 회재는『대학장
구보유』로 자기만의 생각을 더하여 주자의 이론을 일방적으로 수용
전달하는 그런 인습적인 태도를 보이지 않았다.『大學대학』은『禮記예기』
49편 중 42편으로, 宋代송대에 와서 司馬光사마광(1019~1086)이 처음으로
독립시킨 후 程顥정호・程頤정이 형제에 의해 定本정본이 만들어졌으며, 다
시 주자에 의해 經경과 傳전으로 나뉘어졌다. 또한 주자는 傳전 부분의
第五章에 格物致知章격물치지장을 삽입・보충하여 원본인 고본의 체재를
완전히 바꾸어『대학장구』를 만들었던 것이다.13) 주자 성리학의 집대
성을 이룬 주자의『대학장구』를 조선 전기 회재가 다시『대학장구보
유』를 내놓은 것이다.

『대학』은 북송 때 정이와 주자에 의해『논어』・『맹자』・『중용』등과
함께 四書사서가 되었다. 학문의 풍토가 五經오경에서 四書사서 중심으로
되면서『예기』속에 들어 있던『대학』의 순서가 잘못되었다는 주장이
제기되었다. 먼저 정호・정이 형제는『대학』은 공자가 남긴 글로 인식
하였으며, 순서도 뒤바뀐 부분이 있는 것으로 간주하여 개정본을 만
들었다.

---

13) 李篪衡,「晦齋의 經學思想」,『李晦齋의 思想과 그 世界』(대동문화연구총서 XI), 성균관대학
교 출판부, 1992, 12쪽 참조.

주자는 程子정자의 설에 따라『대학』본문의 교정에 힘써 첫머리 205字를 經경으로, 그 이하는 '경'의 해설로 보면서 1,546字를 傳전 10장으로 개편하였다. 이렇게 개편한 목적은『대학』의 학문은 明德명덕·新民신민(親民친민)·至於止善지어지선의 三綱領삼강령과 이를 다스리는 차례와 절목으로 格物격물·致知치지·誠意성의·正心정심·修身수신·齊家제가·治國치국·平天下평천하의 八條目팔조목에 있다는 것을 체계적으로 보여주는 데 있었다. 그리고 程子정자가『대학』을 공자의 遺書유서로 규정하였는 데 반하여, 주자는 經경 1章은 공자의 말씀이고, 傳전 10章은 증자의 말씀을 그 제자의 문인들이 기록한 것이라고 주장하였다. 주자는 구성이 편차에만 그치지 않고 註釋주석을 달아 자세한 해설을 하였을 뿐만 아니라 '致知在格物치지재격물'의 傳전이 소실된 것으로 간주하여, 134字의「格物補亡章격물보망장」을 만들어 넣었다. 회재는 주자가 道統도통의 傳으로 계승한『대학장구』의 編次편차 순서를 달리 하여 經文경문 전체를 증자가 공자의 뜻을 빌려 가르침을 세운 것으로 보았으며, 구조면에서도 문장의 끝에「聽訟章청송장」을 가져다가 공자의 말로 결론을 맺는 것이 옳다고 하였다.

회재는 格物致知격물치지에 대한 인식에서도 주자의 견해와 달리 하였다. 회재는『대학장구보유』의 서문에서 "나는 일찍이『대학』을 읽다가 이 장에 이르러 매양 본문을 얻어 볼 수 없는 것을 한탄하였다. 근세에 와서 중국의 大儒대유가 있어 그 빠진 문장을 편중에서 얻어, 다시『대학장구』를 저술했다는 말을 듣고 그것을 얻어 보고자 하였으나 되지 않았다. 이에 감히 나의 개인적인 생각으로 경문 중의 2절을 취하여 格物致知章격물치지장의 글로 만들었는데, 이것을 마치고 난 뒤에 반복 紬玩침완하여 본즉 문사도 만족스럽고 의의도 명백하여 경문에도 부족한 점이 없으면서 傳의 문의에도 보충이 되고 또 상하 문의와도 맥락이 관통하게 되었으니 비록 晦庵회암이 다시 세상에 나더라도 또한 이것에 취함이 있을 것이다."14)라고 하여, 자신이 보충한 책 내용에 확신하였다.

회재는 주자가 '此謂知之至也차위지지지야'를 格物章격물장의 결어로 보아 補傳보전한 것을 회의적으로 생각하던 중 經文경문의 '物有물유'節과 '知止지지'節 2단을 격물의 전문으로 편차하여, 스스로 만족하기에 이른 것이다. 그리고 주자는 『고본대학』을 수정하여 『대학장구』에 "物有本末물유본말, 事有終始사유종시. 知所先後지소선후, 則近道矣즉근도의."의 구절을 경문의 결론으로 삼았지만, 회재는 여기에다 "知止以后有定지지이후유정"으로 시작되는 문장을 붙여 格物致知격물치지에 대한 해설로 삼았다. 회재가 格物致知격물치지의 해설로 삼은 "知止以后有定지지이후유정"의 구절 중에 "安而后能慮안이후능려, 慮而后能得려이후능득"의 "慮려"에 대해, 주자는 '일에 처해서 알차고 상세하다(處事精詳)라고 하였으며, 또 "慮려"는 "思사" 가운데 정밀하게 살피는 것15)이라고 하였다. 그런데 회재는 『대학장구보유』에서 "慮"는 "思"라고 하였다.

삼가 살펴 보건대, 편안하다는 것은 그칠 데에 그치기 때문에 편안해짐을 말한 것이니, 거처함을 가리킨다. 헤아림[慮]은 생각함[思]이다. 程子가 '능히 그 앎을 완성하면 생각[思]이 날로 밝아진다'고 한 것이 이것이다. 대개 物을 헤아려서 그칠 데를 알게 되면 사물이 마땅히 그러해야 하는 법칙에 대해 정해진 견해가 있게 되어 마음이 망령되게 움직여서 위태로워

---

14) 李彦迪, 『晦齋先生集』 卷11 「大學章句補遺序」. "然愚嘗讀至於此, 每嘆本文之未得見. 近歲, 聞中朝有大儒得其闕文於篇中, 更著章句, 欲得見之而不可得. 乃敢以臆, 取經文中二節, 以爲格物致知章之文, 旣而反覆參玩, 辭足義明, 無欠於經文而有補於傳義, 又與上下文義, 脈絡貫通, 雖晦庵復起, 亦或有取於斯矣."

15) 朱熹, 『大學章句』.

지는 잘못이 없게 되니, 생각하고 헤아리는 것이 더욱 밝아진다. 생각[思]이 밝아지면 또 사물의 이치가 왜 그러한지를 정밀하게 연구하게 되므로 마음에 깨달음을 얻게 된다. 맹자가 '생각하면 얻는다'고 하고 정자가 '생각하고 헤아려서[思慮] 얻음이 있으면 마음속에서 기뻐하고 즐거워한다'고 한 것이 바로 이것이다.16)

회재는 慮와 思가 같다는 논거로 맹자와 정자의 말을 인용하여, 인식 작용으로서의 앎의 문제가 아니라, 마음으로 깨닫는 心得심득의 차원으로 보았다.17)

회재가 강계 유배시절인 1549년(59세)에 『대학장구보유』를 지었으니, 그의 생애 말년의 저작이다. 젊은 시절의 논쟁에서는 주자의 견해를 옹호하는 자세를 취하였지만, 말년에는 그 자신의 생각을 주자의 견해와 상관없이 주장을 펼쳤다. 이처럼 회재는 주자의 이론을 따르기는 해도 비판을 가할 수 있는 부분 대해서는 자신의 견해를 분명히 하였다. 이 부분이 16세기 전반기 회재를 통해 본 조선 성리학의 한 특징이라 할 수 있다.

한편으로는 조선 사회의 16세기는 주자학 이론이 정립되는 시기이기도 하다. 망기당과 회재의 논쟁과 회재의 독창적인 생각이 반영된 『대학장구보유』의 편차 수정 등이 이를 뒷받침하고 있다. 회재가 처음부터 조선 유학의 이론 정립자로 신봉되었던 것은 아니다. 퇴계가 회재의 행장을 쓰는 과정에서 회재의 성리학적 글을 통해 그의 학문

---

16) 李彦迪, 『大學章句補遺』. "謹安, 安謂安於所止, 卽所謂居之安也. 慮思也. 程子所謂能致其知則, 思日益明者是也. 蓋格物而知止則, 於事物當然之則 皆有定見, 而心無妄動危殆之累, 其思慮益明矣. 思之明則, 又有以精硏物理之所以然, 而有得於心矣. 孟子所謂, 思則得之, 程子所謂, 思慮有得, 中心悅豫者, 正謂是也."

17) 김교빈, 앞의 책, 109~113쪽 참조.

을 알게 되었고, 그 결과 회재는 성리학의 巨儒거유가 되었던 것이다. 이런 사실을 미루어 보면, 회재 당시의 유학은 지금 우리들이 생각하는 주자 성리학의 일변도는 아니었으면 또한 거유의 회재도 아니었던 것이다. 다만 회재가 주자 성리학에 의거하여 심신 수련을 단련하였으며, 퇴계가 행장에서 밝힌 것처럼, '出處大節출처대절과 忠孝一致충효일치'에 근본하고자 했던 것은 사실이었다.

회재가 주자의 『대학장구』를 編次편차하여 『대학장구보유』를 만든 데 대하여, 후대의 찬반의 평이 있었다. 후대의 평을 소개하는 이유는 회재에 대한 사실적 자료를 얻기 위한 것이다. 그리고 후대의 인물 퇴계가 회재를 주자 성리학의 이론을 정립한 인물로 평가한 후, 그의 대한 유자들의 평과 성리학에 대한 시선이 어떻게 변해 가는가를 살필 수 있을 것이다.

退溪퇴계 李滉이황(1501~1570)은 주자의 『대학장구』를 편차한 先儒선유인 魯齋노재・權陽村권양촌・復古李公복고이공(李彦迪) 등을 예로 들면서 "결과적으로 傳文전문을 補亡보망한 소득은 보지 못하고, 經文경문을 파괴한 죄만을 얻기에 알맞다."[18]고 비판하였다.

栗谷율곡 李珥이이(1537~1584)는 「晦齋大學補遺後議회재대학보유후의」에서 "내 생각으로는, 회재가 慘禍참화를 목격했기에 이론을 지어 한 시대에 경종을 울려 만일을 구하고자 할 뿐이다. 그렇지 않다면 쓸데없는 지루한 말을 지어 先師선사(朱子)를 가벼이 여긴 것으로 마땅치 않다."[19]라고 하여, 주자가 지은 『대학장구』에 회재가 편차한 것을 부정적으로 보았다.

---

18) 李滉, 『退溪先生文集』卷11「書」「答李仲久 別紙」. "未見補傳之益, 適得破經之罪, 其可乎哉"
19) 李珥, 『栗谷全書』卷14「晦齋大學補遺後議」. "鄙意, 晦齋目睹慘禍 故作此論以警一時 欲求萬一耳. 不然則恐不當作支蔓之剩語 以輕先師也."

西厓서애 柳成龍류성룡(1542~1607)도 주자의 『대학장구』를 편차한 부분에 대해 "다만 학자는 마음을 가라앉혀 깊이 생각하고 체험하여 옛사람이 이미 이루어 놓은 길을 따라, 힘을 들여 實地 공부를 하는 데 있을 뿐이다. 그러나 이것은 先師의 학설에 대하여 가벼이 여기는 것은 옳지 않으며, 후학들은 고인이 만든 길을 따라 힘써 공부하는 것만이 있을 뿐이다."[20]라고 하여, 주자의 『대학장구』를 편차한 회재에 대한 비판은 율곡의 견해와 같은 입장을 취하였다. 회재 이후, 특히 퇴계가 주자 성리학을 체계화한 이후는 성리학이 불변의 진리로 화석화되는 경향을 보이고 있다는 것이 조선 중기 사회의 한 특징이다. 이와 같은 유자들의 평가가 그것을 단적으로 보여주고 있다.

회재의 『대학장구보유』를 지지한 후학들도 있었다. 蘇齋소재 盧守愼노수신(1515~1590)은 회재의 『대학장구보유』에 대해 "경전 연구는 한 사람이 다 할 수 있는 것은 아니며, 조금 다른 설을 제기하더라도 어찌 도를 해치겠는가?"[21]라고 하였으며, 龍洲용주 趙絅조경(1586~1669)도 "경전은 한 집의 책이 아니니, 그 설도 한 사람이 능히 다할 수 있는 바가 아니다. 말이 비록 주자와 다르더라도 도에 어긋나지 않으면 참으로 주자가 취할 바다."[22]라고 하여, 회재의 『대학장구보유』의 편차 개정과 주석을 지지하였다. 19세기 유자 鳳村봉촌 崔象龍최상용(1786~1849)도 "회재의 『補遺보유』의 뜻이 의리에 합당한 데서 나왔으니, 도리어 주자가 취할 바이다. 그러므로 주자와 다르다는 것에 대해 의심하

---

20) 柳成龍, 『西厓先生文集』 卷15 「雜著」 「大學章句補遺」. "惟在學者潛心體驗, 循古人已成之塗轍, 着力加實地工夫而已. 然此乃先儒已定之說, 後學未能窺闖其萬一, 豈敢輕議於其間哉."

21) 盧守愼, 『蘇齋先生文集』 卷7 「跋」 「晦齋先生大學補遺後跋」. "發明經籍, 非一家事, 還就少差, 何損於道."

22) 趙絅, 『龍洲先生文集』 卷12 「跋」 「書晦齋先生大學補遺後」. "經傳非一家之書, 則其說非一人之所能盡也. 語雖異於朱子, 然異於朱子而不乖乎道, 固朱子之所取也."

지 않는다."[23]라고 하여, 주자의 견해를 따르기보다는 의리에 합당한 회재의 주장을 따르는 편이 타당하다고 하였다. 이처럼 일부 先儒선유들의 비판은 회재와 학문적으로 관련을 맺은 후학들이 그를 대변하는 수준의 평가인 것이다. 만약 이와 같은 논의들이 활성화되어 조선 사회 유자들이 활발하게 진행하였다면, 조선 사회가 사상적으로 경직된 사회가 아니라 사유의 다양화가 넘치는 사회가 되었을 것이다. 사유의 다양화는 사회를 건강하게 만들 뿐만 아니라, 미래지향적인 사회로 나아갈 방향을 제시해 주기 때문에 바람직한 학문의 태도라 할 수 있다. 따라서 회재 시절의 사상의 다양성을 발전시킬 수 있는 기회를 후학들이 계승하지 못한 점은 아쉬움으로 남는다.

　이상 회재의 『대학장구보유』에 대한 후대의 평을 살펴본 결과, 조선 성리학이 체계화된 퇴계 이후 율곡과 서애 등 조선 성리학의 대표적인 유자들은 회재가 편차하여 재구성한 『대학장구보유』를 비난하는 경향이 우세하였다. 그러나 회재의 제자인 소재 노수신과 선조대부터 현종대까지 벼슬살이를 했던 조경은 소신이 분명한 남인으로, 주자학의 권위에 좌우되지 않고 스승의 주장과 학문적 진리를 통해 회재의 『대학장구보유』 편차를 지지하였다. 그리고 조선 후기 최상용은 주자의 절대적 권위보다는 학문의 진리 추구를 강조하여 회재를 지지하는 주장을 하였다. 그러나 이들의 주장은 조선 중기 이후 소수자의 목소리에 불과하였으며 주자 성리학의 대세 속에 큰 역할을 하지 못하였다. 그 결과 조선 사회는 주자 성리학의 일변도로 기울어지는 경직된 사회로 치닫게 되었던 것이다.

---

23) 崔象龍, 『鳳村集』 卷12 「附大學補遺辨疑」. "晦齋補遺之意, 旣出於合於義理, 反爲朱子所取. 故不嫌於異於朱子."

3. 시문학에 나타난 회재의 사상적 배경 고찰

회재의 시문학은 도학적(성리학) 경향의 시가 많이 전해지고 있다. 특히 회재 이언적이 망기당 조한보와의 '무극이태극' 논쟁에서 망기당이 쓴 '寂滅적멸'의 '滅'자와 '遊心유심'이라는 글자는 도교 및 불교와 관련이 있는 말이라고 비난하기까지 하였다. 이처럼 성리학적 사고에 입각하여 자신의 견해를 펼쳤던 회재였지만, 그의 시문학은 어떠했는지 살펴보자.

평생의 뜻 경전을 연구하는 데 있었고,	平生志業在窮經
구구하게 名利 구하지 않으리.	不是區區爲利名
명선 성신엔 孔孟을 배우기를 희망하고,	明善誠身希孔孟
치심 존도엔 程朱의 가르침을 사모했네.	治心存道慕朱程
벼슬하면 충의로써 세상을 구제하고,	達而濟世憑忠義
물러나면 산속으로 돌아가서 성령을 기르리라.	窮且還山養性靈
불쾌함이 쌓일 줄을 어찌 생각하리요,	豈料屈蟠多不快
한밤중에 일어나서 난간에 기대노라.	夜深推枕倚前楹[24]

위의 시는 회재 나이 24세(1514년, 중종 9년) 때, 별시에 급제하고 경주 양좌리로 돌아와 있을 때 지은 시이다. 회재가 첫 出仕출사하기 직전에 지은 시이기에, 그의 젊은 날의 포부와 삶의 자세가 구체적으로 표현되었다. 평생의 뜻은 경전을 연구하는 데 있으며, 명예와 이익을 구하는 데 있지 않다고 하였다. 그리고 평상시에는 孔孟과 程朱의

---

24) 李彦迪, 『晦齋先生集』 卷1 「古今詩」 「山堂病起(산당에서 병을 앓고 나서)」.

학문을 배우고, 출사했을 경우에는 충의로써 經世濟民경세제민하고 물러나면 자연에 돌아와 심성을 수련한다고 하였다. 이는 참된 儒者유자들이 지녔던 보편적인 사고이다.

'명선 성신'은 자기 수양을 바탕으로 해서 임금을 섬기고 국가를 위해 일하는 도리를 말한 것으로, 『孟子맹자』 「離婁이루」章(上)에 나온다. 맹자는 자신의 몸을 성실히 해야 어버이에게 사랑받을 수 있고, 어버이에게 사랑받아야 벗에게 신뢰받을 수 있으며, 벗에게 신뢰받아야 윗사람의 신임을 받을 수 있고, 윗사람의 신임을 받아야 백성을 다스릴 수 있다고 하면서 "몸을 성실히 하는 데 방도가 있으니, 선에 밝지 못하면 몸을 성실히 하지 못할 것이다."[25]라고 하였다. '치심 존도'는 송나라 때 성리학의 심성 수양으로 程朱의 가르침을 따르는 것이다. 그의 이와 같은 출처관은 일생 동안 크게 벗어나지 않았다. 그러나 맹목적인 주자 성리학의 신봉과는 차이가 있다.

땅이 다해 동쪽으로 푸른 바다와 맞닿으니,	地角東窮碧海頭,
천지 간의 어느 곳에 三神山이 있으려나.	乾坤何處有三丘.
비좁은 속세에 살고 싶은 생각 없어,	塵寰卑隘吾無意,
秋風에 노나라의 뗏목 타고 떠나고 싶네.	欲駕秋風泛魯桴.[26]

위의 시는 회재가 첫 벼슬인 경주 주학교관으로 있을 때인, 26세에 지은 작품이다. '소봉대'는 현재 포항 장기면 해안에 있는 작은 섬으로, 과거에는 봉수대가 있었다고 한다. 아마도 회재가 이곳에 와서

---

25) 『孟子』 「離婁」章(上). "誠身有道, 不明乎善, 不誠其身矣."
26) 李彦迪, 『晦齋先生集』 卷1 「古今詩」 「小峯臺」.

동쪽으로 펼쳐진 바다를 보고, 저 바다 너머 신선이 산다는 삼신산이 있다고 가정한 것 같다. 만약 있다면 이 비좁은 인간 세상을 마치 孔子가 뗏목을 타고 노나라를 떠나고 싶다고 한 것처럼, 회재도 신선의 세계로 떠나고 싶은 것이다. 儒者인 회재의 사고에도 신선은 동경의 대상이었다. "노나라의 뗏목 타고 떠나고파"의 '노나라의 뗏목'은 孔子를 가리킨다. 『論語』「公冶長공야장」 '浮海부해'章에 "도가 행해지지 않는지라, 뗏목을 타고서 바다에 떠 갈 것이니"[27]라고 한 말씀을 用事용사한 것이다. 공자의 이와 같은 말씀은 道가 행해지거나 道를 행할 수 있는 세상을 찾아서, 어디든지 가고 싶다는 뜻의 탄식이다. 그러나 회재는 동경의 대상을 찾아 떠나고 싶은 것이다.

회재가 27세 때, 지은 시를 보자.

사물에 의탁함이 나의 마음 기르는 것,	寓物無非養我心,
허황된 말 가지고 高遠함을 좇지 마라.	休將幻語鶩高深.
고요한 가운데서 생동함을 보려거든,	欲觀靜裏能生動,
달 뜬 빈산에서 거문고를 퉁길지니.	月滿空山浪撫琴[28]

위의 시 제목이 「戲次容叟韻희차용수운」이다. 여기에 나오는 容叟용수는 曹弘度조홍도의 호이다. 조홍도의 부친이 忘機堂망기당 曹漢輔조한보로, 회재의 외숙인 孫叔暾손숙돈과 '無極太極무극태극'논변을 펼쳤던 인물이다. 회재는 망기당과 외숙의 견해를 모두 비판하는 글 「書忘齋忘機堂無極太極說後서망재망기당무극태극설후」를 지은 바 있다.[29] 그런데 이 시를 지은 해

---

27) 『論語』「公冶長」 '浮海'章. "道不行, 乘桴 浮于海."
28) 李彦迪, 『晦齋先生集』卷1 「古今詩」 「戲次容叟韻(장난 삼아 용수의 운에 차운하다)」.
29) 李彦迪, 『晦齋先生集』卷五 「雜著」.

가 바로 회재가 「서망재망기당무극태극설후」를 지었던 1517(중종 12)년이다. 이 시에서 언급한 내용은 당시에 주장하던 '태극설의 논변'과 관련이 있는 듯하다. 그 논변에서 회재가 망기당의 논리가 지나치게 고원하며, 寂滅적멸을 추구하여 儒家유가의 설과 상반된다는 견해를 보였다. 허황된 말 가지고 고원함을 좇지 말라고 한 것은, 아마도 노장이나 불교의 적멸사상으로 초월적인 존재를 두고 한 말인 것 같다. 이는 조홍도가 자기 시에서 아버지 조한보의 태극 논변과 관련된 언급을 하자, 회재가 그 논리의 잘못된 점을 비판하고, 태극에 대한 자신의 견해를 보였던 것 같다. 태극은 초월적인 존재가 아니라 만물 속에 들어 있는 구체적인 존재라는 것이다. 따라서 고요한 가운데에 생동감이 있기 때문에 달 가득한 빈산에 거문고를 퉁겨보라고 한 것이다. 사물의 본체인 달을 보고 거문고 소리를 듣다가 모든 것이 마음 기르는 데 있다는 것을 깨닫게 된다는 것이다.

망기당이 회재에게 보내온 시를 살펴보자.

혼연한 하나의 이치가,	渾然一理,
밝고 묘하네.	卽明而妙.
비어서 허된 맺힘이,	廓而虛凝,
원만히 적광을 비추도다.	圓滿寂照.[30]

제목이 「무극송」이다. 이는 초월적인 무극에 초점이 맞춰져 있다. 망기당은 어딘가 초월적인 존재가 있다고 본 것이다. '비어서 허된 맺힘'이 노장의 허무나 불교의 적멸을 연상시키고 있기 때문이다. 망

---

30) 鄭逑 撰, 『太極問辨』後集 「無極頌」.

기당은 '태극의 본체를 본래 적멸'이라고 하여,31) 불교에서 진리를 표현할 때 사용하는 용어로 초월성을 강조하였다. 그래서 여기서도 '寂'은 불교에서 말하는 寂光의 의미로 사용된 듯하다.

그러나 회재는 지극한 無무 가운데 지극한 有유가 있기에 무극이면서 태극이라고 반박하였다. 이와 같은 견해를 회재는 「戱次容叟韻희차용수운」 시에서 망기당의 아들인 용수 조홍도에게 구체적인 모습을 느껴보라고 말해 준 것이다. 마치 사람들의 도덕성이 보편적이면서 추상적인 것 같지만 그 도덕성은 각자 사람들의 행동 하나하나를 떠나서 있는 것이 아니라는 것이다. 이는 한 사람의 구체적인 행동에 의해서 그 사람됨이 드러나듯이, 아버지답고 어머니답고 아들다운 모습에서 그 사람의 구체적인 도덕성이 드러난다는 것이다. 이렇듯 망기당과 회재, 용수와 회재가 사상적 논쟁을 펼쳤듯이 회재 시대만 해도 사상의 차이를 논할 수 있는 시기였다.

27세 되는 해(1517년)에 지은 「孤松고송」에는 "나무들 울창하게 숲 이뤘는데, 외솔이 홀로 서서 자태 뽐내네. 연기와 노을 속에 줄기 숨기고, 이슬과 비를 먹고 가지 자라네. 천 척의 줄기 응당 심지가 곧고, 깊은 땅 속 뿌리 쭉쭉 뻗었으리라. 동량의 재목 비록 기다리지만, 어찌 차마 도끼질을 할 수 있으랴. 차라리 바위 옆에 선 채로 늙어, 세모의 푸른 기상 머금으리라."32)고 하여, 『莊子장자』「山木산목」篇 '材與不材재여부재'와 「人間世인간세」篇의 '匠石장석' 이야기를 연상하지만, 사실은 결론 부분에서 『論語』「子罕자한」篇 '歲寒세한'章 구절을 인용하여,33) 외로운

---

31) 李彦迪, 『晦齋先生集』卷五「雜著」「書忘齋忘機堂無極太極說後」. "其曰, 太虛之體, 本來寂滅."
32) 李彦迪, 『晦齋先生集』卷1「古今詩」「孤松」. "群木鬱相遮, 孤松挺自誇. 煙霞祕幹質, 雨露長枝柯. 千尺心應直, 九泉根不斜. 棟樑雖有待, 斤斧奈相加. 不似巖邊老, 含姿歲暮多."
33) 『論語』「子罕」篇 '歲寒'章. "歲寒然後, 知松柏之後彫也."

소나무의 굳은 절개를 상징하였다. 『장자』와 『논어』의 내용을 用事용사
하였지만, 시의 구성은 자연스러울 뿐만 아니라 내용도 알차게 되었
다. 두 번의 사화를 겪은 회재는 『장자』의 '無用무용의 用' 곧 세상을
살아 나가는 데는 자기의 재능이나 존재를 숨겨야 천수를 누릴 수
있다는 것을 알지만, 그래도 『논어』의 내용처럼, 절개는 굳게 지키면
서 살아갈 것을 다짐하였다.

그 다음 해인 1518년(28세)에 지은 「수회촌」에는 "수회촌 바위 위에
몇 그루의 소나무가, 맑은 그늘 드리우고 나그네를 기다리니. 나 저곳
에 올라가서 신선이 된 것처럼, 거만하게 그 아래로 세상길을 보고
싶네. 안타깝게 뜻 있어도 실현할 수 없으니, 마음은 하늘 날고 몸은
땅에 있구나."34)라고 하여, 바위 위의 소나무에 올라가 신선이 되고
싶지만, 도저히 실현이 불가능한 상태임을 알고 마음만 하늘로 올라
간다고 하였다. 그리고 이 해에 망기당과 「무극태극론」으로 4번의
편지를 주고받았다.

다음 시는 신선의 기분을 느끼고 싶어 하는 회재의 모습을 볼 수
있는 시이다.

말을 내려 시냇가에 앉았다가,	下馬坐溪邊,
옷을 걷고 맑은 여울로 들어간다.	褰衣步清灘.
여울 얕아 작은 돌이 드러나 있고,	灘淺小石露,
물소리는 패옥 부딪히는 소리 낸다.	激激鳴佩環.
수면에 불어오는 맑은 바람에,	清飆來水面,

---

34) 李彦迪, 『晦齋先生集』卷1「古今詩」「水回村」. "水回巖上數株松, 爲布清陰候客到. 我欲上遊發
仙輿, 傲看其下人間路. 吁嗟有志不能酬, 心在清空身下土."

정신과 온몸이 다 상쾌해지니.	灑然神骨寒.
날개 돋은 신선처럼 훨훨 날아서,	飄飄若羽化,
드넓은 하늘 두루 보고 싶다.	俯仰雲天寬.
한없는 신선 흥취 거둘 수 없어,	仙興浩難收,
돌에 앉아 나지막이 읊조린다.	沈吟坐石端.
발을 씻어 스스로 깨끗이 하니,	濯足聊自潔,
초연히 인간 세상 떠나고 싶네.	超然謝塵寰.
지극한 흥취에 홀로 취하여,	至趣獨自知,
해 지도록 돌아가길 잊고 있네.	日斜猶忘還.35)

위의 시는, 32살 때 작품이다. 말에게 물을 먹이기 위해 잠시 쉬어간 시냇가에서 맑은 물소리와 바람소리로 인해 신선이 된 듯한 기분을 느끼고 있다. 소동파의 「赤壁賦적벽부」에 나오는 羽化登仙우화등선과 굴원의 「漁父辭어보사」에 나오는 '창랑가'를 點化점화하여 인간세상을 벗어나고 싶은 심정을 노래하였다.

멀리서 산중턱의 백률사를 바라보니,	蘭若遙看住翠微,
푸른 솔과 긴 대나무 빙 둘러 무성하다.	碧松脩竹轉依依.
인간 세상에 매여 벗어나기 어려운 몸,	人間有累難超脫,
연래로 신선 세상 오래 구경 못했도다.	仙賞年來志久違.36)

위의 시는 회재 37세 때 작품으로, 1527(중종 22)년 1월 사직하고

---

35) 李彦迪, 『晦齋先生集』卷1「古今詩」「溪邊秣馬 卽事(시냇가에서 말에게 먹이를 먹이고 즉흥적으로 읊다)」.

36) 李彦迪, 『晦齋先生集』卷1「古今詩」「望柏栗寺有懷(백률사를 바라보며 감회가 있어)」.

귀향한 뒤 7월 시강원 문학에 제수되어 상경하면서 지은 시이다. 고향을 떠나면서 경주부 북쪽 金剛山금강산에 위치한 백률사를 바라보면서 인간 세상을 떠날 수 없음을 신선사상에 기대어 노래하였다. 백률사 주변의 경치를 바라보니 마치 신선이 사는 세상 같다. 그 선경은 해마다 펼쳐지지만 현실에 얽매여 구경하기가 쉽지 않다. 이는 회재가 출사의 뜻을 나타낸 것으로, 『논어』에서 공자가 "뜻을 써 주면 행하고, 버려지면 몸을 감추어 숨는다."[37]라고 한 것처럼, 조정에서 불러주었기 때문에 인간 세상을 버리고 자연에 은둔할 수 없다는 것이다.

회재는 41세에 낙향한 후 옥산에 은거하였다. 이유는 회재가 司諫사간으로 있으면서 金安老김안로(1481~1537)의 등용을 반대하다가 성균관 사예로 좌천되고 다시 탄핵을 받아 파직되었기 때문이다. 그래서 김안로가 伏誅복주되는 1537년까지 고향 경주 옥산에 머물 수밖에 없었다. 이때 지은 시는 『晦齋先生集회재선생집』卷2에 64제 102수가 전해지고 있다. 그런데 이 시기에 신선사상이 드러난 시는 「山堂聞琴산당문금」한 작품뿐이다.

고요한 밤 난간에서 생각이 호연한데,	夜靜憑闌思浩然,
당상의 아양곡이 산속에 퍼져 가네.	峨洋堂上動林泉.
곤붕이 삼천리에 거친 파도 일으키고,	鯤鵬擊海三千里,
봉황이 기산에서 오백 년을 울고 있네.	鸑鳳鳴岐五百年.
집 안으로 맑은 바람 대숲에서 불어오고,	入院清飆來翠竹,
온 산에는 달빛 아래 두견이 울음소리.	滿山涼月帶啼鵑.
봄 서리에 세상 생각 모조리 다 사라지니,	春霜世慮都消遣,

---

37) 『論語』「術而」篇 '用行'章. "用之則行, 舍之則藏."

가슴 속에 본체가 온전함을 깨닫네.　　　　斗覺胸襟本體全.[38]

　회재는 심성 수련 아니면 충효와 관련된 유가적인 시를 많이 지었다. 위의 시도 『莊子장자』의 내용을 소재로 활용하였지만, 결론은 심성 수련이다. "곤붕이 삼천리에 거친 파도 일으키고"는 『莊子』 '內篇내편' 「逍遙遊소요유」에 "붕새가 남쪽 바다로 옮겨갈 때에는 물결치는 것이 삼천리고, 회오리바람을 타고 구만리나 올라가 육 개월을 가서야 쉰다."[39]라고 한 데서 나온 것으로, 거문고 곡조의 호방함을 비유한 것이다. 그리고 "봉황이 기산에서 오백 년을 울고 있네."는 『詩經시경』 卷十七 「卷阿권아」의 "봉황이 우니, 저 높은 언덕이로다. 오동나무가 자라니, 저 아침 해가 뜨는 동산이로다. 오동나무가 무성하니, 봉황의 울음소리 和화하도다."[40]의 내용으로, 역시 거문고 곡조의 화락함을 비유한 구절이다. 서리가 내린 봄밤에 거문고 한 곡조를 켜니 세상의 근심 걱정이 다 사라지고 마음속에는 심성 수양의 본체만 남았다. 『장자』와 『시경』의 구절을 인용하였지만 결론은 성리학의 본체인 심성 수양이다.

　대체로 젊은 시절 회재의 시는 자유롭게 소재를 가져다 쓴 것으로 드러나고 있다. 그러나 김안로의 등용을 반대하다가 오히려 실각한 회재는 고향에서 약 7년간 은거하였는데, 그때 지은 시에는 장자 계통과 신선사상이 거의 드러나지 않다가 오히려 벼슬살이하는 과정에서는 장자계통의 시어와 신선사상이 드러났다. 이는 역설적으로 출사하

---

38) 李彦迪, 『晦齋先生集』 卷2 「律詩, 絶句」 「山堂聞琴(산속 집에서 거문고 소리를 듣다)」.
39) 『莊子』 '內篇' 「逍遙遊」. "鵬之徒於南冥也, 水擊三千里, 搏扶搖而上者九萬里, 去以六月息者也."
40) 『詩經』 卷十七 「卷阿」. "鳳凰鳴矣, 于彼高岡. 梧桐生矣, 于彼朝陽. 菶菶萋萋, 雝雝喈喈."

여 정사에 몰두할 때는 신선사상이나 도가적인 내용의 시를 창작하였지만, 낙향하여 정치적으로 불우한 시기에 있을 때는 오히려 유가적인 시를 즐겨 지었다는 것이다.

회재가 김안로 파의 탄핵으로 낙향한 후 2년째 되던 해(1532년, 42세) 조정에서 관원들을 도학으로 뽑지 않고 기예로 선발한다는 소식을 전해 듣고 쓴 시가 있다.

「우연히 읊다.」 조정에서 경술·사장·이문·한어·의술·지리·음률·사자寫字의 여덟 가지 術業술업으로써 조정 신하를 뽑아 녹용한다는 말을 들었다. (「偶吟」 聞朝廷以術業八事, 選錄朝臣, 曰經術, 詞章, 吏文, 漢語, 醫術, 地理, 音律, 寫字.)

고생스레 학문하여 머리가 다 세려 하나,	種學辛勤鬢欲華,
평생의 사업 마침내 무얼 이뤄 놓았던가?	生平事業竟如何.
십 년간 明誠에 힘을 기울였음에도,	十年用力明誠地,
부끄럽게 八科에 이름 들지 못했네.	却愧無名預八科.[41]

회재가 조정에서 8가지 술업으로 관리를 뽑는다는 말을 듣고 쓴 시이다. 道學도학을 통해 자기 수양과 治道치도를 이루려는 儒者유자들을 두고, 여덟 가지 기예로 관리를 뽑는다는 소식에 우울한 마음을 표현한 것이다. 10년 동안 修己治人수기치인을 위해 '明誠명성'에 힘 기울었지만, 이제는 잡과에 밀려 아무짝에도 소용이 없음에 자조하고 있다. '明誠'은, 자기 수양을 바탕으로 임금을 섬기고 나라에 충성하는 도리

---

41) 李彦迪, 『晦齋先生集』 卷2 「律詩, 絶句」 「偶吟」.

를 이르는 말이다. 『孟子맹자』「離婁이루」章(上) 맹자 말씀에 "아래 지위에 있으면서 윗사람에게 (신임을) 얻지 못하면 백성을 다스리지 못할 것이다. 윗사람에게 신임을 얻으려면 방도가 있으니, 벗에게 믿음을 받지 못하면 윗사람에게 (신임을) 얻지 못할 것이다. 벗에게 믿음을 받는 데 방도가 있으니, 어버이를 섬겨 사랑받지 못하면 벗에게 믿음을 받지 못할 것이다. 어버이에게 사랑받는 데 방도가 있으니, 자신의 몸을 돌이켜 보아 성실하지 못하면 어버이에게 사랑받지 못할 것이다. 몸을 성실히 하는 데 방도가 있으니, 善선에 밝지 못하면 그 몸을 성실히 하지 못할 것이다."42)라고 한 것을, 인용한 것이다. 회재가 10년 동안 명성에 힘을 기울었다는 것이다. 주석에서 游氏유씨가 "그 뜻을 성실히 하려고 할진댄 먼저 그 지식을 지극히 하여야 하니, 善을 밝게 알지 못하면 그 몸을 성실히 하지 못할 것이다. 학문이 몸을 성실히 함에 이르면 어디를 간들 그 지극함을 이루지 못하겠는가? 안으로는 어버이에게 순하고, 밖으로는 벗에게 믿음을 받고, 위로는 군주에게 신임을 얻고, 아래로는 백성들에게 민심을 얻을 것이다."43)라고 밝힌 것처럼, 회재는 10년 동안 "明誠"을 쌓아온 것이다. 김안로 파에 의해 탄핵을 받아 낙향한 채 재기를 꿈꾸고 있었는데, 조정에서는 팔과로 인재를 등용한다고 하니, 회재의 좌절감은 클 수밖에 없다. 팔과는, 시의 제목에서 밝힌 것처럼 여덟 가지 술업이다. 낙향하여 오로지 도학에 힘을 쏟았지만, 조정에서는 팔과로 관료를 뽑는다고 하니, 이제까지의 수련 공부가 물거품이 되는 것처럼 느껴지고 있다.

---

42) 『孟子』「離婁」章(上). "居下位而不獲於上, 民不可得而治也. 獲於上有道, 不信於友, 弗獲於上矣. 信於友有道, 事親弗悅, 弗信於友矣. 悅親有道, 反身不誠, 不悅於親矣. 誠身有道, 不明乎善, 不誠其身矣."

43) 『孟子』「離婁」章(上) 註釋, 游氏曰. "欲誠其意, 先致其知, 不明乎善, 不誠乎身矣. 學至於誠身, 則安往而不致其極哉. 以內則順乎親, 以外則信乎友, 以上則可以得君, 以下則可以得民矣."

이처럼 회재는 어려운 시기일수록 도학에 힘을 기우렸다.

회재가 47세 되던 해, 11월에 김안로가 죽자 다시 출사를 하게 되었다. 출사 다음 해에 어머니 봉양을 위해 전주부윤을 청했는데, 부임지로 가는 도중에 쓴 시에 "여울에서 배는 급히 내달리지만, 사람은 한가하고 산 절로 가네. 표표히 날개 돋은 신선이 된 듯, 아득히 먼 三神山삼신산에 오른 듯하네. 환이의 젓대 부는 사람 누군가? 자진의 생황 소리 듣는 듯하네."44)라고 하여, 마치 신선이 된 느낌을 받으며 부임지로 가는 발걸음이 상쾌하다. 이처럼 회재는 상황에 따라 시의 소재를 다양하게 활용했음을 위의 시에서도 확인할 수 있다. "자진의 생황"의 '자진'은 周주 靈王영왕의 태자 晉진으로 王子晉왕자진이다. 태자 진이 伊洛이락 지역에서 생황을 불어 봉황의 울음소리를 내며 노닐다가 뒤에 신선이 되어 白鶴백학을 타고 승천했다는 고사이다. 회재도 왕자진처럼, 신선이 되어 승천하는 기분을 느끼고 싶은 것이다.

南恩曒남은경은 「회재의 산수시에 나타난 朱子주자와 莊子장자의 이중적 영향」의 논문에서 「林居十五詠임거십오영」 중 「無爲무위」45)는 장자의 내용과 통하는 면이 있다고 하여, 장자의 영향이라고 하였다.46) 그러나 회재의 시에 나오는 대부분의 '無爲'는 대체로 『中庸중용』에서 온 것이다.47) 이는 "이와 같은 것은 땅의 도가 드러내지 않아도 뚜렷이 보이

---

44) 李彦迪, 『晦齋先生集』 卷3 「律詩, 絶句」 「舟中卽事」. "灘咽舟偏駃, 人閑山自行. 飄飄如羽化, 渺渺訝登瀛. 誰弄桓伊笛, 如聞子晉笙."

45) 李彦迪, 『晦齋先生集』 卷2 「律詩, 絶句」 「無爲」. "萬物變遷無定態, 一身閑適自隨時. 年來漸省經營力, 長對靑山不賦詩(만물은 변천하여 일정한 자태 없고, 한 몸은 한적하게 절로 때를 따르네. 해마다 경영하는 힘이 점점 줄어서, 청산만 마주하고 시도 짓지 않는다오)."

46) 南恩曒, 「晦齋의 山水詩에 나타난 朱子와 莊子의 이중적 영향」, 『연구논집』, 이화여자대학교 대학원, 1988, 20쪽.

47) 장도규, 「이언적 시문학의 도학적 특징」, 『國際言語文學』 15, 國際言語文學會, 2007, 197쪽. "'無爲'는 도가의 무위사상을 말하는 것이 아니라 『중용』에서 유래된 유가적 개념이다."

며 하늘의 도는 높고도 밝아서 高動고동(시키고 알리는 것)하지 않아도 변화시키는 것이며, 끝없이 유구한 것은 조작적인 행위가 없어도 이루어진다."[48]라고 한 『中庸』 구절의 '無爲무위'의 의미인 것이다. 땅의 道는 넓고 두터워서 만물을 잘 자라게 해 주고 하늘의 道도 남에게 시키기나 알리지 않아도 높고 밝은 지혜를 주는 것처럼, 욕심으로 인한 조작적인 행위를 하지 않아도 땅의 도와 하늘의 도처럼 뚜렷이 드러내거나 변화시킴을 이르는 말이다. 그래서 도가의 無爲처럼 가만히 놓아두는 것과는 차이가 있다. 『중용』 구절의 '무위'는 내 욕심으로 인한 조작적인 행위를 한다는 의미가 포함되기 때문이다. 堯舜요순시대의 정치의 골격도 회재가 말하는 '無爲'로 무엇인가 의도하지 않아도 모든 일들이 순리대로 돌아갔다는 '無爲之治무위지치'였다. 그리고 『晦齋先生集考異회재선생집고이』篇의 「考異고이」에서는 "어떤 본에는 '樂時(낙시, 때를 즐기다)'로 되어 있다."라고 하였다. 그래서 장자의 의미와는 거리가 있다. 따라서 회재의 「무위」 시는, '만물은 변하고 이 한 몸 한가하니 저절로 자연의 순환 질서에 순응하게 되었고, 인위적인 욕망과 미련은 점점 줄어들어 그래서 청산만 마주하고 시는 짓지 않는다.'라고 한 것이다. 오히려 시를 짓게 되면 고요한 마음을 즐길 수 없기 때문이다. 이는 인욕의 私를 물리치고, 천리를 보전하는 성리학적 수양의 높은 단계[49]에 이르렀음을 암시하는 것이다.

또한 南恩曝남은경은 회재 52세 때 지은 「등수회촌송암」도 장자의 영향[50]으로 보았다. 그런데 그 장자의 영향으로 본 "境外逍遙聊竟夕경외소요료경석, 箇中收拾富於周개중수습부어주."[51]를 보면, 그는 "境外경외에 소요하며

---

48) 『中庸』. "如此者, 不見而章, 不動而變, 無爲而成."
49) 송재소, 「회재 이언적의 시」, 『시와 시학』 58, 시와시학사, 2005, 184~185쪽 참조.
50) 南恩曝, 앞의 책, 21쪽.

저녁 내내 즐기니, 이 중에 얻은 것은 莊周장주보다 더 하리라."로 번역하였다.[52] 그런데 이와 같은 번역은 잘못된 것이다. 다시 번역해 보자면, "저녁이 다 되도록 경외에서 소요하니, 그 속에서 얻은 시가 周公주공보다 부유하네."이다. 이는 수회촌에서 종일 노닐며 많은 시를 지었다는 뜻이다. 『論語』「先進선진」篇 '吾徒오도'章에 "계씨가 周公보다 부자였거늘, 염구가 그런 계씨를 위하여 재물을 모으고 세금을 거두어 덧보태서 이롭게 해 주었다."[53]라고 한 것을 用事용사한 것이다. 그것도 뜻을 반대로 인용한 飜案法번안법이다. 『논어』에서는 유학의 도를 밝혀 세상을 바로잡고자 하는 진정한 유자의 자세가 아니라는 좋지 않은 뜻으로 쓰였지만, 회재는 수회촌에서 저녁이 다 되도록 거닐면서 많은 시를 지음에 만족함을 드러내었다. 이렇듯 用事된 것을 모르면, 시의 본뜻과 어긋날 수도 있다. "周"는 '莊周'가 아니라 '周公'이기 때문이다.

바닷가에 신선들이 산다는 말 들은지라,	聞道群仙海上居,
관어대에 기대어서 안타깝게 바라보네.	含情悵望倚觀魚.
아득한 삼신산은 연무로 어둑하고,	三洲縹緲迷煙霧,
끝이 없는 바다는 하늘과 닿았어라.	萬頃蒼茫蘸碧虛.
한가롭게 황학 타고 노닐어 보려다가,	擬遊汗漫乘黃鶴,
가파른 고개 향해 지친 나귀 재촉하니.	轉向巉巖策困驢.
하늘 동쪽 돌아보니 생각이 한량없어,	回首天東無盡意,
석양에 말 멈추고 다시 서성거리네.	斜陽駐馬更班如.[54]

51) 李彦迪, 『晦齋先生集』 卷3 「律詩, 絶句」 「登水回村松巖(수회촌 솔바위에 올라서)」.

52) 張都圭, 『晦齋 李彦迪 文學硏究』, 國學資料院, 1999, 151쪽. 장도규도 '莊周'로 번역하였음.

53) 『論語』「先進」篇 '吾徒'章. "季氏 富於周公, 而求也 爲之聚斂而附益之."

위의 시는 회재가 경상도 관찰사로 나가 있던 1544년 그의 나이 54세 때 지은 시이다. 많은 소재의 활용은 아니지만 여전히 신선사상은 그의 시에 등장하고 있다. 그런데 남은경은 「次都事泣嶺韻차도사읍령운」과 그 무렵에 지은 「白場寺백장사, 吟得二律음득이률, 錄呈眉叟求和록정미수구화, 與宋眉叟約會此寺여송미수약회차사」 등을 예로 들면서 회재가 54세 당시에는 道家的도가적 사상에 심취했다[55]고 하였다. 그런데 그가 도가사상에 심취했다고 제시한 근거는 眉叟미수 宋麟壽송인수가 화운한 시 「敬次惠韻경차혜운」의 "江湖未散憂天下강호미산우천하, 前席何須說鬼神전석하수설귀신."이다. 곧 "강호엔 어찌 흩어지지 않고 천하를 근심하는데, 지난 번 자리에선 어찌 귀신을 이야기 하십니까?"라고 번역하여, 성리학을 떠나 귀신 이야기를 하여 미수 송인수가 강한 반발을 하였다[56]고 하였다. 그러면서 "大道欲聞嗟我晚대도욕문차아만, 斯文未喪要公傳사문미상요공전. 靜觀只有鳶魚樂정관지유연어낙, 達識何論木雁全달식하론목안전." 곧 "큰 도를 듣고자 하나 안타깝게도 나는 늦었으니, 유교의 이치가 아직 잃어지지 않으매 公공이 전하시길 빕니다. 고요히 바라보매 단지 鳶魚연어의 樂낙이 있지, 뛰어난 식견으로 어찌 木雁목안의 보전함을 말씀하십니까?"라고 번역하면서, 회재는 "유교적인 처세관보다는 장자적 처세관이 그의 번뇌를 씻어줄 수 있으리라고 생각된다."[57]고 하였다.

위의 인용 구절을 다시 살펴보자면, "강호에 있더라도 천하 근심 못 떨치니, 前席에서 무엇 하러 귀신을 말할쏜가?(江湖未散憂天下강호미산

---

54) 李彦迪, 『晦齋先生集』 卷3 「律詩, 絶句」 「次都事泣嶺韻(도사[이천계, 李天啓]의 읍령 시에 차운하다)」.

55) 南恩暻, 앞의 논문, 17쪽.

56) 위의 논문, 18쪽.

57) 위의 논문, 18~19쪽.

우천하, 前席何須說鬼神전석하수설귀신)"로 번역된다. 여기서의 "강호에 있더라도 천하 근심 못 떨치니"는, 북송 때 재상 范仲淹범중엄이 지은 「岳陽樓記악양루기」에 "조정의 높은 직위에 있으면 그 백성을 걱정하고, 물러나서 멀리 강호에 있으면 그 임금을 걱정한다. 그러니 조정에 나아가도 걱정하고 물러나서도 걱정이니, 어느 때에나 즐거워할 것인가? 반드시 말하기를, 천하 사람들이 걱정하기에 앞서 걱정하고, 천하 사람들이 즐거워한 뒤에 즐거워할 것이다."58)라고 한 데서 온 말로, 지금 외직으로 나와 있지만 국가에 대한 근심을 떨칠 수 없다는 의미이다. 또한 "前席에서 무엇 하러 귀신을 말할쏜가?"의 '前席전석'은 자리를 당겨 앉은 것으로 왕과 한자리에 앉아 진지한 대담을 나누다는 것이다. 漢한나라 賈誼가의가 좌천되어 長沙王장사왕의 太傅태부로 있다가 1년 남짓 만에 召命소명을 받고 조정으로 돌아왔는데, 文帝문제가 宣室선실에 있다가 그에게 귀신의 本源본원에 대해 물었다. 이에 가의가 귀신의 유래와 변화 등을 자세히 설명하느라 밤이 깊었는데도, 文帝가 그 이야기에 빠져서 자기도 모르게 자리를 앞으로 당겨 가의에게 가까이 다가갔던 고사의 내용59)을 인용한 것이다. 여기서는 조정으로 돌아가 왕을 알현하게 된다면 허황된 귀신 따위의 이야기가 아니라 국정과 민생에 관해서 아뢸 것이라는 뜻으로 한 말이다. 그러므로 장자의 이야기와는 거리가 멀다.

미수가 두 번째 차운한 詩도 다시 살펴보자면, "대도 듣길 원하지만 나는 이미 늙었는데, 사문 아직 건재하니 공이 전해 주시리라. 고요히 관찰하며 연어만을 즐기시니, 통달한 식견 어찌 목안 따윌 논하

---

58) 范仲淹, 「岳陽樓記」. "居廟堂之高則憂其民, 處江湖之遠則憂其君, 是進亦憂, 退亦憂. 然則何時而樂耶. 其必曰, 先天下之憂而憂, 後天下之樂而樂歟."
59) 『史記』 卷84 「賈生列傳」.

리오(大道欲聞嗟我晚대도욕문차아만, 斯文未喪要公傳사문미상요공전. 靜觀只有鳶魚樂정
관지유연어낙, 達識何論木雁全달식하론목안전).”라고 번역된다. 미수가 큰 도를 듣
길 원하지만 이미 늙었다는 것이다. 그래서 조선 유학의 전통을 회재
가 이어갈 것이라는 것이다. 고요한 천지자연의 이치를 관찰하여 鳶
飛魚躍연비어약의 의미인 천지자연에 道가 행해지지 않는 곳이 없으며,
회재의 통달한 식견은 작은 재주가 있고 없는 것으로써 논할 바는
아니라고 하여, 회재의 식견이 큼을 극찬한 것이다. 여기서의 ‘木雁’
은 세속적인 재능의 의미로 사용되었다. 『장자』의 「산목」의 이야기
를 인용하였지만, 장자적 처세관으로 번뇌를 씻어 줄 정도의 의미는
아닌 것이다.

게을러서 은거 생활 맞는 줄을 잘 알기에,	自知疏懶合幽棲,
본래부터 사랑한 옥산서원 계곡에 집 지었네.	卜築由來愛紫溪.
진작 잊은 걸 깨닫고 활을 버렸으나,	捐彈始悟忘眞鵲,
처세에는 수서를 비추는 게 혐의쩍네.	處世猶嫌照水犀.
부럽게도 공은 일찍 경치 좋은 곳 차지해,	多公早占溪山勝
늙기 전에 맑은 조정 벼슬 그만두었지요.	投紱淸朝未白頭
나는 평생 일과 마음 어긋남을 탄식하니,	自嘆平生心事謬
성품 함양 세상 경영 둘 다 못해 부끄럽소.	養眞經世兩堪羞60)

위의 시는 『장자』의 내용을 소재로 활용하였다. “진작 잊은 걸 깨닫
고 활을 버렸으나”는 『莊子장자』 外篇외편 「山木산목」편을 인용한 것이다.

---

60) 李彦迪, 『晦齋先生集』 卷3 「律詩, 絶句」 「奉次惠韻(주신 시에 삼가 차운하다)」.

"장주가 雕陵조릉이라는 곳의 울타리 안에서 놀다가 이상한 까치가 남쪽으로부터 날아오는 것을 보았다. 날개의 넓이가 칠 척이나 되고 눈동자의 크기도 한 치는 되었다. 그런데 장자의 이마를 스치고 날아가 밤나무 숲에 가 앉았다. 장주가 마음속으로 '이것은 어떤 새인가? 그렇게 큰 날개를 가지고도 높이 날지 못하고 그렇게 큰 눈을 가지고도 사람을 보지 못하네.'라고 하고서, 바지를 걷어 올리고 재빨리 걸어가 화살을 잡아 끼우고 있었다. 그때 살펴보니 한 마리 매미가 기분도 좋게 나무 그늘에 앉아 자신도 잊어버리고 신나게 놀고 있었다. 그리고 그 곁에는 한 마리 사마귀가 나뭇잎에 숨어 그 매미를 노리고 있는데 자신마저 잊고 있었다. 그 곁에는 그 이상한 까치가 기회를 타서 이 사마귀를 잡으려고 눈독을 들이느라고 자신도 잊고 있으면서 장자에게 잡히는 것도 모르고 있었다. 장자는 이를 보고 놀라, '아, 만물은 해치고 이해는 서로 얽혀 있구나.' 하고서 활을 버리고 돌아왔다. 그러자 밤나무 숲을 지키는 사람은 장주가 밤을 따는 도둑인 줄 알고 뒤를 쫓아오면서 욕을 하였다. 장주가 집으로 돌아오자 3개월 동안 불쾌한 모습이었다. 그래서 제자인 인차가 묻기를, '선생님께서는 요사이 어째서 불쾌한 모습을 하십니까?' 하자, 장주는 '나는 외물에 마음을 빼앗겨 내 자신을 잊고 있었다. 흐린 물을 보다가 맑은 연못을 잊고 있는 격이었다. 내가 또한 선생님(노자)에게 들으니, '그 풍속으로 들어가서는 그 풍속을 따르라'고 하였는데, 지금 내가 조릉에서 놀다가 내 자신을 잊고, 그 이상한 까치는 내 이마를 스치고 가서 밤나무 숲에서 놀다가 그 정신을 잊어버렸고, 밤나무 숲을 지키는 사람은 나를 밤 따는 도둑으로 여기어 나는 치욕을 당했다. 그래서 나는 불쾌한 상태이다'라고 대답하였다."61) 이는 목전의 이익은 자신을 잊게 하여 큰일을 그르칠 수 있다는 이야기이다. "진작"은 진정한 자신의 모습, 곧 '참된 자아'이다. 장자가 까치를 잡으려다가 자신이 형체에 정신을 빼앗겨 자신의 본모습을 잊고 있었음을 깨닫고 활을 내려놓았던 것처럼, 세속과 물질적인 욕망을 모두 버려야 한다는 것을 깨달았음을 말한 것이다. 곧 시적 화자는 세속적인 부귀가 무의미하다는 것을 알고 자옥산 옥산서원에 은거하려 했다는 것이다.

"처세에는 수서를 비추는 게 혐의쩍네."는, 세속적인 물욕이나 부귀영화를 추구하지는 않았지만, 세상에 나와 벼슬살이를 함에 있어서는 작은 일에도 시시비비를 가릴 수밖에 없는 것이 싫어할 만한 일이 있다는 것이다. '水犀수서'는 무소뿔을 가리킨다. 무소뿔에 불을 붙여 비추면 깊은 물속의 怪物괴물들을 다 볼 수 있다는 전설이 있다. 晉진나라 溫嶠온교가 牛渚磯우저기에 이르렀는데, 그 물은 깊이를 헤아릴 수 없는 데다 그 속에 온갖 괴물들이 살고 있다고 하였다. 그래서 온교가 무소뿔에 불을 붙여 비추어 보니 온갖 기이한 형상을 한 水族수족들이 다 보였다[62]고 한다. 이 고사는 통찰력이 아주 뛰어난 사람을 비유하는 말로 쓰이는바, 시적대상은 통찰력이 뛰어난 인물이라서 일찍이 벼슬을 그만두고 자연에 은둔하였지만, 회재 자신은 판단력도 없어 벼슬살이에 나아가 결국 세상 경영과 성품 함양 모두 다 이루지 못해 부끄럽다는 것이다.

젊은 날 망기당 조한보와 논쟁을 통해 주자의 성리학적 이론을 강

---

61) 『莊子』外篇「山木」. "莊周遊乎雕陵之樊, 覩一異鵲自南方來者. 翼廣七尺, 目大運寸, 感周之顙, 而集於栗林. 莊周曰, 此何鳥哉, 翼殷不逝, 目大不覩. 蹇裳躩步, 執彈而留之. 覩一蟬, 方得美陰, 而忘其身, 螳螂執翳而搏之, 見得而忘其形. 異鵲從而利之, 見利而忘其眞. 莊周怵然曰, 噫. 物固相累, 二類相召也. 捐彈而反走. 虞人逐誶之. 莊周反入, 三月不庭. 藺且從而問之, 夫子何爲頃間甚不庭乎. 莊周曰, 吾守形而忘身, 觀於濁水, 而迷於淸淵. 且吾聞諸夫子, 曰, 入其俗, 從其俗. 今吾遊於雕陵, 而忘吾身, 異鵲感吾顙, 遊於栗林而忘眞. 栗林虞人以吾爲戮. 吾所以不庭也."
62) 『晉書』卷67「溫嶠列傳」.

조하였던 회재는, 그의 한시에서는 자연스럽게 莊子_{장자}와 관련된 어휘를 소재로 활용하였다. 이런 점으로 미루어 보면, 회재가 살았던 당대만 하더라도 사상적 자유로움은 존재했던 것이다. 그리고 후반의 시에는 곧 강계 유배 시절의 한시에는 신선사상이나 장자적인 소재가 거의 드러나지 않았다. 오히려 시련의 시기 곧 낙향시나 유배 시절에는 유가적인 내용의 시가 대부분을 차지한다는 것이 회재 시의 한 특징이라면 특징일 수 있다.

4. 사상적 다양성이 가능했던 회재 이언적

16세기 전반기에 出仕_{출사}하여 그의 정치적 포부를 펼쳤던 晦齋_{회재} 李彦迪_{이언적}은 조선 성리학의 이론을 정립한 인물로 평가되고 있다. 이는 퇴계 이황이 그의 행장에서 성리학의 기초 이론을 정립한 인물로 평한 이후, 일반적으로 인식된 것이다. 그러나 회재가 주자 성리학의 이론을 존중하기는 해도 그 사상에 얽매이지는 않았다. 그의 생존시 그의 행적과 그가 남긴 글들을 보면 단순히 성리학에 경도된 채 무비판적으로 수용하고 따르던 것만은 아니기 때문이다.

회재 생존시 忘機堂_{망기당} 曹漢輔_{조한보}의 老佛_{노불} 계열의 태극설이 존재했다는 것은 주자의 성리학만으로 경색되지 않은 사상의 다양성을 기대할 수 있게 한다. 젊은 시절 회재가 무극태극 논쟁을 통해서 성리학의 이론을 정립한 것과 말년에 지은 주자의 『대학장구』를 비판적으로 수용한 『대학장구보유』의 창작만 보더라도 이와 같은 사실을 확인할 수 있다. 따라서 회재 당시는 조선 사회가 주자 성리학이라는 한 가지 사상에 경색되지 않았기에 사상적 논변도 가능했고, 주자의 견해에 비판도 가할 수 있었다. 이처럼 회재가 지녔던 주자학에 대한 비판적 정신이 후학들에게까지 계승되었다면, 谿谷계곡 張維장유(1587~1638)가 개탄한 바와 같이, 조선이 주자학(성리학) 일색으로 전개되어 학술 부재의 사태까지는 가지 않았을 것이다.

조선에서 태극 논쟁이 일어났던 일은 성리학 사상 처음 있는 논쟁이었다. 주렴계의 태극설과 육상산의 태극설 그리고 노장과 불교의 태극설 등을 비판하면서 주자의 태극설을 적극적으로 옹호했던 회재는, 주자 성리학을 앞 시대로부터 이어받은 동시에 개척자의 역할을 한 학자이기도 하다. 주자의 태극을 성리학의 핵심으로 보았기 때문이다. 그래서 퇴계도 「태극도설」을 성리학의 유일한 입문으로 삼았던 것이다. 중국에서 성리학이 형성되는 과정과는 달리 고려 말기 유입된 주자 성리학은 논의의 과정도 없이 약 200년 동안 이론과 실천이 병존하다가 회재 시대에 와서 주자의 태극설과 老佛노불 계열의 태극설이 논쟁을 했다는 것은 우리의 성리학사의 단조로움을 조금이나마 벗어날 수 있는 단초를 마련했다는 점에서 의의 있는 일이라 할 것이다. 그러나 회재 이후, 퇴계에 의해 회재의 이론이 정설로 정립되면서 조선의 16세기 후반은 사상적 단조로움이 지배하는 시대로 나아갔던 것이다. 이와 같은 사실은 후대의 평에서도 일부 확인되었다.

시문학에는 신선사상과 장자 계통의 소재를 활용했던 작품이 있었다. 특히 그가 벼슬자리에 있을 때에는 어느 시기를 막론하고 일정하게 신선사상과 장자 계통의 내용을 활용한 작품이 있었다. 이를 두고 일부 연구자는, 회재가 도가적 사상에 심취된 것이라고 하였다. 하지만 이는 잘못된 주장이다. 회재가 도가적인 소재인 장자의 내용을 시에서 인용하기는 하였지만 도가적인 생각에 빠진 것은 아니었다. 일부 연구자가 이렇게까지 주장하게 된 것은 회재의 시를 잘못 번역하여, 확대 해석한 경우가 있었다. 회재가 도가적인 계통의 장자의 이야기를 시의 소재로 활용하기는 해도 결론은 유가의 심성 수련으로 끝맺는 경우가 많았다. 또한 회재가 낙향과 유배 생활 동안 지은 시에는, 장자 계통의 시가 거의 보이지 않았다. 오히려 이런 정치적 시련의 시기에는 유가의 심성 수련을 강조하거나 충효와 가족 간의 인간애를 읊은 시들이 대부분이었다. 낙향과 유배생활에서 오는 상실감을 유가의 심성수련으로 극복하고자 했을 것이다.

16세기 전기에 활동했던 한 유자의 삶을 통해 그 시대의 사상적 특징을 도출한다는 점이 다소 무리가 있을 수 있으나, 그래도 회재가 퇴계에 의해 조선 성리학의 이론을 정립한 인물로 평가되기에 그의 사상적 중요성을 간과할 수 없을 뿐만 아니라, 그의 사상적 특성을 살펴보는 것도 의미 있다 할 것이다. 이런 인식하에 그의 사상적 특징을 살펴보고자 했던 것이다. 그 결과 정작 회재의 시대에는 사상의 다양성이 용인되었던 시대였다. 그가 행한 주자에 대한 비판적 태도와 시문학에 소재로 활용했던 여러 사상들이 그것을 대변하고 있기 때문이다. 따라서 회재의 이와 같은 특징들이 16세기 전기 조선의 사상적 특징의 한 일면이라 할 수 있다.

16세기 초 회재 이언적의 자연관을 통해 본 유자로서의 특성

1. 유자의 자연관

이 글은 晦齋회재 李彦迪이언적(1491~1553)의 글에 나타난 自然觀자연관을 통해 16세기 초 조선 성리학의 초석이 된 회재의 삶을 고구해 보고자 하는 것이다. 조선 전기 儒者유자가 지녔던 자연관을 儒家유가의 自然觀의 관점1)에서 살펴보면 16세기 초 조선 성리학이 정착되던 시기 儒者의 특성도 알 수 있기 때문이다. 儒者란 孔子공자의 道에 뜻을 두고 어디에 처해도 현실을 잊지 않은 인물을 이르는 말이다. 기존 연구에서의 자연관은 우리의 현실적 삶과 동떨어진 채 산수 자연의 아름다

---

1) 儒家의 自然觀은 鄭堯一 先生의 이론을 따른다. 鄭堯一, 「儒家의 自然觀」, 『語文研究』 148, 韓國語文教育研究會, 2010, 425~442쪽 참조.

움만을 즐기는 것으로 파악한 경우가 대부분이었다. 그러나 유자들의 시문학에 나타난 자연관은 賞自然상자연의 아름다움에 탐닉한다거나 정복의 대상으로서의 자연이 아니라, 어떻게 사는 것이 참된 삶인가를 묻는 문제를 포함하였다. 다시 말하자면 出處觀출처관이나 人倫인륜의 道를 행하는 것과 산수자연을 보는 관점 등 모두 유가의 자연관이라 할 수 있다. 우리 삶같이 절실히 다가오는 자연도 없기 때문이다. 참된 유자들은 자연을 玩賞완상하는 동시에 삶의 문제를 노래하였다. 따라서 참된 유자라 할 수 있는 회재의 자연관을 통해 그의 유자로서의 특성을 살피는 것은 16세기 초 조선 성리학자의 한 특성을 밝힐 수 있기 때문이다. 이미 동시대 인물인 花潭화담 徐敬德서경덕과 南冥남명 曺植조식을 통해, 16세기 초 조선 성리학자의 특성을 살핀 바 있다.2) 연장선에서 회재의 글을 통해 그 시대 유자의 특성을 살펴보고자 한다. 기존 연구는 일부 출처관에 국한되어 있으며3) 유가의 자연관에 따라 회재의 문학을 논한 연구는 없다. 따라서 회재의 출처관과 그의 대한 후대의 평을 통해 회재와 회재 이후 유자들의 생각은 어떠했는가를 고구해 볼 수 있을 것이다. 그러면 조선 전기 유자들이 중시한 가치관도 알 수 있을 것이다.

회재는 24세에 과거에 합격하여 조정에 出仕출사한 이래, 1번의 파직과 1번의 유배 생활을 제외하면 약 25년간의 관직생활을 하였다. 그가

---

2) 윤인현, 「花潭과 南冥의 學風 및 문학적 특성」, 『시학과 언어학』 26, 시학과언어학회, 2014, 63~94쪽. 花潭과 南冥은 處士의 삶을 살면서도 기회가 주어지면 세상을 위해 바른 소리를 내는 인물이었다. 그 강도가 화담에 비해 남명의 목소리가 더 적극적이었다.

3) 金東協, 「李滉이 지은 行狀을 통해 본 그의 出處觀과 人生觀」, 『東方漢文學』 18, 東方漢文學會, 2000, 101~119쪽. 회재의 삶을 성공한 삶으로 파악하여, 성현의 학문을 간절하게 탐구하고 힘써 실천하며 바르게 체득한 삶으로 보았다.
　　최у녀, 「晦齋 李彦迪의 出處 辭受觀」, 『유교문화연구』 16, 성균관대학교 동아시아학술원 유교문화연구소, 2010, 97~122쪽.

살았던 시기는 조선시대의 정치적 파란이 많았던 때로, 戊午士禍무오사화 (1498년)·甲子士禍갑자사화(1504년), 그리고 회재가 출사했던 己卯士禍기묘 사화(1519년), 마지막으로 乙巳士禍을사사화(1545년) 등 4번의 士禍사화가 있 었다. 을사사화 시에는 判義禁府事판의금부사의 직을 맡아 추관으로 관리 들을 심문하기도 하였으며, 그 공으로 靖難衛社功臣정난위사공신에 錄勳녹훈 되어 驪城君여성군에 封봉해졌다.4) 이런 混亂期혼란기를 살았던 회재이기 에 유가의 자연관에 따라 그의 출처관을 살피는 것은 필요하다. 前代 의 인물인 회재의 삶을 통해 이와 같은 혼란기에 儒者유자로서 어떠한 삶을 선택하는 것이 올바른가를 살펴볼 수 있기 때문이다. 따라서 그의 출처관은 유가의 관점에서 정당했는가? 시문학에 나타난 16세 기 초 儒者의 특성은 어떠한가? 등을 살펴보는 것도 意義의의 있는 일이 될 것이다.

회재는 시를 380여 수를 남겼을 뿐만 아니라 저술활동도 활발하였 다. 21세 때에는 「問津賦문진부」를 지어 공자와 같은 삶을 살고자 하였으 며, 27세에는 五箴오잠을 지어 자신을 경계하기도 하였다. 그리고 무극 태극논설에 관한 글로 「書忘齋忘機堂無極太極說後서망재망기당무극태극설후」 를 지어 무극태극설을 비판하였으며, 다음 해에는 무극태극에 관한 논쟁으로 「答忘機堂書답망기당서」 4편을 남기기도 하였다. 31세에는 「伊 尹五就湯論이윤오취탕론」을 지어 이윤과 공자의 출처관을 대비하기도 하 였다. 유배생활 6년 동안에는 『求仁錄구인록』(1550)·『大學章句補遺대학장구 보유』(1549)·『中庸九經衍義중용구경연의』(1553)·『奉先雜儀봉선잡의』(1550) 등의 저술을 남겼다.

---

4) 默民記念事業會 編, 「晦齋 李彦迪 先生 年表」, 『晦齋 李彦迪의 哲學과 政治思想』, 博英社, 2000, 393~396쪽 참조.

지금까지의 연구 성과5)는 논의 과정에서 적절히 반영될 것이다. 다만 이 글에서는 회재의 글에 나타난 儒家유가의 自然觀자연관을 통해 그의 출처관과 시문학에 나타난 유자의 특성을 살펴보고자 하는 것이다. 아무 때나 隱居은거하려고만 했는가? 또는 아무 때나 벼슬하려고만 했는가? 아니면 儒家의 적극성을 보이면서도 儒者유자의 정신에 따라 '時中시중의 道'를 행하여 벼슬할 만할 때에 벼슬하려 했는지 물러나 은둔만 하려고 했는지 등을 살펴보고자 한다. 그리고 벼슬하더라도 제 직무를 제대로 수행하고 말할 책임이 있는 사람으로서 그때그때 제 할 말을 함으로써 참되게 벼슬했는가를 논의하는 것이, 儒家의 出處觀출처관을 옳게 파악하는 것이 될 것이다. 천지만물이 자연이기에, 宇宙우주의 秩序질서 內내에 있는 것은 모두 自然자연이며, 그 중 삶의 現實현실만큼 切實절실하게 다가오는 자연은 없다. 사람의 마음가짐과 耳目口鼻이목구비도 자연의 일부이다. 그 마음과 이목구비가 어떤 역할을 하는

---

5) 金洛眞, 「晦齋 李彦迪의 心性論 硏究」, 고려대학교 석사논문, 1987; 金時杓, 「晦齋 李彦迪 漢詩 硏究」, 『漢文學硏究』 2, 계명대학교 계명한문학회, 1984, 57~96쪽; 金淵浩, 「晦齋 李彦迪의 詩에 나타난 自然觀」, 영남대학교 석사논문, 1991; 南恩暻, 「晦齋의 山水詩에 나타난 朱子와 莊子의 이중적 영향」, 『연구논집』, 이화여자대학교 대학원, 1988, 7~29쪽; 宋載邵, 「晦齋의 自然詩」, 『李晦齋의 思想과 그 世界』, 성균관대학교 출판부, 1992, 195~218쪽; 송재소, 「회재 이언적의 시」, 『시와 시학』 58, 시와시학사, 2005; 李東歡, 「晦齋의 道學的 詩世界」, 『李晦齋의 思想과 그 世界』, 성균관대학교 출판부, 1992, 164~193쪽; 李東熙, 「晦齊 李彦迪의 생애와 사상」, 『韓國學論集』 19, 계명대학교 한국학연구소, 1992, 143~163쪽; 이두원, 「회재 이언적의 도학사상과 도학시 연구」, 동국대학교 석사논문, 2014; 이영호, 「晦齊 李彦迪의 哲理詩에 대한 연구」, 성균관대학교 석사논문, 1993; 李志慶, 「李彦迪의 政治思想硏究」, 동국대학교 박사논문, 1999; 이정화, 「晦齊 李彦迪의 正心詩 硏究」, 『退溪學論叢』 23, 退溪學 釜山硏究院, 2014, 65~85쪽; 李泰鎭, 「李晦齋의 聖學과 仕宦」, 『晦齋 李彦迪의 哲學과 政治思想』, 博英社, 2000, 321~328쪽; 장도규, 「晦齋 李彦迪의 시세계」, 단국대학교 석사논문, 1989; 장도규, 「晦齊 李彦迪 文學 연구」, 경기대학교 박사논문, 1994; 장도규, 「이언적 시문학의 도학적 특징」, 『國際言語文學』 15, 國際言語文學會, 2007; 장도규, 「회재 이언적의 시문학적 지향 일고」, 『한국사상과 문화』 72, 수덕문화사, 2014, 33~56쪽; 趙昌奎, 「濂洛風 漢詩로서의 林居詩 硏究: 회재와 퇴계를 중심으로」, 『大東漢文學』 30, 大東漢文學會, 2009, 225~255쪽.

가? 또는 참된 제 구실을 하는가에 따라 삶의 자세가 정해지는 것이며, 그 사람의 人生觀인생관이나 自然觀자연관이 결정되는 것이다.6) 유가의 자연관은, 그런 관점에서 연구되어야 할 것이다. 지금까지 자연관의 연구는, 서구의 자연관으로 자연을 객관화시켜 주체인 나와는 다른 객체로 보고 정복의 대상이 아니면 산수공간으로서의 낭만적 공간으로 보았다. 그러나 유가의 자연관은 착취와 정복의 대상이 아니라 나와 더불어 살아가는 공간이면서 때로는 교훈의 대상과 위로의 대상이 되는 것이다. 따라서 유가의 자연관은 세상살이에서 인륜에 어긋나지 않으면서 현실을 잊지 않는 마음까지 포함되는 것으로, 戀君之情연군지정과 憂國之情우국지정, 愛民精神애민정신 등도 해당된다. 우리의 삶 자체가 자연의 일부이기 때문이다. 이런 관점에서 회재의 자연관을 살펴볼 것이다.

2. 회재의 출처관과 후대의 평

16세기는 士禍사화라는 정치적 혼란도 있었지만, 사회적으로는 경제적 변동기의 시기이기도 하다. 농업 기술의 발달로 休閑法휴한법의 제약이 사라지고 連作常耕農法연작상경농법이 실현되어, 생산량이 증대되던 시기였다. 그리고 처음으로 5일장의 형태가 나타나 각 지역의 市場시장이 활성화되기 시작하여, 상업의 발달로 이어졌다. 농업과 상업의 발달은 일반 소농민의 생활을 향상시켜 주었다.7) 이런 시기에, 前代전대에

---

6) 鄭堯一, 위의 논문, 425~427쪽 참조.
7) 李泰鎭, 「李晦齋의 聖學과 仕宦」, 『晦齋 李彦迪의 哲學과 政治思想』, 博英社, 2000, 322~323쪽 참조.

있었던 향촌 사회의 안정책을 위한 향약 보급 운동을 통한 실천보다
는 국왕의 리더십이 중요하다는 정치의식을 가진 회재가 문과별시에
합격하여 出仕출사를 하였던 것이다. 전대의 향약보급운동은 사림파인
김종직부터 이어져 온 실천운동이었다. 그러나 회재는 이 운동과 직
접적인 관련은 없다. 己卯士禍기묘사화로 향약의 출처인 『小學소학』이 금
서로 내몰리기까지 하였기 때문이다.

  회재의 出處觀출처관을 엿볼 수 있는 자료를 먼저 살펴보자. 회재가
21세 되던 해(1511) 쓴 「問津賦문진부」에는 그의 출처관에 관한 내용이
있다. '問津문진'은, 『論語논어』 「微子미자」篇 '耦耕우경'章에 실려 있는 것으
로 공자가 뜻을 펼치기 위해 轍環天下철환천하 때의 관한 내용이다. 葉엽
땅에서 蔡채로 가던 공자는 子路자로를 시켜 밭갈이하는 長沮장저와 桀溺
걸익에게 나루터가 어디인지 물어보게 하였다. 그랬더니 장저와 걸익이
'사람을 피하는 선비(공자)를 따르기보다는 세상을 피하는 자신을 따
르는 것이 더 낫다'고 하니, 공자가 '세상에 道가 있다면 나 공자는
세상을 변역 시키는데 참여하지도 않았다'[8]고 답변함으로써 현실을
잊지 않는 마음을 보였다. 회재도 「문진부」에서 공자의 일화를 통해
어지러운 세상을 바꿔 보기 위해 동분서주했던 공자의 고심과 간절한
뜻을 드러내려 하였다.

  강가에 닿아 보니 나루터는 안 보이고, 자욱하게 안개 덮인 물만 아득하
  였도다. 마침내 말 멈추고 서성이며 바라보니, 건너려고 하여도 다리가
  없도다. 함께 밭을 갈고 있는 장저와 걸익 보고 자로 시켜 나루터를 물어보

---

8) 『論語』 「微子」篇 '耦耕'章. "滔滔者天下皆是也, 而誰以易之. 且而與其從辟人之士也, 豈若從辟
  世之士哉." … "鳥獸不可與同羣, 吾非斯人之徒與而誰與, 天下有道丘不與易也."

게 하였더니, 나루터가 어딘지는 알아내지 못하고 도리어 조롱과 모욕을 만났도다. 저들은 본디 세상 피해서 살며 홀로 성인 비판하고 스스로를 옳다 하니 저들이 어찌 알랴. 군자가 벼슬함은 義를 행하기 위함을 알겠는가? 어찌 세상의 도가 어두운 것을 싫어하지 않았겠는가? 뜻을 펴지 못하면 마음을 거두어 간직할 줄을 몰랐겠는가? 다만 짐승들과 무리 지어 살 순 없으니 내가 홀로 세상 떠나 무엇을 하겠는가? 더구나 온 천하가 도탄에 빠졌는데 어떻게 나 한 몸만 선하게 하겠는가?9)

회재의 출처관이 잘 드러난 글이다. 공자가 무도한 세상을 떠날 수 없는 것은 고통에 시달리는 백성들을 두고 차마 떠날 수 없기 때문이다. 張子장자(張載장재)의 주에 "성인께서 仁을 행하시는 방법은 무도한 세상이라고 천하를 단정하여 내버려 두시지 않았다."10)라고 한 것처럼, 회재도 공자와 같은 출처관으로, 혼자만 선하게 살고자 하는 것이 아니라 도탄에 빠진 세상을 구제하고픈 것이다. 이런 태도는 유가의 적극적인 현실관이라 할 수 있다.

회재가 24세(1514년, 중종9년) 지은 한시에도 출처관을 밝힌 곳이 있다.

한 평생의 뜻 경전을 연구하는 데 있었고, 平生志業在窮經,
구구하게 名利 따윈 추구하지 않았노라. 不是區區爲利名.
明善 誠身 공맹을 배우기를 희망하고, 明善誠身希孔孟,

---

9) 李彦迪,『晦齋先生集』卷6「賦」「問津賦」. "偶臨河而迷津, 渺煙波之蒼茫. 遂停驂而延佇, 蹇欲濟而無梁. 遇沮溺之耦耕, 乃使問其津渡, 既不聞其指示, 反逢彼之譏侮. 彼固避世之士兮, 獨非聖人而自是, 彼焉知君子之仕兮, 乃所以行其義也. 豈不厭世道之幽昧, 豈不知可卷而懷之, 惟鳥獸不可與同群, 余獨離世而何爲. 矧今天下之溺矣, 其敢獨善於己."
10)『論語』「微子」篇 '耦耕'章에 대한 '集註'의 張子 주석 "聖人之仁, 不以無道, 必天下, 而棄之也"

治心 存道 程朱의 가르침을 사모했지.	治心存道慕朱程.
벼슬하면 충의로써 세상을 구제하고,	達而濟世憑忠義,
물러나면 산속으로 돌아가서 수양할 뿐.	窮且還山養性靈.
험한 길 어려움 어찌 생각하리요,	豈料屈蟠多不快,
한밤중에 일어나서 난간에 기대노라.	夜深推枕倚前楹[11]

위의 시는 별시에 급제하고 경주 양좌리에 돌아와 있을 때 지은 시이다. 한 평생의 뜻은 경전의 뜻을 공부하는 데 있지 헛된 명리를 추구하는 데 있지 않다고 하였다. 그래서 공자와 맹자, 정자와 주자의 가르침을 존중했다는 것이다. 그리고 벼슬자리에 나아간다면 세상을 충의로써 구제하고 물러나면 산림에서 자기 수양을 하겠다는 것이다. 수양은 또 다른 출사를 대비한 자세이다. 『論語』「述而술이」篇 '用行용행' 章에 "써 주면 행하고 버려지면 몸을 감추어 숨는 것은, 오직 나와 네가 그런 점이 있도다."[12]라고 하여, 세상이 제 뜻을 써 주면 道를 행하고 제 뜻을 써 주지 않아 버려지게 되면, 자신의 뜻을 숨길 줄 아는 유자의 현실 대응을 말한 것이다. 이는 뜻을 숨기고 수양하고 있다가도 위정자가 세상을 밝히고자 하는 제 뜻을 써 준다면 그 길이 비록 험난할지라도 언제든 출사할 수 있다는 유가의 적극적인 자세이면서 출처관을 보여준 것으로, 終身종신토록 處士처사의 삶을 살았던 花潭화담과 南冥남명의 삶과는 차이가 나는 점이다.

회재가 27세 되던 해(1517) 설날 아침에 스스로 경계하기 위해 5箴잠을 지었는데, 그 중에서도 「敬身箴경신잠」에서 그의 출처관을 살필 수

---

11) 李彦迪, 『晦齋先生集』 卷1 「古今詩」 「山堂病起(산당에서 병을 앓고 나서)」.
12) 『論語』「述而」篇 '用行'章. "用之則行, 舍之則藏, 惟我與爾, 有是夫."

있다.

　　진퇴와 주선은 반드시 도리에 맞도록 하고 출처와 행장은 오로지 의로
써 결단하리라. 부귀에도 흔들리지 않는 마음과 빈천에도 변치 않는 굳은
절개로 중심 잡고 우뚝 서서 오직 도에 의지하리. 이를 일러 敬身이라
하는 것이니 자기 몸을 욕되거나 훼손치 않고 낳아 주신 부모에게 욕 끼침
없이 온전하게 生을 마치고 돌아가리라.13)

　　위의 자료문은 회재가 설날 아침에 출처의 소신을 義의로써 행할
것을 다짐한 것이다. 부귀에도 흔들리지 않고 빈곤에도 변치 않는
절개로 자신의 몸을 닦아 낳아주신 부모님을 욕되게 하지 않고 道에
의지하여 경신하면서 생을 마칠 것을 다짐한 것이다. 『周易주역』 ‘傳전’
에 “나아가고 물러나고 움직이고 가만히 있는 것을 반드시 도로써
한다.”14)라고 한 程子정자의 말씀이 있다. 진퇴의 일은 모두가 道에
들어맞게 행해야 된다는 뜻이다. 회재 역시 출처와 관련된 행위는
道에 맞게 행하고자 하였던 것이다. 『孟子』 「離婁이루」章(下)에 “그러므
로 군자는 평생토록 자신의 인격이 완성되지 못하는 것을 근심하여도
눈앞에 닥친 우환 등을 근심하지는 않는다.”15)라고 하여, 군자와 같은
사람이 되지 못하는 것을 근심하며 그렇게 되도록 노력해야 한다고
하였다. 회재도 이와 같은 자세를 견지하고자 하였던 것이다.
　　중종 14(1519)년 사림파인 조광조는, 중종반정 공신 76명의 공신삭

---

13) 李彦迪, 『晦齋先生集』 卷6 「元朝五箴」 「敬身箴」. “進退周旋, 必於理合, 出處行藏, 一以義決.
　　富貴不動, 貧賤不移, 卓然中立, 惟道是依, 是曰能敬, 不辱不虧, 無忝所生, 庶全而歸.”

14) 『周易』 「乾」卦 「傳」. “進退動息, 必以道.”

15) 『孟子』 「離婁」章句(下). “是故君子有終身之憂, 無一朝之患也.”

탈을 건의했다가 오히려 중종과 훈구파로부터 공격을 당하여 신진사류들과 함께 숙청되었다. 회재는 이 기묘사화 때 조부의 喪을 당하여 낙향해 있어 禍화를 입지 않았다. 기묘사화 2년 후 중종의 특별한 부름을 받아 조정에 나아갔으며, 그때 탕 임금과 걸 임금 사이를 5번 오간 이윤과 공자를 대비한 「伊尹五就湯論이윤오취탕론」을 지었다.

　　탕이 현인을 얻어 자신을 섬기게 하지 않고 걸을 섬기게 하였으니, 이는 임금을 사랑하고 백성을 근심하는 성인의 지성스럽고도 간절한 뜻이었다. 공자가 어찌 걸에게 나아가지 않을 수 있었겠는가. 나아가서 섬기되, 음란하고 어지럽고 포학한 행실을 끝내 바꿀 수 없으면 떠나서 탕에게로 돌아갔을 것이다. 공자도 이와 같이 했겠지만, 다만 구차하게 탕을 따르려는 의도로 여러 차례 나아가기를 이렇게 번독스럽게 하지는 않았을 것이다."[16]

위의 자료문은 회재가 31세 때 지은 것으로, 그의 출처관이 잘 제시되어 있다. 『孟子』「萬章만장」章(上), 「告子고자」章(下)에 나오는 내용을 가지고, 이윤과 공자의 출처관을 대비하면서 자신의 생각을 더 붙이고 있기 때문이다. 탕이 이윤을 폭군인 걸왕에게 보내 벼슬하게 한 것은 나라에 대한 근심과 백성에 대한 애민 때문이라고 하였다. 그런데 정사에 참여해도 그 나쁜 정치가 개선되지 않는다면, 벼슬을 그만 두어야 한다는 것이다. 다만 이윤처럼 번잡스럽게 5번씩 할 것이 아니라, 공자처럼 단번에 그만 두어야 한다는 것이다. 공자가 "公

---

16) 李彦迪, 『晦齋先生集』卷5 「雜著」「伊尹五就湯論」. "湯得賢不自有而使之事桀, 是聖人愛君憂民至誠惻怛之意也. 孔子安得不以就乎. 就而事之, 其淫虐昏暴, 終不可回也. 則去而歸於湯, 孔子亦不過如斯而已, 但不肯苟徇湯之意, 至於累就如是之瀆矣."

山공산과 佛肹필힐의 부름에도 모두 가려 했지만 晏嬰안영이 안 된다고 하자 씻던 쌀을 건져 떠났고, 膰肉번육이 이르지 않자 면류관도 벗지 않은 채 떠났으며, 衛위 靈公영공이 한 번 날아가는 기러기를 보자 이튿날 바로 떠났다. 공자가 기미를 보고는 바로 떠나고 하루도 지체하지 않은 것은 봉황이 천 길의 하늘 위를 날아 더위잡고 오를 수 없는 것과 같았다."[17]라고 한 것처럼, 회재는 聖君성군의 기미가 보이지 않을 시에는 단번에 행동화하여, 물러나야 한다고 하였다. 그러면서 공자는 의에 따라 의도함이 없이 세상을 구하고자 했는데, 이윤은 의도함이 있었다는 것이다. 이런 점이 공자와 이윤의 차이라고 하였다. 공자와 같은 경지를 '無爲무위'의 경지라 하였다.[18] 『論語』「微子미자」篇 '逸民일민'章에 "꼭 이래야 된다는 법도 없고 저래서는 절대로 안 된다는 법도 없다."[19]라고 한 것처럼, '無爲'는 '道에 들어맞게 행하되 때에 따라 저울추처럼 융통성 있게 행하는 '權道권도' 곧 '時中시중'으로 '中庸중용의 道'라고 할 수 있다.

유자의 출처관은 어디에 처해도 현실을 잊지 않는다. 程子정자도 "성인께서는 감히 천하를 잊는 마음을 두시지 않으셨다."[20]라고 하여, 孔子·孟子 같은 성인들께서는 어두운 세상을 한때도 잊지 않으며 세상을 바로잡고 밝히기를 포기하지 않았다는 것이다. 회재도 정자

---

17) 위의 책(李彦迪, 『晦齋先生集』 卷5 「雜著」). "孔子於公山佛肹之召, 皆欲往, 而晏嬰不可則接淅而行, 膰肉不至則不脫冕而行, 衛靈公一視蜚雁則明日遂行. 其見幾而作, 不俟終日, 有如鳳凰翔于千仞, 不可攀也."

18) 李彦迪, 『晦齋先生集』 卷5 「雜著」 「伊尹五就湯論」. "蓋孔子無情而伊尹有意, 有意故不能無爲之之迹, 而與天地爲一矣. 豈非能大而未至於化者歟(공자는 의도함이 없었는데 이윤은 의도함이 있었으니, 의도함이 있었기 때문에 하고자 한 형적이 없이 천지와 더불어 하나가 되지 못하였던 것이다. 이 어찌 위대하되 化에는 이르지 못한 사람이 아니겠는가?)."

19) 『論語』「微子」篇 '逸民'章. "無可無不可".

20) 『論語』「微子」篇 '耦耕'章에 대한 '集註'의 程子의 주석. "聖人, 不敢有忘天下之心."

의 이와 같은 태도를 견지한 면이 있다. 「문진부」에 "성인은 세상 잊은 적이 없어, 하룻밤을 한곳에서 머물지 않았도다."21)라고 한 것과, 그의 시 「直薇垣직미원(미단[사간원]에서 숙직하다)」에서 "물시계가 사경 지나 오경을 알리는데, 베개 가에 찬 달빛이 창을 뚫고 들어오네. 종묘사직 안위에 마음이 온통 쏠려, 밤새도록 말똥말똥 잠을 못 이뤘노라."22)라고 한 것 등에서 출처관에 따른 그의 현실관을 읽을 수 있다. 「직미단」은 회재가 41세 되던 해인 1531(중종 26)년에 지은 시이다. 당시 회재는 사간원(미단)의 사간이었는데, 김안로가 예전 경주부윤으로 있을 때, 일 처리와 몸가짐이 소인의 情狀정상이 있음을 알고 김안로의 敍用서용을 반대하였다.23) 그 일로 잠을 이루지 못하고 있다. 그러나 김안로의 入朝입조는 이루어졌고, 김안로의 起用기용을 반대했던 회재는 성균관 사예로 좌천되었다가 얼마 후 탄핵받아 파직되어 낙향하게 되었다. 중종의 부름을 받고 재출사한 지 10년째 되는 해이다. 그러나 회재는 스스로 물러나지 않았다.

꿈속에 입궐해서 편전에 입시하여,	夢入君門侍燕閑,
성상 앞에 나아가서 성심으로 아뢰었다.	披襟啓沃近天顔.
깨어 보니 여전히 빈산에 누워 있고,	覺來依舊空山臥,
창밖에는 쓸쓸하게 달빛이 차다.	窗外蕭蕭月色寒.

---

21) 李彦迪, 『晦齋先生集』 卷6 「賦」 「問津賦」. "然聖人未嘗忘天下, 席不煖於一夕."

22) 李彦迪, 『晦齋先生集』 卷1 「古今詩」 「直薇垣」. "玉漏丁東報五更, 枕邊涼月透窓明. 關心宗社安危事, 耿耿終宵夢不成."

23) 李彦迪, 『晦齋先生集附錄』 「行狀」 「晦齋李先生行狀」. "先生曰, 安老尹東京時, 熟觀其處心行事, 眞小人情狀也. 此人得志, 誤國必矣(선생[회재]가 말하기를, '안로가 경주부윤으로 있을 때에 그 마음가짐과 일 처리함을 자세히 보니 참으로 소인의 정상이었습니다. 이 사람이 제 소원을 이루게 되면 반드시 나라를 그르칠 것입니다.'라고 하였다)." 참조.

자연 속에 자유롭게 노니는 게 즐겁지만,　　優游山海樂雖深,

노년에도 나라 은혜 갚으려는 뜻 지녔네.　　皓首猶存報國心.

온화하신 성상에게 지척에서 충언해도,　　咫尺溫顏獻忠款,

감통함이 도리어 상림(재상)에 부끄럽네.　　感通還自愧商霖.24)

위의 시에 주를 달기를, "을미(1535, 중종 30)년 겨울 10월 11일에 내가 산장에 있었다. 꿈에 편전에 입시하였는데, 성상께서 온화하고 맑은 얼굴로 자못 도타이 위로해 주셨다. 신하들이 물러나올 때 내가 홀로 御座어좌 앞으로 나아가서 엎드려 아뢰기를 '신은 병든 모친이 멀리 있어서 오래 조정에 머물 수가 없기에 곧 사직하고 떠나려고 합니다.'라고 하니, 주상이 실망하며 손을 잡았는데 아쉬워하는 기색이 있었다. 내가 이어 아뢰기를 '옛사람이 '처음은 누구나 잘하지만 유종의 미를 거두는 사람은 드물다.'(『시경』 「탕」에 나오는 구절)라고 하였으니, 바라건대 전하께서는 처음 시작하던 때와 같은 마음으로 끝까지 매사를 삼가십시오. 그렇게만 하신다면 한없이 큰 복을 누리시게 될 것입니다.'라고 하니, 주상께서 기뻐하며 흔쾌히 받아들였다. 마침내 재배하고 물러 나왔는데, 문득 깨어나 보니 몸은 산방에 누워 있고 서늘한 달빛이 창문에 가득하였다. 일어나서 멍하게 앉아 있다가 마침내 절구 두 수를 지었다."25)라고 하여, 시를 지은 까닭을 밝혀 놓았다. 낙향 4년째인 45세 때 지은 시로, 자연 속에서 산수의 경치를 즐기는 것도 좋지만 이제는 출사하여 성상 곁에서 충언을 올리는 신

---

24) 李彦迪, 『晦齋先生集』 卷2 「律詩, 絶句」 「記夢(꿈을 기록하다)」.

25) 李彦迪, 『晦齋先生集』 卷2 「律詩, 絶句」 「記夢」의 주. "乙未冬十月十一日, 余在山莊. 夢入侍便殿, 天顏溫粹, 慰籍頗厚. 臨退, 余獨進俯伏上前啓曰, 臣有病母遠在, 不得久留朝, 行將辭去, 上悵然執手, 有眷戀之意. 余仍啓曰, 古人云靡不有初, 鮮克有終. 願殿下愼終如始, 則福祚無窮矣. 上怡然嘉納, 遂再拜而退, 忽覺身臥山房, 涼月滿窓. 起坐憮然, 遂書■絶."

하가 되고 싶다는 것이다. "감통함이 도리어 상림에 부끄럽네."의 '商霖상림'은 殷은나라 高宗고종이 꿈에 傳說부열을 보고, 그 모습을 그려서 수소문하여 찾아낸 뒤 相臣상신으로 삼고, "만약 큰 내를 건너게 되면 너를 배와 노로 삼고, 큰 가뭄이 들면 너를 장맛비로 삼으리라."[26]라고 했던 데서 나온 고사로, 훌륭한 재상을 뜻한다. 곧 자신과 국왕 중종의 마음이 통하였기 때문에 왕을 뵙고 충언을 올리는 꿈을 꾸었다는 것이다. 戀君之情연군지정이다. 그런데 자신은 부열만큼 훌륭한 신하가 되지 못하는 것이 부끄럽다고 하였다.

후학들은 회재의 출처관을 어떻게 보았는지 살펴보자. 먼저 退溪퇴계 李滉이황(1501~1570)은 회재의 행장에서 "出處大節출처대절과 忠孝충효 일치에 모두 근본한 바가 있다."[27]라고 평하였다. 곧 모든 출처가 大節대절에 맞으며 집안에서 효자가 조정에 나아가면 충신이 된다는 것이다. 회재 스스로 밝힌 출처관과 퇴계의 평처럼, 그의 출처관은 대절에 모두 들어맞는지 자세한 검토가 필요한 상태이다. 유가의 출처관에 따른 검토가 필요하기 때문이다.

栗谷율곡 李珥이이(1536~1584)는『석담일기』에서 "경세제민의 큰 재질과 입조의 큰 절개는 없었다."[28]라고 하여, 회재의 출사에 대하여 부정적 시각을 드러내었다. 그리고 "을사사화 때에 언적은 이면으로 선비들을 구하기 위해 주선하고자 했고, 직언으로 바르게 구하지 못하고 권간들의 협박으로 추관이 되어 올바른 사람들을 신문하여 공신이 되었다. 곽순은 신문 당할 때에 추관이 된 이언적을 쳐다보고 한탄하기를, '우리가 복고(이언적의 자)의 손에 죽을 줄이야 어찌 알았으리

---

26) 『書經』「說命」(上). "若濟巨川, 用汝作舟楫, 若歲大旱, 用汝作霖雨."

27) 李滉, 『退溪集』卷49「晦齋先生行狀」. "出處大節 忠孝一致 皆有所本也."

28) 李珥, 『石潭日記』(上)「隆慶元年丁卯」. "無經濟大才及立朝大節."

요.'라고 하였다. 언적이 후회하여 차차 권간들에게 이의를 내세워 마침내 죄를 얻어 공훈을 삭탈당하고 멀리 귀양 가 죽었다."29)라고 하여, 그의 처신을 못마땅하게 여겼다. 그리고 율곡은 회재에 대하여 한 번 더 결론내리기를

이문원(이언적의 시호)은 다만 충효한 사람으로 옛 전적을 많이 읽고 저술을 잘 하였을 따름이다. 부정한 여색을 멀리하지 못했고, 조정에 나와서는 도를 행할 책무를 수행하지 못하였다. 을사사화 때에 직언으로 항거하지 못하고 누차 추관이 되어 거짓 공훈에 參錄참록되었다. 결국 권간들에게 죄를 얻어 역시 부끄러운 일이니, 어찌 도학자로 추존할 수 있는가? 아! 문원이 비록 도학자란 칭호는 감당할 수 없지만, 그의 현철함은 세상에 흔히 있는 존재는 아니니 이 사람이 세상에 용납되지 못했음은 어찌 애통하지 않은 일인가?30)

라고 하였다. 고서를 다독하였으며 글도 잘 지었다고 하면서도 을사사화에 대한 일정한 책임을 묻는 데는 변함이 없다. 율곡이 위의 인용문에서 "부정한 여색을 멀리하지 못하고"는 南冥남명 曺植조식(1501~1572)이 「解關西問答해관서문답」31)에서 밝힌 회재와 그의 아들인 全仁전인과의 관계를 두고 이르는 말이다. 회재가 첫 벼슬을 얻어 경주 州學주학

---

29) 위의 책(李珥, 『石潭日記』(上) 「隆慶元年丁卯」). "乙巳之難, 彦迪欲周旋陰救士類, 故不能直言匡救, 而迫于權奸, 作推官以考訊善類, 至於錄功. 郭珣被刑訊, 仰見彦迪作推官, 乃嘆曰, 安知吾輩死於復古之手乎. (復古彦迪字也.) 彦迪後悔, 稍與權奸立異, 竟得罪削功遠竄而卒."

30) 위의 책(李珥, 『石潭日記』(上) 「隆慶元年丁卯」). "若李文元則只是忠孝之人, 多讀古書善於著述耳. 觀其居家, 不能遠不正之色, 立朝不能任行道之責. 乙巳之難, 不能直言抗節, 乃至果作推官參錄僞勳. 雖竟得罪, 顏亦沘矣, 烏可以道學推之耶. 噫文元雖不可當道學之名, 而其賢則世不可多得, 斯人之不容於世, 豈不可痛惜哉."

31) 曺植, 『南冥集』 卷2 「雜著」 「解關西問答」 참조.

의 교관으로 있을 적(1515년, 중종 10년, 25세)에 官婢관비 石氏석씨와의 사이에서 태어난 이가 李全仁이전인이다. 그런데 회재가 서울로 영전되어 갈 때, 석씨가 아이를 임신한 상태였는데, 그때 경상도 水使수사로 부임한 曺胤孫조윤손이 그 관비를 데리고 가 살았는데, 7달 만에 아이를 낳았다는 것이다. 훗날 이 아이로 인하여 조정에서 문제가 일어날 정도였다. 남명은 「解關西問答해관서문답」에서 이전인의 출생과 회재의 출처관 등을 비판하였다. "나는 일찍이 복고(이언적의 자)가 성현의 도를 배웠으면서도 알아서 깨닫는 지경에 이르는 처지의 소견이 분명치 못함을 안타깝게 여기고 있었다. 당시에는 대윤 소윤의 싸움이 곧 일어날 듯하여 나라의 형편이 위태롭기 그지없다는 것을 어리석은 아낙도 알고 있었다. 그런데도 복고는 낮은 관직에 있을 적에 일찍 물러나지 않고 있다가 중망을 입어 벗어날 수 없는 지경에 이르러 낯선 땅에 유배되어 죽고 말았으니, 이는 明哲保身명철보신의 식견에는 모자람이 있었던 듯하다."32)라고 하여, 도가 서지 않은 시기에 벼슬한 회재는 명철보신의 식견도 없는 사람이라고 혹평하였다. 이는 남명이 을사사화 때 친구인 郭珣곽순과 宋麟壽송인수 등을 처벌할 때 회재가 추관이 된 것에 불만을 드러낸 것이기는 하지만, 참된 유자의 관점에서 보면 유가의 출처관에 벗어난 처사라 할 수 있다. 율곡도 회재의 부도덕함과 을사사화 때 회재가 추관이 되어 올바른 사람을 심문한 사실을 비난하면서, 그 일로 인해 공훈이 되어다가 삭탈되었지만, 오히려 이 같은 일은 권간들에게 죄를 얻은 꼴이 되었다고 하였다. 역시 을사사화 때 추관이 된 것과 직언하지 못한 회재의 행적을 비판하였다.

---

32) 曺植, 『南冥集』 卷2 「雜著」 「解關西問答」. "嘗恨復古學聖賢之道, 而致知之見不明, 當時大小尹之禍, 朝夕必發, 國勢抗捏, 愚婦所知, 猶不早退於官卑之日, 以至於負重而不可解, 流死異域, 恐虧於明哲之見也."

來庵래암 鄭仁弘정인홍(1536~1623)도 상소문에서 회재의 출처에 대해 언급한 부분이 있다.

정인홍이 상차하여 (…중략…) 이언적과 이황이 지난 날 가정 을사년(인종 1년, 1545년)과 정미년(명종 2년, 1547년) 사이에 혹은 극도로 높은 벼슬을 하였고, 혹은 청직과 요직을 지녔으니, 그 뜻이 과연 벼슬할 만한 때라고 여겨서입니까?[33]

자료문에서 래암이 주장한 것처럼, 인종이 즉위한 후 8개월 만에 승하하고, 12살의 명종이 즉위하자 문정왕후가 攝政섭정을 하게 되었다. 이 무렵 회재는 병으로 사직하였으나, 1545년 인종 1년 3월에 다시 출사하였다. 그리고 7월에 인종이 승하하자 명종이 즉위한 후 인종의 외척 大尹대윤 윤임을 제거하기 위해 명종의 외척으로 小尹소윤인 윤형원이 밀지를 받고 회재와 함께 문정왕후와 명종을 忠順堂충순당에서 親見친견한 일, 곧 회재가 忠順堂충순당 引見인견에 참여한 일이 있었다. 이때 회재는 직언하지 못한 채 올바른 사람을 심문한 결과 靖難衛社功臣정난위사공신과 驪城君여성군에 봉해졌다. 이런 일련의 사정을 감안하여 래암은 출사하는 시기가 마땅하지 않다고 한 것이다. 왕의 외척들과 권세가들이 세력 싸움을 하는 시기로, 道가 서지 않은 때였기 때문이다.

유가적 관점에서 가장 바람직한 출사의 조건은 천하에 도가 있고 본인 또한 출사할 의사가 있을 때일 것이다. 그러나 천하에 언제나 도가 실현되는 것은 아니다. 그러기에 도가 없으면 벼슬에 나아가지 않고 속세에 은거하면서 자신의 참된 속뜻을 쉽사리 드러내지 않으며

---

33) 『光海君日記』 卷39 광해 3년(1611) 3월 병인.

세상이 맑아지기를 기다리는 것도 유자가 지녔던 출처관이기도 하였다. 혼란한 시기에 잘못 출사하여 자신의 능력에 감당하지 못할 사건에 처해 오히려 세상일을 혼란에 더 빠지게 할 수 있기 때문이다. 그래서 래암은 도가 서지 않은 시기이기에, 회재가 벼슬할 때가 아니라고 보았던 것이다.

西厓서애 柳成龍류성룡(1542~1607)도 회재에 대해서 평하였다.

회재는 도학으로서 세상에 이름이 나서 백대의 儒宗유종이 되었다. 그의 수립한 卓然奇偉탁연기위함은 말할 것도 없고, 지금 다만 입각한 시종만 가지고 말한다면 평생에 도를 곧게 잡아 행하여 행실에 굴곡이 없었다. 비록 풍파의 蕩激탕격한 중에 처하여서도 흔들리거나 겁내지 않고 본말이 일치했으므로 조금이라도 의심할 만한 것이 없다.[34]

서애는 회재가 백대의 유종이 되었으며, 평생의 도를 잡고 있어 행실에 굴곡이 없을 뿐 아니라 풍파의 세월에도 흔들림이 없다고 하였다. 퇴계의 제자라서 그런지 퇴계가 회재의 행장에서 밝힌 내용과 거의 차이가 없다.

『孟子맹자』「公孫丑공손추」章(上)에 "벼슬할 만하면 벼슬하시고, 그만둘 만하면 그만두셨다."[35]라는 구절과 『孟子』「萬章만장」章(下)에 "벼슬하지 않고 處처할 만하면 處하셨으며, 벼슬할 만하면 벼슬하셨다."[36]라고

---

34) 柳成龍, 『晦齋先生文集』 卷14 附錄 「恭書御札答館學諸生疏後」. "晦齋以道學名世, 爲百代儒宗. 其所樹立卓然奇偉, 姑置不論, 今但就其立朝終始而言之, 平生直道而行, 無所回互. 雖處風波蕩激之中而不震不悚, 本末一致, 無纖毫可疑."

35) 『孟子』「公孫丑」章(上). "可以仕則仕, 可以止則止."

36) 『孟子』「萬章」章(下). "可以處而處, 可以仕而仕."

한 구절들은, 맹자의 출처관을 보여주는 것들이다. 회재도 맹자의 출처관처럼, 바른 소리를 하다 파직되기도 하였다. 무도한 현실이라고 해서 세상을 등진다든지 몸을 감추고 은둔하는 그런 태도는 보이지 않았다. 오히려 자기의 뜻을 써 주면 출사하여 자신의 뜻을 펴고자 하였으며, 올바르지 않은 태도를 보이는 권신들에게는 소극적이나마 반발의 모습을 보이기도 하였다.

그러나 훈구파에 의해 조광조를 비롯해 신진사류들이 숙청된 을묘사화 후 재등용된 일과 율곡이나 래암이 지적했던 것처럼 道가 서지 않았던 시기에 직언하지 못했던 점 등은 유자의 의리 관점에서 회재의 출처관을 다시 한 번 검토할 필요가 있다. 중종에 의해 재등용된 후 김안로의 등용을 반대하다가 10년 만에 파직되었지만, 그 시간이 멀다. 10년 동안 개혁적인 정치가 이루어지지 않았기 때문이다. 그리고 인종 승하 후 명종 등극과 을사사화 때의 그의 행적들은 참된 유자들이 지녔던 처세관과는 차이가 난다. 인종 사후, 명종 등극 시 문정왕후의 수렴청정과 충순당 인견 등은 외척의 조정 개입을 묵인하는 결과가 되었으며, 소윤 윤원형에 의한 반대파 관리들의 심문, 그로인한 공신 녹과 여성군에 봉해짐 등은 그의 소극적인 태도로 인해 일어난 결과일 수도 있기 때문이다. 참된 유자는 혼란한 시기에 출사하지 않는다. 그렇다고 세상을 완전히 등지는 것도 아니다. 세상사에 관심을 두면서 세상이 바른 길로 나아갈 수 있도록 도를 행해야 된다는 것이다. 을사사화 때의 행적을 살펴보면, 회재가 이런 면이 부족한 점이 있었다. 그래서 후대의 유자들로부터 비난을 받는 것이다.

3. 유자의 시문학을 통해 본 자연관

지금까지 우리는 自然자연이라 하면 자연물을 가리키는 것으로 알고, 산수 자연만이 자연인 것으로 인식하여 그 의미를 파악하고자 하였다. 그러나 儒家유가의 自然觀자연관은 우주의 질서 내에 있는 자연물뿐만 아니라 인간의 생활사도 자연에 포함된다. 왜냐하면 삶의 현실만큼 우리에게 절실하게 다가오는 자연은 없기 때문이다. 儒者유자들이 문학에서 노래한 자연은 이런 삶과 관련된 자연일 것이다. 자연에서 본성을 찾고자 하는 태도도 儒家의 自然觀과 관련되어 있기 때문이다. 삶의 모습이 배제된 채 賞自然상자연의 아름다움만 노래한 문학으로 파악한 것은 서구 사상의 영향으로 개화기 이후의 문학 이론이라 할 수 있다. 사람은 天體천체의 運行운행 곧 天道천도를 본받아서 人道인도를 지극히 해 나가는 것이다. 이는 자연이 곧 우리의 삶인 것이다. 삶과 동떨어진 자연이 우리에게 무슨 소용이 있겠는가? 따라서 유가의 자연관을 살핀다고 하면서 아름다운 자연을 어떻게 노래하는가에만 관심을 기울여서는 안 될 것이다. 유가의 자연관은, 우리 주변에 일어나는 일상들 모두가 자연이기 때문이다. 어린 자녀가 부모의 폭력으로 희생을 당한 뉴스를 접하고는 안타까워한다든지 반대로 장성한 아들들이 연로한 부모를 모시지 않고 방치한 소식을 접했을 때는 綱常강상의 道가 무너진 현실에 마음 아파하는 것도 모두 현실이면서 자연이라 할 수 있다. 그래서 개화기 이후 도입된 서구식 자연관의 관점으로 조선시대 유자들의 자연관을 파악하는 일은, 관점의 차이로 혼란이 일어날 수도 있다.

『論語논어』「憲問헌문」篇 '石門석문'章에 대한 '集註집주'의 胡氏호씨 주석에 "성인께서 천하를 보시는 데에는 가히 할 만하지 못한 때가 없으셨다."37)라고 한 것과, 朱子주자가 『논어』 집주에서 밝힌 "군자가 위태로운 일을 보고서 목숨을 내줄 처지인 곧 위태로운 나라에서 벼슬하는 자로서는 벼슬을 버리고서 떠나야 할 이치가 없거니와, 바깥[남의 나라]에 있는 경우라면 그 나라에 들어가지 않는 것이라야 될 법한 일일 것이다."38) 등과 같이, 성인과 군자 등은 어두운 세상을 한시도 잊지 않으며 세상을 바로잡고 밝히기를 결코 포기하지 않았던 것이다. 이런 태도가 유가의 자연관이라 할 수 있다. 그리고 『禮記예기』 「儒行유행」 篇에 "道가 있으면 제 몸을 나태내고, 도가 없으면 숨는다. 때가 아니면 나타내지 않는다."39)라고 한 부분이 있는데, 이는 유가의 적극성이 잘 드러난 표현이다. 道가 선 나라에서는 당연히 출사하여 자신의 능력을 나라와 백성들을 위해 헌신할 수 있기 때문이다. 여기서 '몸을 숨는다'는 뜻은 은둔한다는 것이 아니라 제 참뜻을 숨긴다는 뜻이다. 이런 儒者의 태도가 선비정신이면서 유가의 자연관이다. 유가의 자연관을 따르면, 개인의 인간사와 더불어 사회적 관심사도 자연일 수 있는 것이다. 다시 말하자면, 儒者 개인의 충효사상은 물론 형제애와 효심 그리고 사회에 대한 관심사도 포함된다고 할 수 있다. 유자가 바라보는 현실은 절실한 자연일 수밖에 없고, 그 암담한 현실을 바로잡고자 하는 마음을 포기하지 않는 것 또한 진정한 유가의 자연관이기 때문이다. 그러므로 유가의 자연관은, 세상살이에서 인륜에 어긋나지 않으면서 현실을 잊지 않는 마음까지 포함되었던 것이다.40)

---

37) 『論語』「憲問」篇 '石門'章에 대한 '集註'의 胡氏[胡寅]의 주석. "聖人之視天下, 無不可爲之時."
38) 『論語』「泰伯」篇 '篤信'章에 대한 '集註'의 朱子의 주석. "君子, 見危授命, 則仕危邦者, 無可去之義, 在外, 則不入, 可也."
39) 『禮記』「儒行」篇. "有道則見, 無道則隱, 非時不見."
40) 윤인현, 「松江 鄭澈의 漢詩에 나타난 作法과 儒者의 자연관」, 『한국고전연구』 31, 한국고전연구학회, 2015, 195쪽 참조.

회재의 시에도 유가의 자연관이 드러난 작품이 있다.

산사에서 분구하며 오래도록 집에 못 가,　　分炙僧家久未歸,

아침저녁 어머님을 그리는 맘 간절하네.　　不堪晨夕戀慈闈.

필마로 그대 나를 찾아주어 기쁘구나.　　喜君匹馬勤相訪,

산길에 구름 짙고 또한 무척 험준한데.　　山路雲深更嶮巇.[41]

회재 28세 때 작으로, 아우인 언괄이 병이 나자, 山寺산사에서 분구의 아픔을 느끼면서 어머님을 그리워하고 있을 쯤에, 험준한 산길을 마다하고 찾아준 요경에게 고마움을 표한 시이다. '분구'는, 형제가 병이 났을 때 그 아픔을 함께한다는 뜻으로, 형제간의 우애가 매우 각별했던 宋송나라 태조가, 동생 태종이 병이 나서 뜸을 뜨자 자신도 뜸을 떠서 그 고통을 느꼈던 고사[42]에서 온 말이다. 여기서는 동생이 병을 앓고 있어서 함께 머물며 병간호를 한 것을 두고 한 말이다. 형제는 부모님의 끼치신 몸을 받고 태어난 동기이다. 형제가 아프면 마치 우리 몸의 일부가 아픈 것과 같다. 그래서 아우의 아픔을 형인 나도 나누고 싶은 것이다. 이런 형제애도 유가의 자연관인 것이다. 人倫인륜도 자연의 일부이기 때문이다.

하늘 남쪽 한강 북쪽 아득하게 길이 먼데,　　天南漢北路茫茫,

언제나 기러기를 따라갈 수 있으려나.　　旅雁何時更着行.

먼 이별에 벼슬살이 좋은 줄도 모르겠고,　　遠別不知官爵好,

---

41) 李彦迪, 『晦齋先生集』 卷1 「古今詩」 「贈堯卿(요경에게 주다)」.

42) 『宋史』 卷3 「太祖本紀」 2.

돌아가고픈 마음에 해가 길어 괴롭구나.   思歸苦覺歲年長.

지붕 위로 새 대나무 응당 쭉쭉 뻗어가고,   屋頭新竹應森秀,

울타리 밑 어린 솔은 무성해졌으리라.   籬底稚松想就荒.

격문 받고 기뻐하고 싶은 뜻을 못 이루어,   一檄動顔猶未遂,

아침마다 궐 옆에서 애간장이 끊어진다.   朝朝腸斷禁城傍.[43]

아우와 어머님에 대한 그리움이다. 위의 시 "언제나 기러기를 따라 갈 수 있으려나. 먼 이별에 벼슬살이 좋은 줄도 모르겠고, 돌아가고픈 마음에 해가 길어 괴롭구나."의 3구는 蘇軾소식의 시 「病中聞子由得告不赴商州三首병중문자유득고불부상주삼수」의 첫 수 가운데 2구~4구와 일치한다. 소식의 시가 동생 蘇轍소철을 향한 애틋한 형제애를 담은 것으로, 회재도 당시 정황이 유사했기 때문에 그런지 그대로 가져다 썼다. 남의 글을 그대로 가져다 쓰면 표절이라 하여 혹독한 비난을 받는다. 그런데 회재의 경우는 그 아우에 대한 생각이 절실한 것이 소식과 같아서 오히려 시적 감동을 주었다. 회재가 알고 썼는지 아니면 우연히 일치하게 된 偶同우동인지는 알 수 없지만, 소식 못지않은 형제애를 느끼게 한다.

"격문 받고 기뻐하고 싶은 뜻을 못 이루어"는 後漢후한의 毛義모의가 어머니를 효성으로 섬긴다는 소문을 듣고 張奉장봉이 그를 흠모하여 찾아갔을 때, 모의를 '현령으로 삼는다'는 격문이 오자 모의의 얼굴에 좋아하는 기색이 가득하였다. 이런 모습을 본 장봉은 그를 천하게 여기고 그곳을 떠났다. 그 뒤에 모의는 어머니가 돌아가시자 벼슬을 내던지고 상복을 입었으며, 여러 차례 불러도 나가지 않았다. 장봉이

43) 李彦迪, 『晦齋先生集』卷1「古今詩」「寄舍弟子容(아우 자용에게 부치다)」.

그제야 모의가 지난날 모친을 위해서 벼슬을 받아들였다는 것을 알고
는 자신이 사람을 잘못 본 것을 탄식하였다는 고사[44]이다. 여기서는
회재 자신이 모친을 봉양할 수 있도록 지방관에 보임되고자 하는 바
람을 이루지 못했다는 뜻이다. 이렇듯 형제애를 노래한 것과 모친을
그리워하는 것도 유자의 자연관이다.

다음 시는, 회재가 31세이던 1521(중종 16)년에 한양으로 올라가면
서 지은 20수의 7언 절구로, 8월 6일 집을 나선 뒤 10일에 경주를
출발, 23일 한양에 도착할 때까지의 일정을 날짜별로 기록한 것이다.

살아오며 몇 번이나 험난한 일 겪었던가?	身世曾經幾險艱,
이제야 한양 땅에 이르러서 기뻐하네.	如今始喜達長安.
부끄럽게 우리 임금 聖君 만들 술법 없이,	致君堯舜慙無術,
다만 평생토록 한 조각 충심만을 품었네.	只把平生一片丹.[45]

己卯士禍기묘사화 後 출사하는 회재의 마음이다. 총 20수로 된 시인데,
마지막 연이다. 기묘사화는 사림파 조광조가 훈구파의 세력을 견제하
려다 오히려 역공에 말려 賜死사사된 士禍사화이다. 회재 24세 때, 별시
문과에 급제하였을 당시 慕齋모재 金安國김안국이 考官고관이었는데, 회재
의 策文책문을 보고 '王佐왕좌의 才재'가 있다고 감탄까지 할 정도였다.
을묘사화는 그런 모재가 파직이 된 사건이었다. 회재가 살았던 시기
가 4대 사화가 일어난 시기이기도 하다. 그리고 회재가 16세가 되던

---

44) 『後漢書』卷39「劉趙淳于江劉周趙列傳」.

45) 李彦迪, 『晦齋先生集』卷1「古今詩」「辛巳秋西征吟(신사(1521, 중종16)년 가을의 서정음)」.
"戊寅年, 丁祖父憂, 庚辰冬服闋, 是年秋, 除校書博士赴洛(무인(1518)년에 조부 喪(상)을 당
하여 경진(1520)년 겨울에 삼년 喪을 마치고, 이해 가을에 교서관 박사에 제수되어 한양으
로 올라갔다)."

해(1506년)에는 中宗反正중종반정이 일어나기도 하였다.

金安國은 金宏弼김굉필의 문인으로 趙光祖조광조·奇遵기준 등과 함께 사림파의 선도자가 되었다. 1501(연산군 7)년 생원·진사과에 합격하고, 1503년에 별시 문과에 을과로 급제하였으며, 1507(중종 2)년에는 문과 중시에 병과로 급제하였다. 여러 관직을 역임한 뒤 1517년 경상도 관찰사로 파견되어 각 향교에 『小學소학』을 권하고, 『農書諺解농서언해』·『二倫行實圖諺解이륜행실도언해』·『呂氏鄕約諺解여씨향약언해』 등의 언해서와 『辟瘟方벽온방』·『瘡疹方창진방』 등을 간행하여 널리 보급하였으며, 향약을 시행하도록 하여 백성들의 교화에 힘썼다. 그러나 1519년 기묘사화 때 파직되었다. 회재 자신을 조정의 관리로 이끌어준 考官고관인 김안국이 기묘사화에 연루되어 파직되었는데도, 회재는 중종의 그릇된 정치를 충간하기보다는 조부의 삼년喪상을 마치고 조정에 다시 출사할 수 있게 된 것을 기뻐하였다. 회재의 이 같은 태도는 유자의 처세 곧 자연관으로서의 선비정신에는 문제점이 있다. 의리의 기준으로 보았을 때, 정당하지 못할 수도 있기 때문이다.

하룻밤 숲 속에서 맑은 꿈을 꾸고 나서,　　　一夜雲林魂夢清,
다시 맑은 시내 찾아 먼지 묻은 갓끈 씻네.　　重尋碧澗濯塵纓.
오래 앉아 읊조리며 돌아가길 잊었더니,　　　沈吟坐久忘歸去,
산빛도 헤어짐을 아쉬워만 하는 듯.　　　　　山色依依亦有情.[46]

회재가 1527(중종 22)년 1월 사직하고 귀향한 뒤, 7월 다시 시강원 문학에 제수되어 상경하는 사이에 지은 시이다. 세상을 등지고 싶지

---

46) 李彦迪, 『晦齋先生集』 卷1 「古今詩」 「定慧寺話別(정혜사에서 작별하며)」.

만 등질 수 없는 회재의 모습이 엿보인다. 다시 출사한 회재는 김안로의 등용을 반대하며 불의에 항거하는 면도 보였다. 그 사건으로 탄핵받아 낙향하기에 이르렀다.

푸른 나무로 덮인 마을엔 한 줄기 맑은 연기,	一抹淸煙綠樹村,
푸른 산 아래에는 천 층의 짙은 안개.	千層濃霧碧山根.
절경을 바라보매 참 흥취가 더해지니,	望中奇勝添眞興,
물외의 강산 또한 主君의 은혜로다.	物外江山亦主恩.47)

위의 시는 회재가 41세이던 1531(중종 26)년 낙향 후 지은 시이다. 대체로 『회재선생집』권2는 1531년 파직되어 낙향한 후 1537년 조정에 복귀하기까지의 작품이 실려 있다. 위의 「登前峯觀望등전봉관망」은 앞산에 올라 비 그친 후의 산뜻한 산의 모습과 안개가 피어나는 산촌의 절경을 즐길 수 있는 것도 임금의 은혜라고 하여 江湖歌道강호가도로서의 戀君之情연군지정을 노래한 것이다.

다음 시는 회재가 낙향한 지 4년째 되던 해(1534년, 44세) 지은 시이다.

말 위에서 〈양보음〉을 길게 노래 부르니,	馬上長歌梁甫吟,
인간 세상에 마음 열어 보일 곳 없네.	人間無處可開襟.
한 해도 다 저물어 산들은 메마르고,	蒼茫歲暮千山瘦,
흐느끼듯 샘 흐르니 한 줄기 길이 깊네.	嗚咽泉鳴一路深.

---

47) 李彦迪,『晦齋先生集』卷1「古今詩」「登前峯觀望(앞산에 올라서 바라보다)」,「辛卯春. 以司諫罷還江鄕(신묘(1531, 중종26)년 봄에 사간으로 있다가 파직되어 고향으로 돌아왔다)」2首 중 第2首.

반평생 기구하게 험한 일들 겪었어도,	半世崎嶇多涉險,
만백성의 삶에 아직 마음이 쏠려 있네.	萬方休戚尙關心.
시내 따라 느지막이 평지로 나왔는데,	沿溪日晏通平坦,
십여 리 어촌 길에 달빛이 숲에 가득.	十里漁村月滿林.48)

여전히 세상사에 대한 관심이 있다. 〈양보음〉은 諸葛亮제갈량이 蜀漢 촉한의 劉備유비를 만나기 전 泰山태산 아래 梁甫山양보산에 있을 때 불렀다 는 노래로, 세상을 다스릴 만한 재주를 지니고 있음에도 이를 실현하 지 못하는 것을 비통해하는 내용이다. 회재도 제갈량처럼 세상을 다 스릴 만한 재주가 있는데, 이 재능을 알아주는 이가 세상에는 없다는 것이다. 한 해도 저물어가고 산은 메마르고 그 산길을 따라 흐르는 물줄기는 내 마음인 양, 흐느끼듯 울고 있다. 반평생 환로의 고단함에 몸과 마음이 지쳤지만 그래도 만백성을 향한 이내 마음을 끊을 수가 없다. 애민정신을 통한 정치를 다짐하니 길도 평지로 보이면서 십리 길에 달빛이 환히 비춰주고 있다. 회재가 품었던 목민관의 자세를 읽을 수 있다. 회재는 이 시에서 어디에 처해도 현실을 잊지 못하는 선비정신으로서의 유가의 자연관을 보여주었다.

드물지만 愛民思想애민사상이 드러난 시도 있다. 낙향한 지 5년째 되던 해에 지은 시로,「林居十五詠임거십오영」중 2수이다.

농가에서는 해마다 가뭄을 근심하고,	農圃年年苦旱天,
근래에는 숲 속에 샘물마저 말랐네.	邇來林下絶鳴泉.
野人은 幽人의 마음 몰라주고,	野人不識幽人意,

---

48) 李彦迪,『晦齋先生集』卷2「律詩, 絶句」「山行卽景(산길을 가며 경치를 읊다)」.

청산에 불을 놓아 화전을 만드누나.　　　　　燒盡靑山作火田.

밤사이 격자창에 빗소리가 요란하니,　　　　松櫺一夜雨聲紛,
나그네 놀라 깨어 기뻐하며 듣는구나.　　　　客夢初驚却喜聞.
이로부터 이 땅에 큰 가뭄이 없으리니,　　　　從此靑丘無大旱,
幽人은 바위 구름 아래 누워 지내리라.　　　　幽人端合臥巖雲.[49]

회재가 낙향하여 지내던 동안 가뭄이 심했던가 보다. 근처 샘물마
저 마르는 심각한 상태에서 농부들은 삶을 위해 화전밭까지 일궈야
하는 처지가 되었던 것이다. 그런데 밤 사이에 비가 내렸고 그 빗소리
에 잠은 깨었지만, 그래도 해갈하기에 충분한 양이기에 마음 편히
지낼 수 있게 되었다는 것이다. 같은 시기로 戀君之情연군지정을 노래한
작품이 있다.

가을날 모래밭에 술상 놓고 마주하니,　　　　沙頭歲晩對芳樽,
만물의 榮枯盛衰 본래 한 이치로다.　　　　萬類榮枯本一元.
눈앞의 구름 산이 모두 세속 밖이거니,　　　　入眼雲山俱物外,
온 강의 바람 달은 또한 君主 은혜로다.　　　　滿江風月亦君恩.[50]

위의 시는 「江上對酌偶吟강상대작우음 示座中諸君시좌중제군」 3수 중 세 번
째 연이다. 가을 날 백사장에서 술상을 마주하고 바라본 구름과 강산

---

49) 李彦迪, 『晦齋先生集』卷2「律詩, 絶句」「林居十五詠」, '悶旱'(가뭄 걱정)과 '喜雨'(비를 기뻐
하다).

50) 李彦迪, 『晦齋先生集』卷2「律詩, 絶句」「江上對酌偶吟 示座中諸君(강가에서 마주 앉아 술을
마시다가 우연히 읊어 좌석의 제군들에게 보이다)」.

곧 전원의 아름다움을 만끽하여 자연에 몰입된 경지로, 눈앞의 구름 산이 모두 세속 밖이라는 도가적 풍류의 정서를 드러내면서도 '亦君 恩역군은'이라 하여 유자로서의 본연의 자세를 잊지 않았다. 이 모든 자연의 아름다움을 즐길 수 있는 것 역시 임금의 은혜라고 끝을 맺음으로써 유자의 충절을 드러냈기 때문이다. 이 같은 표현은 조선 전기 유자들의 일반적인 표현법으로 江湖歌道강호가도의 전형적 표현법이다. 조선 초 樂章악장인 「感君恩감군은」과 時調시조 작품인 孟思誠맹사성의 「江湖 四時歌강호사시가」, 그리고 歌辭가사인 宋純송순의 「俛仰亭歌부앙정가(면앙정가)」 등에서도 강호가도라 할 수 있는 "亦君恩이샷다"라는 표현이 있다.

애민사상이 구체화된 시도 있다.

영남에서 우연히 함께 노닐었는데,	嶺外風煙偶共遊,
저무는 강 머리에 이별 시름 밀려오네.	離愁段段暮江頭.
상서로운 세상 비상하는 그대는 봉황인 듯,	翺翔瑞世君如鳳,
호탕하게 機心 잊은 이 몸은 白鷗인 듯.	浩蕩忘機我似鷗.
고향에서 채무 추니 봄이 실로 풍성하나,	彩舞南洲春正富,
대궐 향한 충심은 세월 감에 놀라도다.	丹心北闕歲驚遒.
입궐한 뒤 성상께서 민생을 물으시면,	朝天若賜蒼生問,
기근 질병 이어져서 떠도는 자 많다 하길.	饑癘連年太半流.[51]

潛庵잠암 金義貞김의정(1495~1547)을 전송하면서 지은 시이다. 김의정은 1526년 별시에 합격하여 시강원 사서로 조정에 있었으나, 1531년

---

51) 李彦迪, 『晦齋先生集』 卷4 「七言律詩」 「送玉堂金正字義貞 時罷在林泉(홍문관 정자 김의정을 전송하다 이때 파직되어 향리에 있었다)」.

김안로 파에 의해 파직되었다가 1537년 김안로가 처형되자 다시 출사
하였다. 위의 시는 회재가 그때 지은 준 것이다. 회재와 함께 김안로
파에 의해 파직된 후 영남에서 우연히 만나 노닐기도 하였는데, 지금
그대는 조정의 부름을 받고 한양으로 떠난다. 재출사한 김의정은 봉
황 같고, 부름을 받지 못한 자신은 忘機망기한 갈매기인데, 임금에 대한
충성심만은 세월감에 더욱 더 굳건해진다. 그리고 만약 임금께서 민
생을 그대(잠암)에게 물어본다면, 기근과 질병으로 유리걸식하는 백
성들이 많다고 전해 달라고 하였다. 愛民精神애민정신의 표현이다.

김안로가 敗死패사된 후 중종이 회재의 충직을 생각하여 서용 복직을
명하였다. 그때(47세) 지은 시로 "음 다하고 양 돌아와 만물에 봄이
오니, 애써 쇠한 몸 이끌고 홍진으로 들어가네. 군주를 도울 재주 없다
고는 말을 마라, 한 조각 붉은 충심 늙을수록 새로우니."[52]라고 하여,
임금에 대한 충절은 늙을수록 더 깊어진다고 하였다.

다음 시는 「次李進士定之韻차이진사정지운」 3수 중 제3수로, 회재가 1541
(중종 36)년 여름에 휴가를 받고 고향 집에 내려와 있다가 지은 것이다.

올봄에는 가뭄으로 보리농사 흉작인데,	今春不雨大無麥,
모내기를 못한 곳이 많아 또 걱정이네.	又悶西疇少揷秧.
부끄럽게 능력 없는 몸이 시종 직책 맡아,	自愧空疏忝侍從,
흉년에 유랑민을 구휼해 줄 방책 없네.	凶年無術撫流亡.

---

52) 李彦迪, 『晦齋先生集』 卷3 「律詩, 絶句」 「丁酉冬 上洛贈鄕友. 十一月, 金安老敗死, 十二月,
承召命赴闕(정유(1537, 중종32)년 겨울에 한양으로 올라가며 고향 벗들에게 주다. 11월에
金安老가 伏誅됨에 따라 12월에 소명을 받들고 대궐로 나아갔다)」. "陰盡陽廻萬物春, 强將
衰朽入紅塵. 莫言輔主無才調, 一片丹心老更新."

가뭄으로 봄보리 농사는 물론이고 모내기까지 못한 곳이 많다. 그런데 명색이 목민관으로서 이런 어려움에 빠진 백성들을 구할 길이 없음을 자책하는 애민정신을 드러내었지만, 소극적 자세이다.

『晦齋先生集회재선생집』卷4에는 1547년 윤 9월 경주에서 강계로 유배 가던 도중에 지은 시로 시작하여, 유배 생활하는 동안 지은 시까지 모두 36제의 시가 실려 있다. 그 내용은 대체로 어머니와 아우, 그리고 임금에 대한 그리움이다.

늘그막에 서로 멀리 떨어져 지내는데,	衰年遠別各西東,
소식마저 끊어지니 그리움이 한없어라.	雁斷魚沈思不窮.
잔설이 있는 유배지에 봄은 깊어 가건만,	殘雪異鄕春欲暮,
시름겨운 혼은 그댈 꿈에서도 못 만나네.	愁魂中夜夢還空.
군신 사이 가로막혀 붉은 마음 찢어지니,	丹心破盡君臣隔,
흰머리로 어머님과 함께 할 날 언제일까?	白首何時母子同.
달을 보니 천리 밖에 떠나온 한이 깊어,	見月難消千里恨,
고개 돌려 대궐 쪽을 바라보며 슬퍼하네.	回頭心折五雲重.[53]

아우와의 소식 단절로부터 시작하여, 고향에 대한 그리움과 임금에 대한 충성스러운 마음 그리고 어머님을 모시지 못하는 안타까움 등 유배지에서 느낄 수 있는 모든 것이 망라되어 있다. 유배지인 강계에도 봄은 왔는데, 군신 사이는 가로 막혀 나의 충절을 전할 길이 없다. 군주에 대한 충성뿐만 아니라 고향의 어머님과 아우에 대한 그리움도 한이 없어 밝은 달만 바라보며 마음 아파할 뿐이다. 이처럼 유배지에

---

53) 李彦迪, 『晦齋先生集』 卷4 「西遷錄」 「律詩, 絶句」 「次舍弟韻(아우의 시에 차운하다)」.

서 느끼는 형제애와 모정 그리고 연군지정까지 유자가 지녔던 자연관
이라 할 수 있다. 이런 삶의 모습이 유자들의 현실이면서 자연이기
때문이다.

愛民精神애민정신이나 戀君之情연군지정 그리고 귀양지에서 그의 저술 활
동도 유가의 자연관에 합당하다고 할 수 있다. 유자는 어디에 처해도
현실의 문제점과 그 해결책을 생각하면서 우리 임금이 성군되기를
바라고 있기 때문이다.

먼 곳으로 유배된 지 이미 일곱 해,	投荒已七載,
변방 성에 또 봄이 저물어 가네.	邊徼又殘春.
임금님 그리워서 찢기는 충심,	戀闕丹心破,
고향 산엔 풀이 더욱 묵었으리라.	思鄕宿草新.
백발노인 슬퍼 눈물 뿌리던 때에,	白頭揮慘淚,
붉은 인끈 깊은 인을 베풀어 줬지.	朱紱遇深仁.
술잔 들고 속마음을 털어놓던 날,	杯杓開襟日,
두터운 공의 뜻을 알게 되었다오.	知公厚意眞.54)

강계 부사로 있었던 張國卿장국경이 의주 목사로 부임하는 것을 전송
한 시로, 기나긴 유배생활에 더욱 생각나는 임금이다. 유배생활이 어
려울 때, 고을 수령인 장국경이 특별히 돌봐주었다는 것이다. "붉은
인끈 깊은 인을 베풀어 줬지"의 '붉은 인끈'은 관리의 印章인장에 다는
것으로 장국경을 가리킨다. 곤경에 처해 있는 회재 자신을 고을 수령

---

54) 李彦迪, 『晦齋先生集』 卷4 「西遷錄」 「律詩, 絶句」 「送張國卿之任義州 癸丑閏三月(의주로
부임하는 장국경을 전송하다 계축년(1553, 명종8, 윤3월)」.

인 장국경이 보살펴 주었는데, 술잔을 기우리면서 나눈 이야기에 그의 두터운 정을 느낄 수 있다고 하였다. 이런 우의도 유가의 자연관이다.

유배 생활 동안 지은 시에는 지날 칠 정도의 戀君之情연군지정의 시가 많다. 유배지에서 오는 단절감 때문에 오는 심리일 수도 있다. 그러나 아무 때나 연군을 하다든지 충절을 맹세하는 것은 다소 지나치다는 평을 들을 수 있다. 왜냐하면 참된 유자는 전통적인 유가의 출처관에 따라 '權道권도'를 행하면서 벼슬할 만할 때만 벼슬자리에 나아가야 하기 때문이다. 유배시절은 어린 명종의 등극으로 문정왕후의 수렴정청과 외척인 소윤의 득세로 세상에 道가 행해지지 않을 때였다. 이는 끝내 出仕출사하지 않은 화담과 남명과는 대조되는 점이다.

회재가 강계의 유배생활을 하는 동안 지은 『구인록』·『대학장구보유』·『중용구경연의』 등은 현실을 잊지 않고 經世之治경세지치를 이루기 위해 쓴 책들이다. 이들의 저술 활동과 회재가 지난 날 부임지에서 「一綱十目疏일강십목소」를 올린 일과 충순당 인견 후 어린 명종에게 올린 「政府書啓十條정부서계십조」 등을 통해서 현실 정치가 바로잡힐 수 있게 한 것도 유가의 자연관으로, 현실을 잊지 않는 자세이다.

4. 유자의 자연관은 현실을 잊지 않는 자세이다.

晦齋회재·花潭화담·南冥남명 세 분은 16세기 초 주자 성리학이 조선 사회에 정립되던 시대에 살았던 儒者유자들이다. 한편으로는 조선의 조정이 훈구파와 사림파로 갈등하여 士禍사화로 점철된 시대를 살았던 동시대 인물들이기도 하다. 이런 혼란기에 살았던 인물 중 회재를 통해 조선 성리학이 정착되던 시기 참된 유자의 삶을 지향했던 회재는, 과연 그 삶이 儒家유가의 自然觀자연관에 따라 어떠했는지를 살펴본 것이다.

晦齋는 20대에 「問津賦문진부」를 지어 儒者의 적극적인 현실관을 보였으며, 「敬身箴경신잠」에서는 出處출처의 기준은 의리로써 행해야 한다고 하였다. 그러나 己卯士禍기묘사화가 일어난 후 2년 뒤 중종은 조부의 喪상으로 낙향해 있던 회재를 재등용하였다. 기묘사화는 조광조를 비롯한 사림파의 신진사류들이 훈구파에 의해 숙청된 사건이다. 조광조는 중종반정의 공신 76명의 공신 삭탈을 주장하였다. 그런데 중종은 반정을 반역사건으로 몰아가는 것으로 의심하여, 훈구파가 사림파 신진사류들을 몰아내게 내버려두었다. 이때 再出仕재출사한 회재는 「이윤오취탕론」을 지어 그 당시 출사에 임하는 심경을 남겼다. '이윤처럼 우리 임금을 요순이 되게 하고 백성은 요순시대의 태평성대를 누리게 하기 위한 것'이 출사의 동기였다. 화담과 남명이 처사로 지냈던 것에 비해, 회재는 적극적으로 현실 정치에 참여하였다. 그러나 사화를 겪은 뒤에, 조정에 복귀한 일이 과연 유가에서 말하던 의리에 맞는 것인지 한 번 되짚을 볼 필요가 있다. 이후 회재는 10년 동안 조정의 여러 벼슬자리를 역임하다가 10년 차에 훈척 김안로의 기용을 반대하다 탄핵을 받고 파직되어 낙향하게 되었다.

또한 회재는 乙巳士禍을묘사화 때 문정왕후와 소윤인 윤원형이 주도하여 사림을 죄주는 忠順堂충순당 引見인견에 참여하였으며, 충순당 모임 후 判義禁府事판의금부사의 직을 맡아 추관으로 소윤의 반대파인 관리들을 심문하였다. 그 공으로 靖難衛社功臣정난위사공신에 錄勳녹훈되어 驪城君여성군에 封봉해졌다. 이와 같은 회재의 행적은 유가의 출처관에 정당했는지 의문이 든다. 남명을 비롯한 율곡과 래암도 이런 면에서 그의 출처관을 비판하였다. 道가 서지 않은 나라에는 벼슬자리에 연연하지 않고 조정에 나아가지 않는 것이 참된 儒者들이 지녔던 출처관이기 때문이다. 道가 서지 않은 조정에 나아갔을 경우 능력이 미치지 못해 더 큰 화를 불러 올 수도 있다. 그러나 회재는 곧바로 정난위사공신과 여성군에 봉해진 것이 잘못된 일임을 알고 사양하기는 하였다. 하지만 벼슬자리에 나아간 것을 일러, 율곡은 권간들에게 죄를 얻게 되는 결과가 되었다고 혹평하였다.

회재의 시문학에 나타난 자연관은 어머님에 대한 그리움과 곁에서 모친을 봉양하지 못하는 안타까움, 그리고 아우에 대한 형제애 등으로 표현되었다. 어머니 봉양을 위해 여러 차례 사직서를 올렸으며 고향 근처의 외직을 자원하였을 뿐만 아니라 아우를 그리워하는 시 30여 편을 짓기도 하였다. 또한 임금에 대한 충절과 우국지정 내용의 시도 여러 편 전해지고 있다. 이와 같은 효심·형제애 그리고 충절도 유가의 자연관의 일부이다. 그러나 낙향과 유배 생활 동안 지나친 戀君연군은 明哲保身명철보신의 이미지로 비춰질 수 있는 상황이기도 하였다. 유배 시절은 권간들이 득세하던 시기로, 道가 바로서지 않아서 참된 유자라면 출사를 꺼리던 때이기 때문이다. 한편 아쉬운 점은 백성들의 어려운 삶을 소재로 한 현실 참여적인 시가 별로 없다는 것이다. 이것은 16세기 유자들의 시문학에 나타난 한계점이기도 하다.

16세기 초 주자 성리학이 조선 사회에 정착되기 전에 삶을 살았던 회재는, 花潭화담과 南冥남명처럼 현실 정치를 떠난 채 산림에 은거하지 않고 출사의 기회가 오면 세상을 위해 나아갔다. 出仕출사한 회재는 자신이 처음 지녔던 요순시대의 정치론이 현실 정치에 적용되지 못하고 내침을 당하기도 하였다. 그러나 낙향과 유배 생활에도 결코 현실을 외면하거나 도피하려는 경향은 보이지 않았으며, 오히려 지금의 군주를 성군되게 하기 위해 저술활동을 펼치기도 하였다. 이런 회재의 모습도 16세기 초 유자가 지녔던 유가의 자연관이라 할 수 있다. 無道무도한 시절에는 出仕하기보다는 處士처사의 삶을 택하는 경우도 있지만, 회재는 처사의 삶보다는 출사의 길을 택하였다. 그러나 출사한 후 그의 행적은 참된 유자로서의 적극적인 면모를 보여주지 못하였다.

한편으로 간신의 등용을 반대하다 파직된 경우와 유배지에서의 戀君之情연군지정과 효심, 우애의 표현 그리고 저술 활동 등은 그가 지녔던 소극적 자세의 현실 참여적 태도라 할 수 있다. 동시대 處士처사로 삶을 살았던 花潭화담과 南冥남명보다는 벼슬살이를 한 회재가 표면적으로 적극적인 삶을 살았다. 하지만 그가 조정의 요직에 있으면서 바른 정치를 실현했는가는 한 번쯤 되짚어 보아야 한다. 그가 벼슬자리에 있을 때도 道가 실현되지 않았을 뿐만 아니라 士禍의 환란이 일어났기 때문이다. 이렇게 보았을 때, 꼭 出仕하는 것만이 능사는 아닐 것이다. 일부의 處士처럼 산림에 은거하면서도 바른 소리를 내어 현실 정치를 비판할 수 있기 때문이다. 어쨌든 출사한 회재는 현실 정치의 개혁을 실현하지 못했으며, 오히려 士禍에 걸려 유배지에서 생을 마쳤다. 이런 道가 서지 않은 시절에는 산림에서 수양을 통한 삶이 오히려 더 나을 수도 있다. 따라서 시문학을 통해 본 회재의 삶은 결과적으로 현실 정치의 개혁을 이루지 못했기에, 지나친 戀君으로 인해 顯達현달만을 위했다는 평을 들을 수 있는 면도 있다. 儒家의 적극성을 보이면서도 儒者의 정신에 따라 '時中시중의 道'를 행하지 못했기 때문이다.

율곡 문학론의 유가 문학관적 의의

1. 율곡의 문학론에 반영된 세계관

조선 중기 栗谷율곡 李珥이이(1536~1584)의 문학론을 통해 그의 세계관의 일단을 엿볼 수 있을 것이며, 또한 유자로서의 시가론과 학문적 지향이 어떠했는가를 고찰할 수 있을 것이다. 그런 과정에서 율곡이 주창한 理通氣局說이통기국설이 시문학과 글에 어떻게 반영되었는지 아울러 살펴볼 것이다. 고려 말 불교의 폐단을 극복하기 위해 수용된 性理學성리학은 조선 초 새로운 국가 창건의 사상적 배경과 건국이념으로 정착되었다. 이후 정치 이념으로 발전하던 성리학이 점차 이념적 깊이를 더해 16세기 들어 한국적 성리학으로 발전하게 되었다. 그 한국적 성리학의 기초를 세우는 대표적 학자로는 晦齋회재 李彦迪이언적(1491~1553)을 비롯하여 花潭화담 徐敬德서경덕(1489~1546)과 退溪퇴계 李滉이황(1501~1570), 南冥남명 曺植조식(1501~1572), 그리고 선대의 이론을 비판적으로 계승 발전시킨 栗谷율곡 李珥이이가 있다.

북송 시절 周敦頤주돈이의 太極圖說태극도설과 程顥정호·程頤정이 형제의 이기설을 집대성한 것이 朱熹주희의 性理學성리학이다. 성리학 중 자연의 존재법칙을 연구하는 것이 理氣論이기론으로, 심성론을 중시하여 心學심학이라고도 한다. 주희의 理氣論이기론은 성리학의 기본이 되는 존재론으로, 우주만물은 理리와 氣기의 결합으로 존재한다는 것이다. 理는 形而上형이상으로 무형체인 까닭에 形而下형이하인 氣의 작용에 의해 理가 실현된다는 논리이다. 따라서 理와 氣는 존재론적으로 상보적 관계라는 것이다. 아울러 理와 氣를 善惡선악의 측면에서 볼 때 모든 사물에 부여된 理는 性성의 개념으로, 理가 보편적으로 동일한 만큼 만물의 본성 역시 선하다는 논리이다. 그러나 氣는 善惡이 혼재되어 있어 氣의 淸濁청탁에 의해 개개인의 善惡의 정도 차이가 일어난다는 것이다. 그러므로 理는 만물의 공통적으로 지닌 동일성과 보편적인 善을 보장하는 개념이며, 氣는 만물 간의 차별성을 드러내는 개념이다. 이처럼 理와 氣는 서로 다른 개념이지만 서로 떨어질 수 없는 관계인 것이다. 그래서 朱熹주희(朱子)는 理氣二元論이기이원론이라 했던 것이다.

朱子주자의 理氣二元論이기이원론을, 조선의 서경덕은 氣一元論기이원론으로 해석하였다. 모든 만물의 근원은 氣에 있는 것으로, 만물의 변화도 역시 氣로 인해 일어난다는 논리이다. 氣가 모이면 만물이 생겨나고, 氣가 흩어지면 사라진다는 논리이다. 이황은 朱子의 理氣二元論을 취하면서 奇大升기대승(1527~1572)과 8년 동안의 논쟁을 통해 理氣互發說이기호발설을 주장하였다. 도덕적 감정인 四端사단 곧 仁인의 실마리인 惻隱之心측은지심, 義의의 실마리인 羞惡之心수오지심, 禮예의 실마리인 辭讓之心사양지심, 智지의 실마리인 是非之心시비지심 등은 理가 작용하고 氣가

뛰 따른다는 논리이다. 그리고 일반적 감정인 七情_{칠정} 곧 喜_희·怒_노·哀_애·懼_구·愛_애·惡_오·欲_욕 등은 氣가 작용하고 理가 올라탄다[1]는 논리이다. 이처럼 퇴계의 理와 氣의 인식 기준은 도덕성인 것이다. 퇴계와의 35살의 나이 차이에도 忘年之交_{망년지교}로 지낸 栗谷_{율곡}은 氣發理乘一途說_{기발리승일도설}, 곧 理氣一元論_{이기일원론}을 주장하였다. 이는 화담의 기일원론을 비판적으로 이어받은 성격이 짙다. 四端_{사단}과 七情_{칠정} 모두 氣의 작용으로 보았기 때문이다.

율곡은 퇴계와 달리 理와 氣는 서로 불가분의 관계에 있다고 하였다. 氣가 七情에만 관계된 것이 아니라 四端에도 氣가 작용하고 理가 타는 모양새라고 하였다. "이는 단지 七情만이 그러한 것이 아니요, 四端 역시 氣가 발함에 理가 타는 것입니다. 왜냐하면 어린아이가 우물에 빠진 것을 본 뒤에야 측은한 마음이 발하는 바, 이것을 보고서 측은해하는 것은 氣이니 이것이 이른바 氣가 발한다는 것이요, 측은한 마음의 근본은 仁이니 이것이 이른바 理가 탄다는 것입니다. 이것은 사람의 마음만이 그러한 것이 아니요, 천지의 조화도 氣가 化_화함에 理가 타지 않는 것이 없기 때문입니다."[2]라고 한 것처럼, 理氣一元論을 주창하였던 것이다. 다시 말하자면 四端과 七情은 오로지 氣에서만 일어나는 것이며, 理는 스스로 일어나지 않고 氣를 타야만 일어날 수 있다는 논리이다. 진리인 理가 현실인 氣와 동떨어진 것이 아니라, 현실 개선 그 자체가 진리인 理라는 인식이 배어 있는 것이다. 율곡의 이런 사상이 문학론과 주된 글에는 어떻게 반영되고 있으며, 그 의의

---

1) 『退溪先生文集』 卷之十六 「答奇明彦」 「論四端七情第二書」. "理發氣隨之, 氣發理乘之."
2) 『栗谷先生全書』 卷之十 書 「答成浩原 壬申」. "非特七情爲然, 四端亦是氣發而理乘之也. 何則, 見孺子入井, 然後乃發惻隱之心, 見之而惻隱者, 氣也, 此所謂氣發也, 惻隱之本則仁也, 此所謂理乘之也. 非特人心爲然, 天地之化, 無非氣化而理乘之也."

를 유가 문학관적 시각에서 고찰하고자 하는 것이다.

지금까지 율곡의 문학에 대한 연구는 時調시조에 관한 연구3)를 비롯하여, 한시와 문학론 대한 연구4)가 주로 이루어졌다. 여기서는 문학과 문학론에 대한 연구를 참조하면서 율곡이 16세기 중반에 어떻게 전통적인 儒家유가의 문학관을 계승하고 있는가를 살펴보고자 한다. 15세기 이후부터 일부 관료들에 의해 정책적으로 유가의 시가론이나 문학관이 詞章사장 중심의 문학관으로 흘렀기 때문이다. 따라서 16세기 중반 율곡 이이는 유가 문학관의 전통을 왜 계승하고 발전시키고자 했는지를 살펴, 그 시대사적 의의를 밝히는 것이 이 글의 목적이다.

3) 黃鎭性, 「高山九曲歌 硏究」, 『東岳語文論集』 1, 동국대학교, 1965; 徐元燮, 「陶山十二曲과 高山九曲歌의 비교연구」, 『청계 김사엽 박사 송수 기념 논총』, 1973; 李敏弘, 「高山九曲歌 攷」, 『成大文學』 18, 1973; 李敏弘, 「高山九曲歌와 漁父四時詞의 比較的 考察」, 『成大文學』 20, 1978; 崔珍源, 「高山九曲歌攷」, 『大東文化硏究』 21, 성균관대학교 大東文化硏究院, 1987; 姜銓燮, 「高山九曲歌의 作者 考證」, 『古典文學硏究』 4, 韓國古典文學硏究會, 1988; 姜銓燮 「高山九曲歌의 原典摸索」, 『석하권영철박사 회갑기념 국문학연구논총』, 형설출판사, 1988; 金大幸, 「李珥論」, 『古時調作家論』, 백산출판사, 1988; 金昞國, 「高山九曲歌의 일 고찰」, 『泮橋語文硏究』 2, 泮橋語文硏究會, 1990.
4) 林熒澤, 「16世紀 士林派의 文學意識」, 『韓國學論集』 3, 계명대학교, 1975; 李敏弘, 「士林派文學硏究」, 『成大文學』 19, 1976; 金豊起, 「栗谷 李珥의 文學論 硏究」, 고려대학교 석사논문, 1988; 최주희, 「栗谷의 文學理論 硏究」, 인하대학교 석사논문, 1988; 金昞國, 「精言妙選의 文獻的 檢討와 栗谷의 詩觀」, 『書誌學報』 15, 韓國書誌學會, 1995; 孫仁銖, 「栗谷思想의 理解: 선비정신을 중심으로」, 『栗谷思想硏究』 2, 율곡학회, 1995; 이기용, 「栗谷의 學問觀 硏究」, 『東洋古典硏究』 6, 東洋古典學會, 1996; 洪宇義, 「栗谷의 文學論과 道學詩 硏究」, 서강대학교 석사논문, 1998; 洪學姬, 「栗谷 李珥의 詩文學 硏究」, 이화여자대학교 박사논문, 2001; 李然世, 「士林派 風格論: 退溪와 栗谷을 中心으로」, 『退溪學硏究』 16, 단국대학교 퇴계학연구소, 2002; 홍학희, 「栗谷 李珥의 古文觀과 그 표현 특성」, 『韓國漢文學硏究』 30, 韓國漢文學會, 2002; 정항교, 「栗谷의 文學觀 연구」, 『경원 어문논집』 7, 경원대학교 국어국문학과, 2003; 朴京信, 「栗谷의 文學論」, 『한문고전연구』 14, 한국한문고전학회, 2007; 김태완, 『율곡문답』, 역사비평사, 2008.

2. 율곡 문학론의 유가 문학관적 의의

1) 文學一般論

『栗谷全書율곡전서』에 523수의 한시가 전해지고 있고, 9번의 장원급제를 하여 한 시대를 풍미했던 율곡이기에, 그의 문학론을 한 번에 논한다는 것은 쉽지 않다. 그래도 그의 문학일반론과 「精言妙選序정연묘선서」 및 「精言妙選總敍정연묘선총서」 그리고 그의 주된 글을 통해 문학론을 비롯하여 그가 주장했던 사상의 핵심이 문학과 주된 글에 어떻게 반영되어 있는지 등을 고찰하고자 한다. 『書經서경』의 "玩人喪德완인상덕, 玩物喪志완물상지"5) 곧 "사람을 가지고 희롱거리를 삼으면 儒者유자의 덕을 잃게 되고, 器物기물을 가지고 희롱거리를 삼으면 유자 본래의 참된 뜻을 잃게 된다."는 의미로, 儒者가 문예의 공교로움에만 빠져 유자다운 길을 행해나가는 데에 지장이 있으면 안 된다는 말씀이다. 율곡도 『書經서경』의 논리를 알아 시 짓기만을 능사로 여기지 않았다. 시 짓기만을 능사로 알고 유자 본래의 뜻인 義理道德의리도덕을 밝히는 일에 등한시 하지 않았기 때문이다. 율곡의 「精言妙選序정연묘선서」에 보면 "시가 비록 학자의 能事능사는 아니지만, 이 또한 性情성정을 읊으며 淸和청화한 마음에 통하고 사무치게 하여 흉중의 더러운 찌꺼기를 씻어냄은 存心省察존심성찰에 한 가지 도움이 되는 것이니, 어찌 아로새기고 그려내고 수놓고 꾸미고 하여 방탕한 마음에 情정을 옮겨서 지을 것이겠는가?"6)라고 한 것만 보아도, 시 짓기만을 위해 시를 짓는 일은

---

5) 『書經』卷之七 「周書」 '旅獒' 참조.

6) 『栗谷全書』卷之十三 「精言妙選序」. "詩雖非學者能事, 亦所以吟詠性情, 宣暢淸和, 以滌胸中之滓穢, 則亦存省之一助, 豈爲雕繪繡藻, 移情蕩心而設哉."

하지 않았음을 알 수 있다. 유자의 학문적 목표가 단순히 시를 짓는 것에 그치는 것이 아니라, 그 시를 통해 마음의 더러운 찌꺼기를 씻어내어 성정을 순화시키는 데에 있기 때문이다. 퇴계도 『退陶先生言行通錄퇴도선생언행통록』에서 "선생께서 시 짓기를 좋아하여 평소에 시 짓는 데 공을 많이 들였으며"[7] "시가 배우는 자에게 있어 가장 긴절한 일은 아니다. 그러나 경치를 만나고 흥을 만나면 시가 없을 수 없다."[8]라고 하였다. 율곡이나 퇴계 모두 유자의 학문적 궁극 목표가 시 짓는 일 또는 시만 짓는 일일 수는 없다는 것이다. 선현들의 이와 같은 주장은 시를 짓기는 하되, 賞自然상자연에 머무는 것보다 공을 많이 들여 유자 본래의 길인 성현들의 길을 따르는 聖道之學성도지학을 따르면서 세상을 바로잡고 밝히는 일과 성정을 순화시키는 일을 우선적으로 행하라는 뜻일 것이다. 이와 같은 것이 전통적인 儒家유가의 문학관이다.

유가의 문학관이란, 유학사상을 배경으로 하는 문학관이다. 유가의 문학관의 배경이 되는 것이 『논어』의 공자 말씀이다. 공자가 제자와 아들 鯉리에게 행한 가르침이 있는데, 詩敎시교에 해당되는 것이 여기에 해당될 수 있다.

공자가 아들 鯉에게 베푼 시의 효용성을 살펴보자.

공자께서 백어에게 일러 말씀하시기를, "네가 「주남」편과 「소남」편을 배우고 있는가? 사람으로서 「주남」편과 「소남」편도 배우지 않는다면, 그 마치 똑바로 담장 쪽으로 낯을 향하고서 서 있는 것과 같다고나 하겠지"라

---

7) 『退陶先生言行通錄』 卷之五. "先生喜爲詩, 平生用功甚多."
8) 『退陶先生言行通錄』 卷之五. "詩於學者, 最非緊切, 然遇景值興, 不可無詩矣."

고 하셨다.9)

『詩經시경』「周南주남」篇과「召南소남」篇은 인륜을 노래한 시편들이다. 인륜의 시작은 부부의 사랑으로부터 시작된다. 공자는 사람으로서 『시경』 시를 알지 못하면 마치 담장을 맞대고 서 있는 것 같아 남과 더불어 세상을 살아나갈 수 없다는 논리이다. 그리고 過庭之訓과정지훈으로 "저 리가 종종걸음 치면서 뜰을 지나가고 있는데, (아버지인 공자께서) 말씀하시기를 '『詩經시경』 시를 배우는가?' 대답해서 말씀드리기를 '아직 배우고 있지 않습니다.' 하니, (공자께서) 말씀하시기를 '시를 배우지 않으면 더불어 말할 수 없다.' 하시거늘, 리가 물러가서 시를 배웠습니다."10)라고 하는 구절 역시 시의 효용성을 밝힌 구절이다.

뿐만 아니라 제자와의 대화에서도 시가 주는 효용성을 언급하고 있다. "시는 착한 마음을 감발하여 의지를 흥기 시키고, 시로써 풍속의 순후하고 소박함을 살펴볼 수 있고, 시로써 서로 노래 부르면서 무리지어 평화롭게 살 수 있으며, 시로써 원망할 수 있으며, 가까이는 부모를 섬기는 일로부터 멀리는 임금을 섬기는 일이며, 금수와 초목의 이름을 많이 알 수 있는 일에 이를 수 있다."11)라고 하여, 『시경』 시 같은 좋은 시를 읊으며 나도 모르게 착한 일을 행하게 되고, 정치의 잘잘못도 살펴볼 수 있으며, 집단생활을 하며 평화롭게 어울려 살 수 있는 지혜도 터득할 수 있다고 하였다. 뿐만 아니라, 시로써 원망하는 마음

---

9) 『論語』「陽貨」篇 '伯魚'章. "子謂伯魚曰, 女爲周南召南矣乎, 人而不爲周南召南, 其猶正牆面而立也與."

10) 『論語』「季氏」篇 '異聞'章. "鯉趨而過庭曰, 學詩乎, 對曰未也, 不學詩無以言, 鯉退而學詩."

11) 『論語』「陽貨」篇 '學詩'章. "詩可以興, 可以觀, 可以群, 可以怨, 邇之事父, 遠之事君, 多識於鳥獸草木之名."

도 풀게 하고, 부모님과 임금 섬기는 일도 알게 하여 사람으로서의 도리를 알 수 있게 한다는 것이다. 이처럼 시가 주는 유용성 또한 막대함을 일깨워 『시경』 시 같은 훌륭한 시 배우기를 권장하였다.

공자가 중시한 『시경』 시의 성격을 알게 하는 것으로, 자하가 지었다는 「詩經大序시경대서」에 보면 유가의 문학 이론을 더 구체적으로 알 수 있다.

> 윗사람은 風풍으로써 아랫사람을 교화하고, 아랫사람은 風으로써 윗사람을 풍자하는데, 文辭문사를 위주로 하면서 은근히 풍간하니 詩를 말하는 자는 죄가 없고 詩를 듣는 자는 족히 경계가 된다. 그러므로 일러 風이라 한다. 풍은 바람이요, 가르침이라는 말이니, 바람이 불 듯 불어서 감동시키고, 가르쳐서 감화해 나간다는 뜻이다.[12]

『시경』 시 같은 시가 정치적으로 교화에 이바지할 수 있음을 드러냈다. 윗사람은 노래로써 아랫사람을 교화시키고 아랫사람은 노래로써 윗사람을 넌지시 풍자할 수 있다는 것이다. 따라서 윗사람에 해당되는 위정자는 정치적으로 경계의 마음을 가질 수 있다는 의미이다. 毛萇모장이 지었다는 「毛詩序모시서」에도 "관저는 후비의 덕을 노래한 것이니, 풍의 시작이요, 천하를 바람 불 듯 교화시켜 부부의 도리를 바로잡자는 것이다. 그러므로 마을 사람들에게 쓰여지고 천자국과 제후국에 쓰여진다."[13]라고 한 것처럼, 바람이 불면 풀들이 바람이

---

12) 『詩經』 「詩經大序」. "上以風化下, 下以風刺上, 主文而譎諫, 言之者無罪, 聞之者足以戒, 故曰風. 風, 風也, 敎也, 風以動之, 敎以化之."
13) 毛萇, 「毛詩序」. "關雎, 后妃之德也, 風之始也, 所以風天下而正夫婦也. 故用之鄕人焉, 用之邦國焉."

부는 방향으로 쓰러지고 흔들리는 것과 같이 윗사람은 아랫사람의 본보기가 되어야 아랫사람이 저절로 감화가 되어 풍속이 바로잡힐 수 있다는 風教論풍교론인 것이다.

유가적 문학관의 대표적인 이론 중의 하나가 북송시대의 인물인 주돈이가 쓴 「文辭문사」의 '文以載道論문이재도론'일 것이다.

글은 도를 싣는 바이다. 수레바퀴와 수레몸체가 꾸며져서도 남이 사용하지 않으면(남에게 도움을 주지 못하며) 한갓 헛된 꾸밈이니, 하물며 빈수레이겠는가? 문사(겉으로 나타난 글)는 재주에 해당되고 (그 글에 담기는) 도덕은 알맹이에 해당되니, 그 알차고도 재주가 있어 보이는 것을 독실이 하는 자(내용도 좋고 문장도 잘 짓는 자)가 쓰게 되면 아름답게 되어 사랑받게 되고, 사랑받게 되면 (후세에) 전해지는 것이다. 잘난 사람은 (좋은 글을) 얻어서 배워서 (도덕군자의 경지에) 이르러 가나니 이것이 바로 배움[가르침]이니라. 그러므로 (세상 사람들이) 말하기를 말이 글이 없으면 행해지는데(전해지는데) 멀리가지 못하느니라. 그러나 못난 사람(어질지 못한 사람)은 비록 부형이 임해 주고(곁에서 지켜봐주고 학비도 보태 주고 하는 것) 스승이 힘써주더라도(스승이 잘 가르쳐 주더라도) 배우지 않고(공부하기 싫어하는 놈은 좋은 글을 안 배우려고 함) 억지로 해도 따르지를 않는다. (작가나 독자 모두 도덕을 싣고 또 추구하고 노력해야 하는 데) 도덕에 힘쓸 줄 알지 못하고 다만 겉으로 나타난 글만 가지고서 능사(잘 하는 일)로 삼는 자는 재주만 보여줄 따름이니, 아! 슬프도다. (문장 풍도의) 폐단이 오래 되었다.14)

14) 周敦頤, 「文辭」. "文所以載道也, 輪轅而人弗庸, 徒飾也, 況虛車乎. 文辭, 藝也, 道德, 實也, 篤其實而藝者書之, 美則愛, 愛則傳焉. 賢者得以學而致之, 是爲教, 故曰, 言之無文, 行之不遠. 然不賢者, 雖父兄臨之, 師保勉之, 不學也, 强之, 不從也, 不知務道德, 而第以文辭爲能者, 藝焉而已, 噫, 弊也久矣.『周子全書』"

위의 글은, 문장은 道를 나타내는 그릇이므로, 道를 나타내는 문장이 참된 문장이라는 文以載道문이재도의 글이다. 따라서 문장에 있어 도덕과 文辭문사의 관계는 本末본말의 관계에 있음을 서술한 것이다. 그렇다고 문장을 등한시하거나 도외시하자는 논리는 아니다. 문장은 도덕에 있어서 末에 해당된다는 것이다. 글은 알차고도 진실되면서 도덕적인 글을 실어야 하고, 문장은 그 도덕을 싣는 그릇에 해당한다는 것이다. 가령 우리가 퇴계와 율곡의 시를 연구한다고 하면서 형식만 연구해서는 안 된다는 말이다. 퇴계와 율곡의 고결한 사상을 연구하는 것이 무엇보다 중요하기 때문이다.

우리가 세상을 살아가면서 사람을 대하는 방법이나 일 처리하는 방식 등도 다 道에 해당된다. 도덕군자의 글은 도가 많이 실려 있다. 그렇다고 해서 초등학생의 글에는 도가 실리지 않는다는 말이 아니다. 초등학생의 일기에도 道는 실릴 수 있기 때문이다. "오늘 길거리에서 노숙자를 보았다. 불쌍한 생각이 들어, 가지고 있던 빵과 우유를 나누어 주었다."라고 쓴 학생의 일기도 道가 실린 것이다. 이것은 착한 마음과 선한 행위를 행하였기에 도가 실렸다고 말할 수 있다. 도덕 높은 분의 글에는 도가 많이 실릴 수 있지만 그렇지 않은 평범한 사람들의 글에도 우리가 반성하고 본받을 만한 일들을 실으면 그 글은 '文以載道'가 되는 것이다.

'文以載道'라 하여 문장 내용만 중시하고 그 내용을 담는 문장이나 문예 곧 허구적인 문학은 도외시했다는 말은 아니다. 문장의 근본은 道이고 그 道를 나타내는 형식인 문장이나 글은 末에 해당된다. 간혹 이 '文以載道'를 오해하여, 문장을 잘 짓는 藝예를 재주로만 인식하여 문학을 배격한 것으로 간주하기도 하였는데, 이는 '문이재도'를 잘못 이해한 것이다. 道와 藝를 本末본말의 관계로 보았지만, 문예 곧 문학을 부정하고 도외시하자는 논리는 아닌 것이다.

문장의 道는 작가가 나타내고자 하는 참된 역사의식이나 삶의 방식 등 작가가 문장에서 나타내는 진실성이나 문장의 알찬 내용을 말하는 것이다. 그것은 물론 문장을 짓는 사람의 형식인 문장이 뒷받침되지 않아서는 안 되는 일이다. 알찬 내용을 싣기 위해서는 바른 문장력도 꼭 필요하기 때문이다. 따라서 文以載道論은 글의 있어서 내용인 道도 중요하고 그 도를 싣는 문장도 중요하되 다만 그 두 관계에 있어 本末의 관계를 따지다면 내용이 우선이라는 것이다.15)

주돈이의 문이재도론을 계승한 주희의 이론도 『周易주역』의 내용인 "형이상자를 일러 도라 하고, 형이하자를 일러 그릇이라 한다."16)를 참조하여, "道는 바로 도리이니, 사물마다 모두 道理도리가 있는 것이다. 器기는 바로 형상과 자취이니, 사물마다 또한 形迹형적이 있는 것이다. 道가 있으면 모름지기 器가 있기 마련이며, 器가 있으면 모름지기 道가 있기 마련이다."17)라고 하여, 사물마다 道와 器가 있다는 것이다. 다시 말하자면, 문장을 짓기 전에 사물마다 도리가 있음을 충분히 인지하고 있는 도덕군자라면, 어떤 사물을 소재로 하여 문장을 짓던 사물의 도리를 충실히 나타내는 문장을 지어낼 수 있다는 의미이다. 이는 도를 먼저 인식하고 난 후에 문장을 지어야 도가 문장에 실린다는 것이다. 고려 말과 조선 초를 살았던 牧隱목은 李穡이색(1328~1396)도 "말은 멀지만 혹 비근한 사물에 도움을 주고, 쓰는 말이 거칠고 성글지만 혹 바른 도리에 가까울 수 있는 것이다."18)라고 하여, 문장을 지을

---

15) 윤인현, 『고전 읽기의 즐거움』, 지성인, 2017, 185~187쪽 참조.

16) 『朱子語類』「周易」「繫辭上傳」. "形而上者, 謂之道, 形而下者, 謂之器."

17) 『朱子語類』卷之七十五「易」十一「上繫」下 十二章, "道是道理, 事事物物皆有箇道理, 器是形迹, 事事物物亦皆有箇形迹, 有道須有器, 有器須有道."

때는 사물에 도움을 주면서 도리에 가까운 문장을 서술하여야 한다고 하였다. 이는 문이재도론의 문학론과 유사한 것으로 유가의 사상과 문학관이 반영된 주장이다.

고려가 기울게 된 여러 이유 중의 하나로, 불교 폐단을 들을 수 있다. 그래서 조선이 건국된 후 태조는 抑佛억불 崇儒숭유의 정책으로 유학을 장려하기에 이르게 되었다. 이런 이유로 조선 초는 송학인 성리학의 학풍이 크게 조성되었다. 조선 초 조선의 골격을 만든 한 사람이면서 목은 이색을 스승으로 섬겼던 三峯삼봉 鄭道傳정도전(1342~ 1398)도 "문이란 도를 싣는 그릇이다."[19]라고 하여 宋代송대 성리학자들이 주장한 문이재도론과 별 차이가 없는 문학론을 주장하였다. 하지만 조선 중기로 접어들면서 유가의 근본 골격은 유지되면서 시대성이 반영되어 그 시대의 특징이 반영되었다. 佔畢齋점필재 金宗直김종직 (1431~1492)은 "문장은 經術(經書)에서 나오는 것이니, 경술이 곧 문장의 근본이다. 초목에 비유하자면, 뿌리가 없이 어찌 가지와 잎사귀가 무성하게 자라며 꽃과 열매가 곱고 빼어날 수 있겠는가?"[20]라고 하여, 문장의 근원은 경서 곧 『시경』이나 『서경』 등의 六藝육예[21]이어야 함을 주장하였다. 이때 사장파들의 문장 중시가 대두되던 시기로, 문장을 빛나게 하자는 주장에 곧 浮華無實(부화무실)해진 문풍에 일격을 가하고 있다. 이는 문장을 짓기 전에 六經육경인 經書경서 공부를 충분히 하여 내면적으로 학문이 완성된 단계에 도달한 후 문장을 짓게 되면

---

18) 李穡, 『牧隱先生集』「牧隱文集」卷十二 「問答」. "言遠矣, 或補於近, 用迂矣, 或類於正."
19) 鄭道傳, 『三峯集』卷之三 「陶隱文集序」. "文者, 載道之器."
20) 金宗直, 『佔畢齋文集』卷之一 「尹先生祥詩集序」. "文章者, 出於經術, 經術, 乃文章之根柢也, 譬之草木焉, 安有無根柢而柯葉之條鬯, 華實之穠秀者乎."
21) 여기서 六藝는 六經으로 『詩經』·『書經』·『周易』·『禮記』·『春秋』·『周禮』(『樂記』) 등을 이른다.

저절로 문장이 좋아질 수밖에 없다는 논리이다. 근본인 道 곧 인격완
성을 한 후에 문장을 짓게 되면 마치 뿌리가 튼튼한 나무가 아름다운
꽃을 피우고 열매를 맺듯이 문장이 아름다울 뿐만 아니라, 그 내용
또한 알차게 될 것이라는 논리이다.

中宗중종 때는 詞章派사장파가 득세하던 시절22)이기도 한데, 그 당시
사림파인 靜庵정암 趙光祖조광조(1482~1519)는 "단지 오로지 詞章사장만을
숭상하게 된다면 부실하고 천한 폐단이 생기게 되지 않을까 걱정됩니
다. 詞章의 능력이 있으면서도 덕행이 있다면 진실로 아름다운 일일
것입니다."23)라고 하여, 문예의 능력을 무시한 것이 아니라, 덕행을
갖춘 자가 문예의 능력으로 아름다운 문장을 지어내면 더 좋을 것이
라는 주장이다. 율곡에게 망년지교를 허한 퇴계도 "무릇 시가 말기이
기는 해도 성정에 근본을 둔다."24)라고 하여, 시가 도덕에 있어 末技
이기는 하지만 문장이나 시가의 근본은 性情을 실어야 한다는 주장이
다. 또한 "문예만을 잘하는 사람은 유자가 아니며, 과거에 등용만 취하
는 자도 유자가 아니"25)라고 하였다. 이처럼 전통적인 유가의 유자들
은 한결같이 문이재도론과 상통하는 문장의 우선은 도덕과 성정 순화
및 교화를 주장하였다. 그렇다고 해서 문장 자체를 도외시하자는 것
도 아니었다. 도덕과 성정을 갖춘 후 문장을 짓게 되면 자연히 내용도
좋아지고 그로 인해 문장도 아름다울 뿐만 아니라 효용성까지 갖출

---

22) 중종 시절 己卯士禍(1519)를 전후하여 사장과 학자인 南袞, 鄭光弼, 柳庸謹, 姜澂 등이
   자기 세력을 비호하기 위한 현실적인 이유로, 사대 외교의 필요성을 들어 사장을 중시하
   였다.

23) 『中宗實錄』 卷之三十二, 十三年戊寅三月, 庚戌. "但專以詞章爲尙, 則恐有浮薄之弊, 有詞章而
   又有德行, 則固爲美矣."

24) 李滉, 『退溪先生文集 內集』 卷之三十五 「與鄭子精琢」. "夫詩雖末技, 本於性情."

25) 李滉, 『退溪言行錄』 「類編」 論人物, 「論科擧之弊」. "工文藝, 非儒也, 取科第, 非儒也."

수 있다는 것이다. '末技말기' '小技소기' 등으로 인해 문장 자체를 도외시한 것으로 치부하는 것도 경계삼아야 할 것이다. 단지 문장은 도덕에 있어서 末에 해당하기 때문이다.

율곡의 문학론도 전통적인 유가의 문학관에서 벗어나지 않았다. 중종 때부터 사대 외교를 중시하여 사장파 문학을 중시하던 기류에 전통적인 유가의 유자였던 율곡은 어떻게 문풍을 쇄신하고 훌륭한 인재를 뽑고자 노력했는지를 국가 정책적인 차원에서 살펴보고자 한다.

성현의 교훈은 六經육경에 실려 있으니, 육경이란 도에 들어가는 門문입니다. 어찌 이것으로써 祿록을 위한 도구로 삼기를 기약하겠습니까? 도가 드러난 것을 일러 文이라 하니, 문이란 도를 꿰는 그릇입니다. 어찌 이것으로써 문사의 자구나 꾸미는 기교로 삼기를 기약하겠습니까? 변통 없는 유자, 소견 없는 서생들은 장구 사이에서 문구나 분석할 뿐 깊은 뜻에 마음을 쏟으려는 실질은 없으며, 조그마한 재주꾼이나 말단의 선비들은 겉으로 문장을 수놓아 꾸미는 데에만 노력을 경주할 뿐, 속에 축적된 아름다움이 밖으로 발현되게 하는 실질은 없으니, 국가가 문을 숭상하는 본의를 이미 잃어버렸습니다.26)

策文책문은 과거시험의 한 방편으로 국가의 정책을 제안할 수 있는 한 방법의 하나이기도 하다. 율곡은 이 책문에서 단지 밥벌이 녹을 구하는 방편으로서의 학문을 하면 문장 자체가 실속이 없을 뿐만 아

---

26) 李珥, 『栗谷先生全書』 拾遺 卷之四 「雜著」 ― 「文武策」. "聖賢之訓, 載在六經, 六經者, 入道之門也. 豈期以此爲干祿之具耶. 道之顯者, 謂之文, 文者, 貫道之器也. 豈期以此爲雕蟲篆刻之巧耶. 拘儒瞀生, 尋摘章句之間, 而無涵泳意味之實, 小技末流, 爭奇繡繪之間, 而無英華發外之實, 已失國家右文之本意矣."

니라, 국가는 문을 숭상하는 본의를 잃게 된다고 하였다. 그러면서 전통적으로 주장해 온 유가의 문학론으로 문이재도론인 "文者문자는 貫道之器관도지기니라"를 주장하였다. 그러면서 "소위 文문이라는 것은 기억하고 외우는 습속이나 사장의 학문에 있지 않으며, 교화를 밝혀 민풍을 흥기시키는 데에 있다."[27]라고 하여, 교화와 민풍의 진작을 주장하였다. 또한 그 병폐를 극복하는 방안으로 "저는 듣건대, 옛적에 선비를 선발하는 것은 첫째로 여섯 가지 덕[六德]이요, 둘째로 여섯 가지 행실[六行]이며, 셋째로 여섯 가지 재주[六藝]였으며, 시험하기를 講誦강송이나 시문의 재주(詞藻사조)로써 했다는 것은 아직 들어보지 못했습니다. 위에서 취하는 바가 덕행에 있으면 아래서도 반드시 덕행으로써 위에서 구하는 바에 응하고, 위에서 취하는 바가 시문의 재주에 있으면 아래서도 역시 시문의 재주로써 위의 요구에 대응하게 마련입니다. 시문의 재주로 취하면서 덕행이 있기를 바라는 것은 영을 내리는 바가 그 좋아하는 바에 반대됩니다."[28]라고 하여, 시문을 암송하거나 꾸미기를 일삼는 인재를 선발할 것이 아니라 덕행을 갖춘 인재를 구할 것을 주장하였다. 이런 사실로 미루어 보면 이미 과거 시험의 폐단으로 사장 중심의 학풍이 만연했음을 짐작케 한다.

이런 폐단을 극복하기 위해 율곡은 인재 등용의 대책을 제시하였다.

선비로서 가장 높은 자는 도덕에 뜻을 두는 자이며, 그 다음은 사업에 뜻을 두는 자이고, 그 다음은 문장에 뜻을 두는 자이며, 가장 낮은 자는

---

27) 李珥, 『栗谷先生全書』拾遺 卷之四「雜著」―「文武策」. "其所謂文, 不在於記誦之習, 詞章之學, 以不在於明敎化而作興之."
28) 李珥, 『栗谷先生全書』拾遺 卷之四「雜著」―「文武策」. "愚聞古之賓士也, 一曰六德, 二曰六行, 三曰六藝, 未聞考之以講誦, 試之以詞藻也. 上之所取者, 在於德行, 則下必以德行應上之求, 上之所取者, 在於詞藻, 則下亦以詞藻待上之需. 取之以詞藻, 而望之以德行."

부귀에 뜻을 두는 자이니, 과거에 매달리는 무리가 바로 부귀에 뜻을 두는 자입니다. 요즘 세상에는 도덕에 뜻을 둔 자들을 등용하고자 하면서도 도리어 부귀에 뜻을 둔 자들을 구하는 방법으로써 유자들을 대접하니, 심히 그릇된 일입니다.[29]

역시 전통적인 유자들의 사상이면서 문학관인 도덕 우선주의를 주장하였다. 그러면서 부귀에 뜻을 둔 자는 가장 하위의 해당하는 인물이라고 하였다. 선대의 유자인 정암과 퇴계도 과거제도의 폐단을 비판하였다. 정암 조광조는 "사장으로써 불시에 인재를 등용하므로 유자들은 항상 필묵을 차고 다니면서 행동거지만 엿보고 있으니, 이런 사람들은 다만 일신의 영화롭게 하고 자기 몸을 살찌게 하려 할 뿐 어찌 다른 뜻이 있겠으며, 비록 이런 사람들을 얻는다 해도 국가에 무슨 보탬이 되겠습니까?"[30]라고 하여, 사장을 중시하는 학풍이 국가의 근간을 흔들 수 있음을 드러내었고, 퇴계 이황도, "정사성이 '경학을 외워 과거의 업을 삼는 것은 학문을 하는 데에 해가 되지 않겠습니까?"[31]라고, 과거제도의 폐단을 여쭙는 말에 "답하기를 '나라에서 과거를 베푸는 것이 어찌 선비들이 학문을 하지 못하게 하고자 함이겠는가? 內外내외와 輕重경중은 스스로 분별하여야 할 것이니, 만일 이것을 판단하여 분명히 한다면, 성인의 경전을 외워 통하는 것이 어찌

---

29) 『栗谷先生全書』 拾遺 卷之六 「雜著」 三 「文策」. "士之上者, 有志於道德, 其次, 志乎事業, 其次, 志乎文章, 最下者, 志乎富貴而已, 科擧之徒則志乎富貴者也. 今玆欲得志乎道德者, 而反以志乎富貴者待士, 則甚非國家所以求賢之意也."

30) 趙光祖, 『靜庵先生文集』 卷之四 「三拜副提學時啓(四)」. "以詞章不時取人, 故儒者, 常佩筆墨, 以伺其動止, 如此等人, 只欲榮身肥己而已, 豈有他志哉. 雖得此等人, 赤何益於國家哉."

31) 李滉, 『退溪言行錄』 「類編」 論人物, 「論科擧之弊」 "鄭士誠. 問'治經爲擧子業, 或無害於爲學耶.'"

학문하는 것이 아니겠는가?'라고 하였다. (제자들이) 서재에서 선생을 모시고 앉았더니, 선생이 한자리에 있는 여러 사람들에게 말하기를, '유가의 의미는 스스로 분별되는 것이니, 문예의 공교로운 사람은 유자가 아니며, 과거에 등용만 취하는 자도 유자가 아니다.'라고, 이내 탄식하면서 말하기를 '세상에 허다한 英才영재들이 세속의 학문에 허덕이고 있으니, 다시 어떤 사람이 이 과거라는 구덩이에서 벗어날 수 있겠는가.' 하였다."[32] 퇴계가 탄식한 과거제도의 폐단은 일의 우선순위를 모르고 단지 부귀영화를 노린 한탕주의를 비난한 것이다. 이는 율곡이 주장한 과거에 급제하기 위해 글 꾸밈만을 일삼는 무리를 경계한 것과 별반 차이가 없다. 이처럼 전통적인 유가의 유자들은 한결같이 쇠락한 학풍을 세우고 문도를 세워 일신을 꾀하고자 했던 것이다.

율곡이 사장을 일삼아 학풍이 쇠락할 것을 염려한 부분도 있다.

선비는 爲人之學위인지학에 몰려들어 재주가 높은 자는 오로지 詞章사장만 일삼고, 재주가 짧은 자는 과거시험만 쫓아다닌다. 六經육경은 祿록을 얻기 위한 도구가 되었고, 仁義인의는 머나먼 것이 되었으며, 文은 貫道之器관도지기가 되지 못하고 道는 경세의 쓰임이 되지 못하고 있다. 문의 폐단이 이에 이르렀으니 세도가 더러워진 것을 다만 알 수 있다.[33]

---

32) 李滉, 『退溪言行錄』「類編」論人物, 「論科擧之弊」 鄭士誠 "先生曰, 國家設科, 豈欲士之不爲學耶. 內外輕重, 自有分別, 若於此判斷得分明, 則誦貫聖經, 獨非爲學耶. 鄭士誠. 侍坐於書齋, 先生謂在座諸人曰, 儒家意味自別, 工文藝, 非儒也, 取科第, 非儒也, 因歎曰, 世間許多英才, 混汩俗學, 更有甚人能擺脫得此科曰耶. 鄭士誠."

33) 『栗谷先生全書』拾遺 卷之六「雜著」三「文策」. "士趣爲人之學, 才高者專事乎詞章, 才短者奔走乎科場. 六經爲干祿之具, 仁義爲迂遠之路, 文不爲貫道之器, 道不爲經世之用. 文弊至此, 則世道之污隆, 從可知矣."

지금 세태가 재주 있든 없든 간에 모두 출세를 위한 위기지학 곧 남에게 보이기 위한 학문만 일삼는 풍조라는 것이다. 그러면서 율곡은 "인재를 등용하는 데는 권세 있는 간신이 청탁하던 습관을 그대로 따르고 있으며, 문예를 앞으로 삼고 덕행을 뒤로 삼기 때문에, 덕행이 높은 이가 마침내 작은 벼슬에 굽히게 되며 문벌을 중히 여겨 어진 인재를 업신여기니 변변하지 못한 이는 그 능력을 펼치지 못합니다."[34]라고, 개탄하였던 것이다.

율곡의 문학 일반론을 살펴본 결과 그의 문학론은 철저했던 유자들의 문학관을 계승한 것이다. 율곡은 유가의 전통적인 문학관을 계승하는 과정에서 당대에 유행하고자 했던 학풍인 출세를 위한 학문과 浮華無實부화무실한 문풍을 바로잡고자 노력하였다.

2) 栗谷의 詩歌論

전통적인 유가의 문학론을 계승한 율곡은 구체적인 시가론은 어떠했는지를 「精言妙選序정언묘선서」와 「精言妙選總敍정언묘선총서」를 통해 살펴보고자 한다.

「精言妙選序정언묘선서」는 栗谷율곡이 38세(1573년)에 『시경』 시 이후 고대의 시로부터 宋송나라 때 程明道정명도(程顥정호: 程子정자(程頤정이)의 兄)의 시에 이르기까지 중국 역대의 한시 중 알차고도 본받을 만한 시들을 '五言古詩오언고시'·'七言古詩칠언고시'·'五言律詩오언율시'·'七言律詩칠언율시'·'五言絶句오언절구'·'七言絶句칠언절구' 등 여섯 詩體別시체별로 가려 뽑아 詩

---

34) 『栗谷先生全書』 卷之五 「疏箚」 三 「萬言封事 甲戌」. "銓選邊權姦請託之規, 先文藝後德行, 而行尊者, 終屈於小官, 重門閥薄賢材, 而族寒者, 不展其器能."

選集시선집『精言妙選정언묘선』을 편찬하고 나서 그 편찬 동기를 밝힌 서문이다.

　사람의 소리 중에서 알찬 것이 말이며, 시는 말에 있어서 또 그 精정[알찬]한 것이다. 시는 性情성정에 바탕을 두는 것이므로 거짓이 없어야 이루어지며, 聲音성음의 높고 낮음은 자연에서 나오는 것이다. 『詩經시경』 300篇은 人情인정을 곡진하게 나타내고 사물의 이치에 널리 통하였으며, 優柔忠厚우유충후하여 요체가 바른 데[공명정대한 마음]로 돌아갔으니, 이는 시의 근원이다. 세대가 점차 내려오면서 風氣풍기가 점점 어지러워져서 그 發발하여시가 된 것이 능히 다 性情의 바른 데에 바탕을 두지 못한 채 혹은 文飾문식을 빌려서 남의 눈을 기쁘게 하는 데 힘쓴 것이 많다. 내가 몇 년 동안병을 지닌 채 한가하게 지내면서 홀로 처하여 신음하던 틈에 때때로 古詩고시들을 찾아내서 여러 體체를 갖추어 얻었거늘, 시의 근원이 오래도록 막혀서 末流말류에 가서는 갈래가 많아졌기에 학자들이 눈을 휘둥그레 뜨고정신이 헷갈려서 그 길을 찾지 못하게 될까 근심한 바이니, 마침내 가장알차면서도 본받을 만한 것들을 가려내어 8篇의 책을 모아 만들어 圈點권점을 찍어서 이름하기를 『精言妙選정언묘선』이라 하고, 沖淡충담한 것으로 으뜸을 삼아 源流원류가 비롯된 바를 알게 하였는데, 점차 내려오면서 美麗미려한것에 이르는 데까지 차례를 매긴다면 시의 맥락에 있어서 참된 것을 잃게되는 데 거의 가까울 것이므로, 마침내 程明道[程顥]의 시로써 끝을 맺었으니, 거짓된 것에 흐르지 않도록 하였음은 버리고 取한 가운데 뜻이 남아있을 것이다. 시가 비록 학자의 能事는 아니지만, 이 또한 性情을 읊으며淸和청화한 마음에 통하고 사무치게 하여 흉중의 더러운 찌꺼기를 씻어냄은存心省察존심성찰(인격수양)에 한 가지 도움이 되는 것이니, 어찌 아로새기고그려내고 수놓고 꾸미고 하여 방탕한 마음에 情을 옮겨서 지을 것이겠는

가? 이 詩集시집을 보는 이는 그 생각이 여기에 있어야 할 것이다.35)

위의 「精言妙選序정언묘선서」는 참된 시의 방향을 제시한 글이다. 시는 성정에 근본을 두고 인격을 도야하는 데 필요하다는 『精言妙選정언묘선』의 편찬 동기이기도 하다. 한편으로는 시가 학자의 능사 곧 잘하는 일만은 아니라고도 했다. 이는 퇴계가 "시가 학자에게 가장 긴절한 일은 아니다."36)라고 한 말과 상통한다. 이는 『서경』의 玩物喪志완물상지처럼 기물 곧 시 짓기만을 능사로 하다 보면 선비 본래의 뜻을 잃게 될 것이기 때문에 그렇게 말한 것이지 시 자체를 도외시한 것은 아니다. 율곡도 "시는 文辭문사(문장에 나타난 말) 중에서 영탄하면서 넘치는 것으로 가장 빼어난 것이다. 아, 말이 소리의 알찬 것이요, 문사는 말의 알찬 것이며, 시는 문사의 빼어난 것이다. 그런즉 시가 세상에서 중요한 이유를 이에 가히 알 수 있는 것이다. 이런 까닭으로 성인의 術經술경에도 시를 첫째로 두었다."37)라고 하여, 『시경』 시 같은 시를 최고의 시로 여겼다. 율곡 역시 성리학자들이 지녔던 시가론인 '시가 성정에 근본을 두고 心性심성 곧 인격도야에 필요한 것'으로 인식했던

---

35) 『栗谷全書』 卷之十三 「精言妙選序」. "人聲之精者爲言, 詩之於言, 又其精者也. 詩本性情, 非矯僞而成, 聲音高下, 出於自然, 三百篇, 曲盡人情, 旁通物理, 優柔忠厚, 要歸於正, 此詩之本源也. 世代漸降, 風氣漸離, 其發爲詩者, 未能悉本於性情之正, 或假文飾, 務設人目者, 多矣. 余數年抱病居閑, 處獨殿屎之隙, 時搜古詩, 備得衆體, 患詩源久塞, 末流多歧, 學者, 睢盰眩亂, 莫尋其路, 乃敢採其最精而可法者, 集爲八篇, 加以圈點, 名曰精言妙選, 以冲淡者爲首, 使知源流之所自, 以次漸降至於美麗, 則詩之絡脈, 殆近於失眞矣, 乃以明道韻語終焉, 俾不流於矯僞, 去取之間, 有意存焉. 詩雖非學者能事, 亦所以吟詠性情, 宣暢淸和, 以滌胸中之滓穢, 則亦存省之一助, 豈爲雕繪纂藻, 移情蕩心而設哉. 覽此集者, 其念在玆."

36) 『退溪先生言行通錄』 卷之五. "詩於學者, 最非緊切."

37) 『栗谷全書』 拾遺 卷四 「雜著」 「仁物世藁序」. "詩者, 文辭之詠嘆淫泆, 而最秀者也, 嗚呼, 言者, 聲之精者也, 文辭者, 言之精者也, 詩者, 文辭之秀者也, 則詩之所以重於世者, 斯可見矣, 是故聖人之述經也, 詩居其一."

것이다. 따라서 율곡이 『精言妙選정언묘선』을 편찬하게 된 동기도 이와 같은 성리학자들의 시가론에 따른 결과인 것이다. 『論語논어』「述而술이」篇 '雅言아언'章 '朱子集註주자집주'에 "시는 성정을 다스린다."[38]라고 한 이래로, 조선시대 성리학자들의 보편적인 시가론이 되었던 것이다.

위의 자료문에서 율곡은 『정언묘선』의 편찬 동기를 서술하는 과정에서 성정에 바탕을 둔 『시경』 시 같은 시와 그렇지 못한 후대의 시를 대조하였다. 『시경』 시 300편은 人情인정을 곡진하게 나타내고 사물의 이치에 널리 통하였으며, 優柔忠厚우유충후하여 요체가 공명정대한 마음 곧 감정의 진실함으로 돌아가게 하니, 『시경』 시가 시의 근원이라고 하였다. 이는 감정을 순화시킬 만한 작시자의 태도를 뜻하는 것으로 공자가 『논어』에서 『시경』 시를 한 마디로 평탄한 말인 思無邪사무사한 태도인 것이다. 시를 지을 때 작시자의 태도가 공명정대해서 생각함에 邪辟사벽(마음이 비뚤어지고 한쪽으로 치우쳐짐)이 없다는 것이다. 이에 비해 후대의 시는 바른 성정에 바탕을 두지 않고 글구만 아로새기고 꾸미는 데에만 집중하여 사람들의 관심만을 붙잡아두는 것에 있음을 비판하였다. 이와 같은 詩觀시관은 전통적으로 이어져 온 儒家유가의 시관이 집약적으로 반영된 것이다.

그러나 위의 내용을 자세히 살펴보면, 율곡의 관심은 참된 시의 내용을 잘 정리하여 후대인들에게 참된 시의 방향을 제시할 뿐만 아니라, 계승까지 기대했던 것이다. 중국역대의 한시 중 참된 시만을 가려 뽑아 『정언묘선』을 편찬 한 것은 후대의 시인이나 독자들로 하여금 성정의 바른 데에 바탕을 두고 창작된 참된 시를 보고, 참되지 못한 시와 구별하게 하기 위한 목적이었다.

---

38) 『論語』「述而」篇 '雅言'章 '朱子集註'. "詩以理情性".

율곡의 참된 시의 기준은 『시경』 시였다. 율곡의 기대는 그 『시경』 시와 같은 후대의 시도 성정을 바르게 나타내고 성정을 길러, 인격수양에 도움이 되는 시가 창작되기를 바랐던 것이다. 그래서 아로새기고 꾸며 남의 이목만을 끌려고 하는 시는 배척했던 것이다. 따라서 율곡의 시가론은, 시의 본질은 성정을 표현하는 데 있으며 시의 효용성은 성정을 다스리는 데 있었다.

栗谷율곡이 위의 「精言妙選序정언묘선서」에서 "文飾문식(겉꾸밈)을 빌려서 남의 耳目이목을 기쁘게 하는 데 힘쓰는 시는 참된 시가 될 수 없으니, 시란 아로새기고 그리고 수놓고 꾸며서 방탕한 마음에 情을 옮겨서 지을 것이 아니다."라는 뜻을 나타낸 것은 程子정자가 『伊川先生語錄이천선생어록』의 기록에서 '남의 耳目을 즐겁게 하려고만 하는 俳優배우와 같은 태도를 배격한 것'[39]과 같은 관점에서 이해될 수 있다. 그리고 退溪퇴계도 「陶山十二曲跋도산십이곡발」에서 "무릇 性情성정에 감동된 것이 있으면, 매양 시로 표현해 낸다."[40]라고 하였고 "비루한 마음을 씻어내어 감발되고 맺힌 마음을 녹여 통하게 한다."[41]라고 한 것은, 栗谷율곡의 이론이 모두 그와 같은 儒家유가의 전통적인 시가관을 계승한 것이라는 점에서 軌궤를 같이 하는 이론들이라 하겠다.

율곡은 또한 『精言妙選정언묘선』 8冊을 편찬하면서 위의 「정언묘선서」와 함께 「정언묘선총서」를 지었다. 그런데 활자본 『栗谷全書율곡전서』가 간행되던 1749년 무렵에는 이미 『정언묘선』 8책 가운데 7책만 전해지고 마지막 책 『智字集지자집』이 소실되어 전해지지 않다가, 오늘날에는 다시 앞의 5책만 전해지고 뒤의 『의자집』·『예자집』 2책은 전해지지

---

39) 『二程全書』『伊川先生語錄』卷十八. "今爲文者, 專務章句悅人耳目, 既務悅人, 非俳優而何."
40) 李滉, 「陶山十二曲跋」. "凡有感於情性者, 每發於詩."
41) 李滉, 「陶山十二曲跋」. "蕩滌鄙吝, 感發融通."

않는다.

『栗谷全書율곡전서』 가운데 『拾遺습유』에 수록된 그 「精言妙選總敍정언묘선총서」에는 원래 전해지던 7책에 대하여 구체적인 撰集선집 의도를 冊別책별로 기록한 序文서문들이 전해지고 있다. 그 내용도 살펴 율곡의 시가론을 고구해 보고자 한다.

『元字集원자집』에 이른다. 이 책에 뽑은 것은 '沖澹蕭散충담소산'한 것을 위주로 하였다. 꾸미는 것을 일삼지 않고 자연스런 가운데 깊게도 오묘한 취미가 있으니, 그 古調고조 古意고의를 아는 이가 적도다. 唐·宋 以下이하의 작품들은 詩의 品格이 혹은 古詩에 미치지 못하나, 간혹 近體근체에 있어서 雕琢조탁의 기교가 없으면서도 스스로 聲律성률에 맞는 것이 있는지라, 그러므로 아울러 뽑았다. 이 책을 읽으면, 그 淡泊담박함을 맛볼 수 있고, 그 聲音성음이 드문 것을 즐길 수 있으니, 『詩經시경』 300篇의 끼친 뜻[三百之遺意]이 바로 이에서 벗어나지 않을 것이다.

『亨字集형자집』에 이른다. 이 책에 뽑은 것은 '閑美淸適한미청적'한 것을 위주로 하였다. 조용한 가운데 절로 터득된 것으로, 興흥에 부친 데서 나왔으니, 사색한다고 해서 이를 수 있는 것은 아니다. 이 책을 읽으면, 心氣심기가 和平화평해져서 마치 작은 수레를 타고서 마음 내키는 대로 꽃과 풀이 난 좁은 길을 가는 것과 같아서, 권세와 이익의 무성하고 화려함은, 보더라도 아득히 보일 것이다.

『利字集이자집』에 이른다. 이 책에 뽑은 것은 '淸新灑落청신쇄락'한 것을 위주로 하였다. 매미가 바람과 이슬 속에서 허물을 벗으니, 마치 俗世속세 사람의 입에서 나오지 않은 것 같다. 이 책을 읽으면, 한 번에 위장의 냄새 나는 혈기를 씻을 수 있어서, 살덩이가 맑아지고 뼈가 상쾌해져서 인간 세상의 썩는 냄새가 족히 나의 마음을 더럽힐 수 없을 것이다.

『貞字集정자집』에 이른다. 이 책에 뽑은 것은 '用意精深용의정심'한 것을 위주로 하였다. 句語구어가 鍛鍊단련되어 있으며 格度격도가 엄밀하고도 整然정연하니, 간혹 玄妙현묘한 데 나아갔다는 議論의논이 있겠으나, 범상한 詩情시정으로는 가히 바라서 미칠 수 있는 경지가 아니다. 이 책을 읽으면, 隱微은미한 뜻을 찾아볼 수 있어서 뜻과 생각이 절로 淺近천근해지지 않을 것이다.

『仁字集인자집』에 이른다. 이 책에 뽑은 것은 '情深意遠정심의원'한 것을 위주로 하였다. 景物경물에 나아가고 事物사물에 나아감에 흉금을 쏟아냈으니, 원망하면서도 도리에 어긋나지 않고[怨而不悖원이불패] 슬퍼하면서도 마음을 상하게 하지 않는[哀而不傷애이불상] 것이다. 이 책을 읽으면 深遠심원하게도 길이 생각하지 않을 수 없으니, 서글피 탄식을 일으켜 옛 사람의 마음을 구해 얻어서, 절로 원한을 품고 원망하거나 음란함과 방탕함을 일삼는 결점이 없어질 것이다.

『義字集의자집』에 이른다. 이 책에 뽑은 것은 '格詞淸健격사청건'한 것을 위주로 하였다. 筆力필력이 군세면서도 급박한 뜻이 없고, 심원한 맛이 있다. 이 책을 읽으면, 기운이 솟고 정신이 發揚발양되어 게으름뱅이도 가히 뜻을 세울 수 있게 하고, 비루한 자도 高雅고아한 情趣정취를 일으킬 수 있게 할 것이다.

『禮字集예자집』에 이른다. 이 책에 뽑은 것은 '精工紗麗정공묘려'한 것을 위주로 하였다. 비록 아로새기고 그려낸 꾸밈은 있으나, 그 꾸밈이 넘치고 요염한 데 이르지는 않았다. 이 책을 읽으면, 情이 두텁고 뜻이 빼어나서 여윈 자도 가히 살을 불릴 수 있게 하고, 메마른 자도 가히 꽃을 피워낼 수 있게 할 것이다.

[『智字集지자집』 소실]42)

---

42) 『栗谷全書』『拾遺』卷之四「雜著」「精言玅選總敍」. "元字集曰, 此集所選, 主於沖澹蕭散, 不事

위에 제시한 「精言妙選總敍정언묘선총서」의 일곱 단락의 시평은 각각 「元字集序원자집서」의 '沖澹蕭散충담소산', 「亨字集序형자집서」의 '閒美淸適한미청적', 「利字集序이자집서」의 '淸新灑落청신쇄락', 「貞字集序정자집서」의 '用意精深용의정심', 「仁字集序인자집서」의 '情深意遠정심의원', 「義字集序의자집서」의 '格詞淸健격사청건', 「禮字集序예자집서」의 '精工妙麗정공묘려' 등의 品格품격으로 평한 것이다. '충담소산'은 어진 사람처럼 생각이 깊으면서 맑고 깨끗하여, 억지로 꾸미지 않으면서도 자연스러운 멋이 있는 시를 이르는 시평으로, 『시경』 시의 경지가 여기에 해당되면서 思無邪사무사의 평을 들을 수 있는 시들이다. 그래서 작시자의 생각에 사악함이 없는 시이다. '한미청적'은 세속적인 부귀영화에 머물지 않고 조용한 자연 속에서 절로 흥이 나는 경지를 이르는 의미로, 마음이 절로 평화롭게 되는 효과가 있다. '청신쇄락'은 탈속의 경지를 중히 여기는 시관이다. 이 시를 읽으면 마치 매미가 바람 속에서 허물을 벗고 이슬만 먹고 사는 것처럼, 깨끗함의 상징성으로 인해 이 시를 읽는 독자는 정신과 영혼이 맑아지는 경지를 느낄 수 있다. '용의정심'은 시에 풍기는 뜻이

繪飾, 自然之中, 深有妙趣, 古調古意, 知者鮮矣. 唐宋以下諸作, 品格或不逮古, 間有近體, 而皆無雕琢之巧, 自中聲律, 故竝選焉. 讀此集, 則味其淡泊, 樂其希音, 而三百之遺意, 端不外此矣.

亨字集曰, 此集所選, 主於閒美淸適, 從容自得, 出於寓與, 非思索可到. 讀此集, 則心平氣和, 如乘小車, 隨意行于花蹊草徑, 而勢利芬華, 視之邈矣.

利字集曰, 此集所選, 主於淸新灑落, 蟬蛻風露, 似不出於煙火食之口. 讀此集, 則可以一洗腸胃董血, 而塊壘骨爽, 人間臭腐, 不足以累吾靈臺矣.

貞字集曰, 此集所選, 主於用意精深, 句語鍛鍊, 格度嚴整, 閒有造妙之論, 非常情所可企及者. 讀此集, 則可以探微見隱, 而意思自不淺近矣.

仁字集曰, 此集所選, 主於情深意遠, 卽景卽事, 寫出襟懷, 怨而不悖, 哀而不傷. 讀此集, 則未嘗不穆爾長思, 悽然興歎, 求邁古人之心, 而自無怨懟淫放之失矣.

義字集曰, 此集所選, 主於格詞淸健, 筆力遒勁, 而無急迫之意, 有凝遠之味. 讀此集, 則氣聳神揚, 而懶夫可以有立志, 鄙夫興雅趣矣.

禮字集曰, 此集所選, 主於精工妙麗, 雖有雕繪之飾, 而不至於淫艶. 讀此集, 則情濃意秀, 痩瘠者, 可以增肌, 枯槁者, 可以發華矣. [智集缺]"

알차고 깊은 맛이 있어, 시적 표현이 품격이 있고 원숙함이 있어, 뜻과 생각이 절로 깊어질 수 있는 시이다. '정심의원'은 작가의 정이 깊고 생각이 원대함을 평한 시평이다. 사물을 노래함에 작자의 속마음을 다 쏟아내기에, 원망하는 뜻을 나타내되 도리에 어긋나지 않고[怨而不悖원이불패], 슬퍼하는 뜻을 나타내되 마음을 傷상하는 데 이르지 않는[哀而不傷애이불상], 작자의 深遠심원한 뜻을 중히 여긴 시평이다. 이와 같은 시관은 『論語논어』「八佾팔일」篇 '關雎관저'章에 나타난바, 『시경』시를 논평하여 "「關雎관저」章에 나타난 뜻은 즐거워하면서도 넘치지 않고, 슬퍼하면서도 마음을 傷하게 하지는 않는 것이다."43)라고 한 孔子공자의 시관과 부합된다. '격사청건'은 시의 격식과 사어가 맑고 굳세다는 의미이다. 따라서 이런 시를 읽는 독자는 심원한 맛을 느껴 기상과 정신을 굳세게 할 수 있다는 논리이다. 그래서 이와 같은 시를 읽으면 비루한 자도 정신이 발양되고 게으름뱅이도 자기 뜻을 세울 수 있다고 하였다. 이는 『맹자』의 내용을 用事용사한 논평44)이다. 마지막으로 '정공묘려'는 비록 시를 인위적으로 꾸미기는 해도 그 꾸밈이 넘치지 않았다는 평이다. 그래서 '알차고 공교롭고 오묘하고 곱다'라고 한 것이다. 이와 같은 시를 읽는 독자는 감동되어 메마른 인정이 두터운 인정으로 化화할 수 있는 것이다.

위의 글 「精言玅選總敍정언묘선총서」 全전篇에 나타난 이와 같은 시가관은 性情성정의 바른 데 바탕을 두고 지어져서 두터운 人情인정을 곡진하게 드러낸 거짓 없는 자연스런 시를 귀하게 여기고, 겉꾸밈을 일삼아 남의 耳目이목을 즐겁게 하는 데 힘쓴 시를 배격하는 논리를 제시한

---

43) 『論語』「八佾」篇 '關雎'章. "關雎, 樂而不淫, 哀而不傷."
44) 『孟子』「萬章」章下 '大成章' '大成'章. "聞伯夷之風者, 頑夫廉, 懦夫有立志." "聞柳下惠之風者, 鄙夫寬, 薄夫敦."

「精言玅選序정언묘선서」에 나타난 시가관과 별반 차이 나지 않는다. 성정의 바른 데 바탕을 두고서 두터운 인정을 드러내어 인륜의 도를 밝힐 수 있는 詩歌시가를 아름답게 여기고, 아울러 근본을 중시하여 지나친 겉꾸밈을 배격하고자 한 전통적인 유가들의 시가관과 율곡의 시가관은 그 맥이 닿아 있다.

3) 栗谷의 文以形道와 理氣一元論

율곡의 철학적인 부분은 성리학의 理氣論이기론과 策文책문을 들 수 있다. 이 세상의 만물은 '理리와 氣기로 구성되어 있다'는 논리이다. 理는 형체와 동작을 갖지 못하기 때문에 형체와 동작을 갖춘 氣에 의해서 그 존재의 모습을 드러낸다는 것이다. 형체가 없는 理는 공간적 제한을 받지 않고 천지만물의 본성을 이루는 보편적 존재이고, 형체를 지닐 수 있는 氣는 변화와 제한을 받는 개별적 존재인 것이다. 따라서 율곡이 주장한 理氣論의 두 축은 '理通氣局이통기국'과 '理氣不相離이기불상리'로 「答成浩原답성호원」에 나온다. "理와 氣는 원래 서로 떨어지지 않아 한 물건인 것 같으나 다른 까닭은 理는 無形이고 氣는 有形이며, 理는 無爲이고 氣는 有爲이기 때문입니다. 무형과 무위이면서 유형과 유위의 主가 되는 것은 理고, 유형과 유위이면서 무형과 무위의 器기가 되는 것은 氣입니다. 理는 무형이고 氣는 유형이므로 理는 통하고 氣는 국한(제한)되는 것[理通氣局이통기국]이며, 理는 무위이고 氣는 유위이므로 氣가 발하면 理가 타는 것[氣發理乘기발리승]입니다."45)라고 하

---

45) 『栗谷先生全書』 卷十 「答成浩原」 4. "理氣元不相離. 似是一物. 而其所以異者. 理無形也. 氣有形也. 理無爲也. 氣有爲也. 無形無爲而爲有形有爲之主者. 理也. 有形有爲而爲無形無爲之器者. 氣也. 理無形而氣有形. 故理通而氣局. 理無爲而氣有爲. 故氣發而理乘."

였다. 理와 氣는 하나이면서 둘이라는 말이다. '理'는 본 모습이 없고 '氣'는 형체가 있다는 말이다. 그러면서 理는 공통되고 氣는 제한되며, 理는 동작도 없고 氣는 동작이 있기 때문에 氣가 발해야 理가 드러날 수 있다는 것이다. 이 세상의 모든 만물은 理와 氣로 이루어지는데, 천지만물의 생성과 변화에는 氣가 발해야 일어날 수 있다는 것이다. 理는 이러한 氣를 주재하여 氣가 발동하는 원리가 된다. 하지만 理는 모양과 동작을 갖지 못하므로 모양과 동작을 갖춘 氣에 의지해야 理를 드러낼 수 있다. 이것이 '理通氣局이통기국'과 '理氣不相離이통불상리'의 내용이다. 다시 말하자면, 理는 일정한 형체가 없기 때문에 공간적 제한을 받지 않고 천지만물의 본성을 이루는 보편적인 존재이고, 氣는 일정한 형체를 가짐으로써 변화와 제한을 받는 존재인 것이다. 율곡은 도는 리에 해당되고 그 무형의 리를 유형으로 나타낼 수 있는 것이 기라고 하면서 그 기가 문이라고도 하였다. "신은 생각건대, 도는 오묘해서 형상이 없기 때문에 글로써 도를 표현한 것이옵니다. 四書사서와 六經육경에 이미 분명하고도 빠짐없이 적혀 있으니, 글로써 도를 구하면 이치가 나타날 것이옵니다."46)라고 하였다. 율곡은 이와 같은 성리학적 사유를 시적 제재로 활용하여 시를 짓기도 하였다.

바람[風풍]

나무 그늘이 막 짙어가고 여름 해는 길기도 한데,	樹影初濃夏日遲,
저녁바람 일어나 나뭇가지에 걸린 구름 흔드네.	晩風生自拂雲枝.
유인이 잠에서 깨어 옷깃을 걸치고 일어나니,	幽人睡罷披襟起,

---

46) 『栗谷先生全書』 卷十九 「聖學輯要」 1 '序'. "臣按, 道妙無形, 文以形道. 四書六經, 旣明且備, 因文求道. 理無不現."

뼈 속에 스며드는 서늘함을 스스로만이 알 수 있네.　徹骨淸凉只自知.

달[月월]

만 리에 구름 한 점 없어 하늘은 푸른데,　萬里無雲一碧天,
청산 고개 마루에 광한궁(달)이 활짝 나온다.　廣寒宮出翠微巓.
세인들은 다만 찼다가 이지러지는 현상만 볼 뿐,　世人只見盈還缺,
명월이 밤마다 둥근 줄은 알지 못하네.　不識氷輪夜夜圓.

물[水슈]

밤낮으로 구름을 뚫어 잠시도 쉬지 않아,　晝夜穿雲不暫休,
근원과 갈래가 아득함을 비로소 알겠네.　始知源派兩悠悠.
보아라, 물과 바다의 천 층 물결이,　試看河海千層浪,
깊은 샘의 한줄기로부터 흐르는 것을.　出自幽泉一帶流.

구름[雲운]

푸른 산에 날아드니 얼마나 깊은 곳인지,　飛入靑山幾許深,
골짜기 속의 원숭이와 학 이들이 친구라네.　洞中猿鶴是知音.
어떨까 한 번 神龍을 따라가서,　何如得逐神龍去,
창생들의 비 바라는 마음을 위로해 주는 것이.　慰却蒼生望雨心.[47]

　위의 「山中四詠산중사영」은 詠物詩영물시로 율곡의 理氣論이기론이 반영되었다. 첫 번째와 네 번째 연은 '理氣不相離이기불상리'에 해당되는 시이다. 바람과 구름은 형체가 없으므로 공간적 제한을 받지 않는 존재이다.

---

47)『栗谷先生全書』卷之一「詩」上「山中四詠」.

그러나 바람과 구름은 천지 만물을 이루는 보편적 존재로 서늘함과 비를 만들게 하는 주재자이다. 바람과 구름이라는 理가 존재하기에 氣를 발동하게 하여 나뭇가지를 흔들고 비를 만들게 되는 것이다.

이에 비해 두 번째와 세 번째 연은 '理通氣局이통기국'[48]에 해당된다. 만 리까지 구름 한 점 없는 푸른 하늘에 달이 청산 고개 마루에 뜬다. 그런데 이 달을 보고 세상 사람들은 다만 찼다가 다시 이지러지는 현상만 알 뿐, 본체는 변함없이 둥글다는 것을 알지 못한다. 이는 세상 사람들이 달이 차고 기울어지는 현상 곧 달이 지구의 그림자에 가려져 일부분만 보이는 현상만 알지 그 이면에 있는 본질 곧 달은 언제나 둥근 모양을 하고 있다는 것을 알지 못하다[49]는 것이다. 보이는 현상에 가려져 사물의 본질을 보지 못함을 일깨워주었다. 그리고 물도 밤낮으로 수증기가 올라가 구름이 되었다가 다시 비가 되어 내려오는 작용을 잠시도 쉬지 않는 순환의 원리이다. 만 갈래로 흐르는 강물도 결국 깊은 하나의 샘 줄기로부터 흘러나온다. 곧 근원인 理에서 시작하여 氣라는 그릇에 의해 여러 갈래로 보이는 것이다. 따라서 氣에 의해서 여러 갈래로 나누어져 모양이 변하고 바뀌어도[氣局기국] 근원은 한 줄기 샘[理通리통]인 것이다. 율곡은 흘러가는 냇물을 통해 우리가 인식하는 것은 다양하지만 현상을 주재하는 것은 理 하나 곧 '理一分殊이일분수'[50]인 것이다. 다시 말하자면 理는 無形無爲무형무위하며, 氣는 有形有爲유형유위한 존재이므로, 理는 氣의 主宰者주재자이고, 氣는 理의 그릇인 것이다. 理는 이념적 존재이므로 시공을 초월한 形而上的형이상적

---

48) 洪宇義, 「栗谷의 文學論과 道學詩 硏究」, 서강대학교 석사논문, 1997, 37~38쪽 참조.

49) 洪學姬, 「栗谷 李珥의 詩文學 硏究」, 이화여자대학교 박사논문, 2001, 61~62쪽 참조.

50) 『栗谷先生全書』卷1 「理一分殊賦」. "廓遊心於物初兮, 悟萬殊之一本(만물의 처음 발생하는 곳을 생각함이여, 모든 만물의 근본이 하나임을 깨달았네)."

원리로서 만물에 공통적인 것이며, 氣는 실재적 존재로서 시공의 제한을 받는 形而下的형이하적 존재인 것이다. 쉽게 말하자면 근본인 달은 하나이지만, 강물에 비친 달은 千천개라는 '月印千江월인천강'의 의미이다. 율곡은 이와 같이 무형과 유형의 차이로 理通리통과 氣局기국을 설명하고, 有爲유위와 無爲무위의 차이로 氣發기발과 理乘이승을 설명하였다. 千態萬象천태만상의 氣 속에 중추인 根柢근저에 내재한 理를 이야기하는 것으로 '理一分殊이일분수'를 주장한 것이다.

策文책문은 과거시험 문제로, 당시의 현안을 對策대책으로 제시하는 형식의 글이다. 『율곡전서』에 전하는 책문으로는 17책문이 있다.[51] 23세 되던 해 別試별시에 「天道策천도책」을 지어 장원으로 급제하였는데, 그 「天道策」에는 하루의 길이·일식·월식·별의 생성·바람·구름·안개·눈·비·우레·천둥 등등에 관한 물음이 있다. 그 중에서도 "하늘과 땅이 제자리를 잡고, 만물이 육성되는 것은 그 道가 무엇에 말미암은 것인가?"[52]로 묻는 말에, "임금은 그 마음을 바르게 함으로써 조정을 바르게 하고, 조정을 바르게 함으로써 사방을 바르게 하여야 하니, 사방이 바르면 천지의 기운 역시 바르다."[53]라고 답하였다. 이는 '위정자가 백성을 위한 정치를 베풀면 하늘도 돕는다'는 天人合一觀천인합일관을 드러낸 것이다. 이 밖에도 「易數策역수책」·「天道人事策천도인사책」·「誠策성책」·「化策화책」 등이 성리학적 세계관에서 서술된 글들이다. 율곡은 현실적이고 실용적인 학문을 숭상하였으며, 「鬼神死生策귀신사생책」·「祈禱策기도책」·「神仙策신선책」 등은 도가와 속설 신앙 등을 성리학적 관점에

---

51) 郭信煥, 「李栗谷의 策文 硏究」, 『儒敎思想硏究』 7, 韓國儒敎學會, 1994, 282쪽 참조.

52) 『栗谷先生全書』 卷14 「雜著」 「天道策」. "位天地, 育萬物, 其道何由."

53) 위의 책(『栗谷先生全書』 卷14 「雜著」), "人君正其心以正朝廷, 正朝廷以正四方, 四方正則天地之氣亦正矣."

서 비판하였다.

율곡은 34세에 『東湖問答동호문답』54)을 지었는데, 그의 구체적인 시책이 제시되었다. 이는 율곡이 弘文館校理홍문관교리로 讀書堂독서당에서 賜暇讀書사가독서할 때, 자신의 政治觀정치관을 문답식으로 서술하여 선조에게 올린 글이다. 율곡은 『東湖問答』에서 '백성이 나라의 근본'이라는 유가의 보편 명제에 대한 확신 아래 왕도정치에 대한 선조의 立志입지를 촉구하였으며, 규범과 제도, 그리고 정책의 개혁을 촉구하였을 뿐만 아니라 관리의 부정부패 근절, 곧 '務實무실'과 '正名정명'을 강조하였다. 이처럼 인재 등용의 중요성과 참된 신하로서의 역할을 강조했던 율곡의 가르침은 성리학의 진면목을 확인케 하였다.

율곡의 사상과 사고를 엿볼 수 있는 상소문으로는, 39세 때 선조께 올린 「萬言封事만언봉사」가 있다. 여기서 율곡은 시대를 '時宜시의'와 '實功실공'으로 진단하였다. '시의'는 변통의 필요성과 당대 현실에 대한 역사적 개관을 통해 때에 맞게 변해야 됨을 역설한 것이다. '실공'은 상하가 서로 신뢰하는 실상이 없고, 신하들이 일을 책임지려는 실질이 없으며, 경연을 하기는 하지만 역시 실상이 없고, 인재를 등용하지 않으며, 재난을 만나도 하늘에 응답하는 실상이 없으며, 여러 정책은 백성을 구제하는 실상이 없고, 백성들의 마음이 착함을 지향하는 실상이 없다고 한 것이다. 이에 대한 대책은 '修己수기'와 '安民안민'이라고 하였다.55) 儒者유자의 간곡한 충정이 드러나는 글로, 율곡은 당대의

---

54) 『栗谷先生全書』 卷15 「雜著」, 『東湖問答』.

55) 『栗谷先生全書』 卷5 「疏」 「萬言封事」. "今進修己安民之要, 爲祈天永命之術. 修己爲綱者, 其目有四, 一曰, 奮聖志期回三代之盛, 二曰, 勉聖學克盡誠正之功, 三曰, 去偏私以恢至公之量, 四曰, 親賢士以資啓沃之益. 安民爲綱者, 其目有五. 一曰, 開誠心以得羣下之情, 二曰, 改貢案以除暴斂之害, 三曰, 崇節儉以革奢侈之風, 四曰, 變選上以救公賤之苦, 五曰, 改軍政以固內外之防."

모순을 고쳐, 형식적인 改革개혁이 아니라 실질적인 變通변통을 통해서 실효를 거둘 수 있기를 선조에게 진언하였다. 48세 되던 해(1583년, 선조 16년)에 時務시무에 관한 「六條啓육조계」를 올렸는데, "첫째로 어질고 유능한 사람을 임용하는 것이요, 둘째로 군사와 백성을 양성하는 것이요, 셋째로는 財用재용을 풍족히 하는 것이요, 넷째로는 藩屏변병을 견고히 하는 것이요, 다섯째는 戰馬전마를 준비하는 것이요, 여섯째는 教化교화를 밝히는 것입니다."[56]라고 하였다. 당시의 조정에서 시급하게 해결해야 할 문제점들을 잘 지적한 것으로 특히 국방의 방비를 강조하였으며, 아울러 해결의 방법으로 왕도정치를 표방하였다.

40세 때 선조가 聖君성군이 되시기를 바라면서 올린 『聖學輯要성학집요』는 성리학에서 중요하게 여기는 유가의 경전과 해설서 등을 두루 참조해서 『大學대학』의 修身수신·齊家제가·治國치국·平天下평천하와 연관된 유학의 경전과 학자들의 학설을 중심으로 구성된 것이다. 그리고 임금의 학문은 자신을 닦고 나라를 제대로 다스리는 데 있다고 하였다. 따라서 『聖學輯要성학집요』는 修己治人수기치인에 관한 經典경전과 諸儒제유의 설, 사적 등을 널리 탐색한 책으로 ① 統說통설 ② 修己수기 ③ 正家정가 ④ 爲政위정 ⑤ 聖賢道統성현도통 등으로 이루어진 체계가 잘 갖추어진 글이다.

이 밖에도 소개할 만한 책으로 44세 때의 『小學集註소학집주』와 30세(1565년, 명종 20년)에 시작하여 46세 때(1581년, 선조 14년)에 끝나는 『經筵日記경연일기』[57] 등을 들 수 있다. 經筵경연은 군주와 신하가 함께

---

56) 『栗谷先生全書』 卷8 「六條啓」. "一曰任賢能, 二曰養軍民, 三曰足財用, 四曰固藩屏, 五曰備戰馬, 六曰明教化."

57) 韓國文集叢刊, 『栗谷先生全書』, 『經筵日記』 二十八卷~三十卷. 『大東野乘』에는 『石潭日記』로 전해지고 있음.

책도 읽고 토론하는 자리로, 국가의 정책도 논의되던 자리였다. 이 글에는 군주가 말실수라도 하면, 그 말이 가져올 결과에 대한 충언이 기록되어 있다. 각각의 글 말미에는 율곡 자신의 評평을 달아 儒者유자의 기개를 드러내었다.

율곡이 「精言妙選總敍정언묘선총서」에서 뜻이 깊으면서 인위적으로 꾸미지 않은 시를 '충담소산'이라고 하여 최고의 시로 평가했는데, 그 예에 해당하는 시 한 작품을 살펴보자.

「음주飮酒」

사람들이 사는 곳에 오두막을 지었는데,	結廬在人境,
거마가 드나드는 소리 들리지 않네.	而無車馬喧.
그대에게 묻노니, 어떻게 그럴 수 있는가?	問君何能爾,
마음이 멀면 저절로 치우치게 된다네.	心遠地自偏.
동쪽 울타리 밑에서 국화를 겪다.	採菊東籬下,
물끄러미 남산을 바라본다.	悠然見南山.
산 경치는 해질 무렵이 아름답고,	山氣日夕佳,
날던 새도 더불어 돌아오네.	飛鳥相與還.
이 중에 참 뜻이 있으니,	此中有眞意,
가리고자 하나 이미 말을 잊었네.	欲辨已忘言.

위의 도연명의 「음주」 시는 고려 후기 益齋익재 李齊賢이제현이 『櫟翁稗說력옹패설』에서 '意在言外의재언외'[58]로 평한 시이다. '말은 다할 수 있었으나 의미는 다하지 않는다'는 뜻이다. 곧 깊은 뜻이 함축되어 있어 귀하

---

58) 李齊賢, 『櫟翁稗說』 後集一. "古人之詩, 目前寫景, 意在言外, 言可盡而味不盡."

게 여긴다는 의미다. 도연명이 낙향하여 사람들이 사는 동네에 처해도 마치 외진 곳에 놓여 있는 것처럼, 사람들이 드나드는 시끄러움이 없다. 세상의 부귀영화를 버리고 자연과 함께하다가 어느 날 갑자기 동쪽 울타리 밑에서 국화꽃을 꺾다가 물끄러미 남산을 바라보니 천지 자연의 조화가 한 눈에 들어왔다. 단풍 든 가을산과 숲으로 귀의하는 새들, 그리고 욕심 없는 마음, 이런 것들이야말로 가장 가치 있을 것이라는 깨달음을 한 것이다. 의도하지도 않았고 꾸밈도 없이 자연스럽게 표현된 시이기에 율곡은 '沖澹蕭散충담소산'의 시라고 평했던 것이다. 『論語논어』「爲政위정」篇 '無邪무사'章에 "子曰자왈, 詩三百시삼백 一言以蔽之일언이폐지, 曰왈 思無邪사무사."라는 구절이 있다. 곧 "공자께서 말씀하시기를 『詩經시경』시 300편에 대하여 한 마디 말로써 가려 말하자니, 생각함에 간사함이 없었다고 할 것이니라 하셨다."로 해석되는 구절이다. 율곡도 '충담소산'의 시로 『시경』시 300편을 들었다. 이는 작시자의 사벽함이 없는 참된 생각을 잘 반영하였기 때문일 것이다. 도연명의 「음주」시도 내용이 꾸밈이 없으면서 진실된 내용이기에 '思無邪사무사'한 시로 평할 수 있다. 따라서 '충담소산' 역시 '사무사'의 경지와 유사하다. '충담'은 어진 사람처럼 생각이 깊으면서 맑고 깨끗한 것이고, '소산'은 어디에 얽매임 없이 자연스럽고 편안한 경지를 이르는 말이다. 도연명의 「음주」는 우주 자연의 섭리와 인생의 참된 이치를 느끼게 하는 여유를 보여주기 때문에 '충담소산'하다고 평할 만하다. 『論語논어』에서 공자가 주장한 시론이 도연명의 문학을 거쳐 조선시대 유자인 율곡까지 계승되고 있음을 확인할 수 있다.

　儒家유가는 治者치자의 도리를 밝혀주는 데서부터 출발한 사상이었다. 율곡은 儒者유자로서의 성리학을 바탕으로 修己治人수기치인을 비롯하여 국가를 개혁하고자 하였으며, 현실을 직시하는 가운데서 군주 앞에서도 직언할 수 있는 올곧은 삶을 살고자 했다. 그래서 그는 현실적인 문제를 잊지 않았을 뿐만 아니라 그 현안들을 개선하고자 노력했던 인물이다. 그 단적인 예가 왕도정치의 대의를 논하였으며, 東西分黨동서분당이 되었을 때 시종일관 保合調和보합조화를 이루고자 노력하였을 뿐만 아니라, 국방의 방비를 위해 평상시 국경수비에 만전을 기할 것을 건의하였던 것이다. 율곡은 성리학의 理氣一元論이기일원론을 바탕에 두어 생각함에 사악함이 없는 修己之人수기지인의 道를 강조하였으며, 궁극적으로 實踐躬行실천궁행을 행하고자 노력하였던 儒者유자의 학문이었다. 理가 원리에 가깝다면, 氣는 현실문제 해결책으로 실천에 가깝기 때문이다.

3. 율곡의 유가의 전통적 문학관과 실용적 학풍

율곡의 주요 시문학은 韓國文集叢刊한국문집총간 소재 『栗谷先生全書율곡선생전서』 卷1·2와 拾遺습유 卷1에 총 445題 523首가 전해진다. 그 시 중에는 성리학적 학풍을 제재로 한 시가 다수다. 그리고 율곡이 중국 역대의 한시 중 알차면서도 본받을 만한 것을 가려내서 8편의 책으로 편찬한 것이 『精言妙選정언묘선』이다. 율곡은 겉꾸밈을 일삼아 남의 눈을 기쁘게 하는 시들은 참된 시가 될 수 없으니, 후대의 참된 시의 본보기를 삼기 위해 『정언묘선』을 편찬한다고 하였다. 그리고 「精言妙選序정언묘선서」에서 '시가 성정을 읊으며 청화한 마음에 통하고 마음에 더러운 찌꺼기를 씻어내어 인격수양에 한 가지 도움이 된다'고 하여, 시가 성정 순화와 인격 수양에 이바지할 수 있다는 전통적인 유자의 시론을 계승하였다. 『정언묘선』 8冊 중 전하는 것은 7책만 전해진다. 『原字

集원자집』·『亨字集형자집』·『利字集이자집』·『貞字集정자집』·『仁字集인자집』·『義字集의자집』·『禮字集예자집』 등으로, 각 책의 서문은 '沖澹蕭散충담소산'·'閒美淸適한미청적'·'淸新灑落청신쇄락'·'用意精深용의정심'·'情深意遠정심의원'·'格詞淸健격사청건'·'精工妙麗정공묘려' 등의 品格품격으로 평하였다. '충담소산'은 뜻이 깊고 조탁의 꾸밈이 없는 자연스런 시들을 중히 여기는 시평이다. 『詩經시경』 시 300 편이 여기서 벗어나지 않는다고 하였다. '한미청적'은 조용한 가운데 절로 터득된 것으로 흥에 부친 데서 나온 시라고 했다. '청신쇄락'은 독자의 정신과 영혼을 맑게 하여, 脫俗탈속의 시적 경지를 느끼게 하는 시의식이 반영되었다. '용의정심'은 시의 전체적인 품격과 법도가 엄밀하고도 정연한 시를 평한 용어이다. 시인의 뜻을 쓴 것이 알치고 깊으며 시어와 구가 단련되고 표현이 원숙하여 조잡하지 않은 시를 평하는 말이다. '정심의원'은 시인의 정이 깊고 생각이 원대한 것을 중히 여기는 시의식이다. 『論語논어』「八佾팔일」篇 '關雎관저'章의 "樂而不淫낙이불음, 哀而不傷애이불상."과 통하는 시평이다. '즐거워하면서도 넘치지 않고, 슬퍼하면서도 마음을 상하게 하지 않기' 때문이다. '격사청건'은 필력이 군세면서도 급박한 뜻이 없고 심원한 맛이 있는 시로, 이와 같은 시를 읽으면 게으름뱅이는 뜻을 세우고, 비루한 자는 맑은 청취를 갖게 된다고 하였다. '정공묘려'는 알차면서도 공교롭고 묘하면서도 고운 품격의 시평이다. 그러면서도 요염한 데 흐르지 않는 시로, 읽으면 정이 두터워져 인정을 꽃 피울 수 있는 시들이라고 평하였다.

이와 같이 栗谷율곡의 「精言妙選序정언묘선서」와 「精言妙選總敍정언묘선총서」 등은 역대 철저한 유자들의 문학론에 나타난 시가관을 이해할 수 있을 뿐만 아니라. 性情성정의 바른 데 바탕을 두고서 두터운 人情인정을 드러내어 인륜의 道를 밝힐 수 있는 詩歌시가를 아름답게 여기고, 아울러 근본을 중시하여 지나친 겉꾸밈을 배격하고자 한, 전통적인 유가의 문학론이 반영된 시가론이었다.

　율곡의 성리학적 사고가 반영된 한시와 그의 글에는 理通氣局이통기국 곧 理氣一元論이기일원론이 반영된 것이 많았다. 이는 理는 스스로 일어나지 않고 氣를 타야만 일어날 수 있다는 논리이다. 주재자이면서 性인 理가 현실적이면서 형체인 氣와 동떨어진 것이 아니라, 현실 개선 그 자체가 주재자인 理보다 더 중요하다는 인식이 배어 있는 것으로, 理氣一元論의 핵심적인 내용이다. 다시 말하자면, 탁상공론의 이론적 주장보다는 현실적 실천을 중시하는 실용적 학문을 중시했던 것이다. 그런 실천적 학문을 중시하는 가운데서 문사만 중시하고 덕행을 등한시하는 학풍에 대해서도 우려의 목소리를 드러내면서 정책적 개혁을 요구하는 글을 올리기도 하였다. 율곡의 이와 같은 사상은 후대의 학자에게로 계승되기도 하였다. 17세기 말과 18세기 중기까지 살았던 星湖성호 李瀷이익(1681~1764)도 율곡처럼 과거제도의 폐단을 지적하였다. "지금의 士大夫사대부는 밤낮으로 꾀하는 것이 과거에 급제하여 利權이권을 얻는 일에 지나지 않는다."59)라고 하여, 율곡을 비롯한 조선 전기의 유자들이 염려했던 과거제도의 폐단을 지적한 것이다. 또한 "후세에 사람을 취함(등용함)에 있어 반드시 文詞문사를 위주로 한다. 덕행이 있는 사람이 반드시 문사를 할 줄 아는 것이 아니니, 이것을 위주로 하자면 저것을 버리기 마련이다. 지금 문사에 힘쓰는 자들이 어찌 덕행을 말하지 않을까마는, 입으로는 덕행을 말하면서도 마음으로는 어긋나게 되니, 세상이 모두 입을 귀하게 여기고 마음을 천하게 여기는 까닭이다."60)라고 하여, 전통적인 유자들이 중시했던 문이재

---

59) 李瀷, 『星湖僿說』卷之三十「詩文門」「韓山八景」. "今之士大夫, 日夜所謀爲不越乎占科獲利."

도론을 18세기 실학자도 계승하고 있음을 확인할 수 있다. 이런 점으로 미루어 보면 16세기 율곡의 문학론과 사상은 조선 후기 실학사상으로 이어지게 하는 디딤돌 역할을 한다고 할 수도 있을 것이다.[61] 실학도 성리학이라는 큰 개념 중의 하나로 실천을 강조한 학문을 이르는 말이기 때문이다. 조선 전기와 조선 후기의 실학에 대한 인식과 실천 대상에 대한 구체적인 면에서 차이는 있지만, 실용성을 인식하고 강조한 면은 궤를 같이 한다. 따라서 율곡의 문학론의 유가 문학관적 의의는 사장문학을 중시하던 그 시대의 문풍을 극복하고 전통적인 유가의 문학론인 문이재도론을 비판적으로 계승하면서 후대의 실용적인 학문인 실학사상으로의 이어지게 하는 디딤돌 역할을 하는 데 있다고 할 것이다.

---

60) 李瀷,『星湖僿說』卷之十三「人事文」「德行文詞」. "後世, 取人必主文詞, 德行者, 未必文詞, 故主此則出彼, 今之文詞者, 何嘗不言德行, 口德行而必悖之, 世皆貴口而賤心故也."

61) 全海宗,「栗谷의 實學思想」,『東洋學』16, 단국대학교 동양학연구소, 1987. 전해종은 율곡이 성리학 시대의 절정을 이끌었고, 그의 실질적인 학문이 후대의 실학사상으로 나아가게 했다고 하였다.
　　洪學姬,「栗谷 李珥의 詩文學 硏究」, 이화여자대학교 박사논문, 2001. 홍학희도 율곡이 사상으로나 문학으로나 조선 후기 사실주의의 가능성을 열어보였다고 하였다.

송강 정철의 한시에 나타난 작법과 유자의 자연관

1. 송강의 한시 작법과 자연관 알기

이 글은, 松江송강 鄭澈정철의 漢詩한시에 수용된 『詩經시경』과 『楚辭초사』의 의미 파악과 그의 한시에 나타난 儒者유자의 자연관을 살펴보고자하는 것이다. 송강 문학에 반영된 『시경』과 『초사』 작품을 살펴본 연구가 아직까지는 미진하며, 특히 『시경』 시가 반영된 작품을 구체적으로 검토한 연구논문은 거의 없는 실정이다. 그리고 송강의 문학에 반영된 중국 문학의 수용을 밝힌 선행 논문에는 작법에 대한 연구가 잘못된 부분이 있어 재론이 필요한 상태이다. 그 외 용사와 점화의 작법을 통해 자연관을 드러낸 작품도 유자의 자연관에서 아울러 살펴볼 것이다.

송강은 그의 漢詩한시에 중국 역대 시인들의 작품을 수용하였다. 東

晋동진시대의 陶淵明도연명을 비롯하여 唐당나라의 주요 작가는 물론이거니와 宋송나라의 蘇東坡소동파와 林逋임포·王安石왕안석·陸游육유·朱熹주희 등의 작품까지 수용한 것은, 송강의 독서량을 짐작케 하는 부분이다. 송강의 많은 작품의 淵源연원이 중국 문학에 있기에 그 수용의 방법을 통해서 송강의 創出新意창출신의의 美學미학을 논해 봄으로써 그의 문학적 역량도 가늠해 볼 수 있을 것이다. 여기서는 중국 최고의 문학 작품집인 『詩經시경』과 남방 문학의 白眉백미인 『楚辭초사』를 반영한 작품으로 국한하여 한시 작법을 살펴보고자 한다. 經書경서와 故事고사의 수용은 한시 작법류 용어로 用事용사라 하고, 前人전인의 시에 나타난 뜻을 쓰되 그 뜻의 어느 지점으로부터 변화를 加가하여 새로운 意境의경을 부여하는 작법류 용어를 點化점화라고 한다. 기존의 연구에서 아직도 용사와 점화가 구별되지 않고 혼용되고 있기에,[1] 두 작법을 구사한 작품을 분석하고자 하는 것이다.

松江송강의 자연관도 儒者유자가 지녔던 自然觀자연관의 개념에 맞게 살필 필요가 있기에, 작법을 통해 드러난 자연관도 아울러 살펴보고자 하는 것이다. 송강은 조선시대 유자의 자세를 견지한 문인이기 때문이다. 기존의 송강 한시에 나타난 자연관 연구는 서구의 자연관 관점이나 소재상의 특징을 중심으로 대부분 행해졌다.[2] 이들 연구도 그 나름의 의의가 있을 것이다. 하지만 송강이 자연을 대하는 태도를

---

1) 金甲起, 「松江 鄭澈의 漢詩 研究」, 동국대학교 박사논문, 1984; 董達, 「朝鮮詩歌에 나타난 中國詩文學의 受容樣相 研究」, 한남대학교 박사논문, 1994; 문철호, 「松江文學 研究: 漢詩를 중심으로」, 중부대학교 박사논문, 2011; 崔台鎬, 「鄭松江 文學 研究」, 인하대학교 박사논문, 1987.

2) 崔珍源, 「松江과 孤山의 詩境」, 『論文集』 3, 성균관대학교, 1958; 朴焌圭, 「松江의 詩에 나타난 自然觀 研究」, 『국어문학』 20, 1979; 金聖基, 「松江의 漢詩에 나타난 自然觀」, 『人文學志』, 충북대학교 인문학연구소, 1993; 金廷珉, 「松江의 漢詩에 나타난 自然觀」, 『漢字漢文教育』 18, 韓國漢字漢文教育學會, 2007.

"하나는 청한하고 적막한 것을 즐기기 위해서이고, 하나는 시국을 근심하고 임금을 그리는 정을 펴기 위해서"[3]라고 하였다. 송강이 "清閒寂寞之娛청한적막지오"라고 한 것처럼, 儒者는 樂山樂水요산요수할 줄도 모르는 것이 아닐 것이다. 철저한 儒者라고 해도 경우에 따라서는 마음껏 자연을 노래할 수도 있다. 자연이야말로 인간 본성을 회복할 수 있는 공간이기 때문이다. 따라서 삶의 이치와 자연의 이치는 일치하기에 자연을 노래하는 것과 인생을 노래하는 것이 결코 동떨어진 것은 아닐 것이다. 그래서 儒者는 賞自然상자연에만 그치는 것이 아니라, 자연을 즐기면서도 현실을 잊지 않았던 것이다. 송강이 "紓憂時戀闕之情서우시연궐지정"이라고 한 것처럼, 여기서는 儒者의 관점에서 그의 시에 담긴 자연관을 살펴보고자 하는 것이다. 儒者의 자연관이란, 세상살이에서 인륜에 어긋나지 않으면서 현실을 잊지 않는 마음까지 포함되는 것을 이른 말이다. 임금에 대한 戀君연군의 情정과 세상을 잊지 않는 태도도 儒者의 자연관에서 비롯된 것이라 할 수 있다. 우리의 삶 자체가 자연의 일부이기 때문이다.

필자가 의도한 연구 방향에 따라 이 글의 논의를 진행하는 동안 기존 연구[4]에서 이루어진 연구 성과는 필요에 따라 적절히 반영될 것이다.

---

3) 鄭澈, 『松江集』「續集」卷2「雜著」「水月亭記」. "一以淸閒寂寞之娛, 一以紓憂時戀闕之情."
4) 金甲起, 앞의 논문; 金善子, 「松江 鄭澈의 詩歌 研究: 漢詩와의 關係를 중심으로」, 원광대학교 박사논문, 1993; 金廷珉, 「松江文學의 思想的 背景과 自然觀 研究」, 중앙대학교 박사논문, 2007; 문철호, 앞의 논문; 董達, 앞의 논문; 兪睿根, 「松江 鄭澈 文學 研究: 漢詩文을 中心으로」, 경희대학교 박사논문, 1985; 鄭堯一, 「儒家의 自然觀」, 『語文研究』148, 韓國語文教育研究會, 2010.

2. 『시경』과 『초사』의 수용에 따른 작법과 창신

1) 『詩經』 구절의 用事와 新意

먼저 송강이 『詩經시경』의 내용을 인용한 작품을 고찰하고자 한다. 작시 중 『시경』 시를 인용하여 新意신의를 부여했다면 用事용사가 되었다고 평할 수 있다. 用事란 故事고사와 古人語고인어·古人事고인사·古人官고인관·經書경서 구절 등 시문을 지을 때 이끌어다 씀으로써 자신의 논리를 보완하는 작법이다. 자신의 말만 하다 보면 논리가 깊지 않은 말을 반복할 수도 있기 때문이다. 魏慶之위경지의 『詩人玉屑시인옥설』에는 "대개 詩語시어는 經史경사를 출입하게 되는 데에서 자연히 힘을 갖게 된다. 그러나 모름지기 이것을 많이 보고 많이 지어서 하여금 스스로 글짓는 솜씨와 風骨풍골을 먼저 세워 家가를 이루게 한 뒤에야 하여금 經史경사 가운데의 완전한 말을 얻어서 일체가 되게 해야 한다."5)라는 구절이 있다. 이 자료를 통해서 經史의 구절이 또한 흔히 用事의 대상이 된다는 것을 알 수 있다. 그리고 고려 말 최자는 『補閑集보한집』에서 六經육경과 三史삼사도 용사의 대상이 될 수 있다고 하였다.6) 작품을 보자.

> 「안참의 자유의 집에서 술을 대하여 희음하다(安參議自裕家對酒戲吟)」
> 이때 동강 남언경이 함께 가서 시를 지었다. 安의 字는 계홍(時南東岡彦經同往賦詩安字季弘).

---

5) 魏慶之, 『詩人玉屑』 「用事」, 127쪽. "大率詩語出入經史, 自然有力, 然須是看多做多, 使自家機杼風骨先立, 然後使得經史中全語作一體也."
6) 崔滋, 『補閑集』 卷中. "凡爲國朝制作引用古事, 於文則六經三史."

그대 집에 술이 있어 시고도 짠데,	君家有酒酸且醎,
신맛은 정계함과 흡사하구려.	酸味還同鄭季涵.
나라와 집에 쓸모없으면,	於國於家俱不用,
강남으로 돌아가 눕는 것만 못하다.	不如歸去臥江南.7)

송강은 안 참의가 대접한 술맛이 시고도 짜다고 평하였다. 그러면서 그 신맛은 송강 자신과 흡사하다고 自嘲자조하였다. 자조의 이유가 나라와 집안에 쓸모가 없기 때문이다. 나라에 쓸모가 없는 존재라면 자연으로 돌아가 賞自然상자연하는 것이 오히려 나을 것만 같다고 하면서도 현실에 미련을 두고 있다. 위의 시 "그대 집에 술이 있어 시고도 짠데"는 『詩經시경』 「小雅소아」篇 '魚麗어려'章에 "고기가 통발에 걸렸으니, 날치와 모래무지로다. 군자가 술이 있으니, 맛있고 또 맛있도다."8) 라는 시구의 "君子有酒군자유주, 旨且多지차다."를 인용한 것이다. 이 노래는 燕饗연향에 통용되는 노래로, 잔치에 올리는 음식을 가지고서 그 아름답고 또 많음을 지극히 말하여, 주인의 禮意예의가 밝고 성품이 부지런하여 손님을 우대함을 나타낸 것이다. 송강도 안 참의의 맛있는 술을 대접은 받았지만, 그 맛은 시고도 짜다. 송강 당시의 상황이 出仕출사에 좌절을 느끼고 있을 때의 모습인 것 같다. 그래서 술맛이 시고도 짠 것이다.

송강이 『시경』 시 구절을 인용은 했지만, 그 뜻을 표절한 것은 아니다. 『시경』 시는 주인이 잘 차린 술을 칭송한 내용인데, 송강은 자신의 현재 처지에 빗대어 주인은 손님을 위해 정성껏 술상을 차렸지만,

---

7) 鄭澈, 『松江集』 「續集」 卷1 「安參議自裕家對酒戲吟」(이하 國譯 『松江集』 참조).
8) 『詩經』 「小雅」篇 '魚麗'章. "魚麗于罶, 鱨鯊. 君子有酒, 旨且多."

그 맛은 신고 짤 뿐이라는 새로운 의미를 더 하였다. 다시 말하자면, 안 참의가 차린 술상은 풍성하지만, 지금 자신의 마음은 편하지 않다는 뜻을 전하였다. 송강은 나라에 쓸모없는 존재가 된 것 같아 술맛이 시고도 짜다는 것이다. 이처럼 『시경』 시의 내용을 인용하여 집주인의 풍성한 마음을 드러내면서, 지금 자신의 심정도 아울러 더할 수 있었다. 이처럼 새롭고도 참신한 뜻을 더했기에 용사라 평할 수 있다.

「밤에 앉아서(夜坐)」

하얀 달은 이미 고개에 솟아났는데,	華月已吐嶺,
산들바람 솔솔 불어 방장 흔드네.	涼風微動帷.
갑자기 때의 질서를 느끼게 되니,	忽忽感時序,
아득하고 아득한 나의 그리움만 더해 간다.	悠悠增我思.9)

戀君연군의 情정을 느끼는 시이다. 밝은 달이 동산 위에 떠오르고 산들바람까지 불어오니 갑자기 절기를 느끼게 되면서 오지 않는 임이 생각난다는 것이다. 『詩經시경』「鄭風정풍」篇 '子衿자금'章에 "푸르고 푸른 그대의 옷깃이여, 아득하고 아득한 나의 그리움이다. 내 비록 가지 못하나, 그대는 어이하여 소식을 잇지 않는고."10)와 『詩經』「邶風패풍」篇 '終風종풍'章에 "하루 종일 바람 불고 또 흙비가 내리나, 순순히 즐겨 오기도 하나니. 가지도 않고 오지도 않는지라, 아득하고 아득한 내 그리움이로다."11) 그리고 『詩經』「邶風」篇 '雄雉웅치'章에 "저 해와 달을 보니, 아득하고 아득한 내 그리움이로다. 길이 멀기도 하니, 언제나

---

9) 鄭澈, 『松江集』「原集」 卷1 「夜坐」.

10) 『詩經』「鄭風」篇 '子衿'章. "靑靑子衿, 悠悠我心. 縱我不往, 子寧不嗣音."

11) 『詩經』「邶風」篇 '終風'章. "終風且霾, 惠然肯來. 莫往莫來, 悠悠我思."

오실까?"12) 등이 있다. 전술한 『시경』 시는 모두 아득한 그리움을 노래한 것이다. 그런데 송강은 그 그리움에 더하여 戀君之情연군지정을 담았다. 아름다운 자연과 절기가 바뀌는 그 순간에도 임을 잊지 않는 다는 것이다. 賞自然상자연의 아름다움에만 빠진다면 그것은 철저한 儒者유자의 문학은 아닐 것이다. 유자는 현실을 잊지 않기 때문이다. 송강도 연군으로 현실 의식을 드러내었다.

「挽笑菴만소암」13)은 號호가 笑菴소암인 사람에 대한 만시이다. 만시는 망자와 대화하듯이 생전의 업적이나 부족했던 부분을 애도하는 시이다. 상대의 친밀도에 따라 만시의 내용도 달라지는 것이다. 소암은 송강과 지기였던 모양이다. 소암이라 호를 지어 놓고 일생동안 무엇을 웃고 허둥대며 살았는지 우습다는 말이다. 그래도 한 평생 웃으면서 일생을 보내다 이제는 편작도 소용이 없는 병에 걸려 죽게 되었다. 그래서 덕 많이 주고 수명을 아낀 하늘에다 뜻을 물어 보고 싶지만 그마저 할 수가 없다. 이제는 저승에 가서 현실의 일들을 잊고 편안히 지내라고 冥福명복을 빌면서도 살아 있는 자의 슬픔을 드러냈다. 「挽笑菴만소암」 중 "덕 많이 주고서 수명은 어찌 아꼈는고(旣豊以德還嗇壽기풍이덕환색수)."는 『詩經』 「大雅대아」篇 '旣醉기취'章의 "이미 취하되 술로써 하고, 이미 배부르되 은덕으로써 하니, 군자가 만년에 너에게 큰 복을 크게 하리로다."14)를 취한 것이다. 『시경』 「대아」편 '기취'장의 이 노래는 『詩經』 「大雅」篇 '行葦행위'章에 대한 답시이다. '행위'장에는 周주나라

---

12) 『詩經』 「邶風」篇 '雄雉'章. "瞻彼日月, 悠悠我思. 道之云遠, 曷云能來."

13) 鄭澈, 『松江集』 「原集」 卷1 「七言古詩」 「挽笑菴」. "笑以名菴笑何事, 笑殺浮生何草草. 回頭更笑世道危, 一笑不休頭盡皓. 頭盡皓眼亦枯, 二豎忽乘扁鵲走. 茫茫天意不可問, 旣豊以德還嗇壽. 駒城西頭松檜蒼, 魂兮於此歸徘徊. 笑矣乎. 天地萬事一長休, 死者不知生者哀."

14) 『詩經』 「大雅」篇 '旣醉'章. "旣醉以酒, 旣飽以德. 君子萬年, 介爾景福."

황실이 충후하여 仁德인덕이 초목에까지 미치고 안으로는 九族구족이 화목하며 노인을 봉양하고 좋은 말씀을 해 달라고 간청하면서 복록을 이룬다는 내용이다. 따라서 '기취'장은 그 음식과 은덕의 후함을 누리고 그 복 받기를 원함이 크다는 내용이다. 그런데 송강은 이 『시경』의 내용을 반대로 인용한 翻案法번안법으로, 하늘이 덕을 많이 주고 수명도 연장해 주어야 하는데 그러지 못함을 한탄하였다. 이 같은 번안법은 문학 작품의 내용을 완전히 숙지했을 때 사용이 가능하다. 송강은 용사의 번안법을 통해 망자의 덕성이 잘 형상화하였을 뿐만 아니라 그의 죽음도 어쩔 수 없는 일이라는 새로운 의미까지 드러내었다. 徐居正서거정이 『東人詩話동인시화』에서 "그 뜻을 뒤집어쓰는 것은 재주가 탁월한 자가 아니면 스스로 능히 그 경지에 이를 수가 없다."[15]고 한 것처럼, 송강의 문학적 재능도 확인할 수 있다.

「성절사 홍군서의 行을 보내다, 이름이 履祥이상
(送聖節使洪君瑞之行, 名履祥)」

이별이 느닷없어 맑은 술동이를 대했는데,	離懷忽忽對淸樽,
용만의 비바람에 풀과 나무 어둡구려.	風雨龍灣草樹昏.
높고 큰 祝壽로 황제의 생신에 조회하니,	萬壽岡陵會慶節,
2년의 병란에 재생시킨 은혜로세.	二年兵甲再生恩.
세월은 덧없이 물과 함께 흘러가고,	光陰荏苒隨流水,
기러기는 어지럽게 해문을 지나가네.	鴻雁差池過海門.
연시의 슬픈 노래 지금도 있는지,	燕市悲歌今在否,
나를 위하거든 망저군을 먼저 조문하시게.	爲余先弔望諸君.[16]

---

15) 徐居正, 『東人詩話』卷下. "反其意而用之, 非材料卓越者, 自不能到."

明명나라 황제의 탄신을 축하하기 위해 사신 가는 홍이상에게 주는 전별시이다. 홍이상의 字자가 君瑞군서이다. 홍군서가 성절사로 간 해가 1594년 갑오년 초이다. 임진왜란은 1592년 4월에 일어났으며, 그해 말과 1593년 1월에 명나라 원군도 참전한 전쟁이다. 이런 전쟁의 와중에 명나라 황제의 탄신을 축하하기 위해 성절사로 가게 된 홍군서에게 보낸 시이다.

느닷없는 이별에 술을 대하기는 했지만, 전쟁의 소용돌이 속에 전별연의 자리는 음산하기까지 하다. 그래도 명나라 황제의 탄신을 『詩經시경』「小雅소아」篇 '天保천보'章의 내용으로 송축하였다. "높고 큰 祝壽축수로 황제의 생신에 조회하니"의 '岡陵강릉'은 「소아」편 '천보'장의 "하늘이 그대를 보정하사, 홍성하지 않음이 없는지라. 산과 같고 언덕과 같으며, 산마루와 같고 구릉과 같으며, 냇물이 막 이르는 것과 같아, 불어나지 않음이 없도다."[17]의 시적 의미를 인용한 것이다. '천보'장은 아랫사람이 윗사람에게 보답하는 시이다. 임금은 아랫사람에게 몸을 낮추어 그 정사를 이루고, 신하는 아름다움을 임금에게 돌려 그 윗사람에게 보답한다는 내용이다. 임진왜란이 일어난 후 명나라의 군사적 도움으로 왜군을 막을 수 있게 된 것을 『시경』「소아」편 '천보'장의 내용을 통해 임진왜란 2년의 난리로 인해 명나라 천자의 은혜가 더 크게 되었다는 의미를 함축적이면서도 깊이 있게 표현하였다.

"기러기는 어지럽게 해문을 지나가네."의 '鴻雁差池홍안차지'는 『詩經』「邶風패풍」篇 '燕燕연연'章의 "제비와 제비의 날음이여, 가지런하지 않은 그 깃털이로다. 이 사람(대규)이 돌아감에, 멀리 들에서 전송하노라.

---

16) 鄭澈, 『松江集』「原集」卷1「送聖節使洪君瑞之行」.
17) 『詩經』「小雅」篇 '天保'章. "天保定爾, 以莫不興. 如山如阜, 如岡如陵, 如川之方至, 以莫不增."

멀리 바라보아도 미치지 못하여, 눈물 흘리기를 비 오듯이 하노라."[18) 의 시적 의미를 인용한 것이다. '연연'장은 齊제나라 공주이면서 衛위나라 제후 莊公장공의 부인인 莊姜장강이 陳진나라에서 시집 온 之子지자 곧 戴嬀대규를 전송하면서 부른 노래이다. 장강은 아들이 없어 陳진나라에서 시집온 姜첩 대규의 아들 完완을 양자로 삼았는데, 장공이 죽자 완이 제후의 자리를 물려받았다. 그런데 嬖人폐인의 아들인 州吁주우가 완을 시해하고 제후가 되었다. 그러므로 대규가 진나라로 영영 돌아감에 장강이 그를 전송하면서 부른 노래이다. 대규가 자식을 잃고 친정이 있는 진나라로 돌아가면서도 오히려 장강을 위로하기에 더욱 마음이 아프고, 그의 순하고 어진 마음19)에 감복 받을 뿐이라는 것이다. 『시경』 시에 담긴 장강의 이런 슬픈 마음과 고마운 마음을 담아, 성절사로 떠날 西人서인인 홍군서를 배웅하고자 한 것이다.20)

송강의 마지막 인사인 듯 슬픈 감정이 담긴 전별시를 연경으로 떠나기 전 홍군서가 받은 것이다. "연시의 슬픈 노래"는 燕연나라 樂毅악의의 故事고사이다. 전국시대 燕연나라가 齊제나라의 침공을 받아 패망의 시기를 맞고 있을 때, 趙조나라 출신이면서 燕연나라 장수 악의가 秦진·趙조·韓한·魏위 등의 5개국의 연합군 장수가 되어 제나라와 전쟁을 하였다. 전쟁 반 년 만에 70여 개의 성을 빼앗으나 두 지역은 함락시키지 못하였다. 그런 중에 연합군은 돌아가고 연나라 악의만 남아 나머지

---

18) 『詩經』「邶風」篇 '燕燕'章. "燕燕于飛, 差池其羽. 之子于歸, 遠送于野. 瞻望弗及, 泣涕如雨."

19) 『詩經』「邶風」篇 '燕燕'章. "仲氏任只, 其心塞淵. 終溫且惠, 淑愼其身, 先君之思, 以勖寡人(중씨[대규]가 은혜로써 서로 믿었더니, 그 마음 진실하고 깊도다. 끝내 온순하고 또 순하여, 그 몸을 잘 삼갔고, 선군[장공]을 생각하라는 말로써, 과인[장강, 덕이 적은 사람]을 권면하도다)."

20) 윤인현, 「松江 鄭澈의 漢詩에 나타난 用事와 點化」, 『大東漢文學』 42, 대동한문학회, 2015, 101~102쪽 참조.

지역을 유화책으로 포섭하려고 할 때, 제나라 전단이 악의를 모함하는 流言蜚語유언비어로 악의를 연나라 장수 자리에서 쫓겨나게 하였다. 그러나 악의는 자신이 잘못되면 오히려 연나라 왕을 욕 먹일 수 있다는 생각에, 조용히 자기 고향인 조나라 땅으로 돌아가 은둔하고 지냈던 것이다.

악의가 조나라 땅에 가서 받은 官號관호가 望諸君망저군이다. 송강은 성절사로 떠나는 홍군서에게 먼저 북경에 가면, 나를 위해 망저군을 조문해 달라고 하였다. 송강도 1593년 12월에 생을 마쳤으니, 이 시를 지은 해에 강화도에서 유명을 달리한 것이다. 송강은 동인의 탄핵으로 은거하다가 정여립의 모반 사건으로 우의정에 발탁되어, 그 사건을 총괄하는 책임자가 되었다. 송강은 그 정여립 사건을 처리하는 과정에서 동인 계파의 선비 1,000여 명이 연루되어 죽이거나 귀양 보내는 것으로 마무리 지었다. 그리고 다음해 좌의정에 승진되었다. 그러나 선조의 왕세자 책봉[建儲건저]에 반대했다는 이유로 파직되어 강계로 유배되었다. 그리고 1592년 57세 때에 임진왜란이 일어났다. 평안도로 피난 가던 선조께서 개성 남문루에서 백성들로부터 여론을 들을 때, 그 고을 노인이 송강을 유배에서 풀어줄 것을 간정한 일이 있었다. 그 일로 유배에서 풀려 선조를 의주까지 호종하였다. 왜군이 평남 이남을 점령하고 있을 때, 송강은 兩湖體察使양호체찰사를 지냈으며, 1593년 謝恩使사은사로 明명나라 북경을 다녀오기도 하였다. 송강 일행이 북경을 다녀온 후 "명나라 조정에서는 왜노가 이미 물러갔다하여 군사를 출동할 뜻이 없다."21)라고 하였다. "왜노가 이미 물러갔다"는 말이 사은사로 간 송강 일행으로부터 나온 말이라 하여, 臺諫대간에서

---

21) 鄭澈, 『松江集』「別集」'年譜'下 十一月. "天朝以爲倭奴已退無意出師."

는 論啓논계하여 推問추문할 것을 청했던 것이다. 이 일로 송강은 상소하여 사면을 청하고, 강화도 松亭村송정촌에 물러나 있다가 58세의 일기로 유명을 달리하였다.

위의 시는 송강이 죽은 해에 쓴 시이다. 이는 악의의 고사처럼, 자신이 잘못되면 선조 임금께 그 잘못이 전가될 수 있음을 은연중에 드러낸 것이다. 악의는 제나라 70여 성을 불과 반 년 만에 정복하였고 남은 두 곳 중 하나인 즉묵성 군사와 주민들의 저항에 막혀 5년의 세월을 보냈다. 그러나 결국 즉묵성을 정복하지 못하자, 연나라 소왕에게 그동안 악의에 대한 무고한 내용의 상소가 올라왔다. 그래도 소왕은 흔들림 없이 그의 능력을 인정하고 더욱 많은 병력을 보내어 힘을 보태주었다.

연나라 소왕이 죽고 그 아들 혜왕이 즉위하자 곧바로 다른 장수 騎劫기겁을 전선으로 보내 악의의 병권을 교체하였다. 이때 악의는 신변의 위험을 느껴 연나라로 돌아가지 않고 고향인 조나라로 돌아갔다. 악의는 부당한 모함에 말려들어 자신의 목숨까지 잃게 되면 자신도 억울할 뿐 아니라 그동안 자신을 믿고 군사를 맡겼던 선왕의 업적까지 훼손시키는 결과가 될 수 있다고 본 것이다. 그래서 연나라로 복귀하지 않고 고향 조나라로 가서 자기의 신변을 챙겼던 것이다. 송강도 악의처럼 옛날 伍子胥오자서가 吳王오왕 夫差부차를 도와 先王선왕인 闔閭합려의 원수를 갚고, 또 楚초나라의 수도까지 공략하여 큰 공을 세웠지만 주변 간신과 범려가 보낸 西施서시의 모함에 걸려 목숨을 잃은 것은 죽은 사람 자신으로 볼 때도 억울한 일이지만, 왕의 잘못된 판단을 더 부각시키는 결과가 된다고 생각한 것이다. 聖人성인인 舜순임금은 계모의 모함을 받아 아버지 고수가 몇 번을 죽이려고 하였으나 자신의 지략으로 살아남았다. 결국 아버지 고수를 감동시킴으로써 효성을 다한 결과가 되었다. 만일 그 아버지가 죽이려고 할 때 죽었다면 아버지의 허물을 더 부각시키는 결과가 되었을 것이다. 그런 뜻에서 송강 자신도 臺諫_{대간}의 推問_{추문}으로 인해 지금 억울한 심정이지만, 강화도의 우거는 망저군과 같은 심정임을 보여준 것이다. 한 때의 울분을 참지 못하고 임금을 멀리한다면, 더욱 임금의 잘못을 드러낼까 염려가 된다는 것이다. 송강은 망저군의 이야기를 用事_{용사}하여 忠節_{충절}의 모습을 보였다.

이 밖에도 송강은 『시경』 시 구절을 용사한 작품을 살펴보자. 「약포의 시에 화답하여 홍운의 책에 쓰다(和藥圃詩題興雲卷_{화약포시제홍운권})」는 藥圃_{약포} 李海壽_{이해수}의 시에 화답한 시이다. 同甲_{동갑}인 약포와 자신의 성품과 기호품이 다름을 먼저 서술한 후 "솔개야 솔개야 하늘을 날고 싶거든, 약포를 찾아가서 두 번 절을 하여라."[22]고 하여, 『詩經』「大雅」篇 '旱麓_{한록}'章 "솔개는 날아 하늘에 이르거늘, 물고기는 연못에서 뛰놀도다. 인자한 군자여 어찌 사람을 진작시키지 않으리오."[23]의 "鳶飛戾天_{연비려천}, 魚躍于淵_{어약우연}."을 용사한 것이다. 이는 『中庸_{중용}』에도 인용되어 있다. '저 높은 하늘에도 깊은 연못에도 생명체가 살아서 활동하고 있는 것처럼, 이 세상 도처에 삶의 道가 행해지지 않는 곳이 없으며 나타나지 않는 곳이 없다.'는 뜻이다. 천지간에도 도가 살펴지는 것을 말한 것이다. 송강은 약포가 천지만물의 조화 속에 도를 지키면서 자기 본분을 행한 인물임을 『시경』 구절을 통해 보여주었다.

송강이 『시경』 시를 인용한 것이 모두 6편인데, 그 나머지 한 편도 살펴보자. 「식영정 잡영 차운 10수(息影亭雜詠次韻 十首_{식영정잡영차운 십수})」

---

22) 鄭澈, 『松江集』「續集」卷1「和藥圃詩題興雲卷」. "鳶乎鳶乎欲戾天, 須往再拜藥老前."
23) 『詩經』「大雅」篇 '旱麓'章. "鳶飛戾天, 魚躍于淵. 豈弟君子, 遐不作人."

중 8번째 「桃花逕도화경」의 "고운 빛 춘삼월이 저물어 가고, 어여쁜 복숭아꽃 한 빛갈로 가지런히 피네. 예부터 꽃 아래 길은, 길가는 이 마음을 혼미하게 한다네."24)의 "어여쁜 복숭아꽃 한 빛갈로 가지런히 피네."는 『詩經』 「周南주남」篇 '桃夭도요'章의 "복숭아나무의 요요함이여, 곱고 고운 그 꽃이로다. 이 아가씨의 시집감이여, 그 한 집안을 화순하게 하리로다."25)의 桃花도화의 아름다움을 인용한 것이다. 인용은 되었지만, 創新창신이 되었는지는 의문이 든다. 『시경』의 내용은 태사가 문왕에게 시집간 때로, 도화가 필 무렵은 바로 남녀가 혼인할 때라는 뜻이다. 그런데 송강의 시에서는 아름다운 계절적 배경으로 단순히 인용되었다. 그래서 精切절절한 用事용사가 되었다고 평하기는 어렵다.

이처럼 송강의 한시에는 『시경』 구절을 인용하여, 그 시적 의미를 더욱 풍부하게 하여 精切정절한 용사가 된 경우도 있고, 創出新意창출신의의 효과를 거두지 못한 채 인용의 수준에 그친 경우도 있었다. 그리고 송강은 그의 한시에서 『시경』 시를 용사한 경우는, 고마움이나 그리운 마음 등을 표현하고자 할 때 주로 사용하였다. 그 외에도 자기 본분을 지키는 인물을 부각시키는 의미로도 이용되었다. 그러나 단순히 계절적 배경으로 인용된 경우도 있었다. 이런 경우는 精切정절한 용사가 되지 못했기 때문에, 李仁老이인로가 『破閑集파한집』에서 평한 '點鬼簿점귀부'·'西崑體서곤체', 아니면 權應仁권응인이 『松溪漫錄송계만록』에서 '畵虎不成화호불성'이라는 말로 비난했듯이 혹평 받을 수도 있다.

---

24) 鄭澈, 『松江集』 「續集」 卷1 「息影亭雜詠次韻」 十首 중 8번째 「桃花逕」.
25) 『詩經』 「周南」篇 '桃夭'章. "桃之夭夭, 灼灼其華. 之子于歸, 宜其室家."

2) 『楚辭』 구절의 點化와 新意

『楚辭초사』는 屈原굴원과 宋玉송옥 등의 작가가 밝혀진 창작물로 초나라의 방언으로 초나라 풍속과 초나라 사람의 의식을 바탕으로 한 낭만적인 문학이다. 『楚辭』가 '초사'라는 명칭으로 등장한 시기는 대개 漢한나라 文帝문제(B.C.180~B.C.157) 전후이다. 『초사』에 실린 작품으로는 굴원의 대표작인 「離騷이소」를 비롯하여 「九歌구가」・「天問천문」・「九章구장」・「遠遊원유」・「卜居복거」・「漁父어보」・「大招대초」26) 그리고 송옥의 작품인 「九辯구변」・「招魂초혼」27)과 賈誼가의의 작품인 「招隱士초은사」・東方朔동방삭의 「七諫칠간」, 嚴忌엄기의 「哀時命애시명」, 王褒왕포의 「九懷구회」, 劉向유향의 「九歎구탄」, 王逸왕일의 「九思구사」 등이 있다. 송강의 한시에는 굴원의 작품이 많이 모방되었다. 그 이유는 송강도 굴원처럼 유배와 낙향이라는 공통된 점이 있기 때문일 것이다.

點化점화란 前人전인의 시에 나타난 뜻을 쓰되 그 뜻의 어느 지점으로부터 변화를 加하여 詩 작품에 쓰는 것을 말한다. 점화는 원래 인용이나 모방에서 출발하는 것으로, 뜻을 발전적으로 변화시키지 못하면 蹈襲도습28)에 그치게 되고, 발전적으로 변화시키면 점화가 되는 것이다. 換骨奪胎환골탈태도 점화의 작법을 구체적인 문자로 표현한 작법류 용어로서, 점화라는 말과 크게 다를 것이 없다. 宋송나라 陳善진선은 『捫蝨新語문슬신어』에서 "문장은 비록 古人의 한 글자 한 구절도 蹈襲도습

---

26) 『楚辭』 「大招」를 朱熹는 景差의 작으로 보고 있다.

27) 司馬遷은 『史記列傳』에서 「招魂」을 屈原의 작품이라고 하였다.

28) 도습이란, 前人의 시구에 나타난 뜻을 그대로 되밟아 쓰고 따르는 것을 이르는 말이다. 작가는 누구나 점화를 하려고 할 것이다. 그러나 후대의 독자나 비평가가 그 작품의 인용 부분을 보았을 때, 새로운 의미를 더하지 못했으면 도습이라고 평하게 된다. 도습은 평어류 용어이다.

하는 것을 필요로 하지는 않지만, 그러나 換骨奪胎法환골탈태법이라는 것이 절로 있으니, 이른바 靈丹영단 한 톨로 철을 점찍어 금을 이루어내듯이 하는 것이다."29)라고 하여, 도습은 꺼려하고 환골탈태는 긍정적으로 인식하였다. 그러면서 점화가 잘 된 경우는 '點鐵成金점철성금'으로 평할 수 있다고 하였다. 뿐만 아니라 송나라 葛立方갈립방도 『韻語陽秋운어양추』에서 "시인들에게는 換骨法환골법이라는 것이 있으니, 古人의 뜻을 써서 點化하여 (자기의 시로) 하여금 더욱 더 공교롭게 하는 것이다."30)라고 하여, 점화를 긍정적으로 인식하였다.

송강의 작품 중『초사』를 점화한 한시로 戀君之情연군지정을 보인 작품을 살펴보자. 『초사』의 작품에는 임금을 미인에 비유한 작품이 많다. 「離騷이소」의 "아아! 초목이 시들고 떨어짐이여. 임금 섬길 날이 더디고 저무는 것을 걱정하도다."31)와 「九章구장」 '抽思추사'의 "임의 무심한 마음을 엮어서 글로 써서 가져다가 임에게 드리리다. 지난 날 임이 나에게 언약하시기를, 황혼녘에 만나기로 기약했건만."32)과, 그리고 「思美人사미인」에 "미인을 그리워하여 눈물을 닦으며 우두커니 바라보네. 중매가 끊기고 길이 막혀서 말을 맺어 전할 수 없구나."33) 등에는 미인이 임금에 비유되어 있다. 이처럼 송강의 작품 중에도 임금을 미인에 비유한 것이 많다.

---

29) 陳善,『捫蝨新語』. "文章雖不要蹈襲古人一言一句, 然自有奪胎換骨法, 所謂靈丹一粒, 點鐵成金也."

30) 葛立方,『韻語陽秋』. "詩家有換骨法, 用古人意而點化之, 使加工也."

31)『楚辭』「離騷」. "惟草木之零落兮, 恐美人之遲暮."

32)『楚辭』「九章」 '抽思'. "結微情以陳詞兮, 矯以遺夫美人. 昔君與我誠言兮, 曰黃昏以爲期."

33)『楚辭』「思美人」. "思美人兮, 攬涕而竚眙. 媒絶路阻兮, 言不可結而詒."

「제봉의 운에 차하여 정허의 시축에 쓰다(題靜虛軸次霽峯韻)」

손꼽아 헤어보니 산중살이 십년이라,	巖棲屈指十回春,
사직하고 다시 오니 백발이 새롭구나.	謝笏重來白髮新.
수석이랑 친구들은 사랑스럽지만,	水石朋儔雖可愛,
봉래산 소식은 아득하여라.	蓬萊消息杳難因.
산바람 밤에 일어 마른 대 시름하고,	山風夜起愁枯竹,
고개 달 갓 돋으니 바로 미인이라.	嶺月初生是美人.
약 마시고 시 짓노라 잠 못 드는데,	詩卷藥鑪仍不寐,
지붕머리 종소리 맑은 새벽 알려 주네.	屋頭寒磬報清晨.[34]

위의 시는 40세 낙향하여 쓴 시 같다. 10세 무렵 계림군의 을사사화로 집안이 풍비박산이 된 후 26세에 출사를 하여 승승장구하다가 40세에 낙향을 하였다. 위의 시에서 "손꼽아 헤어보니 산중살이 십년이라, 사직하고 다시 오니 백발이 새롭다."고 하였다. 그러면서 산수자연과 벗님들은 모두 사랑스럽고 반갑지만, 임의 소식이 언제 올지 아득하기만 하다고 하였다. 그러면서 밤바람 부는 날 대나무는 시름하기만 한데, 고개 마루에 달은 돋아 임을 더욱 그립게 한다는 것이다. 『초사』의 내용처럼 임금이 달에 비유되었다. 그리고 시적 화자는 '枯竹고죽'을 통해 변하지 않는 충절과 함께 잠을 이루지 못하고 새벽 종소리를 듣고 있다. 「달밤에 짓다(月夜作)」에도 "가을바람 갑자기 일어나서 마른 대 시름하고, 고개 달 갓 돋으니 바로 미인이로세. 저도 모르게 두 번 절을 하고나서, 외로운 신하의 백발이 이 밤에 새로워라."[35]

---

34) 鄭澈, 『松江集』 「續集」 卷1 「題靜虛軸次霽峯韻」.

35) 鄭澈, 『松江集』 「續集」 卷1 「月夜作」. "秋風乍起愁枯竹, 嶺月初生是美人. 不覺依然成再拜, 孤臣此夜白髮新."

라고 하여, 달이 미인에 비유되어 있다. 앞의 시 「題靜虛軸次靄峯韻제정허축차제봉운」과 詩情시정이 거의 같다. 승구의 구절은 일치하기까지 한다. 따라서 앞의 시 「제정허축차제봉운」은 임의 그리움에 잠 못 드는 밤으로 끝나고, 「月夜作월야작」은 반가움에 절까지 하면서 그리움이 끝이 없어 머리카락까지 백발이 된 것으로 다소 과장된 듯하다. 그러니 참신한 뜻을 드러냈다고 평하기는 어렵다. 이 같은 경우는 자기 작품을 蹈襲도습했다고 후대의 독자나 비평가들이 평할 수 있기 때문이다. 심하게는 자기 剽竊표절까지도 거론될 수 있는 경우이다. 두 시에 다 사용된 '枯竹고죽'은 임금의 정을 그리워하는 송강 자신의 안타까운 심정이 반영된 자연물이다. 寤寐不忘오매불망 임을 그리워하는데, 고개 마루에서 달이 보이니 자신도 모르게 두 번의 절을 했다는 것이다. 그러나 임의 대한 지나친 연정은 독자들로부터 식상한 표현으로 비난받을 수도 있다. 자연물을 통한 연군은 유자의 자연관과도 연관성이 있다.

「박희정의 운에 차하다(次朴希正韻)」

손님네들 흩어지고 밤 늦은 높은 다락에,	高樓客散夜將闌,
창랑곡 노래 파하자 밀촛불이 우누나.	歌罷滄浪蠟燭殘.
연꽃을 홀로 따서 어디다 주려는가?	獨采蓮花何處贈,
천리라 구름 끝에 미인이 아득한데.	美人千里杳雲端.[36]

밤늦도록 누각에서 연회를 베풀면서 굴원의 「어보사」에 나오는 '창랑가'까지 부르고 손님들이 모두 돌아간 후 외로운 생각은 끝이 없어

---

36) 鄭澈, 『松江集』「原集」 卷1 「次朴希正韻」.

눈물도 그치지 않는다. 오히려 송강은 주변 환경에 영향 받지 않는 군자화인 연꽃을 따 임에게 보내어 자신의 마음을 전하고 싶다. 그러나 간신인 구름에 가려진 그 임은 보이지 않는다. "하마 서산을 내려갔던가, 장차 동령에 돋아날 때. 정령히 풍백에게 일러두노니, 조각구름으로 하여금 알지 못하게."[37]의 '구름'도 달을 가리는 존재로 인식하였다. "나는 지금 주렴 걷고 기다린다오, 하늘에 밝은 달이 떠오르겠기에. 술잔에 녹의는 더 띠울망정, 강 구름은 부질없이 나돌지 마소."[38] 역시 '구름'은 임을 상징하는 달을 가리는 간신에 비유되었다.

송강은 끝임 없이 달을 임에 비유하여, 그리워하였다. "황혼에 아름다운 달이 있으니, 나는 미인과 더불어 기약을 했네."[39]는 「九章구장」 '抽思추사'의 "지난 날 임이 나에게 언약하시기를, 황혼녘에 만나기로 기약했건만."[40]을 점화하여, 임을 그리는 간절한 정을 토로하였다. "제 못나서 밝은 시대 보탬이 없고, 늙어가니 정회를 술만이 알아. 詩山시산이라 나그네길 초승달 올라오니, 황혼에 다시금 미인을 기약하네."[41] 유자로서 태평성대에 국정 운영에 보탬이 되어야 되는데, 그러지 못함을 어느 객관에 머물면서 임을 그리워하는 마음으로 달래고 있다. 뿐만 아니라, "밝은 빛을 나는 임에게 주고 싶은데, 봉래산 꼭대기라 길이 끊겼네."[42]라고 하여, 밝은 달빛을 임에게 전하고 싶다는

---

37) 鄭澈, 『松江集』 「原集」 卷1 「詠新月」. "已下西岑否, 將生東嶺時. 丁寧語風伯, 莫使片雲知."

38) 鄭澈, 『松江集』 「續集」 卷1 「海雲亭口號」. "吾方捲簾待, 月欲到天明. 樽蟻須添綠, 江雲莫謾生."

39) 鄭澈, 『松江集』 「續集」 卷1 「江界謫中次梁靑溪韻」. "黃昏有佳月, 吾與美人期."

40) 각주 31 참조.

41) 鄭澈, 『松江集』 「原集」 卷1 「詩山客館」. "不才無補聖明時, 老去情懷酒獨知. 客路詩山纖月上, 黃昏更與美人期."

42) 鄭澈, 『松江集』 「原集」 卷1 「燕子樓次韻」. "淸光吾欲美人贈, 路斷蓬萊山上頭."

충절까지 보였다.

「수옹의 운에 차하다 3수(次壽翁韻 三首) 유순선의 호. 정해 지월 폐관일에 칩암거사라 배함. 이하는 난전에 작임(柳順善號丁亥至月閉關日蟄菴居士拜以下亂前作)」

만 리라 머나먼 진성 나그네,	萬里秦城客,
삼년을 초군에 머물렀다네.	三年楚郡留.
미인은 하늘처럼 멀기만 한데,	美人天共遠,
세월은 물과 함께 흘러가네.	徂歲水同流.
기린각의 꿈은 이제 끊어지고,	夢斷麒麟閣,
귀뚜라미 울음은 가을 슬퍼라.	吟悲蟋蟀秋.
몸을 보호하는 둔한 긴 칼 한 자루,	防身一長鈒,
세상일은 머리를 긁을 뿐일세.	世事入搔頭.[43]

亂前난전의 작품이라고 한 것을 보면, 임진왜란 전 유배생활 때 쓴 시이다. 서울로부터 萬里만리나 떨어진 유배지에서 임을 그리는 마음이 멀기만 하다. 3년이라는 유배 생활에서 오는 절망감을 가을의 쓸쓸함과 귀뚜라미의 울음소리를 통해 시각과 청각화로 형상화하였다. 이제는 자신의 몸조차 스스로 보호하기 힘든 상황에서 두보의 「春望춘망」에 나오는 "白頭搔更短백두소갱단(흰머리를 긁으니 다시금 짧아지고)"의 '頭搔두소'를 모방하여, 세상 일이 뜻대로 되지 않아 머리만 긁을 뿐이라고 자조하였다.

그러나 송강은 "세상 일 말을 해서 무엇하리까? 타향도 눌러 살면

---

43) 鄭澈, 『松江集』「續集」卷1「次壽翁韻」三首 중 一首.

살 수 있다오. 주렴 걷고 달빛을 보기도 하고 베개 베고 시냇물 소리 듣기도 한다오. 병든 눈은 아득아득 안개가 끼고, 센 머리는 마음이 저 물결을 따라, 날마다 한강머리로 향해 가누나."44)로, 끝없는 연군을 보였다. 뿐만 아니라 "강가의 방두(향초)를 캐고 또 캐며, 누각에 기대어 아침저녁 보내노라. 미인에게 바치려도 구름 끝에 아득하니, 두 눈에는 언제나 눈물이 달렸다오. 뗏목 타려는 공자의 뜻 생각해 보면, 말만 하고 못 행한 것 응당 까닭이 있으리."45)라고 하여, 송강은 임에 대한 충절까지 보였다. "뗏목 타려는 공자의 뜻"은 道가 행해지거나 道를 행할 수 있는 세상을 찾아서, 어디든지 가고 싶다는 뜻의 말씀이다. 이는 『論語』「公冶長공야장」篇 '浮海부해'章에 나오는 공자의 말씀46)으로, 천하에 어진 임금이 없는 것을 마음 아파하신 말씀으로 진정으로 현실을 떠난다는 말은 아니다. 道가 없는 현실이기에 현실을 떠날 수 없어 공자님이 탄식하신 말씀이다.

따라서 송강도 道가 없는 현실을 떠날 수가 없는 것이다. 그래서 임을 자꾸 그리워한다. 그리고 "창오산 순임금께 무릎 꿇고 옷깃 여미고, 소상강 굴원 그려 노래하며 선뜻 나아가지 못하고, 두견새의 울음소리 듣자, 노 젓는 일 멈추고 두 번 절하고 하늘가의 북두성 우러러 보노라."47)라고 하여, 「이소」의 "꿇어 앉아 옷깃을 여미고 (순 임금께) 말씀 드림이여, 환히도 내가 이미 중정한 도를 얻었도다."48)의 "꿇어

---

44) 鄭澈, 『松江集』「原集」卷1「次壽翁韻」. "世事那堪說, 他鄕亦可留. 捲簾看月色, 倚枕聽溪流. 病眼濛濛霧. 霜毛個個秋. 歸心逐波浪, 日向漢江頭."

45) 鄭澈, 『松江集』「別集」卷1「老病有孤舟」. "江邊芳杜聊采采, 延佇日夕憑梔樓. 美人持贈杳雲端, 衰涕一任懸雙眸. 乘桴緬懷魯聖志, 有言不行應有由."

46) 『論語』「公冶長」篇 '浮海'章. "子曰, 道不行 乘桴 浮于海, 從我者 其由與."

47) 鄭澈, 『松江集』「別集」卷1「老病有孤舟」. "蒼梧帝舜跪敷衽, 楚魂湘水吟夷猶. 停橈蜀魄起再拜, 止棹北辰瞻天隩."

48) 『楚辭』「離騷」. "跪敷衽以陳辭兮, 耿吾旣得此中正."

410　　한문학의 이해와 연구

앉아 옷깃을 여미고(跪敷衽궤부임)"와 「九歌구가」 '湘君상군'에 "임께서 가지 않으시고 머뭇거리시니, 아! 물섬에서 누구를 기다리시는가?"[49]의 "夷猶이유" 곧 "머뭇거리다"를 점화하여, 굴원의 심정을 되새기면서 임에 대한 충성을 다짐하였다.

굴원의 「어보사」를 모방한 작품을 살펴보자. 점화도 모방에서 출발하기 때문이다.

「강마을에서 취한 후 짓다(江村醉後戲作)」

오늘은 선생이 술에 취해서,	此日先生醉,
저물녘에 미친 듯이 물가로 닫네.	狂奔暮水濱.
바다로 떠갈 뜻과 같을 지어니,	應同浮海志,
소상강에 빠진 사람 견주지 않아.	不比赴湘人.
아내는 울며 옷을 끌어당기고,	箒妾攀衣泣,
사공은 노를 잡고 성을 내네.	篙師倚棹嗔.
유연히 긴 휘파람을 뽑아 올리니,	悠然發長嘯,
만 리라 창공에 소리 떨친다.	萬里振蒼旻.[50]

위의 시는 點化점화와 用事용사 방법으로 시적 의미를 더했다. "저물녘에 미친 듯이 물가로 닫네."는 굴원의 「어보사」 "차라리 소상강의 흐르는 물에 다 달아서 강물고기의 뱃속에 내 몸을 묻을지언정"[51]을 점화한 것이다. 점화라고 한 것은 「어보사」의 내용처럼 물속에 수장되는 것이 아니라, 현실을 염려하는 자세로 승화되었기 때문이다. "바다로

---

49) 「九歌」 '湘君'. "君不行兮夷猶, 蹇誰留兮中洲."
50) 鄭澈, 『松江集』 「原集」 卷1 「江村醉後戲作」.
51) 『楚辭』 「漁父辭」. "寧赴湘流, 葬於江魚之腹中."

떠갈 뜻과 같을 지어니"는『論語』「公冶長」篇 '浮海'章의 공자 말씀을 용사한 것으로, 굴원처럼 체념하기보다는 공자가 행한 바와 같이 천하에 아직 도가 행해지고 있지 않아 슬프기는 하지만, 그래도 이 세상을 버리고 먼 고해절도로 떠날 수는 없다는 것이다. 유자는 현실을 버릴 수가 없기 때문이다. 이것이 유자들이 지닌 선비정신이다.

송강의 한시에는 「어보사」를 모방한 곳이 몇 군데 더 있다. "유령은 왜 취했고 굴원은 왜 깼는가?"52)와 "공연히 홀로 깬 사람 되었네."53) 등에서 송강 자신을 청렴결백한 굴원에 비유하였다. 모든 세상 사람이 다 흐리고 취해 있을 때, 굴원 자신만 깨어 있었기 때문이다. "머뭇거리며 서울을 떠나던 일 웃었더니, 이 걸음 마침내 춘성을 그리네. 강남이라 곳곳마다 대나무가 없지 않지만, 굴삼려의 연못가란 이름 얻을까 걱정일세."54) 막상 서울을 떠날 때, 발걸음이 잘 떨어지지 않는 것을 비웃으며 떠나왔는데, 진작 강남땅에 와보니 그렇게 떠난 서울이 그립다는 것이다. 그렇다고 굴원이 못가를 거닐면서 조국 초나라가 망하는 것을 차마 볼 수 없어 강과 연못가를 이리저리 거닐면서 안색이 초췌하고 형용이 메마르고 메마른 것처럼,55) 송강 자신도 대나무의 절개를 통해 임에 대한 그리움과 우국지정은 변함이 없음을 보여주었다. 「어보사」의 내용을 모방은 했지만, 굴원처럼 강물에 투신할 것은 아니라고 하여, 剽竊ㅍ절이나 蹈襲도습에 그치지 않고 새롭고도 알찬 뜻을 부여했기에 점화라 평할 수 있다. 그러나 일부 연구자들

---

52) 鄭澈,『松江集』「原集」卷1 「無題」. "劉何沉醉屈何醒."

53) 鄭澈,『松江集』「原集」卷1 「送安君昌國歸龍城」五首 "空作獨醒人."

54) 鄭澈,『松江集』「續集」卷1 「高陽山齋有吟寄景魯」十首 "去國遲廻笑此行, 此行終是戀春城. 江南處處非無竹, 恐得三閭澤畔名."

55)『楚辭』「漁父辭」. "屈原, 旣放 游於江潭 行吟澤畔, 顏色 憔悴, 形容 枯槁."

은 用事용사와 點化점화[換骨奪胎]를 구별하지 않고 함께 논의하기도 하였다. 한시 작법인 용사와 점화는 그 개념이 다르다. 그러므로 동일 의미로 간주하여 혼용하여 사용하면 안 될 뿐만 아니라 점화된 줄도 모르고 시작품을 감상해도 안 될 것이다. 작품의 내용을 왜곡 시킬 수 있기 때문이다.

송강이 『초사』의 내용을 점화한 경우는, 연군지정과 우국지정, 그리고 임에 대한 충절을 드러내고자 할 때 주로 사용하였다. 그러나 도습으로 혹평 받을 작품도 있었다. 한편으로 『초사』의 내용을 인용하여 연군과 우국지정을 보인 것은 유자의 자연관과도 관련이 있다.

3. 작법을 통해 본 유자의 자연관

여기서는 작법과 관련된 것으로, 용사와 점화 그리고 도습 등을 통해 그의 자연관을 살펴보고자 한다. 그동안 많은 연구자들은 서구의 자연관에 입각하여 산천초목의 자연만을 자연으로 생각하여, 우리 인간의 삶은 자연과 무관한 것으로 인식하였다. 그래서 고해절도나 산수자연에 머물면서 자연의 아름다움만을 자연으로 인식하여, 그 모습을 주로 연구하였다. 다시 말하자면, 주체인 내가 객체인 자연을 감상의 대상으로 여기거나 정복 내지 착취의 대상으로 여기는 사고에 기인했다는 것이다. 그러나 이와 같은 서구 사상의 자연관은 동양 곧 유가에서 말하는 자연관과는 차이가 있다. 『論語논어』「雍也용야」篇 '施濟시제'章에 "仁者인자는 천지만물로써 일체를 삼으면 자기 몸이 아닌 것이 없을 것이다."[56]라고 한 부분이 있다. 이는 천지만물이 내 몸과 같은 것, 곧 物我一體물아일체의 경지를 이르는 말이다. 동양에서는 이웃과 만물이 불편하면 내 몸의 혈맥이나 기가 통하지 않는 것처럼 생각하는 물아일체의 자세를, 자연을 보는 최고의 경지로 여겨 왔던 것이다.57) 철저한 유자로서의 문학에서는 끊임없이 세상을 바로잡고자 하는 적극적인 현실관을 곳곳에서 찾아볼 수 있다. 그것은 연군지정·우국지정으로도 나타나고 修己治人수기치인의 학문적 과정을 중시하는 자세로도 나타날 뿐만 아니라 애민정신으로도 나타난다. 이런 것이 유자의 현실관이며 자연관인 것이다. 이와 같은 관점을 이해하는 것은 유자로서의 전통적인 선비정신을 바르게 이해하는 데서 제대로 파악될 수 있을 것이다. 선비정신에 바탕을 둔 문학관은 자연을 노래하는 경우에도 현실을 망각한 채 賞自然상자연의 단계에만 그치는 것이 아니라 끊임없이 현실을 염려하는 자세를 보여준다는 것이다.

儒者유자의 자연관은 "성인은 감히 천하를 잊는 마음을 두시지 않았다."58)라고 한 것과, "성인께서 仁을 행하시는 방법은, '無道무도한 세상'이라고 천하를 期必기필하여 내버려 두시지 않는 것이 없었다."59)라고 한 것, 그리고 주자가 『논어』 집주에서 밝힌 "군자가 위태로운 일을 보고서 목숨을 내줄 처지인 곧 위태로운 나라에서 벼슬하는 자로서는 벼슬을 버리고서 떠나야 할 이치가 없거니와, 바깥(남의 나라)에 있는 경우라면 그 나라에 들어가지 않는 것이라야 될 법한 일일 것이다."60) 등과 같이, 공자와 성인 등은 어두운 세상을 한시도 잊지 않으며 세상

---

56) 『論語』「雍也」篇 '施濟'章. "仁者, 以天地萬物, 爲一體".

57) 鄭堯一, 「儒家의 自然觀」, 『語文硏究』148, 韓國語文敎育硏究會, 2010, 426쪽.

58) 『論語』「微子」篇 '耦耕'章에 대한 '集註'의 程子의 주석. "聖人, 不敢有忘天下之心."

59) 『論語』「微子」篇 '耦耕'章에 대한 '集註'의 張子의 주석. "聖人之仁, 不以無道必天下而棄之也."

60) 『論語』「泰伯」篇 '篤信'章에 대한 '集註'의 朱子의 주석. "君子, 見危授命, 則仕危邦者, 無可去之義, 在外, 則不入, 可也."

을 바로잡고 밝히기를 결코 포기하지 않았던 것이다. 이런 것이 선비 정신이면서 儒者의 자연관이다. 우리의 삶도 자연의 일부이기 때문이다. 따라서 유자의 자연관을 따르면, 개인의 인간사와 더불어 사회적 관심사도 자연일 수 있다. 다시 말하자면, 유자가 바라보는 현실은 절실한 자연일 수밖에 없고, 그 암담한 현실을 바로잡고자 하는 마음을 포기하지 않는 것 또한 진정한 유자의 자연관이라 할 수 있다. 그러므로 유자의 자연관은, 세상살이에서 인륜에 어긋나지 않으면서 현실을 잊지 않는 마음까지 포함되었던 것이다.

「신년축」 五首 중 1首와 2首

새해에 비나이다. 새해에 비나이다.	新年祝新年祝,
새해엔 개와 양 같은 왜구를 쓸어내고.	所祝新年掃犬羊.
임의 수레 북방에서 돌아오시어,	坐使鑾輿廻塞上,
임의 길 우러러 보니 해가 거듭 빛나네.	仰瞻黃道日重光.

새해에 비나이다. 새해에 비나이다.	新年祝新年祝,
새해엔 우리 조정 더욱 맑아져.	所祝新年朝著淸.
동서니 남북이니 편당을 없애버리고,	痛掃東西南北說,
일심으로 태평성대 만듭시다.	一心寅協做昇平.61)

위의 시는 임진왜란이 발발한 후 선조가 의주로 몽진 가 있을 때에 쓴 시이다. 새해에 바라는 「신년축」의 시이니 1593년 새해이다. 1593년 1월이면 송강이 양호체찰사 임무를 수행하고 있을 때이다. 그래서

---

61) 鄭澈, 『松江集』 「原集」 卷1 「新年祝」 五首 중 第1首와 第2首.

새해에는 왜구도 소탕하고 북방으로 몽진 간 임금께서 돌아오시면, 우리 조정에는 이제 편당도 사라져 태평성대가 돌아올 것이라는 것이다. 『論語논어』「泰伯태백」篇 '篤信독신'章에 대한 '集註집주'의 朱子주자의 주석처럼, 위태로운 나라 또는 어지러운 나라에서 주어진 책무가 있는 선비로서는, 난관을 극복하며 끝까지 책임을 져야 할 일이 있기 때문에, 마땅히 나라의 위기를 방관만 하고 있을 수 없는 것이다. 그래서 송강은 우리 임금 서울로 돌아오시고 동서의 편당도 사라지기를 소망하였다. 이렇듯 세상사에 대한 관심사도 자연인 것이다.

유자의 자연관은 자연물을 통해서도 끊임없이 현실을 염려하는 자세를 보여주는 것으로, 戀君之情연군지정 내지 憂國之情우국지정 그리고 忠節충절의 모습도 보여줄 수가 있다는 것이다.

「죽서루 운에 차운하다(次竹西樓韻)」

천리를 다 보자고 누에 다시 올라가니,	欲窮千里更登樓,
구름과 바다 아득아득 두 귀밑 쓸쓸한 가을이라.	雲海茫茫兩鬢秋.
봉래가 어디인가 언제나 오색이라.	何處蓬萊常五色,
여기서 돌아가면 강한과 함께 흐르리.	此歸江漢定同流.62)

첫 구는 왕지환의 「登鸛雀樓등관작루」의 "흰 해는 산 너머로 지고, 황하는 바다로 흘러드네. 천리를 다 보려고, 다시 한층 더 올라간다."63)를 모방한 것이다. 왕지환의 「등관작루」는 풍경을 통해 철학적인 면을 표현한 說理詩설리시이다. 광명인 해는 서산 너머로 지고, 황하는 바다로

---

62) 鄭澈, 『松江集』「續集」卷1「次竹西樓韻」二首 중 第2首.
63) 王之渙, 「登鸛雀樓」. "白日依山盡, 黃河入海流. 欲窮千里目, 更上一層樓."

흘러든다. 천리까지 바라보는 눈은 다하고 싶어서 다시 한층 더 올라
간다. 다시 말하자면, 더 먼 곳, 더 넓은 곳, 더 나아가서 높은 이상을
가지기 위해 한 층 더 올라간다는 것이다. 그런데 송강은 다소 내용이
후퇴하여, 임에 대한 그리움, 곧 戀君연군으로 표현하였다. 인생과 사상
의 진취적 기상을 노래한 왕지환에 비해, 송강은 개인적인 소망에
머문 내용이기 때문이다. 후대의 독자나 비평가들은 새로운 의미를
부여했다기보다는 내용적 의미가 퇴보한 듯한 인상을 받을 수 있다.
이처럼 참신한 뜻에 해당되는 창의적인 내용이 되지 못하면 踏襲답습이
라는 평을 들을 수 있다.

　송강 문학에 있어 달은 임을 상징하는 대표적인 시어이다. 그리고
그 달빛을 가리는 구름은 간신배를 상징한다. 송강은 이런 자연 현상
을 통해 憂國之情우국지정을 노래하기도 하였다.

「밤에 하당에 앉아서(霞堂夜坐)」
자리 옮겨 꽃나무와 마주 앉고,　　　　　移席對花樹,
층계를 내려가 옥천에 다다랐네.　　　　下階臨玉泉.
인하여 밝은 달을 기다리자니,　　　　　因之候明月,
밤새도록 구름 낀 하늘만 바라보네.　　　終夜望雲天.64)

　송강은 하서당에 앉아 꽃나무와 마주하기도 하고 층계를 걸어 맑은
샘물을 거닐면서 밝은 달을 기다리지만, 달은 끝내 구름에 가려져
볼 수가 없다. 임의 소식이 올 수 없는 현실을 구름에 가려진 자연물을
통해 憂國之情의 심리를 드러내었다. 이는 이백의 「등금릉봉황대」의

---

64) 鄭澈, 『松江集』「原集」卷1「霞堂夜坐」.

"온통 뜬구름이 해를 가리니, 장안마저 볼 수 없어 사람으로 하여금 근심케 하네."65)라는 구절을 새롭게 한 것이다.

송강의 자연관은 연군지정으로 끝이 없다. "술 깨고 보니 하늘엔 별과 달이 밝기만 한데, 국화 피고 단풍 짙은 양벽정에서. 분명히 꿈속에 뵌 우리 임, 면류관에 의젓한 풍채로 자상히 말씀하시네."66) 양벽정으로 단풍놀이를 나와 국화를 보고 술도 마시고 놀았는데, 잠시 잠이 들었다가 깨어 보니, 하늘에 별들이 총총하다. 그런데 그 잠깐 동안의 꿈속에서 늘 그리던 임을 뵙는데, 그 모습도 의젓하고 말씀도 자상하시었다. 아름다운 자연을 보아도 임이 생각나는 것이다. "변방의 외기러기 달도 돋으니, 임 그리며 눈물까지 말라서 소리도 서러워라. 아득한 우리 임 꿈속에서나 만날 뿐이니, 이로부터 이 늙은이 대에 오르지 않으리."67) 밤중에 홀로 대에 올라 외기러기가 날아가고 달도 돋으니, 임의 모습이 더욱 간절하게 난다. 그런데 임 그리워하는 자신의 심정을 두견새에 의탁하여 피눈물을 흘리고 있다. 언제나 보고픈 임은 꿈속에서나 만날 수 있어 이제는 임이 보이는 이 누각에는 오르지 않겠다는 단념의 자세를 취했다.

자연물을 통한 임에 대한 충절도 끝이 없다.

「연자루에 차운하다(燕子樓次韻)」

성남의 깊은 밤 누에 홀로 기댔노라니,	深夜城南獨倚樓,
옥천이라 가을 달무리 멀기도 하다.	玉川秋月影悠悠.

---

65) 李白, 「登金陵鳳凰臺」. "總爲浮雲能蔽日, 長安不見使人愁."

66) 鄭澈, 『松江集』「原集」卷1「漾碧亭」. "滿天星月酒初醒, 赤葉黃花漾碧亭. 夢裏分明宣政殿, 玉旒高拱語丁寧."

67) 鄭澈, 『松江集』「拾遺」卷6「夜坐聞鵑」. "邊城獨雁月俱來, 淚盡懷君響更哀. 天外建章長入夢, 老夫從此不登臺."

맑은 달빛을 나는 임에게 주고 싶은데,　　　清光吾欲美人贈,

봉래산 정상이라 길이 끊어졌네.　　　　路斷蓬萊山上頭.[68]

　한밤중 연자루에 올라 달을 바라보면서 저 맑은 달빛을 임에게 보
내고 싶은 충절이다. 그런데 임의 곁에는 소인배들로 인해 이 '淸光청광'
을 전할 수가 없다. 그래도 송강은 자신의 변함없는 충절을, 자연물을
통해 임에게 전하고 싶어 한다. "한 가락 긴 노래로 임을 생각해 보니,
이 몸은 비록 늙었지만 마음만은 새롭구나. 명년 봄 창 앞에 매화꽃이
피면은, 강남의 첫 봄소식을 꺾어서 부치리라."[69] 임을 그리워하는
마음으로 노래까지 불러도 그 그리움은 끝이 없다. 그래서 명년 봄에
창 앞의 매화가 피면 나의 절개를 임에게 전하고 싶다는 것이다. 이
시는 위진 남북조 시대의 인물인 육개가 북쪽에 사는 친구 범엽에게
보낸 시를 모방한 것이다. "매화를 꺾어서 역사를 만나, 농두인에게
부치노라. 내가 사는 강남땅에는 가진 것이 없어서, 애오라지 한 가지
의 봄을 보내노라."[70]를, 송강은 충절을 바치겠다는 자기 의지를 더했
다. 남쪽 지방에 사는 육개가 일찍 핀 매화를 북쪽 밭머리에서 농사짓
는 친구 범엽에게 보낸다는 것으로, 두 사람의 우정의 돈독함을 표현
한 것이다. 그런데 송강은 매화를 통해서 자신의 변함없는 충절을
임금에게 보내고 싶다는 것이다. 따라서 송강의 충절은 육개가 친구
를 그리워하는 순수한 마음을 승화시켜 참신한 맛을 더했다고 평할
수 없다. 연군이 다소 지나친 면이 있기 때문이다.

---

68) 鄭澈, 『松江集』 「原集」 卷1 「燕子樓次韻」.

69) 鄭澈, 『松江集』 「原集」 卷1 「大岾酒席呼韻」.

70) 陸凱, 「江南一枝春」(荊州記 驛寄梅花 詩篇). "折梅逢驛使, 寄與朧頭人. 江南無所有, 聊贈一枝
春."

「섣달 초육일 밤에 앉아서(臘月初六日夜坐)」 계사년 겨울 강도에 우거할 때의 작인데, 이것이 절필이다(癸巳冬寓居江都時作此絶筆也).

나그네의 외론 섬에 한 해도 저물고,	旅遊孤島歲崢嶸,
남쪽 왜적은 아직 평정하지 못했다네.	南徼兵塵賊未平.
천리 밖 음서는 어느 날에 오려는고?	千里音書何日到,
오경의 등잔불은 누구를 위해 밝은 것인가?	五更燈火爲誰明.
사귄 정은 물과 같아 머물기 어렵고,	交情似水流難定,
수심의 실마리는 실오리 같아 얽히고 더욱 얽혀.	愁緒如絲難更縈.
다행이 원님이 보내 온 진일주가 있어,	賴有使君眞一酒.
눈 쌓인 궁촌에서 화로 끼고 마신다오.	雪深窮巷擁爐傾.[71]

위의 시는 송강이 강화도에 머물던 1593년 겨울에 쓴 시로, 임종 12일 전의 작품이다. 운명을 알지 못한 채 시적 화자는, 아직도 우국지정과 연군지정에서 벗어나지 못하고 있다. 한 해는 저물어 가고 왜적은 아직도 남쪽 지방에 있어 세상일로 번잡하지만, 혹시라도 천리 밖에서 임의 소식이 올까 잠 못 들고 오경까지 등불을 밝혀 놓은 모습에서 끝없는 출세욕을 읽을 수가 있다. 그러면서도 인간사 흐르는 물과 같이 한 군데 오래 머물 수 없음을 깨닫고 이내 체념하면서 고을 원님이 보내준 술로 그 시름을 달래고 있다.

송강은 자연물을 통해 자연의 아름다움에 그친 것이 아니라 그 자연물을 통해 현실적 어려운 측면도 아울러 살폈다. 송강이 행한 연군지정과 우국지정 그리고 충절은 바로 유자의 자연관의 일부라고 할 수 있다. 삶의 이치와 자연의 이치가 일치하기 때문에 자연을 노래하

---

71) 鄭澈, 『松江集』「原集」卷1「臘月初六日夜坐」.

면서 인생 또는 현실을 동시에 노래할 수 있기 때문이다. 그러나 지나친 경우 개인적인 욕망으로 비쳐질 부분도 있었다.

끝없는 연군지정과 우국지정 같은 송강의 자연관은 어디에서 비롯된 것일까? 이는 선비정신에서 그 연원을 찾아야 할 것이다. 유자(선비)는 어디에 처해도 현실을 잊지 않기 때문이다. 선비精神정신이란 어느 시기 어떤 장소에 처해도 철저한 유자로서 세상을 등지지 않고 세상 사람과 세상을 건지거나 바로잡고 밝히려는 뜻을 잊지 않는 것을 이르는 말이다. 『論語논어』「憲問헌문」篇 '擊磬격경'章에 대한 주자의 주석에서 "성인의 마음이 일찍이 천하를 잊으신 적이 없으셨다."72)라고 하였다. 그리고 「微子미자」篇 '耦耕우경'章에서 孔子공자가 子路자로로 하여금 隱者은자인 장저와 걸익에게 나루터를 묻게 하였을 때, 장저와 걸익은 사람을 피하는 선비[辟人之士]보다는 세상을 피하는 선비[辟世之士]인 자신들을 따르는 것이 더 낫다고 하였는데, 隱者은자들의 그와 같은 대답에 공자는 이르기를, "조수와는 더불어 무리 지어 살기를 같이할 수 없으니, 내가 이런 사람들의 무리(우리 인간의 무리)를 허여하지 않고서(이런 사람의 무리와 더불어 하지 않고서) 누구를 허여하리오(누구와 더불어 하리오)? 천하가 道가 있으면, (나) 丘가 (세상을) 변역시키는 데에 참여하지 않느니라."73)라고 하였다. 그리고 그에 대한 程子정자의 주석에서 "성인께서는 천하를 잊는 마음을 감히 두시지 않으셨다."74)라고 한 것에서나, 또 그에 대한 장자(장재)의 주석에서 "성인께서 仁을 행하시는 방법은 '無道무도한 세상'이라고 천하를 기필하여 내버려 두시지 않는 것이었다."75)라고 한 것 등에서, 공자의 그와 같

---

72) 『論語』「憲問」篇 '擊磬'章. "聖人之心, 未嘗忘天下".

73) 『論語』「微子」篇 '耦耕'章. "鳥獸不可與同羣 吾非斯人之徒 與而誰與. 天下有道 丘不與易也."

74) 『論語』「微子」篇 '耦耕'章. "聖人, 不敢有忘天下之心".

은 삶의 자세를 살펴볼 수 있다.

세상을 등지지 않는다는 삶의 태도는 공자의 삶의 자세와 유가적 전통의 선비정신의 일면을 보여주는 것이다. 무도한 세상일수록 현실을 떠나지 않겠다는 공자의 그와 같은 적극적인 삶의 자세는, 역대의 철저한 유자들의 삶의 자세에 많은 영향을 끼쳤다. 따라서 철저한 유자들의 문학에서는, 세상이 무도하다고 단정하여 세상을 등지거나 바로잡는 일을 결코 쉽게 포기하는 일이 없었을 뿐 아니라, 오히려 무도한 세상을 풍자하거나 밝혀 보려는 의지를 담은 시들이 많았다.76) 송강의 한시에도 세상을 잊지 않으려는 시가 많았다. 그러나 출사하여, 임금의 허물을 은근히 들어서 밝게 諫간하며, 致君澤民치군택민 하고자 하는 마음에서 백성의 근심을 잊지 않았는지 등은 구체적으로 살펴보아야 할 것이다.

그리고 그의 문학에 나타난 연군지정이나 우국지정이 진정으로 유가의 적극성을 보이면서 전통적인 선비정신과 '時中시중의 道'에 따라 벼슬할 만한 때 벼슬하고 물러 날 때 물러났으며, 또 출사하여 유자로서의 책무를 다했는가는 한 번쯤 생각할 필요가 있다.

「길에서 걸인을 만나다(道逢丐者)」

부부가 애를 업고 피리 불고 노래하며,	夫簫婦歌兒在背,
남의 문을 두들기다 나무람을 당하네.	叩人門戶被人嗔.
소 묻던 일 생각나서 묻지는 않지마는,	昔有問牛今不問,
길손이 견디지 못해 눈물을 흘리노라.	不堪行路一沾巾.77)

---

75) 『論語』「微子」篇 '耦耕'章. "聖人之仁, 不以無道必天下而棄之也."
76) 윤인현, 「다산의 한시에 나타난 선비정신과 자연관」, 『다산학』19, 2011, 122~123쪽.
77) 鄭澈, 『松江集』「原集」卷1「道逢丐者」.

걸인이 문전박대를 당하는 모습을 보고 저절로 눈물이 나는 시적 화자이다. 걸인의 사실적인 삶을 통해 사람과의 정을 보이면서 '閔時病俗민시병속(시대를 민망히 여기고 풍속을 가슴 아프게 여김)'78)의 자연관을 보였다. 어린 아이를 업은 걸인 부부가 동냥도 얻지 못하고 쫓겨나는 장면을 차마 볼 수가 없어, 눈물을 흐리는 두터운 人情을 보인 것이다. 백성을 사랑하는 마음이 없다면 그냥 지나칠 수도 있는 장면이기 때문이다. 『禮記』「儒行유행」篇의 공자의 말씀 '不忘百姓之病불망백성지병(백성의 근심을 잊지 않는다)'의 선비정신의 발로인 것이다. "叩人門戶被人嗔고인문호피인진"은 『孟子』「盡心진심」章(上) "백성들이 물과 불이 아니면 생활할 수가 없으나, 어두운 저녁에 남의 문호를 두드리면서 물과 불을 구하면 주지 않는 자가 없는 것은 지극히 풍족하기 때문이다."79)를 용사하였고, "問牛문우"는 問牛喘문우천의 준말로 漢한나라 때 정승 丙吉병길이 사상자가 길에 가득 찬 것을 보고서도 묻지를 않다가, 사람이 숨을 헐떡대는 소를 몰고 가는 것을 보고는 "이 소를 몇 리나 몰고 왔느냐"라고 물은 고사이다. 『맹자』 구절과 병길의 고사를 인용하여 걸인의 비참한 생활상에도 아무런 조치를 취할 수 없음에 절망감을 느낀 것이다. "또 못 보았나, 西家서가의 어린 자식 도랑에 버렸으니, 죽어가며 부르짖되 아비는 구해 주지 않네. 父母부모되어 내버려둠은 이 어찌된 심성이냐? 하늘에 묻는다 해도 가난이 병인 것을"80) 송강은 이 시 「賣薪吟매신음」에서 민생의 참상을 한탄함으로써 '民時病俗민시병속'의 자연관을 보였다. 먹을 것이 없어 자식을 도랑에 버린 상황을 하늘에 호소해도 소용이 없다는 것이다.

---

78) 朱子, 「詩集傳序」 참조.
79) 『孟子』「盡心」章句(上). "民非水火 不生活, 昏暮 叩人之門戶 求水火 無弗與者 至足矣."
80) 鄭澈, 『松江全集』 「拾遺」 「賣薪吟」.

이와 같은 현실묘사가 자연묘사인 것이다. 눈에 보이는 대로 현실을 묘사함으로써 두터운 인정을 드러내어 溫柔敦厚온유돈후한 시정신을 보여주었기 때문이다. 예부터 '不忘百姓之病불망백성지병'과 '民時病俗민시병속'의 자세를 바탕으로 하여 백성들의 생활상에 관심을 기울이고 현실과 자연의 모습을 있는 그대로 묘사하되, 두터운 인정을 나타내는 문학을 높이 여겨 왔다. 송강도 일부 작품에서 현실묘사로 두터운 인정을 보여주기도 하였다. 하지만 그 해결책은 강구하지 못했다.

4. 유자의 자연관과 송강의 처세

松江송강의 문학적 근원은 중국 문학에 있다. 그의 한시에는 중국역사와 고사, 경서 내용들이 用事용사되고, 중국 시인들의 문학 작품들이 點化점화되어 있기 때문이다. 용사나 점화가 되었다고 하여, 그 작품이 질이 떨어진다거나 표절된 것은 더욱 아니다. 새롭고도 알찬 뜻을더했기에 用事라 하고 點化라고 평하는 것이다. 그의 이러한 시작법은 그의 방대한 독서량을 보여줄 뿐만 아니라 문학적 역량도 가늠하게 한다. 또한 송강의 뛰어난 한글 가사와 시조 작품은 그의 한시에서 시적 근원을 찾을 수가 있다. 이렇듯 송강의 한시는 송강 문학의 근원을 이루는 작품이라 해도 과언이 아니다.

여기서는 『시경』과 『초사』의 내용을 용사한 것과 점화한 작품을 살펴본 것이다. 그 결과 新意신의를 드러낸 작품도 있었고, 단지 인용 수준에 그친 경우와 도습이라 비난받을 만한 한시도 있었다. 이 글에서 용사와 점화를 살핀 이유는, 기존의 연구에서 용사와 점화를 구별하지 못하고 연구가 행해지거나, 용사와 점화된 줄도 모르고 작품을 분석한 경우도 있었기 때문이다.

儒者유자의 自然觀자연관은 자연을 정복의 대상 내지 착취의 대상으로 여기는 것은 아니다. 그렇다고 自然자연만을 보고 賞自然상자연의 아름다움만을 예찬하는 그런 자연관도 아니다. 그러나 일부 연구자들은 유자의 자연관을 인생관과 전혀 별개의 영역으로 보고, 자연의 아름다움만 추구하여, 서구적 관점에 따른 자연관과 자연적 소재가 지닌 특징만을 살피는 한계를 보이기도 하였다. 벼슬에 나아가고 물러나는 出處觀출처관이나 人倫인륜의 道를 행하는 등의 인간 생활과 관련된 관점, 그리고 산수자연의 아름다움을 현실과 연관시켜 보는 관점 등이 모두 유자의 자연관이다. 아무 때나 은거하려고 했는가? 아니면 벼슬길만 추구하려고 했는가? 그것도 아니면 유가의 적극성을 보이면서 전통적인 선비정신에 따라 '權道권도'를 행하면서 벼슬할 만할 때 출사했는가? 등을 살피는 것도 유자의 자연관을 옳게 파악하는 한 방법인 것이다.

송강의 한시 작품을 통해 그의 작품에 반영된 유자의 선비정신과 자연관을 살펴본 결과, 연군지정·우국지정 등 충절에 있어 다소 지나친 점이 있었다. 나라가 累卵之危누란지위의 처지에 있을 때는 출사하여 충절의 모습을 보이기도 하였지만, 한편으로는 붕당의 모습을 보이기도 하였기 때문이다. 정여립 모반 사건 때 송강 스스로 조정에 나아가 의정부 우의정에 임명되었으며, 그때 처리한 그의 행적들은 다소 문제점을 드러냈다. 따라서 이때 송강이 출사하여 행한 행적은 유자의 선비정신과 자연관에 따라 맡은 바의 임무를 다했는지 아니면 편당에 치우친 태도를 보였는지는 다시 살펴볼 여지가 있다. 그리고 낙향하거나 유배당했을 시에 지나친 戀君연군도 유자의 자연관에 적합했는지도 살펴보아야 할 것이다. 또 임난 당시 조정 운영에 있어 편당에 치우치지 않고 국정에 임했는지도 그의 행적과 더불어 자세히 고구해 볼 필요가 있다. 이와 같이 出處觀출처관을 살펴보는 것도 유자의 자연관인 것이다. 우주의 질서 내에 있는 것은 모두 자연이며, 그 중에서도 우리 인간의 삶이 가장 절실한 자연이다. 사람은 天道천도를 본받아서 人道인도를 지극히 해 나가기 때문이다.

이런 유자의 자연관에 따라 송강의 한시에 나타난 인생관은 전통적인 유자로서의 적극적인 출처관도 있었지만, 다소 지나친 면도 있었다. 임진왜란 시 선조를 도와 환난을 극복할 수 있도록 한 점이나, 은거하면서도 현실을 잊지 않고 언제나 임을 그리워하면서 소인배들의 참소를 걱정하는 면은 유자의 적극적인 현실 참여 의식이라고 할 수 있다. 송강의 한시 중 일부에는 '民時病俗민시병속'의 자연관을 통해 '不忘百姓之病불망백성지병'의 선비정신을 보이기도 하였기 때문이다. 그러나 精切정절하지 못한 용사와 도습, 그리고 지나치게 戀君연군을 지향한 것은 후대의 독자들이나 비평가들로부터 비난받을 소지를 남겼다. 그리고 상대방을 용인하지 못한 편협한 사고는 없었는지 등도 선비정신의 관점에서 살펴보아야 할 것이다. 따라서 송강의 문학이 철저한 유자의 문학관에서 '纖而翹之추이교지'[81] 했는지, 그리고 '慕賢而容衆모현이용중'[82]하였는지 아니면 '隱惡而揚善은악이양선'[83]하였는지 등을 유자의 관점에서 다시 한 번 더 고구해 볼 필요가 있다.

---

81) 『禮記』 「儒行」篇 참조. '허물을 은근히 들어서 밝게 간함.'
82) 『禮記』 「儒行」篇 참조. '어진 이를 사모하고 대중을 포용할 줄 알아야 함.'
83) 『中庸』 第六章 '大知'章 참조. '남의 악한 점을 숨겨 주고 남의 착한 점을 상세히 드러내 줌.'

한시를 통해 본 허난설헌의 지향의식

1. 허난설헌의 지향의식 고찰

이 글은, 조선 중기 신분적 불평등과 성차별의 사회를 살았던 허난설헌의 시문학을 통해 그의 삶을 오늘의 시점에서 조명해 보고자 하는 것이다. 신분 사회의 질곡인 남성과 여성의 차별이 여전히 존재했던 당시, 주체적 자아를 꿈꾸면서 표현의 자유를 갈망했던 시인의 삶을 살펴보는 것도 의의 있는 일이기 때문이다.

許楚姬허초희(1563~1589)는 선조 때 대사성·부제학 벼슬을 지낸 아버지 許曄허엽(1517~1580)과 어머니 강릉 김씨 사이에서 태어났다. 그와 同腹동복으로 12살 많은 오빠 許篈허봉(1551~1588)과 6살 아래인 許筠허균(1569~1618)이 있다. 동복은 아니지만 이조판서를 지낸 큰 오빠 許筬허성(1548~1612)도 있다. 아버지 허엽은 난설헌이 태어난 이듬해에 慶州府

尹_{경주부윤}으로 나아갔다가 5살 되던 해에 서울로 올라와 살았다. 그가 서울에서 살던 곳은 지금 서울 중구 인현동 일대로, 당시 인재들이 많이 살았던 곳이다. 허균은 『惺翁識小錄_{성옹식소록}』(下)에서 김종서·정인지·양성지·김수온·노수신·류성룡·이순신·원균 등을 비롯하여 父親_{부친}과 형님을, 이름난 명사로 소개하였다.1) 당시의 지명은 乾川洞_{건천동}으로, 명사들을 나열한 것을 보면 난설헌과 균에게 영향을 미쳤던 동네이다. 그리고 '난설헌의 문장은 집안에서부터 시작되었다.'2)고 했다. 그런데 그 글공부가 누구에게 시작된 것인지는 정확하지 않지만, 아마도 둘째 오빠인 허봉에서 비롯된 것으로 추측해 볼 수 있다. 허봉이 여동생 난설헌의 글재주를 알고 아꼈기 때문이다. 허봉이 "경번의 글재주는 배워서 얻을 수 있는 것이 아니다."3)라고 한 것처럼, 그의 글재주를 알아보고 唐_당나라 시인 두보의 시집을 선물하면서 (1582년) "내가 열심히 권하는 뜻을 저버리지 않으면 희미해져 가는 두보의 소리가 누이의 손에서 다시 나오게 할 수도 있을 것이다."4)라고 격려하였다. 두보는 현실적 문제에 관심을 두는 사회시를 많이 지었다.

　　蘭雪軒_{난설헌}은 그의 堂號_{당호}이다. 여성으로서 드물게 號와 字를 지녔던 인물이다. "蘭雪軒_{난설헌}의 이름은 楚姬_{초희}이고 字는 景樊_{경번}이니, 草堂_{초당} 曄_엽의 딸이며 西堂_{서당} 金誠立_{김성립}의 아내이다."5)라고 허균이 『鶴

---

1) 許筠, 『惺翁識小錄』(下). "余親家在乾川洞, 自青寧公主邸後, 至本房橋, 纔三十四家, 國朝以來多出名人. 金宗瑞鄭麟趾李季仝爲一時, 梁誠之金守溫李秉正爲一時, 柳順汀權敏手柳聃年爲一時, 其後盧相及先大人齠齔知事協爲一時, 近世柳西厓及家兄齓李德豊舜臣元原城均爲一時, 而西厓有功於中興之役, 元李二將有再造之功, 到此尤盛."
2) 許筠, 『惺所覆瓿藁』卷十 「答李生書」. "兄姊之文, 得於家庭."
3) 許筠, 『惺所覆瓿藁』卷二十六 부록 1 「鶴山樵談」. "仲氏嘗曰, 景樊之才不可學而能也."
4) 許筠, 『荷谷集』 「題杜律卷後奉呈妹氏蘭雪軒」. "俾無負余勤厚之意, 俾少陵希聲復發於班氏之手可矣."

山樵談학산초당』에서 소개한 것처럼, 許楚姬허초희는 姓名성명이다. 이름 '楚姬초희'는 春秋춘추시대 楚초나라 莊王장왕의 어진 아내 '樊姬번희'를 가리킨다. 그래서 '번희'를 사랑하라는 뜻으로 '경번'이라는 字자를 지어주었다[6]고 한다. 번희는 장왕의 부인으로, 사냥에 몰두했던 장왕에게 충언을 하여, 그를 覇王패왕으로 나아가게 했던 인물이다. 장왕 곁을 늘 지키던 虞丘子우구자가 인재는 천거하지 않고 밤늦게까지 장왕을 놓아주지 않자 그를 간신으로 단정하여, 그의 잘못을 바로잡은 현명한 부인이다. 허엽도 그런 그를 본받게 하고자 경번이라는 字를 지어주었던 것이다.

아이가 태어나면 아버지는 3일째 되던 날, 아이의 손을 잡고 그 아이가 바른 인물이 될 수 있도록 이름에 그 소망을 담아 지어주고 약 100일 되면 사당에 가서 조상신에게 고하게 된다. 그런 후 관례식을 할 때 그동안의 성장 과정을 지켜본 결과, 그 성품과 자질에 맞는 인물이 되기를 바라는 뜻을 담아 字를 지어주게 되는 것이다. '초희'와 '경번'에는 아버지의 바람인 현명한 여성이 되기를 바라는 마음이 담겨 있었던 것이다. 조선시대는 여성들이 자신의 이름을 가지기보다는 가문의 성씨만으로 살던 시대였다. 그런 시대를 살았던 난설헌은 이름과 字자 그리고 號호까지 가졌을 뿐만 아니라, 그의 시문학은 중국·일본·한국 세 나라에 전해지기도 한다.

아버지의 바람과는 다르게 결혼 후 난설헌의 생활은 행복하지 않았다. 14살에 한 살 많은 金誠立김성립(1562~1593)과 혼인한 난설헌은, 두 아이의 요절과 또 한 아이의 유산, 그리고 독수공방 등 외롭던 결혼

---

5) 許筠, 『惺所覆瓿藁』卷二十六 부록 1 「鶴山樵談」四. "蘭雪名楚姬字景樊草堂曄之女西堂金誠立之妻."

6) 허미자, 『허난설헌』, 성신여자대학교 출판부, 2007, 32쪽.

생활이 그것을 대변하고 있다. 남편 김성립의 집안은 안동 김씨로 6대나 급제자를 내는 명문가 집안이었다.[7] 시아버지 荷塘하당 金瞻김첨 (1542~?)과 난설헌의 둘째 오빠 허봉은 독서당 친구 사이였다. 그리고 시어머니 송씨 부인의 오라버니는 허봉과 가까웠던 宋應漑송응개(1536 ~1581)였다. 이런 친분으로 두 사람의 혼인이 이루어졌다. 그런데 이들 집안은 모두 東人동인의 당색이다. 이들은 모두 西人서인인 栗谷율곡 李珥이이를 탄핵하다가 좌천되거나 귀양 갔던 인물들이다. 남녀의 애정관에 따른 혼인보다는 당색으로 맺어진 혼인이기에 두 사람은 조선시대 어느 집안의 혼인보다도 더 심한 집안끼리의 혼인이었던 것이다. 이런 누나에 대해 허균은 "나의 돌아가신 누님은 현명하고 문장도 지었으나, 시어머니의 사랑을 얻지 못하였고 또 두 자식까지 잃어 마침내 한을 품고 세상을 떠났다. 늘 생각하면 몹시 슬프다."[8]라고 하였다. 허균의 회고처럼, 난설헌은 조선시대 평범했던 여성으로서의 평탄한 삶을 누리지 못했다.

지금까지 난설헌에 대한 연구는, 평전[9]을 비롯하여 한시의 내용 및 주제 분석[10]과 한시에 나타난 페미니즘과 자의식[11] 그리고 도학

---

7) 위의 책, 63쪽.

8) 許筠, 『惺所覆瓿藁』 卷3 「辭」 「毀璧辭 幷序」. "余亡姊賢而有文章, 不得於其姑, 又喪二子, 遂齎恨而歿, 每念則盡傷不已."

9) 장정룡, 『허난설헌 평전: 불꽃같이 짧은 생애의 찬란한 시문학』, 새문사, 2008.

10) 文暻鉉, 『許蘭雪軒 全集: 詩와 生涯』, 寶蓮閣, 1972; 李淑姬, 「허난설헌의 시 연구」, 고려대학교 박사논문, 1987; 장인애, 「허난설헌의 시문학 연구」, 세종대학교 박사논문, 1995; 김복순, 「조선시대 여성 한시에 나타난 여성 주체의 성격 연구」, 영남대학교 석사논문, 2000; 김지숙, 「허난설헌 한시 연구」, 강원대학교 석사논문, 2000; 김성남, 『허난설헌 시 연구』, 소명출판, 2002; 박혜숙, 『허난설헌』, 건국대학교 출판부, 2004; 한성금, 「許蘭雪軒 漢詩의 美學」, 조선대학교 박사논문, 2006; 허미자, 『허난설헌』, 성신여자대학교 출판부, 2007; 김명희, 『허난설헌의 시문학』, 국학자료원, 2013; 유육례, 「허난설헌의 애정시 연구」, 『溫知論叢』 44, 溫知學會, 2015, 43~62쪽; 이화형, 「허난설헌의 삶과 문학에 나타난 주체와 자유의식 고찰」, 『우리문학연구』 50, 경인문화사, 2016, 145~173쪽.

사상 연구12) 등이 주류를 이루는데, 난설헌이 지녔던 의식은 기존 연구자들이 주로 蓀谷손곡 李達이달의 영향이라고 하였다. 이 글은, 기존 연구 성과를 필요에 따라 적절히 반영하면서 난설헌의 한시를 통해 그가 지향했던 의식을 고찰하고자 한다. 그러면 그 동안 잘못 진행된 연구도 바로잡힐 것이다.

2. 주체적 자아로서의 여성

난설헌은 남자들과 똑같은 욕망을 지닌 존재로 사랑을 갈구하는 모습과 그 사랑의 그리움을 통해 여성으로서의 자기 극복은 물론 자기 역할에 충실하려는 여성이었다. 그의 한시는 당시의 여성들이 지니지 못한 적극적인 태도가 있기 때문이다. 한시라는 양식과 시적 소재, 주제를 통해 자기의 생각을 시문학으로 표현해 내는 그 자체가 시대를 앞서간 여성인 것은 분명한 사실이다. 그러나 신분제 사회이면서 남존여비의 사회 구조로 인해 性的성적인 사랑까지 통제 받던 시대의 난설헌에 대한 평가는 어떠했을까?

李德懋이덕무가 지은 『靑莊館全書청장관전서』에는 淸청나라 潘庭筠반정균

---

11) 車玉德, 「許蘭雪軒 작품에 나타난 페미니스트 의식 연구」, 이화여자대학교 석사논문, 1986; 전재연, 「허난설헌 한시에 나타난 페미니즘 연구」, 인하대학교 석사논문, 1990; 金鍾順, 「許蘭雪軒 文學과 生에 對한 페미니즘 硏究」, 한성대학교 석사논문, 1994; 유임순, 「허난설헌 시에 나타난 페미니즘 의식 연구」, 공주대학교 석사논문, 2004; 황혜경, 「허난설헌 한시를 통해서 본 여성의식」, 국민대학교 석사논문, 2007; 鄭東眞, 「許蘭雪軒의 家庭環境과 여성의식」, 강릉대학교 석사논문, 2008; 崔賢伊, 「許蘭雪軒 詩에 투영된 自我像 硏究」, 공주대학교 석사논문, 2011.

12) 김경진, 「許蘭雪軒의 遊仙詩에 나타난 幻想性 考察과 指導方案 硏究」, 중앙대학교 석사논문, 2010; 낭연, 「許蘭雪軒 詩에 나타난 도교사상 연구」, 조선대학교 석사논문, 2015.

(1742~?)과 조선 실학자 湛軒담헌 洪大容홍대용(1731~1783)이 나눈 대화가 있다.

> 난공: 귀국의 경번당은 허봉의 누이동생으로 시를 잘 지었다고 이름나서 중국의 詩選集시선집에도 실렸으니, 어찌 다행한 일이 아니겠습니까?
>
> 담헌: 이 부인의 시는 경지가 높지만, 그의 덕행은 시에 미치지 못합니다. 그의 남편 김성립은 재주와 외모가 뛰어나지 못했습니다. 그래서 부인이 이런 시를 지었습니다. '인간 세상에서 김성립을 이별하고, 지하에서 오래도록 두목지를 따르리라.' 이 시만 보아도 사람됨을 알 수 있습니다.
>
> 난공: 아름다운 부인이 졸부와 짝이 되었으니, 어찌 원망이 없겠습니까?13)

위의 담헌이 인용한 시는 난설헌이 지은 시인지 확인할 길이 없다. 담헌 당시 好事家호사가들이 지어낸 말들일 수 있기 때문이다. 호사가들이 지어낸 말이기는 하지만, 그 당시 난설헌에 대한 정보 내지 특징을 알 수 있게 한다. 감히 不事二夫불사이부가 아닌 자유의 영혼이면서 주체적 자아로서의 난설헌의 모습을 적나라하게 보여주기 때문이다. 七去之惡칠거지악에 매여 자신의 주체성은 물론 性성 결정권마저 강요당했던 조선시대의 여성 사회에서 과감히 자신의 성 결정권을 말할 수 있는 여성으로, 허난설헌을 들고 있다는 것은 그의 실존적 존재감을 느낄 수 있게 한다. 이승에서의 잘못된 만남은 내세에서 당나라 시대 자유로운 영혼인 杜牧두목을 만나 偕老해로하고 싶다고 한 그의 당당한 포부

---

13) 李德懋, 『靑莊館全書』 卷63 「天涯知己書」 '筆談'. "蘭公曰, 貴國景樊堂許筠之妹, 以能詩名入中國選詩中, 豈非幸歟. 湛軒曰, 此婦人詩則高矣. 其德行遠不及其詩, 其夫金誠立, 才貌不揚. 乃有詩曰, 人間願別金誠立, 地下長從杜牧之, 卽此可見其人. 蘭公曰, 佳人伴拙夫, 安得無怨."

는 배우자의 선택권을 당당하게 내세울 수 있는 여성의 대명사로 자리매김할 수 있을 것이다.

1614년에 편찬한 『芝峯類說지봉유설』에서 李睟光이수광(1563~1628)은 허균이 1608년에 간행한 『蘭雪軒集난설헌집』에 실리지 않은 시 두 편을 소개하였다. 이수광은 두 편의 시를 소개하면서 시가 너무 방탕하여 『난설헌집』에서 빠졌다고 하였다.

맑은 가을 호수물이 벽옥처럼 흐르는데,	秋淨長湖碧玉流,
연꽃 우거진 곳에 목란주를 매여 놓았네.	荷花深處繫蘭舟.
물 저쪽에 낭군이 보이자 연밥 따 던지고서,	逢郎隔水投蓮子,
혹시 누가 봤을까 봐 반나절을 부끄러워했네.	或被人知半日羞.14)

위의 시는 「採蓮曲채련곡」으로 남녀의 정을 나누는 시가 주류를 이룬다. 조선시대 儒者유자의 시각으로 보면 조숙한 처녀가 해서는 안 될 사랑의 주파수를 던진 것이다. 그러나 한 여성으로서의 보편적 심리로 보면 너무나 정상적인 행위인 것이다. 물가 저편에 멋진 사내가 보이자 연밥 따던 순진한 처자는 그 마음을 숨길 수 없어 자연스럽게 한 행동이기 때문이다. 『詩經시경』「召南소남」篇「摽有梅표유매」에도 "매실을 따고 있네요, 그 열매가 일곱 개만 남았어요. 나를 찾는 여러 선비들은 그 길일에 미칠 것입니다."15)라고 하여, 혼기가 찬 처자가 매실을 따러 왔는데, 이제 거의 다 따서 집으로 돌아가야 할 시간이 된 것이다. 그 많은 매실은 어느새 7개만 남았다. 이제는 광주리가

---

14) 李睟光, 『芝峯類說』 卷十四 「文章部」.

15) 『詩經』「國風」「召南」篇「摽有梅」. "摽有梅, 其實七兮. 求我庶士, 迨其吉兮."

넘칠 정도인데, 내 손목을 잡아줄 임은 나타날 기미도 없다. 『論語논어』 「八佾팔일」篇 '關雎관저'章에 "즐거워하면서도 넘치지 않고, 슬퍼하면서도 마음 상하지 않는다."16)라고 한 것처럼, 솔직한 감정을 드러낸 시가 어째서 음탕한 것인가? 민중들이 즐겨 불렀을 「정선 아라리」의 "아우라지 뱃사공아 배 좀 건너 주게 싸리골 올동박이 다 떨어진다." 라고 비유한 것처럼, 남녀가 자기 짝을 찾는 것은 자연스러운 감정의 표현인 것이다. 정선골 처자와 매실 따는 아가씨가 진짜로 관심 있는 것은 동백꽃과 매실이 아니라 언젠가는 만나야 할 자신의 반려자인 것이다. 따라서 난설헌의 「채련곡」도 남녀가 가질 수 있는 원초적 본능에 해당되는 것이지, 그 노래가 방탕하거나 음란한 것은 결코 아닌 것이다.

제비는 쌍쌍으로 날아 처마 끝을 날아가는데,	燕掠斜簷兩兩飛,
지는 꽃 어지러이 비단 옷 위에 떨어진다.	落花撩亂撲羅衣.
신방을 바라보면서 가는 봄을 서글퍼하는 뜻은,	洞房極目傷春意,
강남의 풀이 짙도록 돌아오지 않는 임 때문이오.	草綠江南人未歸.17)

남편 김성립이 신혼 시절 한강변(약수동 근처) 독서당에서 과거 준비를 했는데, 그때 지어 보낸 시이다. 제비는 쌍쌍이 날고 꽃이 어지럽게 떨어지는 봄날이다. 그런데 임과 함께 해야 할 신혼방은 비워 있고 강남 땅 봄이 다 가도록 임은 돌아오지 않아, 서글퍼다. 유자의 시각으로 본다면, 감히 사대부 집 아녀자가 쓸 수 있는 詩情시정은 아니다.

---

16) 『論語』 「八佾」篇 '關雎'章. "樂而不淫, 哀而不傷."
17) 李睟光, 『芝峯類說』 卷十四 「文章部」 7에는 제목이 「閨怨」으로 전해지고, 중국판 『明時綜』에는 「寄夫江舍讀書」로 전해지고 있음.

그래서 이수광도 방탕에 가까운 시라고 하여 詩集시집에 실리지 않았다고 하였다. 그러나 아내가 남편을 그리워하는 것은 동서고금의 역사를 보아도 지극히 정상적인 감정의 표현이다. 그래서 孔子공자도 『詩經시경』 시 311편을 정리하였던 것이다. 공자가 『시경』 시를 정리한 이유 중 한 가지는, 부부의 사랑을 노래하기 위해서였다. 만약 남녀의 사랑이 없다면 인류는 代대를 잇지 못하기 때문이다. 聖人성인이신 孔子공자도 남녀의 사랑을 강조하였는데, 유독 조선시대 儒者유자들은 사랑의 의미를 곡해한 나머지 지나친 잣대를 들이댄 면이 없지 않다. 따라서 난설헌이 노래한 사랑의 노래는 지극히 정상적이며 한편으로는 장려해야 할 부부 간의 사랑 노래였던 것이다. 이수광이 소개한 위의 시는, 만물이 소생하는 好時節호시절에 春情춘정이 일어났다는 것이다. 아마도 조선의 유자들은 이 춘정에 특별한 의미를 두어 비난의 대상으로 삼았을 것이다. 그런데 그 춘정의 대상이 남편일 경우는 의미가 달라지는 것은 당연한 결과이다.

조선시대는 유교의 남존여비사상의 영향으로 여자가 먼저 남자에게 사랑을 전하는 것은 거의 금기 사항이었다. 그런데 난설헌은 선구자답게 자신의 사랑 감정을 적극적으로 피력하는 시를 지었다.

첩에게 금비녀 하나 있어요,	妾有黃金釵,
시집올 때 머리에다 꽂고 온 거죠.	嫁時爲首飾.
길 떠나는 오늘 아침 임께 드리니,	今日贈君行,
천리 길 멀리서도 날 생각하세요.	千里長相憶.18)

---

18) 『蘭雪軒集』 「效崔國輔體」 1. 최국보는 중국 당나라 현종 때의 시인으로, 오언절구를 잘 지었다.

시적 화자는 먼 길을 떠나보내는 임에게 분신과도 같은 금비녀를 주면서 자기를 생각해 달라고 당부하였다. 그러면서 "안개 속에 잠긴 장안 파수 언덕의 버들, 길 떠나는 임에게 해마다 꺾어 드리네."[19]라고 하여, 다시 돌아오기를 소망하였다. 버드나무는 재생의 능력이 있다. 버들가지를 꺾어다가 아무 곳에 심어도 싹이 난다. 그래서 사랑도 버들가지처럼 시들지 말자는 다짐의 의미가 있다. 당나라 때는 임과 헤어지며 버들가지를 꺾어 이별의 정표로 주는 풍습이 있었다. 난설헌도 버들가지에 재회의 염원을 담아 적극적인 이별을 하였다.

난설헌은 주변 사물을 통해 이별의 적극성을 표현한 작품이 많다.

공령 여울 어구에 비가 막 개고,	空舲灘口雨初晴,
무협에 어스름 안개가 깔렸네.	巫峽蒼蒼煙靄平.
한스런 건 임을 그리는 마음이 저 밀물 같아서,	長恨郞心似潮水,
아침엔 겨우 물러났다 밤이면 생겨나는 것이라오.	早時纔退暮時生.

위의 「竹枝詞죽지사」 1은 악부시로, 포구의 밀물과 썰물을 통해서 사랑의 감정을 표현한 것이다. 1구와 2구는 주변의 풍경으로 儒者[선비]들도 노래할 수 있는 내용이다. 하지만 3구와 4구는 난설헌만의 애정관으로, 낮 동안은 풍경을 보면서 그럭저럭 지낼 수 있지만 밤이 되면 임 생각에 견딜 수가 없다는 것이다. 솔직한 감정을 표현한 것으로, 당시 선비는 이런 시를 지을 수가 없다.

못가엔 버들잎 몇 남지 않고,	池頭楊柳疎,

---

19) 『蘭雪軒集』「楊柳枝詞」 1. "楊柳含煙灞岸春, 年年攀折贈行人."

우물가 오동잎도 져버렸네.   井上梧桐落.

주렴 밖에선 가을벌레 울어대는데,   簾外候虫聲,

날씨가 차가우니 비단 이불이 얇아요.   天寒錦衾薄.[20]

    위의 시는 아무 감정 없이 풍경만을 제시한 것이다. 가을바람이 불어 오동잎도 떨어지고 가을을 알리는 뭇벌레들이 울어대는 밤이다. 1구와 2구는 선비도 지을 수 있는 구절이다. 그러나 가을 풀벌레 울고 날씨 차가울 때 '錦衾금금'이 얇게 느껴진다고 한 것은 난설헌의 적극적 애정관만이 표현할 수 있는 표현법이다. 신혼임을 알 수 있는 '비단 이불'을 통해, 어느덧 계절은 바꼈지만 임은 어디에 있는지 알 수 없어, 사랑의 깊이도 자꾸 엷어지는 듯하다. 뿐만 아니라 봉황새가 마주 보게 수 놓여 져 있는 아름다운 비단 한 필을 간직하고 있었는데, 오늘 아침에 먼 길 떠나는 임에게 드리면서 "임의 바지 만드신다면 아깝지 않지만, 다른 여인의 치마감으론 주지 마세요."[21]라고 하였다. 그리고 시집 올 때 시부모님께서 주신 황금으로 만든 노리개를, 역시 길 떠나는 임에게 주면서 "먼 길 다니시며 정표로 보아 주세요. 길가에 버리셔도 아깝지는 않지만, 새 연인에게만은 달아 주지 마세요.[22]"라고, 적극 만류하였다. 질투심은 칠거지악으로 조선 사회의 여성들에게 금기시되던 규범인데, 난설헌은 오히려 소중한 물건이지만 버려질지언정, 다른 여인의 손에 넘어 가는 것은 결단코 싫어했다. 시기심을 넘어 시대를 거스르는 적극적인 애정관의 한 모습이다.

    그러나 떠난 임은 돌아오지 않았나 보다. "비단 띠 비단 치마에

---

20) 『蘭雪軒集』「效崔國輔體」 2.

21) 『蘭雪軒集』「遣興」 3. "不惜作君袴, 莫作他人裳."

22) 『蘭雪軒集』「遣興」 4. "願君爲雜佩. 不惜棄道上, 莫結新人帶."

눈물 혼적 쌓여 있어, 한 해 동안 꽃다운 풀 자라건만 왕손을 한탄하네. 아쟁 당겨 강남곡 연주를 마치고 나니, 배꽃이 비처럼 지는 낮 동안 문은 닫혀 있네."라고 하여, 떠난 임은 새풀이 돋아나는 봄이 되도록 돌아오지 않아, 이화가 비처럼 날리는 날 문이 굳게 닫힌 것처럼 내 마음도 함께 닫혀 있다. 2구의 "一年芳草恨王孫일년방초한왕손"은 王維왕유의 시 「送別송별」을 모방한 구절이다. 「송별」 시 3~4구에는 "春草年年綠춘초년년녹, 王孫歸不歸왕손귀불귀"라는 구절이 있는데, 후세의 문인들은 임과의 이별 장면에서 이 구절을 많이 차용 내지 모방하였다. 모방하였지만, 표절이라고 쉽게 말하지 않는다. 이미 이 구절은 이별의 대명사로 널리 사용되는 관용구가 되었기 때문이다. 그러면서 자기 작품에 새로운 의미로 사용되기 때문에 몰래 훔쳐 쓴 표절과는 엄연히 차이가 난다.

　난설헌도 돌아오지 않는 임을 기다리는 마음을 더해 그 구절의 이미지를 모방한 것이다. 이미 알려진 구절의 의미를 차용했기에 시적 의미는 더욱 설득력을 얻을 수 있다. 자신의 말만 하다 보면 상식적이고 일반적인 서술에 그칠 수가 있기 때문이다. 왕유의 「송별」 시 3~4구는 『楚辭초사』 「招隱士초은사」의 "왕손은 떠나가 돌아오지 않는데, 봄풀은 돋아나 무성하구나. (…중략…) 왕손이여 돌아와라, 산중에 오래 머물러서는 안 되네."[23]를 모방한 것이다. 모방은 하였지만, 新意신의를 더했다. "산중에서 그대 보내고 난 뒤, 날 저물어 사립문 닫네. 봄풀은 내년에도 푸를 텐데, 그대는 돌아오시려는지"[24]라고 하여, 산에 은둔하는 隱士은사를 산에서 나오게 한다는 『초사』의 내용과, 기약이 있는

---

23) 『楚辭』卷八「招隱士」. "王孫遊兮不歸, 春草生兮萋萋. (…中略…) 王孫兮歸來, 山中兮不可以久留."
24) 王維, 「送別」. "山中相送罷, 日暮掩柴扉. 春草年年綠, 王孫歸不歸."

봄풀처럼 내년에는 돌아와 주기를 바라는 왕유의 시적 의미는 분명히 차이가 난다. 같은 왕손을 인용한 왕유의 다른 시에는 "향기로운 봄풀은 제멋대로 시들어가도, 왕손(나)은 홀로 (산 속에) 머무를 만하네."[25] 라고 하여, 『초사』의 내용과 반대로 사용하여, '봄풀이 시들어 가도 아름다운 가을에 왕손은 스스로 산중에 남아 살 만하다.'라고 하였다. 이는 시적 의미를 반대로 이용한 경우인데, 이를 점화 작법으로는 飜案法번안법이라 한다. 이처럼 남의 시 구절을 모방하여, 자기의 시 작품에 새로운 의미를 더하는 시작법을 點化점화라고 한다.

난설헌도 봄풀은 이미 돋았는데, 임은 돌아오지 않았음을 한탄한다고 하였다. 『초사』와 왕유의 시 그리고 난설헌의 시 등 모두 시적 의미에 있어서 차이가 난다. 각자 모방은 하였지만 원시의 수준에 그친 것이 아니라, 新意신의를 더하였기에 모두 점화가 되었다고 평할 수 있다. 난설헌의 시에는 이런 점화된 시 구절이 많다. 따라서 그 점화된 시 구절의 전후 의미를 따지지 않고 무조건 표절되었다고 매도하는 것은 지양해야 할 태도이다. 조선시대 이수광도 『지봉유설』에서 난설헌의 '악부시와 「궁사」 등의 작품이 剽竊표절되었다.'[26]고 비난하였다. 그러나 정말 표절된 것인지 아니면 蹈襲도습된 것인지 나아가서 점화된 것인지는 작품 분석을 정밀히 한 후 판정을 내려야 할 부분이다.

짝을 찾는 모습이라든지 떠나는 임에게 자신의 생각을 전하는 난설헌의 적극적인 애정관은 조선 儒者유자들에게는 음탕한 이미지로 볼일

---

25) 王維, 「山居秋暝」. "隨意春芳歇, 王孫自可留."
26) 李睟光, 『芝峯類說』卷十四「文章部」七. "其他樂府宮詞等作, 多竊取古詩." 표절 문제는 이수광을 비롯하여 신흠·김시양·김만중·홍만종·이덕무 등에 의해서도 제기되었다. 중국의 일부 시인들도 표절된 시 구절이 있다고 언급하였다.

수 있다. 하지만 한 여자로서 사랑을 희구하는 입장에서는 주체적 자아의 성 결정권으로 얼마든지 사랑을 구할 수 있는 것이다. 한 여성의 개체로서 자신의 주체적 애정관을 표현할 수 있었던 난설헌은 비록 악부시의 형태를 빌려 자신의 애정관을 보이기는 하였지만, 그래도 시대를 앞선 간 애정관이라 할 수 있다는 데에는 아무런 문제가 없다.

한편으로 못마땅한 남성들에게는 비난의 시선을 보내기도 하였다. "기생집에서 서로 만나, 수양버들에 말을 매놓네. 웃으며 비단옷과 가죽옷을 벗어, 저당 잡히고 신풍주를 마시네."27)라고 하여, 무절제한 당대 남성 사회에 대한 조소도 보냈다. 이는 남자들과 똑같은 욕망과 주체성을 지녔던 한 인간으로서 살고자했던 난설헌의 당당한 자기표현이다. 따라서 난설헌은 적극적인 애정관을 통해 자신의 사랑을 갈구하였으며, 자기 스스로의 인식과 더불어 자신의 위상을 통해, 그 시대의 주류였던 남성 곧 儒者유자들의 삶과 동등하고자 하는 의식을 지녔던 주체적 자아의 여성이었다.

3. 글쓰기를 통한 자기 세계 추구

조선 중기의 난설헌은, 남성 위주의 사회에서 자기 자신의 인식을 통해 자기의 능력을 일깨우고 그 일깨운 능력을 발휘하고자 하였지만, 현실적 장벽은 높아 오히려 좌절에 직면할 수밖에 없었던 인물이었다. 이런 현실을 벗어나고자 하는 몸부림의 하나로 詩作시작 활동도

---

27) 『蘭雪軒集』「相逢行」2. "相逢靑樓下, 繫馬垂楊柳. 笑脫錦貂裘, 留當新豊酒."

더욱 활발히 하였을 것이다. 그래서 현실에서의 실현 불가능한 상황을 詩文學시문학을 통해 실현하고자 했던 것이다. 그런데 그 시작 활동은 언문이 아니라 漢詩한시를 택했다는 것이다. 이는 그 예상 독자가 여성만의 전유물이 아니라, 남성 독자를 의식했다는 의미이다. 남성 사대부의 전유물인 한시로 자기의 생각을 펼쳐낸다는 것은 또 다른 여성 자아로서의 주체적 행위인 것이다. 따라서 남녀 불평등이라는 현실을 벗어나고자 택한 것이 儒者유자들의 전유물인 문학 영역을 택한 것이고, 그 전유물의 내용은 이상세계에 대한 동경이었으며, 그 동경은 그의 문학 세계를 이루는 주된 내용이 되었던 것이다.

스무 살 이후의 작으로 보이는 「遊仙詞유선사」는 그의 결혼 생활 이면의 모습을 읽을 수 있는 작품이다.

천년의 요지에서 목왕과 헤어지고,	千載瑤池別穆王,
잠시 청조로 하여금 유랑을 방문하게 했네.	暫教靑鳥訪劉郎.
날이 밝아오자 피리 불며 상계로 돌아오니,	平明上界笙簫返,
시녀들은 모두들 흰 봉황을 탔구나.	侍女皆騎白鳳凰.

위의 시는 「유선사」 87수 중 첫 번째 수이다. 곤륜산에 있다는 천년된 연못 '요지'에서 선녀의 우두머리격인 서왕모가 周주나라 목왕을 초대하여 잔치를 열고 날이 밝자 잔치를 파하는 장면이다.28) 사랑의 전령사인 靑鳥청조로 하여금 유랑(한 무제)을 찾게 하고, 밝아오는 새벽녘에 피리 소리 들릴 때 시녀들은 봉황을 타고 떠난다. 그리고 "난새 탄 동자를 따라 서쪽으로 오는 길에 꽃 앞에 선 적송자(신선)에게 예를

---

28) 경기도 박물관 소장, 〈瑤池宴圖〉가 있음.

올렸다."29)라고 하여, 仙界선계를 그렸다. "이슬에 회오리바람 불어 上界상계에 가을이 되자, 옥황께서 높은 五雲樓오운루에서 잔치를 벌이시네. 「예상우의곡」 한 곡조에 하늘 바람이 일어나니, 신선의 향기가 흩어져 온 세상에 가득하네."30)라고 하여, 가을에 옥황상제께서 잔치를 벌이니, 그 혜택이 현실세계까지 미치게 된다는 것이다. 「예상우의곡」은 백거이의 「장한가」에 나오는 양귀비의 춤곡이다. 상왕인 玄宗현종이 죽은 양귀비를 잊지 못해, 방사를 저승까지 보내자, 漢한나라 궁궐에서 사신이 왔다는 소식을 듣고 잠자던 양귀비가 뛰어나오는 장면을 「예상우의곡」인 춤곡에 비유한 것이다. 난설헌도 선계를 백거이의 이미지와 유사하게 그렸다. 이루지 못한 사랑을 신선의 세계에서 이루어 보자는 의식이다. 「유선사」 87수, 전체적인 작품 내용은 현실에서 이루지 못한 사랑을 꿈속에 선녀가 되어, 그 추구하고자 했던 이상적인 삶을 상상력으로 그려본 것이다.

어젯밤 꿈에 봉래산에 올라,	夜夢登蓬萊,
갈파의 용을 맨발로 밟았네.	足躡葛陂龍.
신선께서 푸른 옥지팡이 짚고,	仙人綠玉杖,
부용봉에서 나를 맞아 주셨네.	邀我芙蓉峰.
발 아래로 동해물을 내려다보니,	下視東海水,
작은 물 한잔인 듯이 보였네.	澹然若一杯.
꽃 아래서 봉황이 피리를 불고,	花下鳳吹笙,
달빛은 황금 술독을 비추네.	月照黃金罍.

---

29) 『蘭雪軒集』「遊仙詞」 2. "乘鸞使者西歸路, 立在花前禮赤松."
30) 『蘭雪軒集』「遊仙詞」 84. "珠露金飆上界秋, 紫皇高宴五雲樓. 霓裳一曲天風起, 吹散仙香滿十洲."

「感遇감우」4로 꿈속에서 용을 타고 신선이 산다는 봉래산에 올랐다
는 것이다. 꽃그늘 아래에서 봉황 피리를 불고 달빛에 비치는 황금
술독이 있는 그곳에서 푸른 옥지팡이를 짚고 있는 신선도 만나고,
아래를 내려다보니 동해가 작은 물 한 잔처럼 보인다는 것이다. 이는
현실과 이상세계와의 괴리감을 표현한 것으로, 현실세계에 대한 난설
헌의 생각을 알 수 있게 한다. 작은 잔의 물처럼 보이는 현실에서는
자신의 이상을 이룰 수가 없다. 지금 자신이 살고 있는 현실이 어떠한
가를 표현한 것으로, 현실적 괴로움이 드러난 부분이다. 봉래산은 난
설헌이 동경했던 이상적인 세계로, 봉황이 피리 불고 황금 술독이
있는 곳이다. 그러나 현실은 동해가 한 잔의 물로 보이는 숨이 막힐
정도로 좁은 곳이면서, 자신의 존재를 드러낼 수도 없는 공간이었다.
"오동나무 한 그루가 역양산에 자라나, 차가운 비바람 속에 여러 해
뽐내었네. 다행이 보기 드문 악공을 만나, 베어다가 거문고를 만들었
네. 다 만든 뒤 한 가락 타 보았건만, 온 세상이 내 소리를 알아주는
이 없네. 천 년 만에 다시 타본 「광릉산」곡조, 앞으로 이 옛 소리
끝내 없어지리라."[31]라고 한 것처럼, 잘 자란 오동나무 한 그루가 훌
륭한 악공을 만나 멋진 거문고로 재탄생하였는데, 온 세상 사람들이
그 소리의 진면목을 몰라 사라질 위기에 처했다는 것이다. 명품으로
탄생된 오동나무 악기는 난설헌 자신일 것이다. 아무도 자신의 재능
에 귀 기울이지 않은 세상이 야속하기만 하다. 자신의 재능을 알아보
고 붓과 『두보시집』을 보내주었던 둘째 오빠 허봉[32]은 난설헌에게
있어 특별했던 존재였다.

---

31) 『蘭雪軒集』「遣興」1. "梧桐生嶧陽, 幾年傲寒陰. 幸遇稀代工, 劚取爲鳴琴. 琴成彈一曲, 擧世無
知音. 所以廣陵散, 終古聲埋沈"
32) 허미자, 앞의 책, 48~49쪽 참조.

어두운 창가에는 은촛불 나직이 흔들리고,	暗窓銀燭低,
반딧불은 높은 지붕을 날아 넘는구나.	流螢度高閣.
고요 속에 깊은 밤은 추워지는데,	悄悄深夜寒,
나뭇잎은 쓸쓸하게 떨어져 흩날리네.	蕭蕭秋葉落.
산과 물이 막혀 소식도 뜸하니,	關河音信稀,
오빠 생각 이 시름을 풀어낼 수가 없네.	端憂不可釋.
청련궁에 계신 오빠를 멀리서 그리워하니,	遙想靑蓮宮,
텅 빈 산속 담장이 사이로 달빛만 밝아라.	山空蘿月白.

위의 시는 「寄荷谷기하곡」으로 西人서인인 栗谷율곡 李珥이이를 탄핵했다가 귀양살이하는 荷谷하곡 許篈허봉에게 부친 시이다. 오빠가 있는 곳을 '청련궁'이라 하여, 오빠를 靑蓮居士청련거사 李白이백에 견주면서 함경도 갑산에 謫居적거하고 있는 오라버니의 안위를 물었다. 오빠 허봉이 그나마 자기의 재능을 알아주고 후원하였기에, 의지할 수 있었던 난설헌은 그 오빠마저 멀리 귀양살이를 떠났으니 현실적으로 의지할 곳이 없다. 이런 현실에서 난설헌이 선택한 것이 이상 세계에 대한 열망이었던 것이다.

난새를 타고 한밤중에 봉래섬에 내려와,	乘鸞夜下蓬萊島,
한가롭게 기린수레 타고 향그런 풀을 밟네.	閑輾麟車踏瑤草.
바닷바람 불어와 벽도화를 꺾어놓았으니,	海風吹折碧桃花,
옥쟁반에 신선의 대추를 가득 따 담았네.	玉盤滿摘安期棗.

위의 「步虛詞보허사」는 악부시로 그 내용이 신선 세계에 대한 것이다. 난새를 타고 신선들이 산다는 봉래섬에 도달하여, 기린 수레도 타고

향초도 밟으며 신선들의 꽃인 복숭아도 꺾고 신선의 과실인 安期안기의 대추33)도 옥쟁반에 가득 담는다. 이처럼 난설헌은 신선 세계에 도달하여 신선처럼 행동하면서 하늘 위를 걷고 싶은 것이다.

　신선의 세계로 인도하는 시도 있다.

찬란한 봉황새를 타신 신선이,	仙人騎綵鳳,
한밤중 조원궁에 내려 오셨네.	夜下朝元宮.
붉은 깃발은 바다 구름에 휘날리고,	絳幡拂海雲,
무지개 옷자락 봄바람에 울리네.	霓衣鳴春風
요지의 봉우리서 나를 맞으며,	邀我瑤池岑,
유하주 한 잔을 나에게 권하더니.	飮我流霞鍾.
내게 푸른 옥지팡이 빌려 주면서,	借我綠玉杖,
나를 부용봉에 오르게 하네.	登我芙蓉峯.

　위의 「遣興견흥」 6은 부용봉이라는 신선의 세계로 오르는 장면이다. 어느 날 봉황새를 타고 오신 신선이 붉은 깃발과 무지개 옷자락을 봄바람에 휘날리고 곤륜산 연못에서 나를 영접하면서 신선주까지 하사하였다. 그리고 신선의 상징인 푸른 옥장까지 빌려 주면서 신선들의 공간인 부용봉에 가자고 한다. 그런데 이 시는 '나'가 주체이다. '我'가 4번이나 반복적으로 사용되어,34) 신선이 나를 맞으며 신선주를 나에게 권하고 나에게 옥장을 빌려주면서 나를 부용봉에 오르게 하였

---

33) 漢나라 方士 李少君이 武帝에게 '仙人 安期生은 수박같이 큰 대추를 먹고 천년을 살았다'고 말해 준 고사를 인용한 것이다. 안기의 대추는 여기서 유래한 말로, 안기생처럼 천 년을 살고 싶은 욕망이다.

34) 車玉德, 앞의 논문, 52쪽; 김복순, 앞의 논문, 50~51쪽 참조.

다. 나를 중심에 두고 이상을 꿈꾸고 있는 것이다. 남녀 차별이라는 성차별의 질곡 사회인 닫힌 조선 사회로부터 벗어나고픈 소망을 난설헌은, 이처럼 자신의 글쓰기로 극복하였다. 글 속에서는 자신이 주체이고 자신의 소망이 이루어지기 때문이다. 글쓰기란 자신을 규제하는 여러 관습들을 뛰어넘을 수 있게 하면서, 한편으로는 자기 합리화를 이룰 수 있게 한다.

구슬꽃 산들바람 속에 파랑새가 날아오르는 사이,　瓊花風軟飛靑鳥,
서왕모는 기린 수레 타고 봉래도로 향하시네.　王母麟車向蓬島.
난초 깃발 꽃술 장식 장막 드리워진 흰 봉황 수레 타고,

蘭旌蒻帔白鳳駕,

미소 지으며 난간에 기대어 향기로운 풀꽃을 뜯으시네.

笑倚紅闌拾瑤草.

하늘에서 바람 불어와 파르스름한 무지개 치마가 흩날리고,

天風吹擘翠霓裳,

옥고리와 옥패물이 부딪쳐 청아한 소리 울려 퍼지네.　玉環瓊佩聲丁當.
달나라 선녀들 둘씩 짝을 지어 아름다운 비파를 연주하니,

素娥兩兩鼓瑤瑟,

계수나무 위에서는 봄 구름 향기가 감도네.　三花珠樹春雲香.
동틀 무렵에야 부용각 잔치는 끝나고　平明宴罷芙蓉閣,
푸른 바다의 푸른 옷 입은 동자는 白鶴을 오르네.　碧海靑童乘白鶴.
자줏빛 피리 소리에 오색 노을이 걷히자,　紫簫吹徹彩霞飛,
이슬 젖은 은하수에 새벽 별이 떨어지네.　露濕銀河曉星落.

위의 「望仙謠_{망선요}」는 신선들의 땅인 봉래도와 부용각에서 열린 신

선 세계의 잔치를 묘사한 시이다. 현실에서 누리지 못하는 세속적 부귀영화도 난설헌은 그의 문필 끝으로 녹여내고 있다. 선녀의 우두머리격인 서왕모는 곤륜산 꼭대기에 살고 있는데, 오늘은 신선 세계에 잔치가 열려 봉래섬 부용각에 선녀들이 모여들고 있다. 그 모여드는 장면은, 화려한 장식을 한 수레를 타고 불로장생을 할 수 있다는 瑤草요초를 뜯고, 푸른 무지개 색깔의 치마가 바람에 날리니 옥고리와 노리개가 부딪쳐 청아한 소리까지 들리는 곳으로 묘사되었다. 그리고 달나라 선녀들은 쌍쌍이 거문고를 연주하고 계수나무 위에서는 봄 구름 향기가 감돈다. 어느 새 날이 새니 신선 세계의 잔치는 끝이 나고 푸른 옷을 입은 동자 신선들도 학을 타고 사라진다. 밝아오는 아침에 홀로 남은 시적 화자는 신선세계에 합류할 수 없어, 이슬 젖은 은하수에 눈물을 삼킨다. 여전히 상상 속에서 그려지는 동경의 세상이다. 난설헌은 현실적으로 불가능한 꿈을 그의 지적 능력인 글쓰기를 통해 실현시켰다. 이와 같은 과정을 통해 난설헌은 조금이나마 현실적 위안을 받고자 했던 것이다. 그러나 현실은 여전히 이슬 젖은 은하수에 별이 떨어지는 곳이다.

난설헌은 상상으로만 보상받고자 한 것이 아니라, 조선시대 현실적으로 금기시된 再嫁재가를 꿈꾸기도 하였다.

직녀가 혼자 사는 것을 한스럽게 여겨,	西漢夫人恨獨居,
황제께서 허상서에게 시집가게 하였네.	紫皇令嫁許尙書.
오색적삼과 옥띠로 조회에 늦었으나,	雲衫玉帶歸朝晩,
웃으며 청룡 타고 하늘로 올라가네.	笑駕靑龍上碧虛.

「遊仙詞유선사」 17로 서한부인 곧 직녀의 再嫁재가를 묘사한 시이다.

서한부인이 홀로 살아가는 것을 한스럽게 여긴 옥황상제가 허상서에게 시집갈 것을 명한다는 내용이다. 명을 받은 서한부인은 치장하느라 조회도 늦었지만 아랑곳하지 않고 웃으며 청룡 타고 하늘로 올라간다. "仙童의 청상과부가 천년이나 혼자 살다가, 천수선랑과 좋은 인연 맺었네. 하늘 풍악이 처마 밖 달밤에 울리고, 북궁의 선녀가 주렴 앞까지 내려왔네."35) 천 년 동안 과부로 살던 선녀의 시녀가 천수호에 사는 신선 남자에게 다시 시집을 간다는 것이다. 시집가는 동안 달빛이 빛나는 하늘에서 풍악 소리 들리고 왕후의 궁정에서 선녀들이 나와 반갑게 맞이하고 있다. 난설헌 당시 조선 사회는 여성들에게 내외법이라 규정하여, 일절 문 밖 출입을 제한하였다.36) 그런데 난설헌은 「유선사」에서 자유롭게 신선들과 교류하면서 대접까지 받는다. 뿐만 아니라 금기시 되었던 再嫁까지도 허용하는 것으로 그렸다. 닫힌 조선 사회의 탈출구는 이렇듯 상상의 공간에서만 가능하였다.

현실에서의 난설헌은 "집이 장간 마을에 있어, 장간 길을 오가곤 했죠. 꽃을 꺾어 낭군에게 물어보기를, 어떤가요? 첩이 예뻐요? 꽃이 예쁜가요?"37)라고 묻고 싶은데, 임은 존재하지 않았다. "간밤에 느닷없이 남풍이 일어, 배의 깃발은 파수를 향했다오. 북녘에서 온 사람

---

35) 『蘭雪軒集』「遊仙詞」37. "靑童孀宿一千年, 天水仙郎結好緣. 空樂夜鳴簷外月, 北宮神女降簾前."

36) 조선의 법전인 『經國大典』은 여성들의 외출·개가금지 등을 법제화하였다. 그리고 15세기 후반, 成宗代에 와서 여성에 대한 규제가 강화되었다. 성종 7(1475)년에 간행된 소혜왕후 한씨가 편찬한 『內訓』에 조선 중기 여성의 구체적 실천윤리가 규정되어 있다. 言行·孝親·婚姻禮節·부부의 도리에 관한 禮·모성에 대한 母儀·友愛·청렴과 검소함 등 7장으로 구성되어 있다. 특히 혼인의 예에서 '남자는 장가든다는 법은 있으나, 여자는 다시 시집간다는 기록은 없다.'고 하였으며, 『再嫁女子孫禁錮法』을 제정하여 재혼을 막았다.

37) 『蘭雪軒集』「長干行」1. "家居長干里, 來往長干道. 折花問阿郎, 何如妾貌好." 난설헌의 재기 발랄함이 전해지는 시이다. 현대 젊은 남녀의 사랑의 속삭임으로 "자기야 내가 예뻐? 꽃이 예뻐?" 귓가에 맴돌면서, 현대시의 한 구절처럼 느껴진다.

을 만나 물으니, 임께서는 양주에 계신다고 하네요."38)라고 한 것처럼, 지난밤에 남풍이 불어 좋은 소식을 기대했는데, 길손은 임이 양주에 계신단다. 역시 임의 부재로 인한 슬픔이다. 난설헌도 「장간행」 1에 나오는 시적 화자처럼 일상에서 누리는 소소한 행복을 꿈꾸었을 것이다.

그러나 현실은 작은 소망마저도 이루지 못하는 불행의 연속이었다. 거듭된 친정 식구들의 비보 곧 친정아버지의 죽음과 둘째 오빠의 귀양살이 후의 죽음, 그리고 자신의 딸·아들의 요절, 남편과의 불화설 등 시댁에서의 행복하지 못한 결혼 생활은 그저 꿈을 꾸면 이룰 것만 같은 이상세계 곧 신선의 세계를 동경하게 만들었던 것이다. 그 이상세계는 그녀가 이룩한 시문학 속에서만 가능했다. 이렇듯 난설헌은 남성 곧 儒者들의 전유물인 한시에 그의 지적 능력을 입혀 자신이 추구하고자 했던 세상을 그려내었다. 비록 당대 여성 의식의 변화는 이끌지 못했지만, 한 여성으로서 억압받는 환경 속에서 문학의 양식을 통해 보여준 그의 시문학은 그가 보여줄 수 있었던 처절한 몸부림일 수도 있다. 따라서 자신의 능력을 통해 그의 현실적 불행을 극복하고자 했던 난설헌은 당시 사회적 분위기로 보아 시대를 앞서 간 지성인의 면모를 보여준 작가임에는 틀림이 없다. 난설헌의 이와 같은 글쓰기는 남성 권위의 사회 담론에서 억압받고 은폐되었던 여성성을 회복하는 주체적 삶과 육체적 삶을 긍정하는 삶의 본보기로서 곧 능동적 주체로서의 새로운 글쓰기의 한 단면을 보여주었다는 데 그 의의가 있다.

---

38) 『蘭雪軒集』 「長干行」 2. "昨夜南風興, 船旗指巴水. 逢着北來人, 知君在揚子." 李白의 시에도 「장간행」 두 수가 있다. 그런데 제목만 유사하지 그 내용은 많이 다르다. 특히 「장간행」 1수는 의미가 전혀 다르다.

4. 열사의 기풍

참된 선비[儒者]는 세상이 어지러우면 현실 정치를 떠나 산림에 은거하기도 한다. 그렇다고 해서 완전히 현실 정치에 무관심한다거나 은둔을 작정한다거나 하는 것은 아니다. 혹시라도 능력이 미치지 못할 경우 더 큰 혼란을 가져올 수 있기에 세상이 맑아지기를 기다린다는 의미도 내포되어 있다. 그러면서 자연을 노래하기도 하고 그 자연 속에서 참된 수련의 과정을 거치면서 심신을 단련하기도 한다. 그래서 참된 선비는 그의 문학에서 賞自然상자연의 상태만을 노래하는 도피적 삶의 형태에 그치는 것이 아니라 憂國之情우국지정과 戀君之情연군지정 등을 아울러 노래하기도 한다. 난설헌도 현실적 상황에 절망 아닌 절망에 당면했을 것이다. 때로는 사회적 관습에, 때로는 남녀 차별이라는 성차별에 직면하여 그 어려운 상황을 타계할 목적으로 시문학을 지었을 것이다. 그래서 그런지 그의 시문학에는 선비적 기질이 감지되는 작품이 있다.

茶山다산 丁若鏞정약용이 유배지에서 아들 學淵학연에게 보낸 편지에 "임금을 사랑하고 나라를 근심하지 않는 것은 시가 아니고, 시대를 아파하거나 풍속을 분히 여기지 않는 것은 시가 아니며, 찬미하고 풍자하고 (선을) 권장하고 (악을) 징계하는 意義의의가 없으면 시가 아니다."[39] 라고 하여, 시를 짓는 목적을 밝힌 부분이 있다. 남동생 허균이 누나 난설헌이 죽은 다음 해, 『유고시집』을 내고자 西厓서애 柳成龍류성룡에게 발문을 부탁하였는데, 그 발문에 난설헌을 "그 사물을 보고 정감을

---

39) 丁若鏞, 『與猶堂全書』 第一集 第二十一卷 「寄淵兒」. "不愛君憂國, 非詩也, 不傷時憤俗, 非詩也, 非有美刺勸懲之義, 非詩也."

불러일으키며 시절을 근심하고 풍속을 민망히 여김에 있어서는 이따금 烈士의 풍모가 있다."[40)]라고 평한 구절이 있다. 이는 난설헌의 시에 선비적 기품이 느껴지는 작품이 있다는 것이다. 士란, 道를 배워 행하고 벼슬한다든지 하여 세상에 道를 펴는 것을 목표로 삼는 사람이다. 그런데 난설헌은 처음부터 여자라는 성차별적 요소로 인해 出仕출사는 꿈도 꿀 수 없을 뿐만 아니라 道를 펼 기회조차 얻을 수가 없었다. 그런 사회적 배경 하에서 西厓서애는 '烈士風열사풍'이라는 평을 하였다. 烈士열사란 『論語논어』에서 孔子공자가 말씀한 "널리 대중을 사랑하되 어진 사람을 가까이 한다."[41)]라고 한 것처럼, 어진 사람을 가까이 할 뿐만 아니라 그들을 본받고자 노력하고 백성의 근심을 잊지 않는 선비정신과도 통하는 점이 있다.

온 사람이 일제히 달구를 들고,	千人齊抱杵,
땅을 다지니 땅 밑까지 크게 울리네.	土底隆隆響.
힘들여 잘 쌓았지마는,	努力好操築,
운중 땅의 위상 같은 인물 없구나.	雲中無魏尙.
성을 쌓고 또 성을 쌓으니,	築城復築城,
성이 높아 도적을 막을 수는 있네.	城高遮得賊.
다만 두려운 것은 적이 많이 온다면,	但恐賊來多,
성이 있어도 막지 못할 것이네.	有城遮未得.

---

40) 柳成龍, 『西厓集』「跋蘭雪軒集」. "至其感物興懷憂時悶俗, 往往有烈士風."
41) 『論語』「學而」篇 '弟子'章. "汎愛衆而親仁."

위의 시는 「築城怨축성원」 二首이다. 악부체의 하나인 '怨원'의 형식으로, 성 쌓는 민중의 고달픔과 집권층의 德덕 없음을 풍자하였다. 민중을 동원하여 혹독한 노동의 대가로 성을 쌓기는 하지만 수많은 적들이 몰려오면 높은 성도 무용지물이 된다는 것이다. 地理지리가 人和인화만 못하기 때문이다. 漢한나라 文帝문제 때 雲中운중 태수로 지낸 魏尙위상은 德덕이 있어 그의 군졸들을 잘 돌보아서 좋은 시절을 보낼 수 있었는데, 난설헌 당대의 집권층은 그렇지 못하다는 것이다. 운중 태수 위상은 자기의 녹봉으로 군졸을 위한 음식 값을 대신하면서 그들을 사랑하는 마음을 보였으며, 그 사랑을 받은 민중들은 보답으로 흉노들이 운중의 요새를 침략하는 것을 사전에 막을 수 있게 하였다. 그러나 위의 시에서 집권층은 민중을 동원하여 높은 성만 쌓을 줄 알았지 雲中운중같이 덕 있는 사람이 없다는 것이다. 人和인화의 중요성을 통한 지배 계층의 풍자이면서 憂國之情우국지정의 心思심사로, 나라의 안위가 높은 성을 쌓는 것만으로 부족하다는 것이다. 난설헌은 외부의 적도 무서운 존재이지만 내부의 민심을 얻는 것도 중요하다는 정치적 안목까지 보였다.

봉화가 황하에 길게 비치니,	烽火照長河,
군졸들이 중원 집을 떠나네.	天兵出漢家.
창을 베고 흰 눈에서 자며,	枕戈眠白雪,
말을 몰아서 사막에 다다르네.	驅馬到黃沙.
북풍에 딱따기 소리 전해 오고,	朔吹傳金柝,
오랑캐 소식 호적에 들려오네.	邊聲入塞笳.
해마다 잘 지키지만,	年年長結束,
전쟁에 끌려 다니기 괴롭네.	辛苦逐輕車.

어젯밤 파발이 날아들어,	昨夜羽書飛,
용성이 포위됐다 기별하네.	龍城報合圍.
호적 소리 눈보라에 울려 퍼져,	寒笳吹朔雪,
칼 차고 금미산을 내달리네.	玉劍赴金微.
오랜 전쟁 생활에 몸은 이미 늙어,	久戍人偏老,
먼 출정에 말 또한 앙상하네.	長征馬不肥.
사나이의 의기는 소중한 것이라,	男兒重義氣,
부디 하란의 목 걸고 개선하소서.	會繫賀蘭歸.

위의 「出塞曲출새곡」 二首 역시 악부체이다. 出塞출새는 군사들이 변방으로 출정하면서 부르는 노래라는 뜻이다. 봉화가 올라 군졸들이 자신의 집을 떠나야 하는 장면을 시각화하였다. 전쟁터로 내몰린 군졸은 창을 베개 삼고 눈 위에서도 잠을 자야만 한다. 그리고 때로는 말을 몰아 고비 사막까지도 내달려가야 하는 고달픔의 현장이다. 변방의 순찰 도는 딱따기 소리와 오랑캐가 부는 호드기 소리를 들으면서 언제까지 전쟁터로 내몰려야 하는지 괴롭기만 하다. 그런데 어제밤 용성이 함락 위기에 있다는 소식에, 호기롭게 말을 타고 아미산으로 달려간다. 그러나 이미 늙어, 결과는 미지수이다. 그런 모습을 보면서 시적 화자는 흉노의 추장인 하란의 목을 베어 개선하라고 격려하였다. 수자리 지키는 군졸들의 고달픔이 묻어나는 시이다. "임조에서 전쟁 끝나니 패한 말이 울고, 패잔병 호각소리에 따라 빈 병영에서 자네. 회중에는 변방이 근래에 무사하다 전갈오지만, 해 저물자 평안성에 봉화가 오르네."[42] 변방 지역인 감숙성 임영의 패잔병들의 모습

---

42) 『蘭雪軒集』 「入塞曲」 5首 중 第1首. "戰罷臨洮敗馬鳴, 殘軍吹角宿空營. 回中近報邊無事, 日暮

이다. 전쟁이 나면 가장 많은 피해를 입는 대상은 병졸들이다. 그나마 목숨을 유지한 채 패잔병들이 돌아오는 길에, 회중은 무사하다는 말을 듣고 어느 정도 안심이 되었다. 하지만 해 떨어지자 평안성에서 또 봉화가 올라 전쟁의 다급함을 알리고 있다. 다시 전쟁터로 내몰리는 패잔병들에 대한 안타까움이 묻어난다.

먼지 낀 거울이라 난새도 춤추지 않고,	鏡暗鸞休舞,
빈집 같아 제비도 돌아오지 않네.	樑空燕不歸.
촉의 비단 이불에 향은 남아 있어,	香殘蜀錦被,
눈물이 하염없이 비단 옷을 적시네.	淚濕越羅衣.
꿈은 난초 물가에 헤매고,	楚夢迷蘭渚,
형주의 구름은 대궐을 감돌겠지.	荊雲落粉闈.
서강의 오늘 밤 달도,	西江今夜月,
달빛을 보내 아미산을 비추리라.	流影照金微.

위의 시는 「效李義山體효이의산체」 二首 중 제1수이다. 李義山이의산은 晚唐만당 때 시인 李商隱이상은(813~858)이다. 난설헌이 이상은의 시체를 본받아 쓴 시라는 것이다. 임이 떠난 집은 마치 빈 집 같아 제비도 오지 않고, 나는 거울도 보지 않아 먼지가 낄 정도이다. 임과 내가 함께 덥고 자던 비단 이불은 그래도 임의 체취가 남아 있는 듯해, 자꾸 눈물이 난다. 꿈은 楚초나라 懷王회왕의 꿈 인양 난초 물가를 헤매고, 형주의 구름은 내 마음같이 尙書省상서성을 두르고 있다. 내가 보고 있는 장강의 저 달은 임이 있는 아미산을 비추고 있다.

平安火入城."

달은 임과 나와의 관계를 이어주는 매개체이다. 서로 다른 공간에서 달을 매개체로 하여 서로의 안부를 물을 수 있기 때문이다. 두보가 「月夜월야」에서 부주에 있는 아내를 그리워할 때 장안의 달을 보고 '부주의 있는 아내도 저 달을 보고 있을 것이다'라고 한 것처럼, 안휘성 채석기 근처인 장강 가에 있는 아내도 저 달을 보면서 외몽고 지역의 아미산 변방에 있는 임을 그리워하고 있다. 변방에 수자리 간 남편을 그리워하는 규방 아내의 심정을 노래한 것이다.

수자리 보는 군졸들의 모습이 담긴 시와 규방에서 아내들이 수자리 보는 남편을 그리워하는 변새시를 통해 난설헌은 당시의 소외된 계층들에게 관심을 보였다. 이와 같은 그의 시작 태도는 민중의 아픔을 내 아픔으로 승화시킨 결과라 할 수 있다. 비록 의고악부의 형식적 모방을 통해 자신의 세계를 보였다는 한계점은 있지만, 현실의 고통받는 민중들을 소재로 노래할 수 있었다는 것은 난설헌이 지닌 문학적 특징의 하나이다. 이런 난설헌의 태도가 서애가 평한 대로 '사물을 보고 정감을 불러일으키며 시절을 근심하고 풍속을 민망히 여긴다.'고 한, 烈士열사의 풍모가 느껴지게 하는 시이다.

수자리 보는 병사들과는 또 다른 궁녀의 비애를 다룬 「宮詞궁사」 시 20수가 있다. 화려할 것 같은 궁녀들의 삶을 오히려 폐쇄적 공간에 갇힌 삶으로 그린 「궁사」는, 어쩌면 조선 사회의 여성들의 삶을 가탁한 듯한 느낌을 준다.

새로 기르는 앵무새 아직 길들지 않아,　　鸚鵡新調羽未齊,
새장에 가두어 옥루를 향해 깃들게 하네.　金籠鎖向玉樓棲.
한가로이 푸른 머리 돌려 주렴에 기대서,　閑回翠首依簾立,
도리어 군왕께 농서 지방 말로 대하네.　　却對君王說隴西.

「宮詞궁사」 4로 궁녀를 앵무새에 비유한 시이다. 조롱에 갇힌 앵무새처럼, 궁녀도 궁중에 갇힌 존재이다. 그의 삶은 군주의 관심 정도에 따라 달라진다. "새로 간택된 궁녀가 군주를 모시니, 비단 병풍 둘러치고 처음 합환향 하사받네. 다음날 아침 아감이 와서 묻기에, 웃으며 앞가슴의 노리개 다발 가리켰네."[43] 새장 속에 갇혀 살던 궁녀도 군주의 사랑을 받으면 하루아침에 신분이 상승된다. 그 벅찬 감격을 앞가슴 노리개로 극대화시켰다. 그러나 그 이면에는 오로지 한 사람만을 위해 온갖 정성을 다해야 하는 궁녀의 이면을 보여주었다. 이는 조선 사회 대부분의 여성들이 처한 현실이기도 하다. 유교적 덕목으로 무장된 법규는, 조선의 여인들이 마치 새장 속에 갇힌 앵무새처럼 자기 결정권의 자유도 없게 만들었다. 오직 한 사람의 사랑에 따라 인생의 부귀영화가 결정된다는 궁녀와 조선시대 여인들의 삶은 별반 다르지 않다.

난설헌은 가난하고 소외된 계층에 대해서도 관심을 가졌다.

어찌 용모가 남보다 빠질까마는	豈是乏容色,
바느질과 길쌈도 곧잘 한다네.	工鍼復工織.
어려서 가난한 집안서 자라다보니,	少小長寒門,
노련한 중매쟁이도 알아보지 못하네.	良媒不相識.

위의 시는 「貧女吟빈녀음」 3수 중 제1수이다. 이 「빈녀음」도 악부시이다. 당시 여인의 덕목인 인물 좋고 길쌈도 잘하지만, 오직 집안이

---

43) 『蘭雪軒集』 「入塞曲」 20首 중 第17首. "新擇宮人直御床, 錦屛初賜合歡香. 明朝阿監來相問, 笑指胸前小佩囊."

가난해서 좋은 중매자리가 나지 않는다는 것이다. 가난한 여인의 한스러움은 베짜기로도 나타나는데, "밤 깊도록 쉬지 않고 길쌈하니, 철컥철컥 베틀 소리 차갑기도 하네. 베틀에 감겨진 한 필의 옷감, 결국 누구의 옷이 되려나?"[44]와 같이, 밤을 새워 짜는 이 옷감도 나의 옷을 만들기 위한 것은 아니다. 그래서 그 베틀 소리마저도 처량하게 들린다.

손에 가위를 잡았으나,	手把金剪刀,
밤이 차서 열 손가락 곱아지네.	夜寒十指直.
남을 위한 혼수만을 지을 뿐이니,	爲人作嫁衣,
해마다 독수공방이라네.	年年還獨宿.

「빈여음」 3수로, 추운 겨울 밤 손이 시리도록 혼수를 만들지만 정작 자신을 위한 혼수는 아니다. 그것도 해마다 반복되는 현실 앞에 늘 새우잠이다. 난설헌은 가난한 여인의 탄식을 통해 소외 계층에 대한 연민을 드러내었다. 비록 의고시를 모방한 현실 사회의 고발이기는 하지만, 한쪽이 닫힌 사회에서 고발 의식을 드러낸 난설헌의 시작 태도는 서애가 평한 烈士의 풍모가 담긴 것이다. 이것이 당시의 풍속과 민중의 삶이기 때문이다. "동쪽 집의 세도가 불길처럼 드세던 날, 드높은 다락에선 노래 소리 울렸지. 북쪽의 이웃 가난해 입을 옷 없고, 주린 배를 안고서 초막 안에 있네."[45]라고 하여, 동쪽의 부잣집과 북쪽의 가난한 집의 대비를 통해 당시 빈부 격차의 사회상을 고발

---

44) 『蘭雪軒集』 「貧女吟」 3首 中 第2首. "夜久織未休, 戛戛鳴寒機. 機中一匹練, 終作阿誰衣."
45) 『蘭雪軒集』 「感遇」 3. "東家勢炎火, 高樓歌管起. 北隣貧無衣, 枵腹蓬門裏."

하였다.

난설헌은 소외 계층들에 대한 詩作시작 활동을 통해 그들에 대한 애정도 함께 지녔을 것이며, 그들의 삶이 조금 나아지기를 바라는 마음도 내포하고 있었을 것이다. 뿐만 아니라 가련한 미물에게도 동정의 시선을 보냈다. "옷상자 안 비단을 가위로 잘라, 겨울 옷 재단하느라 손이 곱아 호호 부네. 옥비녀 뽑아 등잔 그림자 가에서, 등잔 심지 제거하자 날아드는 부나비 구하네."46)라고 하여, 외롭고 손까지 시린 밤에 바느질하다 등잔불로 날아드는 나방도 가여워 구해 준다는 내용이다. 비록 남을 위해 혼수를 짓지만 원망보다는 나보다 못한 대상들에 대한 연민의 눈길을 보낸다. 이는 미물까지도 측은히 여기는 애정은 어진 마음과 진실되고 인정이 두터운 마음에서 나온 惻隱之心측은지심으로, 溫柔敦厚온유돈후한 실속이 있는 것이다.

茶山다산이 「寄淵兒기연아」에서 "不愛君憂國불애군우국, 非詩也비시야."라고 한 것처럼, 난설헌도 판단력이 부족한 왕에게는 일침을 놓았다. "머나먼 갑산으로 귀양 가는 나그네, 함경도로 가는 행색 황망하네요. 신하는 가태부이지만, 군주는 어찌 초 회왕이리오."47)라고 하여, 귀양 가는 오빠 허봉을 충신 賈誼가의(B.C.201~B.C.168)에 비유하였고, 귀양을 보낸 군주 宣祖선조는 전국시대 楚초나라 懷王회왕에 견주었다. 漢한나라 가의가 조정의 모함을 받고 長沙장사로 좌천되어 가던 도중 초나라 屈原굴원(B.C.343~B.C.277)의 죽음을 애통하게 여겨 「弔屈原賦조굴원부」를 지어 굴원을 애도하면서 자신을 굴원에 비유하였다. 지금 허봉이 한나라 조정에 충언을 올리고 장사로 좌천되어 가면서 멱라수에 글을 던

---

46) 『蘭雪軒集』 「夜坐」. "金刀剪出篋中羅, 裁就寒衣手屢呵. 斜拔玉釵燈影畔, 剔開紅焰救飛蛾."
47) 『蘭雪軒集』 「送荷谷謫甲山」. "遠謫甲山客, 咸原行色忙. 臣同賈太傅, 主豈楚懷王."

저 굴원을 조문한 가의와 같은 존재라는 것이다.

그런데 선조는, 회왕이 충신 굴원의 충언을 받아들이지 못하고 오히려 간신들의 말을 믿은 것처럼, 지금 상황이 걱정스럽다는 것이다. 사마천이 「屈原列傳굴원열전」에서 "안으로는 미인 鄭袖정수에 미혹되고 밖으로는 秦진나라 張儀장의에게 속아서 굴평(굴원)을 멀리하고 상관대부와 영윤 자란을 신임하여 군사는 꺾이고 땅은 깎여서 그 여섯 고을을 잃고 몸은 秦나라에서 객사하여 천하의 웃음거리가 되었으니, 이는 사람을 알아보지 못한 데서 온 재앙이다."48)라고 한 것처럼, 조선에도 왕의 무능력으로 재앙이 올까 두려운 것이다. "어찌하여 오동나무 가지에는, 도리어 올빼미와 솔개만 깃드는가?"49)라고 한 것처럼, 봉황이 깃들어야 할 오동나무에 올빼미와 솔개만 우글거린다고 하여, 조정에 인재가 없음을 탄식하였다. 권력의 정점인 군왕과 조정을 힐책하는 듯한 표현을 한 난설헌은 憂國之情우국지정을 지닌 烈士열사였다.

소외 계층에 대한 관심에 대한 시 창작 태도는 朱子주자가 『詩集傳序시집전서』에서 "시대를 민망히 여기고 풍속을 가슴 아프게 여긴다."50)라고 평한 바와 같이, 사람의 도리를 다하고 소외된 계층들에 대한 관심과 時俗시속을 가슴 아프게 생각하는 것이다. 더 나아가 善政선정을 찬미하고 포악한 정치를 풍자하며, 善선을 권장하고 惡악을 징계하고자 하는 마음의 참된 비판정신을 지니는 것이 시 짓는 사람으로서 먼저 간직하지 않으면 안 될 중요한 기본자세이면서 기준인 것이다. 茶山다산이나 西厓서애가 밝힌 '傷時憤俗상시분속'과 '憂時閔俗우시민속'의 詩 이론은

---

48) 司馬遷, 「屈原列傳」. "內惑於鄭袖, 外欺於張儀, 疏屈平而信上官大夫, 令尹子蘭, 兵挫地削, 亡其六郡, 身客死於秦, 爲天下笑, 此不知人之禍也."

49) 『蘭雪軒集』 「遣興」 2. "奈何梧桐枝, 反棲鴟與鳶."

50) 朱熹, 『詩集傳序』. "閔時病俗之所爲."

시를 짓는 사람이 『시경』 시가 끼친 뜻 곧 思無邪(사무사)[51]한 시 정신으로 두터운 인정을 드러내어 인륜의 道를 밝히고자 한 뜻을 잘 이어받아, 사람의 도리를 다하고 시대를 가슴 아파하거나 풍속을 분히 여기고 백성들의 아픔을 잊지 않는 것을 바탕으로 하여 시를 지어야 한다는 것이다.

  난설헌의 시에도 민중들의 고달픈 삶을 그들의 시각에서 노래한 시가 있었다. 그래서 西厓(서애)도 烈士(열사)의 풍모가 있다고 한 것이다. 동복으로 작은 오빠인 허봉이 두보의 시집을 선물하였다고 하였는데, 그 두보의 시에는 시 대상이 잘 반영되어 있다. 「自京赴奉先縣詠懷五百字(자경부봉선현영회오백자)」·「北征(북정)」·「石壕吏(석호리)」·「新安吏(신안리)」·「潼關吏(동관리)」·「新婚別(신혼별)」 등의 많은 작품이 모두 시대의 아픔을 노래한 것으로, 두터운 인정을 곡진하게 드러낸 경우의 시들이다. 이들 작품은 두보가 안녹산의 난 때 겪은 일들을 담담하게 그려낸 것으로 억지로 꾸미고자 하는 별다른 기교 없이 탁월한 시적 재질을 보여준 것들이다. 그러한 점에서 두보의 시는 『詩經(시경)』의 시가 찬미하고 풍자하는 가운데 사람의 마음을 감흥 시키는 것을 시의 본령으로 삼는 '思無邪(사무사)'하다는 사실과 부합될 수 있는 것이다. 두보의 시집을 읽은 난설헌도 그의 시에서 思無邪의 경지를 찾을 수 있는데, 그것이 烈士의 풍모를 지녔다고 평한 시들이 대상이 될 수 있다. 소외된 계층 곧 성 쌓는 데 동원된 백성, 가난한 직녀와 갇혀 사는 궁녀 그리고 수자리 서는 병졸과 집안에 남은 부인들의 생활상을 아무 꾸밈없이 노래한 邊塞詩(변새시)는 그 시대의 풍속을 가슴 아프게 하면서도 읽는 사람의 감정을

---

51) 思無邪(사무사)는 『論語』「爲政」篇 '無邪'章에 나오는 말로, 작시자의 태도가 생각함에 邪辟(사벽)함이 없이 순수하다는 뜻이다.

홍기시킬 수 있다. 그래서 열사의 풍모를 지닌 시인도 될 수 있는 것이다.

5. 시대를 앞서 간 여인 허난설헌

남자들과 똑같은 주체성과 욕망을 지닌 한 인간으로서의 삶을 살고자 했던 난설헌, 그는 글쓰기라는 知的지적 활동을 통해 그의 삶의 행적과 이상을 드러내고자 하였다. 그래서 그의 작품에는 당대 여성들이 감히 꿈도 꾸지 못했던 적극적 애정관이 곳곳에 표현되었다. 여성이 먼저 남성에게 연꽃을 꺾어 보내기도 하고, 자기의 패물을 다른 여인에게 주지 말 것을 당부하기도 하였다. 또한 아내가 남편을 그리워하고 질투심을 느끼는 것으로 표현된 시가 많았는데, 이는 부부 사이라면 당연지사인 것이다. 그런 당연한 사랑까지도 조선 중기 사회의 주류였던 儒者유자들은 품지 못하였다. 하물며 아녀자가 "함부로 글을 지어 널리 외간에 퍼뜨려서는 안 된다."[52]고까지 하였으니, 글 아는 며느리를 시댁에서도 탐탁하게 여기지 않았을 것이다. 그러나 난설헌은 적극적인 애정관을 보여 자신의 삶에 대한 주체 의식을 보였다.

주체적 자아가 강한 여성, 그 자아가 실현되지 않는 시대적 배경임을 안 난설헌은 詩作시작 활동을 통해 자신의 처지를 극복하고자 하였다. 다시 말하자면, 자기 자신의 구원의 한 방편으로 漢詩한시를 창작하였다. 현실에서 실현되지 않는 사랑을 상상이라는 문학적 장치를 통해 다가가고 이루는 성취감을 맛보았던 것이다. 조선 중기의 닫힌

---

52) 李德懋, 『靑莊館全書』 卷三十 「士小節」 卷七 婦儀二. "不可浪作詩詞, 博播外間."

유자들의 시각에서 보면, 음탕하면서 신선의 세계를 동경하는 여인으로 비추어질 수 있지만, 오늘 21세기의 시각에서 보면 그의 문학적 표현은 오히려 시대를 앞선 선구자의 면모가 있다. 주류이면서 집권자였던 남성들의 전유물인 漢詩를 통해 적극적이면서 자기만의 사랑 표현과 상상의 날개 짓은 당시 여성들에게서 볼 수 없었던 태도였기 때문이다. 따라서 지금은 儒者의 관점이 아닌 열린 사고에서 난설헌의 시를 적극적으로 읽어야 할 때이다.

西厓서애가 난설헌을 평한 '烈士의 풍모'는 소외 계층들에 대한 관심을 보이면서 당대 현실의 여성으로서의 삶이 부당하다는 고발과 함께 일부 작품에는 憂國之情우국지정의 의미도 담겨 있었기 때문에 가능했던 것이다. 이는 朱子주자의 『詩集傳序시집전서』에서 "閔時病俗민시병속" 곧 '시대를 민망히 여기고 풍속을 가슴 아프게 여긴 것'으로, 민중들로 하여금 인륜의 도를 아는 진실 되고도 인정이 두터운 백성이 되게 하고 집권자들로 하여금 治者치자의 도리를 알게 하여, 진실 되고 측은해 하는 어진 마음이 우러나게 하자는 것이다. 그러면 민중은 인륜의 도를 알게 되고 집권자는 天道천도를 알아 萬民만민이 조화를 이루는 삶을 살 수 있기 때문이다. 따라서 허난설헌이 한시를 통해 드러내고자 한 지향의식은 자기 자신의 주체성 확립과 열사의 풍모였다.

남은 과제로, 조선시대부터 거론된 剽竊표절 문제가 있다. 인용된 시 구절도 문맥적 의미에서 그 시적 의미를 따지면서 논할 성질의 것이지, 처음부터 표절이라고 평하는 것은 올바른 비평 태도는 아니다. 의도적으로 남의 시 구절을 훔칠 목적으로 한 것이라면 표절이 되겠지만, 훔칠 목적이 아니라 새로운 의미를 더하기 위해 가져다 쓴 경우라면 사정은 달라지기 때문이다. 新意신의를 부여하기 위해 남의 시 구절을 가져다 쓰는 것을 作法작법 용어로 點化점화라고 한다. 점화는,

어느 부분으로부터 점을 찍어 변화를 가하여 자기의 작품에 새로운 의미를 더하는 것이다. 그런데 고금의 작가는 누구나 남의 시작품을 가져다 자기 작품에 빌려 쓸 경우, 새로운 의미를 더하려고 할 것이다. 그런데 후세의 독자나 비평가가 보았을 때, 새로운 의미를 드러내지 못하고 前人_{전인}의 작품을 되밟아 따르는 수준에 그친다면 蹈襲_{도습}이라고 혹평한다.

　난설헌의 일부 작품도 표절 시비에 휘말려 있다. 이는 작품이 전해지는 그때의 상황 곧 난설헌 死後_{사후} 동생인 허균의 기억에 의해 재현된 작품과 그녀의 습작의 과정에서 일어날 수 있는 문제점 등이다. 어쨌든 시를 짓다 보면, 남의 시 구절과 비슷하거나 같을 수도 있다. 그러나 우연히 같아진 것으로 偶同_{우동}인 경우도 있을 것이고, 點化_{점화} 내지는 蹈襲_{도습}인 경우도 있을 것이다. 따라서 표절 시비에 걸린 몇몇 작품들도 전체 시 내용 중에서 그 시적 의미를 따져 점화인지 아니면 도습으로 혹평될 것인지를 판단해야 할 것이다. 표절은 작가의 주체적인 의식 없이 처음부터 남의 작품을 훔쳐 쓰고자 한 것으로 주체적 의식의 작용에 의해서 이루어지는 점화와 도습과는 차이가 난다.

　또한 그녀의 연보에 8세 때 지었다고 하는 「廣寒殿白玉樓上樑文_{광한 전백옥루상량문}」이 정말 8세 때 지은 작품인지 따져봐야 할 것이다. 그녀가 『太平廣記_{태평광기}』를 즐겨 읽어[53] 「광한전백옥루상량문」을 지을 수 있었다고 하였는데, 다소 난해한 의미의 책을 8세의 아이가 정독할 수 있는 능력은 되었는지를 살펴보면서, 중국으로부터 전해 온 說_설이기에 점검해 볼 필요가 있다. 그리고 그 글을 읽고 선경의 장면을 자유롭

---

53) 허미자, 앞의 책, 32·57쪽. 任相元, 『郊居瑣編』 卷一. "蘭雪軒許曄女, 喜覽太平廣記, 其大說長辭皆至成誦."

게 그릴 수 있는 경지의 글쓰기 능력이 되었는지 등도 살펴보고 난후 8세 신동을 평가해야 할 것이다. 허균도 『학산초담』에서 "누님의 시문은 모두 천성에서 나온 것들이다. 遊仙詩유선시를 즐겨 지었는데 詩語시어가 모두 맑고 깨끗하여, 음식을 익혀 먹는 속인으로는 미칠 수가 없다. 文도 우뚝하고 기이한데 四六文사륙문이 가장 좋다. 白玉樓上 樑文백옥루상량문이 세상에 전한다."54)라고만 했지, 어느 때 지은 작품이라고는 밝히지 않았다. 이런 사실을 미루어 보면, 8세 때 지었다는 「廣寒 殿白玉樓上樑文광한전백옥루상량문」55)도 스무 살 이후에 나온 작품으로 보는 것이 타당하다. 스무 살 이후에 지은 「유선사」에 인용된 많은 고사들도 대부분 『태평광기』에서 유래되었기 때문이다.

그리고 蓀谷손곡 李達이달과의 師承사승 관계이다. 허균이 『惺所覆瓿藁성소부부고』에서 "형님과 누님의 문장은 가정에서 배운 것이다."56)라고 했지, 달리 어느 분의 사승 관계를 언급하지 않았다. 대부분의 연구자들이 손곡 이달과의 사승 관계를 논하였지만, 이는 정확한 정보는 아닌 듯하다. 허균이 『성소부부고』에서 "중형(許筬)이 謫所적소로부터 돌아와서 비로소 古文고문을 가르쳐 주셨으며, 뒤에 문장은 西厓서애 柳成龍류성룡 정승에게서 배웠고, 시는 蓀谷손곡 李達이달에게서 배우고야 바야흐로 문장의 길이란 여기에 있지 저기에 있지 않다는 것을 알고서, 차츰

---

54) 許筠, 『惺所覆瓿藁』 卷二十六 부록1 「鶴山樵談」 7. "姊氏詩文俱出天成喜作遊仙詞, 詩語皆淸冷, 非烟火食之人可到也. 文亦崛奇四六最佳, 白玉樓上樑文傳于世."

55) 명나라 말과 청나라 초기를 살았던 錢謙益(1582~1664)이 『列朝詩集』에서 처음으로 밝힌 내용이다(허미자, 『허난설헌』, 성신여자대학교 출판부, 2007, 155쪽 참조).
　　전겸익은 『列朝詩集』에서 허난설헌이 8세에 「광한전옥루상량문」을 지었다고 하면서, 남편 김성립이 순국하자 女道士가 되었다고 하였다. 김성립은 임진왜란 시 의병으로 참전하여 행방불명되었지만, 허난설헌은 임진왜란이 일어나기 3년 전(1589)에 이미 故人이 되었다. 그러니 여도사가 되었다는 것은 역사적 사실과 맞지 않는 정보이다. 8세에 「광한전백옥루상량문」을 지었다는 정보도 맹신해서는 안 될 것이다.

56) 許筠, 『惺所覆瓿藁』 卷十 「答李生書」. "兄姊之文, 得於家庭."

入門하고자 했으나 시속에 끌린 바 되어 세상에 나가 이미 壯元장원에 뽑히게 되었다."57)고 한 것처럼, 중형 허봉이 율곡 이이를 탄핵하다가 선조의 노여움을 사 갑산으로 유배된 해가 1583년이고 해배된 해가 1585년이다. 그러면 해배된 후 중형에게 고문을 배운 허균의 나이는 16살이 되고 허난설헌은 이미 결혼을 한 후로 22살이다. 문맥적 의미로 살펴보면 그 후에 문장을 서애 류성룡에게 배웠으며 시는 손곡 이달에게 배웠다고 되어 있다.

그런데 이런 사실적 내용을 도외시 한 채 난설헌은 손곡에게 시를 배웠을 것이라는 무모한 주장을 기존 연구자들은 답습하였다. 설령 시집가기 전에 배웠다고 가정하더라도, 그 주장의 논리를 세우기가 만만치 않다. 난설헌과 허균의 나이 차는 6살이다. 허균이 글공부를 6~7세에 했다.58)고 가정하더라도, 난설헌의 나이가 12~3세가 된다. '남녀칠세부동석59)'이 적용되던 시대60)에 그것도 시집가기 1~2년 전에 남동생과 함께 아니면 홀로 서얼인 손곡에게 글공부를 시킬 수 있었겠는지 의문이 많이 든다. 아마도 난설헌의 烈士열사적 풍모는 손곡의 개혁적 의식의 영향이라기보다는 양천 허씨 집안의 가풍으로 전해지던 家學가학의 결과로 보는 편이 타당한 주장일 것이다. 부친

---

57) 許筠, 『惺所覆瓿藁』 卷十 「答李生書」. "仲兄自謫還, 始敎以古文, 文從崖相學, 詩從蓀谷學, 方知文章之徑在是不在彼, 稍欲入門, 爲俗累所牽, 出旣聯擢巍第."
58) 6~7세 경 男兒는 祖父나 父의 생활 터전인 사랑으로 생활의 장을 옮겨 가부장으로서의 지식과 태도 등을 교육 받게 된다. 그런데 그 무렵 받는 교육은 『童蒙先習』·『小學』 등이 주류를 이룬다. 시학습이 우선이 아니다.
59) 昭惠王后 韓氏, 『內訓』 「母儀」章.
60) 조선시대 법전인 『經國大典』에서 여성들의 외출 금지는 물론 재혼 금지를 법제화하였다. 그리고 재혼한 여성이 낳은 자식은 出仕도 할 수 없었다. 이는 15세기 成宗代에 와서 여성 규제가 더욱 강화되었다. 이후 성리학으로 무장한 가부장적 사회는 七去之惡·三不法·忠臣不事二君·烈女不事二夫 등으로 법제화되었다.

허엽도 1562년 경연장에서 明宗명종에게 己卯士禍기묘사화(1519년) 때 화를 당한 조광조의 복권을 계속 요구하다가 파직 당했으며, 큰 오빠 허성은 東人동인으로서 일본에 다녀온 후 일본이 침략할 뜻이 있다고 하여, 같은 당파인 김성일과는 다른 목소리를 낸 소신의 인물이었다. 뿐만 아니라 허봉은 법 적용을 잘못하였다하여 율곡 이이를 탄핵하였으며, 남동생 허균은 개혁을 꿈꾸다 참형을 당하기도 하였다. 이처럼 아버지와 형제들이 자신들의 뜻이 옳다고 믿으면 행동으로 실천하는 진보적 성향을 지녔던 인물들이다. 이런 집안에서 자란 허난설헌이기에 시대를 앞선 생각은 당연한 결과인 것이다. 난설헌의 문장이 家學가학의 결과라고 허균도 이미 밝힌 바 있다. 시대를 앞서 간 여인은 이렇듯 집안에서부터 시작되었다.

참고문헌

1. 기본 자료

Daum백과, 김구경, 한국민족문화대백과사전.

고전번역원 DB, 『栗谷全書』·『退溪集』·『星湖全集』.

郭沫若, 『郭沫若劇作全集』 卷1 「屈原」, 中國戲劇出版社, 1982.

郭紹虞, 『中國文學批評史』, 平平出版社, 中華民國 63(再版).

歐陽脩, 「秋聲賦」, 金學主 譯著, 『古文眞寶 後集』, 明文堂, 1994.

仇兆鰲 輯註, 『杜詩詳註』 卷15.

屈原·宋玉, 권용호 옮김, 『楚辭』, (주)글항아리, 2015.

권경상 역주, 『東人詩話』, 다운샘, 2003.

金起東 篇者, 『原文歌辭選』, 大提閣, 1979.

金馹孫, 김학곤·조동영 옮김, 「疾風知勁草賦」, 『탁영선생문집』, (주)동국문
　　　　화, 탁영선생숭모사업회, 2012.

金宗直, 『佔畢齋文集』(高麗名賢集2 收錄本), 성균관대학교 대동문화연구
　　　　원, 1977.

金學主 譯著, 『古文眞寶 後集』, 明文堂, 1994.

김학주, 『중국문학사』, 신아사, 2013.

盧守愼, 『蘇齋先生文集』 卷7 「跋」 「晦齋先生大學補遺後跋」.

臺靜農 編, 『百種詩話類編』(上·中·下), 藝文印書館, 中華民國 63.

臺靜農 編, 『百種詩話類編』, 藝文印書館, 1974.

臺靜農 編, 『百種詩話類編』, 藝文印書館, 1974.

杜甫, 『分類杜工部詩』(『杜詩諺解』本), 景仁文化社, 1975.

柳成龍, 『西厓先生文集』 卷15 '雜著' 「大學章句補遺」

柳成龍, 『西厓集』.

柳成龍, 『晦齋先生文集』 卷14 附錄 「恭書御札答館學諸生疏後」.

류성준 編著, 『楚辭』, 문이재, 2002.

毛萇, 「毛詩序」.

毛澤東, 「屈原」.

毛翰主 編, 『20世紀中國新詩分類鑑賞大系』, 廣州: 廣東敎育出版社, 1998.

文暻鉉, 『許蘭雪軒 全集』, 寶蓮閣, 1972.

民族文化推進會, 『國譯 東國李相國集』, 고려서적주식회사, 1980.

民族文化推進會, 『國譯 東文選』, 솔출판사, 1998.

民族文化推進會, 『影印標點 東文選』, 코리아헤럴드, 1999.

朴性奎 譯註, 『東人詩話』, 集文堂, 1998.

朴性奎, 『李奎報研究』, 계명대학교 출판부, 1982.

班固, 『漢書』 「藝文志」 '詩賦略'.

班固, 『漢書』, 樂天出版社, 1974.

范仲淹, 「岳陽樓記」.

司馬遷, 『史記』 「孔子世家」.

司馬遷, 『史記』 卷八十四 「屈原賈生列傳」.

司馬遷, 『史記』, 樂天出版社, 1974.

徐居正 編纂, 朴性奎 譯註, 『東人詩話』, 集文堂, 1998.

徐居正, 『東人詩話』(高麗各賢集2 收錄本), 성균관대학교 대동문화연구원, 1973.

西川 編, 『海子詩全集』, 北京: 作家出版社, 2009.

蘇軾·黃庭堅, 『東坡詩·山谷詩』, 岳麓書社, 1992.

昭惠王后 韓氏, 『內訓』.

宋刊本十三經注疏附校勘記 『論語』, 藝文印書館, 1979.

宋刊本十三經注疏附校勘記 『詩經』, 藝文印書館, 1981.

宋刊本十三經注疏附校勘記 『禮記』, 藝文印書館, 1979.

宋刊本十三經注疏附校勘記 『春秋左傳』, 藝文印書舘, 1981.

申緯, 『申紫霞詩集』.

安大會 譯註, 『對校譯註 小華詩評』, 國學資料院, 1995.

安東林 譯註, 『莊子』, 玄岩社, 1993.

吳靈錫 矯正, 『原文 小華詩評·詩評補遺』(全), 民俗苑, 1994.

吳海仁 譯註, 『蘭雪軒 詩集』, 해인문화사, 1980.

王安石, 『臨川詩抄』 「書胡陰先生壁」.

王逸, 『楚辭章句』, 台北: 黎明文化事業公司, 1973.

우가오페이 지음, 김연구·김은희 옮김, 『굴원』, (주)이끌리오, 2009.

魏慶之, 『詩人玉屑』, 臺灣商務印書館, 民國 61.

魏慶之, 『詩人玉屑』, 世界書局, 中華民國 八十一.

魏泰, 『臨漢隱居詩話』.

유성준, 『楚辭』, 문이재, 2002.

陸游, 『陸放翁集』.

李奎報, 『東國李相國集』(高麗名賢集1 收錄本), 成均館大 大東文化研究院, 1973.

李德懋, 『靑莊館全書』.

李相寶 譯, 『破閑集』·『補閑集』·『櫟翁稗說』(韓國名著大全集), 大洋書籍, 1973.

李穡, 『牧隱先生集』(高麗名賢集3 收錄本), 성균관대학교 대동문화연구원, 1973.

李穡, 『牧隱集』.

李睟光, 『芝峯類說』.

이수웅, 『역사 따라 배우는 중국문학사』, 다락원, 2001.

李彦迪, 『晦齋先生集』

李珥, 『國譯 栗谷集』, 민족문화추진위원회, 1981.

李珥, 『石潭日記』(上).

李珥, 『栗谷全書』 卷14 「晦齋大學補遺後議」.

李珥, 『栗谷全書』, 성균관대학교 대동문화연구원, 1971.

李珥, 『精言玅選』, 서울대학교 규장각 일사문고본.

李瀷, 『星湖僿說』.

李瀷, 『星湖全書』, 驪江出版社, 1984.

李仁老, 『破閑集』(高麗名賢集2 收錄本), 성균관대학교 대동문화연구원, 1973.

李仁老 著, 柳在泳 譯註, 『破閑集』, 一志社, 1978.

李齊賢, 『櫟翁稗說』(高麗名賢集2 收錄本), 성균관대학교 대동문화연구원, 1973.

李齊賢, 『益齋亂藁』, 亞細亞文化社, 1976.

李滉, 『增補退溪全書』, 성균관대학교 대동문화연구원, 1957.

李滉, 『退溪先生文集』 卷11 「書」 「答李仲久 別紙」

李滉, 『退溪全書』, 성균관대학교 대동문화연구원, 1958.

張基槿·李錫浩 譯, 『老子·莊子』, 三省出版社, 1982.

全鎣大 外, 『韓國古典詩學史』, 弘盛社, 1979.

鄭述 撰, 『太極問辯』 後集 「無極頌」.

鄭道傳, 『三峯集』, 國史編纂委員會, 1971.

丁若鏞, 『茶山詩文集』, 민족문화추진회 편, 1982.

丁若鏞, 『與猶堂全書』 卷二十一 「寄淵兒」.

丁若鏞, 『與猶堂全書』, 서울대학교 古典刊行會, 1966.

정요일, 『논어강의』(地)(人), 새문사, 2010.

정요일, 『논어강의』(天), 새문사, 2009.

鄭澈, 國譯 『松江集』, 松江遺蹟保存會, 1988.

鄭澈, 『松江全集』, 成均館大 大東文化研究院, 1964(影印本).

程顥·程頤, 『二程全書』, 景文社, 1981.

趙絅, 『龍洲先生文集』 卷12 '跋' 「書晦齋先生大學補遺後」.

趙光祖, 『靜庵先生文集』(李朝初葉名賢集選, 收錄本), 성균관대학교 대동문
　　　　화연구원, 1959.

曹植, 『南冥集』 「雜著」 「解關西問答」.

趙鍾業 編, 『韓國詩話叢編』, 太學社, 1996.

趙鍾業, 「東人詩話研究」, 『大東文化研究』 2, 성균관대학교 대동문화연구
　　　　원, 1966.

周敦頤, 『周子全書』, 商務印書館, 1978.

朱任生 編著, 『詩論分類纂要』, 臺灣商務印書館, 中華民國 60

朱子, 『論語集註序說』.

朱熹, 「離騷經」 朱子 序.

朱熹, 「詩集傳序」.

朱熹, 「偶成」.

朱熹, 「太極圖說解」.

朱熹, 『大學章句』.

朱熹, 『朱子大全』, 曹龍承 影印本, 1978.

朱熹, 『朱子語類』, 啓明大 圖書館 所藏本.

朱熹, 『楚辭集注』, 台北: 中華書局, 1974.

崔象龍, 『鳳村集』 卷12 「附大學補遺辨疑」.

崔滋 著, 朴性奎 譯, 『補閑集』, 계명대학교 출판부, 1984.

崔滋, 『補閑集』(高麗各賢集2 收錄本), 성균관대학교 대동문화연구원, 1973.

한국고전종합DB, 한국문집총간, 『東國李相國集』·『破閑集』·『補閑集』·『東人
詩話』·『東文選』·『燕巖集』·『茶山詩文集』·『芝峯類說』·『松溪漫錄』.

許敬震, 「동인시화연구」, 육군3사 『논문집』 8, 1978.

許敬震, 『許蘭雪軒 詩選』(한국의 한시 10), 평민사, 1987.

許筠, 『惺翁識小錄』.

許篈, 『荷谷集』 「題杜律卷後奉呈妹氏蘭雪軒」.

洪萬宗, 『小華詩評』, 國學資料院, 1993.

洪萬宗, 『詩話叢林』, 通文館, 1993.

洪贊裕 譯註, 『譯註 詩話叢林』(上·下), 通文館, 1993.

黃庭堅, 『黃山谷文集』.

黃庭堅, 『黃山谷詩集注』, 臺灣: 世界書局.

『高麗史節要』 16.

『古文眞寶』, 景仁文化社, 1983.

『국역 동국이상국집』, 고려서적주식회사, 1980.

『論語』, 藝文印書館, 1981.

『唐詩三百選』.

『東國李相國集』, 한국고전번역원, 한국고전종합DB.

『杜甫全詩集』, 日本圖書, 誠進社, 1979.

『論語』, 中和堂, 1917.

『孟子』·『大學·中庸』, 景文社, 1979.

472

『孟子』·『大學·中庸』, 中和堂, 1917.

『白樂天全詩集』 1~4, 日本圖書, 誠進社, 1979.

『史記』 卷84 「賈生列傳」.

『書經』 「說命」(上).

『書經』 卷之七 「周書」 「旅獒」.

『性理大全』 卷1.

『蘇東坡全詩集』 1~6, 日本圖書 誠進社, 1979.

『宋史』 卷3 「太祖本紀」 2.

『詩經』, 藝文印書館, 1981.

『淵明·王維全詩集』, 日本圖書, 誠進社, 1979.

『李白全詩集』 上·中·下, 日本圖書, 誠進社, 1979.

『朝鮮王朝實錄』·『中宗實錄』, 國史編纂委員會, 1973.

『朱子大全』 卷36 「答陸子靜」.

『晉書』 卷67 「溫嶠列傳」.

『漢書』 「西域傳序」 「樊噲傳」.

『後漢書』 卷39 「劉趙淳于江劉周趙列傳」.

2. 논저

가란 지음, 정연호·채영호 옮김, 『공자家 이야기』, 선, 2010.

강경림, 「회재 이언적의 철학사상 연구」, 성균관대학교 박사논문, 2008.

姜銓燮, 「高山九曲歌의 原典摸索」, 『석하 권영철 박사 회갑기념 국문학연
　　　　구논총』, 형설출판사, 1988.

姜銓燮, 「高山九曲歌의 作者 考證」, 『古典文學研究』 4, 韓國古典文學研究
　　　　會, 1988.

고진아, 「굴원과 두보의 유사성」, 『중국인문과학』 27, 중국인문학회, 2003.

郭樹競, 「郭沫若의 굴원 연구」, 성균관대학교 석사논문, 1991.

郭信煥, 「李栗谷의 策文 研究」, 『儒教思想研究』 7, 韓國儒教學會, 1994.

金甲起, 「松江 鄭澈의 漢詩 研究」, 동국대학교 박사논문, 1984.

金乾坤, 「李齊賢文學 研究: 詩와 古文을 中心으로」, 한국정신문화연구원 박사논문, 1993.

金慶洙, 『李奎報 詩文學 研究』, 亞細亞文化社, 1986.

金大幸, 「李珥論」, 『古時調作家論』, 백산출판사, 1988.

金東協, 「李滉이 지은 行狀을 통해 본 그의 出處觀과 人生觀」, 『東方漢文學』 18, 東方漢文學會, 2000, 101~119쪽.

金昞國, 「高山九曲歌의 일 고찰」, 『泮橋語文研究』 2, 泮橋語文研究會, 1990.

金善子, 「松江 鄭澈의 詩歌 研究: 漢詩와의 關係를 중심으로」, 원광대학교 박사논문, 1993.

金聖基, 「松江의 漢詩에 나타난 自然觀」, 『人文學志』, 충북대학교 인문학연구소, 1993.

金時鄴, 「李奎報의 新意論과 詩의 特質」, 『韓國漢文學研究』 3~4집, 1978~ 1979.

金時杓, 「晦齋 李彦迪 漢詩 研究」, 『漢文學研究』 2, 계명대학교 계명한문학회, 1984, 57~96쪽.

金廷珉, 「松江文學의 思想的 背景과 自然觀 研究」, 중앙대학교 박사논문, 2007.

金廷珉, 「松江의 漢詩에 나타난 自然觀」, 『漢字漢文教育』 18, 韓國漢字漢文教育學會, 2007.

金鍾順, 「許蘭雪軒 文學과 生에 對한 페미니즘 研究」, 한성대학교 석사논문, 1994, 1~98쪽.

金鎭英, 『李奎報文學研究』, 集文堂, 1984.

金豊起, 「栗谷 李珥의 文學論 研究」, 고려대학교 석사논문, 1988.

金豊起, 「朝鮮前期 文學論 研究: 15세기 후반 문학론의 변화과정을 중심으로」, 고려대학교 박사논문, 1994.

김경진, 「許蘭雪軒의 遊仙詩에 나타난 幻想性 考察과 指導方案 研究」, 중앙대학교 석사논문, 2010, 1~81쪽.

김교빈, 『한국 성리학을 뿌리내린 철학자 이언적』, 성균관대학교 출판부, 2010.

金洛眞, 「晦齋 李彦迪의 心性論 研究」, 고려대학교 석사논문, 1987.

金東龍, 「孔子의 實踐 敎育思想의 現代的 意義」, 인천대학교 석사논문, 2001.

김동협, 「이황이 지은 행장을 통해 본 그의 출처관과 인생관」, 『동방한문학』 18, 동방한문학회, 2000, 101~119쪽.

金蓮洙, 「梅月堂詩에 나타난 屈原 思想의 受容 樣相」, 『개신어문연구』 9, 개신어문연구회, 1992.

김명희, 『허난설헌의 시문학』, 국학자료원, 2013.

金昞國, 「精言妙選의 文獻的 檢討와 栗谷의 詩觀」, 『書誌學報』 15, 韓國書誌學會, 1995.

김보경, 「容齋 李荇의 굴원 수용과 문학적 변용: 동일화와 거리두기 그 긴장과 공존」, 『東方漢文學』 56, 동방한문학회, 2013.

김보경, 「김시습과 남효온, 추방된 비전과 굴원·초사 수용: 조선전기 정신사의 한 조망대로서」, 『동방한문학』 67, 동방한문학회, 2016.

김보경, 「조선전기 초기사림파 문인의 굴원·초사 수용 연구: 세계와의 대결과 고독의 형상화를 중심으로」, 『韓國漢文學研究』 69, 韓國漢文學會, 2018.

김복순, 「조선시대 여성 한시에 나타난 여성 주체의 성격 연구」, 영남대학교 석사논문, 2000.

김성남, 『허난설헌 시 연구』, 소명출판, 2002.

김시표, 「회재 이언적 한시 연구」, 『한문학연구』 2, 계명대학교 계명한문학회, 1984, 57~96쪽.

金淵浩, 「晦齋 李彦迪의 詩에 나타난 自然觀」, 영남대학교 석사논문, 1991.

김원중, 「孔子 文學理論의 思想的 檢討」, 『建陽論叢』 4, 건양대학교, 1996.

김은아, 「유우석과 굴원: 유우석의 굴원 수용양상을 중심으로」, 『중국문학연구』 27, 한국중문학회, 2003.

金正範, 「송강가사와 굴원의 이소 사미인의 비교 연구」, 인하대학교 석사논문, 1993.

김지숙, 「허난설헌 한시 연구」, 강원대학교 석사논문, 2000.

김진성, 「회재 이언적의 철학사상 연구: 『대학장구』 개정을 중심으로」, 성균관대학교 박사논문, 2010.

김진욱, 「굴원이 정철 문학에 끼친 영향 연구」, 『고시가 연구』 11, 한국고시가문학회, 2003.

김진희, 「송강가사의 수용론적 연구」, 연세대학교 박사논문, 2009.

金倉圭, 「翰林別曲의 背景的 考察: 李奎報의 『東國李相國集』을 통하여」, 『國語教育論志』 10, 대구교육대학, 1983.

金昌煥, 「論語를 통해 살핀 孔子의 教授法」, 『中國文學』 39, 韓國中國語文學會, 2003.

金忠烈, 「굴원의 생애와 사상: 비세의 선비상」, 『啓明』 2, 계명대학교, 1968.

김태완, 『율곡문답』, 역사비평사, 2008.

金泰旭, 「高麗 武人政權期 『東國李相國集』의 편찬과 간행」, 『아시아문화』

12, 한림대학교 아시아문화연구소, 1996.

金兌洪, 「郭沫若의 歷史劇 屈原 연구」, 경상대학교 석사논문, 2014.

金皓東, 「高麗 武臣政權時代 文人 知識層의 研究」, 영남대학교 박사논문, 1993.

南恩曘, 「晦齋의 山水詩에 나타난 朱子와 莊子의 이중적 영향」, 『연구논집』, 이화여자대학교 대학원, 1988, 7~29쪽.

낭연, 「許蘭雪軒 詩에 나타난 도교사상 연구」, 조선대학교 석사논문, 2015.

盧建煥, 「松江歌辭에 나타난 用事의 特性 研究」, 동국대학교 석사논문, 1995.

董達, 「朝鮮詩歌에 나타난 中國詩文學의 受容樣相 研究」, 한남대학교 박사논문, 1994.

黙民記念事業會 編, 『晦齋 李彦迪의 哲學과 政治思想』, 博英社, 2000.

문철호, 「松江文學 研究: 漢詩를 중심으로」, 중부대학교 박사논문, 2011.

閔丙秀, 「李奎報의 新意에 대하여」, 『韓國古典文學研究』, 新丘文化社, 1983.

閔智煐, 「공자의 교육사상을 통해 본 우리마라 학교 교육의 문제점과 그 개선 방안 연구」, 울산대학교 석사논문, 2009.

朴京信, 「栗谷의 文學論」, 『한문고전연구』 14, 한국한문고전학회, 2007.

박명옥, 「정지용의 산수시 연구」, 고려대학교 박사논문, 2011.

朴奉洙, 「'換骨奪胎' 理論의 研究」, 서강대학교 석사논문, 1998.

朴成淳, 「사가 서거정의 시문학 연구」, 충남대학교 박사논문, 1989.

朴守川, 『芝峰類說 文章部의 批評樣相 研究』, 太學社, 1995.

박신옥, 「동인시화에 나타난 서거정의 시론 연구」, 공주대학교 석사논문, 2001.

박영환, 「굴원사상의 현대적 의의」, 『교타나』 7, 동국대학교 교육대학원, 1999.

朴宗基, 「東國李相國集에 나타난 高麗時代相과 李奎報」, 『震檀學報』 83, 震檀學, 1997.

朴鍾赫, 「孔子의 學問·敎育觀」, 『중국학논총』 22, 국민대학교 출판부, 2006.

朴焌圭, 「松江의 詩에 나타난 自然觀 研究」, 『국어문학』 20, 1979.

朴趾源 著, 김혈조 옮김, 『열하일기』 1~3, 돌베개, 2009.

朴菖熙, 「東國 李相國集 作品年譜考」, 『梨花史學研究』 5, 梨花史學研究所, 1970.

박혜숙, 『허난설헌』, 건국대학교 출판부, 2004.

백연태, 「서거정의 도습, 점화 구분에 있어 숨은 기준」 『어문학』 85, 한국어문학회, 2004.

백연태, 「동인시화에 보이는 중국 시화 변용의 묘미와 의미」, 『東方學志』 129, 연세대학교 국학연구원, 2005.

范善均, 「屈賦 研究」, 연세대학교 박사논문, 1988.

范善均, 「한국고전시가에 끼친 굴원의 영향」, 『중어중문학』 10, 한국중어중문학회, 1988.

卞鍾鉉, 『高麗朝 漢詩 研究: 唐宋詩 受容樣相과 韓國的 變容』, 太學社, 1994.

샤오리화(蕭麗華), 「唐代 漁父詞와 한국 어부사의 비교」, 『수행인문학』 40(1), 한양대학교 수행인문학연구소, 2010.

서수생, 「송강의 전후 사미인곡의 연구: 특히 굴원의 초사와 비교해 가면서」, 『경북대학교 논문집』 6 인문사회과학편, 경북대학교, 1962.

徐元燮, 「陶山十二曲과 高山九曲歌의 비교연구」, 『청계 김사엽 박사 송수기념 논총』, 1973.

선정규, 「애국주의 시인 굴원론에 대한 소고」, 『중국학 논총』 13, 고려대학교 중국학연구회, 1999.

선정규, 「楚辭研究在韓國」, 『중국어문논총』 30, 중국어문연구회, 2006.

성영이, 「공자의 교육관을 통해 본 중학교 전통윤리교육의 개선방안」, 부산대학교 석사논문, 2006.

손대현, 「陋巷詞의 用事 활용과 그 함의」, 『語文學』 125, 한국어문학회, 2014.

손승호, 「회재 이언적의 철학사상 연구」, 대구한의대학교 박사논문, 2006.

孫仁銖, 「栗谷思想의 理解: 선비정신을 중심으로」, 『栗谷思想研究』 2, 율곡학회, 1995.

孫僖珠, 「郭沫若의 굴원 연구」, 고려대학교 석사논문, 1995.

송재소, 「晦齋의 自然詩」, 『李晦齋의 思想과 그 世界』, 성균관대학교 출판부, 1992, 195~218쪽.

송재소, 「회재 이언적의 시」, 『시와 시학』 58, 시와시학사, 2005.

송재소, 「"온 세상이 혼탁한데 나만 홀로 맑아서" 고결한 선비의 자세, 굴원 '어부사'」, 『Chindia Plus』 120, 포스코경영연구원, 2016.

宋熹準, 「徐居正 文學 研究: 形成背景·文學觀·詩世界의 연계를 中心으로」, 고려대학교 박사논문, 1996.

시라카와 시즈카 지음, 장원철·정영실 옮김, 『공자전』, 펄북스, 2016.

申珏均, 「孔子思想을 통한 人性教育 指導方案」, 군산대학교 석사논문, 2013.

신두환, 「茶山의 유배 漢詩에 나타난 屈騷의 美의식」 『한문학논집』 28, 근역한문학회, 2009.

신두환, 「朝鮮士人들의 楚辭 수용과 그 미의식」, 『한문학논집』 30, 근역한문학회, 2010.

申永均, 「用事와 高麗 後期 詩人의 用事方法」, 인하대학교 석사논문, 1989.

申用浩, 「李奎報 研究: 意識世界와 文學論을 中心으로」, 고려대학교 박사논문, 1985.

심승환, 「茶山 사상에 나타난 孔子 교육관의 창조적 계승」, 『한국교육학연구』 21(3), 안암교육학회, 2015.

안병학, 「서거정의 문학관과 동인시화」, 『한국한문학연구』, 1993.

梁承根, 「離騷 研究」, 명지대학교 석사논문, 1987.

吳觀瀾, 「"換骨", "奪胎" 二法本義辨識」, 『中山大學學報』, 1988年 1期.

吳台錫, 『黃庭堅詩研究』, 경남대학교 출판부, 1991.

유선원, 「굴원 문학이 한국시가에 끼친 영향」, 서강대학교 석사논문, 2012.

兪睿根, 「松江 鄭澈 文學 研究: 漢詩文을 中心으로」, 경희대학교 박사논문, 1985.

유육례, 「허난설헌의 애정시 연구」, 『溫知論叢』 44, 溫知學會, 2015, 43~62쪽.

유임순, 「허난설헌 시에 나타난 페미니즘 의식 연구」, 공주대학교 석사논문, 2004.

유창교, 「왕국유의 굴원예찬론」, 『한국중국어문학회』, 중국문학, 1997.

尹元鎬, 「東人詩話에 나타난 徐居正의 詩歌觀」, 서울대학교 석사논문, 1958.

윤인현, 「用事와 點化의 差異」, 韓國古典研究會, 『韓國古典研究』 4, 보고사, 1998.

윤인현, 「韓國 漢詩 理論으로서의 用事論과 點化論 研究」, 서강대학교 박사논문, 2001.

윤인현, 『한국한시비평론』, 아세아문화사, 2001.

윤인현, 「答全履之論文書에 나타난 李奎報의 문학관」, 『韓國古典研究』 8, 韓國古典研究學會, 2002.

윤인현, 「李仁老와 李奎報 漢詩의 對比 고찰」, 『語文研究』 32, 韓國語文教育研究會, 2004.

윤인현, 「李奎報의 屈原不宜死論에 나타난 歷史意識의 문제점」, 『韓國漢文學研究』 38, 韓國漢文學會, 2006.

윤인현, 『韓國漢詩와 漢詩批評에 관한 研究』, 아세아문화사, 2007.

윤인현, 「東人詩話로 살펴본 徐居正의 格律論的 漢詩批評」, 『민족문화논총』, 영남대학교 민족문화연구소, 2008.

윤인현, 「잘못 읽고 있는 한자어 漁父」, (社)韓國語文會 編, 『國漢混用의 國語生活』, 2009.

윤인현, 「한시 이론인 用事와 點化의 주체적 수용」, 『한국문학이론과 비평』 47, 한국문학이론과비평학회, 2010.

윤인현, 「다산의 한시에 나타난 선비정신과 자연관」, 『다산학』 19, 2011.

윤인현, 「白雲 李奎報 文學에 있어서의 桂陽」, 『韓國漢文學研究』 49, 韓國漢文學會, 2012.

윤인현, 「李奎報 ‘說’에서의 작가의식」, 『우리어문연구』 52, 우리어문학회, 2015.

윤인현, 「松江 鄭澈의 漢詩에 나타난 用事와 點化」, 『大東漢文學』 42, 대동한문학회, 2015, 95~123쪽.

윤인현, 「송강 정철의 한시에 나타난 작법과 유자의 자연관」, 『한국고전연구』 31, 한국고전연구학회, 2015.

윤인현, 『漢文學 研究』, 지성人, 2015.

윤인현, 『고전 읽기의 즐거움』, 지성인, 2017.

윤주필, 「楚辭收容의 문학적 전개와 비판적 역사의식」, 『한국한문학연구』 9, 한국한문학회, 1987.

李家源, 『한국한문학사』, 민중서관, 1972.

이광소, 「孔子의 敎育思想과 方法論」, 고려대학교 석사논문, 2007.

이기용, 「栗谷의 學問觀 研究」, 『東洋古典研究』 6, 東洋古典學會, 1996.

李東歡, 「晦齋의 道學的 詩世界」, 『李晦齋의 思想과 그 世界』, 성균관대학교 출판부, 1992, 164~193쪽.

李東熙, 「晦齊 李彦迪의 생애와 사상」, 『韓國學論集』 19, 계명대학교 한국

학연구소, 1992, 143~163쪽.

이두원, 「회재 이언적의 도학사상과 도학시 연구」, 동국대학교 석사논문, 2014.

李美英, 「孔子의 教育思想에 나타난 人性教育 研究」, 경희대학교 석사논문, 2009.

李敏弘, 「高山九曲歌攷」, 『成大文學』 18, 1973.

李敏弘, 「士林派文學研究」, 『成大文學』 19, 1976.

李敏弘, 「高山九曲歌와 漁父四時詞의 比較的 考察」, 『成大文學』 20, 1978.

李丙疇, 「韓國漢文學上의 杜詩研究」, 『漢文學研究』, 정음문화사, 1990(重版).

李炳漢, 『漢詩批評의 體例研究』, 通文館, 1974.

이수진, 『인간과 포스트 휴머니즘』, 이화여자대학교 출판부, 2013.

李淑姬, 「허난설헌의 시 연구」, 고려대학교 박사논문, 1987.

李然世, 「士林派 風格論: 退溪와 栗谷을 中心으로」, 『退溪學研究』 16, 단국대학교 퇴계학연구소, 2002.

이영호, 「晦齊 李彦迪의 哲理詩에 대한 연구」, 성균관대학교 석사논문, 1993.

이재권, 「孔子의 學習觀: 전통적 해석을 중심으로」, 『大同哲學』 24, 大同哲學會, 2004.

李載高, 「孔子의 教育思想 研究」, 고려대학교 석사논문, 2005.

이정화, 「晦齊 李彦迪의 正心詩 研究」, 『退溪學論叢』 23, 退溪學 釜山研究院, 2014.

李鍾建, 「서거정 시문학 연구」, 동국대학교 박사논문, 1984.

李鍾默, 『海東江西詩派研究』, 太學社, 1995.

李鍾默, 「고전시가에서 用事와 點化의 미적 특질」, 『韓國詩歌研究』 3, 韓國詩歌學會, 1998.

李志慶, 「李彦迪의 政治思想研究」, 동국대학교 박사논문, 1999.

李麗衡, 「晦齋의 經學思想」, 『李晦齋의 思想과 그 世界』(대동문화연구총서 XI), 성균관대학교 출판부, 1992.

李昌龍, 『韓中詩의 比較文學的 研究: 李白·杜甫에 대한 受容 樣相』, 一志社, 1984.

李泰鎭, 「李晦齋의 聖學과 仕宦」, 『晦齋 李彦迪의 哲學과 政治思想』, 博英社, 2000.

李澤厚·劉綱紀 主編, 權德周·金勝心 共譯, 『中國美學史』, 대한교과서주식회사, 1992.

이화형, 「허난설헌의 삶과 문학에 나타난 주체와 자유의식 고찰」, 『우리문학연구』 50, 경인문화사, 2016, 145~173쪽.

이황진, 「사마천의 苟活과 굴원의 死節에 대한 고찰」, 『인문논총』 34, 경남대학교 언론출판국, 2014.

이희현, 「중국 현대시로 만나는 굴원: 離騷를 중심으로」, 『시민인문학』 25, 경기대학교 인문과학연구소, 2013.

임명숙, 『노천명 시와 페미니즘』, 한국학술정보(주), 2005.

林熒澤, 「16世紀 士林派의 文學意識」, 『韓國學論集』 3, 계명대학교, 1975.

장도규, 「최재 이언적의 시세계」, 단국대학교 석사논문, 1989.

장도규, 「晦齊 李彦迪 文學 연구」, 경기대학교 박사논문, 1994.

장도규, 『晦齊 李彦迪 文學 研究』, 國學資料院, 1999.

장도규, 「이언적 시문학의 도학적 특징」, 『國際言語文學』 15, 國際言語文學會, 2007.

장도규, 「회재 이언적의 시문학적 지향 일고」, 『한국사상과 문화』 72, 수덕문화사, 2014, 33~56쪽.

장용수, 「한국어교육이 공자의 교육관에서 취할 수 있는 시사점: 문학과 음악을 중심으로」, 『아세아연구』 59(2), 고려대학교 아세아문제연구소, 2016.

장인애, 『허난설헌의 시문학 연구』, 세종대학교 박사논문, 1995.

장정룡, 『허난설헌 평전: 불꽃같이 짧은 생애의 찬란한 시문학』, 새문사, 2008.

張鴻在, 『高麗時代 詩話批評 硏究』, 亞細亞文化社, 1987.

전재연, 「허난설헌 한시에 나타난 페미니즘 연구」, 인하대학교 석사논문, 1990.

全海宗, 「栗谷의 實學思想」, 『東洋學』 16, 단국대학교 동양학연구소, 1987.

全鎣大, 「東人詩話硏究」, 『한국고전산문연구』(장덕순 선생 화갑기념 논문집), 동화문화사, 1981.

全鎣大, 『韓國 古典批評 硏究』, 책세상, 1987.

鄭大林, 「新意와 用事」, 『韓國文學史의 爭點』, 集文堂, 1986.

鄭東眞, 「許蘭雪軒의 家庭環境과 여성의식」, 강릉대학교 석사논문, 2008.

鄭夫安, 「東國李相國集에 나타난 李奎報의 對民 認識」, 동아대학교 석사논문, 1998.

鄭堯一·朴性奎·李然世, 『古典批評 用語 硏究』, 太學社, 1998.

정요일 外, 『고전비평 용어 연구』, 태학사, 1998.

정요일, 『漢文學批評論』, 인하대학교 출판부, 1990.

정요일, 「퇴계의 도산십이곡발과 율곡의 정언묘선서에 나타난 시가관」, 『서강인문논총』 11, 2000.

정요일, 「漢詩批評 用語의 槪念 規定」, 『漢文學의 硏究와 解釋』, 一潮閣, 2000.

정요일, 『漢文學의 硏究와 解釋』, 一潮閣, 2000.

정요일, 『논어강의』(天), 새문사, 2009.

정요일, 『논어강의』(地·人), 새문사, 2010.

정요일, 「儒家의 自然觀」, 『語文研究』148, 韓國語文教育研究會, 2010, 425~442쪽.

鄭羽洛, 「논어에 나타난 공자의 예술정신과 문학사상」, 『大東漢文學』18, 大東漢文學會, 2003.

정일남, 「徐居正 詩의 楚辭 受容 樣相」, 『漢文學報』21, 우리한문학회, 2009.

정일남, 「圃隱 鄭夢周 詩의 楚辭 수용 一考」, 『韓國漢文學研究』44, 韓國漢文學會, 2009.

정일남, 「茶山 丁若鏞의 屈騷 수용 양상」, 『한국한문학연구』46, 한국한문학회, 2010.

정항교, 「栗谷의 文學觀 연구」, 『경원 어문논집』7, 경원대학교 국어국문학과, 2003.

趙昌奎, 「濂洛風 漢詩로서의 林居詩 研究: 회재와 퇴계를 중심으로」, 『大東漢文學』30, 大東漢文學會, 2009, 225~255쪽.

조창열, 「회재 이언적의 경학사상 연구: 주자의 『대학』 『중용』 주석과의 비교를 통하여」, 성신여자대학교 박사논문, 2003.

조창열, 『회재 이언적의 경학사상』, 한국학술정보(주), 2008.

조희정, 「어부 형상을 통해 본 고독의 서사와 문학 치료: 굴원의 「어부사」 와 이별의 「장육당육가」를 중심으로」, 『한국문학치료연구』30, 한국문학치료학회, 2014.

주영아, 「論語의 詩에 대한 고찰」, 『東方學』35, 한서대학교 부설 동양고전연구소, 2016.

池信昊, 「退溪와 南冥의 文學論에 끼친 論語의 영향」, 서강대학교 석사논문, 2004.

車玉德, 「許蘭雪軒 작품에 나타난 페미니스트 의식 연구」, 이화여자대학교 석사논문, 1986.

崔信浩, 「初期 詩話에 나타난 用事理論의 樣相」, 『古典文學硏究』 1, 韓國古典文學硏究會, 1971.

최옥녀, 「晦齋 李彦迪의 出處 辭受觀」, 『유교문화연구』 16, 성균관대학교 동아시아학술원 유교문화연구소, 2010, 97~122쪽.

崔雲植, 「李奎報의 詩論: 白雲小說을 中心으로」, 『韓國漢文學硏究』 2, 韓國漢文學硏究會, 1977.

崔雄, 「朝鮮 中期의 詩學」, 『한국고전시학사』, 弘盛社, 1979.

최재남, 「장육당 육가와 육가계 시조」, 『어문교육논집』 7, 부산대학교 국어교육과, 1983.

최주희, 「栗谷의 文學理論 硏究」, 인하대학교 석사논문, 1988.

崔珍源, 「松江과 孤山의 詩境」, 『論文集』 3, 성균관대학교, 1958.

崔珍源, 「高山九曲歌攷」, 『大東文化硏究』 21, 성균관대학교 대동문화연구원, 1987.

崔台鎬, 「鄭松江 文學 硏究」, 인하대학교 박사논문, 1987.

崔賢伊, 「許蘭雪軒 詩에 투영된 自我像 硏究」, 공주대학교 석사논문, 2011.

蒲江淸, 「屈原生年月日的推算問題」, 『楚辭硏究論集』, 台北: 學海出版社, 民國74年.

馮智, 「鄭澈의 전후미인곡과 굴원의 이소의 비교연구」, 서울대학교 석사논문, 2018.

河正玉, 「孔子의 文學思想: 論語의 記錄을 中心으로」, 『論文集』 5(1), 국민대학교, 1973.

한성금, 「許蘭雪軒 漢詩의 美學」, 조선대학교 박사논문, 2006.

韓仁錫, 「徐居正文學 硏究: 東人詩話를 中心으로」, 단국대학교 박사논문, 1989.

許敬震, 「동인시화연구」, 육군3사 『논문집』 8, 1978.

許捲洙·尹浩鎭 校訂, 譯註, 『譯註 詩話叢林』(上·下), 까치, 1993.

허미자, 『허난설헌』, 성신여자대학교 출판부, 2007.

호아남, 「송강가사와 굴원 九章의 비교 연구」, 부산대학교 석사논문, 2013.

洪萬宗, 『小華詩評』, 國學資料院, 1993.

洪萬宗, 『詩話叢林』, 通文館, 1993.

洪宇義, 「栗谷의 文學論과 道學詩 硏究」, 서강대학교 석사논문, 1997.

洪贊裕 譯註, 『譯註 詩話叢林』(上·下), 通文館, 1993.

洪學姬, 「栗谷 李珥의 詩文學 硏究」, 이화여자대학교 박사논문, 2001.

洪學姬, 「栗谷 李珥의 古文觀과 그 표현 특성」, 『韓國漢文學硏究』 30, 韓國
　　　漢文學會, 2002.

黃勤堂, 「略論"奪胎換骨"法」, 『古典文學知識』, 1990年 2期.

黃勤堂, 「散談"奪胎換骨"法」, 『文史知識』, 1990年 3期.

黃庭堅, 『豫章黃先文集』卷十九「答洪駒父書」, 商務印書舘 四部叢刊 初編
　　　集部.

黃鎭性, 「高山九曲歌 硏究」, 『東岳語文論集』 1, 동국대학교, 1965.

황혜경, 「허난설헌 한시를 통해서 본 여성의식」, 국민대학교 석사논문, 2007.

Eliot, T. S., "The Sacred Wood: Essays on Poetry and Criticism(1920)",
　　　Kessinger publishing, 2008.

지은이 윤인현

서강대학교 국어국문학과에서 문학박사 학위를 받았다. 연세대 선비학당과 전통문화연구회에서 經書 공부를 하였으며, 西溪 鄭堯一 선생으로부터 四書를 師事하였다. 가톨릭대와 서강대, 그리고 인하대, 웅지 세무대에서 강의를 하였으며, 한국한문학회 총무이사와 감사도 역임하였다. 지금은 근역한문학회 지역이사를 맡고 있으며, 인하대학교 교수로 재직 중이다.

저서
  『한국한시비평론』(아세아문화사, 2001)
  『한국 고전비평과 고전시가의 산책』(역락, 2004)
  『한국한시와 한시비평에 관한 연구』(아세아문화사, 2007)
  『한국한시 비평론과 한시 작가·작품론』(다운샘, 2011)
  『한문학 연구』(지성人, 2015) 외 다수
논문
  「용사와 점화의 차이」(1998)
  「답전이지논문서에 나타난 이규보의 문학관」(2002)
  「보한집·동인시화의 이인로·이규보평과 그 시평기준」(2004)
  「이규보의 굴원불의사론에 나타난 역사의식의 문제점」(2006)
  「남명의 출처와 문학을 통해 본 선비정신」(2008)
  「한국 시가론에서의 시경시 이론의 영향」(2009)
  「다산의 한시에 나타난 선비정신과 자연관」(2011)
  「『논어』에서의 시경시」(2014)
  「고려·조선 유자의 만시 연구」(2014) 외 다수

한문학의 이해와 연구

© 윤인현, 2021

1판 1쇄 인쇄__2021년 02월 10일
1판 1쇄 발행__2021년 02월 20일

지은이__윤인현
펴낸이__양정섭

펴낸곳__경진출판
      등록__제2010-000004호
      이메일__mykyungjin@daum.net
      사업장주소__서울특별시 금천구 시흥대로 57길(시흥동) 영광빌딩 203호
      전화__070-7550-7776 팩스__02-806-7282

값 27,000원
ISBN 978-89-5996-796-4 93800